宝卷研究

濮文起　李永平　编

2019年·北京

图书在版编目（CIP）数据

宝卷研究 / 濮文起，李永平编. — 北京：商务印书馆，2019
ISBN 978-7-100-17743-6

Ⅰ.①宝… Ⅱ.①濮… ②李… Ⅲ.①宝卷（文学）－文学研究－中国 Ⅳ.①I207.7

中国版本图书馆CIP数据核字（2019）第162784号

权利保留，侵权必究。

宝卷研究
濮文起 李永平 编

商务印书馆出版
（北京王府井大街36号 邮政编码100710）
商务印书馆发行
北京富诚彩色印刷有限公司印刷
ISBN 978-7-100-17743-6

2019年12月第1版　　开本 680×960　1/16
2019年12月第1次印刷　印张 30 1/4

定价：148.00元

陕西师范大学中国语言文学世界一流学科建设成果

国家社会科学基金重点项目"中国民间宗教通史"（16AZJ006）阶段性成果

国家社会科学基金重大项目"海外藏中国宝卷整理与研究"（17ZDA266）阶段性成果

国家社会科学基金重大项目"中国民间宗教思想史"（18ZDA232）阶段性成果

谨以此书献给中华人民共和国成立七十周年

序

濮文起

在浩如烟海的中国文化典籍中，有一种承载下层民众精神生活、信仰风俗、伦理道德、理想境界的珍贵文本，这就是在民间流传不衰、生生不息的宝卷。

宝卷，顾名思义，即宝贵经卷之义。明末佛教临济宗二十六代传人法嗣王源静在补注无为教《巍巍不动太山深根结果宝卷》中说："宝卷者，宝者法宝，卷乃经卷"[1]，揭示的就是此意。

宝卷出现的时间，应在元末明初。[2]那时的宝卷是佛教向世人说法的通俗经文或带有浓厚宗教色彩的世俗故事的蓝本，僧人借助这种形式弘扬佛法[3]，现存金碧抄本《目连救母出离地狱生天宝卷》可为佐证。[4]

明中叶，无为教创立者罗清开始以宝卷为载体，演述其创教经典《五部六册》，其中有两部经卷冠以"宝卷"名称，即《正信除疑无修正自在宝卷》《巍巍不动泰山深根结果宝卷》。此后，陆续问世的黄天道、东大乘教、西大乘教等民间宗教教派，其创立者与传人所撰经卷，也大多以"宝卷"冠名，如黄天道的《普明如来无为了义宝卷》等，东大乘教的《皇极金丹九莲正信皈真还乡宝卷》等，西大乘教的《销

---

[1] 王见川、林万传：《明清民间宗教经卷文献》第2册，台湾新文丰出版公司1999年版。
[2] 郑振铎：《中国俗文学史》第十一章"宝卷"，上海书店1984年版，第308页。
[3] 马西沙、韩秉方：《中国民间宗教史》序言，上海人民出版社1992年版。
[4] 车锡伦：《最早以"宝卷"命名的宝卷——谈〈目连救母出离地狱生天宝卷〉》，《宁夏师范学院学报》（社会科学版）2007年第2期。

释大乘宝卷》《销释圆通宝卷》《销释显性宝卷》《销释圆觉宝卷》《销释收圆行觉宝卷》等。

自明中叶《五部六册》问世始,到清康熙年间,是民间宗教宝卷刊印的鼎盛期。当时,刊印的宝卷不仅数量大,而且印制精美,装帧考究,较之佛道经卷尤有过之。除刊本宝卷外,还有大量手抄本宝卷在民间宗教教派中流传,如明末龙天道的《家谱宝卷》、清初大乘天真圆顿教的《佛说定劫宝卷》等,在分类上,可以将其称为"前期宝卷"或"教派宝卷"。

约在道光年间,宝卷又成为人们宣扬佛教、道教劝善惩恶故事的载体,出现诸如《刘香女宝卷》《韩湘宝卷》《何仙姑宝卷》等。此后,宝卷又融进民间故事或戏曲故事,出现诸如《孟姜女宝卷》《白蛇传宝卷》《梁山伯宝卷》《珍珠塔宝卷》《龙图宝卷》等,在分类上,可以将其称为"后期宝卷"或"民间宝卷"。

宝卷自从成为民间宗教思想的载体以后,往往成为各个教派创立者与后继人"称佛作祖",掌握教内领导权或另立教派的根据,常常是秘不示人的,而宝卷的宣唱者,则由教派专职人员或一般教徒承担,间或也有佛道僧人、尼姑、道士、道姑担任。宝卷自从增加各种故事之后,便在社会上形成了一种名为"宣卷"的曲艺,宣卷人成为一种职业,他们编写的宝卷,都是个人所用脚本,文字较粗俗,多系抄本,也有经过文人加工的印本。清末至民国时期,宣卷及作为宣卷脚本的宝卷,在江南、华北、西北等地区民间颇为流行,成为宣卷人劝世行善、学为好人的通俗唱本。

明朝后期,宝卷的刊印,除西大乘教、弘阳教少数民间宗教教派通过宫内信徒在内经厂刊印外,其他大多数教派宝卷主要是通过设在民间的经铺刊印。其中,最为著名的是民间宗教虚构的一个刊印宝卷的场所——党家经铺。许多民间宗教教派以"党家经铺"名义,刊印了大量精美宝卷,被其信众奉为圭臬,顶礼讽诵。

步入清代以后，民间宗教又虚构了一个翻印宝卷的场所——苏州周姓经坊。经周姓经坊翻印的宝卷成百上千，大量流行于社会。此外，一些佛教寺院或道教宫观也成为私藏宝卷经板、印制宝卷的隐蔽场所。此时翻印的宝卷，绝大多数为经折装，封面、封底皆以硬纸板制成，部分宝卷封面还粘贴染色布料或黄色绸缎，以泥金字镌写书名；扉页尺幅较大，一般占用卷首五面，相当于线装本五个半叶，所刻图像多为佛祖、菩萨、神仙的静态画面，线条繁密流畅，造型生动优美；正文页皆由整张长幅纸张折叠而成，正文字体工整，字形硕大，笔画肥美。总之，此时问世的宝卷，其装帧和内文设计，均类于佛经道籍。

到了清末民初，社会上又出现了专门出版、发行宝卷的经房、书局，如设在杭州、苏州的玛瑙经房与设在杭州昭庆寺的慧空经房等，均由信众集资印制，免费发放，以吸引群众，其出版物多为木刻线装。与此同时，设在上海的广记书局、惜阴书局、文益书局、文元书局、宏大善书局、大观书局和设在宁波的朱彬记书局也刊印了大量宝卷，为平版石印，多为蝇头小字，笔画清晰醒目。

明清时期，宝卷曾遭到封建专制统治者的长期查禁、封杀；新中国建立后，宝卷研究也曾中断十余年。步入20世纪80年代以后，随着中国思想解放运动的逐步展开，在人文社会科学界，搜集、整理、研究宝卷，成为文学、宗教学、民俗学和社会学等领域的求索热点，众多学者筚路蓝缕、焚膏继晷，在深耕文本、考镜源流、辩证义理、探究本真，以及剖析历史作用与深远影响等方面，做了大量书案与田野工作，从而激活了这个历史传承下来的民间文化文本，以令人信服的学术成果向世人昭示：宝卷是一座综合了语言、文学、音乐、宗教的艺术宝库，是中华民族优秀文化遗产之一[①]，具有特殊的开发与研究

[①] 2006年5月20日，"河西宝卷"经国务院批准列入第一批国家级非物质文化遗产名录。2007年6月5日，经国家文化部确定，甘肃省酒泉市肃州区乔玉安为该文化遗产项目代表性传承人，并被列入第一批国家级非物质文化遗产项目226名代表性传承人名单。

价值。

陕西师范大学人文社会科学高等研究院院长李继凯教授独具慧眼，洞晓宝卷研究在中国特色人文社会科学建设中的重要地位。为此，李院长于2018年孟春，请我选编一部宝卷论文集，为改革开放40周年和新中国成立70周年献上一份薄礼。遵循李院长的嘱托，我从20世纪80年代以来中国大陆学者公开发表的300多篇宝卷研究论文中，遴选30篇，以结集形式，向社会展示中国大陆学者的宝卷研究成果，从中总结与汲取宝卷研究经验，促进宝卷研究向前发展，以更新更多更好的宝卷研究成果，"让世界知道'学术中的中国''理论中的中国''哲学社会科学中的中国。"[1]

为了方便学者深入开展宝卷研究，我搜集、整理了20世纪20年代至今公开发表、出版的宝卷研究论著（包括博士、硕士论文）、文献资料目录，作为附录，缀于书尾，以便学者按图索骥，了解宝卷研究动态，把握宝卷研究趋势，拓展宝卷研究思路，特别要关注、调查、研究当代中国民间的宣卷活动，对其所彰显的劝人为善的伦理道德、所张扬的构建和谐社会的思想理念，"进行创造性转化、创新性发展"[2]，为提高国家文化软实力、培育和推行社会主义核心价值观[3]提供不竭源泉。

是为序。

2019年仲秋

---

[1] 习近平：《在哲学社会科学工作座谈会上的讲话》，新华网，2016年5月18日。
[2] 中共中央宣传部：《习近平总书记系列重要讲话读本》，学习出版社、人民出版社，2014年，第101页。
[3] 社会主义核心价值观，由"富强、民主、文明、和谐、自由、平等、公正、法治、爱国、敬业、诚信、友善"组成。

目 录

宝卷学发凡 .... 濮文起　1

宝卷研究的历史价值与现代启示 .... 濮文起　17

罗教五部经卷的基本教理探析 .... 闵　丽　31

赣南闽西罗祖教抄本宝卷探析 .... 李志鸿　39

新见罗祖教《五部六册》宝卷及宣卷仪式 .... 李志鸿　50

《明宗孝义达本宝卷》解析

　　——释大宁的宗教伦理观与宋明理学之互摄 .... 张经洪　69

《问答宝卷》解析

　　——江南无为教觉性正宗派的传世经卷 .... 刘正平　80

寺庙、经卷、符印：华北黄天道调查发现 .... 梁景之　94

新发现明末长生教宝卷考 .... 孔庆茂　113

有关东大乘教的重要发现 .... 陈俊峰　124

《圣意叩首之数》钩玄

　　——清代天地门教经卷的又一重要发现 .... 濮文起　132

神授天书与代圣立言：宝卷来源的人类学解读

　　——以《香山宝卷》为中心的考察 .... 李永平　153

论宝卷学研究的三个维度：宗教·文学·音乐
　　——以古月斋藏《鹦儿宝卷》为例 .... 罗海燕　吴建征　178
《二郎宝卷》与小说《西游记》关系考 .... 陈　宏　191
"大闹"与"伏魔"：《张四姐大闹东京宝卷》的禳灾结构 .... 李永平　204
《沉香宝卷》的故事增值与结构承续 .... 李永平　郝　丹　224
何仙姑宝卷的宗教内涵 .... 吴光正　237
论宝卷的劝善功能 .... 陆永峰　251
靖江讲经宝卷传承谱系调查 .... 孔庆茂　吴根元　姚富培　273
河北民间表演宝卷与仪式语境研究 .... 尹虎彬　280
山西介休宝卷与陕北说书 .... 孙鸿亮　296
河西宝卷说唱结构嬗变的历史层次及其特征 .... 李贵生　王明博　306
论丝路河西宝卷的文化形态、文体特征与文化价值 .... 程国君　319
神圣文本与行为——西北宝卷抄卷传统 .... 刘永红　339
甘肃宝卷念卷中的明清曲牌与民间小调 .... 刘永红　354
经坊与宗教文献的流刊
　　——兼论玛瑙经房、慧空经房 .... 刘正平　369
牛津大学藏中国宝卷述略 .... 崔蕴华　379
中日宝卷研究历史状况及启迪 .... 陈安梅　董国炎　393
近70年来中国宝卷研究回顾 .... 王明博　李贵生　407
多元化解读：21世纪宝卷学研究新态势 .... 罗海燕　429

附　录 438
后　记 468

宝卷学发凡

濮文起

宝卷是中国民间秘密宗教的专用经典,是从事中国民间秘密宗教研究必不可少的基本资料;宝卷又是流传在中国下层社会的一种通俗文学,亦是从事中国民间俗文学研究不可或缺的珍贵史料。20 世纪二三十年代以来,中外学者都对宝卷产生了浓厚的兴趣,从搜集到著录,从整理到研究,兴起了一股宝卷研究热,出现了一门新学科——宝卷学[1],从而推动了中国民间秘密宗教史与中国民间俗文学史研究,也带动与深化了中国宗教史、中国文学史、中国农民战争史、中国社会史等学科研究。笔者不揣浅陋,仅就知见,略述梗概。

一

"宝卷"一词究竟起于何时?学术界至今尚未取得共识。有始于宋代说[2],有始于元代说[3],还有始于明中叶说[4],这是中国大陆学者的几

---

[1] "宝卷学"一词,首先由著名民间秘密宗教研究专家李世瑜教授于 20 世纪 90 年代初提出。
[2] 马西沙、韩秉方:《中国民间宗教史》序言,上海人民出版社 1992 年版。
[3] 车锡伦:《中国宝卷的发展、分类及其社会文化功能》,见《语文·情性·义理——中国文学的多层面探讨国际学术会议论文集》,台湾大学中国文学系,1996 年。
[4] 李世瑜:《民间秘密宗教史发凡》,《世界宗教研究》1989 年第 1 期。

种看法。中国台湾与日本、欧美等地区学者的观点，也大致与此相同。但是，有一点是共同的，即宝卷是长期历史发展的产物，其源头可以上溯到唐代佛教的俗讲（记录这种俗讲的文字名叫"变文"）。

所谓俗讲，就是用通俗易懂的语言讲述佛经故事，也讲民间传说或历史故事。讲述时，有讲有唱，讲的部分用散文，唱的部分用韵文，因而深为当时群众所喜爱。俗讲不限于寺院，民间也很流行。唐代后期的俗讲僧文溆表演时，"其声宛畅，感动里人"[①]。"愚夫冶妇乐闻其说，听者填咽寺舍，瞻礼崇奉，呼为和尚。教坊效其声调，以为歌曲。"[②] 20世纪50年代，王重民等先生编纂出版的《敦煌变文集》，收录了唐末宋初变文78种，可以窥见当时俗讲之风貌。

宋初真宗时，曾明令禁止僧人讲唱俗讲。[③] 于是，这一文学形式便朝着两个方面向前发展：一是进入勾栏瓦肆中，导致了宋元话本的勃兴；一是继续留在佛教寺院中，演化为"说经"[④]，后又吸收了鼓子词、诸宫调、散曲、戏文、杂剧等形式，最终形成了一种新的表现形式，这就是"宝卷"。其出现的时间，笔者赞同郑振铎先生的观点，即元末明初。[⑤] 那时的宝卷是佛教向世人说法的通俗经文或带有浓厚宗教色彩的世俗故事的蓝本，僧侣借这种形式宣扬因果轮回，以弘扬佛法[⑥]。现存元末明初金碧抄本《目连救母出离地狱生天宝卷》，可为佐证[⑦]。

宝卷的出现与流传，引起了民间秘密宗教的注意。早期民间秘密宗教因其尚未形成定型化的教义，一般是借用其他宗教的典籍，如五

[①] 段安节：《乐府杂录》，中华书局1985年版，第38页。
[②] 赵璘：《因话录》卷四，中华书局1985年版，第25页。
[③] 郑振铎：《中国俗文学史》（上），第六章"变文"，上海书店1984年版，第252页。
[④] 郑振铎：《中国俗文学史》（上），第六章"变文"，上海书店1984年版，第182页。
[⑤] 郑振铎：《中国俗文学史》（下），第十一章"宝卷"，上海书店1984年版，第308页。
[⑥] 马西沙、韩秉方：《中国民间宗教史》序言，上海人民出版社1992年版。
[⑦] 明中叶正德年间问世的无为教五部经卷中，已大量称引××宝卷做证，如《圆觉宝卷》做证、《弥陀宝卷》做证等，证明在此之前，曾有大量宝卷流传于世。

斗米道曾借用《道德经》，太平道曾借用《太平经》。后来民间秘密宗教在长期的发展演变中，又曾借用佛教某些宗派及摩尼教的经卷。明朝初年，民间秘密宗教经过千余年的发展演变，其教义思想已趋向成熟。为了使自己的教义思想在民间广泛传播，民间秘密宗教便采用了"拿来主义"的态度，借用宝卷躯壳，装进自己灵魂。迄今所见最早的民间秘密宗教宝卷，是宣德五年（1430）刊刻的《佛说皇极结果宝卷》[①]。

然而，这只是民间秘密宗教中的个别现象，并没有普遍意义。成化末、弘治初，山西王良、李钺利用白莲教起事，为官军所获，追出"妖书图本"即民间秘密宗教经卷共计88部[②]，没有一部采用"宝卷"名称，这就证明直到此时，"宝卷"还未成为民间秘密宗教经典的代称。

宝卷真正成为民间秘密宗教经典的载体，始于明中叶崛起的新兴教门无为教。其创始人罗清演述的"五部经"，即《苦功悟道卷》《叹世无为卷》《破邪显正钥匙卷》《正信除疑无修证自在宝卷》《巍巍不动泰山深根结果宝卷》，其中后两部名称均带有"宝卷"字样，并于正德四年（1509）刊行。罗清是明清时期民间秘密宗教世界第一位继往开来的宗教改革家，他创立的无为教是明清时期涌现的数以百计的民间秘密教门之滥觞，他演述的"五部经"集宋元明初以来民间秘密宗教思想之大成，对当时与后世产生了巨大影响。因此，无为教的出现和罗清"五部经"的问世，在民间秘密宗教发展史上具有划时代的意义。从此，以无为教为蓝本的各种教门纷纷建立，罗清"五部经"也被后起的各教门奉为共同经典而竞相仿效，如西大乘教五部经、弘阳教五部经等。[③]另外一些教门创始人撰经写卷，少者一部两部，多者

[①] 天津图书馆收藏。
[②] 朱国桢：《涌幢小品·妖人物》，中华书局1959年版。
[③] 西大乘教五部经是《销释大乘宝卷》《销释圆通宝卷》《销释显性宝卷》《销释圆觉宝卷》《销释收圆行觉宝卷》。弘阳教五部经是《弘阳苦功悟道卷》《弘阳叹世卷》《弘阳秘妙显性结果经》《弘阳悟道明心经》《混元弘阳佛如来无极飘高临凡经》。

八部十部，也大都冠以"宝卷"名称①，于是这一名词便成为民间秘密宗教经典的专用称谓。

自明中叶罗清"五部经"问世始，到清康熙年间，是民间秘密宗教刊刻宝卷的鼎盛期，几乎是"每立一会，必刻一经"②。当时刊刻的宝卷不仅数量大，而且印制精美，装帧考究，较之佛道经卷尤有过之。以罗清"五部经"为例，自明正德四年首次刊刻以后，直至清嘉庆元年（1796），共刊印了18次③，再加上尚无法确认具体年代的翻刻本，共有20余种之多。除刊本宝卷之外，还有大量手抄本在下层社会流传，如明末龙天道的《家谱宝卷》、清初大乘天真圆顿教的《佛说定劫宝卷》，等等。

在这种专门叙述民间秘密宗教教义思想的宝卷大量问世的同时，一些教门还撰写刊行了许多以佛道故事和民间传说为内容的宝卷，如《救苦救难灵感观世音宝卷》《灵应泰山娘娘宝卷》《清源妙道显圣真君二郎宝卷》《先天原始土地宝卷》《销释孟姜女忠烈节贞贤良宝卷》等。

约从清雍正年间起，清政府加大了取缔、镇压民间秘密宗教的力度，于是宝卷便成为"邪说""妖书"的同义语，搜缴销毁宝卷也就成了从中央到地方各级官吏的重要任务，这就遏制了宝卷的编写和刊行，此种状况一直持续到嘉庆年间。在此期间，民间秘密宗教中的一些教门，虽然也编写了一些宝卷，但主要是对明末清初宝卷的抄袭或改编，没有太大的发展，这可从清档记载和目前国内外现存宝卷中得到证实。

进入道光朝以后，民间秘密宗教为了自身生存与发展的需要，除了继续在各教门内奉读宝卷之外，还发明了一种名叫"坛训"的经卷，内容均为扶鸾通神降坛垂训的乩语。坛训比宝卷简单，多是十言韵文，

---

① 如黄天道创始人李宾撰写的《普明如来无为了义宝卷》等。
② 黄育楩：《破邪详辩》卷一，见中国社会科学院历史研究所清史研究室编：《清史资料》（第三辑），中华书局1982年版。
③ 马西沙、韩秉方：《中国民间宗教史》，第五章，上海人民出版社1992年版。

偶有五言、七言，字数多者一二千，少者几百。坛训的编写制作极为简单，不论是印本，还是抄本，数量都很大，晚清以来，在民间秘密宗教中广为流传。与此同时，一些教门还打着佛道旗号，利用宝卷这种形式，编写了大量佛道劝惩故事，在民间广为宣唱，如《刘香女宝卷》《韩湘宝卷》《何仙姑宝卷》等。此后又加进一般民间故事或戏曲故事，如《白蛇传宝卷》《龙图宝卷》《梁山伯宝卷》《珍珠塔宝卷》等，宗教色彩也随之减弱，有些纯属民间通俗文学作品。

宝卷自从成为民间秘密宗教教义思想的载体以后，往往成为各个教门创始人与后继者"称佛作祖"，掌握教内领导权或另立教门的根据，常常是秘不示人的。而宝卷的宣唱，则由教门专职人员或一般教徒承担，间或也有已经背离了正统佛道而加入教门的僧人、尼姑、道士担任。自从增加各种故事之后，宝卷则渐渐流入坊肆楼馆和居民之中，形成了一种名为"宣卷"的曲艺，宣卷人已经成为一种职业，他们编写的宝卷，都是个人所用脚本，文字较粗俗，多系抄本，也有经过文人加工的印本。清末至民国时期，宣卷及作为宣卷脚本的宝卷，在江浙一带颇为流行，继之传到华北、西北等地，在民间影响很大。

据初步统计，目前海内外公私收藏元末明初以来宝卷，约有1500余种，版本约5000余种，其中大部分是讲述佛道故事、民间传说、戏曲故事的宝卷，且多为手抄本，专讲民间秘密宗教教义思想的宝卷只占少数，百余种。

又据李世瑜教授统计，除明末宝卷大多由内经厂刊印外[①]，入清以后问世的宝卷，均由称为"善书铺"的民间书肆或私家刊印与抄写。

---

① 自明中叶无为教诞生后，许多后起的教门组织如东大乘教、西大乘教、弘阳教等，由于竞相攀附上层社会，因而得到宫中权贵或太监的资助，拥有足够的资金，得以在内经厂刊印宝卷，或本身因传教而致富，也出资刊印宝卷。

其中以浙江的善书铺最多，约有27家；其次是上海24家，北京7家，江苏3家，天津、吉林、河南、四川各2家，山西、山东、湖南、湖北、江西各1家；此外未注明何地的15家。私家刊印，约有26家，私家抄本100多家。① 可见刊印与抄写宝卷，已成为明末至民国时期重要的宗教信仰活动。

二

综上所述，可以看出，宝卷是唐宋以来"俗讲""说经"长期演变的产物。最初仍是佛教向世人弘扬佛法的通俗表现形式，只有到了明中叶，宝卷才成为民间秘密宗教经典的专用称谓，并在以后的发展中，又逐步分化为专讲民间秘密宗教教义思想的"宗教宝卷"和宣扬佛道故事、民间传说与戏曲故事的"民间宝卷"两大类。② 但是，不管是宗教宝卷，还是民间宝卷，它们在表现形式上基本上是一样的。

宝卷一般由下列五种形式组成：

（一）宝卷一般是上下两卷，卷下分品，或分、选、际、参。大多数是上下两卷二十四品，如《皇极金丹九莲正信归真还乡宝卷》上下两卷二十四品；也有分得较多的，如《销释孟姜忠烈贞节贤良宝卷》上下两卷三十二品；也有分得较少的，如《无上圆明通正生莲宝卷》上下两卷十二品；个别的不分品，如《虎眼禅师遗留唱经卷》上下两卷，不分品。卷下分分，且分得较多的，如《普明如来无为了义宝卷》上下两卷三十六分；也有不分卷的，如《巍巍不动泰山深根结果宝卷》一卷二十四品；亦有分卷，不分品，如《龙图宝卷》二卷；也有不分卷的，如《杏花宝卷》一卷；等等。

---

① 李世瑜：《宝卷综录·序例》，中华书局1961年版。
② 车锡伦：《中国宝卷的发展、分类及其社会文化功能》，《语文·情性·义理——中国文学的多层面探讨国际会议论文集》，台湾大学中文系，1996年。

（二）宝卷每卷开头一般都有开经偈、焚（举）香赞，结尾有收经偈。如《销释接续莲宗宝卷》开经偈："一心顶叩拜佛天，普愿乾坤万民安，风调雨顺兴佛教，有道皇王万万年。"举香赞："宝鼎焚香，灌满十方，周流普赴到灵山，奉请法中王。法界无边，诸佛降道场。南无香云盖菩萨摩诃萨。"收经偈："莲宗宝卷，一部真经，启叩太虚空。齐来拥护，圆顿佛门，刻板迎送，祖教兴隆。龙华三会，收缘愿相逢。"相当于佛道经卷中的偈赞，为吟诵部分。也有的宝卷不设开经偈，直接陈述经文，民间宝卷主要是采用这种形式。

（三）白文，即说白部分，在每品韵文之前，或在变换形式之间。如《弘阳至理归宗思乡宝卷·思凡想圣品第一》："悟道思乡曰：想人生之前，本无天堂，亦无地狱，性在家乡，虚无世界，何等快乐。如今住世众生，不思原籍圣境，只想业世忙忙，一朝数尽，大梦一场。善者当叛善果，恶者恶处遭殃。劝众趁早下手，参拜明师，指透生前路径，脱离业纲尘中，下苦寻踪问道，早证当来佛性。忧愁不尽，不肯放参，前文剪断，后偈重宣。"相当于一般说唱形式的说白部分。

（四）十言韵文，即吟诵部分。句法为三、三、四。如上引宝卷白文后即写道："想当初，无天地，元无一切；无山河，无人伦，混沌虚空。老混元，来立世，分出上下；立三才，分四相，地水火风。按五形，造八卦，乾坤治定；空世界，无男女，又显神通。三金城，选佛厂，提考祖母；发真性，按阴阳，转下天空。无极祖，能变化，人天治就；太极祖，显神通，接绪传灯。皇极祖，九叶莲，轮流掌教；一法生，万法生，包裹虚空……"一般宝卷都以这种形式为主体，每品之中，别的形式都可以没有，但不能没有十言韵文。另外还有七言韵文，四句或八句一组，位置不固定，但不多见。

（五）词调（曲牌），即歌唱部分，多数在每品之末，一般为两阕或四阕，但也有个别的翻至十数阕。如上引宝卷十言韵文的白文后即写"驻云飞"。其他词调有傍妆台、耍孩儿、雁儿落、画眉序、刮地风、山坡羊、黄莺儿、倒挂金灯、雁过南楼,等等。

　　由此可见,宝卷是承袭了"俗讲""说经"的形式:开经偈、焚(香)赞、收经偈相当于"俗讲"的押座文、开题、表白;白文、十言韵文借用了"俗讲"的说解、吟词,但改"俗讲"的七言为十言;词调则是"说经"的变体。同时,它又杂糅了佛道经卷和各种词、曲、戏文等形式。

　　明末清初宗教宝卷的刊行,改变了民间秘密宗教的面貌。从此,民间秘密宗教以宝卷的形式宣传自己的教义思想,受到了下层民众的热烈欢迎,从而使民间秘密宗教活动进入了空前繁盛的历史时期。

　　在这类宝卷中,既可以看到民间秘密宗教的最高崇拜无生老母,也可以看到民间秘密宗教的理想王国真空家乡;既可以看到青阳、红阳、白阳三期,也可以看到燃灯、释迦、弥勒三佛掌世;既可以看到"入教避劫",也可以看到"转世弥勒";既可以看到各个教门的组织制度,也可以看到仪轨、戒规、修持等,民间秘密宗教的教义思想在宝卷中得到了充分的表现。特别是一些宗教宝卷还直接歌颂农民起义,如在《家谱宝卷》中,把明末严重的天灾人祸说成是"三期末劫",水、火、风三灾来临;把起义将领指为上天星宿;把一般战士指为"九二原子";把"当今皇帝"指为妖魔、邪精灵;把夺取政权说成皇帝天数已尽、新的真主到来;把起义的前景说成是"云诚"将要降世。同时还把教内的规戒当作军事纪律,又以神的名义提出战斗口号,部署作战计划。总之,把宗教与起义巧妙地结合起来,使民间秘密宗教成为组织和策动农民起义的战斗旗帜。[①] 又如《救劫指迷宝卷》(残卷,抄本)中说:"人有罪,神知道,人人头上插旗号;不认人,认旗号,照着旗号着实报。插青旗,使跑叫,插着红旗用火烧;插黑旗,水淹窍,插白旗,济钢刀;惟有积德行善好,插根黄旗神灵保。"这分明又

[①] 濮文起:《〈家谱宝卷〉表徵》,《世界宗教研究》1996 年第 3 期。

是"黄巾为号"一类的隐语了。

正因为如此,明清时期的封建统治阶级都将这类宝卷视为洪水猛兽,必加痛剿而后快。明万历末年,朝廷下令烧毁罗清"五部经",宣布它的罪状时说:"俚俗不经,能诱无知良民,听从煽惑,因而潜结为非,败俗伤化,莫此为甚。"①清朝统治者对宗教宝卷的搜缴销毁比明朝更为严酷,自雍正年间始,朝廷就把搜缴这类宝卷作为镇压民间秘密宗教的重要手段,明令全国各地每次破获"邪教"后,都要把搜缴的这类宝卷送给军机处,或呈御览后,加以焚毁,"以涤邪业"②。乃至道光年间直隶出现了一位名叫黄育楩的官僚,专门著书,以攻击宝卷为己任。他认为"谋逆之原,由于聚众。聚众之原,由于邪经"③。他在巨鹿知县和沧州知州任上,将搜缴当地民间和寺庙收藏的明末宝卷68种,"摘出各经各品妖言",又将华北各地教门所"提出无数妖言,其妄谬有更甚于邪经者","择其主意所在之处,详为辩驳"④,写成《破邪详辩》一书,自费广为印发,企图以此消弭民间秘密宗教在下层民众的深远影响。但是,宝卷的流传犹如野火春风,直至清王朝最后完结,也没有被搜缴焚毁净尽。⑤

与宗教宝卷相比,民间宝卷的命运似乎要好得多。因为这类宝卷主要是讲述佛道故事、民间传说和历史故事,其中心思想是劝人改恶从善,借以维护封建伦理道德,间或穿插一些民间秘密宗教术语,也有很少叛逆精神。

---

① 《南宫署牍》卷四。
② 马西沙、韩秉方:《中国民间宗教史》序言,上海人民出版社1992年版。
③ 黄育楩:《破邪详辩·序》,见中国社会科学院历史研究所清史研究室编:《清史资料》(第三辑),中华书局1982年版。
④ 黄育楩:《破邪详辩·序》,见中国社会科学院历史研究所清史研究室编:《清史资料》(第三辑),中华书局1982年版。
⑤ 目前海内外尚存有明末清初宝卷百余种,即是明证。1996年秋,笔者应邀赴西北甘肃定西地区鉴定新发掘的一批宝卷时,又发现了20余种从未著录的孤本,均为清初刊本,又是一证。

在佛道故事宝卷中，以讲述佛菩萨本生和成仙了道故事为主，如佛教的《悉达太子宝卷》《香山宝卷》《达摩宝卷》，道教的《三元成道宝卷》《八仙宝卷》等；民间传说宝卷主要讲述民间传奇故事，如《孟姜女宝卷》《田螺精宝卷》等；而历史故事宝卷则直接取材历史或戏曲故事，如《孙膑度妻宝卷》《正德游龙宝卷》等。

在这类宝卷中，鬼神信仰仍是其核心内容，其中玉皇大帝、王母娘娘这对天庭最高主宰，常常是被歌颂的主要神。他们高坐灵霄宝殿，拥有众多的天兵天将，又指挥着天界、地狱各路神鬼。其他经常出现的神，有观世音、地藏王、灶王爷、土地爷、财神爷，等等。他们统统受玉皇大帝统辖，代表玉皇大帝驾临人间，惩恶扬善。凡是修行"向善"的贤人，都会受到他们庇护并得到封赏；凡是一心作恶的歹人，则要受到他们惩罚饱尝恶果。这类宝卷所表现出来的鬼神信仰，反映了民间信仰的多元性与庞杂性，其中既有佛教中的观音、地藏，也有道教中的玉皇、王母，同时还掺和着各种各样地域性的杂神，因而构成了一个色彩斑斓的鬼神世界，折射出这类宝卷作者企羡借助鬼神"法力"解决尘世困扰，追求道德与行为完善，达到调适人际关系、社会和谐安定之目的，从而发挥了佛道正统宗教所不可替代的社会教化功能。

除此之外，宝卷——无论是宗教宝卷，还是民间宝卷——还具有一种民间娱乐功能。那些宣讲宝卷的教门中人或瓦肆艺人是带着虔诚的宗教情感宣讲宝卷的，而众多的教徒与听众也是怀着同样的心情去听宝卷的。在固定的宣讲地点"佛堂"或家庭炕头和瓦肆中，听者被宣讲者的民间秘密宗教教义宣传所激动、所吸引，也被宣讲者的宗教故事、民间传说和历史故事宣唱所感动，产生共鸣，从而使宣者与听者融为一体，在精神上获得慰藉，在思想上得到净化与升华，最终达到娱神、自娱之目的。在封建社会和半殖民地半封建社会，对于下层民众来说，这恐怕是一种主要的民间娱乐活动了，同时也是明清以来宝卷能在下层社会流传不衰的主要原因之一。

三

宝卷作为一门学问，始自中国学者顾颉刚、郑振铎两位先生。民国十四年（1925），顾颉刚先生开始在《歌谣周刊》上，分六次刊登了民国四年（1915）岭南永裕谦刊刻的《孟姜仙女宝卷》，并作了考证与研究。顾颉刚先生是最早对苏州一带宣讲宝卷风气进行学术介绍的学者。郑振铎先生于民国十七年（1928）在《小说月报》第17卷号外上发表了《佛曲叙录》，将其所藏清末民初宝卷38种（另有变文6种），各作一叙录，并注明年代、版本、作者等，是介绍宝卷学术价值的最早专著。顾、郑两位先生是从民间通俗文学的角度介绍宝卷学术价值的。此后，恽楚材、傅惜华、胡士莹等先生继续按照这条思路搜集公私收藏，先后发表了《宝卷续录》（1964）、《宝卷续志》（1947）、《访卷偶识》（1947）、《宝卷总录》（1951）、《弹词宝卷书目》（1957）等[①]，总计著录宝卷243种。

将宝卷视为民间秘密宗教专用经典的观点，是以向达教授的《明清之际宝卷文学与白莲教》（《文学》1934年第2卷第6号）为嚆矢，而以李世瑜教授的《宝卷新研》（《文学遗产》1957年增刊第4辑）为定论。向先生认为宝卷是明清时期民间秘密教门的根本经典，为研究白莲教的珍贵宗教史料。李先生则根据自己多年深入民间秘密教门调查的实际经验及收藏的285种宝卷，丰富和发展了向先生的观点，提出了"明清间的宝卷的史料价值——农民起义和宗教思想史方面的价值，是要高于其文学价值的"[②]真知灼见，从而推动了宝卷的搜集与研

---

① 李世瑜：《宝卷综录》，中华书局1961年版，第3—4页。
② 李世瑜：《宝卷新研——兼与郑振铎先生商榷》，见《文学遗产》编辑部编：《文学遗产增刊》（四辑），作家出版社1957年版，第180—181页。

究。在此基础上，李先生又根据自己多年的潜心研究，于20世纪60年代初发表了《宝卷综录》。这部专著出版后，立即蜚声海内外，受到专家学者的普遍赞誉，成为从事民间秘密宗教与民间通俗文学研究的必备工具书。

"文化大革命"期间，宝卷的搜集与研究成为禁区。20世纪70年代末，随着科学春天的到来，宝卷的搜集与研究工作也进入正常发展状态。特别是20世纪80年代以来，由于民间秘密宗教与民间通俗文学研究工作的不断深入，宝卷的搜集与研究工作开始进入高潮。20世纪80年代末，天津图书馆在该馆一个常年不用的仓库角落中，先后找到了百余种宝卷[①]，其中有66部为明清刊本。与此同时，北京大学图书馆、北京师范大学图书馆、扬州大学图书馆等单位，也对馆藏宝卷进行了重新整理、编目，并写成专文向学术界介绍。

这里特别值得一提的是，甘肃省定西地区陈俊峰、汪普龙两位先生发掘、保护一批孤本宝卷的事迹。1992年夏，陈、汪两位先生在考察开发该地区遮阳山风景区时，于该风景区东溪的一座藏经洞中，发现了一木箱经书，经考定为清初刊行的宝卷抄本，其中大部分已经碳化，只有八部可以辨认出宝卷名称，但也因年久受潮，粘连严重，无法翻阅。随后，陈、汪二位先生深入当地农村调查，得知这一木箱宝卷是一个盛行于定西地区的名叫龙华会三宝门的教门组织所藏。接着，陈、汪二位先生又在当地群众手中发现数十种清初宝卷，其中有20余种为孤本。这一发现充分说明，在我国民间还收藏着大量宝卷，有待专家学者开发、研究。

我国台湾学者对宝卷的搜集与研究，也令世人瞩目。20世纪80年代中期，宋光宇先生编著的《龙华宝经》（台湾元佑出版社1985年版）、郑志明先生撰写的《中国善书与宗教》（台湾学生书局1988年

[①] 这些宝卷是1963年经李世瑜教授的抢救和推荐调归天津图书馆的。

版)等，均为宝卷搜集与研究方面的硕果。20世纪90年代中期，王见川先生受台湾世界宗教博物馆委托，从古物收藏家林汉章先生处购买一批宝卷，入藏该馆，作为典藏，为中外学者研究宝卷提供了方便。

宝卷的搜集与研究，也引起了外国学者的关注，其中以日本的成绩最为显著。早在抗日战争时期，许多"支那专家"就深入中国民间调查秘密宗教，搜集流传民间的宝卷资料。据日本有关书刊统计，日本学者在战争期间调查秘密宗教，搜集流传民间的宝卷达数百种之多，仅京都大学人文科学研究所就收藏清末民初宝卷120种，筑波大学东洋史研究室藏有宝卷23种。相田洋在《东洋学报》1983年第64卷第3—4号上著文报道，20世纪80年代以来，又在国会图书馆发现原东亚研究所藏宝卷(以清末为主)44种，其中有7种为日本学者过去所未见。私人藏的宝卷就更多了，如泽田瑞穗、吉冈义丰、仓田淳之助、痊德忠、大渊忍尔等人都藏有不少宝卷，仅泽田瑞穗一人就收藏139种。①

第二次世界大战后，日本学者开始整理和研究宝卷，并陆续发表文章，如冢本善隆的《宝卷与近代宗教》(1950)，吉冈义丰的《宗教宝卷在民众社会中的传播》(1952)，酒井忠夫的《明末宝卷与无为教》(1960)，泽田瑞穗的《〈龙华经〉之研究》《〈众喜宝卷〉所见之明清教门史料》《清代教案所见经卷名目考》和《关于〈破邪详辩〉》(1955—1963)等。②其中最有权威的首推泽田瑞穗教授，他有三部著作，即《宝卷之研究》(1963)、《校注〈破邪详辩〉——中国民间宗教结社研究资料》、《增补宝卷之研究》(1975)，均为宝卷研究方面的扛鼎之作，在国际学术界产生广泛影响。

除日本外，苏联也是搜集与研究宝卷的主要国家之一。现存宝卷

---

① 参见郑天星：《中国民间秘密宗教研究在国外》，《世界宗教文化》1985年第3期。
② 参见郑天星：《中国民间秘密宗教研究在国外》，《世界宗教文化》1985年第3期。

约26种，分别藏在苏联科学院东方学研究所列宁格勒分所和前莫斯科国立列宁图书馆。其中有明刻珍本，如《普明如来无为了义宝卷》《灵应泰山娘娘宝卷》等。宝卷研究成绩较为突出的是已故苏联科学院东方学研究所列宁格勒分所的司徒洛娃。1979年，她的专著《〈普明宝卷〉译注》问世，对宝卷的形成史、宝卷与民间秘密宗教的关系史等方面均作了阐述，其中不乏高见。美国虽藏宝卷不多，但有些极珍贵的孤本，如普林斯顿大学图书馆藏有《销释佛说保安宝卷》。

如果从20世纪20年代中后期顾颉刚、郑振铎两位先生发现宝卷的学术研究价值算起，到20世纪90年代初陈俊峰、汪普龙两位先生又发掘一批珍贵宝卷为止，中外学者在宝卷搜集与研究这一学术领域辛勤耕耘，已长达半个世纪之久。令人振奋的是，由中外学者共同开辟的这块处女地，如今已是硕果累累，并由此产生了一门新学科——宝卷学，从而吸引了更多的中外学者致力于这一学科研究，又将宝卷的搜集与研究工作带入一个新的发展阶段。[①]笔者认为，自从宝卷的学术研究价值被发现，特别是20世纪80年代搜集与研究宝卷工作进入高潮以后，首先推动了中国民间秘密宗教史研究。中外学者利用宝卷结合文献档案资料，对中国民间秘密宗教史，举凡教义思想、仪轨修持、教派人物、组织结构、社会功能等方面进行了全面系统的研究，发表了一系列论著。如中国大陆学者马西沙先生的《黄天教源流考略》（《世界宗教研究》1985年第2期），喻松青先生的《新发现的〈佛说利生了义宝卷〉》（香港《大公报》1985年8月22日），韩秉方先生的《罗教"五部六册"宝卷的思想研究》（《世界宗教研究》1986年第4期），李世瑜先生的《顺天保明寺考》（《北京史苑》第3辑，北京出版社1985年版），谢忠岳先生的《大乘天真圆顿教考略》（《世界宗教

[①] 如中国社会科学院世界宗教研究所研究员马西沙、韩秉方两位先生，扬州大学副教授车锡伦先生都获得国家资助，对宝卷进行专题研究，前者的课题是《宝卷提要》，后者的课题则为《中国宝卷总目》，已由台湾"中央研究院"中国文哲研究所筹备处于1998年6月出版。

研究》1993年第2期)等,都是在充分利用宝卷资料的基础上,对明清时期民间秘密宗教史上的几个重要教门——无为教、黄天道、西大乘教、东大乘教——进行研究的新作。台湾学者郑志明先生的《无生老母信仰溯源》(台湾文史哲出版社1985年版),林万传先生的《先天道研究》(台湾靝巨书局1985年版),也都是这方面的硕果。这一时期外国学者也陆续发表了一批论著,其中以日本学者野口铁郎先生的《明代白莲教之研究》(日本雄山阁出版社1986年版),浅井纪先生的《明清时代民间宗教结社之研究》(日本研文出版社1990年版)两部专著最为著名。

宝卷最初是作为一种民间通俗文学而由中国学者介绍给世界的。半个多世纪以来,尽管宝卷的民间秘密宗教学术研究价值日益被人们看重,但它的民间通俗文学学术研究价值并未减弱。以郑振铎先生为代表的民间通俗文学史研究专家,都在他们的著作中开辟专章介绍和评价宝卷[1],启迪了后来学者的研究思路。20世纪80年代以来,伴随着宝卷搜集与研究工作高潮的到来,宝卷研究作为民间通俗文学史研究的一个分支,更加引起学术界的重视。在全国各地学者深入研究宝卷的民间通俗文学学术价值的基础上,1990年11月2日至4日,首届全国宝卷子弟书研讨会在天津召开,并建立了"宝卷子弟书学会",隶属中国俗文学学会,从而推动了中国民间通俗文学史研究向纵深发展。

20世纪三四十年代以来,中外学者开始以学术研究的观点注意民间秘密宗教的历史作用与深远影响,并从史籍中钩稽有关资料进行研究,发表论著。如我国学者陶圣希先生的《元代弥勒白莲教会的暴动》(《食货》半月刊,1935年1—9期),刘兴尧先生的《道咸时代北方的黄崖教》(国立北平研究院《史学集刊》1936年第2期),吴晗先

---

[1] 郑振铎先生在其所著《中国俗文学史》第十一章"宝卷"中,专门介绍和评价了宝卷在俗文学发展史上的地位与作用。另外,孙昌武先生在其所著《佛教与中国文学》(上海人民出版社1988年版)第三章第六节中,也分析了宝卷的民间文学价值。如此等等。

生的《明教与大明帝国》(《清华学报》1941年11—3)，日本学者酒井忠夫先生的《支那宗教结社的一种形态》(《史潮》1942年11—3)，铃木中正先生的《罗教——清代支那宗教结社之一例》(《东洋文化研究所纪要》1943年第1期)等。中国学者李世瑜先生还运用社会学、人类学方法，深入当时仍在盛行的一些教门内部，搜集了大量资料，写成《现在华北秘密宗教》(1948年出版)一书。

  自从宝卷的民间秘密宗教学术研究价值被发掘出来以后——如上所述——民间秘密宗教史研究出现了令世人瞩目的新局面。从此，民间秘密宗教也被作为一种宗教，纳入了中国宗教史的研究范围。又由于同一原因，还为中国农民战争史研究、中国文学史研究、中国社会史研究增添了新的研究科目，即在从事这些学科研究时，都应该考虑民间秘密宗教的历史作用与深远影响，因此也就拓宽了这些学科的研究视野，带动与深化了这些学科的多角度、全方位研究。有关这方面的研究成果很多，在此不再赘述。总之，宝卷学作为一门新学科，已经引起了中外学术界的重视，随着研究的不断深入，这门学科定会在研究对象与研究方法上，更加丰富与成熟，并作为一门独立的人文学科活跃于学术之林。

原载《天津社会科学》1999年第2期

宝卷研究的历史价值与现代启示[①]

濮文起

宝卷是中国历史文化中的一种珍贵典籍。

20 世纪 20 年代兴起的宝卷研究，对于了解中国古代社会特别是明清时代下层民众的宗教信仰与文化生活具有重要的历史价值；而宝卷作为民间宗教思想与民间通俗文学载体在现代社会的流传与影响，同样是学者应该深入调查与研究的重要课题。本文首先介绍一下 20 世纪宝卷研究简况，然后拟从历史与现实的结合上，对宝卷所蕴藏的伦理传统与灵性资源展开论述。不当之处，敬请专家批评匡正。

一

20 世纪 20 年代，中国的顾颉刚、郑振铎二位先生首先以学者的睿智，从民间通俗文学角度，对他们所收藏的宝卷进行了整理与研究，并将其成果公之于世[②]，从而为学术界开辟了一个新的研究领域，

[①] 本文系笔者为 1999 年 12 月 30 日至 2000 年 1 月 1 日在马来西亚吉隆坡召开的"跨世纪国际宗教研讨会"提交的学术论文。

[②] 1925 年，顾颉刚先生开始在《歌谣周刊》上，分六次刊登了 1915 年岭南永裕谦刊刻的《孟姜仙女宝卷》，并作了考证与研究；郑振铎先生则于 1928 年在《小说月报》第 17 卷号外上发表了《佛曲叙录》，将其所藏清末民初宝卷 38 种（另有变文 6 种），各作一叙录，并注明年代、版本、作者等。

使学者开始认识宝卷对于了解民间社会的重要价值。此后,恽楚材、傅惜华、胡士莹等先生沿着顾、郑二位先生的思路,陆续于20世纪四五十年代将他们多年搜集与研究宝卷的成果出版面世①,从而更加开阔了学者的眼界。

比顾、郑两位先生稍晚,向达先生则另辟蹊径,从民间宗教角度,对明清之际宝卷进行了搜集与研究,并于20世纪30年代提出了宝卷是民间宗教专用经典的学术观点。②随后,李世瑜先生根据自己多年深入民间宗教内部调查的实际经验及收藏的285种宝卷,丰富与发展了向达先生的学术观点,于20世纪50年代提出了"明清间的宝卷的史料价值——农民起义和宗教思想史方面的价值,是要高于其文学价值的"③真知灼见,从而更加开阔了学者的思路。

20世纪60年代中期以后,中国大陆的宝卷搜集与研究成为禁区,20世纪70年代末,又进入正常发展状态。特别是20世纪80年代以后,随着民间宗教与民间通俗文学研究不断深入,宝卷的搜集与研究也开始进入高潮。20世纪80年代末,天津图书馆、北京大学图书馆、北京师范大学图书馆、扬州大学图书馆等单位,先后对馆藏宝卷进行了重新整理、编目,并写成专文向学术界介绍。④与此同时,一些民间学人如甘肃定西地区的陈俊峰等先生也热衷此一事业,于20世纪90年代初在偏僻山村发掘了孤本宝卷20余种。⑤中国台湾学者如宋光

---

① 恽楚材编《宝卷续录》(1946)、《宝卷续志》(1947)、《访卷偶识》(1947),傅惜华编《宝卷总录》(1951),胡士莹编《弹词宝卷书目》(1957)等,总计著录宝卷243种。
② 向达:《明清之际宝卷文学与白莲教》,《文学》1934年2卷6号。
③ 李世瑜:《宝卷新研——兼与郑振铎先生商榷》,见《文学遗产》编辑部编:《文学遗产》增刊(四辑),作家出版社1957年版,第180—181页;李世瑜编《宝卷综录》(中华书局1961年版),仍持这一观点。
④ 在这些公家收藏的宝卷中,尤以天津图书馆藏珍贵,计有百余种,其中有66种为明清刊本。
⑤ 陈俊峰等先生的发掘工作非常重要,证明在中国民间仍藏有大量宝卷,有待专家学者开发、研究。有关这次发掘成果,已由陈先生写成专文《有关东大乘教的重要发现》(《世界宗教研究》1999年第1期)。

宇、林万传、郑志明、王见川等先生亦在宝卷搜集与研究方面做了大量工作。①

宝卷的搜集与研究，也引起了外国学者的关注，其中以日本的成绩最为显著。早在二战期间，许多"支那专家"就深入中国民间搜集宝卷达数百种之多，后分别由日本某些大学和个人收藏，仅京都大学人文科学研究所就收藏清末民初宝卷120种，泽田瑞穗先生个人收藏则达139种。②二战结束后，日本学者开始整理与研究宝卷，并从20世纪50年代陆续发表论著，其中最有权威的首推泽田瑞穗先生。③

除日本外，苏联也是搜集与研究宝卷的主要国家之一，现存宝卷26种，分别藏在苏联科学院东方研究所列宁格勒分所和前莫斯科国立列宁图书馆，其中有明刻珍本④，宝卷研究成绩较为突出的是已故司徒洛娃先生⑤。美国虽藏宝卷不多，但有些极珍贵的孤本。⑥

如果从20世纪20年代顾颉刚、郑振铎二位先生发现宝卷的学术研究价值算起，到20世纪90年代陈俊峰等先生又发掘一批珍贵宝卷为止，中外学者在宝卷搜集与研究这一学术领域辛勤耕耘，已长达70年之久。令人兴奋的是，由中外学者共同开发的这块处女地已经开花结果，尤其是进入20世纪80年代以后，更是硕果累累。⑦经中外学

---

① 宋光宇编著《龙华宝经》（台湾元佑出版社1985年版），林万传著《先天道研究》（台湾靝巨书局1985年版），郑志明著《中国善书与宗教》（台湾学生书局1988年版），王见川、林万林主编《明清民间宗教经卷文献》（12册，台湾新文丰出版公司1999年版）。
② 郑天星：《中国民间秘密宗教研究在国外》，《世界宗教资料》1985年第3期。
③ 泽田瑞穗有三部著作，即《宝卷研究》（1963）、《校注〈破邪详辩〉——中国民间宗教结社研究资料》、《增补宝卷研究》（1975）。
④ 如《普明如来无为了义宝卷》《灵应泰山娘娘宝卷》等。
⑤ 司徒洛娃：《〈普明宝卷〉译注》，俄罗斯科学院科学出版社1979年版。
⑥ 如普林斯顿大学图书馆藏有《销释佛说保安宝卷》。
⑦ 如中国大陆学者喻松青著《明清白莲教研究》（四川人民出版社1986年版），马西沙、韩秉方合著《中国民间宗教史》（上海人民出版社1992年版），上述两部著作利用大量宝卷资料分析了下层民众的宗教信仰与精神生活；而濮文起撰《宝卷学发凡》（《天津社会科学》1999年第2期）则提出建立宝卷学的构想，车锡伦编《中国宝卷总目》（台湾"中央研究院"中国文哲研究所筹备处1998年版）乃是迄今为止最为完整的宝卷编目；台湾学者郑志明著

者共同调查得知，目前海内外公私收藏元末明初以来宝卷，约有 1500 余种，版本约 5000 余种，其中专讲民间宗教教义思想的宝卷有百余种，多为印本，大部分是讲述佛道故事、民间传说、戏曲故事的宝卷，且多为手抄本；而中外学者共同开展的宝卷研究，不仅解决了中国民间宗教史上诸如教派、教义、仪式、修持、组织、领袖人物以及重要事件等许多长期悬而未决的历史问题，从而推动了中国民间宗教史研究[①]，也不仅解决了中国民间通俗文学史上从唐变文到宋说经、再到元末明初宝卷等源流问题[②]，从而推动了中国民间通俗文学史研究，而且更为重要的是，为人们洞悉中国古代社会特别是明清时代下层民众的道德情操、伦理信念、求索取向与理想境界打开了一片新天地。

二

（一）道德情操

中国古代社会的下层民众主要由农民组成，按照传统的说法，农民没有自己独立的道德意识，而受据于"教化"地位的儒家道德观念

（接上页）《无生老母信仰溯源》（台湾文史哲出版社 1985 年版）等，亦为宝卷研究方面的佳作；日本学者野口铁郎著《明代白莲教研究》（雄山阁出版社 1986 年版）、浅井纪著《明清时代民间宗教结社研究》（研文出版社 1990 年版）等，在宝卷研究方面的成绩较为突出；而加拿大学者欧大年著《中国民间宗教教派研究》（刘心勇等译，周育民等校，上海古籍出版社 1993 年版），特别是近期推出的《宝卷——中国明清时期民间教派经卷导论》更是宝卷研究方面的力作。

[①] 如马西沙撰《黄天教源流考略》（《世界宗教研究》1985 年第 2 期）、喻松青撰《新发现的〈佛说利生了义宝卷〉》（香港《大公报》1985 年 8 月 2 日）、韩秉方撰《罗教"五部六册"宝卷的思想研究》（《世界宗教研究》1986 年第 4 期）、李世瑜撰《顺天保明寺考》（《北京史苑》第 3 辑，北京出版社 1985 年版）、谢忠岳撰《大乘天真圆顿教考略》（《世界宗教研究》1993 年第 2 期）、濮文起撰《〈家谱宝卷〉表徵》（《世界宗教研究》1996 年第 3 期）、濮文起撰《〈定劫宝卷〉管窥》（《世界宗教研究》1998 年第 1 期）、濮文起撰《弓长论》（《中国文化研究》1998 年冬之卷）等。

[②] 如郑振铎著《中国俗文学史》（上海书店 1984 年影印本）、孙昌武著《佛教与中国文学》（上海人民出版社 1988 年版）等。

的支配与统辖。然而,宝卷却为人们展示了农民自己的道德情操,其主要表现则是对女性的关怀与崇扬,以及对"孝"这个封建社会最普遍的道德观念的着意改造。

中国封建社会传统的女性观,集中表现为男尊女卑的价值观和束缚女性的道德礼教观。到了明清时代,更因理学的张扬而使女性处于社会的最底层,深受神权、政权、族权、夫权桎梏,不仅没有继承权、祭祀权、公开参与权,而且在法律上也无平等地位可言,极大地摧残了女性心灵,也严重地扼杀了女性的人性。

与此相反,许多宝卷却表现出对女性的热情关怀与同情,如《销释孟姜忠烈贞节贤良宝卷》《佛说黄氏女看经宝卷》《佛说离山老母宝卷》《地藏菩萨执掌幽冥宝卷》《弘阳血湖宝忏》等,都通过生动亲切的语言,表现出对女性婚姻家庭诸问题的关怀与拯救女性于苦难的胸襟。[①]《家谱宝卷》还以规戒的形式约束教徒不要欺侮女性:"你是行善之人,一不许杀人,二不可放火,三不许欺骗女人",又表现出保护女性的热忱。《众喜粗言宝卷》还有《劝弗溺女》专篇,认为生育子女是天意,溺女违背天心,会招来横祸,家长应当爱护女婴,借此反对社会上的溺杀女婴恶习。

不仅如此,许多宝卷还把正统思想中的阴阳位置作了一个大颠倒,为人们塑造了一位女性至上神——无生老母,认为无生老母才是创世造人之祖,如《古佛天真考证龙华宝经》:"古佛出现安天地,无生老母立先天","无生母,产阴阳,先天有孕","生一阳,生一阴,婴儿姹女","李伏羲,张女娲,人根老祖"。又认为无生老母是拯世理世的上帝和伟大崇高的象征,如《销释授记无相宝卷》:"无生老母,度化众生,到安善极乐国,同归家乡,不入地狱";《佛说无为金丹拣要科仪宝卷》:"无生母,度化众生,同上天堂";《护国威灵西王母宝

[①] 喻松青:《明清时期民间宗教教派中的女性》,《南开学报》(哲学社会科学版)1982年第5期。

卷》还认为无生老母是"考察儒、释、道三圣人"的最高权威,《普度新声宝卷》则认为无生老母是凌驾一切神灵之上的神中之王:"诸神满天,圣贤神祇,惟有无生老母为尊。"与此同时,许多宝卷还把无生老母说成是一位凡情未了的人类母亲,时时向人间流露出慈母般的爱抚与关怀:"老母悲切,珠泪长倾"(《修真宝卷》),并多次派遣神佛临凡,"跟找原人,同进天宫"(《佛说都斗立天后会收圆宝卷》)。

这些宝卷所洋溢的女性关怀以及在此基础上而产生的女神崇拜,反映与代表了下层女性的心声与愿望,因而得到了她们的热诚拥护,成为她们挣脱封建礼教枷锁,勇敢地走上社会,与男人一起从事宗教活动与政治斗争的思想源泉和精神武器,明清时代民间宗教世界为什么出现了那么多的女教主、女教首、女教徒以及起事的女领袖,盖源于此。

以孝为本是中国传统伦理的首要道德原则,《孝经》开宗明义第一章就说:"大孝,德之本也。"传统的孝道分为"养亲""娱亲""显亲"等内容,上层官僚士大夫首先看重的是"显亲",所谓"立身行道,扬名于后世,以显父母,孝之终也"[1];"显亲"的升华则是"以孝作忠",即忠君报国,所谓"事君不忠,非孝也"[2]。其次才是"娱亲",而"娱亲"的前提必须是"无违",即孝之以礼,顺之以心。至于"养亲",则被认为与饲养犬马没有区别[3],是不值得一提的。

与这种渗透着浓烈政治气息和取消独立人格精神的孝道不同,以罗祖《五部六册》为代表的一批宝卷宣扬的则是两重父母观,认为每人都有两重父母,一重是生命渊源的生身父母,一重是人性渊源的无生父母。《归家报恩宝卷》还说,行孝要从现在父母推及过去、未来三世父母:"当人功满,真性发现,才得报答父母深恩。现在父母,过

---

[1] 《论语·为政篇》。
[2] 《论语·为政篇》。
[3] 《论语·为政篇》:"子曰:今之孝者,是谓能养。至于犬马,皆能有养。不敬,何以别乎?"

去、未来三世父母,都得超生。"也就是说,只有崇奉无生父母的人,才能完成最高的和最圆满的孝道,忠君显亲的传统孝道就这样被两重父母观所改造,变成了联络超越血缘关系而具有相近利益人群的道德纽带。既然大家都是"无生父母"的子女,那么"入会者匀可视骨肉",于是"穿衣吃饭,不分尔我","有患相救,有难相死,不持一财,可以周行天下",乃至"有朝一日,翻转乾坤,变换世界"等具有反抗压迫性质的道德观念,也就在苦难的社会下层弥漫开来。①

(二)伦理信念

如果说宝卷所展示的农民道德情操与传统道德规范尚有区别,甚至是相对立的话,那么它在表现农民的伦理信念方面,则始终是在传统的宗法伦理模式内徘徊。所不同的是,它的表白质朴直观、通俗易懂,并不像封建礼教那样深邃、完整而成体系。

在大部分印本宝卷的开篇,几乎都有为皇亲国戚、满朝文武祀福祝寿的颂词。如《普静如来钥匙宝卷》:"一报天地盖载恩,二报日月照临恩,三报皇王水土恩,四报父母养育恩,五报五方常安乐,六报六国永不侵,七报文武迁高转,八报人民永平安,九报九祖升天早,十报三教范师恩。"这首《十报歌》实际上是矗立在世人心中的天、地、君、亲、师牌位,让世人永志不忘,咏之歌之,默之祷之,顶礼膜拜,成为封建秩序下的驯服良民。而《众喜粗言宝卷》中的《十愿歌》更是极尽献媚取悦封建王朝之能事,其词曰:"一愿中国山河统,二愿四海八方宁,三愿万岁天长寿,四愿万国朝圣君,五愿文武存忠国,六愿宫内尽康宁,七愿万岁龙心喜,八愿天赐万代兴,九愿世上皇法怕,十愿天地报君恩。"

报恩也好,祝愿也罢,表示的都是一种忠君报恩的心旌。那么,

---

① 程歗:《晚清乡土意识》,中国人民大学出版社1990年版,第133页。

如何实现忠君报恩呢？大部分宝卷都推崇三纲五常，赞颂为臣忠，为子孝，兄弟悌，守妇道。如《众喜粗言宝卷》说："三纲要正，五伦要全，君臣有义，父子有亲，夫妇有别，长幼有序，朋友有信。"为此，许多宝卷还撷取佛、道的某些教义，告诫世人要遵守三皈五戒，防止十毒十恶，认为"酒是串肠毒药，色是杀人钢刀，才（财）是人间脑髓，气是惹祸根苗"①，并宣扬善有善报、恶有恶报的因果报应说，把惩罚罪恶的地狱渲染得十分阴森可怖，以此劝说世人弃恶向善，认命顺天。如《混元弘阳叹世真经》用大量历史故事，反复讲述人之寿夭，富贵贫贱，皆有命定，劝导世人甘苦自尝，逆来顺受，不要和命运抗争："未从生人先造定，算来由命不由人。""劝君凡事莫怨天，一生都是命，半点不由人。"

宝卷所宣扬的这种以忠君报恩为中心的伦理信念，反映了封建社会下层民众的普遍心理，而正是这种伦理信念构成了中国传统文化中强固的伦理精神，对上表征为忠君报恩意识，对下则体现为孝亲祭祖、夫妇人伦和子嗣继承观念，因而形成了一种普照一切的文化之光，掩盖了社会关系中其他的色彩。这种伦理信念虽有它固旧与囿于积习的消极一面，但在特定的历史条件下，又有它反抗外国侵略、维护民族尊严的积极作用。晚清反洋运动中的民族自卫意识，在很大程度上就是以维护伦理信念为其表现形式的。"扫邪保护正道，灭鬼保护华帮"，"第一求保三教，第二求护纲常，第三求保社稷，第四求护农桑，五保黎民妻子，六保贵府闺房。官员若不保护，百姓自立主张"。这里的"保三教""护纲常"的信念，是"保社稷""护农桑""保黎妻子"等民族情绪和民族情感的标志，也成为下层民众抨击官府在侵略者面前动摇妥协而企图"自立主张"的精神根据。②因此，对宝卷所

---

① 《混元弘阳叹世真经·叹酒色才气品第十一》。
② 程歗：《晚清乡土意识》，中国人民大学出版社1990年版，第172页。

反映与宣扬的伦理信念既不能一概否定,也不能过度褒扬,正确的态度与科学的方法,应是依据不同的历史条件,具体问题具体分析。

(三) 求索取向

中国下层民众务实求存,注重的是现世的人生快乐,表现在宗教信仰上,则是以小生产者的功利主义为心理基础,即人对神佛的物质奉献与心灵虔诚,是为了换取神佛赐福于人间,因此在求索取向上便生发出有别于上层社会的某些特点,其中最有代表性的是对转世神佛的狂热崇拜。

在明代中末叶问世的大批宝卷中,几乎每一部创教宝卷的作者及其传人都把自己说成是神佛转世。如黄天道创始人李宾在其所著《普明如来无为了义宝卷》中,自称普明佛转世,称其妻王氏为普光佛转世,而其弟子郑光祖在所著《普静如来钥匙宝卷》中,则自称普静佛或钥匙佛转世;又如大乘天真圆顿教创立者张海量在与其弟子西木合著的《古佛天真考证龙华宝经》中,自称弓长祖,弘阳教祖师韩太湖在其所著《混元弘阳临凡飘高经》中,自称飘高祖;此外,诸如石佛祖、天真佛、吕菩萨、米菩萨,等等,都是通过宝卷的流传而彰显于世,并由此形成了一场对这些转世神佛的崇拜狂潮,其流风所及,影响了整整有清一代。

清初,天地门教创教祖师董计升被其信徒奉为转世弥勒,号称"道德师祖";而八卦教创教祖师刘佐臣则被其信徒称为再生孔子,号称"圣帝老爷"。此后,云南太和县人张保太自称"四十九代收圆祖师",创立了大乘教;江西鄱阳人黄德辉自称元始天尊转化,建立了三皇圣祖教,其子黄森官则自称弥勒佛。到了清中叶,以弥勒佛自居或指称某人为转世弥勒建立的教派更是屡起迭出。如河南许州人徐国泰认为弥勒佛降生在河南无影山张家,扶助牛八起事,建立了收元教;与此同时,河南鹿邑人刘松则指称其子刘四儿为弥勒佛转世,保辅牛八起事，建立了三阳教；接着，安徽巢县人方荣升自称弥勒佛下凡，具有掌管"天皇"的权力，从其师金惊有手中接掌收圆教等。进入晚清以后，因称佛作祖而建立起来的教派就更多了，举其荦荦大者，如山西赵城人曹顺等自称释迦佛、燃灯佛转世，建立了先天教；山东平原人赵万秩自称普渡佛转世，奉无生老母之命下凡"救人劫苦"，建立了皈一道；山西五台山南山极乐寺僧李向善（法名普济）自称弥勒佛转世，接掌了九宫道等。以上介绍的都是有清一代民间宗教世界颇具影响的大教派，至于由这些教派衍生的宗支派系自我神化的事例，更是数以百计。

由宝卷发轫而导致这场民间造神运动，实质上是下层民众凭借超人间的形式，来表达自己对生活环境的体验与感受，并以此为基础，形成了特定的求索取向；而正是这种求索取向，鼓动起下层民众的宗教狂热，误以为这些转世为人的神佛就是神天意志的代表和收圆度人的救世主，只要跟从他们，就会有饭吃，有衣穿，步入无饥无寒的白阳盛世，有清一代的民间宗教运动为什么空前兴盛？正是这种求索取向使然。

（四）理想境界

中国下层民众也有自己希求的生活目标和企羡的理想境界，但是在现实社会中，他们却找不到出路，只能仰望茫茫苍天，把真实的欲求移入神天世界，来取得在现实社会中不易获得的欲求补偿，宝卷则满足了下层民众的这种理想追求。

罗祖《五部六册》首先为下层民众描绘了一个理想境界——真空家乡，此后陆续问世的宝卷都围绕这个理想境界展开了诠释与铺陈。所谓真空家乡，又称还源家乡、都斗太皇宫、安善极乐国、云城圣地等，是无生老母居住的地方。这里"有楼台殿阁，有八功德水充满池中，有七宝行树金绳界道，有玻璃合成金银琉璃，有水流风灯演出摩词,有鹦鹉舍利加陵频伽共命之鸟,演音歌唱无生曲调,细巧灵音,美耳中听,有天乐迎空,异香满室,有天花乱坠,地涌金莲,步步莲开,有这等好处,是法王家里居补处位,外宫内院,胜景堪夸,乃是诸佛菩萨受用极乐之处"[①]。一句话,真空家乡是一座充满美好与幸福的天堂。

然而,在这些宝卷中,大都宣扬无生老母届时要派弥勒佛降世临凡,召开龙华三会,把沦落尘世的儿女度回真空家乡,与无生老母团聚,永享平等幸福之快乐,因而使下层民众对这些宝卷所描绘的理想境界有一种可望而不可即之感,或多或少地减弱了它的吸引力。明末清初问世的《家谱宝卷》和《定劫宝卷》则比这些宝卷前进了一大步,明确地提出了云城即真空家乡降世理想,并以谶纬方式提出了"十八子当立天下说"[②],从而将真空家乡由天上搬到人间,"单等十八孩子儿来聚会","别立世界改乾坤"[③]。因此,在这种"云城降世"就在眼前,"十八子"坐朝理政就要实现的许诺下,下层民众又怎能不趋之若鹜,乃至赴汤蹈火,也在所不惜呢!有清一代著名的几场农民大起义,如乾隆年间的山东清水教大起义,嘉庆年间的川陕楚豫皖五省教门大起义和直鲁豫天理教大起义等,都是为了实践这种理想境界的英勇尝试,乃至近代社会爆发的太平天国运动,也都打上了这种理想境界的深深印记。

三

据笔者实地调查及有关资料披露,20世纪50年代和60年代初,

---

① 《销释接续莲宗宝卷·红梅十六品枝第三十四》。
② 参见濮文起:《〈家谱宝卷〉表徵》,《世界宗教研究》1996年第3期;《〈定劫宝卷〉管窥》,《世界宗教研究》1998年第1期。
③ 《定劫宝卷》卷上。

宝卷一直在中国大陆某些乡村社会流传，特别是进入 20 世纪 80 年代以后，随着民间宗教的再度活跃，宝卷也在乡村社会呈现出传播扩大的趋势。

1988 年，兰州大学出版社出版了一部《河西宝卷选》，收录宝卷 8 种，计 20 万字，据该书编者兰州大学段平先生介绍，1983 年以来，他们曾组织十几名学生，多次深入河西走廊的十多个县、市，共搜集到当地农村流传的宝卷 108 种。在这 108 种宝卷中，只有 4 种是河西人自己写的，其余都是全国性的流传本。

1994 年，广西师范大学出版社出版了王熙远教授编著的《桂西民间秘密宗教》。该书 53 万字，其中五分之三的篇幅为王先生于 20 世纪 80 年代末、90 年代初在桂西民间搜集的普渡道、魔公道经卷，计 130 余种。1997 年，台湾《民间宗教》杂志第 3 辑发表了林国平教授撰写的《福建三一教现状调查》和《国内现存的三一教著述解题》，介绍了现存三一教经卷 27 种。

自 20 世纪 80 年代末始，笔者对盛行于河北、山东一带乡村的天地门教（又称一炷香教）开展调查[1]，搜集天地门教"无字真经"即口传经卷数十种。[2] 1998 年，笔者又在西南四川山区发现一批珍贵的民间宗教经卷手抄本，计两箱 200 多种。据初步考证，这批经卷是一支流传在西南地区的名叫四相教的民间教派所传[3]。如此等等。

笔者以上所列事实，旨在证明：作为民间宗教思想和通俗文学载体的宝卷，在现代中国的西北、东南、西南、华北等乡村社会仍在流传，还有其诱人的魅力。

---

[1] 濮文起：《天地门教调查与研究》，见王见川、柯若樸主编：《民间宗教》第 2 辑，东南亚华人宗教专辑，台湾南天书局有限公司 1996 年版。

[2] 笔者除在《天地门教调查与研究》中公布一些经卷外，又选择了一些有代表性的经卷，收入由笔者主编的《中国宗教历史文献集成》第五部分"民间宝卷"，该套文献丛书于 2000 年由江苏古籍出版社出版。

[3] 笔者已选录一部分，收入《中国宗教历史文献集成》第五部分"民间宝卷"。

那么，宝卷对现代中国乡村民众的魅力何在呢？

首先，宝卷在现代中国乡村社会继续发挥着文化娱乐功能。宝卷自元末明初出现始[①]，从形式到内容，就都是乡土性、大众性的，且均能吟唱，而吟唱的曲牌又多为乡野父老喜闻乐见的民间音乐。明清时代，下层民众谋食不暇，生活单调，常常是在教派集会宣唱宝卷时，"从旁听唱"，"学念歌词"[②]，从中获取乐趣。这种从明清时代遗留下来的民间文化习俗，并没有因为社会制度的根本改变而随之消失，至今仍在那些文化生活落后的乡村风行，成为那里农民的主要文化娱乐活动。20世纪80年代末，笔者在河北某些乡村调查天地门教时，常看到该教利用传统节日举行宝卷宣唱活动，附近农民不论男女老幼届时都会去听，乐此不倦。段平先生所编《河西宝卷选》也真实地反映了河西走廊乡村社会的这种文化娱乐活动，王熙远、林国平两位先生在桂西、闽南山区从事田野调查时，同样目睹了宝卷这种文化娱乐功能。

其次，宝卷在现代中国乡村社会依然具有抒发民众宗教情感的社会功能。宝卷集中反映了民间宗教教义思想，它所宣扬的神佛赐福、善恶果报、生死轮回、行善修好等宗教道德观念，一直在中国那些经济落后、科学知识贫乏的乡村社会拥有信众。中国政治文化进程的巨大动荡和社会经济转型以及由此引发的各种社会问题，使那些多年生活在固定的政治、经济、思维模式中的乡村民众产生了种种困惑。由于乡村民众对命运的非理性理解和文化心理的适应性，因此很容易使他们转入宝卷所宣扬的民间宗教信仰中去，并以此解脱精神困扰，追求道德与行为完善，达到调适人际关系和周围生存环境和谐安定之目

[①] 关于宝卷出现的时间，笔者赞同郑振铎先生的观点，即元末明初，见郑振铎：《中国俗文学史》第十一章"宝卷"，作家出版社1954年版，第308页。
[②] 《军机处录副奏折》，乾隆五十一年七月十二日，河南巡抚毕沅奏折。

的。笔者在河北乡村调查民间宗教时，经常看到男女农民在遇到烦恼之事，出现心理倾斜时，或有病（当然不是癌症等不治之症）不能到城里就医时，便很自然地求助于民间教派的宣唱宝卷，以求心理上的平衡和身体上的康复。

　　宝卷对明清时代下层民众道德情操、伦理信念、求索取向与理想境界的生动反映以及在现代中国乡村社会的流传与影响，充分说明宝卷所蕴藏的伦理传统和灵性资源，并不受时代限制而具有被乡村民众世代认同的品格，于是这也就为现代人提出了一个如何认识宝卷所蕴藏的伦理传统和灵性资源问题。笔者认为，宝卷作为民间宗教思想和民间通俗文化载体，是中国封建时代的产物，它反映了那个时代下层民众的宗教信仰和文化生活。因此，我们没有理由苛求那个时代的宝卷作者为后人提供超越历史局限的精神食粮。对于由宝卷流传而遗留在现代中国乡村民众文化心理中的积垢，可以在历史的开拓过程中逐渐荡涤，而宝卷所体现的传统文化中的正面价值和智慧结晶的部分，亦即具有民族精神的优秀部分，如对女性的关怀与崇扬、对传统孝道的着意改造以及对理想境界的执着追求等都不会消散，必将融入更高级的文化形态，为全球的伦理建设与人类幸福做出贡献。

原载《中国文化研究》2000 年第 4 期

罗教五部经卷的基本教理探析

闵 丽

罗教又称罗祖教或无为教，是中国明代成化至正德年间由教祖罗梦鸿创立的民间宗教。罗教在其《苦功悟道卷》《叹世无为卷》《破邪显证钥匙卷》（上下册）《正信除疑无修证自在宝卷》《巍巍不动泰山深根结果宝卷》等五部经卷中，较为完整地阐释了自己的教理。深入研究罗教五部经典中的教理及其特质，不仅有利于把握明清时期各民间宗教流派之间的关系，而且能了解这一时期社会中下层民众的思想状况，进而从宗教文化的层面认知明清时期的民俗文化走势。

一、罗教五部经卷的基本教理

罗教始祖罗梦鸿采用佛教禅宗的心性论来阐释生死问题，并力图从中寻求"了脱生死"的途径。他在研读禅宗顿悟派的经典《金刚科仪》以后，放弃了心外求法的净土信仰，接受并进一步阐释了"心是佛，佛是心，本来无二""心外休取法"[①]的心性论。自我意识又是怎样帮助个人逃离生老病死之苦呢？罗祖承袭了禅宗"以无念为宗"的

---

① 《苦功悟道卷》。

方法。他认为"心若无念,却被云霞。圆明一点,春来树树花"。① 即放弃对生的贪恋、对死的惧怕等一切欲念,达到"心""境"两忘的境界,实现内心世界的"绝对自由",由此,思想便进入"无为"状态,达到无为而无不为的美妙境界。因此,罗教又称无为教。以上可见,罗祖不仅继承了禅宗的心性论,而且继承了其"以无念为宗"的修持方法,禅宗与罗教之间具有很深的渊源关系。

但是,罗教并未因为寻找到了解决生死问题的方法而就此结束。作为宗教哲学,罗教与一般哲学有共通之处,即都要探索世界的本质或本原。在解释纷繁复杂的现象界的来由时,罗祖一方面把人心视为万法之源,另一方面又在人心之外设置一个"空无"的本体。也就是说,罗祖继承了禅宗的心性论,又深受道家与道教的道体论和道性论的影响,将道体有无、道物本末等问题引入其教理。罗教的"真空家乡"一词集中体现了佛禅与道玄的双重特性。据考证,"真空家乡"一词早在明代宣德五年(1430)刊印的《佛说皇极结果宝卷》中已经出现,该宝卷比罗教五部经典早五十年左右问世。罗祖用"真空家乡"一词比拟万物之起始因,认为万物来自于虚无的"真空":"老君夫子何处出,本是真空能变化。山河大地何处出,本是真空能变化。……盘古初分何处出,本是真空能变化。……一切万物何处出,本是家乡能变化。一切男女何处出,本是家乡能变化。"② 在《苦功悟道卷》中,"真空家乡"仍被视为人之心性,而不是人心之外的彼岸世界:"有人晓得真空法,娘就是我我是娘。有人晓得真空法,本性就是法中王。"③ 也就是说,人本有的心性就是化生万物的"真空","我"就是万物之母。此时,"真空家乡"还未外化,在宇宙生成论问题上,罗教还仍然与禅宗心性论一致。但是此后,罗祖赋予了"真空

---

① 《苦功悟道卷》。
② 《苦功悟道卷》。
③ 《苦功悟道卷》。

家乡"禅宗心性论以外的其他特性：第一，实有性，将"真空家乡"视为天地之先的自在体。《苦功悟道卷》曰："想当初，无天地，甚么光景？空在前，天在后，真空不动。天有边，空无边，佛的法身。这真空，往上参，无有尽处。这真空，往下看，无底无穷。这真空，四维参，无边无岸。"这一段唱偈表现出"真空家乡"的空间和时间特性。第二，虚空性，"真空家乡"是天地万物之先的"无边的虚空"。第三，创生性，天地万物由此化生而出。"真空家乡"这些新的特性表明，在宇宙本原问题上，罗祖承认了有一个形而上的、永恒的、全能的、虚空实有的存在，且这个存在与道教之"道"具有相同的本性。罗祖甚至干脆用"无极""大道"称谓这个存在。《巍巍不动泰山深根结果宝卷》曰："大道无边是无极，虚空本是无极身。未有天地先有道，大道本是无极身。""真空家乡"内涵的变化表明，世界万物的起始因从内在推移到了外在、从此岸心性转变为彼岸道体。由此，道家与道教以无因为因、由无生有的宇宙创生论和道性论也出现在罗教教理之中。道家与道教的宇宙生成模式以及道在其中的作用，典型地体现在"道生一，一生二，二生三，三生万物"的命题之中。从道体看，道作为"众妙之门"，是宇宙的本原；从道性看，道本身包含着"无"和"有"两个方面的属性，其中，"无"是天地混沌未开之际的命名，具有质朴性、虚空性、潜在性和绝对性。"有"是万物产生之本原及其运行规律的命名，具有创生性、自动性和无限性。比较道家、道教与罗教的核心范畴的内涵，它们之间的确存在一致性。关于这一论点，罗教第五部经卷中《一字流出万物的母品第四》《未曾初分天地先是现成品第八》《未曾初分无极鸡子在先品第十七》等部分有相当多的诗偈为证。因此，一些学者单纯地将罗教划归为佛教支脉的观点有失妥当。

作为宗教哲学，罗教与一般哲学又有不同之处，即宗教在解释世界的本质或本原时，往往将神灵作为世界的终极与造物主，并对之顶礼膜拜。罗教作为民间宗教，并未脱离一般宗教的窠臼。罗祖在寻觅到虚空实有的宇宙终极原因并将之表述为"真空家乡""无极"或"大道"的同时，又将之人格化为"无极圣祖"或"无生父母"至上神。在罗祖看来，无极化生万物，它当然就有对所派生的世界的生杀予夺的控制能力和奖善罚恶的管理权力。一方面"无极圣祖"是仁慈的救世主，因为"无极圣祖大慈大悲，恐怕众生作下业障，又转四生六道不得翻身，故化现昭阳宝莲宫主，太子叹退浮云一切杂心，显出真心参道，救这本来面目，出离轮回生死苦海"①；另一方面，"无极圣祖"也能惩罚恶人，对于"饮酒吃肉不参道""又不知安身立命"的人，"无极圣祖"在其"临命终时，着他下无间地狱，永转轮回，四生受苦，不得翻身"②。可见，"无极圣祖"是当之无愧的世界缔造者、宇宙秩序的统治者、执掌天地公理的终极裁判者。罗祖认为，"无极圣祖"亦可称为"无生父母"，因为"诸佛名号，藏经名号，万物名号，这些名号从一字流出，认的这个字为做母，母即是祖，祖即是母……一切万物名号，都是本来面目变起名字，都是一字流出本来面目为做母为做祖"③。由于"母即是祖，祖即是母"，加之其空无特性，因而"无极圣祖"又可称为"无生父母"。罗教后学将"无生父母"演变为"无生老母"，塑造出明清时期众多民间宗教流派膜拜的至尊女神。

二、罗教五部经卷基本教理的特质

罗教的五部经卷完整地反映出该教派教理的原貌，同时也勾画出罗祖参悟的心路历程，其教理的特质亦从中体现出来。

---

① 《正信除疑无修证自在宝卷》之"无极化现度众生品第五"。
② 《正信除疑无修证自在宝卷》之"序文"。
③ 《巍巍不动泰山深根结果宝卷》之"一字流出万物的母品第四"。

第一，从教理的内容看，罗教是儒释道三教混杂而非融通的民间宗教。中国封建社会后期，释道二教与儒家思想高度融合，在释道二教的基础上派生出来的民间宗教当然也不例外，罗教亦如此。对此，本文不作详述，而侧重探讨其释道互参的特征。在五部经卷中，就其包含的释道双方内容而言，既有"心造一切法"的禅宗心性论，又有虚无实有的道玄创生论；罗祖既将心性视为个人精神绝对自由的实现者，亦将"无极圣祖""无生父母"作为限制个人自由的管理者。在此岸的心性与彼岸的道体关系上，罗祖试图用"真空家乡"一词消解二者的内在与外在的区别，实现两者的同一。但是，当"真空家乡"被罗祖赋予实有性、虚空性和创生性的同时，它也就从人的精神世界被移置到了天地之先的虚无之中，外化为人心之外的化生万物的虚无实有者，由此便与道家和道教的"由无生有"的道论相吻合。也就是说，罗祖根本没能消解释道二家的区别，因为关于现象的起因问题是宗教与哲学的根本问题，自然也是佛教之为佛教、道教之为道教的标识性问题。诚然，在中国封建社会的中后期，儒释道三家确有汇通的趋势，因为这三家都以修心养性、实现主体自我完善为重心，因而三家势必会有交汇的或趋同的价值观。所谓三教融合，即包络三家，消异摄同，融通归一。但是，在宇宙生成论问题上，释道二教各自具有相异的、无法混淆的理论范式。而作为民间宗教家的罗祖将释道二家具有标识意义的本体论分别排列在自己的信仰体系之中，并且没有意识到它们之间的区别。由此形成罗教教理的拼凑特征。这是罗教内容前后矛盾的根本原因，也是民间宗教固有的特征。

第二，从教理形成的先后顺序看，罗教的宇宙生成论存在着由佛禅开始、继而转向道玄的思想发展脉络。五部经卷是以罗祖口述、其弟子记录的形式形成的，前后经历了若干年。通观五部经卷，在第一卷《苦功悟道卷》中，罗祖首先用禅宗"由心取法"的心性论来消除生老病死的痛苦，这时，人的自我意识膨胀为宇宙本体。虽然其中已杂入了心性论以外的诸多因素。例如，视阿弥陀佛为无生父母、塑造了指点迷津的人格神"老真空"、提出了天地之先是"甚么光景"的理性难题，等等，而这些思维元素成为罗祖思想转变的楔子。但此时，罗祖仍以心灵觉悟为根本，化生万物的"真空法"仍被视为人之"本性"。这表明，佛禅在明代罗教早期经卷中的色彩甚浓，而罗祖最后口述的第四部《正信除疑无修证自在宝卷》和第五部《巍巍不动泰山深根结果宝卷》，其内容和表述方式都较前三部经卷更为成熟。在这两部宝卷中，罗祖表现出明显的道家与道教的思想倾向：其一，罗教的第四部和第五部经卷的主要内容是关于宇宙本原与世界生成的问题，其中几乎涵盖了道家与道教的道体论和道性论的所有内容，而道论则成为罗祖说明万物起源的理性工具。关于这个问题，本文的第一部分已作论证，在此不再赘述。其二，罗教中神祇的称谓和含义是在其第四部和第五部经卷中确定的，且禀承了道教之神的神性。空无实有的万物主宰被正式称为"无极圣祖"，首次出现于《正信除疑无修证自在宝卷》"诸恶趣受苦熬大劫无量品第一"前的序文中。而"无生父母"虽在第一卷《苦功悟道卷》中多次出现，但此时它被视为弥勒佛："说与我，弥勒佛无生父母，这点光是婴儿佛嫡儿孙。"这表明，罗祖将佛教偶像作为罗教的至上神；而在第四部经卷《正信除疑无修证自在宝卷》"本无婴儿见娘品第十六"中，罗祖又否定了视佛教偶像为无生父母的说法："愚痴之人，说本性就是婴儿，说阿弥陀佛是无生父母……阿弥陀佛也是男人，不是女人。他几会生下你来？……爷爷生父亲，父亲生儿，儿生孩子，大道门中，本无此事。"此时，罗祖虽然否定了阿弥陀佛与"无生父母"的同一的观点，但并未否定"无生父母"的生化本能。在第五部经卷《巍巍不动泰山深根结果宝卷》"一字流出万物的母品第四"中，罗祖终于将空无实有的万物主宰"无极圣祖"与

"无生父母"等而视之,"母即是祖,祖即是母"。由于"无极圣祖"或"无生父母"是空无实有的、无为而无不为的万有之因,所以它禀承了道教神祇的职能和特性。也就是说,"无生父母"的内涵从佛教偶像变为道教神灵。这表明,罗祖在其信仰体系形成和发展的后期,表现出明显的道教倾向。

罗教五部经卷所体现出的由佛禅开始、继而转向道玄的思想发展脉络,有以下两方面的成因:

其一,神的威胁力大于个人的自我束缚力。禅宗重视个人觉悟。只有具有强烈的信仰需求,并有一定感悟能力的人才会进行识心现性的自我提升的精神活动。但是,缺乏神灵的督促,信仰也会失去持久的保障;此外,对于那些信心不足、天性愚钝之人,神祇又可以用奖惩的方式强制性地规范其行为。因此,为了坚定信众的信心,在解脱个人苦难的方式上,罗教从个人的自我拯救转为向彼岸世界的神灵求助。

其二,道家与道教"有生于无"的本体论命题,贯穿于中国传统哲学的始终。该命题始于春秋时期的老子。从先秦的庄周到汉初的《黄老帛书》,再到魏晋时期的玄学家王弼等人,都力图在"有生于无"的框架下对宇宙予以揭示和说明。因而,"有生于无"成为华夏民族普遍认同的宇宙起源模式。这一哲学命题作为中国文化的底色,分别被调和到儒家与佛教之中,宋明理学各派的思维模式、中国佛教的空无本体论等无不烙印着道家与道教"有生于无"的思想痕迹。对于本体论上的这一主流思潮,作为民间宗教家的罗祖自然无力拒斥而只能对之兼收并蓄。因而,在罗祖的思想体系中,出现了由解脱生死的佛禅心性论开始,之后自然地、无意识地转向道玄本体论的思想发展脉络。罗祖在有目的地创造其宗教体系时,却无意识地表现出其宗教思想的脱臼或错位。

综上所述，罗教作为明清时期的民间宗教流派之一，具有文化传承性、自发与自为性、混沌性等特征。把握这些特征，对于认识明清时期众多的民间宗教流派有较大的参考价值。

原载《宗教学研究》2001年第2期

赣南闽西罗祖教抄本宝卷探析[①]

李志鸿

    宝卷是唐五代变文、讲经文演变而成的一种传播宗教的艺术形式,是独立于佛经、道藏外的另一中国传统宗教的经典。[②]宝卷与宋元以来的中国民间宗教有着重要的关联。罗祖教,又称无为教,简称罗教,问世于明成化、正德间。[③]罗祖教对明清时期民间宗教的影响巨大。[④]近年来,一些宗教学者逐渐触及南传罗祖教的研究。[⑤]民族音乐学者也涉及了对赣南"斋公"宣卷仪式的调查。[⑥]闽浙赣地区的罗祖教再次引起学术界的关注。自 2009 年 9 月开始,笔者在闽西、浙南

[①] 本文为笔者主持的国家社科基金青年项目《闽西罗祖教调查研究》(12CZJ016)、中国社会科学院重点课题《闽西罗祖教调查研究》(YZDB 2012-11)阶段性成果。
[②] 马西沙主编:《中华珍本宝卷》(第一辑)第一册"前言",社会科学文献出版社 2012 年版。
[③] 马西沙:《民间宗教志》,上海人民出版社 1998 年版,第 81—128 页。
[④] 马西沙、韩秉方:《中国民间宗教史》,上海人民出版社 1992 年版,第 223 页。
[⑤] 梁景之:《清代民间宗教与乡土社会》之《附录:福建民俗宗教信仰的实态》,社会科学文献出版社 2004 年版,第 327—346 页;陈进国:《外儒内佛——新发现的皈根道(儒门)经卷及救劫劝善书概述》,《圆光佛学学报》2006 年第 10 期。
[⑥] 李希:《赣南民间信仰仪式中的宝卷讲唱研究——以于都县为例》,华中师范大学硕士学位论文;李希:《于都县宝卷讲唱调查报告》,《戏剧之家(上半月)》2012 年第 1 期。该调查从民族音乐学的角度切入,对赣南"斋公""做佛事"讲唱《五部六册》宝卷的仪式音乐进行了调查,但由于专业差异,此项研究并未触及历史上赣南民间教派的传承、演变情况,对宣卷仪式的宗教内涵也未曾关注。

从事民间宗教调查，陆续收集到一些罗祖教的新资料。[①] 这些资料包括刊本《大乘五部六册》宝卷共五部，其中有明确刊印年代的三部：明万历十二年（1584）大字经折刊[②]；清雍正七年（1729）大字经折刊本[③]；清道光二十七年（1847）大字经折刊本。[④] 此外，闽浙赣地区的罗祖教在诵念《大乘五部六册》时，往往配合以其他抄本宝卷，这些抄本宝卷多数为以往学界所未见，包括《大乘经开香本》《大乘经解经本》《大方广佛华严忏》《佛前谨罗汉灯》《真言秘诀》《扫房法事抄本》等。这些抄本宝卷一部分是罗祖教的教派史资料，另一部分则是罗祖教仪式抄本，仪式活动涉及开香、解经、还受生、谨罗汉灯、超度、庆生做寿、祈福、扫房等。可以说，抄本宝卷对研究民间宗教的教派历史、仪式活动有着重要的价值。本文尝试以新发现的罗祖教抄本宝卷为中心，对民间宗教的仪式活动、教派历史及其与正统宗教的关系进行探讨。

一、罗祖教抄本宝卷提要及文本分析

近年的研究表明，正因为宗教仪式的鲜活性，时至今日，在广大的农村社会，中国民间宗教各教派都出现了对传统宝卷的整理与重新

[①] 关于赣南闽西罗祖教可以参见李志鸿：《民国十三年〈大乘正教宗谱〉与闽赣边区罗祖教》，载中国社会科学院世界宗教研究所编：《宗教文化青年论坛》，社会科学文献出版社2010年版；《南传罗祖教初探》，《世界宗教研究》2010年第6期；《罗祖教与闽西客家文化》，载苏庆华主编：《汉学研究学刊》第三卷，马来亚大学中文系，2012年10月。

[②] 万历十二年刊本《五部六册》宝卷业已刊印于马西沙主编：《中华珍本宝卷》第一辑第二册，社会科学文献出版社2012年版。

[③] 此宝卷后由闽西流入台湾，见王见川、林万传主编：《明清民间宗教经卷文献》第一册，台湾新文丰出版公司1999年版。

[④] 此刊本为笔者在江西石城收集所得，卷首刊"石邑妙明经室奉佛弟子张超类嗣法群济群学仁通助刊流通"，卷尾刊"时皇清道光二十七年岁次丁未春三月望日江右石邑领袖弟子张孚远女华缘谨识"。

流传。此堪为当代民间宗教复兴的一重要特征。[1] 笔者在闽西、赣南、浙南收集到的罗祖教宝卷，大部分为抄本。这些抄本宝卷许多是罗祖教师徒授受的"秘本"。透过这些抄本宝卷，我们可以更加深入地去认识民间宗教的传承历史、教派活动及其与正统宗教的关系。以下将择其要者作一提要。

1.《大乘经开香本》。闽西罗祖教手抄本，有清抄本，以及2001年、2002年抄本。内载"上香本""开经偈""开本念经""收经偈""收经科"（"点香送神""报恩文""茶供""斋供"）等。所谓《开香本》实为详载念诵《五部六册》宝卷的方法，以及仪式程序的科仪蓝本。闽西当地法师将之称为"吃饭的家伙"，是师徒传法的重要文本。闽西县罗祖教广泛流传一清同治四年（1865）的《大乘作用科文》[2]，与《开香本》性质相同。《大乘作用科文》内载："此文提科不限，其一聊备以便后学，余皆用祖经，当机者会意作用。"可见，至迟到清末，闽西罗祖教诵念《祖经》即《五部六册》宝卷已离不开《开香本》。

2.《大乘经解经本》。闽西罗祖教手抄本，有清代抄本，以及当代手抄经折本多种。所谓《大乘经解经本》，是闽西罗祖教法师以《五部六册》宝卷中的《大乘正信除疑卷》为蓝本，依其二十五品名称，编写为二十五品的签诗，称为《大乘经解经本》，在仪式中，法师使用该签诗为东家（斋主）占卜吉凶。《大乘经解经本》经文前有序言一

---

[1] 林国平：《民间宗教的复兴与当代中国社会——以福建为研究中心》，《世界宗教研究》2009年第4期；尹虎彬：《河北民间后土信仰与口头叙事传统》，北京师范大学博士学位论文，2003年；陈进国：《外儒内佛——新发现的饭根道（儒门）经卷及救劫劝善书概述》，《圆光佛学学报》2006年第10期；濮文起：《当代中国民间宗教活动的某些特点——以河北、天津民间宗教现实活动为例》，《理论与现代化》2009年第2期；李浩栽：《弘阳教研究》，中国社会科学院宗教系博士学位论文，中国社会科学院宗教系博士学位论文，2005年未刊稿；陈松青：《福建金幢教研究》，福建师范大学硕士学位论文，2006年未刊稿。

[2] 陈进国：《外儒内佛——新发现的饭根道（儒门）经卷及救劫劝善书概述》，《圆光佛学学报》2006年第10期。

篇，其中有言："老祖大乘经品，龙牌御旨颁行。当今传扬天下，开化普度众生。万民诚心朝拜，问我求首经文。正信二十五分，分分解曰分明。"显而易见，《正信除疑宝卷》是《大乘经解经本》出现的文本依据，正所谓"正信二十五分，分分解曰分明"。序文又载："老祖大乘经品，龙牌御旨颁行。总章不同共看，一事不彰批详。注出传扬天下，神通显应感灵。"不难看出，《大乘经解经本》的出现与流传彰显了《五部六册》宝卷的灵验。

3.《销释金刚科仪》。闽西罗祖教手抄本，又称《金刚科仪》，有清代手抄经折本，以及当代手抄经折本多种。《金刚科仪》为宋释宗镜述，一卷，是以姚秦鸠摩罗什所译的《金刚般若波罗蜜经》为蓝本编集而成的科仪。

4.《大方广佛华严忏》。闽西罗祖教手抄经折本，上、中、下三卷。闽西罗祖教在仪式中常诵念此卷，为广大信徒祈福。

5.《中元忏卷》。闽西罗祖教手抄本，有清代手抄经折本，以及当代手抄经折本多种，上、中、下三卷。此宝卷实为道教《三官经》的改编本。闽西罗祖教在仪式中常诵念此卷，祈求天、地、水三官赐福于广大信徒。

6.《天台山五佛菩萨尊经》。闽西罗祖教手抄本，又称《五公经》，有清代手抄经折本，以及当代手抄经折本多种。经中叙述天台山志公、化公、朗公、唐公、宝公五公菩萨共撰转天图经"翻为长短句，歌三十六首"，"论下元甲子，未来之事，令众生知悉"。经中并附有志公菩萨灵符十七道，化公、朗公、唐公、宝公菩萨灵符各十六道，合计五公灵符八十一道。闽西罗祖教将此经视为灵验非常的预言书，秘不示人，且以为所附五公菩萨符箓有消灾灭罪之奇效。①

---

① 关于《五公经》可以参见王见川：《〈推背图〉〈五公经〉〈烧饼歌〉及其他》，王见川、车锡伦、宋军、李世伟、范纯武编：《明清民间宗教经卷文献续编》第一册，台湾新文丰出版公司2006年版，第6—11页。

7.《观音菩萨救苦经》。闽西罗祖教手抄本,又称《救苦经》或《观音经》,有清代手抄经折本,以及当代手抄经折本多种。闽西罗祖教将此经与《大乘五部六册》一同诵念,为广大信徒消灾祈福。

8.《受生经》。闽西罗祖教手抄本,有当代手抄经折本,以及当代油印本多种。经中宣称生人必须要纳受生钱,借以偿还阴债,消减罪孽。闽西罗祖教用此经为施主举行纳还受生钱仪式。

9.《地母经》。闽西罗祖教手抄本,又称《无上生天地母老太佛》,有当代手抄经折本,以及当代油印本多种。闽西罗祖教用此经为施主消灾祈福。

10.《佛前谨罗汉灯》。清代江西吉安罗祖教大乘门科仪手抄本,封面有"戴河谟抄用"字样。疏文中有"今呈江西省吉安府×县×乡第×都××居住"等语,可知此手抄本应是清代之物。内载"佛前谨罗汉灯""谨罗汉灯请佛号""送孤往生""登台施食""天心经散斋"诸部分。"佛前谨罗汉灯"有言:"祖师罗圣人,点开大乘门。三宝酬天地,说法度迷冥。"又有"这炷信香入炉心,本是罗祖度迷冥"等唱词。可知此科仪抄本属于罗祖教大乘门,所谓"佛前谨罗汉灯"仪式,实即法师登台作法,恭请罗祖师临法会作"法王",超度四方十类孤魂。其仪式程序为:奉请四大天王打扫法坛——奉请罗祖师登台作法王——送孤往生——登台施食——念经散斋。

11.《真言秘诀》。福建罗祖教手抄本,封面题"真言秘诀"及"龙思桂佛名忠泰",封底题"道显世界中华民国三十九年岁次庚寅年春月抄万事大吉",可知此本抄于1950年。抄本内载真言秘诀多种,有"老真空真言(求眼用)""护生真言(求茶用)""占坛真言""东岳真言(收煞用)""弥勒真言(照烛用)"等。所载真言与罗祖教关系密切,许多真言文字出于罗祖教《五部六册》宝卷。

12.《无名神书(扫房法事抄本)》。福建罗祖教手抄本,封面题"无名神书",封底题"岁在壬辰年春月龙思桂抄",与《真言秘诀》同为龙思桂所抄。《真言秘诀》抄写于1950年，可知此书大致应该抄写于1952年（壬辰年）。此本详载扫房法事（或曰扫堂法事）的具体程序以及符咒、手诀、踏罡步斗之法。仪式程序为：念穿佛衣真言——念戴佛帽真言——念拜佛真言——称念佛号拜请诸神——法王剔天王诀召请天王——法王默念敕宝剑真言净坛——法王台上转身剔北斗块——敕罗汉灯——称佛号——念天王、观音咒——法王存变天王——出房门念千佛——路上念心经——法王存想念往生经——念挂金锁三次——转身到大门内法王默念真言三次——回法坛称佛号——脱佛衣。

  13.《流通十方杂用二本》。江西兴国罗祖教大乘门手抄本。封面题"流通十方杂用二本"及"僧家永基"。内载文字有"天运民国×年×月×日""大清天下江西省赣州府兴国县智义乡×里×堡×甲×宅""江西道赣州府兴国县衣锦乡六十五都×堡×甲×处×宅""大乘门下秉受如来正教""焚香讽诵罗祖真经×部""皇清光绪×年×月×日具保状"等语，可知此本系由兴国罗祖教大乘门晚清、民国时期的多种抄本汇编而成。抄本载疏文、咒语多种，有"升天功德文凭一道""大乘门还钱文凭""还受生钱文凭""写天曹元辰金钱封皮式""勾销文贴""念三官经香赞""开香开经香赞"等。该抄本涵括罗祖教"开香""开经""还受生钱""报恩""进香""领签""念三官经""上座""下座""赞寿""绕棺""人棺"等多种仪式。

  14.《祖先榜》。清光绪江西罗祖教大乘门手抄本。内载文字有"皇清光绪×年×月×日""大乘门下出给文凭一道"等语，可知此本系罗祖教大乘门科仪抄本。抄本载疏文、符咒多种，有"大乘门下超度文凭""轿上符""祖先榜"等。疏文中将罗祖师称为"南无大慈大悲大德禅师"。闽西罗祖教民国十三年重编《大乘正教宗谱》第一册"清庵公事迹"，记载罗祖曾被敕封"齐天大德禅师护国罗法王"，此说与江西罗祖教大乘门一致。

15.《荐车夫科》。清光绪江西吉安永丰县罗祖教大乘门手抄本。内载文字有"今据大清天下江西等处承宣布政分司所隶吉安府永丰县明德乡×都×处×姓人氏""皇上光绪太岁×年×月×日本坛给付施行""大乘弟子""大乘接引祖师"等语，可知此本系清光绪江西永丰县罗祖教大乘门科仪抄本。"荐车夫科"又称"瑜伽车夫科"，是罗祖教大乘门超度亡魂时召请车夫力士降临法坛搬运纸钱赴阴司。该科仪的具体程序为：念诵"十方佛"——贡香烛茶果召请车夫力士临法坛——一献茶——二献茶——三献茶。抄本中还载有"灵山门下瑜伽斋坛本坛出给升天文凭"一道。

16.《大乘作用》。民国江西吉安永丰县罗祖教大乘门手抄本，封面题"展之瞭尊""金莲庵录"，首题"大乘作用""中华民国三十四年夏月日重录""少年漂泊子涂白"，尾题"佛门末弟姚雁书涂白"。内载罗祖教大乘门多种仪式文书，包括"开香请祖""香赞""开经偈""举香赞""秉烛一宗""完经一宗""报恩一宗""天香下用""幡竿下用""寒林下用""灵前用""起灵一宗""割灶用""赞句""坐台赞香""下座赞""观音诰""地藏诰""诸天诰""普庵诰"等。

应该注意，以上抄本宝卷的许多唱词直接渊源于《大乘五部六册》宝卷。福建罗祖教手抄本《扫房法事抄本》，法王默念敕宝剑真言为："这个罗汉最高强，手把宝塔镇十方。大地魔军无一个，独占须弥作法王。"敕罗汉灯需念诵："一盏孤灯，照破乾坤，地狱苦海，化作莲池。"以上唱词均出自《破邪显证钥匙经》。回法坛称佛号念诵："休归邪气归正道，正道终日现金身。休归邪气归正道，正道终日放光明。"此句出自《巍巍不动太山深根结果宝卷》。福建罗祖教手抄本《真言秘诀》所载"老真空真言（求眼用）"："明超日月光，明明法中王。古今明如镜，辉光照十方。"此句出自《正信除疑无修证自在宝卷》，而闽西罗祖教《大乘经解经本》则是以《大乘正信除疑卷》为蓝本，将其二十五品名称，改写为二十五品的签诗。"灵签"，又称"签诗"或"签谱",是中国民间信仰一种独特的占卜方术。① 将民间宗教宝卷改编为签诗,借以占卜吉凶,尚属仅见。然而,作为文本的宝卷,其变异与转化也存在于华北的民间信仰中。当代民俗学者运用主题分析的方法,发现了定县秧歌和民间宝卷互为文本的现象。② 另外一些学者指出,宝卷和民间叙事文本存在着相互借用、传递、标准化、地方化的动态影响过程。③ 宝卷文本转化成了占卜吉凶的签诗,这种文本的转化可以看成是宝卷的术数化。反观中国道教史,宝卷的术数化与宋元道教灵宝派本着"经为法之体""法为经之用"的理念将《度人经》符咒化可谓是异曲同工。④ 约成书于两宋之际的《灵宝无量度人上品妙经》,共六十一卷,仅卷一为《度人经》本文,余下的六十卷则是由本经衍生出的符箓咒术。其中,以《度人经》经文为根本,"以经中一句作一司","断章破句"编造大量的神将吏兵、道法职司、道教法印是当时新兴符箓派的惯常做法。⑤ 可想而知,在道教与民间宗教中,经典的术数化、符咒化是共同的现象。其义理正如南宋高道金允中所说的"经乃法中之本,而法乃经之用"⑥。亦即,"经典"是"教法"的根本与依据,"教法"则是"经典"的体现。

二、从抄本宝卷看罗祖教的教派传承

赣南闽西罗祖教出于罗祖师的外姓弟子,仿照佛教禅宗规制,衣

---

① 关于灵签研究可参见林国平教授相关文章:《〈道藏〉中的签谱考释》,《福建论坛》2005年第12期;《灵签渊源考》,《东南学术》2006年第2期;《论灵签的产生与演变》,《世界宗教研究》2006年第4期。
② 董晓萍、欧达伟:《乡村戏曲表演与中国现代民众》,北京师范大学出版社2000年版。
③ 尹虎彬:《河北民间后土信仰与口头叙事传统》,北京师范大学博士学位论文,2003年。
④ 李志鸿:《〈度人经〉与宋元道教》,《中国道教》2010年第5期。
⑤ 金允中:《上清灵宝大法》卷五《三界宫曹品》之《论别本以经中一句一司撰造将吏名目改坏经诰不便》。
⑥ 金允中:《上清灵宝大法·序》。

钵授受，祖祖相承，宣称以罗梦鸿为初祖，罗梦鸿的异姓弟子李心安为二祖，江西的黄春雷为三祖。民国三十四年江西吉安永丰县罗祖教大乘门手抄本《大乘作用》其"开香请祖"有言："请起……雾灵山上得道罗老祖师……佛正、佛广二大法王，刘本通、黄春雷祖师，四大经堂历代高僧宗师……"据《永丰县志》记载，1953年政府取缔反动会道门时，公安系统发现永丰境内有"大乘教""空中道""同善社""金丹道""一贯道""一字门"等组织。大乘教，又名罗祖教。明朝，由罗玄清、罗宗光、金默庵、黄道正先后传入永丰。境内设四大经堂，为岭南堂、华严堂、绍龙堂、报恩堂，以及24座庵，发展教徒321人。① 由此可知，此《大乘作用》确为永丰县罗祖教大乘门所用科书，封面所题"金莲庵"极有可能是24座庵之一。闽西罗祖教流传一清同治四年（1865）的《大乘作用科文》②，与此《大乘作用》性质相同，唯内容上稍有差异。可见，江西永丰与闽西罗祖教皆渊源于罗祖再传弟子江西兴国人黄春雷。

三、从抄本宝卷看民间宗教与正统宗教的关系

历史上，罗祖教与赣南闽西的佛教关系密切，罗祖教教徒都为虔诚的佛教徒。清朝光绪年间，闽西罗祖教大盛，一些罗祖教法师不仅建立斋堂，劝人吃斋念佛，而且四方募化钱财，重修闽西佛教道场，成为传承、复兴佛教的重要力量。在闽西罗祖教看来，罗祖教是信众接受佛教的"方便教"③。然而，正统的佛教信徒却将罗祖教的诵经仪式视为"邪法"，这种观念不仅见于历史上明末佛教高僧云栖袾宏、

---

① 江西永丰县志编纂委员会编：《永丰县志》第十章"政法"第一节"公安治安管理"，新华出版社1993年版，第420—421页。
② 陈进国：《外儒内佛——新发现的皈根道（儒门）经卷及救劫劝善书概述》，《圆光佛学学报》2005年第10期。
③ 民国十三年《大乘正教宗谱》"永灵山记"。

憨山德清、密藏道开等人对罗祖教的批判①，更体现于当代闽西僧侣对罗祖教诵念仪式的讥评。②虽然正统佛教不认可罗祖教，罗祖教徒却始终自视为"佛教徒"，频繁地为广大民众提供念经拜忏服务。清光绪江西罗祖教大乘门手抄本《祖先榜》内载"大乘门下超度文凭"将罗祖师称为"南无大慈大悲大德禅师"，将之作为信徒往生西方极乐世界的"接引祖师"。

前述江西兴国罗祖教大乘门手抄本《流通十方杂用二本》载有"还受生钱"仪式，该仪式与《受生经》关系密切。《佛说受生经》，又作《寿生经》《填还受生经》《填还受生经卷》等。本经宣传的生人还纳受生钱，就是所谓的寄库，是佛教预修思想影响的产物。③晚清民国时期，民间盛行以《受生经》为基础的"还受生钱"仪式（即寄库仪式）。许多佛教大师对此往往持批判的态度。实际上《受生经》《妙沙经》等经典在民间影响颇大。清代江西吉安罗祖教大乘门科仪手抄本《佛前谨罗汉灯》，载有"登台施食"仪式，仪式中法师需念诵《妙沙经》。从"护教"的立场，将《受生经》《妙沙经》等在民间有广泛影响力的经典视为"伪经"，本质上没有看到民众自己对宗教的理解。

四、结论

目前学界关于民间教派的研究比较薄弱，关于民间教派宗教实践的研究则更为稀少。罗祖教抄本宝卷是研究民间宗教仪式活动的极佳材料，通过这些抄本宝卷的研究，我们可以发现：仪式是民间教派十

---

① 马西沙、韩秉方：《中国民间宗教史》，上海人民出版社1992年版，第184—185页。
② 笔者于2010年8月8日星期日下午18:00对县城东玉龙山寺住持的访谈。
③ 关于《受生经》文本的整理可以参见侯冲：《佛说受生经》，载《藏外佛教文献》第二编，总第十三辑，第109—136页。

分重要的宗教活动。从宗教实质来看，正统宗教与民间宗教之间确实没有不可逾越的鸿沟！可以说，正是通过仪式活动的展演，民间宗教得以代代相续。这些以烧香、拜佛、吃斋、念经为表现形式的习俗是宗教多元化的一种必然趋势，也是维持宗教生态平衡的关键。

原载《世界宗教文化》2014 年第 6 期

新见罗祖教《五部六册》宝卷及宣卷仪式

李志鸿

所谓"宝卷",其始,主要是由唐、五代佛教变文、变相及讲经文孕育产生的一种传播宗教思想的艺术形式。它多由韵文、散文相间组成,多数宝卷可讲可唱,引人视听。[①] 讲唱宝卷的仪式称为"宣卷"。据统计,国内外公私收藏的宝卷计有1500余种,5000余种版本。[②] 20世纪二三十年代,顾颉刚、郑振铎、向达等学者开始搜集、研究宝卷。长期以来,学界主要是将宝卷作为民间俗文学来看待的,研究方式主要是进行文献学上的编目与提要。[③] 20世纪50年代开始,已经有学者开始对宝卷演唱活动进行调查。80年代之后,宝卷的田野调查卓有成绩。随着宝卷调查研究的深入,学者对宝卷研究进行了反思[④],对"宝卷学"[⑤]也进行了阐述。目前学界对宝卷与仪式关系的研究尚属少见。[⑥]

---

① 马西沙:《中华珍本宝卷》(第一辑)"前言",社会科学文献出版社2012年版。
② 车锡伦:《中国宝卷总目》,北京燕山出版社2000年版。
③ 李世瑜:《宝卷综录》,中华书局1961年版;(日)泽田瑞穗:《增补宝卷的研究》,国书刊行会1975年版;车锡伦:《中国宝卷总目》,北京燕山出版社2000年版。
④ 马西沙:《中华珍本宝卷》(第一辑)"前言",社会科学文献出版社2012年版;车锡伦:《中国宝卷研究的世纪回顾》,《东南大学学报》(哲学社会科学版)2001年第3期。
⑤ 濮文起:《宝卷学发凡》,《天津社会科学》1999年第2期。
⑥ 马西沙先生率先对宝卷中的丹道与斋醮仪式问题进行了研究。参见马西沙:《宝卷与道教的炼养思想》,《世界宗教研究》1994年第3期。近年来一些民族音乐学学者也涉及了宣卷

至少到明代初年，宝卷已经开始与民间宗教相结合，成为民间宗教传播宗教思想的一种形式。在宝卷发展史中，罗祖教《五部六册》宝卷地位突出。本文将以流行于闽西赣南地区南传罗祖教的宝卷为中心[1]，对宝卷的教派归属、刊印抄写以及宣卷仪式进行初步探讨。

一、南传罗祖教与闽西罗祖心安派

"教派"与"教法"是研究中国道教和民间宗教的两个重要视角。[2] 从"派"的角度来看，历史上，罗祖教支派大致有以下四支：一是罗氏家族依照血统世代相传。二是外姓弟子衣钵授受，祖祖相承。三是通过大运河运粮军工，由北向南传播，是为"青帮"前身。四是在浙闽赣等省形成的江南斋教。就"教法"的嬗变观之，罗祖教各支派在教义、组织方式、仪式活动等多有不同。江南斋教，有三祖转世之说，一祖罗祖，二祖殷祖，三祖姚祖。殷祖，殷继南，所传罗教号为"无极正派"，教徒皆以"普"字为号，诵念《五部六册》《天经》《结经》《明宗孝义宝卷》等经卷，宣称"三乘教法"，引进了弥勒下生、三期末劫信仰。姚祖，姚文宇，所传罗教号为"灵山正派"，该支派流传《三祖行脚因由宝卷》，继承了"无极正派"的"三乘教法"以及三期末劫信仰，淡化了"无极正派"的内丹修炼法门，推崇"点蜡法会"等外在仪式活动。

（接上页）式研究，对赣南"斋公""做佛事"讲唱《五部六册》宝卷的仪式音乐进行了调查，但由于专业差异，仪式音乐研究并未触及历史上赣南民间教派传承、演变情况，参见李希：《赣南民间信仰仪式中的宝卷讲唱研究——以于都县为例》，华中师范大学硕士学位论文，2008年；李希：《于都县宝卷讲唱调查报告》，《戏剧之家》（上半月）2012年第1期。

[1] 关于闽赣地区南传罗祖教的讨论可参看李志鸿：《民国十三年〈大乘正教宗谱〉与闽赣边区罗祖教》，见中国社会科学院世界宗教研究所编：《宗教文化青年论坛·2010》，社会科学文献出版社2010年版；《南传罗祖教初探》，《世界宗教研究》2010年第6期；《罗祖教与闽西客家文化》，见〔马来西亚〕苏庆华主编：《汉学研究学刊》第三卷，马来亚大学中文系，2012年。

[2] 关于中国道教与民间宗教"派"与"法"问题的讨论，可参见李志鸿：《道教天心正法研究》，社会科学文献出版社2011年版。

流行于赣南闽西的南传罗祖教，自称"大乘罗祖正教""罗祖大乘门""乘门佛弟子"。①该派不以"普"字为号，流传有78字字派："大乘世系流派，清净道德文成。佛法能仁智慧，本来自性圆明。兴崇上乘正学，悟彻微理超群。一体同观大觉，垂世广传修真。永远绍隆圣典，千秋续祖功勋。海宇究兹宏义，贤良君国皆钦。临轩优锡褒美，御赞炳如日星。"②至迟到清初年间，闽赣罗祖教徒已经流传该字派。民国十三年（1924）再编《大乘正教宗谱》时，该字派已传至第三十八世，世字派。③该教派宣称以罗梦鸿为初祖，罗梦鸿的异姓弟子李心安为二祖，江西的黄春雷为三祖，或可将此支罗祖教称为"罗祖心安派"。该教派的存在，让我们对罗祖教外姓嫡传派系有了更深入的认识。

日本藏明崇祯十二年（1639）首刊④，清道光戊申年（1848）孟冬重刊的《佛说三皇初分天地叹世宝卷》最早提及李心安。⑤在民国十三年（1924）重编《大乘正教宗谱》中，李太宁则被N县罗祖教称为"二世祖"："第二世，净字派，太宁，姓李，道号心安，北京金台顺义人。"宗谱中有一关于李心安的简短传记，弥足珍贵，全引如下：

　　二世
　　　　太宁心安老人。参礼始祖，祖云：何处人也？对曰：顺义县人。祖直指曰：此人倒有佛面。太宁叩头，昏迷不醒，随众听

---

① 民国十三年重编《大乘正教宗谱》第一册。
② 民国十三年重编《大乘正教宗谱》第一册"大乘系章"。
③ 李志鸿《民国十三年〈大乘正教宗谱〉与闽赣边区罗祖教》，《南传罗祖教初探》，《罗祖教与闽西客家文化》等文。
④ 《佛说三皇初分天地叹世宝卷》之《大照玄机印正真人品第二》载："今将五帝次序调断分明……朱太祖龙兴应天府三十五年，号洪武，太古（祖）至今皇帝三百六十五位，至崇祯十二年，共计九万五千五百二十二年。"可见，该宝卷首刊于明崇祯十二年。
⑤ 《佛说三皇初分天地叹世宝卷》之《广科接续传灯人七名品第六》载："……今将一辈一辈接续传灯祖师调断分明。头一位después灯心安李祖，洞明心性，才得心安，留语录上中下，名为三乘也……"；同此品又有唱词一段载："……度传灯，共七位，续祖源根。头一位，心安祖，遗留语录。心安集，共六部，刻板开通。……"

法。一日，见师眼中垂泪，心中惨惶，望师发大慈悲。师曰：莫哭，莫哭！大道不从外得，人人本具，个个圆成，只因迷钝，心内不明。又问曰：心地不稳，如何？师曰：盖为世境纯熟，不会归心，我今助尔。万法归一，行也归心，住也归心，此是万法归一。若人识得本心，大地无寸土。识得一，万事毕。翻来覆去，不记遍数。又问曰：多蒙吾师，渐渐开心。复求师印证。师曰：此事暂歇尘，莫要住着，若要住着，得少为足。《楞严经》云：疑悟后（众生），坠无间地狱。随师十二年，不离左右，听教法语。祖一日唤师来曰：尔得诸法总要无法之智，百千三昧任尔施为。达摩西来，不立文字，正是此事。听吾偈曰：昙花开灿转光新，吹毛宝剑作权衡。故将兔角蚊眉杖，付尔人天作证明。老人礼拜，留《语录》行世。①

此支罗祖教"三世祖"为江西兴国人黄春雷。《大乘正教宗谱》第二册载："第三世，道字派，春雷，字震响，姓黄，江西兴国人，葬瑞金县教场，丁山庚向。"清雍正十一年（1733）九月十九日闽西 N 县罗祖教各山经堂捐资建塔祭祀春雷祖。② 据王见川先生研究，台湾龙华教所藏汤普志光绪九年（1883）抄本《汤公规则》载有兰风等 24 名罗祖高徒，其中黄春雷祖师传布地区为赣州府。③ 此说与《大乘正教宗谱》所载一致。N 县罗祖教法师在诵念《大乘五部六册》时，必须举行请祖师仪式，其文字大体相类：

再炷真香一心奉请西天二十八祖，极乐世界接引阿弥陀佛，燃灯古佛，达摩祖师，代代相传，传至北京雾灵山得道悟空罗老祖

---

① 民国十三年重编《大乘正教宗谱》第一册。
② 《大乘正教宗谱》第一册"上谢塔图"。
③ 王见川：《台湾的斋教与鸾堂》，南天书局 1996 年版，第 6—7 页。

师，佛正，佛广，太楞（宁）祖，春雷师，韦陀天尊，戒神菩萨，二十四位护法诸天菩萨，八大金刚，四大天王，一千二百五十大阿罗汉，过去、未来、现在三世一切诸佛降道场，仝香供。①

显然，文中所说的太宁祖师（往往讹传为"太楞祖师"）、春雷祖师（往往讹传为"春宁"祖师）即为历史上该支罗祖教的二祖李太宁（心安老人）和三祖黄春雷。由此可知，历史上由李心安等罗祖嫡传外姓弟子仿照佛教禅宗祖师衣钵接续制度，祖祖相承的罗祖教法脉是真实可靠的。至迟于明万历年间，罗祖教已经传入闽西N县。此后，各山经堂传衍生息，在N县各地衍化出三十几个经堂。该县罗祖教徒曾于康熙癸未（1703）、嘉庆乙丑（1805）、道光庚子（1840）、同治庚午（1870）、光绪庚子（1900）、民国十三年（1924）前后六次编修《大乘正教宗谱》。② 中华人民共和国成立后，罗祖教主要活动于五谷庙、升仙台、枫干排、大觉寺等二十几个庵堂、寺庙，计有教徒100多人，同时并入县佛教协会。③

二、闽西罗祖教宝卷的刊印与抄写

闽西罗祖教各经堂往往供奉《五部六册》宝卷。明末清初，巫川山④、

---

① 闽西N县罗祖教Z法师所藏清抄本《大乘经开香本》，L法师所藏2001年抄本《大乘经开香本》，以及D法师所藏2002年抄本《大乘经开香本》。
② 李志鸿：《南传罗祖教初探》，《世界宗教研究》2010年第6期。
③ 《N县公安志》第二篇"打击犯罪"第一章"打击反革命犯罪"第三节"取缔反动会道门"，1993年12月，第153—156页。
④ 《大乘正教宗谱》第一册载有其传记一篇；此外，王见川在《台湾的斋教与鸾堂》中，据台湾龙华教抄本《汤公规则》整理出罗祖24名高徒，其中，有一"王川山"，所属寺院在江西，传布地区为建昌府清流。此"王川山"显系《大乘正教宗谱》所载清流石下林畲人"巫川山"之误。此又可证闽西赣南罗祖教传承属实。

叶子明①、余会真、汤镜明等同为此支罗祖教的核心人物。其中，巫川山、汤镜明均为 N 县"隆兴山"经堂的祖师。②由该经堂分衍出"天意山"经堂，余会真、汤镜明尝于"天意山"刊印罗祖《五部六册》，该刊本成为清雍正七年（1729）《大乘五部六册》刊印时的参校本。③闽西罗祖教在诵念《大乘五部六册》时，往往配合以其他经卷，这些经卷包括《大乘经开香本》《大乘经解经本》《销释金刚科仪》《大方广佛华严忏》《中元忏卷》《观音经》《五公经》《受生经》《地母经》等。

（一）闽西罗祖教的《大乘五部六册》

现在可以判定属于此支罗祖教的《五部六册》宝卷共有三部。一部为明万历十二年（1584）刊本，一部为清雍正七年（1729）刊本，另外一部不载刊印年代。明万历十二年（1584）刊本以及不载刊印年代刊本流传于闽西 N 县，雍正七年（1729）刊本则藏于台湾斋教龙云堂。三部宝卷皆在原有名称前冠以"大乘"二字。当地罗祖教徒皆将《五部六册》称为"大乘经""祖经""六部经"。

（1）明万历十二年刊本。④笔者在闽西田野调查发现的万历十二年（1584）刊本《五部六册》宝卷，为大字经折本，无序、跋，《大乘苦功悟道卷》《大乘叹世无为卷》两卷皆不分品。此刊本每部宝卷卷首页刊印"泉下陆坊信士陆惟璐室人张好佛刊印佛像愿赞颂"，卷后均刊印"大明万历十二年正月吉日积善堂重刊印行"。

---

① 《大乘正教宗谱》第一册"永兴山经堂图"附有"同治庚午九年孟冬月"张乘寂撰写的永兴山经堂记，提及子明。
② 《大乘正教宗谱》第四册"必胜公世系传圳背隆兴山"。
③ 李志鸿：《南传罗祖教初探》，《世界宗教研究》2010 年第 6 期；王见川、林万传：《明清民间宗教经卷文献》"导言"，台湾新文丰出版公司 1999 年版，第 15—16 页。
④ 明万历十二年刊本《五部六册》宝卷业已刊印于马西沙主编《中华珍本宝卷》第 1 辑第 2 册，社会科学文献出版社 2012 年版。

（2）清雍正七年刊本及其抄本。此版本《五部六册》刊载于台湾新文丰出版公司1999年出版，由王见川、林万传主编的《明清民间宗教经卷文献（初编）》第一册。流传于台湾斋堂中的《大乘五部六册》仅一种，即雍正七年（1729）木刻本。昭和八年（1933）林普权尝手抄此刊本，现木刻本与抄本皆藏于台湾龙云堂。[①] 据该部宝卷"后言"所载，此《五部六册》是闽西N县罗祖教徒龙大鼎以"党尚书家藏北板"为基础，参校罗祖教"天意山"经堂余会真、汤镜明[②]重修的罗祖经而成的新版《五部六册》。

（3）不载刊印年代刊本。笔者在闽西收集到的另一刊本宝卷，亦为大字经折本，不载刊印年月，亦无序、跋，有校勘文字。《大乘叹世无为卷》后载："刘坊里俞上银、俞文柱、俞调乡各助小边。"《大乘破邪显证卷》后载："刘坊里俞上谷、邱和金，共助小边十只，尚隆、尚筵共助小边十角。"《大乘破邪钥匙卷》后载："祭下廖进森喜助小边十角。"《大乘正信除疑卷》后载："古巫溪巫朝梁、巫显接喜助小边十只。""刘坊里"是N县明清时期的行政区划，故此宝卷至迟亦应刊印于清代。

（二）《大乘经开香本》

有清抄本，以及2001年、2002年抄本。内载"上香本""开经偈""开本念经""收经偈""收经科（点香送神）""报恩文""茶供""斋供"等。所谓《开香本》，实为详载念诵《五部六册》宝卷的方法以及仪式程序的科仪蓝本。闽西当地法师将之称为"吃饭的家伙"，是师徒传法的重要文本。闽西C县罗祖教广泛流传一清同治四

[①] 王见川、林万传：《明清民间宗教经卷文献》"导言"，台湾新文丰出版公司1999年版，第15—16页。
[②] 闽西罗祖教"天意山"经堂余会真、汤镜明一系的传承谱系载于闽西罗祖教民国十三年重编的《大乘正教宗谱》第四册。

年（1865）的《大乘作用科文》[①]，与《开香本》性质相同。《大乘作用科文》内载："此文提科不限，其一聊备以便后学，余皆用祖经，当机者会意作用。"可见，至迟到清末，闽西罗祖教诵念《祖经》即《五部六册》宝卷已离不开《开香本》。

（三）《大乘经解经本》[②]

有清代抄本，以及当代手抄经折本多种。所谓《大乘经解经本》，是闽西 N 县罗祖教法师以《五部六册》宝卷中的《大乘正信除疑卷》为蓝本，依其二十五品名称，编写为二十五品的籤诗，称为《大乘经解经本》。在仪式中，法师使用该籤诗为东家（斋主）占卜吉凶。

（四）《销释金刚科仪》

又称《金刚科仪》。有清代手抄经折本，以及当代手抄经折本多种。《金刚科仪》为宋释宗镜述，一卷，是以姚秦鸠摩罗什所译的《金刚般若波罗蜜经》为蓝本编集而成的科仪。闽西罗祖教用之以超度亡魂。

（五）《大方广佛华严忏》

当代手抄经折本，上中下三卷。闽西罗祖教在仪式中常诵念此卷，为广大信徒祈福。

（六）《中元忏卷》

有清代手抄经折本，以及当代手抄经折本多种，上中下三卷。此宝卷实为道教《三官经》的改编本。闽西罗祖教在仪式中常诵念此卷，

[①] 陈进国：《外儒内佛——新发现的皈根道（儒门）经卷及救劫劝善书概述》，《圆光佛学学报》2006 年第 10 期。

[②] 关于《大乘经解经本》的具体运用，详见本文第四部分论述。

祈求天、地、水三官赐福于广大信徒。

（七）《天台山五佛菩萨尊经》

又称《五公经》，有清代手抄经折本，以及当代手抄经折本多种。经中叙述天台山志公、化公、朗公、唐公、宝公五公菩萨共撰转天图经"翻为长短句，歌三十六首"，"论下元甲子，未来之事，令众生知悉"。经中并附有志公菩萨灵符十七道，化公、朗公、唐公、宝公菩萨灵符各十六道，合计五公灵符八十一道。闽西罗祖教将此经视为灵验非常的预言书，秘不示人，且以为所附五公菩萨符箓有消灾灭罪之奇效。①

（八）《观音菩萨救苦经》

又称《救苦经》或《观音经》。有清代手抄经折本，以及当代手抄经折本多种。闽西罗祖教将此经与《大乘五部六册》一同诵念，为广大信徒消灾祈福。

（九）《受生经》

有当代手抄经折本，以及当代油印本多种。经中宣称生人必须要纳受生钱，借以偿还阴债，消减罪孽。闽西罗祖教用此经为施主举行纳还受生钱仪式。

（十）《地母经》

又称《无上生天地母老太佛》。有当代手抄经折本，以及当代油印本多种。闽西罗祖教用此经为施主消灾祈福。

---

① 关于《五公经》可以参见王见川：《〈推背图〉、〈五公经〉、〈烧饼歌〉及其他》，王见川、车锡伦、宋军等编：《明清民间宗教经卷文献续编》第1册，台湾新文丰出版公司2006年版，第6—11页。

三、闽西罗祖教的宣卷仪式

闽西罗祖教的宣卷仪式，教派色彩较浓，上表文要奉请该教派的历代祖师。仪式需五人一起诵念，中间一人称为"坐台师"，两边各两位称为"护法"。有钹、铙子、木鱼等法器，需遵循仪轨。念诵五部六册要使用《开香本》。所谓《开香本》，实为详载念诵仪式程序的提纲，作为法师念诵经文的纲要。原来念诵六部要六天，此后缩短为三天，现在则有一天念完六部的。仪式类型很多，有做寿（分老年人、青年人两种）、祈福、求平安、扫房（除邪气）、超度等。这种念诵仪式，没有道士那么繁复的法术表演，主要是念、诵、唱经文。

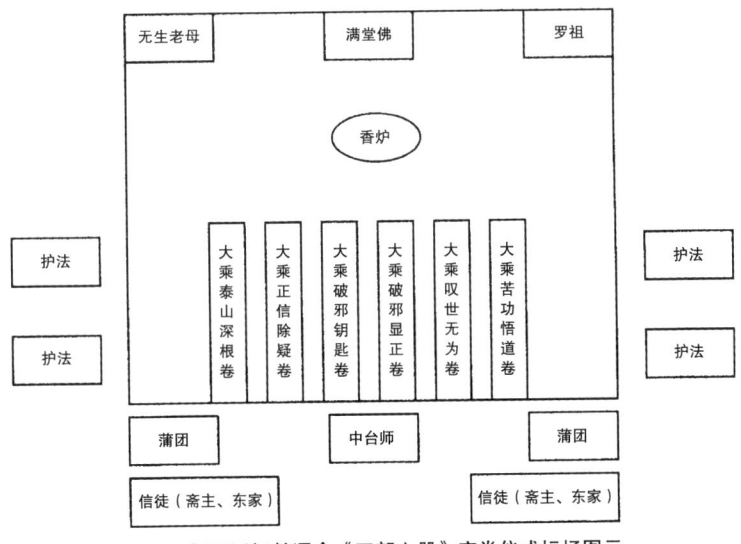

图 1 闽西罗祖教诵念《五部六册》宝卷仪式坛场图示

闽西 N 县罗祖教念诵五部六册宝卷仪式，包含开香仪式、请神仪式、诵五部六册经文仪式、收经仪式、报恩仪式、送神仪式。仪式程序图示如下：

开香 → 请神 → 诵经 → 收经 → 报恩 → 送神

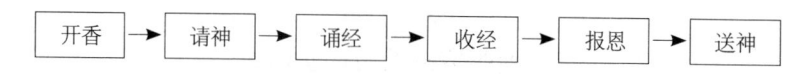

图 2　闽西罗祖教念诵《五部六册》宝卷仪式程序

开香仪式。开香仪式在凌晨四五点钟举行，法师必须念诵上香文疏，并将五部六册经文在坛场中的香炉上面逐一绕三圈。其上香文疏为："上香本：这炷信香，遍满十方，诸佛菩萨，一体同观。真香就是本来面，本来面目是真香。……盖闻汉朝感梦，白马西来。摩腾彰汉化之初时；罗什感秦宗之代典。明明佛日，照破昏衢；朗朗慧灯，至今不灭。教之兴也，其在斯焉。末法之代，于今奏维：福建省△△县△△人氏奉佛启建罗祖神台前礼念大乘宝卷△△部，言言增百福，句句纳千祥。香主信人△△统领阖家人等，男增百福，女纳千祥。……伏弟子△△早晨开经，上午诵经，于夜酬神功德。……"闽西 N 县罗祖教法师认为罗祖教不做"早课"而要做"开香"。原因在于诵经者要从"真香"中悟出自己的"真性"，而不应执着于经文本身。正如《大乘破邪钥匙卷》（下卷）"破念经品第二十"所说的"执着诵经云盖日，声色盖了主人公；火里出烟烟盖火，口出虚气背真经。执着虚气邪迷路，劳神执念不明心；有无不念光明现，法华即是自家人"[1]。所以《大乘经开香本》中所载"上香本"开宗明义，以"真香就是本来面，本来面目是真香"一句为开篇，时时提醒罗祖教弟子要透过开香，透过一切诵经仪式明心见性，亦即"心迷法华转，心悟转法华"。[2]

请神仪式。开香仪式之后是请神仪式，所请神明涵括儒释道三教以及地方神明系统。佛教神明位于神明谱系的最高阶位，显示罗祖教

---

[1] 闽西 N 县明万历十二年积善堂重刊《大乘破邪钥匙卷》。
[2] 笔者于 2011 年 2 月 6 日 9：00 至 16：00 在闽西 N 县拜访罗祖教法师 Z 先生，Z 先生告诉了笔者罗祖教"开香"的具体意涵以及"开香"与"早课"之差异。"开香"与"早课"之不同也成为当地正统佛教与罗祖教相互批判的重要内容。

仍然自视为大乘佛教的一个宗派。召请罗祖教历代祖师则是教派传承渊源有自的体现。三教诸神则彰显了民间宗教三教合一的旨趣与追求。邱王郭三仙、熊刘二仙、欧阳祖师、老佛、二佛等是闽西当地兴盛的民间信仰，其中的"老佛"指"定光古佛"，"二佛"则是"伏虎禅师"[①]，二者均是闽西客家地区民众广泛崇拜的佛教俗神。将民间诸神吸纳进自身的神明谱系，无疑是罗祖教契入地域社会的有效方式。以下不妨以表格示之：

表1 闽西罗祖教诵经仪式之神灵谱系

佛教神明	灵山会上人天教主千百亿化身本师释迦摩尼佛
	过去七佛、十方十佛、五十三佛、百七十佛、庄严劫千佛、现在贤劫千佛、未来星宿劫千佛
	清净法身毗卢遮那佛、圆满报身卢舍那佛、西方接引阿弥陀佛、当来下生弥勒尊佛、十方三世一切诸佛
	文殊师利菩萨、大愿地藏王菩萨、普贤菩萨、大势至菩萨、观世音菩萨、清净大海众菩萨、十方菩萨
罗祖教本派祖师	雾灵山得道悟空罗老祖，佛正，佛广，太宁祖师，春雷祖师，传灯会上历代传法祖师，梁明谷、林应贤、李太宁、刘本通四位护法
三教圣贤	儒释道三教圣贤、前朝古今历代圣贤、玉皇大帝、太乙救苦天尊、元始天尊、太上老君、三元三品三官大帝、三百六十应感天尊
地方神明	天下名山显应浮邱王郭三仙、熊刘二仙、王马元帅、欧阳祖师、五谷真仙、天台山五公菩萨、地母娘娘、老佛、二佛、十八位伽蓝、天上人间地府三界内外一切有感尊神、财神老爷、千贤万圣、本省本府本县本乡本村神主、社稷真官、门神户尉、井灶神君、本家历代先祖先妣一脉宗亲千千诸神万万圣贤

诵经仪式。请神仪式之后是诵经仪式。必须诵念"开经偈"。开经偈为："般若真性空，福慧两双修。四句无为法，时念片时周。此

---

① 关于客家人信仰的定光古佛、伏虎禅师参见林国平：《定光古佛探索》，《圆光佛学学报》1999年第3期。

经佛说数千年，无量人天得受传。忆得古人曾解道，更须会取未闻前。……真经终起大地惊，光明朗照放腾腾。有似太阳乾坤内，东边出现体西林。"①此后，为开本念经："金炉性香周沙界，请出苦功、叹世、上破、下破、正信、泰山。开天开地开自性，开经开卷放光明。豁开自已神通藏，开开家乡大藏经。△△宝卷才展开，玄机奥妙有源根。……佛在灵山莫远求，灵山自在汝心头。人人有个灵山塔，好去灵山塔下修。"

收经仪式。诵经结束后，则必须诵念"收经偈"，法师念诵偈文为："弥勒古佛开会科，普度南阎众婆娑。大乘参悟十三载，总有一家真妙传。……听者能消罪，诵者抢金莲。收卷读完，吟偈回向。"收经偈还将《五部六册》宝卷嵌入其中："苦功宝卷看周完，叹世无为绵相连。破邪显证分上下，正信除疑灭罪愆。巍巍不动泰山卷，深根结果奉其言。六部宝卷念周完，阿难迦叶世尊杖。"

报恩仪式。继收经仪式之后为报恩仪式，又称"十报恩"，法师念诵报恩文为："报天地，盖载恩，能生万物。报日月，照临恩，普放光明。报皇王，水土恩，风调雨顺。报爷娘，养育恩，乳哺三年。报祖师，传法恩，流传大教。报护法，护持恩，团结良缘。报檀那，多陈供，增延福寿。报八方，施主恩，同转法轮。报九祖，生净土，超生天界。报十娄，诸孤魂，早得超升。"

送神仪式。仪式的最后则是送神环节。法师念诵送神文书为："诵经功德完满，奉送诸佛圣贤转天宫。天神归天界，地府驾銮车。城隍转六庙，福主转社坛。灶君家先归本位，土府龙神转中场。……天神归天，地神归地，山神归山，水神归水。来当三请，去当三送。来则留恩，去则降福。回光返照天尊。"送神环节中，另有一"安家神"仪式，法师需念诵"安家神"文书："别神有请有送，△△氏先祖有请

---

① 以上出自《破邪显证卷·破念经念佛，信邪烧纸品第十三》。

无送,送转本坛,归转本位,受纳千年香火,万年香灯,管坐法坛,普同供养。倘有子孙初一十五烧香不全,点灯不顾,检究左右,咸赦除罪,伏惟尊恭。"

四、《大乘经解经本》与《五部六册》宝卷的术数化

如前所述,闽西当地的罗祖教将《五部六册》的《正信除疑宝卷》,依其二十五品名称,编写为二十五品的籤诗,称为《大乘经解经本》,在宣卷仪式中,法师使用该籤诗为东家(斋主)占卜吉凶。《大乘经解经本》经文前有序言一篇,其中有言:"老祖大乘经品,龙牌御旨颁行。当今传扬天下,开化普度众生。万民诚心朝拜,问我求首经文。正信二十五分,分分解日分明。"显而易见,《正信除疑宝卷》是《大乘经解经本》出现的文本依据,正所谓"正信二十五分,分分解日分明"。序文又载:"老祖大乘经品,龙牌御旨颁行。总章不同共看,一事不彰批详。注出传扬天下,神通显应感灵。"不难看出,《大乘经解经本》的出现与流传彰显了《五部六册》宝卷的神通与灵验。

"灵籤",又称"籤诗"或"籤谱",是中国民间信仰一种独特的占卜方术。[①] 其基本特点是以诗歌为载体、以竹籤为占具来占卜吉凶。"灵籤"的历史悠久,大约产生在唐代中后期,是中国古代占卜术逐渐趋向世俗化、占卜方法趋向简易化的产物。由于"灵籤"简便易行,逐渐成为中国影响最大的占卜形式之一。应该说,将民间宗教宝卷改编为籤诗,借以占卜吉凶,尚属仅见。然而,应该注意的是,作为文本的宝卷,其变异与转化也存在于华北的民间信仰中。当代民俗学者运用主题分析的方法,发现了定县秧歌和民间宝卷互为文本的现象,

---

① 关于灵籤研究可参见林国平教授相关文章:《〈道藏〉中的籤谱考释》,《福建论坛》2005年第12期;《灵籤渊源考》,《东南学术》2006年第2期;《论灵籤的产生与演变》,《世界宗教研究》2006年第4期。

并对其意义进行了研究。[1] 另外一些学者指出，宝卷和民间叙事文本存在着相互借用、传递、标准化、地方化的动态影响过程。[2]

表2 闽西罗祖教《大乘经解经本》对照表

解经本（清末手抄本）		解经本（当代手抄经折本）		《正信除疑无修证自在宝卷》二十五品品名
品名	籤诗诗文	品名	籤诗诗文	
第一品品名缺	火烧赤壁	皇王品第一	火烧赤壁	诸恶趣受苦熬大劫无量品第一
叹人身品第二	孟姜女寻夫	叹人生品第二	孟姜女寻夫	叹人生不常远品第二
往生净土品第三	观音化度	往生净土品第三	观音化度	往生净土品第三
尚众类得正法品第四	黄蜂采蜜	尚众类品第四	黄蜂采蜜	尚众类得正法归家品第四
无极化现度众生品第五	空城计	无极化现品第五	孔明空城计	无极化现度众生品第五
化贤人劝化众生品第六	郭子仪上寿	化贤人度众生品第六	郭子仪上寿	化贤人劝众生品第六
饮酒退道杀生品第七	白门楼	饮酒退道品第七	诗文缺	饮酒退道杀生品第七
盖古人错答一字品第八	小进宫	盖古人错答一字品第八	小进宫	盖古人错答一字品第八
执相修行落顽空品第九	赵子龙救主	执相修行品第九	子龙救主	执相修行落顽空品第九
虚空架住大千界品第十	结彩楼	虚空架住品第十	结彩楼	虚空架住大千界品第十
舍身发愿品第十一	双救驾	舍身发愿品第十一	双救驾	舍身发愿度人品第十一

---

[1] 董晓萍、欧达伟：《乡村戏曲表演与中国现代民众》，北京师范大学出版社2000年版。
[2] 尹虎彬：《河北民间后土信仰与口头叙事传统》，北京师范大学博士学位论文，2003年。

续表

解经本（清末手抄本）		解经本（当代手抄经折本）		《正信除疑无修证自在宝卷》二十五品品名
品名	籤诗诗文	品名	籤诗诗文	
先天大道品第十二	三请孔明	先天大道品第十二	三请孔明	先天大道本性就是品第十二
布施品第十三	九锡宫	布施品第十三	九锡宫	布施品第十三
快乐西方，人间难比品第十四	伍员过关	快乐西方品第十四	伍员过关	快乐西方，人间难比品第十四
报恩品第十五	关云长过五关	报恩品第十五	关云长过五关	报恩品第十五
本无婴儿见娘品第十六	杨宗宝取黄林棍	本无婴儿见娘品第十六	天门阵	本无婴儿见娘品第十六
本无一物性在前品第十七	朱砂印	本无一物性在前品第十七	朱砂印	本无一物性在前品第十七
拜日月邪法品第十八	九焰山	拜日月邪法品第十八	九焰山	拜日月邪法品第十八
破弥勒邪教品第十九	反西凉	破弥勒邪教品第十九	反西凉	弥勒教邪气品第十九
迷人知自己是西凉品第二十	下幽州	迷人不知品第二十	下幽州	西求品第二十
不着有无心空品第二十一	珍珠塔	不执有无品第二十一	珍珠塔	不执有无心空品第二十一
不当重意品第二十二	文王访贤	不当重意品第二十二	文王访贤	不当重意品第二十二
行杂法疑病品第二十三	马跳坛溪	行杂法品第二十三	马跳坛溪	行杂法疑病品第二十三
安心品第二十四	唐三藏取经	安心品第二十四	唐三藏取经	安心品第二十四
明心了结品第二十五	回园图	明心见性品第二十五	古云：回国图	明心了洁品第二十五

闽西罗祖教的宝卷文本转化成了占卜吉凶的籤诗，这种文本的转化可以看成是宝卷的术数化。反观中国道教史，宝卷的术数化与宋元道教灵宝派本着"经为法之体""法为经之用"的理念将《度人经》符咒化可谓是异曲同工。① 约成书于两宋之际的《灵宝无量度人上品妙经》，共六十一卷，仅卷一为《度人经》本文，余下的六十卷则是由本经衍生出的符篆咒术。其中，以《度人经》经文为根本，"以经中一句作一司"，"断章破句"编造大量的神将吏兵、道法职司、道教法印是当时新兴符箓派的惯常做法。② 可想而知，在道教与民间宗教中，经典的术数化、符咒化是共同的现象。其义理正如南宋高道金允中所说的"经乃法中之本，而法乃经之用"。③ 亦即，"经典"是"教法"的根本与依据，"教法"则是"经典"的体现。以下我们将以《大乘经解经本》中的"叹人生品第二"以及"往生净土品第三"籤诗诗文为例，尝试分析《大乘经解经本》的功用。

如以下"叹人生品第二"以及"往生净土品第三"诗文所载，无论是功名的好坏、子嗣的有无、财运的否泰、风水的吉凶等事项，皆可以通过"吃斋""念经"得到逢凶化吉式的改变，正所谓："本姓以魂作害，从来未得超度。念经扫房可保。吃斋神仙化度，福寿加赠旺丁。""教你要念经卷，超度孤魂野鬼。吃斋回头是岸，寿增兴家太平。"利用籤诗占卜吉凶，是民间信仰的普遍现象，闽西罗祖教《大乘经解经本》的出现，无疑是罗祖教地方化、术数化的体现。另一方面，我们发现，罗祖教诵念宝卷仪式，倡导的是一种"吃斋""念佛"的宗教生活。在民间宗教看来，"吃斋""念佛"是趋利避害的有效方式。

---

① 李志鸿：《〈度人经〉与宋元道教》，《中国道教》2010 年第 5 期。
② （宋）金允中：《上清灵宝大法》卷五"三界宫曹品"之"论别本以经中一句作一司撰造将吏名目改坏经诰不便"。
③ （宋）金允中：《上清灵宝大法》序。

表 3 闽西罗祖教《大乘经解经本》对照表

解经本 （清末手抄本）		解经本（当代手抄经折本）			《正信除疑无修证自在宝卷》二十五品品名
品名	籤诗标题	品名	籤诗标题	籤诗全文	
叹人身品第二	孟姜女寻夫范郎被劫筑城墙，秋寒姜女送衣裳。且问一路无音信，不觉离世转仙乡	叹人生品第二	孟姜女寻夫城墙哭倒八百里，只见骷骨白如霜	功名多受辛苦，求财水里寻针。婚姻重夫克子，喜孕多灾多险。官非多遇仇人，求财海里寻针。求嗣难得劳神，时运皆因不济。枉费计较用心。求寿眼前不久。根基多信神灵，出行东南灾疾。屋场不好要移，风水穴中受然。失物了了难寻，行人心不思转，时运不济难寻。问病久缠有险，有犯恶曜相侵。本姓以魂作害，从来未得超度。念经扫房可保。月将险度惊人。吃斋神仙化度，福寿加赠旺丁。出头回心得福，切莫心大思量。开张铺店后吉，事须忍耐一场	叹人生不常远品第二
往生净土品第三	观音化度举头三尺有神明，善事多做莫损人。眼前自有灾劫到，凿石救火难劳神	往生净土品第三	观音化度普度众生成正觉，不生不灭永长春	问财前紧后散，功名定在后程。官非托贤清结，婚姻头吉尾凶。求嗣修因种福，问喜智慧吉星。时运在前吉利，日下否运遂来。年寿劝你积德，根基幼年娇惊。然方紧记莫往，恐怕代人病身。屋场莫移住得，出行四方清平。失物陈在谨慎，风水可用安心。行人目下能转，病者遇着邪神。教你要念经卷，超度孤魂野鬼。吃斋回头是岸，寿增兴家太平	往生净土品第三

五、结语

　　显然，宝卷的刊印、流传与民间教派活动关系甚深。在活态的宣卷仪式中，《五部六册》宝卷衍生出了《大乘经开香本》《大乘经解经本》等一系列新文本，《销释金刚科仪》等宝卷也频繁地被采用。《大乘经开香本》《大乘经解经本》等新文本的出现是《五部六册》宝卷仪式化、术数化的产物。可以说，民间宗教宝卷是一个动态变化、开放的系统。宝卷不仅是书写的文本，更是活态的仪式文本。活态的宣卷仪式，倡导的是一种"吃斋""念佛"的宗教生活。对于民间宗教信徒而言，"吃斋"与"念佛"更意味着一种修行法门，是入教之必须。① 长期以来，"吃斋""念佛"渗透于普通民众的日常生活中，对他们而言，这就是他们的生活方式。也正基于此，民间宗教方能历久而弥新。

　　　　　　　　　　　　　　原载《世界宗教研究》2013 年第 3 期

---

① 笔者于 2011 年 2 月 6 日 9：00 至 16：00 在闽西 N 县拜访罗祖教法师 Z 先生时，Z 先生告诉笔者"吃斋"与"念佛"是非常重要的，他自己就是吃长斋的，念诵《五部六册》宝卷必须吃斋，否则后果不堪设想。

《明宗孝义达本宝卷》解析
——释大宁的宗教伦理观与宋明理学之互摄

张经洪

明成化、正德年间，山东莱州府即墨县人罗梦鸿（1442—1557）创立无为教，又名"罗祖教"，简称"罗教"。罗梦鸿著有经卷《五部六册》[①]，全面阐释、宣扬其无为教教义，被后世无为教门徒尊称为罗祖。无为教的出现和《五部六册》的诞生，对于无为教传统后世经卷以及明清社会各民间秘密教门的产生和发展影响重大。[②] 罗梦鸿死后，无为教教门演化为南北各二支[③]，分别传教。其中北方的一支按照佛教传灯传统，一辈一辈接续传灯。据七祖明空所撰《佛说三皇初分天地叹世宝卷·应科接续传灯人七名品》记载，北方这支无为教支派从初祖罗梦鸿至七祖明空，已历七代且各著有宝卷流传，而作为罗祖嫡传大弟子释大宁却不在传灯之列。无为教七代传灯因其流脉清晰，接续明确，思想相承，近年来被学界广泛关注，而对于罗祖亲传弟子释大宁的研究据笔者所知却寥寥无几。

[①] 罗祖《五部六册》即《苦功悟道卷》《叹世无为卷》《破邪显证钥匙卷（上下两册）》《正信除疑自在卷》《巍巍不动泰山深根结果宝卷》。罗祖五部经卷中大力阐释与宣扬其宗教思想，苦劝世人皈依无为教，摆脱生死轮回之苦。
[②] 连立昌、秦宝琦：《中国秘密社会》（第二卷），福建人民出版社2002年版。
[③] 马西沙、韩秉方：《中国民间宗教史》，中国社会科学出版社2004年版，第174页。

释大宁亲侍罗祖左右，其所撰宝卷，在很大程度上更接近罗梦鸿原初的思想宗旨，解析其经卷对推进罗教教义的研究意义非凡。释大宁著有经卷三部：《明宗孝义达本宝卷》《心经了义宝卷》《金刚了义宝卷》，现只存一部《明宗孝义达本宝卷》二卷，其他两部皆已亡佚。由此，本文试图通过对释大宁《明宗孝义达本宝卷》的文本解析，深入理解释大宁的宗教伦理观以及其与宋明理学的互摄关系，从而推进罗祖无为教研究，以期对无为教宗教思想与"三教"关系作进一步考察。

一

《明宗孝义达本宝卷》上下二卷，清光绪年间福建宁鹤峰寺刻本，无残缺。笔者经眼的是两个清刻本的影印本，内容无异：一是光绪九年（1883）四月刊本[①]，据宝卷卷末记载，此刊本是在佛诞日净业当天，一名叫许自然的弟子召集信众募捐刊刻的，共刊印了一百部，刻板存于杭城玛瑙经房，各捐助者姓名及所捐钱数也有明确记载。首页有孔子、释氏、老子三圣图，次页是御制龙牌和清圣谕十六条。四周双边，单鱼尾，版心处刻卷数和页数。另一刻本刊刻时间不详[②]，未见牌记，也无三圣图和御制龙牌。在每卷终末，皆印有"林普多"粗黑体字样，"林普多"其人资料未详，尚待考证，或为主持刊刻者姓名，以"普"字为号，当是无为教门徒无疑。

《明宗孝义达本宝卷》上下二卷，共十八品，全卷约22428字。《孝义》宝卷首页为吕祖启蒙三十二偈，偈偈开宗明义，洞明心性。经头是"明宗孝义达本宝卷目录"，在经卷目录之前，是一段白文，讲

---

① 收入周燮藩主编，濮文起分卷主编：《中国宗教历史文献集成·民间宝卷》第2册，共20册，收录民间宗教与民间俗文学历史文献（即宝卷）357种。
② 收入王见川、林万传主编：《明清民间宗教经卷文献》第六册。

述了遗留经卷的缘由:"为因末代迷钝愚偏,众无所归,故留经卷",并苦劝世人省悟,火急修持经卷"俗中大义"证得"真俗不二"圣谛,方能不愁生死,不惧无常。白文中还简述了"弟子明空"的身世和悟道过程:因为"朝愁生死,暮惧无常",又早年父母双亡,孤苦无依,遂决定参透生死。先是在西社"幸遇许赵二师"听讲宣扬《金刚科仪》,回光返照,勤加苦练,却不得明心,继而在京师拜访求教"碧天""山面""圆悟"等几位老师,虽有精进,仍不能参悟。又与道友"金山"反复讨究,还是不得透彻明心。直至偶遇罗祖五部经卷才最终"开明心地,扫尽惑疑"。一日遇一比丘,赐予明空《明宗孝义达本宝卷》上下二帖,"孝有九品,义有九品,品品照破贪嗔痴,分分明开净土乡",明空对此经卷大加推崇,说"得遇此经,如贪人得宝,似暗里逢灯,似痴人有惺,如迷者得悟,如饥人得食,似病人得方"。接下来则为《明宗孝义达本宝卷》目录,孝有九品:混沌初分品第一,怀耽妊娠品第二,萌芽运化品第三,哺养劬劳品第四,琢器明真品第五,十大重恩品第六,非易非难品第七,戒杀报本品第八,化贤劝愚品第九。义有九品:无相恩重品第十,生灭苦乐品第十一,显相明真品第十二,究竟无我品第十三,返妄归真品第十四,无生无灭品第十五,不二自在品第十六,达本穷源品第十七,唯心净土品第十八。

《明宗孝义达本宝卷》的内容主要围绕"孝""义"二字展开演述。上卷九品讲孝,在内容上几乎完全仿照《佛说父母恩重难报经》,阐明父母养儿不易,以及如何报答父母深恩等问题。《混元初分品》以佛在舍卫国祇树给孤独园集会四众人等听受妙法为背景,由此展开全卷问答。从《怀耽妊娠品》至《琢器明真品》分别讲演了十月怀胎、降生、哺育、教育等过程父母的艰辛。在《十大重恩品》中采用民间曲牌《挂金索》的演唱形式,列举出父母的十大重恩,阐释孝亲的伦理观念,"父母深恩不可量,人生切莫负爹娘。孝顺自有龙天护,诸佛菩萨降吉祥"(《哺养劬劳品》)。接下来几品就是讲演如何报答父母深恩的问题,"要报父母之恩,切须持斋戒杀,方才报得父母之恩也"(《非易非难品》)。下卷说义,演述无生大道,阐释无为真空妙法大义,直接点明《明宗孝义达本宝卷》是"人人妙体,个个灵源":

> 佛说此经者,单说人人妙体,个个灵圆。阿难问者,也只问人人妙体,个个灵源。明宗者,也只明人人妙体,个个灵源。孝义者,也只孝人人妙体,个个灵源。达本者,也只达人人妙体,个个灵源。宝卷者,也只载人人妙体,个个灵源。这个妙体灵源,就是西方佛国,就是净土家乡,就是本来面目,就是这点灵光,就是四句偈,就是四字佛。
>
> (《唯心净土品》)

《明宗孝义达本宝卷》在行文结构上完全符合明代教派宝卷分品的段落演唱形态。在全卷的开头和结尾有开经偈、举香赞、任意回向和收经偈,与一般佛、道经典的偈赞相同。经卷正文,白文与韵文相间,白文设在每品中起韵文之前或交换形式之间,韵文分五言、七言、十言,其中以十言韵文最多,七言韵文相对较少。在经卷《十大重恩品》和《唯心净土品》中分别嵌有《挂金索》《今字经》两个民间曲牌。《明宗孝义达本宝卷》采用典型佛经"问答"的形式,以阿难尊者向佛祖释迦牟尼发问,佛祖阐释教义的形式贯穿全文。宝卷白文部分基本是阿难与佛的问答,后面紧接着以韵文重复问答。以"问答"形式撰写整部经卷在明清中后期民间宝卷中并不多见,这也从侧面印证了宝卷撰写者释大宁在未遇罗祖前的比丘身份,对《心经》《金刚经》等佛教经典非常熟悉,以至于在撰写宝卷时模仿其语言和结构形式。①

---

① 刘正平:《〈问答宝卷〉解析——江南无为教觉性正宗派的传世经卷》,《世界宗教研究》2008年第4期。

关于宝卷的撰写者释大宁的生平，文献资料鲜有记录，仅知遇罗祖后皈依无为教。罗祖死后，释大宁为其主持法会，无为教门下信徒齐聚北京，其中有翰林院中书鹿成、王秉忠，尚衣监太监单玉，府学生员何仲仁，灵应观道士冲虚子等，他们为罗祖筑塔立碑，并附祖师赞文。释大宁的两首十言赞文如下：

苦行修行十三年，拨草寻踪达本源。
悟道现做人天眼，见性堪将圣道传。
根尘识尽心珠现，一点灵光照大千。
法身等与虚空界，无来无去本自然。

无为教创立后，即遭到统治阶级及佛教正统人士的攻击，被视为异端邪说，憨山德清在《憨山老人自序年谱实录》中称罗梦鸿为"外道罗清"，云栖袾宏于《正讹集》中斥责罗梦鸿及其著述并号召"凡我释子，宜力攘之！"[①] 密藏道开在《藏逸经书》中斥责释大宁对罗梦鸿"亲承而师事之"。在这种情况下，释大宁亲自为罗祖主持法会并在赞文中极力赞颂祖师功德，可见二者关系之密切。"北京众士赞祖塔之文"在明正德九年（1514）三月刊本，明万历十二年（1584）正月吉日积善堂重刊印本以及清康熙九年（1670）九月重刊本，雍正七年（1729）己酉阳月抄本的《苦功悟道卷》卷末皆有附录。

二

罗梦鸿《五部六册》是三教合一社会背景下的产物，其中内容大多杂糅儒、释、道三教经典和思想，并根据自己的宗教思想体系建设

---

① 莲池大师：《莲池大师全集·正讹集》，台湾华宇出版社1989年版，第4102页。

的需要加以改造。① 《明宗孝义达本宝卷》在宗教思想上很大程度继承了罗祖《五部六册》的内容，甚至宝卷中有些语句完全袭自五部经卷。诸如在解释世间万物的起源上，罗祖大力宣扬无极思想，并把无极人格化。在《正信除疑无修证自在卷·诸恶趣受苦熬大劫无量品》前之序文和《无极化现度众生品》中成功塑造了一位至上神"无极圣祖"，认为无极生万物，无极是宇宙万物的主宰。继而又在《巍巍不动泰山深根结果宝卷·未曾初分无极太极鸡子在先品》中系统地演述了宇宙世间万物的起源问题。释大宁在《明宗孝义达本宝卷·混元初分品》中继承了罗梦鸿所信奉的创世理论，认为：

> 无极化太极，太极分二仪，二仪生三才，三才生四相，四相生五形，五形分八卦。因有八卦，变化万类。一切万类，尽在妙道之中，一气所化也。一气是先天，先天是一气。

释大宁继承师说的创世论很显然也是对儒、道创世思想的模仿与沿袭，并最终把宇宙一切归之于"气"，"道"与"气"相贯通。在《萌芽运化品》中释大宁继续宣扬无极神通，"无极化太极，太极运萌芽，凡所有相萌芽，皆是幻体也"，又说"万般萌芽，皆赖无极之神力也"，无极圣祖神通广大，宇宙万物皆由其萌生，受其主宰。

此外，释大宁也继承了罗祖"无生父母"说。"无生父母"在罗梦鸿经卷《苦功悟道卷》《正信除疑无修证自在宝卷》中皆有出现。《明宗孝义达本宝卷》对于"无生父母"的提出是通过问答来表现的：

> 阿难问佛云："何是无生父母？"世尊答曰："无生者，乃诸

---

① 参见徐小跃：《罗教·佛教·禅学——罗教与〈五部六册〉揭秘》，江苏人民出版社1999年版。

佛之本源也，万物之根基也，人人之家乡也，乃无极之法体也，谓天下之主宰也，故名法中王。"

释大宁认为"无生"是世间万物的本源和根基，是无极的法体，"无生父母"即是"无极圣祖"，是万物的创造者和主宰者。即如《巍巍不动泰山深根结果宝卷·一字流出万物的母品》载："母即是祖，祖即是母……一切字名号，一切万物名号，都是本来面目变起的名字，都是一字流出，本来面目为做母，为做祖。"此处"祖""母""本来面目"三个概念具有同一性且出现了众多佛母——诸佛母、藏经母、三教母、无当母。释大宁在《达本穷源品》云："诸佛母，藏经母，谁人知道？三教母，诸子母，谁人知道？无当母，无生母，谁人知道？"可见无生母只是众多佛母中的一个，并不是唯一存在的女性神祇。

罗梦鸿在五部经卷中极力宣扬"真空""虚空"概念，认为"真空"是无相无我、自然无碍的虚空境界，并构想了一处彼岸"家乡"，亦是无分无别、自在纵横的虚空境界。它们共同构成了罗祖超脱现实的宗教世界。与此相同，大宁在《明宗孝义达本宝卷》中也大谈真空妙法，本性真空。诸如《究境无我品》以二十行3/3/4的句式演述"真空一体，一体真空"，又在《不二自在品》中讲演虚空法界"心同虚空界，示等虚空法，证得虚空时，无是无非法"。释大宁继承罗祖的创世观和本体观，其对"无极圣主""无生父母""真空家乡""虚空"等概念的理解为推进无为教宗教思想的研究提供了新的向度。

三

释大宁一方面继承师说，另一方面也对无为教教义有新的扩展和延伸。与五部经卷相比,《明宗孝义达本宝卷》所宣扬的宗教思想更具浓厚的宋明理学色彩。突出表现在两个方面：一是对儒家伦理孝亲观的绝对重视，二是对宋明"心性之学"的积极倡导。

在中国古代社会，孝亲既是一种道德原则，更是一种政治原则，由孝亲推及的忠君思想是社会普遍的行为准则。正统儒家的入世哲学是建立在孝亲的基础之上，培养忠臣顺民。宋明之际，儒家孝亲观发展尤盛。明洪武三十一年（1398），户部奉旨刊布教民榜文《圣谕六言》："孝顺父母，尊敬长上，和睦乡里，教训子孙，各安生理，毋作非为。"《圣谕六言》把"孝顺父母"放在首位，可见国家对孝亲的重视程度，通过孝亲培养忠君思想，维护社会稳定。明中叶之后，许多民间宗教在各自教派宝卷中倡导孝亲伦理观念，诸如秦洞山在《无为正宗了义宝卷》中极力阐述孝道，弘阳教也在其经卷《混元红阳悟道明心经》中讲演孝亲报恩的内容。这些教派宝卷对孝亲的倡导既是笼络信众的需要，又为迎合统治阶级政策，从而顺利宣扬其教派思想。纵观罗祖五部经，几乎对孝亲伦理无所涉及，而释大宁《明宗孝义达本宝卷》上卷九品，品品言孝。在《非易非难品》中，释迦牟尼解答了阿难关于怎样报答父母深恩的问题，即"切须持斋戒杀，方才报得父母之恩也"。并说孝亲不在口念，亦非足行，全凭真心。云：

心作天堂，心作地狱。心作众生，心作诸佛。心堕爹娘，心超父母。万物尽由心，诸佛从中出，声色皮囊，乃心之用也。

同品又载：

儒云："身体发肤，受之父母，不敢毁伤，孝之始也。立身行道，扬名以后世，以显父母，孝之终也。"释云："慈悲戒杀，孝之始也，返妄归真，孝之终也。"道云："修真养性，孝之始也，清净无为，孝之终也。"

释大宁将三教经典依次排开，讲述三教孝亲观并阐述自己对孝亲的理解，认为孝亲应该从本心出发，"明心超父母，见性度爹娘"（《非易非难品》），在三教合一的基础上确立了孝亲的宗教伦理观。其对三教思想的借鉴、融合，有利于了解三教经典与民间教派宝卷的相互融摄关系。

理学在宋明之际逐步影响国家政治、社会生活和士人心态。孟子言："尽其心者，知其性也；知其性，则知天矣。"至宋儒亦喜谈心性，程朱以为"性"即"天理"，"心者，人之神明，所以具众理而应万事者也"。故"心""性"有别。陆王则主张"心即理也"，认为"心""性"无别。王阳明在"心即理"的心性思想上，扩展了心性的思想内涵和实践范围，提出"知行合一""致良知"等思想命题。佛教各宗也盛谈心性，以慧能为代表的禅宗认为人人皆有佛心佛性，心即性，"心性"本来清净，是世间万物的本源和根基，倡导明心见性，顿悟成佛。[1] 罗梦鸿悟道初期受禅宗影响甚大，以至在《五部六册》中杂糅诸多禅宗思想，而对于"心性"思想的阐释却着力不多。[2] 释大宁发展了心性理论，在《究境无我品》中认为"心是天下之主宰，心是人间祸福根。人心主为如偏僻，道心为主是水平。凡心觉照天下暗，圣心悬鉴大地明"，将心分为"人心"与"道心"，"凡心"与"圣心"。继而援引《尚书·大禹谟》："人心惟危，道心惟微"，在《返本归真品》中又对"人心"与"道心"的概念加以解释，认为"人心道心，本来是一，无主妄为者，人心也；主意正行

---

[1] 耿静波：《陆王心学与早期禅宗心性论关系的再考察——以王阳明和神秀、慧能为中心》，《云南社会科学》2013 年第 7 期。
[2] 徐小跃：《罗教·佛教·禅学——罗教与〈五部六册〉揭秘》，江苏人民出版社 1999 年版。

者，道心也"。从而最终实现人心与道心的和谐统一，即"直指单传炼人心，化度人心合道心"。《究境无我品》则提出心与性的关系，认为"背念五车书，不如明心性。性是真空心，心是妙觉性。妙性于空心，本来元清净。清净无人我，人我岂识性"。心、性本来一体，无分无别。《唯心净土品》"心是佛，佛是心，本源无二"，"性是佛，佛是性，本源无二"。大宁以为"心""佛""性"三者本源无二，这与陆王"心""性"无别的理学思想相合，同时也是对南禅宗佛心佛性，心即性的继承与发展。

四

关于《明宗孝义达本宝卷》还有几个问题需要进一步研究。在宝卷经头有"弟子明空"字样，"明空"笔者以为是无为教七祖明空，俗姓陈，名仲智，"原系永平府东城卫中所人，在刘家口居住"，著有宝卷四部，即《佛说大藏显性了义宝卷》《销释童子保命宝卷》《销释印空实际宝卷》《佛说三皇初分天地叹世宝卷》。马西沙先生认为明空"在接续灯的祖师中是最富创造性的一位。他将罗教的教义思想，融会贯通，发扬光大，可以说是罗祖之后又一个集大成者"[1]。除此之外，在《明宗孝义达本宝卷》经头中还出现了"新安善明居士""西社许赵二师""碧天""山面""圆悟""金山"等人名，诸人生平事迹尚待考证，此处暂不论述。至于《明宗孝义达本宝卷》所引资料的来源，据笔者初步考证，经卷中大量援引来自诸如《论语》《心经》《金刚经》《金刚科仪》《佛说父母恩重难报经》《道德经》《太上清净经》《易传》《尚书》等儒、释、道三教经典来演述无为教义，更多的引证内容仍需进一步发掘。

---

[1] 马西沙、韩秉方：《中国民间宗教史》，中国社会科学出版社2004年版，第232页。

释大宁在继承师说的基础上，与宋明理学互摄，进一步阐释了无为教孝亲观和心性观，又在经卷中大量援引三教经典，开拓了无为教宗教思想与"三教"关系的研究路径。

原载《兰州文理学院学报》（社会科学版）2015年第3期

《问答宝卷》解析

——江南无为教觉性正宗派的传世经卷

刘正平

明末清初以来，在浙江、福建和江西一带，流传着一支自称为"罗教"的民间教派。该教派尊奉明中叶无为教创立者、山东莱州府即墨县人罗梦鸿（1442—1527）为初祖，又尊奉无为教在江南的传人并由此创立该教"无极正派"的浙江处州府丽水县人应继南（1527？—1582）为二祖[1]，继而尊奉应继南传人、自创无为教"灵山正派"的处州府庆元县人姚文宇（1578—1646）为三祖。姚文宇死后，教权基本掌握在姚氏家族手中，世称"姚门教"。这支民间教派被学界称为"南传无为教""江南斋教"。关于这支教派的渊源、名称等问题，学界存在着较大的分歧。[2] 根据该教派流传下来的文献资料，并结合

---

[1] 据秦宝琦先生的田野调查和考论结果，殷继南当为应继南。秦宝琦：《明清秘密社会史料新发现——浙闽黔三省实地考察的创获》，《清史研究》1995年第3期。

[2] 如马西沙、韩秉方、濮文起等先生以及台湾学者王见川、日本武内房司等认为，斋教（南传无为教）是明清时期山东人罗梦鸿创立的无为教的南传支派，而秦宝琦、连立昌以及台湾学者戴玄之等则认为这支无为教实为明代黄天教的支派，假托无为教传播。参见马西沙、韩秉方：《中国民间宗教史》，上海人民出版社1992年版；濮文起：《秘密教门：中国民间秘密宗教溯源》，江苏人民出版社2000年版；江灿腾、王见川主编：《台湾斋教的历史观察与展望》，台湾新文丰出版公司1994年版；戴玄之：《老官斋教》，载台湾《大陆杂志》第54卷第6期；连立昌：《福建秘密社会》，福建人民出版社1989年版；秦宝琦：《中国地下社会》，学苑出版社2004年版；谭松林主编：《中国秘密社会》，福建人民出版社2002年版。

《问答宝卷》解析
——江南无为教觉性正宗派的传世经卷

对其宗教思想的分析,称为"南传无为教"或"江南无为教"较为妥帖。①浙江一地南传无为教的发展历史,并不止于姚氏教派,在其后的清同治年间,又出现了一个潘氏教派,号称"觉性正宗派",创始人是浙江金华人潘三多。

潘三多对姚门教提出大胆改革,并创立了"觉性正宗派",因而被信徒尊为无为教四祖。由于该教派的存世资料相当稀缺,不仅清廷档案和地方文献鲜有记载,而且流传下来的宝卷文献也极为罕见,学界仅发现一部《四世行脚觉性宝卷》②,由此限制了该教派的深入研究,以至于国内的无为教研究几乎不及潘氏教门。1994年,日本学者武内房司先生根据《觉性宝卷》,对潘三多的宗教思想进行了初步探讨,指出潘三多对姚门教重视念佛、立像、烧香、做法事的烦琐世俗修行提出了疑问和批判,其改革是对原始罗教精神的回归。③这是目前学界稀见的较早探讨潘三多教派的论著。幸运的是,笔者在几年前的一次田野调查中,发现了属于该教派的另一部珍贵文献——《问答宝卷》。本文以《问答宝卷》的解析为契机,意图深化潘三多与觉性正宗派研究,将江南无为教的研究推向深入,以就教于方家。

一

《问答宝卷》不分卷,民国十六年(1927)石印本,"阁山王氏非非子"题序,卷末署"丽水启明代印",全卷14000余字。王氏的序

---

① 据记载,浙江一地无为教在20世纪50年代至90年代仍然有传播,当地公安部门取缔反动会道门时,无为教即是重要取缔对象。参见中国会道门史料集成编纂委员会:《中国会道门史料集成——近百年来会道门的组织与分布》,中国社会科学出版社2004年版,第426—429页。
② 《四世行脚觉性宝卷》,今藏上海图书馆,全名《金华明镜堂四世行脚觉性宝卷上下合编》,以下简称《觉性宝卷》。
③ 〔日〕武内房司:《台湾斋教龙华派的源流问题——清末浙江的灵山正派与觉性正宗派》,见江灿腾、王见川主编:《台湾斋教的历史观察与展望》,台湾新文丰出版公司1994年版。

言，主要演述了明清时期民间宗教世界普遍流传的"三阳劫变""佛祖转化"说：盛周时代，乃"燃灯古佛掌教天盘，世纪五叶，名为清阳劫"；西汉，佛祖入华，至达摩渡江，受到梁武帝礼敬之五百余年，由释迦佛掌教天盘，"世纪七叶，名为红阳劫"；至明代正统年间，佛祖为度众生，脱化山东罗家，演著《五部六册》，但他发现众生沉溺爱河，不能自拔，于是又翻身转投缙云县虎头山殷[应]家，后又"将一灵真性，分身化壳于庆元姚家，开发道场，建立七日关房"，均因后学愚昧无知，未能解脱生死轮回之苦，故而佛祖奉太上无极圣祖之命，在弥勒佛掌教的"九叶世纪，白阳为劫"之际，下凡投入浙江金华南乡湾塘地方，化身为潘三多，是为四祖。四祖启建九日关房，说法开示，留下信徒亲录口诀一本，即《问答宝卷》。

该宝卷内容，可分三个部分。第一部分，开篇即为一首开经偈《佛饭偈》："无极显化太极生，立天立地立人根。万物皆从无所有，只知萌芽不知根。混沌微微一点真，太极开元渐渐明。炼成一片真如性，返本还源最上乘……"然后是一段白、韵夹杂的经文，用形象的比喻，将本门教法誉为蕴含彻悟大智慧的"佛饭"："会捧摩诃碗，举起般若匙。一粒粟米饭，能充法界饥。开出黄金锁，冲开白玉关。"接着，借用明代全真教道士何道全（无垢子）所注《摩诃般若波罗蜜多心经》中的偈语，引出一段长篇韵文，由释迦牟尼为太子时出城北门见生，结合中土五行八卦思想，演述出坎、离二卦是洞达本源的机关，弟子只要依样修行，即可"直指心田性命根"。然后，是三、七言的《尝斋谢茶佛句》，为向无极圣祖谢恩的念诵韵文，表达受传正法之后的感念之情。拜佛谢祖完毕之后，为无为教三祖姚文宇与门徒的问答，由"姚祖"解答关于姚门教课修仪轨方面的疑问。这段问答，对于探讨和复原姚门教，乃至潘氏教门的仪轨制度，具有重要的文献价值。说法开示后，姚祖归西，一灵真性借壳入体，转投浙江金华潘三多，这就是创立了觉性正宗派的该教四祖。

《问答宝卷》解析
——江南无为教觉性正宗派的传世经卷

第二部分，是潘三多与门人的问答，这部分集中体现了潘三多的宗教思想。第三部分，是潘三多应门人所请，对《心经》《金刚经》等佛教经典进行解读。他将《金刚经》分为"法会因由分"等三十二分，并传授门徒除《五部六册》以外，共十五部经典作为本门派的教典，包括《道德经》《自心经》《自性经》《感应经》《弥陀经》《法华经》《金刚经》《圆觉经》《大乘经》《了义经》《观音经》《天灯经》《定光经》等，其中大部分是佛教经典。潘三多认为，佛教《大藏经》之外的经典，均为外道经。他借用佛教经典作为本教派经典，对姚氏无为教加以改造，并在龙华会上参诵《金刚经》等佛经，为潘氏觉性正宗派涂抹上了浓厚的佛教色彩。

《问答宝卷》的编纂者尚难确定，宝卷中提到的教内人物除罗、应、姚、潘四祖外，还有普青、普霄，是姚文宇死后掌管教务的门徒。① 此外，还有普想，姚门教化师之一。根据记述，普想是潘三多批评的对象。这些人均不可能编纂这部宝卷。浙江处州府宣平县（今浙江丽水）何姓秀才普伸，是皈依潘氏教门、位列"十枝化师"之一的重要门徒。该部宝卷中，有大量师徒二人辩难问答的记载。据卷首阁山王氏非非子序言，该部宝卷是当时并未刊行的由信徒亲录的四祖口诀，所以其编者很可能与普伸有密切关系，大约是与其同列"十枝化师"的其他门徒记录下来的。可以肯定的是，潘氏教门的另一部宝卷《觉性宝卷》的原始资料由普伸记录。②

《觉性宝卷》上下两卷，浙江金华知县汪仁溥题署卷名，金华太史第明镜堂藏板，金华朱集成堂代印，民国十年（1921）刊本，全卷

---

① 普霄、普青，应当是潘三多时期姚门教的掌教人，但并不见于秦宝琦先生关于无为教谱系的调查表中，也是一个有待继续深入研究的问题。秦宝琦：《关于台湾斋教渊源史料的调查》，原载台湾《民间宗教》1995年第1辑，第133—144页。此处依据濮文起：《秘密教门——中国民间秘密教门溯源》，江苏人民出版社2000年版，第271—272页。

② 《觉性宝卷》卷下，见李家仁：《觉性正宗问答·序》："普伸兄告余曰：首尾九月，与师讨论道学，日录之以存其稿。既竟，颜之曰《觉性正宗问答》，其实我十人问而师亲答也。"

近 17000 字。卷首题有光绪己亥（1899）金华知府继良撰写的跋，次为题名普庆撰写的序言；卷末所附为《金华明镜堂灵山世系法眷》。该部宝卷的体例比较特殊，上卷所载为潘三多生平与悟道传教事迹，下卷又名《觉性正宗问答》，有光绪十一年（1885）李家仁（法号普前）撰写的序言，是潘三多与最早的门徒，即所谓的"十枝化师"的辩难问答。据李序可知，问答的原始资料，由潘三多得意门徒普伸记录。所以，《觉性宝卷》实际上由《四世行脚》和《觉性正宗问答》合编而成，大约编纂于光绪十一年（1885），根据卷末题署和李家仁序言，可知为东鲁人孔梦周（法号普思）著述，李家仁编纂。

需要探讨的是《问答宝卷》与《觉性宝卷》下卷，即《觉性正宗问答》的关系。两部宝卷均有这样的记载：潘三多临终之前，要求门徒将自己与弟子的问答记录下来，以便流传后世。如《觉性宝卷》下卷：

（普度）叹毕，招门弟子曰："尝谓功成者退，吾尘缘不久，不能与汝常聚首矣。汝等谨守课规，将此前后问答之原稿，汇成一集，以便行世，目为觉性正宗，不忘吾之苦口。"

所谓"觉性正宗"，当指《觉性正宗问答》。《问答宝卷》也记载说：

度曰赏[尝]谓："功成者退，吾今躯弱，尘缘不久。汝等谨守斋门课规，将吾前后问答源稿，汇成一集，以便行世，目为觉性正宗之指，不忘苦口说法而示。"

这里提及的"问答源稿"，无疑就是《问答宝卷》。由此可见，潘三多归化之后，门徒们根据师徒问答，分别整理了两个系统的宝卷。据

《问答宝卷》解析
——江南无为教觉性正宗派的传世经卷

《问答宝卷》言：

> 姚祖性在空中，不忍，灵至金华潘家入性，故而流[留]下《四世行脚》，乃潘祖出身之源由。从幼至终，言语情形，都在卷中说清时候。

引文中提到的"四世行脚"，即《觉性宝卷》，全名《金华明镜堂四世行脚觉性宝卷上下合编》。这就印证了两部宝卷之间存在联系，说明《问答宝卷》集成晚于《觉性宝卷》。韵散夹杂的问答体，是《问答宝卷》的重要特点，所谓的"佛偈"，占据较大篇幅；与之相较，《觉性宝卷》则更富故事性，对潘三多和门徒事迹的记载更加翔实具体，部分记述颇类小说笔法，可读性较强，这正是两者差异所在。

二

由于学界对潘三多教派的研究较少，潘氏的宗教生涯尚不明朗。因此，有必要就此问题作一番论述。目前，能见到的该教派文献，仅有《问答宝卷》与《觉性宝卷》，地方文献资料更是难觅片言只语的记载。因此，只能结合这两部宝卷，将潘三多的宗教活动和宗教思想介绍如下。

潘三多，法号普度，浙江金华南乡湾塘人。[1]清道光五年十二月初

---

[1] 南乡，当为婺南乡。据笔者查证地方文献并结合实地踏勘，南乡即今金华市三江街道所辖区域，位于金华城区正南。清朝时属婺南乡，民国时属秋都乡，中华人民共和国成立初设城南乡，此后区划屡经变更，1983年恢复城南乡建置，后金华城区拓展，城南乡撤销，其地归属今三江街道管辖。原城南乡政府驻地为潘宅，今其地尚存，但原貌已因城市化建设而湮没，居民仅余何姓等数户，对潘宅的历史已无知解。据考，此地潘姓始祖于清末由浙江义乌迁居，该村因此得名。参见金华市地名委员会办公室编：《浙江省金华市地名志》，1985年，第234—235页，及金华市婺城区地方志办公室编《婺城区姓氏》（打印稿）。

五日（1826年1月12日）生，同治十一年九月十五日（1872年10月16日）卒。① 潘氏出身贫寒，幼年孤苦，曾充当制衣学徒，维持生计。② 他喜好读书，立身持正，很早便加入姚氏教门。二十岁时，潘三多对姚门教有了独立的思考和批判能力，对教众过度重视念经、烧香、点蜡、供养佛像、礼忏超生、施行法术等深表担忧，讥其"忘却本来面目，崇假弃真"。他十分向往罗祖的无为大道，倡导明心见性，"每与人坐论，辄谈明心见性之道，时人无知音者"③。终有一日，神迹降临在潘三多身上："一旦昏晕，不省人事，三日不语，至第四日复苏，豁然贯通，自古圣贤正心诚意修身之旨，靡不尽知，批阅《五部六册》经文，了如星日。"④ 潘三多的晕而复苏，以及复苏之后显示出的非凡修养和对罗教经典的了如指掌，被教徒信服为姚祖真性借其躯体转世。

潘三多顿悟成道后，计划传教授徒。时值咸丰末年多事之秋，咸丰十一年（1861），太平天国侍王李世贤部进军浙江，占领金衢盆地的广大区域，在此地与清军展开了殊死搏斗。战争也造成当地人口锐减，生产生活受到巨大破坏。据清廷档案记载，浙江的杭（州）、嘉（兴）、湖（州）三府和金（华）、衢（州）、严（州）三府受灾最为严重，战乱和水旱灾害迭相交加，以至于清廷不得不屡次降诏减免租税，以期浙人休养生息。⑤ 对于这一时期的历史，浙江海宁人陈其元（1811—1881）有过记述："浙江自庚申（1860）、辛酉（1861），遭贼窜陷，经左爵相转战数年，至甲子（1864）岁，始行勘定。百姓辛苦流离，为贼匪所杀，为饥寒所杀，为疾疫所杀者，不知凡几，哀我人

---

① 武内房司先生认为潘三多生于1825年，逝于1873年，其说依据《觉性宝卷》。关于潘氏生卒年，《问答宝卷》与《觉性宝卷》的记载完全吻合，但道光乙酉年（道光五年）十二月初五，乃1826年1月12日，同治十一年也应为1872年。
② 《问答宝卷》，卷首，阁山王氏非非子序。
③ 《觉性宝卷》，卷上。
④ 《觉性宝卷》，卷上。
⑤ 中国第一历史档案馆编：《咸丰同治两朝上谕档》第13册，广西师范大学出版社1998年版，第257页；第14册，第131、412、427页；第15册，第33—34、257—258页。

斯，将无子遗矣。……当贼氛甫息之时，凋敝之情形，流亡之困厄，铁人见之，亦不免下泪。"① 面对此种形势，潘三多不得不中断传教活动，远避深山三年，以野果野菜度日。② 战事平息，始得下山。当他重返故里潘家庄以后，家乡已是片瓦无存。为了寻求一处安居之地，潘三多到达当地一座法华庵，并遇到了姚门教同辈教徒黄元方（法号普涵），经过说法开示，辩难问答，黄元方坚信潘三多是罗祖四世临凡，遂皈依潘氏教门，成为第一位教徒。潘三多与黄元方一同返回金华太史第，设立明镜堂，以此作为传法基地，并正式以"觉性正宗"为本门宗旨和传法铃记，开始了传教授徒活动。莲池下山黄氏兄弟黄舜钱、黄舜聚，浦江上徐人石满，义乌川塘方黄启进，楼垫庄文林五人，成为潘氏教派的第二批信徒。与此同时，一直陪侍在潘三多左右的普兴、普人、普钊、普清四人，则被立为左右化师。潘三多计划收徒十人，即达到所谓的"十枝化师"（不包括左右化师）之数，才开关建立道场，分散徒众，传教天下。

潘三多的门徒中，学养最厚、地位亦高的当为普伸。他博通儒家经典和罗教《五部六册》，在当地颇受敬重。大约同治十年（1871），他与黄桥头普悌、江西普复、城东余宅人余如高（法号普信）一同来到金华太史第，共同约定："普度公如果正道，吾等归伊门下，拜他为师，立他为祖，如非正道，便当禁止，免生异端，混乱道场。"③ 普度应普伸等人所请，系统阐述了觉性正宗的教义教旨，并就阴阳历数与时令节气之间的对应关系，以及儒释道思想的地位和相互关系等，解答了他们的疑问，被四人尊为真命救世主，毅然皈依门下。于是，普伸、普悌、普复、普信，便成为潘氏教派的第三批信徒。至此，潘三

---

① （清）陈其元：《庸闲斋笔记》卷十"浙乱后乐府"，杨璐点校，中华书局1989年版，第251页。
② 金华城区周围有三座山：金华山（北山）、南山和东山。金华山和东山山势平缓，海拔仅在500米—1000米之间，唯南山山势宽广险峻，高峰林立，连绵不断，是避险逃难的理想场所。此山正位于金华城南，故潘三多隐居之地，当为南山。
③ 《觉性宝卷》，卷上。

多所谓的"十枝化师"之数,已经齐备。因此,他决定正式开关授徒,以"天开黄道定仁义礼智信"十字,作为"十枝化师"名号,即"天"字普慈、"开"字普上、"黄"字普涵、"道"字普关、"定"字普桐、"仁"字普覆、"义"字普同、"礼"字普信、"智"字普伸、"信"字普悌。①经过潘氏开关授徒之后,众化师就开始了传教活动,并建立了法眷系谱,用以约束教派,潘氏教法得以传布。

潘三多从开始传教,到设立"十枝化师",其传教压力不但来自姚门教,还有信徒的顾忌和怀疑。《问答宝卷》记载了信徒的这种担忧:"众问曰:'我有危心,又不知伊道是真是假,还有肩上前辈押制,不敢来求。'"信徒担心皈依觉性正宗派,会受到姚门教老资历教徒的压制,也对潘本人的道行表示怀疑,担心受到愚弄和欺骗。对此潘三多如此回答:"一不称师想你拜,二不贪财想你银,三不罚你念经咒,四不换相改教门。伊来求道原职在,内外一诀更聪明;底心求去试试看,日后会得最上乘。"②潘氏许诺信徒不必改换门庭,他所传的教法,既没有烦琐劳苦的修行,也并非为聚敛财物,并明确承认自家教法出于无为教灵山正派。如《觉性宝卷》卷下:"(普伸)叩首向前问曰:'子乃普度师尊乎?'师答曰:'不敢!同为灵山弟子,何称师尊。'普伸曰:'久闻师尊自明大道,如雷贯耳,新立祖堂,以觉性正宗普度众生,其道出于罗、殷、姚之上,今弟等特来求教。……'师曰:'诸兄请坐,不知诸兄高姓尊名,听尔之言是乃无为道长。'普伸曰:'然也。'师曰:'既是无为教徒,听弟直言,毋庸猜疑。'"潘三多承认自己是"灵山弟子""无为教徒",这样就打消了灵山正派弟子的疑虑,对顺利推广本门教法颇有助益。不过,这种态度仅为一种权宜之计,在其宗教理念中,并不认为觉性正宗派是姚门教的简单继承者,而更

---

① 《觉性宝卷》,卷下。普慈、普上、普关、普桐、普同乃黄舜钱、黄舜聚兄弟、石满、黄启进以及文林五人的法号,但具体对应关系待考。普覆当为江西人普复。

② 《问答宝卷》。

愿意将其与罗教直接联系,甚至对姚门教进行了较为尖锐的批评:"正道只有一,何曾有二门。从前三世祖,真假两途分。""正宗妙义初展开,破绝邪魔外道胎。姚门承接殷门教,似与罗家不相谐。昧却天地大主宰,哄出迷途异端来。谁知我祖亲降世,时至末劫又临凡。"① 潘三多虽然承认自己是灵山正派教内弟子,但他却大胆地抨击了姚门教义与罗祖不相符合,其末流甚至演变为"迷途异端"。潘氏创立觉性正宗派后,明确宣示:"从前之外道,一概弃绝,复归于正。"② 也就是在教派组织上,维持与灵山正派的表面联系,而在教义教法方面,却采取排斥态度,努力宗奉罗教。为了统一无为教,归化罗、应、姚门教徒,潘氏甚至仿照姚文宇作偈,宣称:"姚门不归吾门诀,如秧不插无收成;吾门不信吾门行,如日当空被云霞。"③

同治十一年(1872)九月十五日酉时,潘三多去世。临终前一年,他指定女门徒普媳守护祖堂,以接迎四方传教者。他去世后,"十枝化师"十开道场,各自传教,其教派影响直至中华人民共和国建立后。觉性正宗派的传教重心是浙江金华、丽水。④ 另据《觉性宝卷》卷末所附《造立法卷(眷)条规》可知,潘氏教派还传播到了金华府之东阳,严州府之桐庐、分水、遂安,杭州府之新登、临安等地。

三

《问答宝卷》集中体现了潘三多觉性正宗派的宗教理论。它的发现,以及与《觉性宝卷》的参互印证和诠释,对于全面揭示潘氏宗教思想,具有重要意义。

---

① 《觉性宝卷》,卷上。
② 《觉性宝卷》,卷上。
③ 《问答宝卷》。
④ 其得意门徒普伸系丽水人氏,而丽水也正是南传无为教二祖应继南的生地,《问答宝卷》亦为丽水人启明代印,可证丽水乃潘氏教门传播重地。

潘三多的创教动机与清末动荡不安的社会现实和姚门教日益凸现的弊端有密切的关系。清军与太平军在浙江的激烈战争所造成的巨大社会动荡和灾难，是潘三多创教运动的重要原因。他站在太平天国的敌对立场上，视这场战争为"洪杨末劫"："洪杨猖獗，天下扰乱。……吾师怨痛众生遭此末劫。"[①] 这种认识是"三阳劫变"和"三佛应劫"观的体现，他也因此被教徒视为临凡救世的"无极圣祖"的化身。战争造成的生灵涂炭，也促成了他对"百年歌馆变荒台"的虚幻人生的思考，转而在宗教中寻求精神寄托，并拯救那些在他看来仍然没有脱离轮回、生、死之苦的持斋诸弟子。

潘三多本为姚门教徒，他发现无为教日益堕落，走上了念经供养、烧香点蜡、膜拜佛像乃至礼忏超度、降神驱邪的世俗化道路："可怜凡愚无知识，但守斋戒不茹荤。每日烧香和礼拜，虔心念佛与诵经。放光点蜡为佛事，拜星礼忏为超生。供养泥塑如来像，争奉墨画纸观音。本来面目都忘失，但知崇假不归真。"[②] 潘三多认为，念经拜佛难免轮回之苦，烧香设斋、挂榜扬幡之类的虚假供养行为，也"非能超度亡人，乃孝子仁人哀痛迫切之心，假和尚道士表其诚心恭敬，叩头，礼拜，设斋、供养，以郑重其大事而已"[③]。这样的观点中肯而开明，出自一位宗教领袖之口难能可贵。他主张恢复罗教清静无为的修行方式，不念经，不烧香，不供养，不幡扬，不挂榜，不立佛像，不设经堂，不做佛事，甚至不立文字："有字有句是邪说，可传可述是虚文。"他认为："大道本来无得无说、无传无授，若有丝毫可传可说，即是邪宗。只须直指玄关，按定十字，得一以成。何必劳苦精神，辖着字句，以谓得道哉！"所谓"按定十字，得一以成"，是潘氏融合了传统的阴阳八卦思想，对坎、离二卦的重新解读。他认为人身与天地

---

① 《觉性宝卷》，卷上。
② 《觉性宝卷》，卷上。
③ 《觉性宝卷》，卷下。

《问答宝卷》解析
——江南无为教觉性正宗派的传世经卷

八卦相互对应配合，坎卦居北方为水，水为天一所生，离卦居南为火，火为地二所生；坎、离二卦的阴爻和阳爻相互交错合并，就变成所谓的"十字"，象征天人合一："故坎、离二卦横看是水、火二字，三三横直合并即成十字。故天有十日，人有十指，天人合一而为一大十字之形身，吾所谓按定十字得一以成者此也。"[①] 为何潘三多特别重视"十字"？他在《问答宝卷》中借姚祖之口说："十字者，一横一直合成十字，乃是众生本性，灌注十方也。"他解释说："自己天智即性光，本性灵光照十方。"这就是说，十字是众生本性，也即自己的天智照耀十方的象征。《问答宝卷》借姚祖之口说："十方者，就是玄关也，修行必须悟此玄关，通达道机，在此十字路口知识是也。""玄关者，乃生死之所、玄门之户也。生从何来，死从何去，出玄入牝之根源也。"而潘三多自己则说："十字玄机腹内藏，普天匝地亮堂堂。若人识得其中意，本性灵光照十方。弹指便到极乐国，反掌之间即西方。一法脱壳离四相，南北东西无遮挡。"[②] 可见他所说的"玄关"，就是隐藏于腹内象征天人合一、代表十方的"十字玄机"，而这个玄妙莫测的"十字"，就是众生之本性（天智）的灵光，可以通过象征坎、离二卦交合等的修行方式形象化、表面化。所以，在修行中，他主张抱中守一，直指"玄关"，明心见性。潘三多的这一思想显然受到禅宗的深刻影响，其不念经、不礼佛、不立文字，直指"玄关"的修行方式几乎就是禅宗的翻版。在《问答宝卷》中，他和教徒对禅宗经典《心经》和《金刚经》的参研，也表现出其深厚的禅宗修养，这也是他所创立的觉性正宗派区别于姚门教的鲜明特征。从某种意义上讲，潘三多对罗祖教义的回归，实际上是向禅宗顿悟道路的回归。潘三多所说的"玄关""十字玄机"，实际上也是一个融会了儒、释、道三教思想的概念，他说："三界唯一显妙明，儒曰

---

① 《觉性宝卷》，卷上。
② 《问答宝卷》。

中一，释曰玄关，道云斗柄。"在他看来，儒家的"中一"，道教的"斗柄"和他所说的"玄关"，都是完全相同的修道的终极追求。

潘三多不但反对姚门教繁缛的修行仪轨，也明确反对教内弟子传习法术。他认为那些遁形隐身、腾云驾雾、穿墙越壁、千变万化的幻术，并非真有其术，而是虚实转化，比较巧妙，别人不易发觉而已："转换虚实为巧妙，非真隐身可遁形。"潘三多明确告诫弟子，正道修行莫假远求，传习幻术并不能达到最终解脱：

  道在迩，莫远求，不离方寸；人人有，个个圆，俱已现成。
  灵光现，照十方，同归家去；那时节，脱离了，永苦沉沦。[①]

所谓"方寸"，乃心之别称，潘氏认为根本大道正在于方寸之间，人人都有，关键就在于直指"玄关"，明心见性。

罗教创教，和佛教、道教等正宗宗教一样，也为教徒塑造了一个最终的、理想的归宿，就是"真空家乡""自在天宫"，相当于佛教的"极乐世界"、道教的天庭等。但潘三多却未有就此展开进一步的理论阐述，只是继承了罗祖的创世说。罗梦鸿的创世说是民间传统信仰和道教现成创世模式的翻版，即无极生太极，太极生两仪四象，四象生八卦，八卦生宇宙万物，但与传统不同的是罗梦鸿创造了一位神格化的造物主——"无极圣祖"[②]。潘三多的理论根基依然是建立在罗梦鸿的宗教思想基础之上，只是作为"无极圣祖"四世化身的潘三多，还不敢将自己神化为造物主，他提出"只点灵性"作为终极主宰。潘三多说太极是化育万物的"元质"，但需要神秘的主宰来完成造物之功，如同果木生发化育、面粉变作面饼，均有致其生成的力量，此力量即

[①] 《觉性宝卷》，卷下。
[②] 以上关于罗教的论述参见马西沙、韩秉方：《中国民间宗教史》第五章"罗教与五部经典"，上海人民出版社1992年版，第218页。

是主宰："是元质为之材，主宰加之功，于是种类分明，元塞宇宙。今修真行道之家，舍本逐末，不知只点灵明为主宰发源之根，其为惑可胜言哉。"① 这个作为主宰的"灵明"，是一个介乎神明与灵性之间的概念，实际上就是《问答宝卷》中多次提到人人都有的"一灵真性""本性灵光"。"无极圣祖"化身罗、应、姚、潘四祖，就是通过一灵真性的降生来完成的。这点"灵性"也是修真参悟的最终归宿："庄严净土净人心，心无我相一灵真，真灵只在人心上……"；"人人本有一灵真，……机窍参透鬼神惊。"②

潘三多非常同情处于社会下层的穷苦百姓，在反对教徒修行礼佛持经时说："如持经念咒果灵，世之有钱之家能延僧道救度，虽巨恶罪魁皆可升天；若贫穷之家不能叫僧道诵经，无钱超拔，纵修德君子，亦难脱地狱。君试思之，有是理乎。"③ 他认为持咒念经消灾救度的说法毫无道理，穷苦百姓因为没钱，延请不起僧道，就不能脱离苦难，这是不公平的。在回答门弟子"读书称为儒教，吃素本是释教"的说法时，潘三多予以毫不留情的批评："此言好笑，人人有口，皆能读书，原来不读，本是家寒，岂无儒乎！"④ 这种平民意识有利于获得信众同情，对革除姚门教弊端、平复社会心理裂痕，无疑具有进步意义。

潘三多作为姚门教的改革者和觉性正宗派的创始人，革除了南传无为教烦琐的修行仪式，弱化了反社会色彩，走上明心见性的内在修悟道路。潘氏觉性正宗派没有遭受姚门教那样的残酷杀戮，这不得不归功于潘三多的平民意识。

原载《世界宗教研究》2008年第4期

---

① 《觉性宝卷》，卷上。
② 《问答宝卷》。
③ 《觉性宝卷》，卷下。
④ 《问答宝卷》。

寺庙、经卷、符印：华北黄天道调查发现

梁景之

黄天道是明代中后期兴起于华北地区的民间教派，以所谓"三教合一""外佛内道"为其教派的典型特点。迄今，学界对于华北黄天道的调查研究已有不少研究成果问世，特别是对于寺庙与经卷的田野调查取得了一定进展，发现了个别仅存的黄天道寺庙以及诸多形式多样、内容丰富、比较珍稀的经卷文本，无疑这为黄天教的深入研究奠定了更为广泛的资料基础。现根据多年长时段的人类学田野调查，就张家口地区的一些主要发现做一介绍。

一、现存的黄天道"孤庙"与"全庙"

宣府、大同府即今天以洋河、桑干河流域为中心的张家口、大同地区，不仅是黄天道的发祥地，而且是明清以来历代黄天道传教活动的核心区域，其中又以张家口市黄天道祖庭所在地万全县与黄天道教祖出生地怀安县以及阳原县、蔚县等地最为活跃。大致而言，虽然纯粹的黄天道寺庙即主供黄天道开祖普明、普光夫妇的所谓"孤庙"数量不多，但三教合一或杂糅三教的"全庙"却为数不少，实际上这已成为黄天道一种常态的存在方式。因此，"孤庙"与"全庙"不仅是构

成黄天道寺庙体系的两种基本形态，而且"孤庙"与"全庙"的分类，也成为理解并把握黄天道信仰空间、宗教场域及其活动方式的一种方便的视角。

1947年，李世瑜的调查曾踏及万全县与怀安县的92个村庄，且多有发现与收获，可谓开华北黄天道田野调查之先河，但更为重要的是，为后来的田野调查提供了必要的线索以及可资参考的研究成果。因此我们的调查，一方面是基于李世瑜的先行调查，对其曾经走过的92个村庄进行回访式跟踪调查。当然，两次调查，虽然相去达半个多世纪，时空转换，今非昔比，但乡村社会的某些特质当一脉相承，历史的记忆当也不会全然消失。另一方面是进一步延伸调查的范围，适当拓展研究的空间，即在实地考察李世瑜曾经踏访过的万全、怀安两地部分村庄的基础上，进一步扩大考察的范围，触及更多的村落。目的是希望以此方式，从深度与广度上达成对黄天道的再认识或再思考。这样，从2004年以来，我们先后走访了调查地的130多个村庄，其中重点走访、考察了其中的30多个村或镇，不仅发现了原以为不复存在的若干黄天道寺庙以及残存的大量壁画，而且访得不少流传已久的抄本宝卷、符图印信等各种弥足珍贵的一手资料。无疑，这对于深入认识黄天道的历史及现状颇具资料价值与学术意义。下面首先对调查过程中发现的几处黄天道寺庙情况做一介绍。

（一）赵家梁村普明庙。该庙为"孤庙"，主供黄天道开祖普明和普光夫妇，位于今张家口市万全区安家堡乡赵家梁村，现已成为一户村民的住家。据调查，该庙始建于民国十三年（1924），占地一亩余，由该村黄天道信徒、当地名医赵尔理（1878—1959）捐地出资兴建，以其位于村南，故当地又称之为南庙，属于家庙或村庙性质。该庙直到1959年时仍保存完好；1960年以后，逐渐废弃。"文化大革命"期间，除正殿外，东西配殿、天王殿以及其他附属建筑均被拆除。当时，被划为地主成分的村民赵某无家可归，遂以废弃的普明庙为家。直到今天，该庙仍由其后人赵敬元一家三口居住。几年前，因庙宇东边两间淋雨渗漏，造成局部塌坏，遂拆掉重新翻盖，故普明庙正殿实际上现仅存三间，且已破败不堪。其中，西头两间，已无法使用；东边一间，即原正殿的正中一间，漫绘壁画，因漏雨局部崩塌，现已改为杂物储藏间，堆放着粮食、煤炭、农具以及其他杂物。据房东讲，东边一间，即绘有壁画的庙堂中，原有两尊当地人俗称为"娃娃"的泥塑像，即普明和普光塑像，但在"文化大革命"期间被毁坏，仅存背光。根据观察及初步测量可知，普明庙正殿为平顶式建筑造型，洞室结构，坐北朝南，高约310厘米，面阔5间，残存3间，每间宽275厘米，平面长方形。在各开间之间，墙壁正面，原镶嵌有砖雕楹联四幅，现残存三幅，自东而西，分别为"普照十方三千界，明通乾坤四部洲，千里相传归旧踪"。其内部空间均以青砖发券，砌为拱形的洞室结构形式，宽265厘米，进深500厘米，顶高210厘米。经观察，壁画漫绘于洞室的四壁以及顶部，但画面的主体是在东西两壁，每壁画面约为纵204厘米×横335厘米，两壁合为13.668平方米，计约30余幅。画面清新自然，线条简洁流畅，画风朴实，构图饱满，内容丰富，技法兼工带写，重彩写实，具有浓郁的地方特色和乡土气息，属于黄天道传画性质的壁画。每一幅画面代表一个故事，并附有榜题，榜题为四言双句，楷体墨书，套有黑色边框。画面之间以祥云纹图案分隔为界，每幅大小基本一致，横48厘米×纵33厘米，按故事情节，单幅构图，幅幅相连，过渡自然，相对独立而又不失统一。顶部则漫绘翔龙云海图样，但大部已毁，仅为残余。南壁即庙门之左右内侧，以素描手法，各绘有一大型人物画像一幅，其中右侧画像墨迹脱落，依稀可辨，左侧人物画像保存基本完好，下部略有残缺，整幅应为纵170厘米×横70厘米，残幅为纵60厘米×横50厘米，该画像之右傍，竖题有"中华民国十三年岁次甲子新建……次年乙丑四时丰稔国泰民安"等字样的边跋若干行。应该说该庙是目前华北地区壁画内容最为丰富且保存最为完好的一座黄天道"孤庙"，特别是该庙现存的壁画内容弥足珍贵，是研究黄天道不可多得的图像资料。

（二）狮子口村普明庙。狮子口村是普光祖的出生地。除赵家梁村普明庙以外，怀安县第三堡乡狮子口村的普明庙，同样是属于黄天道"孤庙"性质的一座庙宇。

该村的普明庙为一座小型的"孤庙"，坐北朝南，面阔三间，宽约 7 米，进深约 3 米，东、西两壁各绘有壁画 9 幅，东壁画面除个别外，多已模糊不清，西壁经清理，画面、榜题基本清晰。两壁所有画面均单幅构图，相对独立，而又连贯。画面尺寸大小基本一致，在纵 66 厘米或 68 厘米至横 66 厘米或 62 厘米之间。榜题可辨认者为：舍布济贫、挂灯照路、入山修心、为民代牧、佛祖在天、财滋利人、佛前恭敬、施舍饮食、辞世去乱等。画面完好者 10 幅，残缺漫漶者 5 幅。与赵家梁村普明庙壁画一样，壁画均为传画性质，旨在记述教祖的生平事迹。

据住在普明庙西邻的村民张贵务（2010 年，六十三岁）介绍，当年普光祖的家就是现在普明庙所在的位置，普明庙大概建于民国十几年，八十多岁的老人也讲从记事的时候起就已建有普明庙。庙里原先供有普明爷爷、普明奶奶和米姑姑、面姑姑、康姑姑的泥胎塑像，"文化大革命"时被毁坏，庙宇则改作他用，一度成为村小学教室。并称他的太太（当地又称太奶奶，即曾祖母、爷爷的母亲）是黄天道道徒，平时茹素吃斋，信佛好善，后来传给了祖父，以后就没有再传。一般都是家庭内部父子或母子相传。张贵务又讲，庙里的壁画是画匠苗加高所绘，苗加高是阳原县三马房人，平时以给人家漆寿木（棺材）、为寺庙绘画为生，后来娶了本村姓王的闺女，落户在了狮子口，直到一九六几年去世。他的侄子就在本村，已六十多岁，苗加高是他的姑父。该村有王、张、李、赵等姓，其中张姓最多。以前村里并没有什么庙会，平时多有烧香许愿者。普明庙只是村里的一个小庙，当时还有真武庙、五道庙等,但规模均不大。历经沧桑,普明庙现基本废弃,里面堆满柴草等杂物,现存壁画,虽然大多漫漶,可辨识者寥寥,但部分可补赵家梁村普明庙壁画之不足。

(三)金山寺与竹林寺。阳原县的金山寺和竹林寺,是已知华北地区迄今尚存的两座"全庙"性质的黄天道寺庙。

金山寺位于今阳原县揣骨疃镇双塔村。据民国《阳原县志》载:"金山寺,在双塔村,年代不可考,现寺虽大,乃清光绪至今,屡年所建,旧址无存。忠信和尚者,创修金山寺之始祖也。俗姓宁,泥泉堡人,幼而好佛,年三十,善心感动,立意作大功德。路径双塔村,因倦坐息,见有石碑,文曰,大明正德七年重修金山寺。今已废坠,为平原荒野矣。即发善志,并以复兴为己任。四方募捐,责无旁贷。自清光绪十年二月开工创建,十余年即告成,年七旬有五,患腿疾不能行走,而善意弥坚,复建修罗状元砖塔,塔在双塔村西南一里罗状元坟旁。其募化地点,为外蒙古、恰克图、库伦、多伦、山西大同,以及津保各县,四方徒走,无所不至。腿疾之原如此。"[1]也就是说现存之金山寺实为清光绪年间始建,包括观音殿、唐僧殿、普明殿等建筑。

普明殿面阔一间,4米余,进深约3米,原有普明塑像,"文化大革命"期间被毁。现普明塑像为2006年,由善士李长春、李爱国捐资1200元重塑。其东西两壁漫绘壁画,后因改作他用,涂以白灰,虽然保存状况基本完好,但因画面脱色或剥落,其细微处多模糊不清,依稀可辨。壁画题材均为仙佛神圣人物,尺寸约为60厘米见方,每幅均有榜题,画风、题材均近乎竹林寺壁画风格。

唐僧殿面阔一间,进深3米,壁画漫绘于正壁及东西两壁,题材

---

[1] 李泰棻总纂,刘志鸿主修,刘志河标点:《阳原县志》,河北省阳原县地方志编纂委员会办公室,1986年版,第239页。

取自《西游记》小说中唐僧、沙僧、猪八戒、孙悟空师徒四人受大唐皇帝钦差前往西天拜佛取经的故事。据介绍，该殿原有唐僧塑像一尊，"文化大革命"期间被毁，壁画则作于清末光绪年间，现保存基本完好，构图饱满，色彩艳丽，风格独特。其中东西两壁画面，单幅构图，60厘米见方，均有榜题，类连环画形式，描述了孙悟空大闹天宫、龙宫借宝、师徒四人历经九九八十一难，前往西天取经，终成正果的整个过程。正壁中央，约占三分之一空间则为原唐僧塑像的五彩背光，其左右两侧，分别绘有孙悟空、沙僧和猪八戒、白龙马的巨幅画像。2010年，由当地善信出资，请当地的民间艺匠重塑了唐僧的金身塑像，并且增加了孙悟空、沙僧、猪八戒以及白龙马的彩绘塑像，造型可谓生动逼真，场面气氛为之一变。

竹林寺位于阳原县东城镇水峪口村。《阳原县志》载："青元山。在水峪口中，西南去县治八十里，地当观山之背，千峰环向，若揖若拱，南望倒剌代园，连山隐隐，桑干壶流，细才盈带，有竹林寺，寺中铜像以千计，故老云，山旧有铜阮，常时鼓铸，得数万斤，今封矣。"又："竹林寺在青元山，明万历四年（1576）建。竹林寺位于东城镇水峪口村北贯山上，明万历中建，建筑面积3300多平方米，四周围有山墙，仿北京城郭，设九门就关。上至王母、玉皇，下至土地、阎王，均有殿宇，仅铜铸神像即达1400余尊。可惜'文革'期间全部被毁。可以说，竹林寺作为一个三教合一的寺庙，其殿堂兼及儒释道三教，其中道教殿堂主要有玉皇阁、西王母殿、三圣母殿、五岳帝君殿、泰山圣母殿、南极寿星殿、北极真武帝君殿、二郎神殿、关圣帝君殿、三官殿、吕祖殿、财神殿、龙王殿、火神殿、雷神殿、喜神殿、贵神殿、河神殿、山神殿、马神殿、牛神殿、太阳殿、太阴殿等。佛教殿堂主要有三世佛殿、释迦佛殿、玉书天佛殿、普明普净普贤佛殿、天王殿、文殊普贤观音菩萨殿、地藏王菩萨殿、陀罗菩萨殿、准提菩萨殿等。儒家殿堂有文昌阁、圣人阁等；另有三教殿、三皇殿。在总体分布格局上也是相互交叉，三教融通，故当地人称之为全庙。"[1]

关于竹林寺的建造，据梁纯信主编《张家口各异的古寺庙》记载，民间相传"明嘉靖到万历年间，箙子屯堡（即今水峪口村）有个武职军人叫梁尚文，官居总兵，后来辞官回乡隐居。梁尚文为官清正，性格刚直，带回一些积攒多年的俸银，老夫妻无儿无女，别无他求，常出入佛门道观，与僧道交游。一日隆冬，闲暇无事，去宽平庄拜访其牛姓表兄。其表兄住三间破败的草棚，寒风袭来，其表兄身穿单薄褴褛的衣服，毫无寒意，自己衣着狐裘暖帽，却冷得全身打颤，便问表兄原因，表兄道出了他多年修真养性、礼佛坐禅的真相，梁尚文随之动了善念。一日，他夜梦一神仙，托他在莲台之巅，建造一所全庙，日后他可位列仙班。梦醒以后，他知道是神仙点化，决心布施俸银，建造寺院。庙基便选在缕缕烟起、朵朵祥云的五岳莲山顶峰。建造如此规模宏大的一所寺院，单有梁尚文一人的银两肯定不够。一次梁尚文在工地与乡亲们谈及建寺时，身心疲乏打了一个盹，醒后对人说：'我刚从关南来，关南麦熟，现已收割。'此时当地还未完全解冻，无人相信，梁即从衣袖中掏出一个黄熟的麦穗。众人觉其神异，随即传闻四乡，建寺的钱、料、工得到乡人源源不断的资助。梁、牛表兄二人和郑子明及一魏姓人氏共同督工监造，寺庙得以建成。[2]

据说梁尚文居官带回的俸银共三斗六升，合七万二千两，全部用于建寺。后来无病而终，为了感念梁、牛、郑、魏四人建寺功德，均称为爷，并在寺东边建庙塑像，享受人间烟火供奉。[3]

竹林寺正殿为三圣母殿，面阔三间，供奉主尊无生老母及黑碧圣

---

[1] 李泰棻总纂，刘志鸿主修，刘志河标点：《阳原县志》，河北省阳原县地方志编纂委员会办公室，1986年版，第239页。
[2] 梁纯信主编：《张家口各异的古寺庙》，"张家口历史文化丛书"之八，党建读物出版社2006年版，第138页。
[3] 梁纯信主编：《张家口各异的古寺庙》，"张家口历史文化丛书"之八，党建读物出版社2006年版，第137页。

母和紫金圣母。据介绍，该殿四壁绘有"一幅幅介绍明万历年间，天下各大名寺的寺名、主要供奉的神佛名称及数量"的壁画，计有一百多寺，神佛数千。"凡到竹林寺的香客，首先要拜圣母殿，取一揖朝百寺之意。"① 调查期间，水峪口村梁台和老人介绍，竹林寺内有万佛台，各种神佛菩萨都齐全，所以常言道"中国一百单八寺，都在竹林寺"，故竹林寺又名"千佛寺"。现在的大佛殿就是原来的正殿，主供无生老母，老母两侧分别是黑碧老母和紫金老母，东侧供的是弥勒、释迦和燃灯，西侧是文殊、观音和普贤，前面是两尊天王像。

竹林寺壁画满布圣母殿四壁，儒释道人物毕集，仙佛神圣俱全，俨然一热闹的大聚会，千姿百态，形形色色。壁画均单幅构图，色彩饱满，尺幅一般为纵58厘米、横50厘米，个别稍长，除少数图幅遭人为局部毁坏以外，其中绝大部分保存完好，榜题清晰。另外，在竹林寺破败的马神殿、天王殿等殿堂仍然残有部分风格独特、画工精妙的壁画。

2008年起，来自阳原县塔儿寺的僧人"张善人"张致平住持竹林寺，并依靠广大善信，募集资金，发愿重修竹林古刹，几近毁弃的大佛殿即三圣母殿等部分建筑业已修缮完工，殿堂内的神佛塑像，如三世佛等均已重塑，庙会也已恢复，每年阴历四月初八、端午为庙会。届时，四方善信，云集该寺烧香朝拜，道路几乎为之壅塞。可惜的是，在该殿修缮、重塑佛像的过程中有少量壁画遭到人为的故意破坏。从碑记可知，最早一次修缮为乾隆二十年，以后屡有修缮，如光绪年间的多次维修等。初步判断，正殿壁画很可能绘于清代末期，从画风看，大抵出自民间画匠之手笔。

此外，位于万全县膳房堡的黄天道祖庭碧天寺在乾隆二十八年

---

① 梁纯信主编：《张家口各异的古寺庙》，"张家口历史文化丛书"之八，党建读物出版社2006年版，第138页。

（1763）遭毁后，于光绪元年（1875）再度复兴，来自本地的僧人志明（智明）和尚发愿募捐，重建寺庙，名曰"普佛寺"，虽然该寺在1958年被彻底毁弃，原供奉于普佛寺的志明和尚的尸骨也不复存在，但当地信众感念志明和尚的善举，几年前在普佛寺遗址附近为其临时搭建了一座小庙以示纪念。

二、传教世家及其藏经

黄天道自普明祖李宾创教以来，历经明清两朝乃至民国时期的社会变迁，岁月沧桑，其家族传承的嫡传法脉虽然接续七代而绝，但其教法却流布大江南北，绵延不绝。其间出现不少传教世家，刊经、抄经、布道，从而为黄天道在民间的传播奠定了广泛基础。20世纪50年代以降，就像其他民间教派一样，黄天道被全面取缔，绝大多数经卷或被焚毁或被查没，特别是随着教派人物的陆续离世，即便是艰难保存下来的部分经卷也渐次流失，所幸在最近几年的田野调查中，通过对教派人物特别是黄天道传教世家后人的访问，陆续发现了一批弥足珍贵的经卷文献。因此，从很大程度上而言，这些经卷文献之所以能够保存至今，与黄天道传教世家后人以及教派人物的精心保管是分不开的。

（一）水峪口村梁台和藏经。阳原县东城镇水峪口村梁氏家族世代信仰黄天道，其远祖梁尚文即所谓的梁祖，既是竹林寺的创建者，又是虔诚的黄天道道徒。清嘉庆五年（1800）青元山竹林寺施地碑云："青元寺曰竹林，此寺创自梁祖，历有年所盖稀有之寺。"民国元年竹林寺碑记也云："竹林寺建于明万历年间，宽平庄梁氏出资最多，故梁氏世有一人主持寺事，谓之法主。"据梁台和（1937—2011）老人生前介绍，梁氏家族原来居住在竹林寺所处青元山脚下的宽平庄，从民国时期开始陆续搬迁到水峪口等周边村庄。家里原先有族谱，后来被毁，现只剩一张谱单，从梁祖到自己这一辈，已经是第21世。父亲叫梁棿，爷爷叫梁凤全，自己和哥哥梁台普是从小随父母入的道，入道后常去庙里跟师傅念经，因为在家里自己不会念经。开始是跟着师傅念经，等自己会念了，有时也在家里念。假若大家都会念了，大伙就聚在一起念经、做会。每年的旧历三月初三、五月初五、十月十一日，大伙都会到竹林寺一起做会念经，有主持，念三天三夜，吃住都在庙里。当时庙里的主持和法主就是爷爷梁凤全。同时透露，自己藏有家传经书一套，是哥哥梁台普去世后转交自己保存之物。除经书以外，还有若干灵符印信等绘图。梁台和老人告诉笔者，灵符印信等绘图是父亲生前所留，这批经卷则是当年自己的伯父梁槐读的书，故每本经书上都写有"梁槐堂记"字样，但并非伯父亲自抄写。同时表示，这些经卷和灵符印信均属祖传遗产，不得外传。经查点，梁台和所藏经卷计有17册，符图20余幅，均为民国抄本或绘本，装帧方式除《利生宝忏》为经折装，开本略大以外，其余均为线装，楷书，开本为纵24厘米×横18厘米。其经卷书目为：

1.《叩天宝偈》；2.《利生宝忏》；3.《寿生经》；4.《普明佛传留叩天通宝》；5.《普明如来遗留都斗宝赞》；6.《古佛遗留黑虎宝赞一卷》；7.《普明遗留勾寿印记文篆》；8.《普明古佛遗留八牛宝赞》；9.《普明古佛遗留修养秘诀丹经壹卷》；10.《普明光静三佛遗留愿礼家乡》；11.《佛说玉籙金书通圆天地圣宝符咒上下》；12.《普明古佛遗留符偈真宝》；13.《普明古佛遗留聚宝真经》；14.《古佛遗留末后一着青龙宝赞》；15.《佛说遗留脚册后事》；16.《狗龙记序共二千八年》；17.《普明遗留聚宝护命灵符真经》。

符图20余幅，保存状况不尽一致，大多完整。尺幅大小不一，尺幅大者纵90厘米×横58厘米，小者纵55厘米×横45厘米，每幅构图各异，内容有别，虽绘法稚拙，但却相当用心，通常被视为不传之秘，也是教内身份、地位的象征。

（二）新开口村张德年藏经。据介绍，万全区新开口乡新开口村张德年（1926—　），十八岁随父母加入一贯道，后升为坛主，自认为黄天道和一贯道的分别不很严格，互相参与，交流密切，教义上也有共同点。平时与黄天道信徒多有交往，互称道友，加之其亲友中多有黄天道信徒，因此不仅对黄天道的情况非常熟悉，且平素坚持吃素，静修打坐，对丹道颇多心得。据称，张德年家藏黄天道经书及三张符印，是他的一个信仰黄天道的亲友临终前所留，嘱其代为保管。同时张德年先生本人也亲自抄录过几本黄天道经卷。现将张德年藏黄天道经卷书目开列于下：

1.《普明遗留灵符文花手卷》，民国七年，抄本，线装，纵26厘米×横18厘米。

2.《还源祖莲宗宝卷》，民国二十八年，抄本，线装，纵23厘米×横14厘米。

3.《普明古佛遗留末后定劫经》，民国，抄本，毛装，纵21厘米×横21厘米。

4.《普明如来家书宝卷》（上下），民国，抄本，线装，纵26厘米×横14厘米。有破损、水渍。

5.《圣贤遗留道书一册》，民国，抄本，线装，破损，水渍，老化。纵26厘米×横14厘米。

6.《普明遗留勾寿印记文篆》，民国，抄本，毛装，纵21厘米×横21厘米。

7.《普明如来遗留灵符真宝》，民国，抄本，线装，纵27厘米×横14厘米。边缘破损絮化。

8.《普明古佛遗留真武宝赞》，民国，抄本，线装，纵27厘米×横14厘米。有破损。

9.《普明古佛遗留透天宝赞》，民国，抄本，毛装，纵21厘米×横21厘米。

10.《普明古佛遗留手卷真宝》，民国，抄本，毛装，纵 21 厘米 × 横 21 厘米。

11.《玉历宝钞》，民国，抄本，线装。通行本。

12.《觉世宥罪天尊赦罪宝忏诵本》，民国，刻本，线装，纵 19 厘米 × 横 13 厘米。

13.《高王观音经》，民国，刻本，线装，纵 19 厘米 × 横 13 厘米。通行本。

14.《白虎宝赞》，民国，抄本，线装，纵 27 厘米 × 横 14 厘米。

15.《十二圆觉》，清光绪六年，刻本，线装，纵 22 厘米 × 横 14 厘米。通行本。

16.《血盆经》，民国，抄本，线装，纵 23 厘米 × 横 14 厘米。有破损。

17.《文昌帝君阴骘文注解》，刻本。通行本。

18.《普明古佛遗留末后一着灵符手卷呪语》，民国戊辰年，抄本，即《古佛遗留九阳玄文、罗凭偈、二十四气牌号、二十四照、降魔杵、灵符手卷、原籍、四时六候牌号、照妖镜、斩妖剑、缚妖索》等多种经卷合抄本，线装，纵 31 厘米 × 横 17 厘米。

19.《金刚经通俗集义》，刻本，线装，通行本。

20.《伯牙抚琴册》，民国，抄本，线装。

21.《虎眼禅师传留唱经》（上下），张德年自抄本，线装。

22.《普光四维圆觉宝卷》（上下），张德年自抄本，线装。

23.《佛说普通如来百宝诸文宝卷》（上下），张德年自抄本，线装。

24.《推背图》，张德年自抄本，线装。通行本。

25.《相理衡真》，刻本。通行本。

另外藏有纸符三张。

三、暖店堡村李风云藏经

李风云老人，民国十八年（1929）生，张家口市万全区孔家庄镇暖店堡村人。据介绍，她的老伴叫王子祥，民国六年（1917）出生，是个中医，七十五岁那年去世，一辈子吃素。公公叫王崇善，光绪十二年（1886）生人，民国三十二年（1943）去世。婆婆王赵氏则是赵家梁村黄天道会主赵尔理的亲妹妹，均为吃素善人。她本人十七岁时随父母入道。原先家里有很多经卷，"文化大革命"时烧了很多，现在只剩少部分。而据李世瑜基于当年调查所著《现在华北秘密宗教》可知，光绪十九年（1893）赵尔理的父亲赵进有与来自山西寿邑的任老师因缘相会，遂皈依黄天道，后来赵尔理接续法船，继续行医传教，并捐地建庙。因此，王崇善不仅是赵尔理的妹夫，也是同道，且一生热衷于抄经刊卷，据信其所抄经书达上百种。因此，李风云老人现在所藏部分经卷中，除少量传世本和王献云、王子祥兄弟手抄本以外，大部分抄本出自王崇善之手。值得注意的是，在这批藏经中，绢质或布质的手卷，即横幅长卷这种传统卷轴装形式的经书，不仅年代久远，尺幅巨大，且保存完好，墨色如新，图文并茂，堪称精品。现将这批藏经名目开列如下：

1.《朝阳古佛老爷遗留末后文华手卷》，清乾隆二十九年，抄本，横幅长卷，布质，纵42.2厘米×横1204厘米，引首题"朝阳老爷遗留文花手卷"，卷中彩绘朱砂符印插图。

2.《灵符手卷》，清乾隆三十二年，抄本，横幅长卷，绢质，纵39.5厘米×横635厘米，卷中彩绘朱砂符印插图，泥金楷书。

3.《普明遗留灵符文花手卷》，清抄本，横幅长卷，绢质，纵37厘米×横1289厘米，卷中彩绘朱砂符印插图。（又有张德年藏民国七年抄本，纸质，线装，纵28厘米×横15厘米，又题《弥勒飞符印图》、《弥勒尊手卷文华灵符》。)

4.《七祖罗凭收元宝偈》，清乾隆五十九年，抄本，横幅长卷，绢质，纵 39 厘米×横 631 厘米，卷中彩绘朱砂符印插图。

5.《普明遗留七家手卷合同》，清抄本，横幅长卷，绢质，纵 38 厘米×横 808 厘米，卷中彩绘朱砂符印插图。

6.《普明佛遗留末后一着灵符手卷神呪》，清抄本，横幅长卷，绢质，纵 37 厘米×横 531 厘米，卷中彩绘十二道灵符插图。（又张德年有藏，民国十七年，抄本，线装，纵 31 厘米×横 17 厘米，与其他经卷合抄一册。）

7.《普明古佛遗留白华玉篆之图》，清抄本，横幅长卷，绢质，纵 38 厘米×横 651 厘米，卷中彩绘朱砂符印插图。

8.《古佛遗留先天文榜》，清抄本，横幅长卷，绢质，纵 38 厘米×横 514 厘米，卷中彩绘插图 2 幅，尺幅分别为纵 33 厘米×82 厘米与纵 33 厘米×220 厘米。

9.《普明古佛三期普渡》，卷首又题《三期普渡丹书》，民国十七年，王崇善抄本，经折装，纵 31 厘米×横 11 厘米，共 111 折，楷书，插图 3 幅。（其内容与后来题为《三教应劫总观通书》《冬（东）明历》等经书内容基本一致，应该系同书异名或一书多名。换言之，《三期普度丹书》很可能是黄天道之后，王森所创东大乘教即明代闻香教与清代清茶门教之《三教应劫总观通书》的基本来源或母本。）

10.《蕴空明宝透玲真经》（上册），清刻本，经折装，纵 38 厘米×横 13 厘米，共 84 折，楷书，插图 2 幅。

11.《透玲圆觉华严真经》，清刻本，经折装，纵 38 厘米×横 13 厘米，共 76 折，楷书，插图 2 幅，有破损。

12.《清净无为妙道真经宝忏》，清康熙丙寅，刻本，经折装，纵 38 厘米×横 13 厘米，共 152 折，楷书，插图 4 幅。

13.《普明定劫护坛真经宝卷躲劫真宝归家》，民国，王崇善抄本，经折装，纵 31 厘米×横 11 厘米，共 140 折，楷书，插图 1 幅。

14.《周祖传普明指诀》，民国二十年，王崇善抄本，经折装，纵 31 厘米×横 11 厘米，共 70 折，楷书，插图 3 幅。

15.《普光四维圆觉宝卷上》，民国，王崇善抄本，经折装，纵 31 厘米×横 11 厘米，共 158 折，楷书，插图 2 幅。

16.《佛说西来意返唱经》，民国二十三年，王崇善抄本，经折装，纵 31 厘米×横 11 厘米，共 141 折，楷书，插图 2 幅。有破损。

17.《普明老祖遗留悟道篇》，民国丙寅年，王崇善抄本，经折装，纵 31 厘米×横 11 厘米，共 104 折，楷书，插图 3 幅。

18.《乘舟得路证道了心宝卷下》，民国，王崇善抄本，经折装，纵 31 厘米×横 11 厘米，共 210 折，楷书，插图 4 幅。

19.《朝阳遗留九甲灵文宝卷中册》，民国，王崇善抄本，经折装，纵 31 厘米×横 11 厘米，共 166 折，楷书，插图 3 幅。

20.《太阳登殿日时默诀 后附路粮米》，民国，王崇善抄木，经折装，纵 31 厘米×横 11 厘米，共 15 折，楷书，插图 2 幅。

21.《混源道德金丹龟灵固丹宝卷》（上下），民国十九年，王崇善抄本，经折装，纵 31 厘米×横 11 厘米，共 347 折，楷书，插图 7 幅。

22.《普明无为了义宝卷中册》，民国，王崇善抄本，经折装，纵 31 厘米×横 11 厘米，共 121 折，楷书，插图 1 幅，有破损。

23.《朝阳古佛遗留三佛脚册末劫了言唱经卷》（中），民国，王崇善抄本，经折装，纵 31 厘米×横 11 厘米，共 80 折，楷书，卷首扉画 1 幅，跨页，纵 31 厘米×横 88 厘米。有破损。

24.《古佛遗留三极九甲天盘偈》，民国，王崇善抄本，经折装，纵 31 厘米×横 11 厘米，共 150 折，楷书，插图 4 幅。

25.《普明古佛遗留末后一着扣天真宝》，民国壬戌年，王崇善抄本，经折装，纵 31 厘米×横 11 厘米，共 108 折，楷书。

26.《大明诚意伯刘伯温先生遗留搜天宝鉴》，民国三十年，王崇善抄本，经折装，纵 31 厘米×横 11 厘米，共 89 折，楷书。

27.《朝阳遗留九甲灵文宝卷》（上下册），民国十六年，王崇善抄本，经折装，纵 31 厘米×横 11 厘米，共 267 折，楷书，插图 6 幅。

28.《云外青霄显明直指宝卷》（上），民国，王崇善抄本，经折装，纵 31 厘米×横 11 厘米，共 189 折，楷书，插图 3 幅。

29.《佛说玉液还丹捷径真经口诀》，民国己未年，王崇善抄本，经折装，纵 31 厘米×横 11 厘米，共 72 折，楷书。有破损。

30.《普明古佛遗留开示愿簿》（卷一），民国，抄本，毛装，纵 22 厘米×横 10 厘米，共 8 页，楷书。

31.《古佛遗留青龙宝赞》，民国八年，王崇善抄本，经折装，纵 31 厘米×横 11 厘米，共 63 折，插图 1 幅。有破损。

32.《普明遗留八牛宝赞》，民国，王崇善抄本，经折装，纵 31 厘米×横 11 厘米，共 62 折，楷书，有破损。

33.《黄天救度拔亡宝忏》，民国，王崇善抄本，经折装，纵 31 厘米×横 11 厘米，共 45 折，楷书，插图 3 幅。有破损。

34.《省悟家庭 打药理》，民国十三年，蒋永湛抄本，线装，纵 9.5 厘米×横 7 厘米，共 12 页，楷书。袖珍本。

35.《观世音普门品经》，20 世纪中后期，王献云抄本，线装，纵 13 厘米×横 10 厘米，楷书。通行本。

36.《谷雨十点》，20 世纪中后期，王献云抄本，毛装，纵 9.5 厘米×横 7 厘米，共 8 页，楷书。

37.《了义卷宝卷》，抄本，线装，纵 22 厘米×横 11 厘米，楷书。有缺损。

38.《关圣帝君觉世经直讲》，抄本，线装，纵 21 厘米×横 13 厘米，楷书。通行本。

39.《五瘟文表 复初会志》，抄本，线装，纵 26 厘米×横 13 厘米，楷书。有破损。

40.《普明老祖遗留悟道篇》，又题《长阳老爷遗留悟道篇》，抄本，毛装，纵22厘米×横22厘米，楷书。有破损。

41.《四季八节文表》（上下），民国，抄本，线装，纵25厘米×横15厘米，楷书。

42.《普明古佛遗留修养秘诀一卷》，民国，王崇善抄本，经折装，纵31厘米×横11厘米，共126折，插图2幅，楷书。有破损。

43.书名不详，乾隆岁次壬子年癸卯月上旬吉日，高昌书，抄本，经折装，纵31厘米×横11厘米，楷书。有破损。

44.《佛说普光四维圆觉宝卷 中册》，民国丁卯年，王崇善抄本，经折装，纵31厘米×横11厘米，共159折，楷书，插图3幅。有破损。

45.《佛说清心戒赌文洗心论》，民国，王崇善抄本，经折装，纵31厘米×横11厘米，共37折，楷书，插图1幅。有破损。

46.《普明古佛遗留天门宝卷》，民国，抄本，经折装，纵31厘米×横11厘米，共52折，楷书，插图4幅。有破损。

47.《普明古佛遗留收元宝赞》，民国，王崇善抄本，经折装，纵31厘米×横11厘米，共62折，楷书，插图1幅。有破损。

48.《普明遗留末后定劫经》（佛说定劫经、佛说照贤经、佛说聚宝经、佛说应劫经、照仙炉经、金莲会神经等合抄一册），民国十六年，王崇善抄本，经折装，纵31厘米×横11厘米，共135折，楷书，插图3幅。有破损。

49.《普明遗留勾寿印记文篆》，民国三十年，王崇善抄本，经折装，纵31厘米×横11厘米，共42折，楷书，插图1幅。

50.《九祖遗留收元罗凭宝偈》，民国十一年，抄本，经折装，纵31厘米×横11厘米，共37折，楷书，插图3幅。有破损。

51.《佛说普明无为了义宝卷序》，抄本，经折装，纵31厘米×横11厘米，共106折，楷书，插图1幅。

52.《混源道德金丹龟灵固月宝卷》（上下），1966年，王子祥抄本，线装，纵14厘米×横10厘米，楷书。袖珍本。

53.《观世音菩萨感应灵课》，抄本，经折装，纵22厘米×横9厘米，楷书，有破损。通行本。

54.《静休斋志》，民国三十二年，王子祥抄本，毛装，纵13厘米×横10厘米，共16页，楷书。有破损。

55.《佛说千手千眼观世音菩萨广大圆满无碍大悲心陀罗尼经》，抄本，经折装，纵31厘米×横11厘米，共86折，楷书。有破损。

56.《蕴空明宝真经》，抄本，经折装，纵13厘米×横4.5厘米，共5折，楷书。袖珍本。

57.《清净无为妙道真经宝忏》，抄本，经折装，纵15.5厘米×横5.5厘米，楷书。袖珍本。

58.《清静妙法莲华真经》，抄本，线装，纵13厘米×横4.5厘米，楷书。袖珍本。

59.《佛说三月火候利生宝偈》，民国，王崇善抄本，经折装，纵14厘米×横6厘米，共39折，楷书。袖珍本。

60.《普明如来无为了义宝（卷）》，抄本，线装，纵13厘米×横5厘米，楷书。袖珍本。

61.《普明遗留周天火候金丹密指心印妙诀一卷》，民国，王崇善抄本，经折装，纵31厘米×横11厘米，共53折，楷书，插图3幅。

62.《文昌帝君阴骘文注证》，刻本，线装，书皮有王子祥题签"文昌帝君阴骘文注证燹后幸存"字样。通行本。

63.《三佛正劫识宝九精八怪照妖镜妙偈》，民国，王崇善抄本，经折装，纵31厘米×横11厘米，共24折，有破损。

64.《寒山石德留呼吸静功要诀 附十二段锦》，民国，王崇善抄本，经折装，纵31厘米×横11厘米，共39折，楷书，插图3幅。

此外，尚有纸质和绢质灵符印信等绘图20余张，其中一部分存在不同程度的破损。

结　语

黄天道寺庙壁画和经卷，特别是灵符、咒语、法印、手卷、令牌、合同、圣号等图像资料的发现，不仅大大丰富了黄天道经卷文献资料群，而且对于重新认识黄天道在民间社会的传播、功能和作用，进一步探讨黄天道的组织形态和结构均具有十分重要的学术价值。有理由相信，符印、手卷等所谓黄天道的真宝圣物，对于民间社会而言，较之单纯的经卷文字，往往更具有吸引力，其具象神秘，不仅是宗教权威及其来源合法性的神圣体现，而且是维持教内秩序、凝聚信众的重要手段，当然更是同教的信物，它既是现世避劫消灾的护身符，又是来世通达极乐世界的凭证。

原载陈进国主编：《宗教人类学》第 7 辑，
社会科学文献出版社 2017 年版

新发现明末长生教宝卷考

孔庆茂

《观世音菩萨普度授记归家宝卷》(以下简称《观音卷》)是一本极稀见的明代民间宗教宝卷,收集全国各公立图书馆善本书目的《中国古籍善本书目》及在宝卷专书胡士莹《弹词宝卷总目》都无载。只有李世瑜先生收藏,见其所著《宝卷综录》,车锡伦《中国宝卷总目》也只著录李世瑜先生所藏。笔者藏有一套完整的明刻本,曾就此问题专门请教李先生,李先生记得有此宝卷,但所藏宝卷在"文革"初期即已散佚,不知下落。这本《观音卷》可谓海内孤本。国内外宝卷集成性的大部头专书《宝卷初集》《中国民间宗教文献集成》初编及续编都未列入,所以研究民间宗教者从来没有探讨过。今仅就手头这本宝卷,考证其所属教派、作者及其形成的来源。

一、《观音卷》的版本

《观音卷》叙述的是观音菩萨为了救度众生,东土下凡,化作贫道,在长安城开设道场,现身说法,诸佛菩萨文殊、普贤、势至众菩萨分别变化众生,前往与观音问答,提出各种问题,观音一一作答,众神助道,感化众生,献二十四化身,授二十四记,各为一品。授记即记名之义，表示观音普度众生，对发大心的众生预先记名，度他们"成佛"，归还"真空家乡"。

《观音卷》共上、下二册，分二十四品，经折装。大字写刻本，每折4行，行15字，版框高23.5厘米，宽10.5厘米，属于典型的明代万历前后的宝卷风格。封面为黄色锦缎绣纹图案，虽已破旧，仍可看出明代宝卷特有的华丽之风。上册前面五折为观音图，图后是龙牌，龙牌手书"皇帝万岁万岁"；下册首尾有若干折系抄补。

《观音卷》未著具体刊刻年月与地点。从字体看，是万历年间通行的大字行楷的手写抄经体，字大行疏，空白处常有一些图案纹饰点缀。纸张也是明代常见的皮纸，当是明代原刻原印。而且从内容看，里面有大量的明代宝卷流行的宫调，如"挂金锁""清江引""红莲儿""寄生草""风入松"等曲牌。这与李世瑜先生所断定的明刻本一致。清嘉庆二十一年（1816），直隶布政使钱臻在明代闻香教遗留的石佛口空庙里查获的宝卷里也有这部宝卷二册。①

在宝卷中，时常写到朝廷中内侍、文武百官，还流露出歌颂后妃皇上的阿谀之意。如云："内相，因你有缘，无会燃灯之下，……现受着世景花堂，侍卫着后妃皇上，受用着美食鲜衣……"在卷尾更明显地说："某甲宣扬宝卷，无限功德，上祝后妃亲王公侯宰辅，共享长生太平之福，四方宁静，八表遵服，祈年丰岁稔，禳水旱虫蝗，边夷宁静，士庶康宁。"（二十四品）"后妃""皇上"都另行抬头顶格写。只有晚明朝廷后妃太监佞佛的时代，才有民间宗教借着宗教外衣，夤缘混入后宫，得到支持或默许，可以公开刊刻精美的宝卷。在清代之后，再也没有这种时代的氛围了。

所有的清讳，如玄、胤皆不避。所以基本上可以断定为明代万历

---

① 《军机处录副奏折》，嘉庆二十一年正月十四日，钱臻奏折，转引自马西沙、韩秉方：《中国民间宗教史》，上海人民出版社1992年版，第611页。

年间或稍后刊刻。

《观音卷》为明末长生教的宝卷，分二十四品，品目如下：

观音菩萨救苦品第一；
云宫菩萨斋戒品第二；
三莲（品）菩萨关节品第三；
文殊菩萨入度品第四；
普贤菩萨安身品第五；
诸天菩萨身智品第六；
大势至菩萨六度品第七；
青莲菩萨华元品第八；
火光菩萨香火品第九；
金莲菩萨精气品第十；
龙尊王菩萨五行品第十一；
真德菩萨铅汞品第十二；
诸尊菩萨从德品第十三；
天仙菩萨文武品第十四；
星官菩萨性命品第十五；
白莲菩萨云路品第十六；
青风菩萨度生品第十七；
千叶菩萨贫富品第十八；
灵真菩萨在仙道品第十九；
奇尊菩萨金果品第二十；
宝光菩萨生道品第二十一；
般若菩萨云机品第二十二；
原身菩萨生身品第二十三；
大悲菩萨还源品第二十四。

上册十二品以内丹为主，讲修命；下册十二品，以无为为主，讲修性。二十四品，每品各示一种真香，各示一种授记，以各色人向观音问道方式展开。

《观音卷》没有明显的教派的标记，流传颇稀，所以没有研究者注意到这一宝卷的归属。在所有的研究中，只有连立昌、秦宝琦先生的《中国秘密社会》第二卷"元明教门"中提了一句，把它当成西大乘教的经卷，但并没有提出任何证据[①]，想系猜测。

笔者在仔细研读的基础上，认为它是汪普善的长生教的经卷。长生教创自明末，创始人为浙江衢州人汪长生，号普善。据清代道光时长生教主要人物陈众喜所著的《众喜粗言宝卷》卷五记，汪长生生于万历三十二年（1604），卒于崇祯十三年（1640）。汪长生原为殷继南无为教徒，姚文宇接任后改为龙华会，后与姚文宇产生矛盾，另立一派。广泛吸收明末当时众多教派的内容，建立了以修炼性命、接续长生为主旨的长生教。这符合当时人们祈求长生的要求，因而一度信众很多，势力颇大，成为明末江南的一支重要的民间宗教派别。按照陈众喜的记载，长生教是黄天教的演变，后代长生教尊黄天教普静为九祖，汪长生为十祖，"第十光化汪普善，又化儒教学长生"。长生教的初始经卷今无所存，人们只是根据陈众喜的宝卷记载，把陈众喜所说的九祖、黄天教的普静的宝卷《普静如来检教宝经》和陈氏的《众喜粗言宝卷》来评价长生教。我认为这本《观音卷》极可能就是明末长生教的初始宝卷。其证如下：

[①] 该书第232页说："到清代，王森子孙继续传教，嘉庆间在其家乡石佛口空庙内搜到《销释收圆行觉宝卷》一本、《销释显性宝卷》一本、《销释圆通宝卷》一本、《观世音菩萨普度授记皈家宝卷》二本、《销释木人开山宝卷》二本。这五种'宝卷'中，前四种是西大乘教的经卷，第五种是圆顿教的经卷，都不是闻香教的经卷。"参见连立昌、秦宝琦：《中国秘密社会》第二卷"元明教门"，福建人民出版社2002年版，第232页。

《观音卷》以"长生法"为全书主旨。民间宗教里讲各种修炼的、符录的有,但专讲长生法、长生福、长生斋的则没有见过。贯穿这部宝卷的主旨就是"长生"——长生法、长生福、长生斋、长生圣话。

《观音卷》第一品中开宗明义,观音授"长生记"。"要想归家,亲受长生记。奥妙消息,无福人难立。"(第一品)经卷中借观世音的"长生圣话",告诫人们人生苦短,要人们弃短修长,抛弃名利财色,早日修行,成真作圣。人生在世,哪有定期,百岁光阴,及早下手,明心见性,"协圆行满长生福,三极永劫不落凡"(第一品)。

人可以修身而获得长生,"长短二字由人造,生死原来在己修"(第四品),这种说法迎合人们想长生不老的心理,所以能够在众多的民间教派中以自己的特色吸引信众,很快地就从北方扩展到南方,人数越来越多。"修身炼性接续长生"(第二十四品)"长生修下长生用,短生造定不由人"(第二十四品),修炼内丹就能达到这一目的,从其所叙述的内丹道的这一套话,确实和黄天教如出一辙。

在第三品后通过长生教和"书咒"等邪宗的对比,点出全经的主旨:

普善二度心意良,恶度心死有家乡。
福会重修人不昧,暗调贤良从闪光。

也即是说:"求问明师,亲授长生偈。意马坚牢,跳出红尘去。永转长生,得坐无生地。"(第三品)这里特意点出"普善"二字,应该即是长生教的汪普善了。

这部宝卷的刊刻时代和长生教的时间是一致的,正是汪长生在世的万历至崇祯期间。至于撰写宝卷的人是不是汪普善本人,尚无法确定。主要借观音之口向女信众布道行教，专门讲三从四德之理。从全卷的语气看出，似乎写这部经卷的并不是汪普善本人，而大概是一个女性，也许是助他传教的表姐姜徐氏（姜妈妈）。①

二、从观音卷看长生教的主要教义

（一）内丹修炼。在第五品中，普贤菩萨化作贫僧，向观音乞求"长生妙道"。观音说，真命为元，像一粒金丹，需要炼，就是炼内丹，采阴补阳。"命住三极人难离，调和铅汞一处归。结就阴阳人难惺，混合坎离五行齐。"（第五品）这是一套道教内丹道的翻版。

长生教讲究的是阴阳协调，五行不犯，行善积德，与前世因有关，同时修炼的高低也有关，甚至与性命长短、生男生女都有"关系"。第十八品说："人生世间按五行，长生命短前世因，左三右五长生福，右三左四是短生。阴走阳路寿数少，阳走阴路早归阴。阴阳同路长生福，应候差者大破身。天全生男天机信，气缺生女造定身。……真经真像齐天福，假经假相串沉沦。"汪长生立长生教，讲长生之道，刊印经像，却只活了三十来岁，真可谓"用自己的手打自己的嘴巴"，一个绝妙的讽刺。

（二）长生教与其他民间宗教一样，也是三教合一的，"长生圣话，三教同行"（第十六品）。但也有自己的特色，就是特别强调"儒"的成分，汪长生以儒童自居。从清代长生教的发展看，主要借观世音之口向世人宣讲，吃素斋戒的道理。② 濮文起先生说："将佛教的三皈五

---

① 秦宝琦先生《中国地下社会（清前期秘密社会卷）》引用清代档案记载，说："汪长生生于明代历年间，在西安县创建斋堂，劝人吃斋念佛，声称吃斋念佛，可以祛病延年。汪长生的表姐姜徐氏即姜妈妈亦利用此说劝导妇女，名为长生教。"（秦宝琦：《中国地下社会（清前期秘密社会卷）》，学苑出版社1993年版，第222页。）

② 《众喜粗言宝卷》卷一。曹新宇、宋军、鲍齐：《中国秘密社会》第三卷"清代教门"，福建人民出版社2002年版。

戒与儒家的君为臣纲、父为子纲、夫为妻纲和仁、义、礼、智、信五伦结合起来，强调儒家思想的教化作用。"① 这些话可以从宝卷中得到印证。

宝卷上册十二品讲修命，主要是内丹修炼，下册十二品主要讲修性，以无为为主。修性第一就讲儒家的三从四德。可见，长生教把儒家放在很重要的地位。诸尊菩萨化为老农，说："俺庄户人家，也不知经教言典，只求那男子仁义礼智信，生女三从四德贤。世里之言人好惺，教外之言未得参。"观音言："未修仙道先人道，人道如常日用功。"下面即大段讲人生的礼义："人间三从和四德，女从父夫子和颜。男从师父母言令，习圣丢凡烧好香。"同前面一样，也是天地人同时讲，把三从四德、三纲五常都作为道与天地扯到一起，显得这些纲常是"天经地义"的。"人生天地在世间，休要欺心灭圣贤。仁义行长自然好，礼法行道透天元。智量乃是人之本，信之一字不非凡。修道若缺五行体，怎人当来九叶莲？"（第十三品）同一品里讲文武修炼，"文武二香一起进，坐筹帷幄晓天机，吉凶随手不差错，与天无二伴皇极。""古佛玄中妙，迷人不肯参，争长竞短心元乱，贪名望想尘世转。"（第十四品）

（三）性命双修，男女同修。长生教同其他民间宗教一样，家居火宅，非僧非道，其修道也是有男有女，性命双修，男女同修，这一点也近于黄天教。性命双修，戒律心细，修惺性命（第一品）。"性在身中团绕绕，命在身中穿九环。性在阳晌阴时动，命在阴晌阳时行。性动往下穿九殿，命往上行穿九宫。"（第十五品）同时，长生教也同黄天教一样极力主张男女同修。长生教虽然要人清心，戒绝人欲，但对正常的夫妻并没有限制，主张男女双修。"男女修因发虔心，十二时中苦下功。"（第二品）孤阴孤阳都是不好的，"男女同修香火正"（第十九品）。也就是说，即使是有家有室，只要持斋念佛，虔心诚意，就能获

---

① 濮文起：《陈众喜论》，《浙江社会科学》2005年第5期。

得"真香"。"习学未来长生法，女成菩萨男坐宫。有缘领授云香火，男女扯手赴云程。"（第十五品）

修长生教，在炼内丹同时，须得授持三皈五戒，持斋吃素。"五荤浊体难登圣，清气为天地浊元。身清体净归元顿，阴阳大道进白阳。"（第二品）持斋把素戒心田。（第三品）

此卷中特别强调"真香"或"圣香"的作用。"归家路道要文凭，香缺功少无投奔。"（第二十四品）真香与金丹应是一样的概念，炼得真香，也就等于炼得金丹，香可通神。观音在下界作道场说法，天上各菩萨仙佛，都是闻到观音的"圣香"，才下来助道的。每一品中都是这样叙说的。"有缘归入金丹里，圣意真香转太空。"（第二品）修得性命真果，自然有真香，有了真香，自然转长生。所以说，通过内丹修炼，"聚宝精动金花殿，一粒金丹续长生。气云精转人人有，心为一气炼乾坤"（第十品），"五精混合修因理，五气香真转长生"（第二十三品），"凡圣修行真香数，出凡入圣显金身"（第二十四品）。

（四）崇拜弥陀、观音。从这部经卷看，长生教主要拜的是观世音和弥陀佛，虽然也提到弥勒，只是讲到未来佛的时候涉及，远不及前两者重要，所以应当看作是弥陀崇拜，与后来清代的长生教崇拜弥勒有所不同。"四生慈父弥陀主，救苦寻声观世音。文殊普贤知寒暑，地藏菩萨掌幽冥。"（第二十四品）在每一品中引的乐曲，后面几乎都有"阿弥陀佛"四字。又说"六字弥陀人要念"，"十字弥陀常保守"（第二品）。

观音老母即无生老母的思想。经中没有专门提到无生老母，几次提到无生、无生地，但没有出现"无生老母"的名称。只讲观音老母，或简称老母。卷首说观音在普陀山八宝台上观看下界，"菩萨思念沉劳苦，发愿东土度众生"，因此到了长安城，现身说法，普度贤良。这里和长安，盖喻指京城。观音下凡到东土度众生，与其他教派里的无生老母临凡是一样的意思。

长生教并没有否定无生老母这个最高神,如二十三品里说:"贤良得遇观音卷,亲点无生入九莲。"说明还是有无生这个最高神的。但在这部经卷里,无生作为最高神高高在上,无所"作为",故不多涉及①,直接以老母指观音。暗含的意思是,在长生教里,观音老母就等于无生。第二十一品中说:"观音老母因见东土五浊凡夫,沉迷太厚,先发六度,头领下生。年深岁久,不见一个归家,老母亲身落凡……"这里观音俨然就是无生老母的角色,说明在长生教里,观音老母就是无生老母。

从上述可以看出,长生教原初经卷与清代后来的长生教还是有所不同的。虽然把儒家作为重要的内容,但并没有明确地把孔子、孟子作为儒童写入宝卷,只是吸收了儒家的纲常伦理思想。观音在长生教中同样都占有重要的地位,但初期崇拜的是弥陀,而不是弥勒。《观音卷》与后来的《众喜粗言宝卷》相比,文字水平较高,非后来浅陋粗俗可比。

三、从《观音卷》看长生教的来源

说这本经卷是汪长生(普善)的长生教宝卷,还可以从它与无为教的关系中进一步得到印证。从汪长生的生平与经历看,他早年接受的是殷继南的无为教,受无为教的影响很大,他的宝卷中多次提无为法,"无为大道彻根元"(第四品),长生教同时也以无为教自居的,宝卷中多次自称"无为法"与"无为教"。如他在讲过修炼之功时,第二十二品里说:"无为法,真玄妙。"说明他最早受的是殷氏无为教的影响。殷继南去世二十二年后,汪长生才出生,姚文宇继承了殷氏

---

① 如说:"男女真经阴阳路,修行香火赴云宫。四生门户六道事,修行真正到无生。"(第二十四品)

无为教，法名"普善"。姚文宇万历六年（1578）生，比汪长生年长二十六岁。天启四年（1624），姚文宇统一了浙江无为教，改为龙华会。天启七年（1627），汪长生与姚文宇公开分裂，创长生教，亦取名"普善"。这等于抢了教主的法名，可能因此激怒了姚文宇，姚氏为儿子取名"长生"以羞辱他，并说他的教法以一支蜡烛一盏清水就可以入教。汪长生在自己的经卷中，反唇相讥，说姚文宇的书符咒水之术，是邪宗邪经。"收符咒水都为假，腾云驾雾罪业宽"，"水斋白斋持戒律，无头无绪怎么还乡？"（第三品）①

江南的无为教，本身就是罗教、黄天教等教的杂糅，说其改宗黄天教，只不过是名称上的问题。其实汪长生和黄天教并没有直接关系。黄天教的普静死于万历十六年（1588），16年后汪长生才出生。只是陈众喜把他遥接普静，捧为十祖。在这部经卷中，并没有提及黄天教。其实黄天教虽讲内丹修炼，但也有许多符箓咒语，如南斗六郎、北斗七星、太皇太君、太上老君敕令，和净口神咒、护心身咒、诸星神咒等。长生教在这一点，显然与黄天教不同。

《观音卷》对"金丹道"大为赞赏，多次提到金丹大道、金丹妙法。甚至在第三品里说："上乘得遇《金丹卷》，超生了死赴天堂"，这里透露了一处抄袭的破绽。《金丹卷》肯定是一部宝卷的简称（第二十四品里也提到《金丹宝卷》），根据内容，当是《皇极金丹九莲正信皈真还乡宝卷》，这本宝卷早在嘉靖二年（1523）就有了，闻香教的王森又重新改写刊刻，长生教抄的可能就是指这个版本。对照一下，可以看出《观音卷》许多话语，都是从该卷受到启发或直接抄自该卷的。观音的二十四记和二十四种宝香，大概受王森闻香教的"圣

---

① 宝卷里虽没有点出姚文宇的名，但从清代姚文宇的龙华会的内容来看，其教确实是以书符咒语为主的。据嘉庆二十年后来的门徒供称，其教第一步，二十字咒语，第二步一百零八字咒语，第三步讲明心见性。道光时陈众喜《众喜粗言宝卷》中也说："今有一等习法学咒，做金石功夫，吞符饮水……"

香"的启发。其他词，如暗钓贤良，十步修行，金丹大道、九叶青莲、九莲如意、无极太极皇极三教等词，都出自《金丹宝卷》。还偶有抄错的地方，如第二十四品里，把《金丹宝卷》里列的几位祖师，悟明祖、南无祖、古天仙（号早香）、南阳教都称作"邪宗外道"。还有个旁证，就是《观音卷》与《金丹卷》都是在清代嘉庆二十年、二十一年查抄王森滦州石佛口的庙宇时被查抄出来的。可见，长生教确实与闻香教有些关系。当然，闻香教又称东大乘教，也称无为教，这种名称混乱、东拼西凑的现象很多，很难一一考证了。

黄天教普静以后又称圆顿教，著《天真古佛考证龙华宝训》的弓长的教派名称也叫圆顿教，但他的"宝训"里，说还有一个圆顿教，"圆顿教设宗门度下儿女，普善祖领护法，皈依佛门"。据马西沙、韩秉方先生《中国民间宗教史》考证，这个普善，就是汪长生。我觉得是可信的。通过《观音卷》可以得到一点补充和印证，宝卷里屡次称"圆顿"，自称是圆顿法、圆顿大道，"善信若闻圆顿法，大众同归净土邦"（第二十四品）。前面提到过，《观音卷》与王森有渊源关系，弓长又是到王森石佛域取经的人，二人同时受王森影响，把汪普善圆顿教列入当时教派，也在情理之中。

原载《学海》2008 年第 5 期

有关东大乘教的重要发现

陈俊峰

东大乘教是我国民间秘密宗教的一个重要教派，由蓟州（今天津蓟州区）人王森创立于明代万历年间（1573—1620）。天启四年（1624），王森的三传弟子弓长又立大乘天真圆顿教。

由于历代封建统治阶级的压制和禁毁，东大乘教经典著作只能在民间秘密流传，且为数甚少而佚失甚多。截至目前，学术界常提及的东大乘教经典著作主要有：《古佛天真考证龙华宝经》《木人开山显教明宗宝卷》《销释接续莲宗宝卷》。

文献的阙如，资料的匮乏，使学术界现今对东大乘教这一明清时期几个世纪以来全国最大的民间秘密宗教的诸多方面尚未有一个全面而清楚的了解。

1992年，一个偶然的机会，笔者发现了东大乘教的一大批孤本前期宝卷，从而使我们对东大乘教的一些关键问题有了一个比较明确的答案。

一、发现经过

1992年7月5日，我们几个漳县政协委员在大草滩乡、新联村乡村干部和当地群众的积极配合下，考察该地遮阳山风景、古迹，并摄制录像时，在该山东溪寒峡一前侧石崖上有北宋石刻"石室"二大字的岩洞中，发现了一木箱古代宝卷手抄本。因洞内潮湿，这批抄本腐粘严重，但经自然干燥处理后，发现能辨认出经名的有8部：

《佛说大乘通玄法华真经》《佛说赴命皈根还乡宝卷》《法舡普渡地华结果尊经》《还宗佛法身出细普贤经》《正信除疑无修证自在宝卷》《叹世无为宝卷》《古佛天真考证龙华宝经》《普静如来钥匙宝卷》。

根据当地群众提供的线索，我们找到了这批藏经的主人——当地新联村铺里社70多岁的老人王凤林。据他说，这批手抄本宝卷共有两套，均为当地龙华会三宝门的宝卷。其中一套是他们家历代相传保存下来的，一套是本地东扎口李法主（失名）民国初年从岷县一地抄录来的。李法主民国二十几年去世了，将他的那套宝卷转给了王凤林的叔父、三宝门遮阳铺堂的堂主杨善人，而杨善人解放初期去世时又传给了他。1958年，他拣其中破烂的一套连同一些法器上交给了当时殪虎桥乡政府，而把抄录工整、装帧讲究的一套利用夜半时分辗转藏到了遮阳山东溪寒峡的一个比较隐蔽的岩洞中。当时，他根本没有注意到洞口岩石上有"石室"二大字。而这一疏忽，竟然暗合了中国古代的一句习用语：石室藏经。事实上，"石室"二大字因年深日久，被水锈苍苔覆盖模糊不清，是1992年7月5日考察时我们发现后仔细清理出来的。

1992年11月，根据遮阳山发现的线索，我们在漳、岷二县交界的一个十分偏僻的山区小村庄，从当地群众手中找到了清康熙初年刊印的一批宝卷，共6部：

《古佛无生玉华结果尊经》《三华聚顶性华结果尊经》《五气朝元命华结果尊经》《莲芯生三皇了仪观音经》《蕴空盼婴儿思乡圣母经》《古佛天真考证龙华宝经》。

调查表明，遮阳山石室发现的手抄本宝卷均是据此地的刊本抄录的。石室八部手抄宝卷原刊本中，现仅剩《龙华经》一部，其余尽毁于"文革"期间。

这两次发现的十四部宝卷均为经折装，内容为我国民间秘密宗教——东大乘教等的核心教义。

经与我国宝卷专家李世瑜先生的大作《宝卷综录》对照，并经李世瑜先生亲自确认，漳、岷二地发现的十四部宝卷均为前期宝卷，其中九种确属国内首次发现的孤本。1996年9月底，李世瑜先生的弟子、天津社会科学院宗教文化研究所所长濮文起先生一行二人专程来漳县考察、鉴定，确认李老肯定的九种宝卷为国内外从未见于著录及收藏的前期孤本宝卷。

九种孤本宝卷，即遮阳山石室发现的前四种与漳岷山区发现的前五种。这九种孤本宝卷中，遮阳山石室四部尽管为抄录副本，但因其刊印原本已毁，而国内外尚未发现另有刊本，且这批抄录副本字体工整、装帧考究，基本保存了原刊本的风貌，是目前国内外发现的唯一仅存的早期抄录副本，所以与原刊孤本具有同等重要的学术、文化价值。

漳岷山区发现的五部孤本宝卷，有三部为东大乘教立教分宗的前期宝卷，内容十分丰富，解答了有关东大乘教的一批历史上长期悬而未决的重要问题。

二、三部孤本前期宝卷简介

三部有关东大乘教的孤本前期宝卷是：《古佛无生玉华结果尊经》（简称《玉华经》）、《三华聚顶性华结果尊经》（简称《性华经》）、《五气朝元命华结果尊经》（简称《命华经》）。

这三部宝卷开本、印刷、装帧一模一样。均为木板印刷，经折装，纸质均似川连。经卷长38厘米，宽13厘米。印刷板框高28厘米，面宽 13 厘米；天头高 6 厘米，地尾高 4 厘米。内文每面 4 行，行 15 字，面 60 字。均分上下卷。上卷前扉页 8 面：头 5 面为儒释道三教听法图、后 3 面绘三龙供牌。第一面供牌书"皇图永固，帝道遐昌，佛日增辉，法轮常转"；第二面供牌书"皇帝万岁万万岁"；第三面供牌书"六合清宁，七政顺序。雨□时若，万物丰阜。亿兆康和，九幽融朗。均□寿域。溥种福田。上善攸臻，障碍消释。家崇忠孝，人乐慈良。官清政平，讼简刑措。化行俗美，泰道咸亨。凡序有生。俱成正果。"上书"御制"二大字。下卷末扉页 3 面，一面为四方圣图及经名，一面为空无图，一面为护法韦陀图。

《古佛无生玉华结果尊经》刊印于清康熙十一年（1672）。上卷 285 面，下卷 283 面，共有二十七分。其分目为：

定果青阳佛光问性赴云宫分第一，结果红阳佛觉问结果成真分第二，成果白阳佛耳问分宗定派分第三，成真玄果佛尊问雷声普化分第四，证真仙果佛位问四生轮转分第五，修真妙果佛灵问阐教扶宗分第六，上清青梅佛定问周天缠度分第七，太清红梅佛心问人譬天地分第八，玉清白梅佛义问修持德行分第九，清玄修真佛文问吃斋戒荤分第十，青静证真佛目问春夏秋冬分第十一，青云成真佛佑问经书卷律分第十二，红真慧光佛圣问临危收圆分第十三，红明花光佛净问玉华赴会分第十四，红云真光佛性问阐教明宗分第十五，白玉明华佛法问白莲开放分第十六，白云光华佛照问十八地狱分第十七，白阳玉华佛宝问善恶灾祸分第十八，黑斗修仙佛手问稽察功过分第十九，黑玄朝仙佛道问五脏六腑分第二十，黑云成仙佛悟问人鬼佛神分第二十一，长真圣贤佛惺问红炉飞雪分第二十二，长玄真贤佛身问金丹大道分第二十三，长生定贤佛华问悟性还原分第二十四，长明云圣佛月问四大分张分第二十五，长乐华圣佛日问波罗密哆分第二十六，长寿封圣佛口问末后成尊分第二十七。

《三华聚顶性华结果尊经》刊印于清康熙十八年（1679）。上卷

270 面，下卷 261 面，共二十四分。其分目为：

孝养尊亲分第一，业苦三室分第二，大道无形分第三，信邪烧纸分第四，自性真佛分第五，金刚科仪分第六，拨迷指悟分第七，普度群□分第八，五乐生忧分第九，四生六道分第十，民遭苦业分第十一，勤谨香火分第十二，三教皈一分第十三，患难许愿分第十四，八宝罗汉分第十五，四相非坚分第十六，观音菩萨分第十七，三圆圣会分第十八，直超三界分第十九，四静真功分第二十，邻里乡党分第二十一，言行食智分第二十二，烧香念佛分第二十三，劈邪崇正分第二十四。

《五气朝元命华结果尊经》刊印于清康熙十一年（1672）。上卷249 面，下卷 250 面，共二十四分。其分目为：

命沉海底分第一，圣景捞鱼分第二，白水逆流分第三，真僧送宝分第四，阿耨多罗分第五，景游天宫分第六，心外生法分第七，同心学道分第八，万善同皈分第九，无量寿佛分第十，道原在先分第十一，海量无双分第十二，人是真佛分第十三，人身为贵分第十四，破说养杀分第十五，答谢神□分第十六，用命还债分第十七，福业随身分第十八，破邪显正分第十九，男子怀孕分第二十，中国难求分第二十一，广行方便分第二十二，玲珑宝塔分第二十三，世法双忘分第二十四。

三、宝卷中的重要发现

（一）关于弓长祖的身世

大乘天真圆顿教教祖弓长，从国内外已有资料及研究结果看，只知其姓张，号天然子，河北霸州人，籍贯为"燕南赵北，草桥关，桑园里，大宝庄"（《古佛天真考证龙华宝经》第一品）。至于其俗名、法名则一概不知。

在《玉华经》第六分"甚人为祖"的问答中则曰："祖是弓长为祖，道号无双，俗称海量。"而且这三部宝卷中，有很大部分是"海量尊师"的语录。可见弓长祖姓张,道号无双,河北霸县草桥关桑园里大宝庄人。在《命华经》第十二分中,对"海量无双"由木子作解释:"海量者是心意宽洪,仁慈好善,常将礼义待人。见恶事即远,见善事相随。忍柔为首,人说好也不喜,人说恶也不嗔。心似长江水,意似日月明。""世世般般难比对,才是无双第一人。"

这样就使我们对弓长祖有了一个比较明确的了解。

(二) 关于东大乘教的立教、分宗定派、宗主派主

关于东大乘教天真圆顿教立教时间,这三部宝卷所载与我们目前已掌握的一致,即明天启四年(1624)。《玉华经》卷首《玉华上经》结尾七字偈中提到"甲午年间祖传教"。甲午年即明天启四年。

关于教派名称,在《性华经》第二十四分"劈邪崇正经"中曰:"祖是弓长祖,门是圆顿门,教是三圆教,法是大乘宗。"指出张海量创立的是大乘宗三圆教圆顿门。在该经第十三分中有言曰:"末后一着,出一俗衣禅师,设立圆顿佛门,单言出世消息,惯传皈家正路。""天元已尽,不论僧尼道俗、三教九流、士农工商,尽皈圆顿。"七言四句偈云:"三教九流一根发,千门万户是一家。末后一着龙华会,只让圆顿为妙法。"

关于立教的经过,《玉华经》第三分中曰:"无生父母心中不忍,堪堪天元已至,无人收补残灵,急忙又差天真古佛临凡,下生燕南赵北,借长眉真人清净房儿居住,普收万类皈空。""落燕南,赵北地,影(隐)姓埋名。行姓王,行姓张,文刀复姓。时不至,天下游,后落京都。"在卷首七言偈中云:"古佛亲口传后世,无双设教立法门。"第一分中有云:"我发的,妙消息,弓长领去;北直隶,传妙法,只到如今。"

根据这三部宝卷,圆顿门分宗定派是在张海量创教48年之后的壬子年,即清康熙十一年(1672)。《玉华经》卷首有云:"至到壬子

才分宗。"第一分有云："壬子岁，分宗派，才有定准……按宫卦，定杆枝，宗派分就。"第三分有云："到而今，壬子岁，定派分宗。"

分多少宗派呢？《玉华经》第三分云："分三宗，定五派，贤人执事；二万七，提头数，都按云宫；有八万，零四千，枝杆头续；十万零，八千子，花叶头行。"而在卷首七字偈中则曰："菩提彼岸立二会，中央圣地立三宗，五派五老执掌定，九九杆头细细分。"在第六分中又指出三人阐教、五人扶宗。因此，圆顿门分三宗五派是肯定的。

三宗五派谁为宗主派主呢？

《玉华经》第六分解释阐教扶宗时，指出阐教三人："头一个姓一曲曰应蒙，善能阐教；西木公，东木子，阐教能人。"扶宗五人："卓韦子，十口子，走肖子，木易子，南木子，这五人心意清静，能会扶宗。"据此，阐教三人为：曹应蒙、西木公、东木子。扶宗五人之姓为：韩、古、赵、杨、南木（？）。这就是三宗五派之主。

营应蒙，三部宝卷未详。

对西木、东木，三部宝卷描述较多。《玉华经》卷首有云："弓长为主，卯金为宾。宾不离主，主不离宾。主掌大法，宾吐真经。应蒙、木子，普转法轮。"《命华经》第八分专讲了西木、东木拜弓长为师学道的经过："西木子，保定人氏。不幸室人亡故，流落都京，与弓长老祖作头一护法。""东木人，永平府滦州人氏，姓文刀。慈心好善，前往都京闲游。""参拜弓长为师，西木与东木摩顶受偈，领受三皈五戒、手印、口诀，各样点仗修行。东木回家连修十载余年。"这样，我们就清楚了，西木当姓李，河北保定人。东木姓刘，滦州（今河北滦县）人。

三部宝卷没有告诉我们西木、韩、古、赵、杨、南木诸人的名字，但是关于东木却有姓有名有号。关键在于这三部宝卷均为东木所写，所谓"主掌大法，宾吐真经"，"有法少经无对证。后委灵圆发妙音"（《玉华经》卷首）；"他专明宗派枝杆，能与祖留经刊板"（《玉华经》第十五分）；"弓长为主宾是木，东木留经酬祖劳"（《命华经》第八分）；"东木留真经，写经是卯道"（《命华经》卷末）。

那么东木叫什么名字呢？他叫刘一瑞，道号灵圆，又号渺明子，又叫方至道人。"弓长连木子，一瑞卯金刀"（《命华经》第十二分）；渺明子"道号灵圆"（《玉华经》卷首）；"文刀，讳方至道人"（《命华经》第十一分）。

（三）东大乘教有多少经典

东大乘教的经典，以前我们知道主要有三部：《古佛天真考证龙华宝经》《木人开山显教明宗宝卷》《销释接续莲宗宝卷》。1992年，我们先后发现了刘一瑞写出、刊印的四部宝卷：《玉华经》《性华经》《命华经》及手抄副本《法舡普渡地华结果尊经》。还有在《命华经》卷尾七言跋中曰："头部劈邪名崇正，二部古佛玉华经，三部真经天华宝，四部地华紧随跟，五部性华名结果，六部命华妙尊经。共经六部十二册，普愿尊经天下兴。"就是说，三宗之中的东木一宗，由宗主刘一瑞秉承师意在"大清康熙壬子岁"写出了六部十二册宝卷。我们目前已发现了其中的四部，三部作了介绍，一部尚待修复。这样，我们已知东大乘教经典共有九部，但是东大乘教的创教立宗宝卷是否就这九部呢？笔者于1996年10月又发现一部清初刊印的前期宝卷《古佛天真收圆结果龙华宝忏》。据了解，当地原龙华会三宝门核心教义为十经十忏。而目前所发现的经尚不足，忏更是相差甚远，如果全部找到，一定会有更大、更重要的发现。

原载《世界宗教研究》1999年第1期

《圣意叩首之数》钩玄
——清代天地门教经卷的又一重要发现[*]

濮文起

引 言

在清代民间宗教发展史上,诞生于清初的天地门教[①],对其信徒修持方面的规定,是以"派功叩首"著称于世的。但是,天地门教当家师傅是如何"派功",其信徒又是如何"叩首",长期以来,由于史料缺乏,再加上天地门教对此视为内中秘密,轻不示人,因此,外界犹如雾里看花,一直将其视为玄妙之阈。

自20世纪80年代末叶始,笔者就对至今仍活跃在乡村社会的天地门教进行田野调查,从而向世人揭示了这支已被历史尘封的民间宗教教派。[②]20年来,笔者尽管搜集了天地门教的数十部经卷,也观察了天地门教当家师傅"派功"与一些信徒"叩首"的演示,但是,对其中的奥秘依然不得要领,难窥全豹。

---

[*] 本文为2007年度国家社会科学基金重点项目《当代中国民间宗教调查与研究——以河北民间宗教现实活动为例》(批准号07AZJ001)阶段成果之一。
[①] 天地门教,又称一炷香教、金丹如意道等。
[②] 濮文起:《天地门教钩沉》,《天津社会科学》1993年第1期;濮文起:《天地门教调查与研究》,《民间宗教》第2辑,台湾南天书局1996年版。

《圣意叩首之数》钩玄
——清代天地门教经卷的又一重要发现

2008年春，一位中断了十几年联系的天地门教青年信徒，几经周折，又与笔者通话约见。在与他交谈中，得知4年以前，他已接替其师，成为当家师傅。经过几次接触畅谈，他将其师临终交付的经卷和从外地访求的经卷倾囊出示，并让笔者复印，作研究之用。笔者在检阅这批经卷时，竟然发现一部名叫《圣意叩首之数》的经卷，且有两种抄本，这不正是自己寻找多年的记录天地门教"派功叩首"的经卷吗？！

据这位青年当家说，在天地门教内部，《圣意叩首之数》只有少数当家师傅掌握，是他费尽心力，才从外地一位当家师傅手中求得。笔者集中一段时间，经过认真反复研读该部经卷，终于洞悉了天地门教"派功叩首"的内中理数。与此同时，笔者还通过该部经卷，进一步搞清了天地门教的组织传承，内丹修炼术以及驱邪咒语、避灾剑诀等法术。现将钩玄所得，与学界同仁分享。

一

《圣意叩首之数》甲本（以下简称甲本），长28厘米，宽20厘米，122页，2万多字。封面钤有"天地会下"篆字印章。楷书抄写，字迹疏朗、漂亮，较少错字、漏字、衍字。该部经卷还有各种手绘插图10帧，附于经文之中，便于当家师傅指导信徒修持。该部经卷没署作者，只在卷末标明抄者为王绍寅，抄竣时间则是民国九年（1920）五月初八日。

《圣意叩首之数》乙本（以下简称乙本），长35厘米，宽25厘米，144页，8万多字，可以说是笔者迄今为止搜集到的天地门教经卷中文字最长的一部经卷。该部经卷也有各种手绘插图30帧，穿插于经文之中，又可以说是笔者迄今为止搜集到的天地门教经卷中插图最多的经卷。该部经卷亦为楷书抄写，字迹较工整，但与甲本相比，错字、漏字、衍字较多①，且没署作者、抄者，更没署抄写年代。

据笔者考证，《圣意叩首之数》甲、乙两种抄本，均为天地门教创始人董计升"林传八支"第八支马开山传人编写。

清顺治七年（1650），董计升创立天地门教后，相继在其故里山东商河县（今山东省惠民县）董家林相继收了八个徒弟，依次是李修真、石龙池、杨念斋、黄绍业、马魁元、张锡玉、刘绪武、马开山，天地门教内称为"林传八支"，又称"八大圣师"。董计升在世时，按照八卦方位，将八位弟子派遣各地传教。其中，第八支马开山领授的是坎卦，自山东出发，北上直隶沧州、天津一带传教。此后，马开山一支在直隶沧州、天津一带道脉源长，日益兴盛。天津一带的天地门教历代传人自称"北林"，而将山东一带的天地门教组织称为"南林"，将董家林董氏家族称为"总坛"。通观甲、乙两种抄本全卷，主要介绍的是"北林"的"派功叩首"理数，故笔者认为该部经卷应为马开山传人编写。

又据笔者推测，乙本是晚近即20世纪90年代中叶以后的抄本。

笔者的这种推测，源于近20年的田野调查体验。在笔者发掘的天地门教数十部经卷中，其中的抄本，大多留有20世纪90年代中叶以后的印记。在此之前，天地门教自称"无咒无经"②、"少经无卷"③，"原人持诵"的是"无字真经"。④所谓无字真经，乃是天地门教历代传人创作的口头经卷，大部分靠口传心授，代代相传，只有少数抄本留世。20世纪80年代末叶至20世纪90年代中叶，笔者在搜集天地门教经卷时，主要采取的是依靠当家师傅口述、笔者记录整理的传统手段。

---

① 为方便读者，笔者在引用时，已作勘误、订正。
② 《心经》，濮文起：《民间宝卷》第6册，黄山书社2005年版。
③ 《心经》，濮文起：《民间宝卷》第6册，黄山书社2005年版。
④ 《大经》，濮文起：《民间宝卷》第6册，黄山书社2005年版。

但是，步入 21 世纪以后，笔者在乡村社会进一步搜集天地门教经卷时，却惊奇地发现许多地方的天地门教组织都在整理历代当家师傅口传下来的经卷。他们有的请书法较好的信徒，将整理好的经卷誊写清楚，然后复印装订成册；有的则请懂得电脑的信徒或家中孩子，将整理好的经卷输入电脑，打印装订成书。①因此，乙本应属于此类抄本经卷。至于其抄写者，当然是"北林"的当代传人。

甲、乙两种抄本虽均为"北林"传人编写，演述的是"北林"的"派功叩首"理数，但据那位青年当家对笔者说，因该部经卷传自"南林"，"南林"又传自"总坛"，故应将该部经卷规定的"派功叩首"理数视为天地门教全体信徒的修持原则。因此，该部经卷规定的"派功叩首"理数，对天地门教信徒的日常修持，具普遍意义，不管是"南林"，还是"北林"，乃至"总坛"，都遵从该部经卷规定的"派功叩首"理数进行修持。

从形式上看，无论是甲本，还是乙本，似乎杂乱无章，既无品目，又无标题，但从内容上看，则有其内在理路。该部经卷以规定向天神地祇诸圣、"北林"历代当家叩首数目为开篇；接着，叙述了"北林"历代传人、"林传八支"诸位圣师、董家林董氏家族嫡系传人，然后介绍了董计升留下的内丹修炼术，马开山遗留的驱邪咒语、避灾剑诀等法术；而"派功叩首"理数，则穿插于上述内容之中。据笔者初步统计，该部经卷叙述"派功叩首"的篇幅，甲、乙两种抄本均各占二分之一。乙本比甲本多出六万字，主要是乙本增记了大量内丹修炼术和驱邪咒语、避灾剑诀法术等内容。

甲、乙两种抄本大部分经文均采取白文形式，只有一小部分经文采用四言、七言韵文句式，讲述董计升或其弟子传道的艰难历

---

① 濮文起：《天地门教现实活动的某些特点》，《当代宗教研究》2008 年第 2 期。

程[1]，既通俗易懂，又朗朗上口，很便于文化程度低的乡村农民掌握。

二

《圣意叩首之数》中的"圣意"，顾名思义，是指"神圣旨意"；"叩首之数"，即叩首的数量。该部经卷经名明确告诉人们，这是一部在神圣旨意启示下，由当家师傅根据信徒不同需求，向信徒"派功叩首"的经卷。

---

[1] 如乙本《四字经》（题目为笔者所加）："诉表老祖，东土临凡；生于万历，四十九年。岁次己未，六月初六；降生武定，商河正南。董家庄里，去借假果；本是佛祖，带来根源。岁次甲申，崇祯晏驾；明末清初，顺治元年。老祖此年，二十七岁；修养圣体，秉上虔心。明心见性，三十成道；顺治四年，造下法船。先劝长支，李师为首；虚武刘师，二支接连。玺玉张师，三支出众；念斋杨师，四支能圆。龙池石师，五支不错；少野黄师，六支良贤。魁元马师，七支又劝；叔鲁县里，便有家园。开山马师，接支八位；高聚广会，师徒团圆。徐董邱郝，出类拔萃；于邢蔡袁，都是良贤。清朝圣君，高人出世；陪伴老师，兴道接源。协力治道，不辞辛苦；草香点化，普度有缘。四面八方，道兴人旺；劝人向善，不图银钱。岁次壬寅，顺治归山；四十四岁，康熙元年。津府劝道，连去三趟；反来复去，共带九年。生住说君，一十三处；章丘县里，枥峪堂庵。依尚津府，三宫观庙；住景家上，车镇大山。卢家北台，玉皇庙住；脱望山去，四十二天。蒲城过节，能吃鲜肉；北斗峪里，连住三番。干草北坛，呆了半载；康熙十七，戊戌年间。老师此年，六十整岁；忽起狂风，地动摇山。遭访锁拿，不容辩理；立刻押解，上了济南。心血来潮，明白来历；就知冤家，一十八年。遭风九月，官事妥当；府院性弟，送师回还。康熙庚申，一十九载；六十二岁，劝师落凡。贵留何偈，修行路径；真传实授，治道接连。老师东海，又去劝道；众人把住，不能回还。山上头行，无人敢去；新城郝师，应承不难。披星戴月，饥餐渴饮；晓行夜住，五更风寒。不辞辛苦，寻师下落；见了慈悲，不敢多言。老师生出，脱身之计；对着众人，要将道讲。讲说炼丹，七昼七夜；说的众人，朦睡安眠。师徒设计，满心欢喜；趁此机会，奔走阳关。郝师那时，正当少年；保护慈悲，急忙归山。一路行程，不知多少；一昼一夜，来往道天。众人醒了，不见老祖；都是着急，红了眼圈。一伙野人，长枪短棍；齐声呐喊，反了一般。众人追赶，四十余里；不见老祖，只得回还。师徒二人，回了北斗；三山头行，齐来问安。看看郝师，功劳甚大；亲口许就，明目三山。北七县里，郝师为首；赐戒尺辈，辈流说传。老师辞别，众位道长；康熙庚午，二十九年。老师此年，七十二岁；四月初四，上方涅槃。自从慈悲，归空去了；了挣看当，家各占山。上方井庵，邱师看守；徐师居住，枥峪宝庵。明心顾师，刁裴峪住；师徒不和，分了三山。顾师当家，一十八载；道人都上，石龙宝庵。明盘胡师，支撑戒尺；同心协力，行的道宽。金声郝师，滨州传道；替师代劳，救苦解冤。康熙六十，岁次辛丑；三月初六，顾师宾天。老师立道，初衷实事；名扬四海，一炷香烟。"乙本，第119—122页。

《圣意叩首之数》钩玄
——清代天地门教经卷的又一重要发现

所谓"派功",即派遣功夫,由当家师傅执掌。《圣意叩首之数》记载的功夫有十余种,其中,"诸圣功"、"北支功"、"悔过功"、"疗病功"、"驱邪功"、"真言功"、"戒尺功"、"五盘功",常被当家师傅派遣。当然,当家师傅所派功夫不同,叩首的数量也不同,有的功夫还要"跪香"。下面分别介绍:

(一)"诸圣功"

崇拜神灵与叩首数目,甲、乙两种抄本分别如次:

甲本,"上通虚空三十三天,下通幽冥地府",叩首33个;当来东土传香教主,叩首7个;"一切佛祖、一切圣师、一切圣中二师傅",叩首21个;天地老师傅,叩首50个;盘古老爷,叩首21个;八十八尊佛,叩首88个;五十三参佛,叩首53个;四十八愿佛,叩首48个;三十三尊佛,叩首33个;地藏菩萨,叩首21个;十二循环,叩首12个;十殿阎佛,叩首10个;东方世界,叩首7个;阴地真君,叩首7个;南方世界火地真君,叩首7个;救苦救难南海观世音菩萨,叩首53个;西方世界西斗星观,叩首7个;五百罗汉,叩首50个;北方世界被罢玄天助道真人,叩首7个;中方世界戊己土内莲花上升我佛当阳,叩首7个;四值公曹,叩首7个;当今万岁,叩首7个;本县城隍,叩首7个;当庄土地,叩首7个;家宅路神,叩首7个;门神灶君,叩首7个;一切路神,叩首7个;护法韦陀老爷,叩首66个。①

乙本,盘古佛,叩首20个;八十八尊佛,叩首88个;五十三参佛,叩首53个;五十三尊佛,叩首53个;地藏菩萨,叩首20个;十二循环,叩首12个;十殿阎佛,叩首10个;东方世界阴地真君,叩首70个;南方世界火地真君,叩首70个;救苦救难南海观音,叩

---

① 甲本,第1—2页。

首70个；西斗星君五百罗汉，叩首70个；北方世界助道真人，叩首70个；中方世界戊己土内莲花上升我佛当阳，叩首70个；四值公曹，叩首70个；当今皇帝，叩首70个；城隍老爷，叩首70个；土地老爷，叩首70个；宅神司，叩首70个；路神司，叩首70个；灶王老爷，叩首70个；门神老爷，叩首70个；天地董老先师，叩首36或72个；圣盘王二师尊①，叩首24或81个。②

从上述甲、乙两种抄本所拜神灵情况来看，大体上一致，但在叩首数目上，则有显著不同，即甲本比乙本的叩首数目要少得多。究其原因，笔者认为，甲本应是底本，即最初规定的叩首数目，乙本的抄者为了表示自己的虔诚，则在抄写时，将叩首数目增加。其中，对东方世界阴地真君、南方世界火地真君、西斗星君五百罗汉、北方世界助道真人、中方世界戊己土内莲花上升我佛当阳、四值公曹、当今皇帝、城隍老爷、土地老爷、宅神司、路神司、灶王老爷、门神老爷的叩首数目增加到十倍。"诸圣功"中的诸圣，上自盘古，下至灶王、门神，都受到天地门教的虔诚崇拜；而将董计升与其妻王氏也捧上祭坛，则是明清时期民间宗教的习惯做法，其风习亦被天地门教各支传人发扬光大，"北支功"即是一例。

（二）"北支功"

"北支"即"北林"，该支天地门教尊继承董计升执掌天地门教的顾明心为第一代③，其历代传人与向其叩首数目如次：顾明心老先师，叩首36或99或93个；马开山老先师，叩首82或108或64或63或153或25个；赵显武老先师，叩首46或36个；侯玉山老先师，叩首

---

① 自天地门教创始人董计升始，历代传人凡夫妻双修，并一同传教者，男称师傅，女称二师傅。
② 乙本，第1页。
③ 清康熙十九年（1690）四月初四，董计升在杓峪山上方井去世。临死遗言，立其弟子顾明心坐山掌教。顾明心掌领天地门教35年，于雍正三年（1725）三月初六逝世。

36个；刘念山老先师，叩首36个；尚俊儒老先师，叩首36个；王何达老先师，叩首36个；孙泰山老先师，叩首36个；刘永平老先师，叩首36个；王贵林老先师，叩首36个；赵进文老先师，叩首36个；陈寿泉老先师，叩首74个；尹魁如老先师，叩首36个。[①]"北支功"派功的日期，一般是在历代传人忌辰举行，当家师傅向信徒"派功"，信徒则如数叩首，以纪念历代传人的传教功德。

（三）"悔过功"

信徒犯有过错，又有悔改之心，便请当家师傅"派功"。因过错有大小，故信徒"叩首"的数目也不同。"悔过功"不仅叩首，还要"跪香"，亦依据过错大小，定有跪香数目。如毁僧谤道，甲本规定当家师傅派遣三天功，每天叩首960或9600个，跪香33炷，然后再叩首960或9600个交功[②]；乙本则规定当家师傅派遣三天功，每天叩首36个，跪香三十炷，然后再叩首36个交功。[③] 又如打骂爹娘，甲本规定当家师傅派遣四天功，每天叩首9600个，跪香60炷，然后再叩首6600个交功[④]；乙本则规定当家师傅派遣四天功，每天叩首600或6000个，跪香60炷，然后再叩首600或6000个交功。[⑤] 又如顶撞父母，甲本规定当家师傅派遣四天功，每天叩首6600个，跪香18炷，然后再叩首6600个交功[⑥]；乙本则规定当家师傅派遣四天功，每天叩首600或6000个，跪香10炷，然后再叩首466个交功。[⑦] 通过这种"派功叩首"，再加上"跪香"，使信徒忏悔改过，旨在弘扬孝道。信

---

① 乙本，第1—2、69页。
② 甲本，第62页。
③ 乙本，第1—2页。
④ 甲本，第57页。
⑤ 乙本，第32页。
⑥ 甲本，第57页。
⑦ 乙本，第35页。

徒如遇祖父母不和，也可以请求当家师傅"派功"，当家师傅派遣四天功，每天叩首600或6000个，跪香60炷，然后再叩首600或6000个交功；兄弟不和，亦可请求当家师傅"派功"，当家师傅派遣四天功，每天叩首600或6000个，跪香18炷，然后再叩首600或6000个交功。[1] 信徒以自己的"叩首"和"跪香"，祈求祖辈与兄弟和好，意在促进家庭和睦。其他如打死猫狗、黄鼬、长虫、老鼠、牛马、驴骡，平坟锯木、踢走杖木、错并尸骨、撒骨蹈坟等有损社会公德的行为，只要有悔改之心，都可向当家师傅请求"派功"。当家师傅则根据此人所犯过错大小，分别派遣"叩首"和"跪香"数目。通过这种"派功叩首"，再加上"跪香"，使人们知错改错，借以协调人际关系，达到社会和谐。

（四）"疗病功"

扎根于乡土社会的天地门教，深知广大农民饱受各种疾病的折磨与煎熬。因此，在它规定的"派功叩首"修持中，便有一种"疗病功"。

天地门教的"疗病功"，首先关注的就是妇女生产过程和生产以后的病状。如婴儿横生，甲本规定当家师傅派遣四天功，每天叩首600或6000个，跪香60炷，然后再叩首600或6000个[2]；乙本则规定当家师傅派遣四天功，每天叩首66个，跪香60炷，然后再叩首66个交功。[3] 婴儿倒生，甲本规定当家师傅派遣四天功，每天叩首810或8100个，跪香80炷，然后再叩首810或8100个交功[4]；乙本则规定当家师傅派遣四天功，每天叩首81个，跪香80炷，然后再叩首81个

---

[1] 乙本，第33页。
[2] 甲本，第61页。
[3] 乙本，第35页。
[4] 甲本，第61页。

交功。① 婴儿斜生，甲本规定当家师傅派遣四天功，每天叩首600或6000个，跪香60炷，然后再叩首600或6000个交功②；乙本则规定当家师傅派遣四天功，每天叩首66个，跪香60炷，然后再叩首66个交功。③ 如婴儿产下无奶，甲本规定当家师傅派遣四天功，每天叩首600或6000个，跪香10炷，然后再600或6000个交功④；乙本则规定当家师傅派遣四天功，每天叩首66个，跪香10炷，然后再叩首66个交功。⑤ 以今天的科学眼光来看，天地门教的这种"疗病功"根本无助于产妇的顺利生产，也根本解决不了婴儿产下无奶，但是，对于缺医少药的乡村农民来说，通过修持这种"疗病功"，至少在精神上有所慰藉，在极力否定自己的过程中，祈求神灵庇护，使母子转危为安。此外，在"疗病功"中，还有左背生疮、前胸生疮、胸闷、气嗝等疾病的"派功叩首"理数，看来尽管荒谬不经，但仍吸引乡民乐此不倦。

（五）"驱邪功"

"驱邪"又称"驱魔"。"驱邪功"是指通过"派功叩首"，驱除"五魔"的缠扰，保佑阖家平安。"五魔"，即狐狸、黄鼬、刺猬、长虫、老鼠。当家师傅派遣驱除"五魔"功夫，其叩首、跪香理数，甲、乙两种抄本相同：驱除狐狸，叩首93个，跪香81炷，然后再叩首60个交功；驱除黄鼬，叩首93个，跪香49炷，然后再叩首60个交功；驱除刺猬，叩首93个，跪香49炷，然后再叩首60个交功；驱除长虫，叩首93个，跪香81炷，然后再叩首60个交功；驱除老鼠，叩首93个，跪香81炷，然后再叩首60个交功。⑥

---

① 乙本，第35页。
② 甲本，第61页。
③ 乙本，第35页。
④ 甲本，第61页。
⑤ 乙本，第35页。
⑥ 甲本，第65—66页；乙本，第37页。

（六）"真言功"

包括的范围较广，当家师傅通过派遣"真言功"，旨在为人解除生理上和心理上的病痛。如乙本中的治肿毒久烂恶疮真言、避火真言、夜防小人真言、催生真言、避血真言、雀蒙眼真言、鱼刺卡嗓真言、疟子真言、痘疹真言、治眼真言、降魔真言、荡魔真言、报恩真言、菩萨灵机真言、普化神真言、九星真言、止疼真言、净口真言、净身真言等。信徒凡念诵真言，都由当家师傅"派功叩首"。如九星真言，叩首 12 个；治肿毒久烂恶疮真言、菩萨灵机真言，均叩首 20 个；催生真言、避血真言、雀蒙眼真言、鱼刺卡嗓真言、疟子真言、痘疹真言、净口真言，均叩首 24 个；普化神真言、净身真言，均叩首 33 个；避火真言、夜防小人真言，均叩首 36 个；降魔真言、报恩真言，均叩首 48 个；荡魔真言，叩首 49 个；治眼真言、止疼真言，均叩首 53 个等。①

（七）"戒尺功"

戒尺，全称"通天戒尺"。"戒尺"为何物？笔者在天津郊区调查天地门教时，当家师傅曾向笔者展示，并当场为笔者表演使用方法。据当家师傅说，"戒尺功"主要是为人治疗癔病。

笔者看到的"戒尺"，分为两种：第一种，长 24 厘米，宽 12 厘米，厚 4 厘米，由紫檀制作，如板砖大小。正面自右至左竖刻两行篆字，第一行是"灵檀宝钞之印"六字，第二行为"古教天地会下"六字，两行字底端则竖刻"信士弟子"四个篆字，总共十六个篆字，均为反刻，犹如印章刻法。第二种，长 110 厘米，宽约 8.3 厘米，厚 1.5 厘米，上面没有刻字。

---

① 乙本，第 49—60 页。

第一种"戒尺",当家师傅使用时,双手握住下端,用力甩打自己胸口至喉咙处,因"戒尺"上的篆字是反刻,故打在身上是正字,犹如印章盖在纸上。这一过程,称为"翻天印"。第二种"戒尺",二师傅使用,如果是男人患有癔病,二师傅便用左手攥住"戒尺",使劲抽打自己左腿;如果是女人患有癔病,二师傅就用右手攥住"戒尺",使劲抽打自己右腿。笔者曾就这种作法,询问当家师傅:"怎么用'戒尺'打自己,而不打病人?"当家师傅回答:"不能打病人!通过作法(念诵咒语)打自己,可以为病人治病。"听他的徒弟说,当家师傅派遣"戒尺功",颇有成效。

乙本记载了当家师傅派遣"戒尺功"时念诵的咒语:"徒弟某人叩首,开山马老先师通天戒尺赐下三尺零三寸,矬着一尺,打着二尺零三寸,二尺打病症,三寸打魔症,打着魔,人的魔症筋断骨折,上打三十三天,下打地府幽冥,四面八方全打,里三代不打,外三代不打,本病人的知性不打,恩惠愿利不打,求当家明心顾老先师掌着戒尺,求老师傅真香四面八方圈住,将魔人的魔症代到徒弟腿上,轻轻落戒尺,重重的开三灾。"[①]

(八)"五盘功"

所谓"五盘",据乙本说:"圣盘无影殿清净宫,人盘金銮殿皇王宫,天盘灵霄殿斗牛宫,云盘银安殿水晶宫,地盘阎罗殿地盘宫。"[②] 在乙本中,因"五盘"有两种指称,故"派功"理数也有两种。第一种,圣盘当来东土圣师传香教主董计升、八大圣师,叩首60个;人盘人王教主、古帝先王,叩首36或72个;天盘昊天教祖、各部星君,叩首93或96个;云盘圆通教祖、四大菩萨、圣母娘娘、一切尊神,

---

① 乙本,第76页。
② 乙本,第86页。

叩首55或93个；地盘幽冥教祖、地藏菩萨、十殿阎佛，叩首11或108个。[①] 第二种，人盘当家顾明心，叩首36或72个；天盘天地董老师傅，叩首96或153个；云盘北林马开山师傅，叩首55或93个；地盘北林尚俊儒师傅，叩首21或55或60或108个。[②] 当家师傅派遣"五盘功"，是为了让信徒通过叩首，祈求"五盘"神圣、历代当家大发慈悲，护佑众生，并提拔亡魂，早升天界。

除上述八大"功夫"之外，在河北沧州一带，还流传着"天地功"、"老师傅功"、"八大圣师功"、"三代宗亲功"，分别叩首360、660、810、1800个。

"派功叩首"作为天地门教信徒的日常修持，至今仍在天地门教内部流行。不仅如此，当家师傅还常应乡邻所请，为村民派遣"功夫"，"治病了灾"。

20世纪90年代中叶，笔者在河北沧州一带调查天地门教时，曾目睹当家师傅"派功"、信徒或百姓"叩首"的情景。只见信徒或百姓燃香烛后，便按照天地功叩首360个、老师傅功叩首660个、八大圣师功叩首810个、三代宗亲功叩首1800个的顺序叩拜下去，总共叩首3630个，以一秒钟一叩首计算，一个小时才全部叩完。时值隆冬，且屋内没有取暖设备，一场"功夫"下来，他们已是大汗淋漓，满面红光，浑身充满了活力，毫无疲劳之态。

天地门教的这种"派功叩首"，为人祈福治病的修持活动，揭掉其神秘面纱，实际上是一种心理或精神疗法。叩首本身就是一种活动筋骨的运动，如果患上头疼感冒，一场"功夫"下来，汗出透了，病也就好了。于是，他们就把功劳归于天界神灵的庇佑和自己心灵的虔诚。

---

① 乙本，第85页。
② 乙本，第86页。

《圣意叩首之数》钩玄
——清代天地门教经卷的又一重要发现

三

《圣意叩首之数》还为人们进一步搞清天地门教的组织传承提供了珍贵的第一手资料。

甲本记载:"董老师祖,讳吉升,字四海,道号名扬,忌辰四月初四日;老王二师傅,(忌辰)八月廿四日。二辈师祖,讳天亮,字悦吾①,忌辰六月廿二日;徐二师傅,忌辰六月初六日。三辈师祖,讳兴孔,字宗尼,忌辰二月初七日;赵二师傅,忌辰十月十六日。四辈师傅②,讳谦,字禄吉,忌辰正月三十日;王二师傅,忌辰三月二十四日。五辈师傅,讳志宁,字福山,忌辰三月初七日;王二师傅,忌辰五月十一日。③六辈师傅,讳国泰,字少统,忌辰七月初三日;杨二师傅,忌辰十一月二十日。④七辈师傅,讳坦,字心平,忌辰三月初三日;肖二师傅、忌辰六月⑤,张二师傅、忌辰十月。⑥八辈师傅,讳浴清,字化龙。"⑦

甲本只是记载头辈到八辈,并不完整。乙本记载除从头辈到七辈与甲本记载基本相同外,又记载到十辈:"(前略)八辈老师祖,讳化龙,字玉清,忌辰三月十日;郑二师傅,(忌辰)五月三日。九辈老师祖,讳希圣,字如防,忌辰八月十日;贾二师傅、(忌辰)十月"⑧;"十辈老祖,讳太兴;卢二师傅、张二师傅。"⑨

---

① 乙本作"悦悟"。
② 乙本作"师祖",下同。
③ 乙本作"正月十一日"。
④ 乙本作"十一月廿六日"。
⑤ 乙本作"六月四日"。
⑥ 乙本作"十月三日"。
⑦ 甲本,第7页。
⑧ 乙本,第4—5页。
⑨ 乙本,第72页。

综合甲、乙两种抄本记载可知，董计升自清顺治七年（1650）创立天地门教后，其子孙也承继衣钵，在故里董家林传播天地门教，因而形成被天地门教信徒称之为"总坛"的董氏家族当家师傅传承世系。因自董计升始，便是夫妻双修，共同传教，其历代子孙均秉承这一传统，故同时形成董氏家族二师傅传承世系。现依甲、乙两种抄本记载，将董氏家族当家师傅世系整理如下：

第一代，董计升，名吉生（计升），字四海，号名扬；其妻王氏。

第二代，董天亮，字悦悟；其妻徐氏。

第三代，董兴孔，字宗尼；其妻赵氏。

第四代，董谦，字禄吉；其妻王氏。

第五代，董志宁，字福山；其妻王氏。

第六代，董国泰，字少统；其妻杨氏。

第七代，董坦，字心平；其妻肖氏、张氏。

第八代，董浴清，字化龙；其妻郑氏。

第九代，董希圣，字如防；其妻贾氏、卢氏。

第十代，董太兴。

董计升生当明末清初，按一代 30 年计算，到第十代传人，已至民国时期。说明乙本对董氏家族当家师傅世系的记载，应是董氏家族第十一代当家师傅在世时留下。

甲本又记载："修真李师傅，惠民县豆腐王家庄；玺玉张师，商河县道门庄；奎元马师傅，速路县长王庄；开山马师傅，占花县马武庄；锡吾刘师，惠民县王家庄；年哉杨师，济阳县桑家庄；少也黄师，济阳县平家庄；龙池石师，商河县石家庄。"[①]

对此，乙本记载的先后顺序、姓名用字与出生籍贯则略有不同："修真李师傅，惠民县豆腐王家庄；徐武刘师傅，惠民县苗黄庄东北；

---

① 甲本，第 5—6 页。

玺玉张师傅，商河县道门庄；念斋杨师傅，济南县桑家庄；龙池石师傅，商河县石家庄；少也黄师傅，济南县平家庄；魁元马师傅，速路县长王庄；开山马师傅，庆云县马武庄。"①

甲、乙两种抄本说的都是董计升的"林传八支"弟子，按照天地门教当家和信徒的一般说法，其先后顺序、姓名用字、出生籍贯应是：李修真，惠民县豆腐王家庄人；刘绪武，惠民县苗黄庄东北人；张锡玉，商河县道门庄人；杨念斋，济阳县桑家庄人；石龙池，商河县石家庄人；黄绍业，济阳县平家庄人；马魁元，束鹿县长王庄人；马开山，庆云县马武庄人。

甲本又记载："四小枝，显吾赵师，盐山县赵码头；太和孙师，海峰县；平猴刘师，沧州巨官庄；龙江李师，盐山县城；旺山宋师，沧州王家庄；会吉师傅；立凡师傅；桂林师傅；董荣师傅。"②

乙本则记载："八小枝圣师：泰和孙师傅，严（盐）山县白家庄；龙江李师傅，海峰县城子内；海山李师傅，海峰县；平侯刘师傅，沧州聚官庄；显武赵师傅，严（盐）山县赵码头；海山刘师傅；名云刘师傅；学如赵师傅；当家明心顾师傅；金声贺师尊。"③

这里所说的"四小枝"或"八小枝"，乃是马开山在直隶沧州一带传授的弟子，即孙泰和、李龙江、李海山、刘平侯、赵显武、刘海山、刘名云、赵学如、贺金声，顾明心则被众位传人奉为当家师傅。

乙本又记载："北林：桂林王师傅、永平刘师傅、泰山孙师傅、和达王师傅、存意张师傅、耀林孙师傅、俊儒尚师傅、魁如尹师傅、秀玉阎师傅、念山刘师傅、胜伯王师傅、玉山候师傅、显武赵师傅。"④这里所说的是马开山在天津一带传授的自称"北林"的弟子，

---

① 乙本，第3页。
② 甲本，第5—6页。
③ 乙本，第3页。
④ 乙本，第69页。

即王桂林、刘永平、孙泰山、王和达、张存意、孙耀林、尚俊儒、尹魁如、阎秀玉、刘念山、王胜伯、侯玉山、赵显武。其中，赵显武既是"八小枝"传人，也是"北林"传人；王桂林既是"四小枝"传人，也是"北林"传人。

对于"南林"，甲本则记载："南林，天成谢师、玉还苏师、平义屠师、旺全曹师、道安张师、成亮王师、道行石师。"① 这里所说的是"南林"的历代传人，即谢天成、苏玉还、屠平义、曹旺全、张道安、王成亮、石道行。

乙本还记载："天地如意八枝九股：头世祖郝老先师，二世祖清环老先师，三世祖胜云老先师，四世祖道远老先师，五世祖继文老先师，六世祖兆兴老先师，七世祖平意老先师，八世祖平心老先师。"②

据天地门教另一部重要经卷《如意宝卷》记载，董计升在山东章丘枸峪山传教时，曾有一位法名通山的尼姑上山拜师求道。这位尼姑俗姓高，离城县冯连村人，及长，出家朝阳庵为尼。后仰慕董四海的人格魅力和宗教思想，遂拜董四海为师，也传习天地门教。③ 此时，因董计升已按八卦派遣"林传八支"到各地传教，遂将尼姑通山这一支定为"九股"，此人便是天地门教分支如意门的创始人。这里记载的就是"九股"的历代传人，即第一代郝姓，第二代清环，第三代胜云，第四代道远，第五代继文，第六代兆兴，第七代平意，第八代平心。笔者认为，第一代"郝"姓，疑为"高"姓，即《如意宝卷》记载中的高姓尼姑。从"九股"八代传人有名无姓的记载来看，也可以说明如意门始终是以出家尼姑掌教。

综上所述，除董计升的"山传八支"④之外，甲、乙两种抄本可以

---

① 甲本，第6页。
② 乙本，第72页。
③ 濮文起：《〈如意宝卷〉解析——清代天地门教经卷的重要发现》，《文史哲》2006年第1期。
④ 董计升在枸峪山传教时，又收了八位弟子，天地门教内称为"山传八支"，即徐明扬、董成所、邱慧斗、郝金声、于庆真、蔡九冈、邢振邦、杨超凡。

说将天地门教的组织传承基本上都一一介绍了。

四

《圣意叩首之数》又为人们进一步搞清天地门教的内丹修炼方术以及驱邪咒语、避灾剑诀等法术，提供了许多生动且具体的史料。

天地门教是一支非常重视内丹修炼的民间宗教教派，其创始人董计升曾为其弟子留下一部讲述内丹修炼术的经卷——《杓峪问答》。[①]据笔者多年研究，在天地门教中，"北林"即"林传八支"第八支马开山在天津一带的传人继承并光大了董计升为其弟子规定的这种修持功夫。对此，《圣意叩首之数》甲、乙两种抄本都有比较详细的记载。其中，乙本有一篇《道经六字诀：呵呼呬嘘嘻吹》经文，较有代表性，因篇幅不长，整理介绍如下：

> 每日自子至巳，为六阳时，面东静坐，不必闭窗户，亦勿令风入，叩齿三十六通，先扰口中浊津，漱炼数十遍，候口中成清水，即低头向左而咽之，以意送至丹田，即低头先念"呵"字，呵出心中浊气。念时，不得间"呵"字，声闻即气粗及损心气也。念毕，仰头闭口，以鼻徐徐吸天地之清气，以补心气。吸时令长，即吐少纳多也。如此者六次，心毒气减消，即心三元亦渐复矣。再依次二念"呼"字，耳亦不得闻呼声，如此者六，所以散脾毒而补脾元也。次又念"呬"字，以泻肺毒，以吸而补肺元，亦须六次。次一念"嘘"字，以泻肝毒，以吸而补肝元。

[①] 2007年岁尾，笔者在天津郊区调查天地门教时，从当家师傅手中访获一部名叫《杓峪问答》的经卷。经过反复研究，笔者认为这是天地门教创始人董计升留下的一部专门阐述内丹修炼术的经卷，其研究成果，以《〈杓峪问答〉探析——清代天地门教经卷的又一重要发现》为题，发表于《南开学报》2009年第2期。

"嘻"以治三焦客热，复吸清气以补。三"吹"，以泻肾毒，吸以肾元，如此者并各六次，是调小周。小周者，六六三十六者，卅六遍，而六气已遍脏腑，三毒气渐清病根除，祖气渐完矣。次看是何脏腑受病，如眼病，即又念"嘘"、"嘻"二字各十八遍，仍毒，次以吸补之。总之，卅六讫，是为中周。中周者，第二次卅六通，为七十二也。次又再依前呵呼呬嘘嘻吹六字法，各为六次，并须呼以泻之，吸以补之。念当精处，不可怠废。此第三次"吹"卅六也，为大周，即总之为一百单八次，是为百八诀也。午时属阴时，有病，对南方之。南方属火，所以却阴毒也。然又不若子后午前，面东之为阳时也。如早起床上，面东，将六字各为六次，是为周，亦可治眼病也。凡眼中诸症，惟此诀能去之，他病亦然神乎，此太上慈旨也。略见《玉轴真经》而详，则得之，师授也。如病重者，每字作五十次，凡三百而六腑周矣。却漱炼、咽液、叩齿如初，如此者三，即通为九百次无病而不愈。秘之，非人勿传。孙真人云："阴雾恶气猛寒，勿取气也，但闭之。"诗曰："春嘘明日木枝肝，夏至呵心火自闲，秋呬定收金气润，冬吹惟要坎中安。三焦嘻却除烦热，四季长呼脾化食，切忌出声闻口耳，其功尤胜保身丹。"金丹秘诀："一搽一兜，左右换手，九九之功，真阳不走，戌亥二时，阴盛阳衰之候，一手兜外肾，一手搽脐下，左右换手，各八十一下，半月精固，久而弥住。"李东垣曰："夜半收心，静坐片时，此生发周身，元气之大要也。"精神生气，精神生精，此自无而之有也。炼精化气，炼神还虚，此自有而之无也。[1]

该篇经文演述的是道教的吐纳术，它以"呵、呼、呬、嘘、嘻、

---

[1] 乙本，第97—99页。

《圣意叩首之数》钩玄
——清代天地门教经卷的又一重要发现

吹"六字，概括了道教吐纳过程与其效果，即在呼吸调节中，吐出胸中的浊气，吸进新鲜空气，以求延年长生，强调的是在呼吸中，获取先天之气，以补后天之气。

乙本还有一篇无题经文，以口诀形式，演述日常养生方法，既简明又通俗，很便于人们学习和掌握。其文曰："发宜多梳，面宜多搽，目宜常运，耳宜常弹，舌宜抵腭，齿宜数叩，津宜数咽，浊宜常呵，背宜常煖，胸宜常护，腹常摩毂，道宜常撮，肢节宜常摇，足心宜常搽，皮肤宜常干沐浴（即搽摩也），大小便宜闭口勿言。诸伤：久视伤血，久卧伤气，久生伤肉，久立伤骨，久行伤筋，暴喜伤阳，暴怒伤肝，穷思伤脾，极忧伤心，过悲伤肺，多恐伤肾，善惊伤胆，多食伤胃，醉饱入房伤精，竭力劳作伤中。"①

天地门教的驱邪咒语法术，源于道教。《圣意叩首之数》借用道教的这种法术形式，写进天地门教的信仰内容，予以演述。乙本记有《觅魂咒》《护坛大咒》《护身咒》《全法大咒》《闭血咒》《斩法咒》《北斗咒》《中平大咒》《点法咒》《行针咒》《天意福咒》《练法咒》《捆法咒》《振人咒》《化乳咒》《招魂咒》《点眼咒》《牙疼咒》等。如《护身咒》："真香一炷护身鞭，奉请真武北霸天，后有灵官来助道，路遇妖魔斩流千。"②这里将天地门教信仰的一炷香添加进去。又如《斩法舟》："日出东方一点红，奉请老师下天宫，打魔捉邪多灵应，随香助道显神通。求师傅知会箭等于小徒使，使日后斩魔人的魔症。"③这里又将老师即董计升奉为"打魔捉邪"的神圣。再如《行针咒》："修真李师傅位居正东，针针针，道开山取水地，道剪草除根，天灵灵，地灵灵，一条大龙往下行，是寒、是火、是食、是气，求修真李老师圣

---

① 乙本，第99—100页。
② 乙本，第80页。
③ 乙本，第81页。

针降下，三灾开去。慈悲。"① 这是奉请董计升的"林传八支"第一支李修真显圣治病。

天地门教的避灾剑诀，则基本取材道教，甲、乙两种抄本均记有《太乙神针言剑诀》《避火真言剑诀》《夜防小人真言剑诀》《催生真言剑诀》《避血真言剑诀》《鱼刺卡嗓真言剑诀》《疟子真言剑诀》《痘疹真言剑诀》《观音救苦剑诀》《观音收魂剑诀》《治眼真言剑诀》《降魔真言剑诀》等。如《太乙神针言剑诀》："上方针，下方针，神针下，病离身。吾令奉借来除宫，针消灾病化灰尘。吾奉太上老君急急如律令，敕叩首卅六。"② 这是以银针为人治病而念诵的剑诀。又如《避火真言剑诀》："奉请上方神丙丁，老君差我下天宫，水要见火成寒气，火要见水化成冰。吾奉太上老君急急如律令，敕叩首卅六。"③ 这是为预防火灾而念诵的剑诀。再如《催生真言剑诀》："天门开，地门开，王母娘娘催生来，一斧劈开阴门户，子母分身便下来。吾奉太上老君急急如律令，敕叩首二十四。"④ 这是祈求产妇顺产而念诵的剑诀。但是，也有个别剑诀，写进了天地门教的信仰内容。如《雀蒙眼真言剑诀》："家乡有座凤凰台，无生老母降临来，圣手拨开雀蒙眼，当下急速看明白。南斗六星，北斗七星，吾奉太上老君，急急如律令，敕叩首二十四。"⑤ 无生老母是天地门教的最高崇拜，家乡即真空家乡，是天地门教追求的理想境界，该篇剑诀奉请无生老母从真空家乡降临人间，为人医治眼疾，使患有雀蒙眼即白内障的人重见光明。如此等等，不一而足。

原载《世界宗教研究》2009 年第 3 期

---

① 乙本，第 82 页。
② 甲本，第 89 页；乙本，第 50 页。
③ 甲本，第 89—90 页；乙本，第 50 页。
④ 甲本，第 91 页；乙本，第 50—51 页。
⑤ 甲本，第 92 页；乙本，第 51 页。

神授天书与代圣立言：宝卷来源的人类学解读
——以《香山宝卷》为中心的考察

李永平

宝卷是一种在宗教（佛教和明清各民间教派）和民间信仰活动中，按照一定的仪轨演唱的古老的说唱文本。宝卷具有双重属性：作为在宗教活动中演唱的说唱文本，宝卷演绎宗教教理，是宗教经卷，不是文学作品；同时又有部分宝卷是说唱文学故事，是一种带有民间信仰色彩的说唱文学形式。宝卷不仅以口头形式流传，同时留下来大量抄本和刻本。据统计，当今海内外公私收藏的宋元以下宝卷文本在1600 种以上，版本约五千余种，其中大部分是民间抄本。[①] 20 世纪50 年代以来，国内傅惜华、胡士莹、李世瑜、周绍良、谭寻、车锡伦，海外泽田瑞穗等学者对宝卷进行了卓有成效的研究。局限于传统的文学观念，对宝卷的作者问题的探讨存有争议。笔者根据实物，经过思考，试以《香山宝卷》为例，对宝卷的作者问题予以探究，以见教于方家。

---

① 车锡伦：《中国宝卷总目》，北京燕山出版社 2002 年版。

一、《香山宝卷》宝卷的作者问题

《香山宝卷》又名《观世音菩萨本行经》，演妙庄王三公主妙善立志出家修行、自割手眼救父、成道为观世音菩萨的故事。这是中国佛教观世音菩萨的出身传说。该宝卷的影响在于它使妙善成道故事在民间文艺中广泛传播开来，对观音信仰的传播起了很大的作用。对这部宝卷的创作年代问题，海内外郑振铎、车锡伦、塚木善隆、杜德桥等诸学者都做过考证。

郑振铎先生在《中国俗文学史》中论述《香山宝卷》作者问题时认为"受神之感示"只是个神话：

> 相传最早的宝卷的《香山宝卷》为宋普明禅师（受神之感示）所作。普明于宋崇宁二年八月十五日，在武林上天竺受神之感示而作此卷，这当然是神话。但宝卷之已于那时出现于世，实非不可能。①

车锡伦曾经总论："清及近代的民间宝卷辗转传抄，其作者、改编者均无法考实。这些宝卷的作者和改编者主要是宣卷艺人或喜爱宝卷的'奉佛弟子'，编写宝卷的宣卷艺人也不署名。"②但针对《香山宝卷》，车先生认为今存最早的《香山宝卷》刻本是清乾隆三十八年（1773）杭州昭庆大字经房刊本（以下称"乾隆本"），卷首题"天竺普明禅师编集、江西宝峰禅师流行、梅江智公禅师重修、太源文公法师传录"。通行刊本是经"简集"的同治七年（1868）杭州

---

① 郑振铎：《中国俗文学史》，商务印书馆1938年版，第308页。《香山宝卷》，卷首题"天竺普明禅师编集、江西宝峰禅师流行、梅江智公禅师重修、太源文公法师传录"字样。
② 车锡伦：《中国宝卷研究》，广西师范大学出版社2009年版，第37—38页。

神授天书与代圣立言：宝卷来源的人类学解读
——以《香山宝卷》为中心的考察

慧空经房刊本及各地的重刻、重印本，即《观世音菩萨本行经简集》（以下称"简集"本）。① 妙善成道的传说故事出现于北宋时期。其出现和最初流传的经过大致如此：北宋元符二年（1099）十一月初，翰林学士兼侍读蒋之奇（1031—1104）被贬官外放为汝州守。蒋到汝州后，十一月底，应宝丰县香山寺主持怀昼之请到香山，怀昼向他展示了一卷《香山大悲菩萨传》。据怀昼称，此卷乃长安终南山一比丘在南山灵感寺古屋的经堆中发现，是唐代南山道宣律师问天神，天神所传大悲菩萨应化事迹。这位终南山的无名比丘给了怀昼此卷后隐去不见。

车锡伦据此推断，怀昼所述《大悲菩萨传》出现的过程，是编造的"神话"。实际情况可能是：怀昼为了扩大香山寺的影响，编了这个"传"。所述故事是否有传说的依据，难以考证。②

南宋初年朱弁《曲洧旧闻》卷六"蒋颖叔大悲传"条认为该卷为唐律师弟子义常所书，蒋之奇润色：

> 蒋颖叔守汝日，用香山僧怀昼之请，取唐律师弟子义常所书天神言大悲之事，润色为传。载过去国庄王，不知是何国，王有三女，最幼者名妙善，施手眼救父疾。（注：参见原《茶香室丛钞》卷十三所引文。）其论甚伟。然与《楞严》及《大悲》《观音》等经，颇相函矢。《华严》云："善度诚居士鞞瑟胝罗颂大悲为勇猛丈夫，而天神言妙善化身千手千眼以示父母，旋即如故。"而今香山乃是大悲成道之地，则是生王宫以女子身显化。考古德翻经所传者，绝不相合。浮屠氏喜夸大自神，盖不足怪，而颖叔

---

① 车锡伦：《明代的佛教宝卷》，《民俗研究》2005年第1期。车锡伦：《中国宝卷总目》，第307页。这部宝卷，在清及近现代民间广泛传抄和演唱，有众多的异名和改编本，如《大香山宝卷》《观音宝卷》《观音得道宝卷》《三皇姑出家香山宝卷》《观世音菩萨本行经》《妙善宝卷》等。
② 《宝卷漫录》，车锡伦：《中国宝卷研究》，第37—38、549页。

为粉饰之，欲以传信后世，岂未之思耶！①

英国学者杜德桥（Glen Dudbridge）在总结古代文献和今人的研究后，得出的结论是："1100年（元符三年）应该是妙善传说在时间上的起点。"② 此可为探讨《香山宝卷》产生时间的基础。

乾隆本《香山宝卷》卷首有一"序"，题为"宋太子吴府殿下海印拜贺"，按道理对推知作者尤为关键，其文曰：

> 洪惟佛氏之道，广大而难明，神妙而莫测。惟德在乎利济，惟诚足以感通。无有求而弗获，无有欲而弗遂，斯以功被历劫，而福加庶汇者也。余仰沐慈荫，生于中华，端秉虔诚，奉施《观世音菩萨本行经》于众。广能仁之善化，集正觉之妙因；祝圣寿以延龄，愿苍生而信奉。幽显含灵，咸沾福利。尚冀佛日照临，法云拥护，胜妙吉祥，种种福德，普天率土，万物长春。谨序。

细读题为"宋太子吴府殿下海印拜贺"的序言，其中并没有关于作者的只言片语，却告诫信众"余仰沐慈荫，生于中华，端秉虔诚，奉施《观世音菩萨本行经》于众。广能仁之善化，集正觉之妙因；祝圣寿以延龄，愿苍生而信奉"。这位宋代的"吴府殿下"无考。宝卷正文在开经的说唱之后，有一段文字：先是述一"女大士"（名妙恺）将"此段因缘"交与庐山宝峰定禅师，云为"普明所集"，嘱其流通。"宝峰禅师闻是，发愿流通"，"抄成十本，一字三拜，散施诸方，乃作一偈……"偈后，接着另起一段文字：

---

① 朱弁：《曲洧旧闻》卷六，孔凡礼点校，中华书局2002年版，第169页。
② Glen Dudbridge, *The Legend of Miao-shan*, London: Ithaca Press, for the Board of the Faculty of Oriental Studies, Oxford University, 1978; revised edition: Oxford University Press, 2004.

昔普明禅师于崇宁二年八月十五日在武林上天竺，独坐期堂。三月已满，忽然一老僧云："公单修无上乘正真之道，独接上乘，焉能普济？汝当代佛行化，三乘演畅，顿渐齐行，便可广度中下群情。公若如此，方报佛恩。"普明问僧曰："将何法可度于人？"僧答云："吾观此土人与观世音菩萨宿有因缘。就将菩萨行状略说本末，流行于世，供养持念者，福不唐捐。"此僧乃尽宣其由，言已，隐身而去。普明禅师一历览耳，随即编成此经。忽然，观世音菩萨亲现紫磨金相，手提净瓶绿柳，驾云而现，良久归空。人皆见之，愈加精进。以此流传天下闻，后人得道无穷数。①

从这段文字我们确知，后人"供养持念者"的《香山宝卷》只是神秘老僧"略说"的"菩萨行状"，普明禅师只是受神的感示而书写，《大悲成道传》赞语中怀昼也只是在南山灵感寺古屋的经堆中发现了该卷。清乾隆三十八年（1773）杭州昭庆大字经房刊本卷首题的天竺普明禅师"编集"、江西宝峰禅师"流行"、梅江智公禅师"重修"、太源文公法师"传录"，都不过是在该经卷多级传播中不断加大力量的推介者，是妙善故事流传过程中的一个个环节。

认真推求，我们发现宝卷作者隐没无考，其来源问题实质叠加了两大系统的叙事：（一）天书神授（故事来源）叙事系统；（二）代圣立言（编纂者）叙事系统。因之宝卷编纂者的问题是隐没的，对作者的考证使我们经常陷入循环论证。

---

① 《香山宝卷》，中共张家港市委宣传部、张家港市文学艺术界联合会、张家港市文化广播电视管理局编：《中国·河阳宝卷集》，上海文化出版社2007年版，第32页。

二、宝卷神授与代圣立言的神谕与劝世传统

许多文献都充分说明，宝卷的创作是在久远的口头传统框架及程式的基础上的编创，其原始状态仅仅是口头流传，并没有抄本或刻本。宝卷的创造性表现在最大程度地利用传统给定的形式，向民众灌输教派思想或民间信仰。

帕里—洛德理论认为，口传文学其传承人每一次的展演，都是一次新的创作，即便是同一个人，在其不同时期、不同地点的讲述，文本的具体细节都会有所变化，所以，口传文学从来就没有一个完整的恒常不变的定本。① 这个我们从《香山宝卷》的名称就知道了，该卷名称分别有《观世音菩萨本行经》《观世音菩萨本行经简集》《三皇姑出家香山宝卷》《大乘法宝香山宝卷全集》《观音得道宝卷》《观世音菩萨香山因由》《观音济渡本愿真径》《妙善宝卷》《大香山宝卷》《南无大慈大悲救苦救难观世音菩萨证果香山宝卷》等，存世的各种刻本和抄本多达 30 种。②

妙善故事的"核心故事"（kernel story），是"舍身救赎"型故事，该型故事在印度、中国普遍流行。从《香山宝卷》各种可资考证的文字我们很难明确知道其书写传统意义上的作者。这一口头传统何时进入宝卷并披上了神谕的外衣？俗世书生蒋之奇成为该故事"前世"来源的唯一见证者，更使世俗故事的渊源神秘化，进而成为一个先验的存在而具备了教化众生的神圣性，由于缺乏相应的文献，我们不得而知。

作为口传文学，其传承人作为积极传统的携带者，不同的传承人对于同一口传文学会发展出丰盈众多的视角，视角源自于个体的知识

---

① 〔美〕约翰·迈尔斯·弗里：《口头诗学：帕里—洛德理论》，朝戈金译，译者导言，社会科学文献出版社 2000 年版。
② 车锡伦：《中国宝卷总目》，第 307 页。

神授天书与代圣立言：宝卷来源的人类学解读
——以《香山宝卷》为中心的考察

背景，按照自己的想象不断扩展和补充一个故事。因之，口传文学的文本与本族群社会情境关联密切。这一点帕里—洛德理论充分地阐明，是传统告诉我们"什么"，告诉我们是"何种类的"和"何种力量"。是传统一直寻求保持稳定，从而保存传统自身，最终保持了一种获取生命快意的手段。① 正因为这样，《香山宝卷》的开篇的叙事神态和语气都宛如佛陀本人俯瞰芸芸众生，正在训诫的模样。这样的结构程式和语气，分明是一种更古老、更传统的范型。笔者见到康熙丙午本（因改本前的"观音古佛原叙"后署"时在大清康熙丙午岁冬至后三日广野山人月魄氏沐"，我们姑且称之为康熙丙午本），其篇首"观音济度本愿真经叙"云：

> 从来三教经典，垂训教人，字字隐义，句句藏玄，旁喻曲引，告诫不一。无非欲人明善复初，修性了命，以全其本来耳。言虽不同，理则一也！
> 余自生以来，不昧本性，知人为万物之灵，质列三才之中，不敢自弃，常行济人利物事件，穷究性命根源，幸遇普定仙师，指示先天大道，授以率性复初功用。一日，往朝普陀，舟至南海，预得真武祖师之报，船将到岸，忽狂风大作，波浪汹涌，当时船坏者不少。余蒙神盖佑，紧操舵桨，得达津涯，将船泊乎海岸，散步闲游。②

不同版本序言接着交代有关《香山宝卷》来源的神话叙事，也就是神授宝卷的具体情景。康熙丙午本的"观音古佛原叙"道：

---

① 〔美〕阿尔伯特·贝茨·洛德：《故事歌手》，尹虎彬译，中华书局2004年版，第321页。
② "观音古佛原叙"，西北师范大学古籍整理研究所编：《酒泉宝卷》上编，甘肃人民出版社1991年版，第5—6页。另车锡伦认为该《香山宝卷》实际上是清道光年间青莲教教祖彭德源根据《香山宝卷》故事改编的《观音济度本愿真经》。车锡伦：《中国宝卷研究》，第46页。

忽至一处，见石门壁立、牌坊森列，篆镌"朝元洞"。行不数里，内有一庵，名曰"灵通寺"。余进步内观，遇一道童，潇洒不俗，谓余曰："居士遇此风波，实乃上天数定，玄机报应，今适到此，此中有一济度慈航，其赖居士成就此功德，以慰我佛无量度人之心！"谈叙之间，因出《观音济度本愿真经》一册授余。余诚敬捧读，乃知为观音佛祖自叙本行，不忍众生尘苦，领旨下世，托生兴林国里皇宫之中，自幼灵慧不昧，报弃浮华，勤修大道。尔时其父妙庄王迷却善因，不信修真，诬为邪孽，致菩萨受苦花园，火焚白雀，斩绞法场，守死善道，苦难备尝，英灵不昧蒙神引游地府，遍观阴律果报，度狱还阳，逃至香山，修养成真。其后庄王恶盈福尽，上帝降旨，冤孽寻报；菩萨慈悲广大，显灵救父，劝惺知非从善，颁旨国中，修建丛林，设立斋醮，超度冤愆。后至香山还愿，菩萨元神显化，度转父母骨肉，感化驸马宰相，同修大道，共成正果。善恶报应，始末备载。

而同是康熙丙午（1666）本的另一版本则有"观音梦授经"的神授叙事，而且附了宣卷的斋期及观音古佛原本读法十六则：

南无观世音菩萨。南无佛。南无法。南无僧。与佛有因，与佛有缘。佛法相因，常乐我净。朝念观世音，暮念观世音，念念从心起，念佛不离身。天罗神。地罗神。人离难，难离身，一切灾殃化为尘。摩诃般若波罗蜜。

后附斋期：

正月：初八。二月：初七、初九、十九。三月：初三、初六、十三。四月：二十。五月：初三、十七。六月：初六、初

神授天书与代圣立言：宝卷来源的人类学解读
——以《香山宝卷》为中心的考察

八、二十三。七月：十三。八月：十六。九月：初三。十月：初二。十一月：十九。十二月无斋期，闰月同前。①

阿兰·邓迪斯说：

> 神话是关于世界和人怎样产生并成为今天这个样子的神圣的叙事性解释……其中决定性的形容词"神圣的"把神话与其他叙事性形式，如民间故事这一通常是世俗的和虚构的形式区别开来……术语神话原意是词语或故事。只有在现代用法里，神话这一字眼才具有"荒诞"这一否定性含义。照通常说法，神话这个字眼被当作荒诞和谬论的同义词。你可以指责一个陈述或说法不真实而说"那只是一个神话"（名词"民间传说"和"迷信"可能产生相同效果），但是……不真实的陈述并非是神话合适的涵义。而且神话也不是非真实陈述，因为神话可以构成真实的最高形式，虽然是伪装在隐喻之中。②

从这些我们可以看出，对于《香山宝卷》的来源，不同版本都以"神话"叙述的形式表明其来源的非同寻常。尹虎彬在论述《后土宝卷》时总结道："化愚度贤主题讲述后土老母脱化一贫婆下凡，这一伪装及其自述身世的荒诞故事，在宝卷中已成为独立的叙事成分，它反复出现。伪装和虚构故事为一特定主题，这也出现在希腊史诗之中。这些主题具有普遍性。"③

宝卷作为将佛经译为各种语言以普渡众生的实践的一部分逐渐发展起来。它利用了中国古典诗歌的艺术手段，揭示了人类宗教史上的

---

① 《观音宝卷》，徐永成等主编：《金张掖民间宝卷》，甘肃文化出版社2007年版，第1063页。
② 〔美〕阿兰·邓迪斯编：《西方神话学论文选》，朝戈金译，上海文艺出版社1994年版，第1页。
③ 尹虎彬：《河北民间表演宝卷与仪式语境研究》，《民族文学研究》2004年第3期。

特有现象：在绝地通天的时代，巫师们心领神会，认为语言具有无边的魔力，像咒语一样，特别的言说能实现天人之际的沟通梦想，所以这种沟通在世界范围内注定存在一种具有地方性、民间性和口头传统的知识，在民间故事里形成"代圣立言"的神话传说。

宝卷的另外一个传统就是代圣立言，许多宝卷篇首就开宗明义阐明是代圣立言，如《红罗宝卷》开始就写道：

> 盖闻绣象传古之今，载记红罗宝卷启开，正明菩萨降临世界，传于人间，遗古传今，人人诵念，欢喜大小，永无灾厄。诸姓人等听了此卷，要悔心向善，改过自新，能解厄难。大家静坐细听，莫可顺其耳风。①

另《护国佑民伏魔宝卷》上云：

> 勅封三界伏魔大帝，神威远镇天尊。伏魔宝卷法界来临。诸佛菩萨降来临。随处结祥云诚意方殷，诸佛现金身。
>
> 吕纯阳注曰：伏魔宝卷出于关大帝之手笔，其中尽是三教未发之玄微，吾帝因忠诚。感玉皇上帝命之复宣于世，到而今二百年来，又重刊印，吾常居帝佑 . 关大帝转奏玉帝。命吾注之，伏其魔以了其心。私欲净尽，天理流行。尽于虚空者，吾人之本然天理之良心也。②

《香山宝卷》"观音古佛原叙"中不仅写代圣立言，而且是"以身施教"，"以事论道"，并且"自度度世"，"将修道之火候功用、玄妙法则，一一流露于常言俗语中，能令阅者一目了然，由浅求深"，真

---

① 王奎、赵旭峰收集整理：《凉州宝卷》（一），2007年，第2页。
② 《关帝伏魔宝卷注解》，光绪二十二年，吉林北山关帝庙学善堂刊印。

神授天书与代圣立言：宝卷来源的人类学解读
——以《香山宝卷》为中心的考察

可谓尽心尽力：

> 书成藏之朝元洞内石室门中，以待后之见者广为流布。不但可为上智训，亦可为中下迪，不但可为文士英俊观，亦可为愚夫愚妇劝。予以改过迁善，广行方便，访求至人，指示经中功用玄妙，亦不难彼岸同登矣！吾昔立下洪愿，济度一切，此经其吾济度之一助也欤！因以《济度本愿真经》名其书，而缀数语于笺端云。时永乐丙申岁六月望日书。①

许多佛经都自誉非常灵验，所谓"道成天上，书遗后世"！人们普遍认为，诵读神圣的经文本身具有治疗疾病和拯救灵魂的功能。所有这些当然是源于大乘佛教对于传播教义的根本关切，它规劝人们宣扬和向别人解说佛经。同时也从一个侧面说明，人类宗教大致都经历过原始宗教时代，早期的宗教领袖就是巫师或萨满，他们具有接受神谕的特殊本领。②

仅仅从名称来看，许多宝卷自称为"经"，并反复强调其宝卷"至真"（文献中多称为"骨髓真经"）"至宝""至妙"，如《佛说地狱还报经》《弘阳妙道玉华随堂真经》《古佛天真考证龙华宝经》《佛说镇宅龙虎妙经》等。靖江宝卷又有"圣卷"、"草卷"之分。再从卷名前所加的"佛说"二字大致可以想见，普通民众在宝卷创作中代圣人立言的痕迹。所以传抄、接受者必然惴惴不安、诚惶诚恐。譬如《香山宝卷》康熙丙午本，其篇首"观音济度本愿真经叙"中写道：

---

① "观音古佛原叙"，西北师范大学古籍整理研究所编：《酒泉宝卷》上编，甘肃人民出版社1991年版，第3页。
② 〔美〕欧大年：《中国民间宗教教派研究》，刘心勇、严耀中等译，上海古籍出版社1993年版，第213页。

余得授此焉，敢不成就此一宗功德！无奈经系西天梵字，东土之人识此字者少。余急归家译写，书正刊刻行世，使人触目惊心，改过迁善，广积功德，潜心体会经中妙谛，以经为证，访求至人，指示经中妙义，明止于至善之所，知下手修炼之方。道全德备，极乐西天何难到哉！

噫嘻！壁闻琴声，古经不绝，书守灵威，金简长存！二酉称神仙贮书之所，琅环为天设载籍之地。唐李筌得阴符经于嵩岳，吕祖翁藏指玄篇于青城。古人道成天上，书遗后世，非一人矣！今何幸而机缘相遇也，因乐而为之叙云。①

时在大清康熙丙午岁冬至后三日广野山人月魄氏沐手敬叙于明心山房

现存宝卷《目连救母出离地狱生天宝卷》明初抄本中说："若人写一本，留传后世，持诵过去，九祖照依目连，一了山家，九祖尽生天。"

清光绪十九年（1893）梅月直隶省大名府大名县西南乡东郭村积善堂重刻《幽冥宝传》前有序，中言：

《幽冥宝训》者，地藏古佛训世之书也。佛以至德大孝主教幽冥，因以己之德，望人之共修其德；以己之孝，望人之共敦于孝。不啻主教幽冥，并欲垂训阳世。是以不惮苦心苦口，刊为善言，传于万世。②

序中宣言此宝卷为地藏菩萨垂示，以图增加其神圣性，获得更多信服。而此卷之价值，作序者指出，"其理正，其事核，其文简明而易

---

① "观音济度本愿真经叙"，西北师范大学古籍整理研究所编：《酒泉宝卷》上编，第5页。
② "中央研究院"历史语言研究所俗文学丛刊编辑小组：《俗文学丛刊》，台湾新文丰出版股份有限公司2004年版，第352册，第9—12页。

晓，其案确实而有据，诚救世之药石，渡人之宝筏也"。因为代圣立言，所以这种神谕性质的文本自然意义非凡。传抄这种宝卷为善行功德，并能驱妖降魔、驱邪祛病，这一观念对后期民间宝卷的传播影响很大。

因为神圣，《香山宝卷》附观音古佛原本读法十六则：

一本愿真经，阐道之书也。当作道德心印金刚法华，读之俱言天道，人道，无不备哉！人世，出世，靡不缕陈，剖露玄机。所关最重，读者须当净手焚香，诚敬开诵。读毕掩卷高供，不得亵视。知此者，方可读本愿真经。

一本愿真经，善恶金鉴也。当作感应篇、功过格，读之善恶昭彰，因果显然。天堂地狱，只看所行。苦海无边，回头是岸。诚感发善心，惩创逸志之良济也。知此者方可读本愿真经。

一本愿真经，暗室灯，考金石也。言因果本福善祸淫之理。讲修炼实返本还原之道。解悟此经，一切恶孽、恶念，惕目而警心。旁门曲径，不辟而破矣。知此者，方可读本愿真经。

一本愿真经，不比一切演义传奇俗本，弹唱歌曲。此等书卷，徒悦人耳目，无益身心。此经所论，皆善恶因查。所言皆性命道德，不做那无益之论也。知此者，方可读本愿真经。

一本愿真经，其间与禅贡同者，又非野狐禅这辈，待为拍喝语，自欺欺世，使人无处捉摹者可比。其用心处，或在言中，或在言外，俗语常言中暗藏元机奉动，云为处显露心传，若经明眼，指示头头是道。询佛经中一部俗谛，乃佛经中一部真谛。知此者方可读本愿真经。

一本愿真经，不在口读，不在眼读，而在心读。不在心读，而在身读。何以知故，行并进也。知此者方可读本愿真经。

一本愿真经，言火候甚详。古人传乐不传火，从来火候少人知，经中设象寓言。火候之妙，形容得当。知此者方可读本愿真经。

一本愿真经，既以经名，何以每篇多以话说冠之。摒去一切梵语、奥辞，直以说话说经，令人易知易悟，了了于目，自了了于心也。知此者方可读本愿真经。

一本愿真经，言善功甚详，然亦尝言及者，夫善在人为耳。随心随手，皆可以积功累德也。如若经中所未载，便疏忽而不为，是自阻也。知此者方可读本愿真经。①……

这种传播教义的虔诚、执着和热忱，是通过社团致力于阅读、抄写、刻印和免费散发佛经等具体工作表现出来的。宋代的一些虔诚的和尚和俗人刻印的经卷，不仅配有图像以说明经义，而且还加上了偈文和赞词。

正因为早期巫术时代"天人之际"的结构和神圣言说，因之，后世的文学担负着巨大的社会功能。《毛诗序》这样总结：

诗三百篇，大抵先圣发奋之所由作，温柔敦厚，诗之教也。诗言志，歌咏言，声依永，律和声，神人以和。不学诗，无以言。味之者无极，闻之者动心。是诗之志也故正得失，动天地，感鬼神，莫近于诗。先王以是经夫妇，成孝敬，厚人伦，美教化，移风俗。……是以一国之事，系一人之本，谓之风；言天下之事，形四方之风，谓之雅。雅者，正也，言王政之所由废兴也。政有大小，故有小雅焉，有大雅焉。颂者，美盛德之形容，以其成功告于神明者也。是谓四始，诗之至也。②

---

① 《观音宝卷》，徐永成等主编：《金张掖民间宝卷》，第1063—1064页。
② 据阮元刻《十三经注疏》本《毛诗正义》卷一。

神授天书传统的缔造者，早深刻洞悉到下层民众集体无意识的神灵崇拜和权威迷信的心理沉疴，利用民众期盼"权威话语"并易受其暗示和感染的集体心理，让公众捕获这个征兆或信息，因为受"神灵"的示意更容易赋予这个征兆或信息一个深刻的含义。[①] 因之在《三遂平妖传》《杨家将传》《女仙外史》《薛仁贵征东》《葵花记》等古代小说中都有神授天书的传统母题。兹撮要列举如下：[②]

序号	出处	仙师	徒弟或受宝者	收徒方式	所传范围及所获赠宝
1	《北宋志传》34回	擎天圣母	杨宗保	夜入圣母庙	天书
2	《杨家府演义》4卷	擎天圣母	杨宗保	打猎时入其庙	仙丹、兵书
3	《说唐演义后传》24回	九天玄女	薛仁贵	入地穴遇	一龙二虎九牛之力、白虎鞭、震天弓、穿云箭、水火袍、无字天书
4	《说呼全传》21回	万花谷王禅	呼延庆	七岁从师	武艺、天书、锦囊
5	《说呼全传》28回、29回	仙姑	赵文姬	梦示姻缘	传授兵法
6	《万花楼演义》4回、23回	峨嵋鬼谷子	狄青	水难中救出	兵书、子母钱，北极玄天真武赠人面金牌及七星箭
7	《金台全传》51回	云梦山王禅老祖	金台	猛虎驮来山上	锦囊、兵书、轩辕镜
8	《水浒传》43回	九天玄女娘娘	宋江	还道村	三卷天书
9	《玛纳斯》		居素普阿訇		梦授《玛纳斯》
10	《三国演义》		于吉	手携藜杖，得神书	阳曲泉水上得神书《太平青领道》

---

① 〔法〕卡普费雷：《谣言》，郑若麟、边芹译，上海人民出版社1991年版，第26页。
② 参见王立：《宗教民俗文献与小说母题》，吉林人民出版社2001年版，第204页。

在古代中国，有一种腊月里获得丈夫信息的祭祀占卜的民俗活动——镜听。她们将镜子放在灶神面前祭拜求告，口念咒语七遍。然后怀镜出门，悄悄听人说话，这时听到的第一句话，就预兆着事情的吉凶。这时，每个妇女的心态都是："出门愿不闻悲。"由于当时妇女深信怀中的镜子已接收到上天对她祈祷的回应，这时，偶然的话语就被当成了"天意"的转达。这进一步印证了语言不同寻常的魔力和威力。

在特殊的地方就有特殊的讲话的方式。君权神授的小传统里，文人的书写方式是为了做宰辅，致君尧舜上，是一种被规训和展示规训的文字书写。而在大传统下，从巫术时代开始，就始终有一种为"天下""苍生"的圣神叙事，他昭示的是一种更为普遍的人类学意义和原始法制精神。理性时代，故意遮蔽与话语缺位，表层看来是民间宗教教主，利用各种办法使自己书写的文字打上远古集体记忆中"神授"的印戳，编造自己的"秘史"，神化自身，其背后隐藏着深刻的知识神授的远古人类口传文化的神圣的大传统。

三、神授天书与代圣立言传统的来源

宗教大都是产生于天灾与人祸对世俗的政治秩序产生颠覆性动摇的紧要关头，是"无情世界的感情"，是对现实困厄的曲折反抗。体现天的意志的圣迹在这时候显现，将那些肉身仍然在世俗污浊中挣扎的信众的精神超拔出来。神谕传统的产生对人类而言同样如此。人类学家普里查德这样写道：

> 每当赞德人的生活中出现危机，都是神谕告诉他应该如何去做。神谕为他揭露谁是敌人；告诉他在何处能够脱离危险，找到安全；向他展示隐藏的神秘力量；给他说出过去和将来发生的事

神授天书与代圣立言：宝卷来源的人类学解读
——以《香山宝卷》为中心的考察

情。没有本吉，赞德人确实无法生活。剥夺了赞德人的本吉无疑就是剥夺了他的生活。[1]

神授天书和代圣立言的背后是庞大的神谕仪式叙事传统。在世界文明史上，神谕在早期表现为对王权机制生成的操控作用。从神话叙述学的视角看，神明以神话叙述的模式，介入早期王权的建构过程。[2]在弗雷泽看来，国王很多时候拥有祭祀、操控神灵的权力。他能和神明对话，能控制自然。古代近东、中国与古代埃及的统治者一般是祭祀王的形象。首先，他是介于人神中间，感知神明意图的唯一合法的沟通媒介。[3]其次，他有为国家和民众祈福禳灾的职责。国王除了在意识中担任沟通人神的角色以外，还要在固定的时间内举行祈福仪式，在国家危难之际，担当祈福禳灾头领，甚至还要成为解除灾异的替罪羊。[4]研究表明，在整个世界的秩序和结构之中这也是一种比较普遍的社会现象。

王权神授以降，神授器物和神授教义成为神授的第二个阶段。摩西或汉莫拉比在圣山上接受神谕，颁布法律。中古汉译佛经中，据说龙树出家后得读大乘经典，妙理有所未尽："独在静处水精房中，大龙菩萨见其如是，惜而愍之，即接之入海，于宫殿中开七宝藏，发七宝华函，以诸方等深奥经典无量妙法授之。"[5]然而，佛经中的神授经典被佛教宗教化了，偏重于佛教教义的宣传。而这些也与中古时期中原

---

[1]〔英〕E.E.埃文思-普里查德：《阿赞德人的巫术、神谕和魔法》，覃俐俐译，商务印书馆2006年版，第274页。
[2]〔美〕亨利·富兰克弗特：《近东文明的起源》，郭子林译，上海人民出版社2009年版。
[3] 吉拉尔认为，国王是人类替罪羊潜意识所建构的牺牲机制中首选的替罪羊。成为替罪羊之后，国王便获得了神性。Rene Girard, *Violence and the Sacred*, Translated by Patrick Gregory, Baltimore:The Jones Hopkins University Press,1979,pp.145-149.
[4] Nanno *Marinates, Minoan Kingshinp and the Solar Goddess:A Near Eastern Koine*, Chicago:University of Illinois Press,2010,pp.33-49.
[5] 高楠顺次郎：《大正新修大藏经》第50册，《龙树菩萨传》0184a19。

的道教一拍即合，与道教以符水等消减下层民众苦难的法术法宝融会，从而演化为"天书神授"的系列传说和小说表现模式。

我们细读《金刚科仪宝卷》结束时咒语一样的"结经发愿文"，也许会豁然开朗：

> 伏愿经声琅琅，上彻穹苍；梵语玲玲，下通幽府。一愿刀山落刃，二愿剑树锋摧，三愿炉炭收焰，四愿江河浪息。针喉饿鬼，永绝饥虚；麟角羽毛，莫相食啖；恶星变怪，扫出天门；异兽灵魈，潜藏地穴；囚徒禁系，愿降天恩；疾病缠身，早逢良药；盲者聋者，愿见愿闻；跛者哑者，能行能语；怀孕妇人，子母团圆；征客远行，早还家国。贫穷下贱，恶业众生，误杀故伤，一切冤尤，并皆消释。金刚威力，洗涤身心；般若威光，照临宝座。举足下足，皆是佛地。更愿七祖先亡，离苦生天；地狱罪苦，悉皆解脱。以此不尽功德，上报四恩，下资三有。法界有情，齐登正觉。川老颂曰：如饥得食，渴得浆，病得瘥，热得凉；贫人得宝，婴儿见娘；飘舟到岸，孤客还乡；旱逢甘泽，国有忠良；四夷拱手，八表来降。头头总是，物物全彰。古今凡圣，地狱天堂，东西南北，不用思量。刹尘沙界诸群品，尽入金刚大道场。①

这段结经发愿文也见于《目连救母出离地狱生天宝卷》，明代许多教派宝卷也沿用它（文字有异）。明末清初罗教无极正派祖师应继南将它作为《结经》。这本宝卷就是在这种"盂兰盆会（道场）"中演唱，所以卷末"结经发愿文"结尾说："利尘沙界诸群品，尽人盂兰大道场。"

---

① 《明清民间宗教经卷文献》第一册，台湾新文丰出版公司1999年版，第59—60页。

神谕一般由特定的人物借人的语言来传达神意（代圣立言）。传达神意有两种形式：一种是神灵直接现身说明神意，另一种是使特定的人物处于神灵附体的状态，然后再问清神意。传达神意的媒介人多数是儿童和妇女，成年男人比较少。神谕表现跟日常用语差别比较大时，需要有解说的人。而且还常常采取韵文的表现形式。这种韵文形式已经成了口头文艺产生的因素之一。①因为神灵是没有实体的，所以人们可利用一切机会抓住所有现象来猜测神意。"不仅是我们认为比较重要的社会事务（阿赞德人）需要请教神谕，针对日常生活中的一些小事他们也请教神谕。……欧洲人对于神秘力量一无所知，因而不能理解他们在行动的时候必须要考虑的神秘力量。"②

马克斯·韦伯将那种同时具有巨大的世俗权威与宗教信仰权威的人物或其他具体的文化载体称为"卡理斯玛"（Charisma），他进一步指出："在中国，举凡礼仪书、历书、史书之撰写都可以追溯到史前时期。即使在最古老的传说中，古代经籍亦被视为神奇的东西，因而精通这些古籍的人被看作是神奇的卡理斯玛的持有者。"③而根据人类学研究，上古时代有知识和法力的圣人通常就是部族和部落的酋长④。因此，记述部族历史和酋长首领英雄事迹的文字作品（通常是创世神话、部族神话史诗等等）与这些历史描述的对象一样具有神圣性。同时，它们作为对部族与神明之间的沟通方式和历史的记述，也就成为部族的最高文化经典。

有趣的是，在书写时代的次生口头传统编创者们，总是不自觉地认为，他们的编创是神灵通过其教祖和教主传授给他们的。这种观念

---

① 〔日〕茂吕美耶：《传说日本》，广西师范大学出版社2007年版。
② 〔英〕E.E.埃文思-普里查德：《阿赞德人的巫术神谕和魔法》，覃俐俐译，第275—276页。
③ 〔德〕马克斯·韦伯：《经济·社会·宗教——马克斯·韦伯文选》，郑乐平编译，上海社会科学出版社1997年版，第106页。
④ 〔英〕詹·乔·弗雷泽：《金枝》第二章《祭司兼国王》，徐育新等译，中国民间文艺出版社1987年版，第17页。

在基督教、佛教、民间宗教相关联的所有经卷和民族史诗之中都有表现,[①] 但其渊源却来源于口头编创时代的集体记忆和集体编创传统。欧大年在《宝卷:十六、十七世纪中国教派经卷概论》中研究了宝卷不同文本中反复出现的情节单元(入仙童的时间、场景、段落,主题包括:教主的自传性陈述,对神谕经卷的领悟,教派名称及信众,创世、普度、来世神话、禅定、仪式、道德说教、地狱描绘、社会观念)后认为:《混元弘阳佛如来无极飘高祖临凡经》中有宝卷神授临凡之主题,宣扬宝卷系由普渡众生的教主,从神界下凡传授而来,涉及创世、普渡、末世说的神话主题。[②]

《还源宝卷》中,叙述者以第一人称谈到启示这些经卷的原因以及印制和刊行在神话层面的重要意义。

　　因为你,众男女,千变万化。转凡胎,证无为,了死超生。这一遭,在东土,留下宝卷,度善男,和信女,同到家中。信授人,早还家,佛光照彻。不信授,错过了,万劫难逢……今得道,显本性,留下宝卷,留宝卷,十二部,劝化众生。

葛兆光指出:在早期道教的创教神话中,有一种"神授天书"、"赋予书写文字以经典的权威性"的传统。[③] 陶弘景《真诰·叙录》:"伏寻《上清真经》出世之源,始于晋哀帝兴宁二年太岁甲子,紫虚元君上真司命南岳魏夫人下降,授弟子琅琊王司徒公府舍人杨某,使

[①] 〔美〕欧大年:《中国民间宗教教派研究》,刘心勇、严耀中等译,第212页。《圣经》是神所默示的,是圣灵感动先知们所写下来的。 具体参与写作的有40位左右。使徒保罗说:"圣经全都是上帝以圣灵启示的。"(提摩太后书 3:16)
[②] Precious volumes: An Introduction to Chinese Sectarian Scriptures from the Sixteenth and Seventeenth Centuries, Daniel L.Overmyer,Harvard University Press,1999.
[③] 葛兆光:《"神授天书"与"不立文字"——佛教与道教的语言及其对中国古典诗歌的影响》,《文学遗产》1998年第1期。

作隶字写出,以传护军长史句容许某,并第三息上计掾某某。二许又更起写,修行得道。凡三君手书,今见在世者,经传大小十余篇,多掾写;真授四十余卷,多杨书。"由上可见,很可能后世为完善此说,补叙了魏夫人蒙神授经一段,这符合陈国符先生所概括的共性规律:"道书述道经出世之源,多谓上真降授。实则或由扶乩;或由世人撰述,依托天真。"[①]而李丰楙先生则认为,按照陶弘景整理的《周氏冥通记》,则《真诰》可看成杨许诸人的冥通记,其"灵媒"(神媒)职能颇类萨满:

> 当时称为真书、真迹、真诰,都是书法能手在恍惚状态将见神经验一一笔录。当时茅山的许氏山堂,即静室,为天师道设靖(静)的修道场所,也是仙真常常降临的神圣之地。而杨许也多经历一段时间的精神恍惚(trance),在迷幻中说出、写下一些神的嘱语——按照人类学家的研究,它经常表露其内在最基本的社会文化需求,常借用神诰的方式将神的意旨传达,宣示于信徒。[②]

仙人授天书旨在充分迎合民众对超常知识、能力、寿命的渴求,利用了书面传统与口头传统的差距,以及这一差距所深化的对"白纸黑字"典籍的崇拜。其先是人为地把大家想听到的内容设计好,通过众人在场"展演"式地由灵媒写在纸上"代圣立言",再用这物化了的直观而实实在在的"天书"来号召徒众。

再回头看《陈元奖为父报仇》宝卷的宣卷仪式。陈光蕊被强盗杀害,其子被僧人收留,取名"江流",后为父报仇。民间宝卷中《唐僧宝卷》《江流宝卷》《唐僧出世宝卷》《西藏宝卷》《长生宝卷》等,

---

① 陈国符:《道藏源流考》,中华书局1963年版,第8页。
② 李丰楙:《西王母五女传说的形成及其演变》,《东方宗教研究》1987年第1期。

均演此故事。① 在清代南、北方各地均有流传。值得注意的是，这本宝卷在"开卷偈"之前，加上了一段"圣谕十六条"的说唱，说明是在宣卷前以"宣讲圣谕"标榜。江苏靖江"做会讲经"（即"做会宣卷"）时，亦发现类似情况：当地佛头（宣卷人）在"做会讲经"时，先做"请佛"、"报愿"等仪式，之后佛头升座，先诵"叫头"四句，敲一记"佛尺"，然后庄重地说："圣谕！"如：

（诵）三炷香，大会场，同赴会，赐寿香。（鸣佛尺）"圣谕！"
（唱）佛前焚起三炷香，设立延生大会场，拜请福禄寿三星同赴会，西池王母赐寿香。

接着讲唱"报三友四恩"和一些劝善的说唱，然后才唱"开卷偈"讲唱宝卷。康熙以后，民间教派受到清政府的严厉镇压，每般教案，都严查教派人士收藏的宝卷和经卷。虽然大部分宣卷活动与民间教派没有组织关系，也用"宣讲圣谕"作掩护。② 当然从小传统来讲，这一论断是恰当的。但是把宣卷内容看作是"神授"，宣卷本身自然是"宣讲圣谕"，把宝卷作为"天书"是民间宗教教派宝卷的共同传统。

《包公宝卷》正文开头的内容似乎就有无边的法力，"众位神灵下天台"：

包公宝卷才展开，众位神灵下天台。天龙神圣心欢喜，保佑众生永无灾。
人生只有两条路，善恶一字分清楚。为人做事凭天良，不可

---

① 中共张家港市委宣传部、张家港市文学艺术界联合会、张家港市文化广播电视管理局编：《中国·河阳宝卷集》，第429页。
② 参见车锡伦：《中国宝卷文献的几个问题》，《岱宗学刊》1997年第1期。

暗中寻短见。

祸福无门自己招，善恶到头终有报。奉劝世人听真情，消灾免罪福寿根。

念卷之人细心念，一字一句念清楚。听卷之人仔细听，不可过了耳边风。①

篇末有"诗曰一报天二报地三报神灵，四报祖五报亲六报邻友。七报君八报臣九报日月，十报答孤魂鬼早得超生。众人听了包公卷，以后干事想着干。人活一世如一梦，不论干啥要凭心。包爷三次下阴曹，连累十府十阎君。只要人人心向善，荣华富贵万万年。"

民间宗教对于天书的多方面持续性神化，既有远古口传时代神圣叙事的集体无意识遗存，又有建构历史和神圣叙事的嫌疑。崇高的佛陀教主、拯救民生的事业和仪式化的环境，形成近乎宗教的狂热和顶礼膜拜。因之，民间性的宝卷，继承发挥了神授天书的传统。欧大年认为："不管他们如何使用宗教象征物，是出于祈求神佑的真诚愿望，或是仅仅为了鼓动，绝大多数的这类反叛的核心动机是政治性。"②"对他们来说，宝卷是神灵通过其教祖和教主传授给他们的……同时，还有这样一个悠久的民间传说，书信传自于天，或者由神仙授之于大人物的。"③从天书文本实际看，那些描写以秘密结社为核心的民间起事造反作品，因为要近乎真实地呈现信仰与崇拜的力量，的确是将典籍崇拜呈现得充分而直观。而天书，也就因其需要而成为一个有凝聚力、表现力的文化代码。

在阿赞德人那里，国王的神谕请教者是一个重要的公众人物，在

---

① 王奎、赵旭峰收集整理：《凉州宝卷》（一），2007年，第174页。
② 〔美〕欧大年：《中国民间宗教教派研究》，刘心勇、严耀中等译，第232页。
③ 〔美〕欧大年：《中国民间宗教教派研究》，刘心勇、严耀中等译，第212页。

后来往往会被委任去管理一个省份或者地区。格布德威国王经常让自己信任的儿子，特别是里基塔与甘古拉代表他与神谕说话。神谕判决的过程是以国王的名义执行的，因此国王被赋予了完整的司法权，这种司法权与常识意义的司法体系中获得的权威似乎并没有什么不同。①

经典	作者	委托人	载体
圣经	不是上帝亲编写，圣经是上帝的话语，是上帝借着先知的手写的，它是真理。	上帝在西乃山上向摩西口授、委托摩西编写。	最初书写在羊皮（绵羊、山羊或羚羊）、小牛皮上，或草纸上。有些经文则保存在瓦卡、石碑、腊板等上面。抄写的工具有芦苇、羽毛、金属笔等。墨水是由木炭、胶和水制成的。
佛经	佛陀	领导僧侣为大阿罗汉 Maha Kassapa（大迦叶尊者），Ananda（阿难尊者），和 Upali（优波离尊者）从僧团中选取了五百阿罗汉来重述佛陀所说过的话。	印度 Magadha 的国王 Ajatashatru 举办了集会。地点是在 Rajagaha 的 Cave of the Seven Leaves（七叶窟）。
古兰经	安拉	610年（伊斯兰教历9月），安拉在"盖德尔"的吉祥夜晚，命令天使吉卜利勒向穆罕默德开始陆续启降《古兰经》文，632年穆罕默德逝世，"启示"中止。	伊斯兰教认为《古兰经》是安拉"神圣的语言"，是一部"永久法典"。

如果做进一步的对比还可以发现：西方中世纪史学遵循的，也正是这样一种全力凸显神圣的精英历史，同时又极大地遮蔽底层民众生活史的基本叙事模式。在这个模式中，凡俗尘世的意义只是在于要用它的黑暗可鄙衬托出天国的神圣，所以克罗齐总结"中世纪史学"时指出，其特点就是用一种渗透着神性的叙事模式来记述和解释一切凡俗的事物：

---

① 〔英〕E.E. 埃文思-普里查德：《阿赞德人的巫术神谕和魔法》，覃俐俐译，第298、301页。

（借助于史学）神性重又降临凡世，神人同形同性地卷入人类的事务，……超验论把尘世的事物看成外在的和反抗神圣性事物的，因而产生了一种关于上帝与尘世、关于天国与地上的国土、关于神的国度（魔鬼的国度）的二元论，这种二元论复活了最古老的东方概念和拜火教。①

布罗姆菲尔德和丢恩在研究了18世纪之前还不被人知晓的古代欧洲诸民族的口传文学之后得出结论。早期社会的口传文学，其根本的意义在于强调一种秩序："无论其形式是多么离奇，那些神话和故事总是预设了秩序和合理性的观念。"② 于是他们以巫觋、先知或预言者的身份成为一个部族的精神领袖，成为神的代言人，成为天（神）和人之间的中介。借助于他们所传布的智慧，他们不仅仅在民众心里灌输了一个社会所必需的种种经验和忠告，而且还控制了对于历史和现实的理解，并以此建构起一个能够最大限度突显自己符号利益的精神秩序。③

原载《民俗研究》2012年第6期

---

① 〔意〕贝奈戴托·克罗齐：《历史学的理论和实际》，〔英〕道格拉斯·安斯利英译，傅任敢译，商务印书馆1982年版，第160—165页。
② Morton W. Bloomfield and Charles W. Dunn, The Role of the Poet in Early Societies, Cambridge: D. S. Brewer, 1989, p. 108.
③ 朱国华：《口传文学：作为元叙事的符号权力》，《求是学刊》2003年第1期。

论宝卷学研究的三个维度：
宗教·文学·音乐
——以古月斋藏《鹦儿宝卷》为例

罗海燕　吴建征

　　宝卷，产生于宋元时期，是一种与宗教和民间信仰密切相关的具有信仰、教化与娱乐功能的说唱文本。顾颉刚先生于20世纪20年代将宝卷纳入了现代学术研究的视野。他在《歌谣周刊》全文刊载了民国乙卯年（1915）岭南永裕谦刊本《孟姜女宝卷》①，并于《苏州近代乐歌》一文中最早对苏州宝卷进行了综合介绍。几乎与此同时，郑振铎先生将宝卷归于俗文学史研究体系。他于1934年发表《三十年来中国文学新资料的发展史略》②专论宝卷，又于1938年出版《中国俗文学史》，将宝卷列为专章。③受其影响，从文学（包括民间文学、曲艺文学、宗教文学）角度进行解读，成为宝卷研究的主要模式。直到20世纪50年代，李世瑜先生对郑说提出商榷。他

---

① 北京大学歌谣研究会《歌谣周刊》1924年11月23日第69期至1925年6月21日第96期"孟姜女故事研究专号"，分六次刊载。
② 郑振铎：《三十年来中国文学新资料的发展史略》，《郑振铎文集》第6卷，人民文学出版社1985年版，第480页。
③ 郑振铎：《中国俗文学史》，商务印书馆1938年版，第310—311页。

侧重把宝卷视为民间秘密宗教的专用经典。[1] 这一认识具有里程碑意义，进一步扩展了宝卷研究的空间，使得结合民间宗教来考察宝卷成为新的研究潮流。新世纪以来，研究视野不断开阔，宝卷研究呈现出多元化态势，并出现了一大亮点，即不少学者在多视角的观照中更加强调宝卷的音乐形态。可以说，随着研究的纵深发展，逐渐形成了一门新的学科——宝卷学。实际上，在20世纪90年代李世瑜先生就明确提出了"宝卷学"一词。[2] 受他影响，濮文起先生发表《宝卷学发凡》[3]一文，可谓宣布了宝卷学的成立。但是，对研究现状进行梳理，我们发现其仍存有一些不足。究其原因，除了受现存文献的制约外，尤其是近代以来学科划分过细的弊端，使得人们不能在整体上对宝卷进行认识与研究，而是多从研究者自身专业去观照，不免造成"片面的深刻"。

宝卷本身包罗宏富，广涉宗教、文学、音乐等方面。从这一客观实际出发，想要更客观、完善地认识宝卷及其价值，可以考虑从三个维度去综合关注，即民间宗教、文学曲艺与音乐仪式的整体视角。本文即拟以李正中先生古月斋[4]藏《鹦儿宝卷》为中心，从这三个维度出发，对其版本体制、内容思想以及鹦鹉题材的渊源与流变情况和文学贡献、音乐特点等情况进行考察，指出其独特的文化价值。且不揣谫陋，以此为例，尝试探索一条新的宝卷学研究路径。

---

[1] 李世瑜：《宝卷新研——兼与郑振铎先生商榷》，《文学遗产（增刊）》1957年第4期。
[2] 濮文起称："'宝卷学'一词，首先由著名民间秘密宗教研究专家李世瑜教授于90年代初提出。"《宝卷学发凡》，《天津社会科学》1999年第2期。
[3] 濮文起：《宝卷学发凡》，《天津社会科学》1999年第2期。
[4] 北京大学歌谣研究会《歌谣周刊》1924年11月23日第69期至1925年6月21日第96期"孟姜女故事研究专号"，分六次刊载。

一、宗教之维

鹦鹉行孝的故事流传广远，而《鹦儿宝卷》所存版本亦颇多。[①]今所见最早的本子为清同治十一年（1872）金陵刻本，现存于台湾傅斯年图书馆。古月斋藏《鹦儿宝卷》为光绪辛巳（1881）常州乐善堂刊本，是大陆所存最早的版本。此本非铅印，为手写刻印，字迹清晰工整。"弘"字缺笔，讳乾隆弘历名。全册四十页，黑口。半页十行，行字不等。封面题"鹦儿宝卷"，题下钤"古月斋存书"印，右下钤有篆体"惠丰印"。扉页中央题作《鹦儿宝卷》，右上有"光绪辛巳季秋新刊"一行，左下有"板存常州乐善堂梓"。李正中题记称其"堪为善本"。

开篇以七言韵语始，首句称"鹦儿宝卷古今传，劝人行孝结良缘"（为避烦琐，下文凡引古月斋藏版《鹦儿宝卷》处不再一一标出），又列举《二十四孝》中"王祥卧冰"、"郭巨埋儿"、"孟宗哭竹"等事迹，旨在劝化世人行孝道。之后为散说，借佛祖之口称，众生为堕落红尘迷失本性的"原来种"，需要为善行孝，持斋奉戒，方可"返本还原，归家认祖"。继宣讲者自道"吾今把这修行的玄奥说与你们听"之后，又总论宣讲宝卷的深意。时散说，时韵语，重在点明"皈依无为道，免却轮回"的主旨。六句诗偈之后，正式进入正文："昔日，西域天台有一无为寺，前有一棵双林树，上有一对雌雄鹦鹉。二鸟甚是恩爱。所生一子，名唤白鹦儿。二老鹦哥爱如己命……"全书韵散相间，或七言、或五言、或十言，叙述、吟唱了鹦鹉行孝的故事：雄鹦鹉病亡，雌鹦鹉悲抑成疾，思食东土樱桃。小鹦儿孝顺母亲，

[①] 濮文起称"'宝卷学'一词，首先由著名民间秘密宗教研究专家李世瑜教授于 90 年代初提出"。语见《宝卷学发凡》，《天津社会科学》1999 年第 2 期。

便东去采摘。后分别落入六猎户、四恶人、任员外手中。其间雌鹦鹉去世。小鹦鹉思母不已，同时又不断劝化世人。六猎户、卖菜人、恶人山、任员外及其家人、十字街众人均被劝化。后来在达摩祖师的指点下逃出笼子返回西域。归见母亡，作诗一首，昏死过去。小鹦儿孝意感动天庭，观音老母以净瓶甘露将他救活，并超度其父母投生人身。后随观音老母归南海，永脱轮回之苦。文末以十句韵语与四句五言诗作结，后附《十无常》。

根据全卷的内容来考察，其多涉三教混同的民间宗教思想，应是明代中叶新兴民间宗教无为教的产物。无为教由罗清创立，是明中叶出现于民间宗教世界的重要教派。其宗教思想集中体现在由他口授，弟子福恩、福报笔录整理的《罗祖五部经》（共计五部六册：《苦功悟道卷》一卷一册、《叹世无为卷》一卷一册、《破邪显正钥匙卷》一卷上下两册、《正信除疑无修正自在宝卷》一卷一册、《巍巍不动泰山深根结果宝卷》一卷一册，故又称《五部六册》）中，杂糅了禅宗、道教以及宋明理学思想。其以无生老母为最高崇拜，以真空家乡为理想境界。之所以称《鹦儿宝卷》与无为教密切相关，理由有三：

首先，书中多处直接称道无为教。如开篇佛祖留偈云："若能皈依无为道，免却轮回见阎君。佛祖思念还乡了，老母想儿泪汪汪。"又云："无为妙法世间希，天地迷人几个知。""若能受信无为道，躲过轮回地狱门。"这都直接表明《鹦儿宝卷》为无为教的劝化经卷，其宣讲目的是让听众皈依无为教。

其次，其论及红尘众人的来源及归宿时称："佛曰：余尝观东土世界乃五浊气所积。大地众生虚生浪死，死生无有出期。佛悲这大地众生本是九十六亿原来种。久落红尘，不知本来面目，不得出苦还乡，迷失佛性，永堕沉沦受四生六道之苦。累生受报无了无休。只因贪看虚华景界，迷恋酒色财气、红尘世事，昧了真心，不肯回头向善，不得返本归家认族，失迷来踪去路。佛祖不舍残灵，只得留下经卷，劝化世人。"这种观念实际上源自《佛说观弥勒下生经》中"最初之会，九十六亿人皆得阿罗汉，斯等之人皆是我弟子"[1]的说法。而无为教对此有所发挥，提出了"真空家乡"的概念。《巍巍不动泰山深根结果宝卷》称，众生从其出生地"自在天空"或"家乡"（后统称"真空家乡"）坠落尘世以后，被世间"虚花景象"所迷惑，失掉了本性，再也找不到出身之路，故而沉沦苦海，困入六道轮回，受尽各种磨难。所以奉劝世人切莫留恋红尘，为转瞬即逝的享乐和荣华所诱惑，应该赶紧参修"无为大道"，以返本还原，归家认祖。关于这一点李世瑜先生所考论尤详。[2]由此可见，《鹦儿宝卷》开篇实际上就是概述了无为教的这种思想。

第三，据《楞严经》记述，因观世音菩萨为耳根圆通第一，故又被称为"圆通教主"。[3]《鹦儿宝卷》则将圆通教主、菩萨、观世音菩萨与观音老母混用，同时又安排小鹦鹉最后被观音老母度化，永脱轮回之苦。这些可以说明，其崇拜观音老母。无为教崇拜的最高神明就是无生老母。卷中所谓观音老母，正是受了无生老母崇拜的影响。

郑振铎先生曾称《鹦儿宝卷》"目的在劝孝，而借白鹦鹉的故事为劝化之工具，情节很有趣，颇与一般可厌之善书不同"[4]。他指出了《鹦儿宝卷》的两大特征：一是目的在劝孝，二是情节很有趣。前者是民间秘密宗教经卷的主要特色，后者则反映出其具有一定的文学倾向。从某种意义来说，这点出了《鹦儿宝卷》在文本上由宗教经卷过渡至通俗文学的特点。较之作为本源的《杂宝藏经·鹦鹉子供养盲父母缘》与其他同题材的各种体裁（详见第二部分"文学之维"），《鹦

---

[1] 竺法护译：《佛说观弥勒下生经》，《大正藏》第14册，台湾新文丰出版有限公司1996年版，第422页。
[2] 李世瑜：《现在华北秘密宗教》，古亭书屋1975年版，第23—31页。
[3] 郑振铎先生在1927年所发表《佛曲叙录》一文，叙录《鹦儿宝卷》时，误将圆通教主与菩萨视为两尊神。
[4] 郑振铎：《中国文学研究》，人民文学出版社2000年版，第221页。

儿宝卷》带有一种明显的过渡化特征，体现出了宗教经卷向通俗文艺的迁移转变，可谓这一特殊阶段的典型代表，即与宗教经卷相比，它情节曲折生动，言辞真挚感人，文学色彩很浓。而与其他相关体裁比，它则劝化意图明显，有着强烈的宗教意味。这种转变，其实是宝卷自身演变的必然结果。宝卷的产生发展，经历了佛教宝卷——民间宗教宝卷——世俗宝卷的阶段性变迁。《鹦儿宝卷》正处于后两个阶段之间。而宝卷自身的这种趋势走向，又离不开佛教中国化或本土化的大背景。

佛教传入中国之初曾遭到强烈反对，自范缜、韩愈至朱熹等人，历代"排佛"运动始终不绝。极端崇尚"孝"道的儒家攻击佛教的一个重要方面就是佛教"大不孝"，佛教甚至被视为"三破"的邪教，即"入国破国"、"入家破家"、"入身破身"。[①] 为了减少与中国本土文化在这方面的冲突和摩擦，佛教开始调整自身，逐渐形成了自己的孝道观。在世俗层面，儒佛之孝趋向融合。受此大背景影响，明清民间秘密宗教更是混同三教，杂糅佛禅、老庄与宋明理学于一起，对于孝道形成一种新的认识，即《鹦儿宝卷》所宣称的"返本还原之理只在孝顺父母"，"敬奉天地神明这是修道头一件事"，"所谓百行孝为先"。

二、文学之维

在《鹦儿宝卷》之前，有明成化刊本说唱词话《全相莺哥行孝义传》[②]，基本上是一个劝人行善的故事。大意为：小莺儿的母亲想吃荔枝，为了孝顺母亲，他便到远方去寻找荔枝，不料却被猎人捉了关在笼子里。小莺儿想念母亲，终于想办法逃回，可是母亲已死。小莺儿

---

① 释僧佑：《弘明集》卷八，《四部丛刊》影明本。
② 朱一玄：《明成化说唱词话丛刊》，中州古籍出版社1997年版，第1页。

极度悲伤,衔母遗骨欲撞死山林。玉帝得知,感于小莺哥孝心,差百禽至凡界扶助莺儿葬母。尽管词话中,主人公由"白鹦儿"变为"小莺儿","樱桃"换作"荔枝",情节也稍有些不同,但是其故事模式与《鹦儿宝卷》大体相似。也正是因为这个原因,有学者曾指出后者乃是"用秘密宗教的教义对一个民间传说的一次改头换面的重写"[①]。其实并不然,《鹦儿宝卷》的题材渊源实际上更早。

《鹦儿宝卷》叙事模式方面有两大特点。一是侧重叙述小鹦儿行孝东土所遭遇的诸多磨难,二是强调了他在采摘樱桃过程中不断劝化世人的言语、行为。从全篇来看,真诚劝化世人与不畏磨难孝敬母亲,是小鹦儿最终脱出轮回之苦的根由。我们即从这两个方面追溯其渊源。

鹦鹉在佛经中身份特殊,它是佛祖释迦牟尼的过去身,佛祖曾化作鹦鹉去劝化众生。吴康僧会译《六度集经》卷四:"昔者菩萨为鹦鹉王,常奉佛教,归命三尊。时当死,死不犯十恶。慈心教化,六度为首。……佛告诸比丘,时鹦鹉王者,吾身是也;人王者,调达是也。"[②]又《正法念经》也记载叶摩天中有鹦鹉说法化导诸天的故事。宋代释非浊集《三宝感应要略录》卷一则引《外国记》称,有阿弥陀佛化作鹦鹉劝化安息国人念佛修道因缘。《鹦儿宝卷》记载小鹦儿一路劝化世人,其实就是源自佛祖化作鹦鹉劝化众生的故事。可以说,《鹦儿宝卷》中的劝化情节更多的是受佛祖劝化故事的影响。

元魏吉迦夜与昙曜共译《杂宝藏经》卷第一《鹦鹉子供养盲父母缘》称:

佛在王舍城时,告诸比丘言说,有两种邪行,使人如拍球

[①] 〔美〕伊维德:《改头换面的孝鹦哥——〈鹦哥宝卷〉短论》,《第三届国际汉学会议论文集文学组——文学、文化与世变》,台湾"中央研究院"中国文哲研究所,2002年,第469—489页。
[②] 康僧会:《六度集经》,《乾隆大藏经》第33册,台湾传正有限公司乾隆版大藏经刊印,1997年,第530页。

般,迅速堕入地狱:一为不供养父母,二为对父母作诸不善。与之相反,有二正行,也如拍球般,使人迅速往生天上:一为供养父母,二为对父母作众善行。之后,佛便言其本生。云:于过去世雪山之中,有一鹦鹉父母都盲,常取好华果先奉父母。尔时有一田主,初种谷时,而作愿言:所种之谷,要与众生而共噉食。时鹦鹉子,以彼田主先有施心,即常于田采取稻谷,以供父母。是时,田主案行苗行,见诸虫鸟揃谷穗处,瞋恚懊恼,便设罗网,捕得鹦鹉。鹦鹉子言:田主先有好心,施物无吝,由是之故,故我敢来采取稻谷。如何今者而见网捕,且田者如母,种子如父,实语如子。田主如王,拥护由已,作是语已,田主欢喜。问鹦鹉言:汝取此谷,竟复为谁?鹦鹉答言:有盲父母愿以奉之。田主答言:自今已后,常于此取,勿复疑难。①

详审内容,经过对比,不难看出,《杂宝藏经·鹦鹉子供养盲父母缘》的孝养思想,以及鹦鹉为父母采食被捕、最后脱逃的情节,都为《鹦儿宝卷》提供了演绎的基础,可以说是《鹦儿宝卷》题材之所本。

《鹦儿宝卷》为宣扬宗教教义,在佛典鹦鹉故事的基础上,确立了"鹦哥孝母"的典型,扩大了这一题材的影响。除了宝卷外,"鹦哥孝母"的题材同时频繁出现于其他文学体裁中。据笔者粗略统计,有以下数种:明成化刊本词话《新刊全相莺哥孝义传》;西宁"贤孝"曲《白鹦哥吊孝》②;三弦书《鹦哥殡母》③;民间故事包括汉族民间童话

---

① 大正一切经刊行会:《大正新修大藏经》,台湾新文丰出版有限公司1996年版,第449页。
② "贤孝"为民间说唱曲种,"西宁贤孝"主要流行于青海东部湟水流域各地,《白鹦哥吊孝》是西宁贤孝的主要曲目之一。雷逢春、孔占芳:《〈白鹦哥吊孝〉创作管窥》,《青海师范大学民族师范学院学报》2009年第1期。
③ 中国曲艺志全国编辑委员会:《中国曲艺志·河南卷》,中国ISBN中心1995年版,第198—199页。

故事《鹦哥和县官》①与流传于新疆锡伯族的《鹦哥的故事》②；童话诗包括汉族七言叙事童话诗《白鹦哥》③与流传于麻栗坡、西畴等县的瑶族童话诗《孝心的鹦哥》。④

以上以"鹦鹉行孝"为基本题材的各种文学样式，流传于不同民族或地区，影响深远。

由于作者主观意图的不同，以及各种文学样式自身的限制，其表现状况不尽相同。就主旨而言，《鹦儿宝卷》及明成化刊本《新刊全相莺哥孝义传》文学色彩增强，但其主要仍是传达某种民间宗教教义或民间信仰。作为"孝贤"曲目的《白鹦哥吊孝》意在揭露丑恶，批判社会，其余则全部属于带有教化目的的文学作品。它们或是散说，或是齐言，或是采用韵散结合的形式，但这只不过是一种外在的不同。从根本上来说，它们从属于同一个鹦鹉行孝叙事话语体系。

与中国传统抒情文学所形成的鹦鹉意象内涵绝不相同，以《鹦儿宝卷》为代表的鹦鹉行孝叙事形成的是一个独特的话语体系。这种独特性体现在两个方面：

其一，鹦鹉行孝话语源自佛典，由外来文化与本土文化相结合而形成。而鹦鹉意象则源自中国固有文化，且来源颇早。河南安阳殷墟妇好墓曾出土过一个商代的玉鹦鹉。莫高窟第217窟北壁的经变图也绘有鹦鹉等禽鸟的形象。历代典籍中，最早如《山海经·西山经》就曾记载："（黄山）有鸟焉，其状如鸮，青羽赤喙，人舌能言，名曰鹦䳇。"⑤鹦鹉本身具有多种独特品质，这是引起人们关注的客观原因。

---

① 王秋桂、陈庆浩：《童话故事类·汉族民间故事》，《中国民间故事全集·吉林民间故事集》第33册，台湾远流出版公司1989年版，第301—307页。
② 佚名：《鹦哥的故事》，《新疆民族文学·民间故事选》第3辑，人民文学出版社1988年版，第361—367页。
③ 皋体功、董加、彭正发：《白鹦哥》，《华夏地理》1982年第3期。
④ 蒋云珠：《孝心的鹦哥》，《华夏地理》1990年第3期。
⑤ 《山海经》，邵士梅注释，三秦出版社2008年版，第14页。

如旧传陇山以西为鹦鹉产地，故鹦鹉别称"陇客"，其毛羽之华美、趾咏之鲜丽，却常被置金笼，远离丛林。又鹦鹉能"发言辄应，若响追声"，非他鸟能及，可谓"辩慧而能言"，这种特征很容易引起敏感的文人们注意，并结合自身遭遇来加以书写。

其二，中国诗词曲赋吟咏鹦鹉者颇多。东汉末年名士祢衡曾作《鹦鹉赋》，之后仿效者济济。据严可均所辑《全上古三代秦汉三国六朝文》统计，仅魏晋时作《鹦鹉赋》者有王粲、陈琳、阮瑀、应玚、曹植、左芬、卢谌、傅玄、傅咸、成公绥、曹毗、桓玄等十二人。再如《全唐诗》中，咏鹦鹉的诗作竟达一百多首。鹦鹉在中国文人骚客心中占有特殊的地位，有着深厚的文化底蕴。他们或者凭借鹦鹉来倾诉闺愁宫怨，如韩偓"闲阶上斜日，鹦鹉伴人愁"[①]，借助"笼中鹦鹉"的意象反衬烘托深闺寂寞。罗邺"芳草长含玉辇尘，君王游幸此中频。今朝别有承恩处，鹦鹉飞来说似人"[②]，则是以鹦鹉来见证妃嫔宫女的幽怨。或者通过鹦鹉来抒发怀才不遇之情，如徐夤"古往今来恨莫穷，不如沈醉卧春风。雀儿无角长穿屋，鹦鹉能言却入笼"[③]，以鹦鹉能言被困，反不及雀儿能自由来往，表达自己对有才难用的愤懑。或者依靠鹦鹉来排遣乡思客愁，如白居易"暮起归巢思，春多忆侣声。谁能拆笼破，从放快飞鸣"[④]，借鹦鹉对故乡陇西的眷恋之情表达诗人自己的乡思情结和作客怅惘。诗词中的鹦鹉意象，既无劝化旨意，亦无行孝教义。从这个角度来说，《鹦儿宝卷》等中的鹦鹉行孝话语自成一系，丰富了中国文学的意蕴。

---

① 韩偓：《效崔国辅体》，《全唐诗》（增订本），中华书局1999年版，第7906页。
② 罗邺：《宫中》，《全唐诗》（增订本），第7577页。
③ 徐夤：《古往今来》，《全唐诗》（增订本），第8222页。
④ 白居易：《鹦鹉》，《全唐诗》（增订本），第4934页。

三、音乐之维

受佛教忏法的影响，宝卷的演唱过程需按一定的仪轨进行，并有着自己的音乐形态。《鹦儿宝卷》的演唱情形，今日已不可知晓。但是据留存文本来看，它遵循一般宝卷宣唱的形式，基本由白文或散说、五七言歌赞、民间曲调、十言等组成。其中最值得注意的是民间曲调的使用。文中一共出现唱曲一首、道情三首（分别为《五更叹》《西来意儿世间希》与《十无常》）。它们在文中的作用主要有三：

一是推动情节发展。小鹦儿要到东土采摘樱桃，拜别母亲。作者此时并未以散说叙述小鹦鹉飞往东土的过程，而是代之以一首唱曲。唱词表达了小鹦鹉的离别思母之情，并以第一人称视角展现东土景色，其中贯穿着他忽悲忽喜、时惊奇时恐惧的心情变化，唱到他落入六家猎户四家毒手的网中而止。之后，故事就直接进入猎户与毒手的叙述中，实现了情节大跨度转折。以简短却极富张力的唱曲代冗长叙述，这也是作者匠心的一种体现。

二是渲染情感，增强感化力。小鹦儿被任员外抢去后锁在笼中，半夜里思念母亲悲哭而唱道情《叹五更》："一更里，好心焦，珠泪儿湿羽毛。谁思牢笼将身套，六门都上无缝锁，没有钥匙怎脱逃。十二重楼无通窍，主人公不肯慈悲放小鹦儿，怎得归巢？……三更里，睡朦胧，忽然间见母容。啼啼哭哭声想诉，便叫孩儿睡，为母残生命已终。母子于今朝团圆梦里。你休愁难归故里，遇着了达摩祖，自然也归宗。"深夜悲吟，或哀叹遭遇，或感念老母，情真意切，反复渲染，十分感人。

三是发人警醒，点明教旨。文末《十无常》叹人生多苦难，无常到来，任你荣华富贵、皇亲国戚，都会一切成空。言语反复，令听者警省,其目的则在于:"劝君早找出头路,念佛吃斋躲四生。躲过十殿阎君手,轮回离却出红尘。"

道情原是道士布道、化缘时唱的道歌。大致在宋代以后,儒释道三教都注重采用道情这种更为通俗化的宣传教化方式。元明两代杂剧中有道情说唱的曲目,小说中也出现道情说唱的描写,道情在当时广为流行,并且出现新的趋势:一是到明清两代,道情逐渐分化成两大不同的音乐体系——南方的诗赞体和北方的曲牌体;二是道情渐脱之前的宗教气息而走向世俗情态;三是文人的"道情"拟作明显增加,数量和质量均有所提高。[1] 例如明代道士张三丰撰写道情共计一百八首。[2] 明清之际的王夫之,晚年作《愚鼓词》十九首。[3] 受这种新创作思潮的影响,《鹦儿宝卷》中三首道情,没有曲牌,均为诗赞体,可谓典型的南方道情。同时,无论是言辞修饰还是格式句法,均没有粗鄙之态,而是在一种较为文雅的演唱中,讲述故事,抒发情感,并宣扬无为教的教义。

四、结语

综上所述,通过宗教、文学与音乐三个维度的粗略考察可知,古月斋藏《鹦儿宝卷》首先扩大了鹦鹉行孝题材的影响,与其他同题材文体一起形成了一个独特的鹦鹉行孝话语体系,丰富了中国文学。同时,它所兼具的民间宗教经卷与通俗文学的特征,反映了宝卷由民间宗教经卷向世俗文学作品过渡的发展态势。此外,《鹦儿宝卷》对道情等民间曲调的独特运用,也明证了当时民间宗教经卷与宗教音乐在世俗化层面实现融合的新趋势。可见,立足于宝卷文本,对照其他学科,

---

[1] 张泽洪:《论道教的唱道情》,《世界宗教研究》2006年第3期。
[2] 张三丰:《张三丰先生全集》,《藏外道书》第5册,巴蜀书社1992年版,第433页。
[3] 王夫之:《王船山诗文集》,中华书局2006年版,第631—641页。

从以上三个维度出发，对宝卷进行研究，从而归纳出宝卷的特征与发展趋势，这种方式虽然还很粗糙，但是它毕竟提供了一种较为整体的思路。因此，希望能有更多的学人对此进行补充和完善。

原载《北京化工大学学报（社会科学版）》2011年第4期

《二郎宝卷》与小说《西游记》关系考

陈 宏

百回本《西游记》产生之前，西游记故事的基本素材大致在民间流传了八九百年时间，在故事流传的过程中，不断被各个阶层的接受者接受、阐释，并在一定程度上改写，这种传播接受的过程对小说《西游记》的最终成书起了巨大的推动作用。依据当代学术界普遍接受的说法，离吴承恩百回本《西游记》时间最近的西游记故事，当是元末明初的《西游记平话》（或称古本《西游记》）。而《西游记平话》出现至百回本《西游记》刊行，这二百年左右的时间，在《西游记》接受史上并不是白纸一张，西游记故事以多种多样之形态在社会中流传，其中明清民间宗教之宝卷中就保留了大量的"西游记"故事的片段。整理并分析这些宝卷中记载的"西游"故事，对于我们了解百回本《西游记》刊行之前，西游故事在民间流传的状况，以及对百回本《西游记》成书的影响都有着重要的意义。

关于民间宝卷中流传的西游故事，前辈学者如胡适、郑振铎、赵景深、刘荫柏等人进行了初步的整理，提出了许多有价值的观点。但由于时代、资料的限制，有的结论并不十分准确，影响到了我们对百回本《西游记》刊行之前西游故事演变之形态的一些看法。对明宝卷《清源妙道显化真君二郎宝卷》的研究就是其中的一个例子。本文不吝谫陋，拟对《清源妙道显化真君二郎宝卷》产生之年代进行一番重新考察，以求教于方家。

一

现存之《二郎宝卷》为明刊折本，最早由胡适先生发现并收藏，因其中间载有部分西游记故事[①]，而为研究者注意。《二郎宝卷》卷末有"大明嘉靖三十四年壬戌刊"的字眼，一般都认为此宝卷刊行于嘉靖年间[②]，即使编年有误，也只是嘉靖三十四年（1555）和壬戌年即嘉靖四十一年（1562）的差别。依以往之考订，则即便是嘉靖四十一年，其中所载之西游故事也比世德堂本《西游》早三十年，一些学者如胡适、刘荫柏等人据此认为这个宝卷对研究《西游记》小说之形成非常重要。笔者认为单凭宝卷卷末所标之刊刻年代而断定宝卷实际刊刻之年代在明中后期这一段时期内，是很不可靠的。

明代出版行业较之前代空前繁荣，形成了像福建的建阳、南直隶的金陵这样的出版中心。读者对出版物需求的增长以及各处书坊牟利的经营，造成当时坊刻本的质量不高。或未经校雠，而舛误颇多；或擅改原书，不循旧辙。甚乃至作伪成风，《四库全书总目提要》述托名明冯可宾撰《广百川学海》，云此书之所载："皆正续《说郛》所有，版本亦同。盖奸巧书贾于《说郛》印版中抽取此一百三十种，别刊序文目录，改题此名，托言出于可宾也。"[③] 又述题宋永亨撰《搜采异闻集》，云："盖明士风浮伪，喜以藏蓄异本为名高，其不能真得古书者，往往赝作以炫俗……此特其一也。"[④] 故判断一部明中叶之后刊刻之书，其版刻写

[①] 主要是二郎收伏悟空，压悟空于泰山，后唐僧西游救悟空出山，以及西行路收八戒、白龙马、沙僧等故事。
[②] 车锡伦之《中国宝卷总目》认为《二郎宝卷》产生于嘉靖三十五年。
[③] （清）纪昀：《四库全书总目提要》卷一三二 "子部杂家类存目九"，中华书局1995年版。
[④] （清）纪昀：《四库全书总目提要》卷一二六 "子部杂家类存目三"，中华书局1995年版。

之年代，虽是一条十分重要的根据，但绝不是不容置疑的铁证，还需要有旁证以支撑。而从《二郎宝卷》文本所呈现的一些信息看，《二郎宝卷》所产生的年代，要远晚于题刻所说之嘉靖三十五年（1556）。

（一）《二郎宝卷》为西大乘教之宝卷。在《二郎宝卷》中，有一段记载其宗教思想之渊源的文字颇值得注意：

> 观音母，来落凡，脱化吕祖。在口北，送圣饭，救主回京。景太崩，天顺爷，又登宝位。封祖师，御皇姑，送上黄村。与老祖，盖寺院，安身养老。普天下，男共女，来见无生。祖还源，回南海，归了本位。二辈爷，杨祖师，执掌法门。头一回，度男女，未得完毕。二转来，又化现，直隶开平。悟心空，留宝卷，合同六部。后来的，悟性客，接续传灯。①

从引文中可知，《二郎宝卷》之思想上承"吕祖""杨祖"以及所谓杨祖再次轮回投胎，生于直隶开平，写下六部经文的那一位祖师。杨祖何许人也，依据笔者现有之资料无法确定。但"吕祖"以及生于直隶开平的那位祖师都可以在民间宗教史上找到其位置。

关于吕祖，上引一段文字介绍得很清楚：说他曾经在口北，给皇帝送过饭，这位皇帝也就是明英宗"天顺爷"，英宗复辟之后，为感谢吕祖，封他为皇姑，并在黄村为他修建了一座寺院。《二郎宝卷》对其祖师的这一段描写并非是为了自神其说而臆造出来的，吕祖以及皇姑寺之传说在明中叶之后颇为流行，甚至进入了文人之笔记，蒋一葵《长安客话》中"皇姑寺"条写道："吕，陕人，云游于此。正统间，驾出御房，姑逆驾谏诅不听。及蒙尘虏营，上恍惚见姑阴相呵护，皆

---

① 《清源妙道显圣真君护国佑民忠孝二郎宝卷》"老祖显化品第十八"，见张希舜、濮文起、高可等主编：《宝卷初集》第13、14册，山西人民出版社1994年版。

有词说。后复辟念之，封为御妹，建寺赐额，故又称皇姑寺。"① 此条记载与《二郎宝卷》所记基本相同。

生于直隶开平的那位祖师，马西沙在《中国民间宗教史》中认为是西大乘教五祖归圆，也就是明西大乘教的实际创立者。《二郎宝卷》虽未点出其名，但至少有两点可以证明两者是吻合的，一是归圆生于"开平中屯卫"，宝卷中记述那位祖师也说"二转来，又化现，直隶开平"；二是归圆写作了六部宝卷，成为西大乘教教义的根基，宝卷说"悟心空，留宝卷，合同六部"，在吐经造卷之事迹上也一致。可以说，《二郎宝卷》所云的那位祖师为归圆之判断，应该没有问题。归圆祖师生于嘉靖四十一年，"隆庆五年印宝卷"，"万历元年三月内，五部六册尽完成"，生活传教之主要年代为万历年间。② 需要补充一点的是，《二郎宝卷》是"甫环举笔才写，想起我在京南，甫广传留宝卷篇"③，也就是甫广、甫环二人所造。甫广其姓不可知，甫环为金姓，其全名应为金甫环。西大乘教徒多在名字中加一"甫"或"妙"，刻于康熙九年的"皇姑寺题名碑"，所列京都以及辽阳、滦州等处千余名信徒，其姓名中几乎都有"甫"或"妙"，像陆甫德、张甫才、孙甫海、刘甫有、孙甫广，等等④。故也可推知创写《二郎宝卷》的这两人应为西大乘教信徒。

以上三点证明此一部宝卷乃是明末流行的民间宗教西大乘教之宝卷。从其记载的归圆的事迹看，这部宝卷不可能出现在嘉靖三十四年（1555），其时宝卷所记之归圆尚未出生，更遑论归圆创写六部经卷之

---

① 蒋一葵：《长安客话》，北京古籍出版社1980年版。
② 关于此点，马西沙在其专著《中国民间教史》（上海人民出版社1992年版），第十一章"西大乘教"有详细的叙述。
③ 《清源妙道显圣真君护国佑民忠孝二郎宝卷》"三身圆显品第十九"，见张希舜、濮文起、高可等主编：《宝卷初集》第13、14册，山西人民出版社1994年版。
④ 参见北京图书馆金石组编：《北京图书馆藏中国历代石刻拓本汇编》，中州古籍出版社1990年版，第155—156页。马西沙先生认为碑刻上男信徒姓中几乎皆有"福"字，此说有误，应为"甫"，两字音同。

事。而且从文意上看，宝卷云："后来的，悟性客，接续传灯"，则《二郎宝卷》出现距离万历初归圆传教也有一段时间。

（二）《二郎宝卷》与《伏魔宝卷》的关系。《二郎宝卷》在叙述创写经卷的经过时，曾提到了其他的宝卷，"二郎伏魔两部经，宾主相随阳返阴。药王十王为体用，春夏秋冬四部经"，"二郎卷，按东方，春生万物……伏魔卷，按南方，丙丁圣火……药王卷，按西方，庚辛金兑……十王卷，按北方，壬癸圣水……泰山卷，有灵应，神通奥妙……五部卷，按五方，水火既济。三花聚，五气朝，五部神经"。①《二郎宝卷》的创作者认为这五部经书关系密切，修道人只有依托这五部神经，方能悟道成真。这五部经卷，除《二郎宝卷》，现留存下来的有三部，分别是《护国佑民伏魔宝卷》，简称《伏魔宝卷》；《东岳泰山十王宝卷》，简称《十王宝卷》；《灵应泰山娘娘宝卷》，简称《泰山宝卷》。车锡伦先生认为这三部宝卷都是一位法号悟空的民间宗教家编成，都是西大乘教经典。②

明刊《灵应泰山娘娘宝卷》载："北京缺少宝卷，老母警觉数遍，不敢不从。先造《十王宝卷》，众人钱粮所求如意，《伏魔宝卷》，老长者独自发心。及感合会善人共舍资财，结果完成。《泰山老母灵应宝卷》，原是妻董氏自施资财刊版。"③由此文可推断，《二郎宝卷》所载五部经，最早出现的是《十王宝卷》，次为《伏魔宝卷》，再次为《泰山宝卷》，但相距时间不远。《十王宝卷》《伏魔宝卷》《泰山宝卷》均

---

① 《清源妙道显圣真君护国佑民忠孝二郎宝卷》"三身圆显品第十九"，见张希舜、濮文起、高可等主编：《宝卷初集》，第13、14册，山西人民出版社1994年版。
② 参见车锡伦编著：《中国宝卷总目》，台湾"中央研究院"中国文哲研究所，1999年。考《十王宝卷》乃以悟空之口吻写就，《泰山宝卷》中也有"警动圣母娘娘，听说自我在泰山神通广大，感动天下男女进香，缺少行觉宝卷，径送悟空，入宅施法留经。着长老董氏夫人，施财刊版，留于北京"。则这两部宝卷与悟空有关。而《伏魔宝卷》虽也是董氏夫妻所刊，但其创经者为张姓、王姓，不是悟空，且中间屡次提到"黄天圣教"，也提到传法者"木子"，即李姓，则此宝卷更有可能为以李氏家族为教首的黄天教。
③ 《灵应泰山娘娘宝卷》"收圆结果完成品"，见张希舜、濮文起、高可等主编：《宝卷初集》，第13册，山西人民出版社1994年版。

未提及《二郎宝卷》，则此时《二郎宝卷》尚未刊行。在这三部宝卷中，《伏魔宝卷》与《二郎宝卷》关系最密切，《二郎宝卷》往往将两经并举，"伏魔大帝远镇天尊伏魔宝卷，二郎真经护国佑民，两部宝卷，宾主相随，体用双行。宅内供养，邪魔不侵"①，两者相辅相成。

这个与《二郎宝卷》缘分不浅的《伏魔宝卷》，其刊行的时间可以大致推定，当是于万历四十五年（1617）。

《伏魔宝卷》称关公为"伏魔大帝""远镇天尊"。《二郎宝卷》提到关帝时，也云："伏魔大帝，远镇天尊。"说明《伏魔宝卷》产生年代，至少是在关羽被敕封为"伏魔大帝，远镇天尊"之后。现在一般认为关羽被敕封为"伏魔大帝，远镇天尊"的年代是万历年间。正史虽未见记载，但文人笔记中多有记述，沈德符《万历野获篇》中有"蜀汉关壮缪，本朝所最崇奉，至今上，累加至大帝天尊之号而极矣。或云上梦有异感，遂进此衔名。未知果否"②。张岱《西湖梦寻》载："北山两关王庙：……万历四十二年金中丞为导首鼎新之，太史董其昌手书碑石记之，其词曰：西湖列刹相望……其合于祭法者岳鄂王、于少保与关神而三尔。甲寅秋，神宗皇帝梦感圣母中夜传诏，封神为'佛魔帝君'"，③甲寅年为万历四十二年（1614）。明刘侗《帝京景物略》也云敕封的时间为万历四十二年，"万历四十二年十月十一日，司礼太监李恩赍捧九旒冠、玉带、龙袍、金牌，牌书敕封三界伏魔大帝神威远镇天尊关圣帝君，于正阳门祠，建醮三日，颁知天下"④。关于

---

① 《清源妙道显圣真君护国佑民忠孝二郎宝卷》"三身圆显品第十九"，见张希舜、濮文起、高可等主编：《宝卷初集》第13、14册，山西人民出版社1994年版。
② （明）沈德符：《万历野获篇》卷一四"加前代忠臣谥号"，中华书局1959年版。
③ （明）张岱：《西湖梦寻》卷三"西湖中路，关王庙"，浙江人民出版社1984年版。
④ （明）刘侗：《帝京景物略》卷三"关帝庙"，上海远东出版社1996年版。后人多从此说，如清赵翼《陔余丛考》卷三五云："四十二年，又敕封三界伏魔大帝神威远镇天尊关圣帝君，又封夫人为灵懿德武肃英皇后，子平为竭忠王，兴为显忠王，周仓为威灵惠勇公。"清俞樾《茶香室三钞》云："关公灵迹，自隋始显，历宋、元加封为王，至明万历十八年，封协天护国忠义帝，四十二年，封三界伏魔大帝神威远镇天尊关圣帝君。自是始相沿有关帝之称。"

万历皇帝梦感而敕封关羽之事,《伏魔宝卷》有详细记载。

万历梦感的内容与张岱所记有差异,当是民间宗教自神其说的缘故。不过从宝卷所记赐关羽之诸宝以及封号来看,与刘侗《帝京景物略》基本相同,则宝卷与明末文人笔记所记当为同一事。

《伏魔宝卷》中提到其出现的时间为"丁巳年留伏魔经",神宗登基以后之丁巳年,有万历四十五年(1617)和康熙十六年(1677)。若前述笔记之万历四十二年(1614)准确的话,万历四十五年距神宗敕封关羽伏魔大帝仅三年;而康熙十六年,一是相距万历敕封较远,二是清顺治九年(1652),在北京敕封关羽为忠义神武关圣大帝[①],关羽又有了一个新的封号。考虑到《伏魔宝卷》产生于北京,其写作者了解敕封的信息应当很快;而且由宝卷可知,宝卷创作时间应离万历敕封关羽"伏魔大帝"不久,是关帝在民众心目中地位上升之后的产物。宝卷中也没有提到清初的封号。两相比较,万历四十五年更有说服力。

前文已论,在《二郎宝卷》提及的宝卷中,《十王宝卷》最早刊行,《伏魔宝卷》《泰山宝卷》刊行之年代接近。所以《二郎宝卷》出现的时期最早也应当是万历四十五年之后的一段时间。那么《二郎宝卷》究竟产生于何年呢?宝卷中一段话可以提供我们判断该宝卷产生时期的依据:"言言尽是西来意,句句都是未来经;戊辰年间法重开,尊长留经泪满腮。"万历四十五年之后的戊辰,是明崇祯元年(1628),距《伏魔宝卷》等宝卷刊行已经十年。可以想见,这十年《伏魔》等宝卷已经在信仰西大乘教的民间信众里流行开来,有了一定的社会影响力,《二郎宝卷》的创作者为了扩大自己编创的宝卷的影响,将《十王》《伏魔》等宝卷和自己的《二郎宝卷》联系起来,也是自然不过的事情。

---

① 《清史稿》志五十九中记载:"关圣帝君清初都盛京,建庙地载门外,赐额'义高千古'。世祖入关,复建庙地安门外,岁以五月十三日致祭。顺治九年,敕封忠义神武关圣大帝。"

综上所述，《二郎宝卷》是一部西大乘教的民间宝卷，它产生的时间绝不是其版刻所标明的嘉靖三十四年（1555），而应当是万历四十五年之后，很有可能是崇祯元年，要晚于百回本《西游记》刊行三十余年。至于为什么宝卷刊行者将万历四十五年之后刊行的《二郎宝卷》署上嘉靖三十五年（1556），大概与迷信宗教的嘉靖皇帝在民众中的影响有关。明末圆顿教宝卷《木人开山日宝卷》载：

> 有人明国嘉靖圣主，有道明君。心发善念，将三教经书，儒释道教，经咒忏文，丹书册论，从头阅过。又将诸家宗门，在俗家祖师贤圣，悟性知识，留的经卷，从头看过。安上起首，赞祝龙文，从新刊版，添上年号，收在宝藏库。乃为降邦振国、安民之法宝。又蒙圣恩，钦赐御制龙牌。许天下庶民人家，万国九洲大地善人，刻板刊造，通行天下，万民念佛。保佑国泰民安，风调雨顺，五谷丰登，天下太平，道教兴隆。士农工商，同享富贵……当今圣主，不违善愿也。①

明末宝卷卷首多刻有三面龙牌，这只是刊刻者为了宝卷顺利流通而做的一种伪装。《木人开山日宝卷》将整理宝卷，"安上起首，赞祝龙文，从新刊版，添上年号，收在宝藏库"，鼓励天下庶民自由刊行宝卷，并御制龙牌，为民间宝卷保驾护航的"义举"归于嘉靖皇帝，当然不可信。不过，从中也可以看到迷信道教，收集各种秘药、丹方以及各类杂书的嘉靖皇帝在信仰民间宗教的百姓心目中的地位，他在某种程度上成为民间信仰的守护神。也许正是基于这种影响，《二郎宝卷》的刊行者才伪称为嘉靖三十四年。

---

① 《木人开山日宝卷》"开经偈"，见王见川、林万传主编：《明清民间宗教经卷文献》第五册，台湾新文丰出版公司1999年版。

需要指出的是，明清民间宗教宝卷在年代上作伪的并不少，车锡伦先生在《中国宝卷文献的几个问题》一文中，列举了明刊本《佛说杨氏鬼绣红罗化仙哥宝卷》以及《观音济度本愿真经》在年代作伪的例子。此外一些清初刊行的宝卷，为了自神己说，往往将自己刊行年代提前至明代，如清代刊行之《弥勒出西宝卷》，自云："出在大明万历丙辰年御制觉小庵刊版流行。"丙辰年为万历四十四年（1616），而宝卷中却有一些记叙明末农民大起义的文字，这显然是为了显示宝卷预知未来的神奇能力特意编造的。

二

既然我们知道《二郎宝卷》晚出于百回本《西游记》，那就可以肯定《二郎宝卷》中的西游故事，特别是将师徒五人宗教譬喻化的手法，不可能影响到百回本《西游记》的成书。那么，会不会是《二郎宝卷》的西游故事，乃至譬喻手法受到了百回本《西游记》的影响呢？笔者认为也不能确定。

从故事形态上看，虽然在劈山救母一节有相似之处，《二郎宝卷》中西游故事与百回本《西游记》确有很大的不同：一是百回本《西游记》，二郎收伏悟空，是由于悟空大闹天宫，天兵天将不能战胜，无奈之下，玉皇大帝才在观音的推荐下，起召二郎；《二郎宝卷》所记不同，宝卷虽有"走了心猿闹天宫"的字样，但二郎收伏悟空，主要是因为悟空到硇州城，将二郎之母云花娘娘压在了昆山，单从故事上看，二郎战悟空，有为母报仇之嫌。二是百回本《西游记》中二郎之母为玉帝妹子；《二郎宝卷》却为二郎之母编造了一个莫名其妙的家庭[①]，与小说《西游记》提到的二郎传说截然不同。三是百回本《西游

[①] 《清源妙道显圣真君护国佑民忠孝二郎宝卷》"铅汞交参品第二"，见张希舜、濮文起、高可等主编：《宝卷初集》第13、14册，山西人民出版社1994年版。

记》中，二郎所带梅山六兄弟，为康、张、姚、李四太尉，郭申、直健二将军。而宝卷中二郎身边的是梅山七兄弟，以及各牙治、黄毛童子二位护驾。四是宝卷中叙述唐僧取经所收徒弟之次序和地点也不同于小说《西游记》，宝卷中写到唐僧在泰山，而不是五行山收的孙悟空；宝卷中唐僧收弟子之顺序是收八戒在收白马之前，唐僧收白马在两家山，系小说《西游记》唐僧遇见悟空之所。宝卷作者在提到唐僧一行，其弟子之序列，基本上是悟空八戒白马沙僧，与唐僧收徒之顺序对应，这说明宝卷将八戒置于白马之前的处理并不是一个偶然的失误，而是有意为之的。

　　《二郎宝卷》中与西游故事有关之情节与百回本《西游记》的差异，不排除一定程度的民间再创造以及传播过程中的一些误记的因素。但故事形态的差异性，却证明《二郎宝卷》中西游故事的原型很有可能是在百回本《西游记》之前民间流传的西游故事。正如胡适所说，"取经故事还在自由变化的状态"，"这是嘉靖年间的作品，才有这样自由。到了嘉靖以后，取经故事有了统一的结构，便不容易自由改造了"。特别是我们将《二郎宝卷》与清代宝卷中的西游故事比较之后，更确证了此点。清中叶出现的许多民间宗教宝卷也载有很多西游故事，与《二郎宝卷》不同，清代宝卷基本上遵循了小说《西游记》的情节结构，如《多罗妙法经》《达磨宝传》，其故事形态与百回本《西游记》基本一样，两者之承袭关系一目了然。清代民间宝卷虽也根据自己的需要改动，但基本故事情节与《西游记》一致。

　　那么《二郎宝卷》的西游故事又从何处得来的呢？

　　我们知道自元末明初的《西游记平话》到百回本《西游记》出现这二百余年的时间，西游故事并没有停止在社会上的传播，在现存的材料中，还能依稀看到西游故事的某些只鳞片爪，像明正德十二年（1517）刊印的《盛世新声》中提到《西游记》的一些片段，如卷六"火猢狲生扭断铁锁""半夜斩龙""顺风耳、千里眼骑着这火骡子四圣超凡",卷八"取经回白马驮着",卷九"唐僧三藏取经回"等;以及《警世通言》中《旌阳宫铁树镇妖》和《西洋记》中涉及的西游故事:敖钦龙王三太子受观音指点去鹰愁涧避难,以备变骡子给唐僧取经;观音在晋代就预知三百年后有唐僧取经;唐太宗在阴司答允还阳后出家去西天取经,后经群臣谏阻,召玄奘代行;唐僧的徒弟是齐天大圣、淌来僧和朱八戒;等等。① 另明成化正德间民间宗教——罗教的宝卷中也掺杂有西游片段,如正德六年之《巍巍不动泰山深根结果宝卷》和《苦功悟道宝卷》中都载有简单的西游故事。② 有学者认为在明代刊行之诸多版本《西游记》之前,当有一部以讲唱为主要特点的《西游记词话》③,笔者以为此说是可信的。卒于明万历二十一年(1593)的文人李诩在其《戒庵老人漫笔》"禅玄二门唱"条下,云:"道家所唱有道情,僧家所唱有抛颂,词说如《西游记》《蓝关记》,实匹休耳。"④《蓝关记》讲述的是关于韩湘子的道教故事,应属于道教之道情;《西游记》则应属于佛家抛颂。可见当时确有僧人以讲唱的方式向民众传播《西游记》故事。

民间宗教的创作者大多都是农民,他们不大可能通过阅读了解小说内容,因为"明清通俗小说的直接读者,不管其文本是购买、转借还是租赁获得的,都必须具备一个基本的前提条件,那就是他们要有相当的文化程度,起码识字量达到能粗略读懂通俗小说的水平。事实上,这类人群在古代中国总人口中所占的比例极低"⑤,绝大多数的农民都不是通俗小说的直接读者,而他们所获取的信息基本上是从戏剧、评书以及宗教讲唱文学处得来的。对于《西游记》故事的传播来说,

---

① 上述《盛世新声》以及《警世通言》中《旌阳宫铁树镇妖》和《西游记》的有关《西游记》故事内容,转引自吴圣昔的专著《西游新考》第四章第一节"《西游记》新三家板块合成论"。
② 《苦功悟道宝卷》"赞护法成佛劝今比古品第一",见张希舜、濮文起、高可等主编:《宝卷初集》第1册,山西人民出版社1994年版。
③ 见吴圣昔先生的专著《西游新考》第四章第一节"《西游记》新三家板块合成论"。
④ (明)李诩:《戒庵老人漫笔》卷五,中华书局1982年版。
⑤ 潘建国:《明清时期通俗小说的读者和传播方式》,《复旦大学学报》2002年第1期。

宗教讲唱文学当是最为重要的渠道。

明代民间宗教基本上集中在北方，许多派别的民间宗教都流传着《西游记》故事，这些《西游记》故事片段与南方之南京、建阳等处刊行的小说《西游记》，无论是在故事形态上，还是在唐僧师徒之宗教譬喻上都截然不同，如许多宝卷述唐僧西游经历了九妖十八洞；唐僧西游最终取得的只是一卷无字真经；在雷音寺点燃无油智慧灯；取经回来有女妖精谋夺真经；等等。宗教譬喻也有很大差异，黄天教以悟空为东方甲乙木，八戒为南方丙丁火，沙僧为北方壬癸水，白马为西方庚辛金；唐僧为中央戊己土；百回本《西游记》称悟空为金公或金，称八戒为木母或木，沙僧为黄婆或土，唐僧、白马却没有五行对应。有的宝卷存有明初之《西游记平话》的痕迹，像明嘉靖三十七年（1558）开始以西游故事为譬喻宣讲大道的黄天教李普明[①]，其所吐宝卷《普明如来无为了义宝卷》中的一些西游片段就是如此。一是宝卷称八戒为朱八戒，并依据朱红之义，将八戒譬喻为南方之火，与北方之水的象征沙和尚对应。"真阳火为姹女，妙理玄玄，朱八戒按南方，九转神丹；思婴儿壬癸水，两意欢然，沙和尚是佛子，妙有无边。"[②]《朴通世谚解》记载的《西游记平话》，便是称猪八戒为"黑猪精朱八戒"。二是《朴世谚通解》记载的《西游记平话》，唐僧取经花费六年时间；小说《西游记》改为一十四年；黄天教内留传的唐僧取经时间与平话一致，也是六年。"一卷《心经》自古常明，旃檀古佛化现唐僧，六年苦行，自转真经。"[③]

[①]《佛说利生了义宝卷》之"戊午开道普明如来归宫分第十三"，"普明佛，为众生．投凡住世，化男身，性木子，四十余春；聚王门，为结发，开花二朵；长聘康，次聘高，两氏夫姻；有如来，再不知，已为佛体；边塞上，受尽了，苦楚官刑；戊午年，受尽苦，丹书来召；大开门，传妙法，说破虚空；炼东方，甲乙木，行者引路；炼南方，丙丁火，八戒前行；炼北方，壬癸水，沙僧玄妙；炼西方，庚辛金，白马驼经；炼中方，戊已土，唐僧不动；黄婆院，炼就了，五帝神通"。戊午即嘉靖三十七年（1558）。

[②]《普明如来无为了义宝卷》"现无愚如来分"，见张希舜、濮文起、高可等主编：《宝卷初集》第 4 册，山西人民出版社 1994 年版。

[③]《普明如来无为了义宝卷》"勇施如来分第十三"，见张希舜、濮文起、高可等主编：《宝卷初集》第 4 册，山西人民出版社 1994 年版。

还需要注意的是，明代各家宝卷涉及的民间传说往往不一，一般都是以所涉及之神仙命名宝卷的名称，像《伏魔宝卷》谈的就是关帝；《二郎宝卷》则是二郎神；《东岳天齐宝卷》的主神自然是东岳天齐大帝；《地藏十王宝卷》涉及佛教地狱的传说；等等。但是还没有一个民间传说或故事有像《西游记》这么大的影响力，明中后期的主要民间宗教，如罗教、黄天教、西大乘教、红阳教、圆顿教等的宝卷中都有西游故事的影子。而且除了早期的罗教将《西游记》作为宗教宣传的故事，嘉靖以后，这个西游故事在民间宗教中基本上以宗教譬喻的面貌出现。这说明在北方的广大地区确实流传着一个作为宗教象征的西游故事。某些宗教宣传家借助说唱文学形式的西游故事来传道，从而导致几乎整个北方民间宗教都受到譬喻化的西游故事影响。这个宗教象征故事很有可能与百回本《西游记》一样，是明初《西游记平话》的后代。两者的差异应该是传播过程中，被不同接受群落改写加工的结果。

像《二郎宝卷》之类的民间宝卷存在形态差异的西游故事的事实也说明，《西游记》在明代的传播和加工要远比小说文本之单线传播复杂。同时也从另一个角度说明《西游记》在以百回本形式出现之前，很有可能存在着一个单纯以宗教为目的的流传环节。只是这个故事经过文人的再创造，变成如我们今天所见的饶有趣味的一部佳作。①

原载《甘肃社会科学》2004 年第 2 期

---

① 这个加工可以从百回本《西游记》对无字真经的处理上看出。无字真经是明代民间宗教特有的说法，来自于禅宗之"不立文字""见性成佛"，宝卷中的一些西游故事也提到唐僧所取的就是无字真经。但这一在明代民间宗教中广为流行，且充满了神圣意味的名词，被小说《西游记》的作者创造为对佛教神圣性的讽刺，极大地消解了"无字真经"的神圣意义，这个被民间信仰誉为"教外别传"之正宗经典，在小说中成为毫无用处的无字之"空本"，是佛祖弟子索要钱财不得而欺哄取经人的。百回本《西游记》对"无字真经"的处理方式，是一种对于民间化了的宗教信仰的有意识的改写，由改写所体现出来的心态是一种高高在上、游戏人生的文人心态。

"大闹"与"伏魔":《张四姐大闹东京宝卷》的禳灾结构

李永平

《张四姐大闹东京宝卷》(又名《张四姐宝卷》)《摇钱树宝卷》《仙女宝卷》《月宫宝卷》《天仙宝卷》(又名《天仙四姐宝卷》《斗法宝卷》《天仙女宝卷》《张四姐宝卷》《杨呼捉姐宝卷》)。[①] 宝卷中的"张四姐大闹东京"故事,意蕴深厚,流传久远。在长期的演述中,该故事文本种类繁多,包括多种宝卷文本。《中国宝卷总目》著录该宝卷嘉庆、同治、光绪、民国版本总计35种,编号分别是1083和1566。笔者统计,该卷在《中国宝卷总目》著录的存世宝卷版本数量上,位居前10位。

根据故事情节,我们把《张四姐大闹东京宝卷》分为六大板块:

(1) 仁宗朝,崔家家道中落,崔文瑞与母亲靠乞讨度日。

(2) 玉帝第四女张四姐下凡,与秀才崔文瑞(原是天上金童)结为夫妻,张四姐利用仙术帮崔文瑞母子重归富有。

(3) 员外王半城见崔家财宝和崔妻张四姐的美色后起异心,定计谋,设圈套栽赃陷害崔文瑞,企图霸占张四姐。

(4) 为了解救被拘押的丈夫,张四姐与呼家将、杨家将几番大战,大闹东京,打败包公。

---

① 车锡伦:《中国宝卷总目》,北京燕山出版社2000年版,第262、376页。

（5）包公用照妖镜去擒妖，前往地府阎王殿、西天、玉帝等处查访，最后在斗牛宫中查访得知张四姐是王母的四女儿下凡。

（6）玉帝大怒，派遣天兵天将、哪吒、孙悟空前往擒拿张四姐未果。崔文瑞原是老君殿上仙童，一家三人都被玉帝召回天宫。

六大板块中，第（3）（4）（5）部分才是故事的关键部分。本人收集《河西宝卷真本校注研究》收录的方步和先生整理本《张四姐大闹东京宝卷》（简称《真本校注本》）①，《临泽宝卷》收录的整理本《张四姐大闹东京宝卷》简称曹大经藏本②，《酒泉宝卷》收录的整理本《张四姐大闹东京宝卷》（简称《酒泉本》）③，《中国靖江宝卷》收录的整理本《月宫宝卷》（简称《靖江本》）④，陕西师范大学图书馆藏咸丰元年（1851）曹鹤贤抄本《天仙宝卷》（简称《咸丰本》），陕西师范大学图书馆藏民国二十八年（1939）王沧雄藏本⑤（简称《王沧雄藏本》），哈佛大学燕京图书馆藏《天仙宝卷》（光绪乙巳年许锦斋抄本）⑥，云南腾冲民间唱书《张四姐下凡》⑦等，从"表述的动力"角度，试图探讨故事在表演过程中的"演述动力"，认为口头传统中，故事的演述动力来源于文化文本的禳灾结构。

---

① 方步和：《张四姐大闹东京宝卷》（该卷是冯强搜集的武威张义堡王斌、蔡政学、徐祝德抄本，参见《河西宝卷真本校注研究》，兰州大学出版社1992年版，第125—162页）。该整理本与《金张掖民间宝卷（一）》（2007年）、《山丹宝卷上》（2007年）属于同一抄本的整理本。故本文以1992年方步和整理本为底本比较，简称《真本校注本》。
② 《张四姐大闹东京宝卷》小屯乡曹庄四社曹大经抄藏本。程耀禄、韩起祥主编：《临泽宝卷》，甘出准印059字总1067号，第360页。
③ 西北师范大学古籍整理研究所：《酒泉宝卷》，甘肃人民出版社1991年版，第309—335页。此卷系酒泉市东洞乡农民田上海抄录并收藏，抄于民国三十二年（1943）孟冬。
④ 尤红主编：《中国靖江宝卷》，江苏文艺出版社2007年。
⑤ 李永平：《陕西师范大学图书馆藏未著录中国宝卷——兼〈中国宝卷总目〉补遗》，见李永平：《禳灾与记忆：宝卷的社会功能研究》，中国社会科学出版社2016年版，第273页。
⑥ 《天仙宝卷》，哈佛大学燕京图书馆藏光绪乙巳年许锦斋抄本。
⑦ 《张四姐下凡》，《民间唱书选辑》，民间唱书皮影队艾如明、谢尚金、刘尚科收集，保新出（2017）准印内字第025号。

一、"大闹"与"伏魔"叙述考原

为什么张四姐大闹东京故事，能够在民间以包括宝卷在内的各种文本长期流传，并形成复杂的演述版本？其演述的动力来源是什么？著名学者容世诚分析迎神赛社戏剧《关云长大破蚩尤》等傩戏时认为：《破蚩尤》和安徽贵池《关公斩妖》没有多大区别，该剧的演出实际上是在戏台上重演一次古代傩祭中方相氏驱鬼逐疫的仪式，"围绕着叙事结构和演出象征的吉祥/不幸、平安/险难，以致更根本的生命/死亡等对立观念，构成一个意义网络，在整个驱邪的仪式场合里产生意义。最后通过戏剧仪式的演出、除煞主祭降服或者斩杀背负所有不祥和凶咎的恶煞，象征式地消解了以上的对立"[①]。

联系河西的《护国佑民伏魔宝卷》《包公错断颜查散》，靖江宝卷中的《大圣宝卷》，其中靖江《大圣宝卷》中张长生在观音的点化后转入修行，接着"降妖伏魔"，最后定于狼山上弘法等故事。笔者认为，张四姐大闹东京故事的多种文本的演述动力同样源于该故事包含的原型结构，其动力装置是以祓除凶咎恶煞为目的的"大闹"。

远古以来，真实或想象的自然灾害、瘟疫、猛兽侵袭成为集体性恐惧和存在意义上的焦虑，受迫害的想象和记忆，采取集体行动的预防性书写或仪式性"干预"，这些最古老的经验形成"大闹"和"伏魔"的主题文化文本丛，转化为村落社会重要的民俗仪式或禁忌，做会宣卷只是仪式活动的一部分。换句话说，文学文本宝卷故事只是民间信仰做会仪式中的演述部分，而文化文本中旨在通过祭献获得拯救，劝善免除天谴、镇魂、度脱禳解灾异，"通过仪式"消除污染的图像、故事文本或仪式化的表述分布极为广泛。如果要追溯"大闹""伏魔"原型结构的来源，无疑要上溯到中国本土的禳灾祭祀民俗仪式源

[①] 容世诚：《关公戏的驱邪意义》，见容世诚：《戏曲人类学初探：仪式、剧场与社群》，广西师范大学出版社2003年版，第23页。

头——"张天师降五毒""五鬼闹判"。①

神话观念支配意识行为和叙述表达的规则。先秦以来，人们认为，五毒是侵害人类的灾异，五月初五端午节被人们认为是"五毒"之首，民间便流传了许多驱邪、消毒和避疫的习俗。驱"五毒"成为端午节民俗仪式的核心目的。《燕京岁时记》称："每至端阳，市肆间用尺幅黄纸，盖以朱印，或绘画天师钟馗之像，或绘画五毒符咒之形，悬而售之。都人士争相购买，粘之中门，以避祟恶。"②至今，凤翔镇宅辟邪木板节令画中，还有《张天师降五毒》的题材。③在民间文学中，天师被视为法力高超、驱邪禳灾的职业术师，能够帮助人间芸芸众生渡厄禳灾。

"五毒妨人"，人想方设法镇压"五毒"以禳灾，这一观念逐渐演化为"五鬼"大闹人间，判官捉鬼、杀鬼、斩鬼伏魔的原型结构和文化传统，贯穿于剪纸"剪毒图"、年画"五毒图"、佩饰"五毒兜"、饮食"五毒饼""炒五毒"等民俗事象和傩戏等文化文本之中。

从西周开始，傩戏扮演了重要的逐疫禳灾功能。宋代以前有《五鬼闹判》，元代杂剧有《神奴儿大闹开封府》，明代有小说《新刻全像五鼠闹东京》④《决戮五鼠闹东京》（《包龙图判百家公案》第五十八

---

① 钟馗斩鬼最早的记载见于唐高宗麟德元年（664）奉敕为皇太子于灵应观写的《太上洞渊神咒经》，而该经最初的十卷成书时间约在陈隋之际。敦煌写本标号为伯2444 的《太上洞渊神咒经·斩鬼第七》关于钟馗是这样写的："今何鬼来病主人，主人今危厄，太上遣力士、赤卒，杀鬼之众万亿，孔子执刀，武王缚之，钟馗打杀（刹）得，便付之辟邪。"而另一篇标号为伯2569 写道："驱傩之法，自昔轩辕，钟馗白泽，统领居（仙）先。怪禽异兽，九尾通天，总向我皇境内，呈祥并在新年。"钟馗不但负责打杀恶鬼，更具辟邪功能。钟馗的名字画像、打鬼都具辟邪"效果"。
② 富察敦崇：《燕京岁时记》"天师符"，北京古籍出版社 1981 年版，第 65 页。
③ 凤翔县非遗中心：《凤翔木板年画》，陕内资图批字 2014 年第 CB07 号，第 35 页。
④ 据目前所知，《五鼠闹东京》存世有两个版本：①广州明文萃堂本《新刻全像五鼠闹东京》四卷，今藏香港大学冯平山图书馆。②柳存仁发现的英国博物院藏本，清代"书林"刻本《五鼠闹东京包公收妖传》二卷。参见潘建国：《海内孤本明刊〈新刻全像五鼠闹东京〉小说考》，《文学遗产》2008 年第 5 期。从故事题材来看，《五鼠闹东京包公收妖传》故事经历过两次重大的改变，第一次是受到明代公案小说的影响，增加了包公判案情节。第二次是在清代中后期，受到侠义公案说唱及小说的影响，"五鼠"形象由精怪蜕变为侠客，而正是因为与不同时期流行小说不断结合，"五鼠闹东京"的故事才拥有如此绵长的生命力。

回），晚清有侠义公案小说《五鼠闹东京包公收妖传》，背后都是"五毒"结构原型。

明代的驱傩仪式中，也需要演述大闹—审判—伏魔故事。1986年，在山西潞城县南舍村发现了明万历二年（1574）手抄本《迎神赛社礼节传簿四十曲宫调》。该抄本"毕月乌"项下录有供盏队戏《鞭打黄痨鬼》剧。① 《鞭打黄痨鬼》是山西上党地区祭祀二十八宿时于神庙前演出的戏剧，它在赛社祭祀中只是祭祀仪式剧，表演时走上街头逐疫祛祟，成为热闹异常的大戏。

今天这种民俗仪式成为"非物质文化遗产"，还活态地保留在山西、山东等地。其中山西省临汾市襄汾县赵康镇赵雄村的傩舞表演"花腔鼓"中有"五鬼闹判"仪式剧。王潞伟对此专门做过田野调查：五鬼闹判上街演出时，五个被冤枉的小鬼和一个判官六人组合而成。五个小鬼在戏弄判官时，步伐必须是蹦蹦跳跳。判官在行进中表演时没有规定的步伐，在五鬼闹判戏要时，他一会儿手摇铃铛向五鬼示威，一会儿双手翻阅生死簿，寻找被冤枉屈死的名单。② 戏剧由固定程式组成："五鬼"大闹判官，判官与五鬼程式化的周旋之后，象征性地审判并斩杀"五鬼"，恢复人间的秩序。

明杂剧《庆丰年五鬼闹钟馗》第四折钟馗有"一桩驱断怪的无价宝，助国家万年荣耀"，钟馗在五鬼头上放"三个神爆仗"，"爆仗声高"，"五鬼唬倒"，"将黎民灾祸消"，除了辟邪之外，钟馗也带来了新年的祝福。最后钟馗逐鬼、捉鬼，"刳其目，然后擘而啖之"③。明末戏曲理论批评家徐复祚在《傩》一文中又云："然亦有可取者，作群

---

① 曹占鳌、曹占标：《迎神赛社礼节传簿四十曲宫调》明万历二年手抄本影印，见山西师范大学戏曲文物研究所编：《中华戏曲》（第三辑），山西人民出版社1987年版。
② 王潞伟、王姝：《山西襄汾赵雄"花腔鼓"调查报告》，见中国戏曲学会、山西师范大学戏曲文物研究所编：《中华戏曲》（第四十辑），文化艺术出版社2009年版，第356—367页。
③ 王季烈：《庆丰年五鬼闹钟馗》，见涵芬楼藏《孤本元明杂剧》（第30册），中国戏剧出版社1958年版。

鬼狰狞跳梁，各据一隅，以呈其凶悍。而张真人即世所称天师出，登坛作法，步罡书符捏诀。冀以摄之，而群鬼愈肆，真人计穷，旋为所凭附，昏昏若酒梦欲死。须臾，钟馗出，群鬼一见辟易，抱头四窜，乞死不暇，馗一一收之，而真人始苏，是则可见真人之无术，不足重也。"①《三宝太监西洋记》第九十回"灵曜府五鬼闹判"，出现国殇后，冥府中受苦的五鬼哄闹判官。后世五鬼闹钟馗之"五鬼"又演变为包公故事《五鼠闹东京》中的"五鼠"。这与包公死后成为五殿阎王，往来三界降妖除魔的民间流行观念有关。

清代宫廷一直上演端午节应节戏——《斩五毒》（又名《混元盒》）。清廷每逢端午，必召"内廷供奉"进宫演出《斩五毒》。述五毒聚妖闹事，张天师降伏众妖，收于混元宝盒内。此剧为早年京剧大武戏，武打高难，火爆紧张热闹非凡。惜此剧早已失传，唯有十七帧脸谱为已故北京老戏剧家翁偶虹收藏，弥足珍贵。联系脉望馆抄校本《孤本元明杂剧》中《关云长大破蚩尤》《灌口二郎斩蛟》《太乙仙夜断桃符记》中的大闹—审判—伏魔的仪式性情节，其中的中间环节就是"审判"。其中《关云长大破蚩尤》最后一折关云长正末唱："仗天兵驱神鬼下丹霄。今日个救苍生除邪祟万民安乐。震天轰霹雳。卷地起风涛。金鼓铎钹。剿除尽那虚耗。"剧中"将那造孽蚩尤拿住了""将孽畜紧拴缚了"，现在"今日一郡黎民安乐。四时和雨顺风调"，正是该剧源于驱除邪祟仪式所遗留的痕迹。②

大闹—审判—伏魔是村落社会长期形成的原型结构，同一结构，不同文本空间，不同形式相互吸收转化，彼此牵连，交错相通，形成网络状互文结构，各种版本的《张四姐大闹东京宝卷》只是这一文化文本中的一类。正因为故事结构的"审判"禳灾功能，所以改编为各

---

① 徐复祚：《傩》，见穆凡中：《昆曲旧事》，河南人民出版社2006年版，第74页。
② 王季烈：《关云长大破蚩尤》，见涵芬楼藏：《孤本元明杂剧》（第8册），中国戏剧出版社1958年版。

种剧本。例如，通剧《张四姐闹东京》、洪山戏《张四姐大闹东京》、京剧《摇钱树》、桂剧《四仙姑下凡》、河北梆子《端花》、弋腔《摆花张四姐》、黄梅戏《张四姐下凡》、莆仙戏《张四姐下凡》、花鼓戏《四姐下凡》、皮影戏《张四姐》。在陕西"张四姐闹东京"故事以陕南孝歌《张四姐下凡》的形式流传。

除了在汉族地区，少数民族地区也有"张四姐大闹东京"的故事。例如，傣族戏曲《张四姐》、壮族戏曲《张四姐下凡》、鄂西地区的神话故事《张四姐闹东京》、彝族《张四姐》、苗族民间叙事诗《张四姐与崔文瑞》和壮族的民间长诗《张四姐与李文墟》。

二、大闹与审判：禳灾与洁净的跨文化文本

中国文化的重要原型，全部来自前文字时代的大传统，大传统时代的核心是神话观念。从文明演化来看，和希腊哲学和科学兴起时期的轴心时代不同，支撑我们精神传统的核心是本土资料中天人贯通神话思维，"大闹""审判""伏魔"是众多原型编码的一种。

和个体一样，社会不是平面单调的，而是多声部的构成，在文学文本之外存在意识和集体无意识的多样逻辑，可以说"大闹""伏魔"这个民俗事象源自于远古宗教仪式和过渡礼仪中被禊污染时的冗长而又热烈的仪式，在一代代仪式演述和集体记忆之中，散落为各种文化文本。融合故事、讲唱、表演、信仰、仪式、道具、唐卡、图像、医疗、出神、狂欢、礼俗等的活态文化文本是文学的本来语境。还原文学的文化语境人们会发现，不同时代伏魔禳灾的结构主体，从方相氏到钟馗，再到关羽、包公等，不断地发生着位移。

道格拉斯研究表明，远古以来，人们通过建立分类体系，来确定污染的来源和危险所在，并在此基础上建立民俗禁忌和律法。"如果把关于污秽的观念中的病源学和卫生学因素去掉，我们就会得到对于

污秽的古老定义,即污秽就是位置不当的东西(matter out of place)。"污秽就绝不是一个单独的孤立事件,是事物系统排序和分类的副产品,排序的过程就是抛弃不当要素的过程。这种对于污秽的观念把我们直接带入到象征领域,并会帮助建立一个通向更加明显的洁净象征体系的桥梁。①

人们相信危险来源于道德伦理上的"过错",这种疾病由通奸导致,那种病的原因是乱伦。这种气象灾害是政治背信的结果,那种灾害由不虔敬造成。整个宇宙都被人们用来限制别人,使之成为良民。②通过分类"他们会区分有序和无序、内部和外部、洁净和不洁净",边界的含混不清,反常的情形等都是不洁的、危险的、污秽的。那些分类体系所无法穷尽的边缘、剩余、中间或过渡状态,往往是问题所在,甚至是"污染"和"危险"的渊薮,而"异类通常与危险和污染相联系"③。"异类"或反常之物,由于触犯了或旁逸斜出于社会认知及文化分类的底线或处于边际,多数被视为"暧昧""不纯""污秽""生涩""危险"的存在。一个文化对人和民俗事项的分类往往内含着道德评价,人们往往会在内部寻找那些被"污染"了的存在或外部邪恶势力的代理人,试图驱逐或至少使它们边缘化,从而维系社区或体系内部的"净化"状态。④

阈限阶段是仪式过程中的核心所在,因为它处于"结构"的交界处,是一种在两个稳定"状态"之间的转换。特纳认为,"如果说我们的基本社会模式是'位置结构'的模式,那么,我们就必须把边缘时

---

① 〔英〕玛丽·道格拉斯:《洁净与危险》,黄剑波、柳博赟、卢忱译,商务印书馆2018年版,第48页。
② 〔英〕玛丽·道格拉斯:《洁净与危险》,黄剑波、柳博赟、卢忱译,商务印书馆2018年版,第15页。
③ 〔挪威〕托马斯·许兰德·埃里克森:《小地方,大论题——社会文化人类学导论》,董薇译,商务印书馆2008年版,第310—311页。
④ 〔美〕穆尔:《人类学家的文化见解》,欧阳敏、邹乔、王晶晶译,商务印书馆2009年版,第300页。

期即'阈限'时期视为结构之间的情况"。处于"阈限期"(transition)或转换期(transformation)的人在分类上不仅是危险的,他还向周围环境释放污染。从人类学角度看,《张四姐大闹东京宝卷》第三个板块王半城见崔家财宝和崔妻张四姐的美色,顿起异心,定计谋,设圈套栽赃陷害崔文瑞。崔文瑞衔冤本身对村落社会是危险的、不洁的,从仪式展演角度,正邪之间的对抗——"大闹"正是这一阈限场域的仪式性书写,是"热闹"的内在核心结构。

从汉语"鬧"字的构成看,该字从鬥,像两队人在人多处对抗决斗。至今江浙闽一带民间还孑遗着"闹杆儿"的说法,即端午节在一段竹竿上挂很多香包,儿童之间比赛谁得到的多,谁的漂亮。卖香包的小贩手中拿的挂满香包的杆子,也叫闹杆儿。"闹杆"一词在宋元话本和散曲中也多有出现。更为有意思的是,江浙闽尤其是客家人那里有"闹热"的风俗。[①]村落社会,在舞龙表演中,真正的热闹处是几个村子的舞龙会合,相互之间比赛,形成仪式性的对抗。比如两条龙的"二龙戏珠""爬高""盘龙",等等。后世,热闹逐渐祛魅成中国传统社会有别于"物哀"的社会审美心理。田仲一成根据推断中国祭祀戏剧产生过程认为:

> 随着历史的发展,从祭祀权由少数人垄断的古代社会到了相对多数人被允许拥有祭祀权的中世纪,自古以来的仪式由于祭祀权的垄断而具有的神秘性开始淡化,更由于生产力的提高,使得一直威胁人类的大自然的一部分规律被掌握,人们开始对仪式的巫术性产生怀疑并开始有一种从容的心态,不再把它作为宗教意义上畏惧的对象,相反,作为一种艺术来观赏。这样,这些主

[①] 郭明君:《"热闹"的乡村:山西介休民间艺术的审美人类考察》,四川大学博士学位论文,2017年,第65页。

神、陪神和巫之间的对舞、对话就逐渐失去了宗教仪式的色彩，转变为"被观看的表演"或是"一种文艺形式"，更进一步发展为戏剧。①

去除污染并不是一项消极活动，而是重组环境的一种积极努力。②现代医学上的低分化性肿瘤，人类学上的阈限阶段等属于濒临危险的"门槛阶段"，通过门神的守护，门最终成为妖魔鬼怪和人的世界的象征性区隔物，"跨越这个门槛"因此成为结婚、收养、神授和丧葬仪式的一项重要行为，也是平凡世界与神圣世界的分界线。③包括婚庆仪式中的"截门"风俗等，中国文化传统以跨越门槛的"闹"（大闹）等活动度过危险，闹因此也成为具有净化禳解功能的阈限阶段，和"生""冷""二百五"相对，只有"大闹""闹"才能度过重重"关煞"，"焐热"重组生存环境，完成由"生"到"熟"的过渡。前文所述，山西省临汾市襄汾县赵康镇傩舞表演"花腔鼓""五鬼闹判"这个节目一年一度在村落的搬演，主要突出一个"闹"字，"闹"是有冤要喊，有屈要叫，有鬼要打，有魔要斩。④

世界范围内，在黄金海岸的海岸角堡，每年一度，驱除恶鬼阿邦萨姆的习俗也格外热闹："八点钟的时候，城堡就放炮，人们在家里也放起滑膛枪来，把所有的家具都搬出门外，用棍子等在每间房子的各个角落里敲打，尽量地高声喊叫，吓唬魔鬼。在他们觉得已经把他赶出屋去之外，他们就冲到街上，乱扔火把，叫着、喊着，用棍子敲打棍子，敲打旧锅，真是闹得吓人，为的是要把妖精从镇

---

① 〔日〕田仲一成：《中国祭祀戏剧研究》，布和译，北京大学出版社2008年版，第2—3页。
② 〔英〕玛丽·道格拉斯：《洁净与危险》，黄剑波、柳博赟、卢忱译，商务印书馆2018年版，第14页。
③ 〔法〕阿诺尔德·范热内普：《过渡礼仪》，张举文译，商务印书馆2010年版，第17页。
④ 王潞伟：《山西襄汾赵雄"花腔鼓"调查报告》，《中华戏曲》第40辑。

上赶到海里去。"①

人类学家范热内普认为，人的出生礼、成年礼、结婚礼、丧葬礼等"生命周期仪式"，其结构由前阈限阶段（分离期）、阈限阶段（转型期）、后阈限阶段（重整期）组成。"转型"状态位于前后两个阶段之间的阈限期，个人处在悬而未决的状态，既不再属于从前所属的社会，也尚未重新整合融入该社会。阈限状态是一个不稳定的边缘区域，其模糊期的特征表现为低调、出世、考验、性别模糊、共睦态。②

中国文化传统解决阈限危险的方法是做会仪式，通过"大闹"渡过区隔、厘清身份、重组环境以祈福纳吉。江浙一带的"做会"仪式要宣讲相应的宝卷，宣卷先生因此担任做会的执事。在"圣灵降临的叙述"中，焚香点烛请神佛，然后开始宣讲宝卷。结束时要焚烧神码（供奉的神像）等物送神佛。中间还要应斋主（做会的人家）之请，穿插拜寿、破血湖、顺（禳）星、拜斗、过关、结缘、散花、解结等禳灾祈福仪式。荐亡法会的仪式有请佛、拜十王、游地狱、破血湖（女性）、念疏头、开天门、献羹饭、解结散花、送佛等。

怀孕和分娩是重要的阈限阶段，一旦怀孕，女人便处于隔离状态，多数文化传统认为这一时期是不洁和危险的状态。江苏省常熟尚湖、福建莆田，为了预防不孕、流产或者是婴儿夭折，还要举行"斋天狗"仪式。江苏常熟要宣讲《目连宝卷》及《狐仙宝卷》。在福建莆田要举行红头法事"驱邪押煞"。法事仪式中，陈靖姑装扮法官，红布缠头，召集五方兵马降妖伏魔，与抢吃胎息的天河圣母和天狼天狗进行激烈的仪式性打斗，演出活动热闹异常。③

流传至今的伏魔仪式突出特点是以"大闹""格斗""比赛"等对

---

① 〔英〕J. G. 弗雷泽：《金枝：巫术与宗教之研究》，汪培基、徐育新、张泽石译，商务印书馆2012年版，第863页。
② 〔法〕阿诺尔德·范热内普：《过渡礼仪》，张举文译，商务印书馆2010年版，第17页。
③ 〔日〕田仲一成：《中国戏剧在道教、佛教仪式的基础上产生的途径》，见香港浸会大学《人文中国学报》编辑委员会编：《人文中国学报》，第14期，上海古籍出版社2008年版，第3页。

抗性表演为内涵的热闹。世界范围内大都有大闹等热闹的仪式展演。《金枝》第五十六章弗雷泽专门列举了流传广泛的公众驱赶妖魔的民俗仪式。新喀里多尼亚的土人相信一切邪恶都是一个力量强大的恶魔造成的，所以，为了不受他的干扰，他们时常挖一个大坑，全族人聚在坑的周围。他们在坑边咒骂了恶魔之后，就把坑用土填起来，一面踩坑顶，一面大喊，他们把这叫作埋妖精。[1]

祛除污染，禳解灾异，转变为定期捉妖降魔的仪式。要彻底地消除邪恶，澳大利亚的黑人一年一度从他们的土地上驱除死人的鬼魂。伍·里德雷牧师在巴文河岸上亲眼见到过他们的仪式："……我感到这个哑剧正要结束的时候，只见十个人同样的装束，突然从树后出现，全体一起与他们神秘的进攻者格斗……终于转入快速的全力猛攻，然后结束了这种激烈的劳动。他们持续了一整夜，日出后又继续了好几个小时。这时他们感到很满意，认为十二个月内，不会再有鬼来了。他们在沿河的每个站口都举行同样的仪式。听说这是每年的惯例。"[2]

在新年的头一天，即圣西尔维斯特节，波希米亚的男孩子都带着枪，围成一圈，向空中开火三次。这叫作"射妖"，人们认为这会把女妖吓跑。圣诞节到主显节恢复之间的十二天或"第十二夜"，欧洲许多地方把这一天选作驱逐妖魔的恰当的日子。如在卢塞恩湖上的鲁伦村，男孩子们在"第十二夜"列队游行，打着火把，吹着号角，敲着铃铛、鞭子等造成一片闹声，以吓走两个树林的女妖斯特鲁黛里和斯特拉特里。人们认为如果他们闹得不够响，那年就不会有什么收成。又如法国南部的拉布鲁及埃地方。人们在"第十二日"的头一天晚上沿街跑，摇着铃，敲着壶，用各种方法造成一片喧闹声，然后借着火

---

[1] 〔法〕J. G. 弗雷泽：《金枝：巫术与宗教的研究》，汪培基、徐育新、张泽石译，商务印书馆2012年版，第853—854页。
[2] 〔法〕J. G. 弗雷泽：《金枝：巫术与宗教之研究》，汪培基、徐育新、张泽石译，商务印书馆2012年版，第858页。

把和燃烧着的柴堆的光亮,他们大喊大叫,几乎把耳朵震破,希望用这种办法从镇上赶走一切游荡的鬼魂和妖邪。①

在人生的主要转折点,在天时运行的重要节令,中国人都要热闹,闹元宵,闹社火,闹洞房,丧葬仪式中,陕南孝歌有"闹五更"。只有经过大闹才能渡过阈限阶段,拆除"爆炸物"的危险引信。闹对应的颜色是"红",日子要过得红红火火,在婚庆期间,张灯结彩,挂满红灯笼,贴满红对联,穿上红衣裳,要闹洞房,各地民间至今流传着"越闹越喜""越吵越好""越闹越发,不闹不发"或"不闹不安宁(辟邪)""不闹不热闹"等说辞。②人生礼仪和节庆期间是大闹的最为灵验的时刻。正月里社火队挨家挨户上门展演,锣鼓喧天热闹非凡,社火队伍中两个扮演的"身子"要仪式性地打斗一番,如果这种社火队落下谁家,谁家就会因为冷冷清清而流年不顺。

伏魔的仪式性民俗活动,积淀为热闹红火的社会审美心理,贯穿在各种文化文本之中。宋元话本有《宋四公大闹禁魂张》,元代杂剧有《神奴儿大闹开封府》,明代有小说《新刻全像五鼠闹东京》。《红楼梦》有《赵姨娘大闹怡红院》《王熙凤大闹宁国府》,晚清有侠义公案小说《五鼠闹东京》。《水浒传》中多处有"大闹"情节:"鲁智深大闹野猪林""大闹桃花村""大闹五台山""郓哥大闹授官厅""武松大闹飞云浦""花荣大闹清风寨""镇三山大闹青州道""病关索大闹翠屏山""李逵元夜闹东京"等。联系《水浒传》第一回"洪太尉误走妖魔",洪太尉大闹伏魔殿的情节就会发现,这些"大闹"是"天罡地煞(妖魔)闹东京"的神话观念的程式性演述。多数民族神话中都有

---

① 〔法〕J. G. 弗雷泽:《金枝:巫术与宗教之研究》,汪培基、徐育新、张泽石译,商务印书馆2012年版,第871页。
② 谢国先:《走出伊甸园——性与民俗学》,四川人民出版社2002年版,第53—55页。

降妖、伏魔母题。①

文学原型只是文化原型的椭圆形折射，"大闹""热闹"更多地表现为民俗仪式活动，过去每逢除夕、元宵等岁时节日，方相氏、僮子（由村民装扮）与无形的超验世界（鬼疫之属）冲突激烈，热闹非凡。由此，我们不难想象以"驱鬼逐疫"为宗旨的大型戏剧队伍在火炬的照耀下，在威猛的锣鼓和呐喊的人声中，展演的浩大声势。其中代表人类的角色（方相氏）就须做出以舞蹈为主的呵斥鬼疫的虚拟动作。

在社会秩序中，通奸、乱伦、失祀、不孝、冤情、接触不洁等过错，会招致污秽和天谴，导致灾异。元杂剧《窦娥冤》中，窦娥含冤被斩之际，"大闹法场"示意了天谴的降临：楚州大旱三年，六月飞雪，血溅白练等三桩誓愿。古希腊悲剧《俄狄浦斯王》中，因为俄狄浦斯王"杀父娶母"，触犯了乱伦禁忌，让城邦"在血红的波浪里颠簸"，"田间的麦穗枯萎了，牧场上的牛瘟死了，夫人流产了。最可恨的带火的瘟神降临到这城邦，使得卡德摩斯的家园变为一片荒凉，幽暗的冥土里到处充满了悲叹和哭声"。②

传统社会的灵验时间，要周而复始地演述古老的"大闹—审判—斩妖"仪式，以此达到净化的目的。安徽贵池的《钟馗捉小鬼》，钟馗瓜青黑色面具，驼背鸡胸，手拿宝剑，身挂"彩钱"，小鬼则戴鬼面具，舞蹈以锣鼓为节，先是钟馗用宝剑指向小鬼，小鬼不断作揖求饶，钟馗恃威自傲，小鬼卑躬屈膝，二者形成鲜明对比，不久小鬼伺机夺过钟馗手中的剑，钟馗反而向小鬼求饶，最后，钟馗急中生智，夺回宝剑，将小鬼斩杀。尽管表演注入了世情因素，但表演的基本情节还是降妖伏魔与"斩鬼"。再如赛戏中"除十祟"演出真武爷降服

---

① 王宪昭：《中国神话母题W编目》，中国社会科学出版社2013年版，第1395—1399页。
② 〔古希腊〕索福克勒斯：《索福克勒斯悲剧五种》，见《罗念生全集》第三卷，罗念生译，上海人民出版社2015年版，第73页。

群鬼的故事。

元代以后,大闹—审判的主角主要集中在包公身上,原因是包公吸附了从方相氏到钟馗、阎王等角色功能。①农村祭奠孤魂野鬼的习俗兼有"普度"与"判刑"两面,其中审判戏就是"鬼魂上诉",包公受理控告,"审问鬼魂"(鬼魂诉冤),"超度鬼魂"等阶段,展示了当时流传的审判孤魂野鬼的习俗。②

三、阈限阶段结构呈现:《张四姐大闹东京宝卷》的演述动力

文学人类学在学科丛林的表象背后,拨开能指符号迷雾,赓续文化大传统,在文学的周边,重新定义文学性,找寻象征性空间的远古根脉,深层回应前现代思想的余韵,并以古今融通的"(人)类"的视野对置身其中的文化主题做出批判和省思。③

把版本众多的《张四姐大闹东京宝卷》还原到文化文本的结构网络中,方能窥见其中"大闹"的互文结构和禳灾内涵。村落传统中民间叙事的活力来自于远古以来的禳灾的精神传统。从表层上看,《张四姐大闹东京宝卷》"大闹"型故事与"伏魔"型故事的捏合形态。深入"大闹"与"伏魔"主题的内部,我们发现在"蒙冤—反抗—伏魔—昭雪"禳灾民俗仪式的演述中,故事重复的是"被祓—洗冤"结构模型,它是一种集体无意识的类型性原型结构。原型结构的形成与人类自远古以来形成的巨大心理能量间的关系:不仅汲取凝聚,薪尽火传,而且是受集体无意识左右的一个自主情节的形成过程。原型在心理内核上还是一些倾向和形式而已,它要获得实现就必须依赖现存的相应社会现实和情景。

---

① 李永平:《祭祀仪式与包公形象的演变》,《中华戏曲》2014 年第 1 期。
② 〔日〕田仲一成:《中国祭祀戏剧研究》,布谷译,北京大学出版社 2008 年版,第 229 页。
③ 叶舒宪:《现代性危机与文化寻根》,山东教育出版社 2007 年版。

"大闹"与"伏魔":《张四姐大闹东京宝卷》的禳灾结构　219

远古时代以来,原型通过物、图像、民俗仪式、禁忌一一表述,道格拉斯认为:"含糊的象征在仪式中的最终作用和在诗歌与神话中的一样,都是为了丰富内涵或是要人们注意到存在的其他层次。我们在最后仪式通过运用反常的象征将恶与死亡整合到生与善中去,最终组成了一个单一、宏大而又统一的模式。"[1] 反复出现在古典作品中的大闹—伏魔结构,和佛教中的降龙、伏虎罗汉一样,早就超越了一般的拙劣模仿和偶然的巧合,结构为人类二元思维的一部分。远古以来,人为的污染(失祀、冤狱、罪孽)导致秩序混乱,人不得不洗冤,搜寻替罪羊,祭祀禳灾,祈求上苍宽宥,使天理昭昭,以"销释"或者转移污染,恢复洁净。

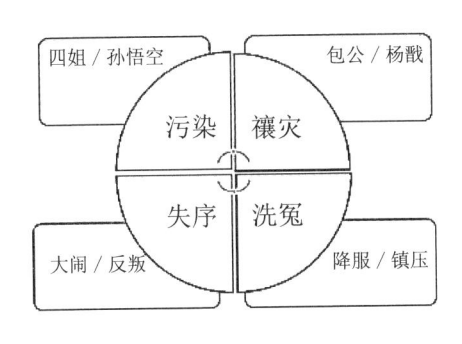

历史地看,孔子时代就已经流行的古傩礼俗,从不同语言的宗教文献,到近代还在展演的目连戏和香山宝卷的演述传统,本身就是这种宗教性净化仪式的一部分。回鹘文木刻本《圣救度佛母二十一种礼赞经》,刻本第三栏是回鹘文(划分为三栏,第一栏是图像,第二栏是梵文和藏文),附汉文佛偈如下:

> 敬礼手按大地母,以足践踏作镇压,现颦眉面作吽声,能破七险镇降伏。敬礼安隐柔善母,涅槃寂灭最乐境,莎诃命种以相应,善能消灭大灾祸。[2]

---

[1] 〔英〕玛丽·道格拉斯:《洁净与危险》,黄剑波、柳博赟、卢忱译,商务印书馆2018年版,第53页。
[2] 〔日〕高楠顺次郎等:《大正新修大藏经》第16册,台湾新文丰出版公司1990年版,第478—479页。

宝卷《张四姐大闹东京宝卷》卷首韵文：

四姐宝卷才展开，王母娘娘降临来。天龙八部生欢喜，保佑大众永无灾。

善男信女两边排，听在耳中记在怀。各位若依此卷行，多做好事少凶心。

做了好事人人爱，做了坏事火焚身。作了一本开颜卷，留于（与）世上众人听。①

两者相比，我们似乎觉察到，宗教仪式的实施，民间宗教信仰文献的展演，一年一度的节庆仪式，其背后共同的信仰活力源于他们"能破七险镇降伏""保佑大众永无灾"的功能和使功能发挥效用的教化。

民间信仰中，人们将远古以来镇压邪魔的集体诉求"箭垛式"地背负到历史人物包公身上，他既能"日断阳，夜断阴"，能下地狱，上天宫，四处查访。贪财贪色的王半城制造冤狱，崔文瑞无辜蒙冤入狱，狱吏屈打成招，制造冤狱，必然招致灾异。为了洗冤，张四姐和包公成了张力结构的核心：一位持天界法物"大闹"东京，一位用照妖镜、赴阴床降妖伏魔：

有包公，听此言，心中暗想；命王朝，和马汉，急急前行。
抬铜铡，竖刀枪，甚是分明；又带上，照妖镜，去捉妖精。
桃木枷，柳木棍，神鬼皆怕；刀斧手，铜铡手，紧紧随跟。
一时间，就到了，崔府门前；叫一声，快捉拿，四姐妖精。
吓得那，一家人，胆战心惊；张四姐，听此言，冷笑一声。

---

① 方步和：《河西宝卷真本校注》，兰州大学出版社1992年版，第125页。

却说众士卒逃回，吓得仁宗皇帝无计可施，忙派包公到天波府再搬救兵。太君两眼流泪说："我杨家为了宋氏江山，不知死了多少儿郎，待我前去捉拿妖精，为国除害。"包公心中大喜："有杨家女将出阵捉妖，必定成功，我且回南城府中。"①

包公在童子戏等傩戏中担当沟通人神、逐疫、辟邪镇宅、镇魂等角色，因之具有"神人相通"的巫师的法力。无论是《金瓶梅词话》第六十五回描写李瓶儿死后的吊丧说唱《五鬼闹判》《张天师着鬼迷》《钟馗戏小鬼》《六贼闹弥陀》《天王降地水火风》《洞宾飞剑斩黄龙》《赵太祖千里送荆娘》②，还是贵池傩戏演出《舞伞》《打赤鸟》《五星齐会》《拜年》《先生教学》等小戏，最后一场必演出《关公斩妖》，和《关公斩妖》结构一致的是民间信仰中的大闹、伏魔与审判。

细读《张四姐大闹东京宝卷》，包公下地狱上天庭四处查访，找到了导致污秽的因由——冤屈。《包公错断颜查散》宝卷中，"尸首不倒"这一细节之所以在多种《包公错断颜查散》版本中惊人地一致，它不仅成为推动故事发展的重要情节，而且清楚地表明，宝卷展演活动具有超度冤魂、恢复洁净的宗教社会功能。因为，"尸首不倒"必有过错，这一关键性细节可以说是民族的集体认知传统所预设的。诸如此类的民间故事要素属于整个口头说唱传统，因此它们既可以出现于一般的故事情节当中，也可以出现于那些功能性的傩戏或仪式剧之中，其传统地位远非取决于纯粹的叙事性和戏剧性价值。

与《关公斩妖》等仪式剧不同的是，《张四姐大闹东京宝卷》中，包公查访伏魔的过程，辨明（审判）了张四姐的身份，擒妖除

---

① 徐永成：《金张掖民间宝卷》（一），甘肃文化出版社2007年版，第53—54页。
② （清）李渔：《新刻绣像批评金瓶梅》，齐烟、汝梅点校，齐鲁书社1989年版，第104页。

祟，使四姐重返仙籍，并度脱了凡男崔文瑞。从人类学上看，这是通过大闹，清除污染恢复洁净人神共睦的"聚合礼仪"，容世诚认为这是中国宗教仪式剧的重要环节。和目连戏中的《刘氏逃棚》《捉寒林》，"关公戏"《关公斩妖》《关大王破蚩尤》呈现大致一致的除煞禳灾母题，隐藏了《周礼》《后汉书》所描绘的傩祭仪式的表演原型。[①]

文学批评家经常论述中国故事、戏剧的大团圆结构。对于口头传统中的结构程式，田仲一成的戏剧发生理论或许给我们一个启发：活态故事和戏剧表演背后，是"蒙冤—反抗（大闹）—伏魔（审判）"的倒U原型结构。这一结构表面上是民间心理需要，深层是远古以来累积而成的审美心理结构，它在故事表演中表现为"祭中有戏，戏中有祭"的演述活力与动力。过去仅仅从文学文本中寻找这一神话观念的根源，如今看来，这些都是文字书写小传统的产物，真正的神话观念都根植于伏魔、除祟与禳灾文化大传统。故事千锤百炼的演述套路和跌宕起伏的戏剧性，背后的动力源于这种结构背后的功能性和无限生成转化性的禳灾传统，这是一种"永恒存在"的结构模型。

民间故事的讲述、声情并茂的教化仪式、宗教祭祀文献中的颂赞性韵文，与此类传统（套路）整体上以交感巫术心理"相似律"和"接触律"相榫卯。神话、传说、仪式、展演、口传叙事、物的叙事、文字典籍等是此在的"文化景观"，捕捉定格这些"文化景观"的文化文本，对人类文化生成、发展动态的过程予以整体观照，体现了"面向事情本身"的现象学精神。追踪链接仪式、展演、口传叙事等文化文本背后的历史心性，才明白文学人类学人与物（事）的互动，事

---

① 容世诚：《扮仙戏的除煞与祈福》，见容世诚：《戏曲人类学初探：仪式、剧场与社群》，广西师范大学出版社2003年版，第124页。

中循理、物中悟道，是凝固文化记忆的关键所在，这其中正是文学人类学所要竭力拼接贯通的全息画面，其中融通着多级文化编码的人类心灵图景。

原载《民俗研究》2018年第3期，本次出版，作者又作增补

《沉香宝卷》的故事增值与结构承续[*]

李永平　郝　丹

"中国宝卷是在宗教（佛教和明清各民间教派）和民间信仰活动中，按照一定仪轨演唱的一种说唱文本。"[①]宝卷源于唐代的俗讲变文，盛行于元明清的民间社会。最初是阐释佛教经典的载体，随后成为民间信仰的重要依托。明清以后，大量演绎民间故事的世俗宝卷逐渐流行，宝卷从宗教讲唱转向世俗演说，成为中国俗文学体系中的一脉。世俗宝卷对民间故事的演绎，不是一味地遵循传统故事的内容主题，而是在继承原有故事情节的基础上，进行具有自身特点的改变。《沉香宝卷》作为演绎民间故事的世俗宝卷之一，对其的分析有助于具体探讨宝卷在民间故事流传中的作用。

对于《沉香宝卷》的研究，目前尚未形成体系，也未见大量的著作。有关研究多在以下四个方面：一是如尚丽新、车锡伦老师的《北方民间宝卷》，将《沉香宝卷》纳入某一范围，进行宝卷整体研究；二是从戏曲的角度分析《沉香宝卷》在戏曲上的影响；三是从其他宝

---

[*] 本文是国家社科基金一般项目"宝卷禳灾叙述的人类学研究"（项目编号：15BZJ037）和国家社科基金重大招标项目"海外藏中国宝卷整理与研究"（项目编号：17ZDA266）的阶段性研究成果。

[①] 车锡伦：《中国宝卷研究》，广西师范大学出版社2009年版，《序》，第1页。

卷，如《二郎宝卷》《八仙宝卷》等分析宝卷故事之间的内在关系；四是从沉香故事完整性的分析角度，将《沉香宝卷》作为一小部分进行故事整体发展研究，这些都是从侧面对《沉香宝卷》进行分析研究。因此，《沉香宝卷》的研究还有很大的空间。故而本文将以《沉香宝卷》为主要研究文本，借助普罗普故事形态学的有关理论，对清代宝卷与明代莆仙戏中的"沉香故事"进行功能结构上的细致对比分析，确定《沉香宝卷》在承继沉香故事时的变化因素，分析宝卷在民间故事流变中的作用，并以此思考民间故事在宝卷载体下发生变化的内在原因。

一、沉香故事：《沉香宝卷》与《刘锡》

沉香故事的雏形最早见于唐代戴孚《广异记》中的"华岳神女"篇[1]，讲述的是三娘与书生私婚的故事。宋代《异闻总录》也有类似的记载。[2] 但此时的记载只在三娘与书生二人，并未涉及其子沉香。关于沉香的记载，可推测的最早文献是已失传的宋代戏文《刘锡沉香太子》、杂剧《劈华山救母》《沉香太子劈华山》。[3] 而现存已知较早记载沉香故事的文本是明代福建戏剧：莆仙戏《刘锡》、四平戏《赠宝带》、闽剧《刘锡得子》、闽西上杭傀儡戏本《宝带记》。其中，莆仙戏《刘锡》是明代福建戏剧中较为完整记录"沉香故事"的底本，保留了大量宋元南戏的基本内容和音乐元素。在海外发现的我国失传已久的戏剧散曲合集《风月锦囊》（"沉香"篇戏文残缺，只存"茅店结合"片段），其唱词与莆仙戏中的《刘锡》基本吻合。因而，莆仙戏

---

[1] 谈恺本《太平广记》卷三〇二，国家图书馆出版社 2009 年版，第 8 册，第 159—170 页。
[2] 《异闻总录》卷之二，中华书局 1985 年版，第 26 页。
[3] 郑尚贤：《宋元南戏的珍贵遗存——莆仙戏〈王魁〉〈刘锡〉〈陈光蕊〉考述》，《厦门大学学报》2006 年第 3 期。

《刘锡》是目前故事情节较为完整并最接近古本原貌的本子。[①]明代以后，宝卷在选取前代沉香故事的基础上，形成了独具特色的《沉香宝卷》，成为继明代福建戏剧之后完整记录"沉香故事"的文本。清代宝卷时期，沉香故事已形成完整的故事形态，人物基本具备，情节基本完善，主旨基本确立。因此，本文选择莆仙戏《刘锡》与《沉香宝卷》进行功能项的对比分析，梳理"沉香故事"从明代到清代、从戏剧到宝卷的发展与演变过程。

莆仙戏《刘锡》[②]（一名《刘锡乞火》）全剧分《刘锡首出》《过庙题诗》《李仙奏旨》《乞火结缘》《赠珠哭别》《诸仙嘲笑》《落地哭庙》《囚洞生儿》《土地送子》《沉香救母》《阖家团圆》等共 11 出。剧演扬州书生刘锡（刘向）[③]进京赶考，途经三娘庙卜问前程，见华岳三娘金身可爱，题诗赞美。三娘因题诗勃然大怒，下雨阻碍刘锡道路。施法时，月老前来向三娘宣布玉帝旨意，称刘锡为文曲星下凡，命其与刘锡结三日夫妻。只因在王母蟠桃会上，二郎神与铁拐李因争座结怨，铁拐李为报复二郎神，便将三娘因牛郎织女相会偶动凡心之事奏明玉帝，怂恿玉帝下旨，让三娘与刘锡结缘。三娘无奈接旨，命鬼卒在金沙路口结茅屋等候刘锡。三娘以乞火为由，进入刘锡房中，并以官休、私休为选择，迫使刘锡与其结三日夫妻。三天期满，三娘告知刘锡真相，赠刘锡宝珠一颗、难香一支。刘锡与三娘含泪分别，上京应试，落第归来，再到华岳庙。县官杨某来庙进香，见刘锡衣衫褴褛，但却藏有宝珠，疑为盗贼。刘锡细说原委，点难香，三娘真身现，作证，

[①] 孙崇涛关于莆仙戏《刘锡》渊源古老的观点，参见《风月锦囊考释》，中华书局 2000 年版，第 160 页。

[②] 福建省文化局剧目工作室：《福建戏曲传统剧目选集·莆仙戏（第一集）》《《刘锡》剧目》，福建省文化局剧目工作室 1958 年印，第 127—146 页。

[③] 参考孙崇涛观点，刘锡、刘昔、刘向、刘希、刘晋保、刘俊春、刘彦昌等为一人，主人公名字在流传过程中不同地区发生音变的结果，见《风月锦囊考释》，中华书局 2000 年版，第 161—162 页。

杨县令遂招刘锡为婿。李铁拐以三娘私婚刘锡事讥嘲二郎神，二郎神大怒，囚三娘于黑云洞。三娘洞中产下一子，名为沉香，将沉香送至刘锡处抚养。沉香长大后得知亲娘消息，决意寻母。李铁拐觉当年做事过分，遂找到沉香，传授其武艺，并赠宝丹。沉香与铁拐李找到二郎神，二郎神念其寻母之心，撤回天兵。沉香劈开黑云洞，于洞中与圣母相遇，圣母收回天兵。沉香与三娘一起进入天庭。玉帝为沉香救母所感动，颁旨赦免三娘。沉香下天庭遇刘锡，刘锡高中，全家回府团圆。

《沉香宝卷》[①]中"沉香故事"如下：刘氏本无子，求子，得一子刘向，刘氏向观音还愿。刘向长大，进京赶考，路遇神庙卜问前程，见三娘金身窈窕，题诗赞美，惹怒三娘。三娘追赶刘向，欲捉其回庙。此时，月老拿姻缘簿称三娘与刘向有三宿姻缘。三娘于是化作仙庄大宅，下暴雨使刘向进门。三娘欲与刘向结为夫妻，而刘向不愿，并离开。三娘再显神通，逼刘向回大宅，结为夫妻。三日期满，刘向继续进京，三娘赠刘向三件宝物，刘向将沉香扇坠留于三娘。刘向进京路上三遇险境，蛟龙偷夜明珠，猛虎吞食，丞相以其为妖，奏请皇上。龙王、猎户、三娘前来搭救。三娘现身解救刘向，皇上封刘向为扬州知府。三娘因怀孕未出席王母蟠桃会，二郎神被众仙家嘲笑，愤怒将三娘压在华山下。三娘生下沉香，托夜叉卒送沉香往刘向处。沉香长大，得知母亲三娘消息，便立志寻母。沉香遇高人指引，往终南山拜师，后遇太白金星，终到终南山。拜何仙姑为师，得到洞中的宝物数件，来到华山处救母。二郎神得知此事，与沉香大战。玉帝知悉，派观音协调，沉香劈山救母。玉帝为沉香孝行所感动，颁旨赦免三娘，

---

① 车锡伦《中国宝卷总目》以清同治七年朱柏尤抄本为最早的《沉香宝卷》版本，李世瑜《宝卷综录》以清道光壬午高阳许如来抄本为最早的《沉香宝卷》版本，本文以学术界普遍认可的现存最为完整的、最具宝卷特色的《沉香宝卷》（清周芹芝屋藏本）为主要文本，以同治七年本与道光壬午本为辅助文本进行分析。

封沉香为直符神、刘向为都土地。

二、结构功能：《刘锡》与《沉香宝卷》的差异

民间故事在不同时代、不同体裁中侧重点不同，因而，虽是同一故事，却在人物形象、情节内容、故事主题上呈现明显的差别。在上述莆仙戏《刘锡》与《沉香宝卷》的故事概要中，可以看出沉香故事在不同的文本中，情节或多或少有着不同。

沉香故事在《中国民间故事类型索引》中属于 369 型孝子寻父/寻母和 400 型丈夫寻妻故事的结合②，是 AT 分类法中的神奇故事。普罗普在阿尔奈—汤普森分类的基础上，将其中的神奇故事进行更具体的 31 项功能的分析，为了更直观、更准确地揭示莆仙戏《刘锡》与《沉香宝卷》中故事的不同，分析其中具体的差异，在此将借助普罗普的功能结构理论，对沉香这一神奇故事在戏剧和宝卷两种体裁中的功能项进行细致的分析，找出其中的不同因素，并探寻不同产生的内在原因。

学界早就注意到传统戏剧与小说故事之间的"同源异派"关系[1]。小说与戏剧虽隶属于不同的文类，但采用同源的素材和方法。以演绎民间故事为主的世俗宝卷作为中国俗文学的一部分，必然具有着俗文学甚至是传统小说故事的基本特征。因此，宝卷、戏剧与小说故事可以纳入同一领域进行思考分析。

普罗普从俄罗斯民间故事出发，在句法和叙事之间的类比关系中构建了形态结构分析的理论体系，作为民间故事叙事的普遍语法。在普罗普看来，人物的意志、意图并不是本质性的母题，重要的是它们

---

[1] 沈新林有关戏曲与小说关系的观点，见沈新林《同源而异派：中国古代小说戏曲比较研究》，凤凰出版社 2007 年版，绪论，第 1—7 页。

对于主人公以及情节发展的意义。从这个角度上看，取材于民间故事的戏剧、宝卷在内容和叙事结构上都借鉴了民间故事。发轫于结构主义语言学的符号学，最初不涉及语言之外的体系和结构，后来广泛地渗透到各个领域。① 莆仙戏《刘锡》与《沉香宝卷》的主要故事因素受到前时代的民间沉香故事影响，因而其本身具备了进行形式分析的充分条件。

普罗普形态学理论模式的基本构件是角色功能，即从其对于行动过程意义的角度定义的角色行为。普罗普认为神奇故事已知的功能项是有限的，而按照神奇故事本身记述的顺序，可以归纳出角色的31项功能。普罗普在角色功能的基础上还设计了一个新的叙事单位——回合（khod）。指从恶行或缺失的功能项发展到任何其中一个作为结局的功能项经过的行动过程。一个回合就是一个叙事单元，一个故事可以是单一的回合，也可以是多个回合的组合构成。② 《沉香宝卷》与《刘锡》都是两个回合构成的故事，我们以普罗普的图示来表示（其中Ⅰ表示刘向的故事回合，Ⅱ表示沉香的故事回合）：

Ⅰ　A|＿＿＿＿|C*
Ⅱ　　　　　　A|＿＿＿＿|C2

结合具体的文本内容，可以得出以下两个公式，其中公式（1）表示《刘锡》的叙事结构形态，公式（2）表示《沉香宝卷》的叙事结构形态。

Ⅰ　a5B↑ДГZ RБП　　　Л↓
Ⅱ　　　　　　Ⅰ a1B↑ДГZБЛ　　（1）

用公式（2）表示《沉香宝卷》的叙事结构形态：

---

① 赵晓寰有关普罗普故事结构的观点，见叶舒宪主编：《结构主义神话学》，陕西师范大学出版社2011年版，第305—321页。
② 〔俄〕弗拉基米尔·雅可夫列维奇·普罗普：《故事形态学》，贾放译，中华书局2006年版，第88页。

Ⅰ　　Ⅰ a5B↑ДГДГZ RБПБПБПЛ↓

Ⅱ　　　　　　　　　Ⅰ a1B↑ДГДГДГZ RБПЛ↓T（2）

　　普罗普借用功能项对民间故事进行基本结构的把握，有利于分析传统民间故事在不同时代、不同文体中发展的演变规律。清代《沉香宝卷》在明代莆仙戏《刘锡》的基础上保留了沉香故事的主要功能项，又在其基础上增加了新的功能情节，例如主要功能项劈山救母，完善了沉香故事的演变，并成为后世成熟沉香故事的主要文本依据。对比公式（1）和公式（2），可以得出如下结论：

　　A. 公式（2）中功能项多于公式（1）的功能项，故事情节更加完整，结构更符合民间故事。

　　B. 沉香回合的功能项增多，并与刘向的功能项数量基本等同，沉香渐渐成为主人公。

　　C. 公式（2）的功能项区别于公式（1），形成两个完整的回合，而非一个大回合和一个嵌套其中的小回合，沉香回合独立。

　　D. 公式（2）增加Ⅰ ДГБПДГT等功能项，沉香故事出现新的独特内容。

　　结合《沉香宝卷》与《刘锡》的具体故事情节，可以看出清代《沉香宝卷》在演绎传统沉香故事的同时，对其内容和主题进行了扩充和改变。功能项差异的背后实际上是《沉香宝卷》在承继沉香故事时的独特性。这种功能项的差异表现在具体文本上，主要呈现出人物形象、故事情节、主旨功能上的不同。在人物形象上，莆仙戏是以"刘锡"为主人公的，以刘锡形成一个完整的故事回合，将其子沉香的故事插入其中，作为整个刘锡故事完整性的一环。从题目而言，《刘锡》正表明主人公是书生刘锡。从剧目而言，戏剧共11幕，其中刘锡的情节达9幕之多，而以沉香为主的情节只占其中的2幕。在《沉香宝卷》中，刘向与沉香分属于两个回合，并都是自己所属回合的主人公，人物重点发生了从刘向到沉香的转变。虽然这种转变并没有完全改变故事的主人公，但已大大提升了沉香的叙事地位，刘向已不再是故事叙事的唯一主人公。在故事情节上，相比于明代莆仙戏《刘锡》，《沉香宝卷》增加了刘向出生，刘向拒绝三娘，刘向三次遇险；沉香求师，寻终南山，沉香探洞获宝，沉香与二郎神大战；观音协调，劈山救母；刘向、沉香封神等情节，改变了刘向应试不中，刘向为知县婿，沉香拜师，圣母阻挠等情节。这些情节更加丰富了沉香救母故事，使得沉香这一人物形象更加鲜活立体；在主旨上，莆仙戏通过刘锡在神庙题诗与三娘结为夫妻，以及三娘因刘锡和沉香与二郎神抗争来表现为自由婚姻而斗争的青年男女；而《沉香宝卷》却改变传统的自由婚恋主题，转而以"孝"为主题，将婚恋爱情故事发展为孝子故事。正因为沉香故事在主旨上发生了变化，人物形象和具体情节才发生了改变。从清宝卷开始，沉香劈山救母的故事开始稳定，成为脍炙人口的经典民间故事。

三、变与不变：宝卷对民间故事的承续

通过对莆仙戏《刘锡》与《沉香宝卷》中的"沉香故事"进行具体分析，我们可以看出沉香故事随着时代的变化，情节元素渐渐增多，人物塑造逐步成熟，主题思想逐渐确立。宝卷对民间故事的承继从表层上看素材类似，但内在要素不断变化，这种变化是由民间信仰和宝卷伦理教化的独特性决定的。

清初，政治环境的改变，民间教派受到统治阶级的打击，宝卷开始演绎民间故事，并将民间信仰融入其中，形成独具特色的世俗宝卷。"宝卷因而开始其世俗化历程，一方面改变其原来的宗教性内容，而以世俗故事入文，突出其文学性、娱乐性；另一方面，则走出了民间教派的狭小的流传圈子，开始与普通民众广泛接触，获得了更为宽广的

生存空间。"① 除此之外，随着商品经济的发展，人们开始追求更多的经济利益，民间信仰为此时的人们提供了精神安慰。作为民间信仰的载体，世俗宝卷在借鉴传统民间故事的同时必定受民间信仰的影响。在民间信仰下改变故事的中心人物、情节内容，甚至是故事主旨，《沉香宝卷》就是这样一个典型。

民间信仰中的观念深刻影响了普通民众，使得《沉香宝卷》在承继传统沉香故事时加上了神仙崇拜观念、仙山崇拜观念、祈福禳灾观念等民间信仰的成分，使沉香故事发生了多方面的改变。

神仙崇拜观念一直扎根于普通民众的心中，通过各种方式寻求神灵的帮助。"历代民众是天灾与人祸的主要受害者，是被摧残、被压迫的众多生灵，他们无时无刻不在渴望并求救助，无时无刻不在关心着他们的切身利益。"② 神仙信仰之所以能够深入民心，其重要的原因就在于，它将人的前生、现世与来世联系成为一个不可分割的整体，这便是神仙信仰中的善恶报应说。宝卷从一开始就被当作神仙之物，"有这样一个悠久的民间传说，书信传自于天，或者由神仙授之于大人物的。"③ 正是由于这种观念的影响，《沉香宝卷》在发展沉香故事时增加了多位神仙形象，改变了其中的情节，使得神仙色彩更加浓厚。在人物形象上，除了莆仙戏《刘锡》中具有的玉帝、月老、二郎神、八仙、圣母、三娘神仙外，《沉香宝卷》主要加入了太白金星和观音等神仙。在情节上，最主要的是加入了刘氏夫妇向观音求子、太白金星为沉香引路、观音劝和二郎神与沉香，使故事完整的同时有着浓厚的神仙信仰意味。

人类自产生之日起便与山岳有着密切的关系，山岳被看作是万物孕育之所，大自然的一切，例如日、月、风、雨、雷、电等影响万物

---

① 陆永峰、车锡伦：《靖江宝卷研究》，社会科学文献出版社2008年版，第22页。
② 乌丙安：《中国民间信仰》，长春出版社2014年版，第3页。
③〔美〕欧大年：《中国民间宗教派研究》，刘心勇等译，上海古籍出版社1993年版，第212页。

生长的各种条件也无不与山岳有关,"山林、川谷、丘陵能出云,为风雨"①。大汶口文化遗址中出土的大口尊上的陶文"", 深刻反映出原始先民对山岳的崇拜。《沉香宝卷》中增加的沉香终南山拜师功能项便是仙山崇拜观念的无意识再现。

> 我的言语不可忘 忘却难见南山林
> 终南群仙岂可比 投师学去救娘亲②

在宝卷中,仙山乃是"真山活水"的人间圣境,远离尘世,幽美绝伦。

> 山青水绿非凡景 日暖风和气象新
> 双双白鹤空中舞 鸾凤和鸣不绝声
> 玉树名花香馥口 灵芝瑶草满山生
> 分明不是凡间地 仙山一座不须论③

居住在仙山的仙人们虽然远离尘世,但却对世间之事了然于心。他们以天意为准绳,讨伐邪恶,这正是人们仙山崇拜的最重要原因。

在民间信仰中,神庙占卜与许愿、还愿是人与神沟通的最主要的形式。许愿、还愿寄托着民众可望而不可及的心声,成为世俗与神圣沟通的媒介,也是民间信仰中必不可少的具有仪式性特色要素。在《沉香宝卷》中,神人沟通主要在于许愿、还愿。一次是刘氏求子,"沐浴更衣全斋戒,我们也去拜观音。许愿发心行善事,要求一子显

---

① (清)孙希旦:《礼记集解》,中华书局1989年版,第1194页。
② 清周芹芝屋藏本,收入濮文起主编:《民间宝卷》(第十三册),黄山书社2005年版,第20页。
③ 清周芹芝屋藏本,收入濮文起主编:《民间宝卷》(第十三册),黄山书社2005年版,第23页。

门庭。"① 一次是刘锡进三娘庙,"刘向暗想,我去求取功名,神仙总知我,今问他一笤,讨一个信息,可能中否。"② 因此,在祈福禳灾的民间信仰观念下,宝卷加入了许愿、还愿、占卜等具体细节,而这些细节的加入从另一方面又强化民众心中的民间信仰。

相比于戏剧,宝卷在体裁上有着自身独特的特点。宝卷自宋代以来就带着浓厚的伦理教化的倾向。宝卷问世以来,"日益突击自身劝善化俗、伦理教化的社会功能。"③ 特别是到了清代,这种"伦理化"倾向愈益鲜明、强烈。宝卷伦理教化观显著地存在于以家庭为单位的伦理观念中。首先是对"夫妻观"的重视。在莆仙戏《刘锡》中,县官在得知刘锡宝物的具体来源后,将自己的女儿许给刘锡作为妻子,刘锡也欣然答应。从而引发出沉香后期知道生母另有其人,刘锡、沉香最终返回后的大团圆。而《沉香宝卷》删掉了沉香养母这一人物,以及和这一人物有关的情节,刘向成为了只忠诚于三娘一人的丈夫,再未娶妻。清代"夫妻观"从侧面反映出人们对封建礼教的不满,以及人们对平等夫妻关系的向往。

中国传统伦理观在漫长的发展历程中,逐渐演变成一种以父系为轴,强调宗法人伦,要求和谐的秩序性的、以孝为核心的家庭本位伦理观。④ "孝"是我国传统文化的核心内容之一,千百年来一直作为伦理道德之本、行为规范之首,备受推崇。所谓"夫孝,德之本也,教之所由生也"。⑤ 参照上文表1,对比公式(1)和(2),可以明显看出,沉香故事不再是传统的以三娘与书生为主,以沉香为姻缘产物的爱情故事,而是转变为以沉香为主人公的救母故事,是对孝道观念的宣扬。在这种孝道观的影响下,沉香故事的主人公以及故事主旨都发生了翻

---

① 清周芹芝屋藏本,收入濮文起主编:《民间宝卷》(第十三册),黄山书社2005年版,第3页。
② 清周芹芝屋藏本,收入濮文起主编:《民间宝卷》(第十三册),黄山书社2005年版,第5页。
③ 洪修平、陈红兵:《论中国佛学的精神及其现实意义》,《世界宗教研究》2011年第1期。
④ 萧放:《孝文化的历史传统与当代意义》,《民俗研究》2015年第2期。
⑤ 汪受宽:《孝经译注》,上海古籍出版社2004年版,第2页。

转,在传统故事的基础上进行了内容上的丰富以及主旨上的改变,成为后世完整沉香故事的基本蓝本。

孝道一直以来在中国传统文化中处于首德的地位,尊母守孝对人们价值观的形成有着重要的作用。民间文学中"认母、寻母、孝母、救母"的故事占有相当的比重,目连救母、光目救母、婆罗门女救母、许仕林祭塔救母、董仲舒寻母等故事广为流传,成为脍炙人口的孝道故事。我们在此不分析沉香劈山救母的故事是否来源于目连救母,而仅仅关注主人公的成长与救母之间的关系,主人公的成长过程也是孝道不断深化的过程。正如沉香一样,救母故事的主人公起初都是弱小而无助的,在救母的道路上,凭借自身的信仰,克服万难,斩妖除魔,救出母亲,获得成长。救母的过程实际上是一个主人公成长的过程,主人公在成长中不断地完成"孝"这一基本伦理。人类学家范·根纳普等人的研究表明:在原始社会中,人们往往会举行一定的"通过仪礼"来标志个人经历生命周期的各个阶段。这些仪式虽然形式繁多,但都包含着一种基本的三重结构:分离阶段——过渡阶段——融入阶段。① 在沉香救母故事中,也遵循这种古老的仪式:沉香离家——磨炼考验——回归。主人公通过这样的一种过程将孝道最大化,具有劝善说教的传统伦理意味。正如《沉香宝卷》开篇:

秀才刘向仁忠士 华岳三娘爱秀才
太子沉香行大孝 集成大义化凡人②

除了家庭伦理教化外,民间教化观对积德行善的倡导也影响了故事情节的发展,公式(2)的增改部分,即向观音求子(Ⅰ),刘向沉

---

① 〔美〕维克多·特纳:《庆典》,方永德等译,上海文艺出版社1993年版,第147页。
② 清人周芹芝屋藏本,收入濮文起主编:《民间宝卷》(第十三册),黄山书社2005年版,第2页。

香封神（T）反映出积德行善后的福报。这种思想来自于佛教"因果业报"观念与传统道德教化中"积善之家，必有余庆"的思想的双重影响，使宝卷具有民间教化的同时又有着佛教、民间教派等的痕迹。重视普通民众的自我救赎，有着浓厚的功利性目的。正是由于这种民间教化观，宝卷在演绎传统民间故事时才有所取舍，并在民间教化观的指导下保留民间故事基本结构的同时对民间故事进行增改。而这些经过增改的民间故事却成为后世成熟故事的底本，对民间故事的定型和主旨功能有重要意义。

随着时代的发展，沉香故事的内容与主题也随之不断演绎。《沉香宝卷》继承原有沉香故事的同时，加以发展创造，形成新的情节内容和主题思想。《沉香宝卷》对传统民间故事发展、定型的作用并不是个例，大多数世俗宝卷对民间故事的流传和演变都有着承上启下的作用，甚至在主旨上占据主导意义，如《韩湘宝卷》《二度梅宝卷》《白氏宝卷》等。宝卷作为民间故事演绎中的重要一环，对其分析研究，一方面有助于我们深入认识宝卷这一特殊的文本形式，另一方面有助于我们纵向去思考民间故事的发展和演变。

原载《文化遗产》2019年第3期

何仙姑宝卷的宗教内涵

吴光正

何仙姑本是八仙之一，可是民间宗教却借她的得道故事来宣传教义。本文拟对反映何仙姑得道的三个宝卷（《何仙姑宝卷》《何仙宝传》《孝女宝卷》）做一简单分析，旨在揭示明清民间宗教的基本理论。[①]

一、收元：民间宗教的终极关怀

收元是明清民间宗教的一个概念。指的是至高神无生老母自开天辟地以来先后派仙佛下凡，度脱皇胎儿女回到自己身边，共享快乐，永脱轮回。前述三部何仙姑宝卷的作者都不同程度地依照此观念来结构故事情节，从而将明清民间宗教的创世说、劫运说和救度理念做了详细的介绍，体现了民间宗教的终极关怀。

关于创世说，宝卷说得较为简略，而且是附丽于劫变说之中。如流传于西北地区的宝卷开篇就指出：

[①] 有关何仙姑宝卷版本的详细情况，请参见吴光正：《何仙姑得道故事考》，《求是学刊》2003年第4期。

自从混沌开天地，三皇五帝治乾坤。天开于子地辟丑，人生寅时放光明。议定三元十二会，三乘九品果品成。天降玄皇五老运，又化玉帝及三清。太上道德根基稳，修真养性度众生。元始天尊法力胜，演教说法度阴阳。灵宝天尊大道根，全凭法术救黎民。先天燃灯为首领，度回二亿归天庭；中天释家道掌定，又度二亿见娘亲。后天弥勒三期运，九十二亿度残灵；三教三佛各成圣，各立教典出凡尘。

这段话是佛教信仰和道教信仰的混合物。创世说源之于道教理念，劫运说则源之于佛教弥勒信仰和道教丹道理念。所谓三元十二会，讲的是三佛应劫救世观念：燃灯佛、释迦佛和弥勒佛在不同时期应劫而出，各举行三次大法会，救度尘世间受苦受难的芸芸众生。燃灯佛、释迦佛分别度回二亿皇胎儿女回天庭，尚留下九十二亿皇胎儿女等着仙佛去度脱。

末劫时代的度脱工作极为艰难。这是因为九十二亿皇胎儿女沉迷尘世欲望，罪恶滔天，已经忘了自己的本来面目。在《何仙宝传》中，作者指出："上古中古人心正，不染六欲和七情。所以修炼易成圣，不迷当初本根性。时至下元浇漓甚，人心变诈诡计生。尽被五害捆绑定，落在苦海陷人坑。"在《孝女宝卷》中，无生老母感叹九十六亿皇胎儿女俱被凡情迷没，贪恋酒色财气，"丧良心昧天理更仗势力，上欺下下瞒上上下交征"，因此"上帝怒降下了瘟疫刀兵，四魔王降下凡到处荒乱，动杀伐互相害互相斗争"。在下凡度人的吕洞宾眼中，人世就是一个罪恶渊薮：

人之初性本善不细参想，都知为名合利丧尽纲常。不思想五伦理该尽该讲，失了本那里有福禄祯祥。君不敬臣不忠争夺互强，父不慈子不孝禽兽同行。夫不夫妻不妻内外扰攘，兄不友弟

不恭情同参商。朋合友学诡诈信义不讲,五伦失天降下五大劫殃。(《孝女宝卷》)

正因为末劫如此之险恶,皇胎儿女有灭顶之灾,所以民间宗教推出了一位至高神——无生老母来督导诸仙佛下凡,普度皇胎儿女。无生老母在明清民间宗教中集创世神和救世神于一身,分别被称作老母、祖母、古佛、无生母、老无生、老古佛、收圆老祖、无极老母、无极圣母、无生圣母、瑶池金母、云盘圣母、天地三界十方万灵真宰等。①

无生老母派遣仙佛下凡度脱皇胎儿女是何仙宝卷所有情节的中心内容。在《何仙宝传》中,尽管玉女担心"落红尘不得转",可是无极母还是以天数定数逼玉女投胎为何氏女,尔后又令吕洞宾下凡度何氏女归元。在《孝女宝卷》中,无生老母敕令吕洞宾度脱莲香菩萨投胎的何莲贞还元认母时,慈母心怀油然而生:"哭九六皇胎子也堕劫内,皆母的一脉传娘怎不心疼……差你去渡化她迷团打破,修性命炼还元来陪无生。"为了度脱皇胎儿女,一切清规戒律都得让路。在度脱何氏女的过程中,柳树精妄自差遣天兵天将与黄龙斗法,触犯天条,观音大士、汉钟离都为吕纯阳、柳树精求情,玉帝明确表示:"天大罪度原人也当减刑。"民间宗教将丹道修炼成内功和外功,内功即修命炼元神结圣胎,外功即指阳神出壳飞升后所做的度脱工作。也就是说,修炼者必须遵循无生老母之命度人还元才能证果。所以何氏母女、清源女"阳神出壳,上朝无生母,无生母喜气非常,各赐无极灵光,下渡凡间九六佛子还元,再登果位"。这一切均表明,无生老母是末劫红尘大众的救星。

---

① 参见濮文起主编《中国民间秘密宗教辞典》和马西沙、韩秉方著《中国民间宗教史》相关内容。以上两书分别由四川辞书出版社、上海人民出版社于1996年、1992年先后出版。

二、敦伦：重返天庭的基本前提

民间宗教认为，皇胎儿女迷失本性，是因为沉迷酒色财气而堕落，皇胎儿女要重返天庭就必须先恢复人世的伦常秩序。因此，敦伦就成了重返天庭的根本前提。

"欲返本先得是敦伦为上""伦常理这就是炼丹根苗"。这种敦伦理念通过仙佛对元人的一次次度脱而得到体现。吕洞宾度何莲贞，即向莲贞指出："一切的恩合爱富贵轻抛，只有这该尽的孝悌之道，除此外皆得是弃如弁髦。"白德恒全家请成仙的何仙姑传道，何仙姑也一再向白氏全家和信徒指出："先教你敦伦常不失根本，再教你习勤俭善训子孙。"仙人之所以劝化何安，是因为仙人认为"汝既为国尽忠，奔死不辞劳苦；孝存心内，自有仙人指路"。何仙姑和钟吕二仙救助何袁氏、鲁华氏，是因为她们"贞节可奖""贞节可嘉"；何仙姑和钟吕二仙之所以对李鑫、鲁东阳加以指点，是因为他们"孝悌可知""孝心敬纯"。仙佛的这种谆谆教导，目的在于强化敦伦常对于重返天堂的重要性。

在这种理念的支配下，宝卷的情节模式就成了伦常的外在显现。为了达到此一目的，宝卷设置了以"小蓬莱""至善园"为中心的发散式叙事结构。何莲贞"始则遭难寻亲，乃孝心所发；继则遇神来点，乃孝心所感；终则脱壳飞升，乃孝心所成"。西云庵得道之后，被好善乐施的白德恒迎至家中供养，从此开始了她的度人历程。何仙姑将白家安庆花园改名为"至善园"，"逍遥桥"改名为"慈济桥"，"望花楼"凉亭改为"西雨亭"。白德恒夫妇及其长子长媳、二子二媳、三女清元俱在何仙姑的点化劝导下，潜心修道，先后羽化登仙。至善园遂成为传道中心，四方善信纷纷归服。李鑫和老母投奔至善园，鲁东阳和寡嫂先后投奔至善园。邢文礼、马明伦、悟静和尚结伴投奔至善园。何莲贞成仙和何仙姑度人的一个个故事均成了伦常的外在显现，这一个个故事甚至分别体现了伦理的各个层面。何仙姑和这些人经历了一系列事件之后，又纷纷投向终南山，最后共朝无生老母。由于至善园乃四方善信投奔之地，所以至善园所在山脉又被称作"小蓬莱"。作为何仙姑的老师，钟吕二人往来于蓬莱仙岛、终南山和至善园之间，帮助何仙姑传道度人。

在宝卷敦伦理念的支配下，宝卷的人物也成了伦常的传声筒。何仙姑、李鑫、白清元是孝的化身，鲁东阳是"悌"的化身，何袁氏、鲁华氏是贞节的化身，何安是忠孝两全的化身，李魁是忠仆的化身，白家长媳二媳是悌道的化身。当然，作为不守五伦的反面人物，作者为这些人安排了悲惨的下场。如陷害何莲贞母女兄弟的叔婶、企图霸占鲁华氏的地方权要、不守伦常的白家三子三媳，其结果均不得善终。更为奇特的是，作者还设置了一个浪子回头式的人物——马明伦。"马明伦"实际上是"不明伦"。马明伦"好吃懒做，赌博饮酒，惹下祸患。父母责教不听，兄弟劝解无闻，因此兄弟不睦，妯娌争吵"，结果被兄长活活打死。就在魂游地府的过程中，马明伦因不敦五伦遭到报应。被何仙姑救活后，马明伦向父母亲请罪，对何仙姑设誓，表示要痛改前非。为了让马明伦的改悔有充分的展示，宝卷让马明伦的亲人遭尽了罪："父得瘫痪，不能动转；母眼失明，不能行走"；明伦夫妇"亲身事奉茶汤"，三年不懈。他的兄嫂"仍说他假奉承，终是恶言恶语"，于是作者又让"大哥病卧""二嫂产后病重"，明伦夫妇如"事父一般恭敬"，对嫂子"陶氏也敬如婆母无二"。道士奉送药丸，可是药引难寻，马明伦情急之下卧床不起，"马陶氏事翁婆又事夫主，昼合夜受劳苦寝食不安"。马明伦夫妇的孝心感动了仙佛，帮他们找到了药引，救了全家。作者还嫌马明伦夫妇的转变材料不够充分，于是又让他的父母再次大病了一场，马明伦割股疗亲，感动阎王，为父母赢得了两年阳寿。父母死后，马明伦夫妇克尽孝道守孝三年，最后墓庵旁写下了发自肺腑的《行孝篇》。马明伦的浪子回头最终为他赢得了重返天庭的资格。

三、魔考：重返天庭的心路历程

何仙姑宝卷通过一系列的理论宣讲和情节展示传达了修行者必须经历的心路历程，即接受种种魔考。

仙佛对求道者所作的理论宣示主要包括皈与戒、魔与难、考与试三个方面的内容。这些内容在宝卷中得到重复宣示，并贯彻于相关情节之中。换言之，宝卷的情节进程是完全服务于这些修心炼性理论的。

皈与戒。民间宗教借用了佛教的三皈五戒理论，却对它作了一些变动，以适合自身的教义。这种变动，在何仙姑宝卷系统中又各有各的特色。先来看三皈。在《何仙宝传》中，吕洞宾向何姑娘传授三皈时作了道教学的阐释："一皈佛为元神黄庭拴定，二皈法为元气运转昆仑，三皈佛为元精三花合并，三菩提法轮转真人现形，这三皈佛法修为师分论。"在《孝女宝卷》中，又对三皈作了心性修炼方面的解释："皈依佛学佛空色相不染，万相空方炼成不坏金刚。皈依法要的是至诚无二，遵师教方得闻道诀精详。皈依僧身在俗心要超俗，看的破富合贵皆同渺茫，看的破恩合爱皆是枷锁。"关于五戒，各个宝卷的解释也存在着巨大的差异。在《何仙姑宝卷》中，黄龙、何仙姑所传五戒就存在着差异。何仙姑未得道前，吕洞宾曾到药铺寻问"五戒精严化气方"，何仙姑开出药方，对五戒作了儒家伦理学的阐释，即五戒者仁义礼智信也："仁者慈心不杀，义者不贪财物，礼者正直不邪，智者不茹荤酒，信者言语不诳，行住坐卧，一毫不乱。"但在黄龙向何氏夫妇传道时，黄龙对五戒的阐释却与此迥然不同："一戒杀学仁慈；第二戒偷学正义；三戒淫色守三宝，巍巍人高上九霄；四戒酒肉并五荤，清清白白好修行；五戒妄语不可说，言要顾行有信因。"在《何仙宝传》

中，作者在五戒的基础上又增加了十恶和八邪。宝卷作者一再强调，"十恶八邪由自造"，"十恶八邪由心造"。因此，这"十恶八邪"就是心性修炼之大敌，必须摈除。

魔与难。所谓魔与难实际上就是修道人心中的种种欲念。心中凡念起，魔与难就随之产生。在《孝女宝卷》中，作者用"十魔"与"九难"来阐释修道人所面临的欲念诸相。所谓"十魔"，是从个体的角度阐释人生欲念对修炼者的妨碍：

第一魔妻共妾恩爱难断，第二魔子与孙枷锁缠身，第三魔亲戚朋友阻挡难进，第四魔有官责不教修真，第五魔斋合戒有人混乱，第六魔有人谤心生魔嗔，第七魔梦中贪酒和气，第八魔左道门以假乱真，第九魔虎狼现惊恐难进，第十魔精灵怪盗尔精神。

对于这十魔，作者认为全是由于修道人"志向不稳"而引起。对于九大难，作者却归之于外在阻力，而这外在阻力也是由于人心欲念而起：

第一难子修道父母不准，亲阻拦是你的孝心不纯。孝心纯父合母盼尔进道，子与女道成后超升双亲。第二难亲修道儿女缠绕，开尔斋破尔戒惊吓尔心；志向坚割恩爱情欲斩断，舍不得总要舍只当归阴。……第八难少衣食不能修道，募化人又欠下人的债根。修不成就得是转生还帐，无真道诓哄人假说修真；更造下无边罪人身难转，叹红尘假道门自找狱门。第九难想修道家又贫困，父母老无兄弟难以养亲；只得是奔衣食闲时修道，朝省亲夕安亲静养性真。

考与试。修道人能持戒律，修心炼道，却魔避难，需要顽强的意志。所以还得不断地接受仙佛的种种考验。"先天道自古来不能明讲，不魔炼怎见出心坚不坚。"只有等到"佛祖考仙真试并无退悔"之后，仙佛才能传授道诀。在何仙宝卷中，仙真佛祖对修道人的考验随处可见，《孝女宝卷》还作出了理论上的概括：

> 一考你恋俗心有也无有，俗心重就难脱离六道轮回。二考你贪财心有也无有，恋财帛就轻道怎能修真；贪富贵贪名誉枷锁难断，仙佛家不渡化这等迷人。三考你道心坚或是松懈，心流活仍不传九转道真。苦其心劳其筋空乏其身，饿其体终不退才是仙根。四考你色欲心断也未断，不斩断怎修成身如春温。五考你妄想心扫也未扫，有妄想就入魔杂乱纷纷。六考你胆与量或大或小，胆量小龙难降虎亦难擒。七考你凡百事皆不能顺，佛仙根从苦境见出其心。八考你刀兵杀凶祸临头，有道人那怕这十大魔神。九考你凶恶心起也未起，受人打受人骂官灾临身。十考你同道人相欺相压，受的屈忍的辱志在道真。

从上述十考可知，仙真佛祖对修道之人进行考验，其中心意图就是要修道人去除人世欲念。鲁东阳在考验面前心生畏惧，结果落入邪魔外道，转世投胎为曹国舅。在第二世中，仙真又让他勤修苦炼，并加考十次。面对这"十考"，曹国舅"永无退志"，最终得了先天大道，由吕洞宾、汉钟离"引他脱壳飞升"。只要我们把曹国舅这"十考"和前述"十考"加以比较，就可以发现，二者之间并无本质区别，后者只不过是前者的具体化而已。

皈与戒、魔与难、考与试，这是民间宗教修炼心性的理论武器，包含着敦伦常和弃尘念两大核心内容。关于前者，我们在"敦伦"一节中已有详细论述。下面再就"弃尘念"说几句。所谓"魔考"，在宝卷的许多地方又称作"磨考"。魔者，心魔也；磨者，磨炼也。魔考就是经由心性修炼这一磨炼达到降魔的目的。这个魔，在宝卷中常常以"酒色财气"来加以界说，并以"古圣先贤"却魔成仙佛来鼓励修道者。

宝卷的魔考理念在所有人物的成仙情节中得到贯彻。这些情节，就其创作方法来分，可分为两种模式：一为写实性情节，即按现实宗教求道生活来写有关人物接受磨考的历程；二为象征性情节，即使用宗教象征符码来展示有关人物接受磨考的历程。

写实性磨考情节在何仙姑、鲁东阳等人物身上有所体现。这些情节所传达的文本信息，概而言之，存在着五个方面的内容。一为，修道者必须接受清苦生活的磨炼。白清元设誓修行，何仙姑告诫白清元"既欲修仙先学勤"，企图借由清苦生活来磨炼修道人的意志。二为，修道者必须摒除尘世欲念。比如，《吕祖师度何仙姑因果宝卷》就以大部分篇幅来展示何仙姑的色欲考验。何姑娘受吕洞宾点拨欲出家修道，父母不但不允而且逼迫女儿招婿奉亲。这时吕洞宾化美男前来入赘，并且走进洞房"把床上"，何姑娘认为书生虽美，但"眨眨眼睛就老了"，所以必须跳出"酒色财气"四堵墙，才能够修仙成佛。父亲逼之以乱棍，甚至以"叫你身死归阴去也"相威胁，可何姑娘坚决不从父亲之命。三为，修道者必须走正道弃邪魔。宝卷中不仅反复多次对各种各样的邪教进行批判，而且描写了邢文礼、李鑫、鲁东阳道心退而堕入邪教的经历，并以吕洞宾、钟离权的及时救度来告诫修道走正道，不可轻信邪魔歪道。四为，修道者必须以诚求道。鲁华氏、邢文礼、马明伦、悟静往至善园求师，均有人诽谤何仙姑是邪魔外道，但四人都心诚不退，终得指点。鲁东阳跪在至善园前七天七夜，终于感得"六月现寒冰"，让何仙姑收留了自己。何安甚至以舐食乞丐脓疮来证明自己的诚心。五为，修道者必须不畏生死。在求师学道的历程中，修道者往往会碰到各类豺狼虎豹，陷入各种绝境之中。只要修道者心无畏惧，勇猛精进，一切危险均化险为夷。

象征性情节在何仙传的几大宝卷系统中均有所体现，其中尤以《孝女宝卷》最具特色。宝卷中的乌龙道人实际上就是尘世欲念的化身。他先后向何仙姑、白清元发动的一次次进攻实际上就是修道者尘世欲念萌动的象征，而何仙姑、白清元在仙佛的帮助下对乌龙道人实施的种种抵抗行为实际上就是修道者修心炼性的象征性写照。在宝卷第八回、第九回中，乌龙道人大摆五雷阵，攻至善园，试图将至善园中所有人等化成脓血。何仙姑挂起纯阳无极图，"令白氏全家，俱来园中静坐，瞑目定心，会参禅者参禅，不会参禅者默念六字佛号"，收束心性用以抵御邪魔入侵。那五雷阵实际上就是欲望的象征，内中有种种机关，"遇勇烈者有温柔乡，遇柔懦者有麹蘖药，遇贪婪者有金银财宝作饵食，遇狂妄者有爵位显达为迷引"，"凡人遇此，尽陷坑内"。乌龙道人手下有四大徒弟，即酒色财气四大魔，率领万千魔兵，意欲消灭至善园。何仙姑除了让白氏合家修心炼性之外，还请求吕纯阳帮忙。吕纯阳派刘海蟾借来五行真气破五雷阵，又令柳精借来三昧真火破了三尸神阵，又让何仙姑用慧剑破了四绝阵，又传何仙姑定神针，好让白氏全家收束心性。"万千魔兵自惹来，皆为贪心日夜怀"。因此，只要"有志男女看破了，存心养性炼弥陀"，乌龙道人纵有能耐，也只能徒唤奈何。

四、炼丹：重返天庭的主要手段

何仙姑宝卷显示，敦伦和魔考都是仙真菩萨向修道者传道的根本前提。修道者只有具备上述条件，才能获得丹诀并进行修炼，重返天庭。何仙姑宝卷的三个版本系统都不同程度不厌其烦地反复展示了丹道修炼的全过程。

何仙姑宝卷中的丹道理论基本上袭自《悟真篇》，系统地将筑基、炼精化气、炼气化神、炼神还虚乃至最后结圣胎而元神出壳飞升的全过程作了介绍。我们以《何仙宝传》为例来分析有关丹道,并就《何仙姑宝卷》《孝女宝卷》中的丹道象征和丹道比喻作一简单揭示。吕洞宾传道时,一再强调了先天与后天的重大区别。何仙姑回答吕洞宾索要药方时,以对比的方式对先天、后天的有关理论作了揭示:

拣头味家和散三家会面、拣二味顺气丹概用先天,拣三味消毒饮三尸斩断,拣四味化气丸海量宏观。在先天三家合四散不散,落后天摘三花各居一边。在先天乾主事心性不乱,落后天职掌权六贼变迁。先天时是元神并无杂念,落坎离染五害扰乱心间。先天时是佛性法轮常转,落后天染六尘阻塞三关。在先天守一性万脉聚炼,落后天散四相万病齐翻。在先天守乾坤采药丹炼,落后天散万殊堕入深滩。在先天赴龙华琼浆玉宴,落后天贪五味爱吃香甜。先天气时性纯仁慈常现,落后天无名火头上冒烟。先天时身清静三环九转,落后天染六欲意马难拴。先天时心气平大悲大愿,落后天心窄小怎能宏宽。

正因为先天后天有如此天壤之别,所以仙佛们在不同的场合一再向弟子传授修炼丹道的全过程。吕洞宾以问药的形式说出内丹道的全过程,尔后又在劝说何泰修炼时道出其中奥秘,并在"说透十戒"时道出了整个过程:一筑基二炼己三采药根,四得药五驾车武火六等,七文火八沐浴九乾坤。

对于这一过程,仙佛传道时各有侧重,有详有略,也各有各的展示方式。比如吕洞宾向何仙姑传授先天道、神仙道和金仙道后,何仙姑玄关功夫进,筑基成功,内药生成,需要用火烹炼,吕洞宾于是向何仙姑传授火候:

炼金丹有火候锻炼三品,结黍米化圣胎浩月长生。有三十合六宫火之根本，有七十合二候候之原因。六十日为六火六六火进，三十日为六候候八九候分。有意火无意火阴阳动静，立心武坦心文进退虚盈。这火候玄妙诀不得糊混，有老嫩有进退四季各方。冬寒冷武火多候身势胜，夏天热武火少汗溢急停。春秋温武文平微汗松劲，有晴雨合昼夜寒热审行。这火候止于那铅干汞尽，脚酸麻身困倦不可过蒸。老合幼衰与病武火少进，中年人身强壮武火多焚。未得药烧空鼎返生疾病，已得药火不足大功难成。

掌握了火候，就可以使元精、元气、元神互相转化，复还先天纯阳之体。要复还到纯阳之体，就要处理好进火和退符，将药物送到玄牝之炉中烹炼。在《指破周天》一回中，吕洞宾介绍了进火与退符的整个过程：

> 首一卷地雷复一阳混沌，海中间曙色开阴极阳生。
> 第二卷地泽临二阳中嫩，阴气多守药炉若忘若存。
> 第三卷地天泰三阳开甚，斩赤龙降白虎离火下焚。
> 第四卷雷天壮四阳上愤，牟尼珠出尾闾渐渐上腾。
> 第五卷央天夬五阳上滚，土行孙骑海马途上昆仑。
> ……………
> 第十卷风地观温柔清静，有罡风来吹动万物归根。
> 十一卷山地剥五阴寒甚，恍惚间游海岛脱壳飞身。
> 十二卷坤为地周天以尽，阴极阳海朝莲坎水发生。
> 这就是十二卷周天路径，子进火午退符上降下升。

这十二卷周天路径利用周易卦象的阴阳消长来说明丹道的周天运转。前六卷谓之进火，即活子时一阳初复，以武火下手采药，经尾闾、夹脊、玉枕三关，升至泥丸顶。后六卷谓之退符，即将药从泥丸顶沿任脉历鹊桥、重楼、黄庭而至下丹田收存。经过反复地运转周天，药存丹田，就可以先后进入炼气化神、炼神化虚两个阶段，最后结圣胎脱壳飞升。

为了使丹道的传授更为形象化，宝卷作者往往采用比喻、象征等手法来展示丹道内容。《孝女宝卷》第四回"脱水厄母女闻大道，发武火阴魔消无踪"，写贫婆乞化，并烧起三堆大火，烤得山川大地皆成灰烬，"莲贞女端端坐更无灾殃，不多时如醉梦醒了不语"。第五回"入仙界采取妙药，守丹灶降伏虎龙"，叙莲贞女入仙界采得灵药，在烹煮的过程中，五龙"被莲贞煮饭的烟阻，误入锅内"，结果"雷震闪电又起"，举村民众惊慌不已，只有莲贞"牢守丹灶，固持玄门，静煮铅汞，清心定神，安安温养"，五龙只能徒唤奈何。吕洞宾发现莲贞能够降龙伏虎后，化仙女引莲贞脱壳飞升。这两回情节，很明显带有象征色彩，并且非常形象地将晦涩的丹道修炼作了阐述。在《何仙姑宝卷》中，作者巧妙地借助色欲考验母题，用夫妇之道来比喻内丹之道，既形象又明晰：

舍利是我亲生子，菩提是我丈夫身。只道奴奴无丈夫，谁知已养孩儿身。孩儿与我娘同年，亦是十六正青春，丈六金身放光明，上天入地无拦阻，点石成金都易能。入水不溺火不焚，云游四海时辰，慧眼遥观能千里，变化不测万法齐，龙降虎升归家歇，水火已济八宝斋。日月会合归本位，得见当来旧主地，夫妇和恩勤好，三人同床又合被，一日三餐菩提酒，吃得清净归戊己。有人明我夫妇法，朝闻夕死上天梯。

吕洞宾变化成何姑娘姨父，劝小姐及早婚配，领略人生乐趣，何姑娘又对姨父声称自己已经有了丈夫：

我夫家住天边府，太极图县黄庭镇，黄庭镇前定南道，玄关一贯住安身。出身混沌先有他，祖代流传到如今。姓虚名称常恍惚，清清静静做营生。若问三个孩儿事，不生不灭不垢净，自小分离三家住，如今并合一家门……孩儿同奴十六春，有朝一日出外去，会见当朝旧主人。

何姑娘以夫妇阴阳和合之道来比喻丹道阴阳相生之道，以夫妇精血和合而成胎来比喻内丹修炼结成圣胎。在第二段引文中，何姑娘又将人身元精、元神、元气比喻成自己的三个孩儿，这三个孩儿经过筑基、炼精还气、炼气还神之后，最终结成圣胎，也即第一段引文所指称的那个"孩儿"。当丹道修炼到一定程度之后，元神出壳飞升天庭，即文中所谓的"有朝一日出外去，会见当朝旧主人"。由于何姑娘坚心修道不愿婚配，结果被父亲逼打至死；吕洞宾化作美貌书生，以"若是救活配我身"为前提将何姑娘救转过来。何姑娘坚决不从，吕洞宾于是告诉对方："我今年方十七岁，愿要与你成真夫妇，拿阴阳龙虎水火八宝聚会，成其美事。"所谓真夫妇者，即内丹阴阳配合也。何姑娘悟出其中玄机，于是追随吕洞宾腾云望终南山而去。

原载《宗教学研究》2004年第1期

论宝卷的劝善功能

陆永峰

于民间社会而言，宝卷不仅是娱乐之作，也是劝善之书。作为劝善之书的宝卷包含了大量的道德教化的内容，涉及民间日常行为、家庭生活等方方面面。宝卷对此有着广泛而细致的"规定"。民间社会在很大程度上，正是通过像宝卷这样的说唱形式，来获取其为人处世的相关知识与行为道德规范，宝卷因而具有了道德教科书的作用。

一

宝卷的宣讲者对宝卷的劝善功能有着清醒而强烈的认定。差不多每一部宝卷，无论是佛教的，还是民间教派的，或世俗的，都会在卷中劝人行善修道，宣扬其教化主题。这已经成为绝大部分宝卷的常态与习惯。如民国十二年（1923）秋月上海文益书局石印出版的《绘图金不换宝卷》扉页题"为善最乐，劝世良言"[1]。《立愿宝卷》中言，"却说宣卷一门，原是劝人为善的意思"[2]。宣卷之目的即在于劝人为

---

[1] 台湾"中央研究院"历史语言研究所《俗文学丛刊》编辑小组：《俗文学丛刊》（第358册），台湾新文丰出版公司2004年版，第358页。
[2] 王见川、林万传：《明清民间宗教经卷文献》（第11册），台湾新文丰出版公司1999年版，第844页。

善。该卷卷末载居易居士跋又言：

> 有守善子见之作而曰："善哉！《立愿宝卷》乎！近世善书，充栋汗牛。善堂星罗棋布，博施济众，尧舜犹病。乃朝廷所不能为者，而善士能为之。刑罚所不能化者，而善书能化之。"①

这里，比较全面地揭示了作为善书的宝卷于教化的意义所在：首先，通过善堂、流动的宣卷艺人，宝卷能到达朝廷王化较难触及的田野乡村，代为教化百姓；其次，宝卷是在刑罚的强制措施之外，通过感情、心灵的影响力，来教导世俗弃恶从善，做社会的善民、顺民。而宝卷在民间广受欢迎的原因，除了其故事的曲折动人、艺人的娴熟表演以外，还因为其所演之事、所叙之语，贴近老百姓的生活本身，比起文士常为之文，更容易被百姓理解、接受。

《潘公免灾宝卷》前刊咸丰丁巳（1857）秋九月古越存诚居士所撰序言：

> 潘功甫先生凤根深厚，生长富贵，志超尘俗。平生积功累行，舆论传诵，海内知名。殁后，尤复示梦于其友，谆谆救世，具无穷悲悯之怀。而其友淡然生述梦中语，笔之于书。虽词近里言，而沉挚悱恻，剀切详明，切中今世人心之弊。能使见者闻者，怵惕警惧。晓然于浩劫之所由来，而洗心涤虑，悔过迁善，以求免于灾。较之劝善诸旧编，其感人尤易入。第板存苏省，尚未远传。近有河南善士丁君慈颖，重刊于豫省，而京师犹阙焉。爰约诸同志，捐赀重付剞劂，以广其传。伏愿读者笃信弗疑，遵

---

① 王见川、林万传：《明清民间宗教经卷文献》（第11册），台湾新文丰出版公司1999年版，第952页。

而行之，省躬寡过，孳孳为善。以消灾沴，以迓麻祥。更望自勉勉人，广为传布。俾人人咸知，警惕悔过，自新弭祸患于未来，以共跻仁寿之域。是则区区愚衷之所深冀者尔。

咸丰丁巳秋九月古越存诚居士谨序。①

序中首先虚构了此宝卷的来历，为潘公梦中说与其友淡然生，后者醒而追记其言。其目的无非是神圣此卷，加重其在世俗心目中的地位，以更好地实现其教化世人的目的。故序中言此卷"虽词近里言，而沉挚悱恻，剀切详明，切中今世人心之弊。能使见者闻者，怵惕警惧"，"洗心涤虑，悔过迁善"。于警世化俗，意义非凡。而正因为此宝卷劝善功能巨大，才先后有了丁慈颖、作序者的善举，捐资刊刻，以广为传布，有益他人。

清光绪十九年（1893）梅月直隶省大名府大名县西南乡东郭村积善堂重刻《幽冥宝传》前有序，中言：

《幽冥宝训》者，地藏古佛训世之书也。佛以至德大孝主教幽冥，因以己之德，望人之共修其德；以己之孝，望人之共敦于孝。不啻主教幽冥，并欲垂训阳世。是以不惮苦心苦口，刊为善言，传于万世。无非望人之洗心涤行，同归于善而已。然其书流行海内，奉行者固多，未见者亦复不少。今春遇一善士奉送一部，反复披阅，觉其理正，其事核，其文简明而易晓，其案确实而有据，诚救世之药石，渡人之宝筏也。尝欲多买广送，而原版毁于兵燹，不胜悼欤！因商诸同人，重行剞劂，用广流布。缘访名士，逐字逐句，细加考订，更辑平日所见闻者，列之为案。虽

---

① 台湾"中央研究院"历史语言研究所《俗文学丛刊》编辑小组：《俗文学丛刊》（第358册），台湾新文丰出版公司2004年版，第210—211页。

文不无异同，而事皆有确证，非任意杜撰者。比览是书者，务须诚心奉行，改过迁善，体教主救母之心，将见得亲顺亲，即不愧为人为子，更何难成佛成仙！由是同超苦海，共登福地。庶不负吾佛救世之苦衷也。夫是为序。①

序中宣言此宝卷为地藏菩萨垂示，以图增加其神圣性，获得更多信服。而此卷之价值，作序者指出，"其理正，其事核，其文简明而易晓，其案确实而有据，诚救世之药石，渡人之宝筏也"，主要还在劝善二字上。因此，阅读此卷者，需要诚心奉行，最终可以"同超苦海，共登福地"。这与前引《潘公免灾宝卷》古越存诚居士所撰之序一样，说的都是宝卷言简意切，便于为世俗接受之理。

清光绪十年（1884）金陵一得斋刻字铺刊《灶君宝卷》末跋言：

前有《灶君宝卷》，传世皆系抄本。余于甲申夏日，偶至孔君处获见。此卷上半部是劝人立愿，改过迁善；下半部是劝人念佛，返本还原。言简而赅，意显而微。洵消劫之宝筏，度世之金针也。惜无刊本，且字句多鱼鲁讹错，篇章亦残阙模糊。余因劝孔君出资刊刻，以广其传，并为之校正釐订，以付手民。自夏徂冬，越半载而告成。②

此宝卷的内容、宗旨，在跋中被揭示为是要劝人行善修佛。此卷因而堪为"消劫之宝筏，度世之金针"。也因而有了孔君的出资刊刻，跋之作者的校正厘订。

---

① 台湾"中央研究院"历史语言研究所《俗文学丛刊》编辑小组：《俗文学丛刊》（第352册），台湾新文丰出版公司2004年版，第9—12页。
② 台湾"中央研究院"历史语言研究所《俗文学丛刊》编辑小组：《俗文学丛刊》（第359册），台湾新文丰出版公司2004年版，第99—100页。

靖江宝卷开篇皆有"某某宝卷劝善"之语。讲经者以劝善、教化世俗为主要职责之一。如《血汗衫记》开篇中言,"面对善人讲经典,劝善降福免三灾","是宝卷必是劝人行善"。"宝卷是部劝善文,字字句句劝善人"①。末又言"写下一部某某卷,留在民间劝善人"②。《三茅宝卷》中亦言"《三茅宝卷》,一部劝善书"③。宝卷的讲唱者时时自觉地标明其劝善的价值与目标。

很多宝卷中都强调了宝卷劝化功能的巨大。前引清光绪十九年梅月直隶省大名府大名县西南乡东郭村积善堂重刻《幽冥宝传》,前有光绪七年王作砺撰《重刊幽冥宝传序》,中言:

> 夫菩萨生而为孝子,死而为尊神。故其为传也,理明义确,词简韵清。读者悚目,闻者动容。斯诚济世之慈航,寿世之良药也。诚有好善君子,乐输义囊,刊布四方。俾家值一编,朝夕披阅。斯善心感而恶志祛,烝烝向化,庶于治道不无小补也。此则余与雨麒诸公所厚望也。夫是为序。④

作序者谓宝卷为"济世之慈航,寿世之良药",读之可去恶从善,"于治道不无小补"。其对宝卷的重视与推崇由此可知。《黄梅宝卷》末言:

> 黄梅宝卷宣圆全,古镜重磨万年明。善男信女能修道,尽成菩萨做仙神。诸佛菩萨凡人做,只怕凡人不坚心。佛母泗州多用苦,千言万语劝世人。劝人行善能得福,言人作恶祸临身。世人

---
① 尤红:《中国靖江宝卷》(上册),江苏文艺出版社2007年版,第299页。
② 尤红:《中国靖江宝卷》(上册),江苏文艺出版社2007年版,第338页。
③ 尤红:《中国靖江宝卷》(上册),江苏文艺出版社2007年版,第3页。
④ 台湾"中央研究院"历史语言研究所《俗文学丛刊》编辑小组:《俗文学丛刊》(第352册),台湾新文丰出版公司2004年版,第13—14页。

若还劝不转，阴司受苦不超生。此卷原是圣留传，句句言语说得真。男人听得黄梅卷，一年四季赚黄金。女人听了黄梅卷，福也增来寿也增。官官听了黄梅卷，鳌头独占中头名。姑娘听得黄梅卷，配与状元做夫人。各人听了黄梅卷，回心行善孝双亲。拜别众贤牢牢记，听过宝卷做好人。今朝宣了黄梅卷，四方各村永安宁。五谷丰登年岁熟，日月调和风雨顺。天子朝臣俱安乐，家家户户尽欢欣。①

《黄梅宝卷》的宣者在劝人行善，听者则因而发善修道。由此而获得种种福报，遍及其生活的各个方面。

宝卷的宣讲者可谓诲人不倦，在宣讲结束之时还专门点明其劝善化俗之意。类似情形在很多宝卷中存在。民国十二年（1923）上海文益书局石印本《金不换宝卷》末，宣讲者将专门劝导十种人去恶从善：

我今表尽卷中事，再劝十位世上人。第一劝来做官人，为官本是治万民。切勿贪财将民害，天地照彰有报应。不信但听冯人奏，只为贪财伤自身。第二劝来有钱人，有钱必须济贫人。善人自富从古说，抬头三尺有神明。勿信但想金魁事，一生好善过光阴。明去暗来多富豪，那有善事做了贫！②

再如民国七年（1918）上海文益书局石印本《回郎宝卷》附《七七宝卷》末言：

---

① 台湾"中央研究院"历史语言研究所《俗文学丛刊》编辑小组：《俗文学丛刊》（第358册），台湾新文丰出版公司2004年版，第545—546页。
② 台湾"中央研究院"历史语言研究所《俗文学丛刊》编辑小组：《俗文学丛刊》（第358册），台湾新文丰出版公司2004年版，第403页。

今劝善男并信女,吃素念佛做善良。为善之人光明现,不落地狱返故乡。七宝台前成正果,龙华会上结善良。童男童女来引路,堂堂大路往西方。阎罗天子来拱手,判官小鬼皆送往。灵山会上点名字,轮回簿上点名忙。有人宣得七七卷,十王殿上放毫光。在堂大众增福寿,过去爹娘往西方。为人要免轮回苦,早做好人好心肠。佛在云头多看见,要救好人上天堂。[1]

世人受了宝卷的规劝,能够向善、成正道。而宣扬、传布宝卷之人,犹如济世之良医,自然也积累了无限功德,得善报,可以"十王殿上放毫光"。甚至当场的听众也因为宝卷的"神圣",可以获得福报。宝卷的劝善之意可谓殷切。这是众多宝卷反复强调的内容,也是其标榜的主要宗旨之一。《兰英宝卷》在最后也宣称其宝卷为兰英证道后所留,其意图则在救度世人。并进一步宣扬了宝卷劝化众人,功德非凡:

卷留世上凡人宣,凡人宣卷要虔诚。代口兰英来劝化,诸佛接你转云城。此言不是平常语,原是活佛亲口论。宣卷劝化功德大,古人宣卷佛来迎。不信但看楼上佛,化行功满坐莲心。[2]

清光绪己丑孟夏重镌金陵一得斋善书坊刊本《惜谷宝卷》卷首序则进一步张扬了宝卷的劝化功能。其文言:

《惜谷宝卷》,为劝善中第一好书。《潘公免灾》下卷专言惜

---

[1] 台湾"中央研究院"历史语言研究所《俗文学丛刊》编辑小组:《俗文学丛刊》(第357册),台湾新文丰出版公司2004年版,第134—135页。
[2] 台湾"中央研究院"历史语言研究所《俗文学丛刊》编辑小组:《俗文学丛刊》(第356册),台湾新文丰出版公司2004年版,第100页。

谷，会可见此一端，实为救劫要务。能印十本送人者，可免一身之灾。印百本送人者，可免一家之灾。如能宣诵百遍，亦可免一身之灾。宣讲千遍，亦可免一家之灾。有缘人请开卷看看，细心听听为妙。①

从劝善到积累功德，其根本还在于宝卷在说善事，言善人，宣善理，故而有益于教化，有利于天地人伦。传播之，因而即是积累功德。

二

作为劝善书的宝卷，自然需要向听众、读者宣明正确的伦理道德标准与日常行为规范，以实现其教化世俗同趋善的目的。宝卷一般从正反两个方面，来确立民间的伦理道德标准。

先言反者，即相关的行为禁忌。多数宝卷中会对所谓的邪行、恶道作出细致而明确的规定，教导并要求世俗作严格的反对、禁行。其反对、批判的行为涉及个人家庭生活与社会生活的每一个角落，事无巨细，都是其关注、规定的对象。清光绪二年（1876）金陵一得斋重刊本《观音十二圆觉》中，借化身乞丐的观音之口对恶行作了排比：

> 前世不修今世苦，怨我前生少修行。不敬天地与三宝，不肯布施不斋僧。不做好事行方便，忤逆爷娘慢三亲。抛散五谷不爱惜，放火烧山罪不轻。欺心多把善人害，杀牲食肉造孽深。刻薄银钱坑贫贱，短少升合害穷人。大斗小秤多盘算，出轻入重两条心。外人有钱多钦敬，手足无钱亲不亲。心高气傲惟有己，不把

---

① 台湾"中央研究院"历史语言研究所《俗文学丛刊》编辑小组：《俗文学丛刊》（第357册），台湾新文丰出版公司2004年版，第284页。

他人放在心。①

此中所言的恶行大致在几个方面：不敬佛法；不肯慈悲行善；忤逆父母；抛散五谷与毁弃公物；杀生食荤；欺善害人；趋炎附势。基本上，这已经涉及人世间恶人恶行的主要方面。《三茅应化真君宝卷》中也言：

> 今生富贵笑贫人，后世痴呆自受贫。今生不念经和佛，来生瘖哑目双瞑。今生利口将人骂，来生开口被人嗔。今生谤佛骂僧道，后世盲聋木石能。今生势利人哀告，来生求讨叫还人。今生富足轻粮饭，来生缺少讨来吞。今世轻他尊自重，来生贫贱被他轻。今生伏侍憎不足，还报来生伏侍人。②

这是从恶有恶报的角度出发，来劝人不要去实施以上的恶行。

正者，则指为人应当遵行的善行善事，是与恶行恶事相对应的、成为善人的必须做到的相关标准。同一部宝卷中这两方面通常是并存相对的。如前之《观音十二圆觉》中借傅天真之口宣言：

> 平买平卖休刻薄，安分守己做好人。父母在堂多孝敬，和睦乡邻与六亲。事到头来要忍气，凡事退步让三分。为人小心勤俭好，皇天不负善心人。③

---

① 台湾"中央研究院"历史语言研究所《俗文学丛刊》编辑小组：《俗文学丛刊》（第361册），台湾新文丰出版公司2004年版，第285—286页。
② 台湾"中央研究院"历史语言研究所《俗文学丛刊》编辑小组：《俗文学丛刊》（第351册），台湾新文丰出版公司2004年版，第250页。
③ 台湾"中央研究院"历史语言研究所《俗文学丛刊》编辑小组：《俗文学丛刊》（第361册），台湾新文丰出版公司2004年版，第370—371页。

简短数语道出善人之所为，总在于安分守己，孝顺父母，忍耐勤俭等。清同治十二年（1873）古杭昭庆寺慧空经房刊本《太华山紫金岭两世修行刘香宝卷》中，刘香女要马玉依她十件事，才肯嫁给他。有言：

> 第一件，勤念佛，敬重三宝。第二件，孝双亲，和睦乡邻。第三件，休打猎，莫杀生命。第四件，不贪小，害众欺群。第五件，切不可，贪淫好色。第六件，勿虚言，诓骗好人。第七件，莫烦恼，忍气和平。第八件，不贪杯，戒酒除荤。第九件，发慈心，放生行善。第十件，见穷苦，周济贫民。①

这是从当为与不当为两个方面，一起规定了善人的行为准则。大致要人向佛慈悲、孝顺父母、公平正直、诚实忍耐，为传统社会公认的善行标准。

宝卷中专门有一类作品以劝善为主要内容。如《潘公免灾宝卷》《仙传立愿宝卷》《花名宝卷》《惜谷宝卷》《劝世宝卷》。清光绪丁酉二十三年（1897）上海翼化堂石印本《仙传立愿宝卷》，卷分十四愿，从"第一愿劝人孝顺父母""第二愿劝人和好兄弟"至"第十四愿劝人勿吃牛犬"，一一劝人弃恶行善。② 如"第九愿劝人勿说坏话"中言：

> 第九愿，是要劝人勿说坏话。人生在世，一样一张嘴，一样一条。积德也是他，造孽也是他。只要动一动嘴，掉一掉舌，便分出善恶两端。无奈世界上人，心肠刻薄，见人有过，先要批评他；见人失意，先要说笑他。与人有怨，暗里挑唆。人前讥诮，自己有恨。无端谩骂，背后诅咒，已是轻薄之徒……所以人生

---

① 台湾"中央研究院"历史语言研究所《俗文学丛刊》编辑小组：《俗文学丛刊》（第355册），台湾新文丰出版公司2004年版，第107—108页。
② 王见川、林万传：《明清民间宗教经卷文献》（第11册），台湾新文丰出版公司1999年版。

在世，自乐得说说好话。比若搬嘴弄舌，说是说非的，真正天悬地隔。说好话的比念佛还好，比烧香还好：

> 第九大愿劝世人，劝人说话要留心。慎言之人人爱重，妄言之人谁敢亲？福分大小开口见，心术邪正由此分。刻薄鬼儿舌尖利，仁人之言德泽深。勿谓空言不要紧，其间关系甚非轻。祸福荣辱与成败，大半皆从口舌生。好话一句平平过，坏话一句种毒根。古今多少闲淡事，每因一话闹不清……常熟有个张全氏，唆使官司害了人。忽然恶鬼来拿去，舌上生疔痛入心。大喊三朝来痛死，自言说话伤良心。左邻右舍齐来看，害人报应见分明。又有苏州长舌妇，惯行凶骂是非生。一朝发了痴狂病，舌头嚼断血淋淋。又有江阴轻薄子，谈人女眷败人名。自家妻子跟人去，两眼空望笑煞人。可知说话须当慎，不可胡言乱嚼喷。常将好话逢人说，胜念弥陀观世音。

宝卷引古例今，由远及近，通过对比，列举说好话的好处与说坏话的弊端，并联系生活事例来加以证明说好话得善报，说坏话必得恶报。其说辞亲切自然，诲人心切。

再如《劝世宝卷》，全卷借"蒋大人"之口，专向世俗宣谕当行与不当行之事，要人行善修道。其所言涉及日常生活的各个细节。如：

> 世上人，有几等，士农工商。或栽田，或种地，勤俭为上。有儿孙，必须要，送入学堂。切不可，任糊为，由他放荡。怕的是，遭祸事，连累爹娘。贫穷的，不读书，更宜教养。医可学，工可为，学些艺方。有女媳，叫他们，勤为织纺。每日里，三餐饭，顾惜粮食。闺阃中，是重地，除却往来。由恐怕，出丑事，败坏门墙。家庭中，喂鸡犬，鹅鸭少养。无非是，鸡司晨，犬把夜防。州县官，到此来，三八放告。并不曾，索派你，百姓钱

粮。那一个，为清官，爱动大刑？那一个，为贪官，爱坐大堂？第一件，要忍让，和睦乡党。近邻好，一片宝，地久天长。些小事，何必要兴讼告状？官虽清，难逃脱，三班六房。签票下，叫着你，差费先讲。或是银，或是钱，周旋想方。富家的，怕伤脸，总是几两。贫穷的，不当裤，便卖衣裳。纵然是，赢官司，回头四望。又费钱，又淘气，耽误时光。有张公，居九世，多宽忍让。众百姓，效学的，代代荣昌。①

宝卷劝人勤俭持家，读书学艺，遵循礼节，忍让谦恭，和睦乡邻。这些其实都是民间普遍承认并奉行的道德行为规范。宝卷一一拈示，连家中饲养鸡犬鹅鸭之事都要言及，作出相关的指导，涉及为人处世的最为基本的原则与准则，其劝世化俗的宗旨极为鲜明。其细致性，使之俨然已成为民间的道德行为教科书。

三

宝卷中常常是通过善恶对照，从因果报应的角度，来揭明为恶者的谬误与可悲，宣扬为善的正确可行。并以地狱信仰来保证其所言的权威、正确，推动世俗对其说法的遵行。清光绪庚寅十六年（1890）金陵一得斋善书坊刊本《何仙姑宝卷》中，借何仙姑之口从果报不爽的角度，将善行、恶行作了对比。卷中言：

世间穷富为何因？牛羊犬马何人做？鸡鹅猪鸭什么生？痴聋喑哑何人做？瘸手瘸脚什么人？多是前生作恶者，今生贫苦残疾人。富贵荣华何人做？皆是前生良善人。敬天敬地敬神明，

---

① 清光绪二十三年（1897）古杭西湖弥勒院比丘醒彻刊本，上海图书馆藏。

孝敬爹娘伯叔亲。持斋把素勤念佛，修桥铺路普度人。今世结得善缘广，来生富贵耀门庭。善恶到头终有报，远在儿孙近在身。①

从果报的角度来看，一切恶行最终只能得到恶报；而善行则肯定能善报，令自身、子孙得福。

清同治十二年（1873）古杭昭庆寺慧空经房刊本《太华山紫金岭两世修行刘香宝卷》中载福田庵老尼之言云：

> 如若不肯持斋把素，看经念佛，不敬天地神明，奸盗诈伪，杀生害命，偷骗财物，打僧骂道，欺压良善，造尽十恶、忤逆滔天之罪，命终之后，魂灵解到阴司，落了油锅地狱、雪山地狱、刀山地狱、锯解地狱、活钉地狱、碓捣地狱、石压地狱、抽肠剜肺地狱、拔舌犁耕地狱。在地狱中受了百千万劫的苦痛。受罪满足，然后转生人世，有变牛马六畜者，有眼目手脚不全者，有饥寒冻饿者，有百病痛苦者，又遭官刑五伤者，都是前生作恶之报。若前世为人，敬重佛法僧三宝，装佛贴金，修桥铺路，斋僧布施，周济贫穷，戒杀放生，持斋把素，看经念佛，下世得清福报，成佛作祖成神得红福报，为官为相，富贵荣华，堆金积玉，儿孙仁孝，福禄遂心，万事如意。这都是前生积善之报。②

这里进一步将果报与地狱结合起来，来宣扬规避恶行、守持善行的必要性。这对于世俗而言，应该更具说服力和影响力。同卷中还有一大段的唱词，以自问自答的方式，解释了人身今世遭遇的种种都是前世各种恶行、善行的果报。如：

---

① 扬州大学图书馆藏。
② 台湾"中央研究院"历史语言研究所《俗文学丛刊》编辑小组：《俗文学丛刊》（第355册），台湾新文丰出版公司2004年版，第64—65页。

擢坏鸟窠无屋住，后世落地无娘身。被人轻贱如猪狗，皆因前世害多人。今生轻贱儿女身，后世孤单独自身。耳聋口哑为何因？污秽僧道悔经文。头上发草好何因？佛前多挂琉璃绳。身多臭秽为何因？衣裳邋遢佛前行。有眼不能识一字，前世作遢字纸人。……

多生瘟疫病何因？杠子毒药药浜鱼。今生烂脚为何因？活剥山林树皮根。天雷打死为何因？三世不孝父娘亲。官刑牢狱为何因？打骂良善养飞禽。自身造孽自身当，苦楚万般前世因。劝人及早修善道，皇天不负善心人。叫醒迷人行正道，如何不早办前程？[1]

宝卷用了 138 句七言诗句，将人世间的种种或好或坏的境遇，都与其前世的各种行为对应了起来，是后者相应的果报。这种对应与果报，从心灵层面为世人行善去恶提供了更大的推动力。

清光绪十五年（1889）金陵一得斋善书坊重刊本《惜谷免灾宝卷》则专门劝人敬惜五谷。宝卷的主角王老娘原来是陈员外家厨房烧火的。年轻时遵婆婆之命，淹死自己生下的女孩。后乃誓愿一生惜谷以赎罪。故平日里捡拾、搜集别人遗落的谷粒。因见丫鬟春梅将饼掉落粪坑，被雷电追打，感而雇人淘粪坑，清洗其中的稻谷以积聚之。后陈员外到南海普陀斋僧，王老娘带着其平日积聚的三斗谷子同往。方丈只收其谷子，而不要陈员外的钱粮。陈员外怒而将王老娘抛弃，观音菩萨化身渔婆将其送回。王老娘继续惜谷，陈员外踢打之，被玉帝雷电打死，其家后也衰败。王老娘则家道渐旺，寿满百岁后，往生西方极乐世界。此宝卷通过贫富对比、不同的身份不同的作为，来强

---

[1] 台湾"中央研究院"历史语言研究所《俗文学丛刊》编辑小组：《俗文学丛刊》（第355册），台湾新文丰出版公司2004年版，第235—250页。

调敬惜谷物的重要性。其开篇言:

> 一炷清香炉内装,惜谷宝卷始开场。可知道天地养人生五谷,补中益气不寻常。若无五谷难活命,肚中饥饿炒肝肠。所以上天多看重,活命之宝米为王。倘然轻贱来抛弃,霹雳天雷不可当。只因为不敬五谷天动怒,并且要降灾降难降饥荒。此中罪孽如山大,有眼青天照十方。可惜世人多懵懂,空闲虚度好时光。有了工夫懒动手,宁可闲谈好别相。可知道光阴如箭催人老,人生到处有无常。我看你一身孽障如何洗,只落得千斤百担见阎王。那时懊悔成何用?可怜你铁围山里苦凄惶。今日是菩萨慈悲来显化,劝人惜谷有良方。若能各自知敬惜,可保他免灾免难免饥荒。善男信女来静听,果报昭昭仔细详。①

宝卷开篇明义,用果报之说结合人身实际,来劝人敬惜五谷。轻贱者,要遭受天雷惩罚,堕入地狱;爱惜者,则可以"免灾免难免饥荒"。果报和地狱,一如既往,是宝卷实施其劝善功能的背后支撑者。

四

宝卷突出的劝善功能自有其渊源。其获得首先源于其浓重的宗教属性。宝卷原为佛教对俗宣扬之一种,其渊源可追溯至唐代佛教盛行的俗讲。而佛家之对俗宣扬,一直是在宣讲佛理的同时,自然地担负起劝导世俗弃恶从善的职任。俗讲以及更早的唱导,莫不是如此。可以说,宝卷自其孕育之初,即"天然"地被赋予了劝世导善的神圣使命。在宝

---

① 台湾"中央研究院"历史语言研究所《俗文学丛刊》编辑小组:《俗文学丛刊》(第357册),台湾新文丰出版公司2004年版,第285—286页。

卷发展的第一阶段早期佛教宝卷中，此劝善功能已经得到确认。

如《目连救母出离地狱生天宝卷》①，有学者考证为目前所见最早宝卷②。此卷情节之核心在于两个方面：一是渲染地狱之种种苦状；二是表现目连的孝顺之情。最后归结于行善向佛，超脱苦海。卷中借世尊之口指出，目连母亲死后入地狱受苦，是因为"生前作诸不善，毁谤三宝，业障深重"。与之相对照，其父亲生前多行善举，死后得入天堂。再如亦为早期佛教宝卷的《大乘金刚宝卷》，其第一分至第三十一分（其二十八、二十九、三十二分残缺），引经后，例叙某菩萨见众生在某地狱之苦状，乃问其因，夜叉言其业缘。复问佛，众生可得出离？佛言其孽重，业尽受形，多为虫畜。众生需向善修佛，受持宝卷，才得超升。其菩萨有普贤菩萨、普眼菩萨，至最后之韦驮尊天菩萨，并有锯床、铁城，至火坑等二十八种地狱，众生受形有虾蟆、牛胎，至马蝗草虱等，一一对应③。由此可见，宝卷在其发展的第一阶段，即已经具有了劝善功能；并因为其佛教出身，自然地将此功能的实施与佛教中最为普通民众接受、信仰的果报、地狱之说糅合，以增加其耸动人心、劝诱规诫之力。

在早期佛教宝卷之后出现的民间教派宝卷，虽然以宣扬其教义为目的，但也多标榜劝善，其与果报、地狱之说的结合程度甚至更为突出、经常。以至于清人黄育楩在其道光辛丑年（1841）刊行的《又续破邪详辩一卷》中言，"至于邪经之言地狱，卷卷皆有"④。此处"邪经"主要即指民间教派宝卷。较突出的如明代西大乘教悟空编的《泰

---

① 北元宣光三年（明洪武五年，1372）脱脱氏施舍彩绘抄本，存下册。原为郑振铎先生收藏，现藏于中国国家图书馆。
② 车锡伦：《中国最早的宝卷》，见车锡伦：《中国宝卷研究论集》，台湾学海出版社1997年版。
③ 王见川、林万传：《明清民间宗教经卷文献》（第1册），台湾新文丰出版公司1999年版，第65—124页。
④ 许曾重、何龄修标点，收入中国社会科学院历史研究所清史研究室编：《清史资料》第3辑，第114页。

山东岳十王宝卷》。现存最早刊本为明崇祯九年（1636）红字牌党三家经铺重刊本，内容为纳子悟空游历地狱，见鬼魂所受各种苦刑，劝人修善积福。其开篇"宝卷初展分"言，"善者天堂洒洒乐乐，口念弥陀。作恶人受折磨，过奈河怨得那个"①，悟空的游历整个都笼罩在这种善恶的鲜明对立中。其"收圆结果分第二十四"中言：

> 五阎王悬业镜当空高挂，把阳间善和恶照得分明。平等王架天平真真不错，把阳间善和恶秤上一秤。善要多恶要少转增禄位，罪若多善若少转来受穷。光有恶无有善堕在地狱，光有善无有恶转上天宫。②

这里，善人得好报、恶人受恶报的奖惩机制与地狱世界结合在一处，由此对现实中的善行、恶行作了区分。它与现实的联系更为密切，于世俗民众而言也更具劝诱之力。

宝卷的劝善功能因其"出身"，以及其与宗教的密切关联，在其发展的大部分时期与大多数的作品中都得到了强调与体现，一直到当代的靖江宝卷和河西宝卷中仍然是如此。而经过早期佛教宝卷再到民间宗教宝卷两个阶段的发展，宝卷通过糅合果报、地狱之说，来赏罚现世的善恶德行的劝善机制，也最终得到了确立与强化。明嘉靖年间徐宪忠《吴兴掌故集》卷十二"风土类"云：

> 近来村庄流俗，以佛经插入劝世文俗语，什伍相聚，相为唱和，名曰"宣卷"。③

---

① 王见川、林万传：《明清民间宗教经卷文献》（第1册），台湾新文丰出版公司1999年版，第3页。
② 王见川、林万传：《明清民间宗教经卷文献》（第1册），台湾新文丰出版公司1999年版，第22页。
③ 刘承乾：《吴兴丛书》，民国三年（1914）刘氏嘉业堂刊本。

所谓"以佛经插入劝世文俗语",即是对宝卷依托佛教之说,来劝世导善的真实记录。1925 年 3 月 28 日至 4 月 20 日间,钱南扬(1899—1987)四次致信顾颉刚(1893—1980),探讨孟姜女故事。钱氏为浙江平湖人。顾氏后来把四封信编排为一通,题为《南曲谱及民众艺术中之孟姜女》,收入其 1928 年 6 月刊行的《孟姜女故事研究集》第 3 册中。钱南扬在信中言,"宝卷,江浙间唱者谓之'说因果',有唱有白"[1],也与前例类似。

盖果报、地狱之说,浅显直接,最易为一般民众接受;其善恶对立、赏罚分明,也最能震动人心,诱启善心。清刘统修、刘炳等纂,乾隆二十七年(1762)刊《任邱县志》卷二"建置志·坛壝"言:

> 浮屠之说,本世俗所崇奉,故都邑、村舍刹宇之建丛出。种福田,广利益,而孝友、任恤之意日就衰微。此不塞、不流,不止、不行,韩子《原道》之篇断然以邪正为不容并立也。然村夫愚妇、巨恶魁顽,理道未能谕,宪典未及施,而惟轮回地狱、因果报应之说,稍足以摄其冥悍,有所忌而不敢逞。[2]

乡野市井间,有理道、宪典未及者,佛家之果报、地狱之说却能涉及、发挥劝化之功。故清纪昀《阅微草堂笔记》卷九"如是我闻三"中言:

> 帝王以刑赏劝人善,圣人以褒贬劝人善。刑赏有所不及,褒贬有所弗恤者,则佛以因果劝人善。其事殊,其意同也。[3]

---

[1] 顾颉刚:《孟姜女故事研究集》(第三册),见叶春生编:《典藏民俗学丛书》,黑龙江人民出版社 2004 年版,第 350 页。
[2] 清乾隆二十七年(1762)刊本,中国国家图书馆藏。
[3] 刘献廷:《清代笔记丛刊》(第 1 册),齐鲁书社 2001 年版,第 739 页。

佛家以因果、地狱教人向善与儒家之人伦教化相近，可谓殊途同归。同书卷四"滦阳消夏录四"又言：

> 释道如药饵，死生得失之关，喜怒哀乐之感，用以解释冤怼，消除拂郁，较儒家为最捷；其祸福因果之说，用以悚动下愚，亦较儒家为易入。①

综合言之，佛家的果报、地狱之说是在法律与传统伦理道德之外，诉之于人的宗教信仰、宗教情感，来影响、熏染之。在对象虔诚信服的前提下，对其心灵与行为作指引、规范，实现内外的一致无差。对于乡野市井之民，其劝化的功效似乎要更为有效、长久些。果报、地狱之说引将有限的人生延伸向无穷，消解了世俗对死亡的恐惧和空虚，满足其对生命延续的渴望。同时，以地狱、天堂为主要执行所，贯通三世的果报机制可谓赏罚分明，公正不爽，既可以抒解现实苦难带来的压力与痛苦，又可以让人通过自己的努力从善必然地获得美好的生活。由于果报而获致的地狱的残酷与天堂的安详、人生的福乐与灾难，有着强烈的对照。于世俗而言，自然具有莫大的震撼力与说服力。而其直接浅易的理论、形象生动的演示，以及对症下药式的于现世人生的深切关注，也进一步加强着它对世俗的浸淫与影响。由此，佛家之果报、地狱之说在一独特的层面对世俗之心灵、德行起着劝化、规诫之用，并与儒家之伦理道德之说、世俗法令一起，确立起世俗社会的善恶分野。

也正因为以上原因，宝卷在其发展的各个阶段都可见对地狱、果报的宣扬。正如清黄育楩《又续破邪详辩一卷》言：

---

① 刘献廷：《清代笔记丛刊》（第1册），齐鲁书社2001年版，第703页。

> 邪经言地狱刻酷不情，几无一人能免地狱者，一诵经上供，即直上天宫，不入地狱。愚民闻此最易悚动，而不及察其煽惑之私也。①

因为"愚民闻此最易悚动"，民间教派宝卷之外的宝卷作品中也多以此为手段来劝诱世俗。宝卷至于有专门一类作品，通过主人公游观地狱，来揭示果报不爽，劝人积德行善，如《目连救母幽冥宝传》②《游冥宝传》③。

宝卷以果报、地狱之说来劝导世俗，实也受其时社会风气之影响。明清两代佛家之果报、地狱之说盛行于世，已成民众之"常识"，并渗透入其日常生活的方方面面。其时民间流行的善书，如《了凡四训》《传家宝》等，多宣扬之，为世俗信奉。而国事之休戚也有与之相关者。明沈德符著《万历野获编》卷二七"释道·释教兴衰"载：

> 隆庆间，北虏俺答通贡，朝廷必遣僧于互市时赐以经像。……僧为具说因果报应，劝以戒杀修善，酋长辈倾听赞叹，临行哀恋不忍别，厚加赠遗而返。……盖自庚午辛未迄今，佛法更盛行于沙漠，因之边陲晏然，其默祐圣朝不浅矣。④

再如明代军事家戚继光也用果报之说来训练士兵。其《练兵实纪》卷八"练营阵·第二十四·慎妄杀"有言：

---

① 《清史资料》第3辑，第120页。
② 清光绪十九年（1893）刊本。台湾"中央研究院"历史语言研究所《俗文学丛刊》编辑小组：《俗文学丛刊》（第352册），台湾新文丰出版公司2004年版。
③ 清光绪二十六年（1900）重刊本。台湾"中央研究院"历史语言研究所《俗文学丛刊》编辑小组：《俗文学丛刊》（第358册）。
④ （明）沈德符著，黎欣点校：《万历野获编》，文化艺术出版社1998年版，第728—729页。

> 你闻释家云："救人一命，胜造七级浮屠。"浮屠者，造塔也。地狱轮回之说，变作生畜，偿他冤债。天道好还，鬼神报应不爽。①

这是以果报、地狱来教导士兵"慎妄杀"。同书杂集卷四"登坛口授"又言：

> 且如道经佛法，说天堂地狱，说轮回报应，人便听信他，天下人走进庙里的便怕他。你们如今把我的号令当道经佛法一般听信，当轮回报应一般惧怕，人人遵守，个个敬服，这便是万人一心了。②

两处说法其实都表明着地狱、果报之说的深入人心，广受信奉。惟其如此，戚氏方能依托之来教导士卒。清陈其元《庸闲斋笔记》卷十二"金余二善人"谓，著名的慈善家无锡人余治（1809—1874）"遍游江浙地方，以因果戒人。如溺女、抢醮、淫杀诸事，谆谆诱掖劝化"③。余治以因果劝诫世人，成其善业，既说明着果报之说的劝诱之功甚大，又反映着此观念在民间的流行。而宝卷于果报、地狱之说的取用，亦当受此社会风气之影响，可谓投其所好。以民众广泛信奉之说，来劝导其弃恶从善，自然能为其乐闻，有事半功倍之效。而随着宝卷的宣演逐渐风行，借助其生动、通俗的形式，果报、地狱之说也因之更为深入人心，更为有效地影响着民众的心灵与生活。

比之于小说、戏曲等，宝卷在民间更为主动地承担了劝善教化的功能，对民间社会的恶行恶德与善行善德作了细致的区分，并主要依

---

① （明）戚继光著，邱心田校释：《练兵实纪》，中华书局2001年版，第151页。
② （明）戚继光著，邱心田校释：《练兵实纪》，中华书局2001年版，第297页。
③ （清）陈其元著，杨璐点校：《庸闲斋笔记》，中华书局1989年版，第310页。

托着佛教的果报、地狱观念，对实践它们的不同结果作了明确的揭示。通过相关作品的宣念或阅读，宝卷在明清以来的市井乡村发挥着重要的劝化作用。宝卷俨然已成为民间的道德、行为的教科书。旧时宝卷封面多有题类似"此卷须沐手宣诵，勿在不洁处翻阅，庶免罪过"的语句，河西地区的农村至今仍旧视宣念、传抄宝卷为功德，很大程度上即当缘于宝卷突出的劝化功能。

原载《世界宗教研究》2011年第3期

靖江讲经宝卷传承谱系调查

孔庆茂　吴根元　姚富培

宝卷是由唐代变文和宋代"说经"演化而成的一种俗讲文本，自明清以来融进大量的民间传说、民歌民谣和社会风俗，成为亦圣亦俗、亦庄亦谐的，以叙事为主、韵散结合的民间说唱文体。中华人民共和国成立以后，完整的做会讲经在全国绝大多数地方都已销声匿迹，只有靖江至今仍完整地流传下来。本文通过实地走访调查，对清末以来靖江讲经宝卷的传承谱系做一梳理工作。

一、靖江宝卷流行的区域及地理环境

靖江市位于江苏中部南端，东南西三面环江，与张家港市、江阴市隔江相望。东北、西北与如皋市、泰兴市毗连。境域东西距离43公里，南北距离18公里，总面积671.3平方公里，其中陆地面积564.2平方公里，水域面积108.9平方公里，为长江冲积平原。最初它是三国时期吴国赤乌年间在江中涌出的沙洲，此后一千多年间，它仍是处于江中的一个孤岛。后因长江主流南移，明天启年间北面江流淤塞，遂与如皋、泰兴接壤。明成化七年（1471），靖江从江阴县分出设县，隶属常州府，今属泰州市。境内以旧城南郊的横港为界，以北称老岸，南面沿江地区称沙上。老岸地区讲吴语方言，称老岸话，是苏中南端的吴方言孤岛。沙上地区成陆较迟（鸦片战争始才逐渐与老岸连接成片），为后来移民居住之地，方言混杂，称沙上话。

靖江讲经宝卷就流传于老岸地区，用老岸话讲唱。因长期三面环江，一面与淮语相接的地理形势及吴方言孤岛的语言文化背景，形成了区域特征鲜明的民间信仰与讲唱文学合一的特色文化。

靖江市现有 12 个镇，讲经宝卷就在老岸地区的 9 个镇广为流传，用老岸话讲唱。流传区域面积有 400 余平方公里。从历史地理文化的发展来说，靖江属吴文化区，靖江讲经宝卷应该与苏南吴方言区广泛流行的宣卷有密切关系。

二、靖江宝卷的发展源流

靖江宝卷是中国明清时代盛行的讲经宝卷的一部分，既受南北方讲经文化的影响，同时在传承过程中又加入了许多地方特色，形成具有浓郁地方色彩，融讲经与民俗、民谣、传说故事于一体的靖江宝卷。

讲经宝卷大多是一代代口头传承的。从最早的讲述开始，一代代口头讲下去，在前人的基础上有所发展，增加新的内容与语言，层递累积，形成现在的文本，所以一本宝卷里，有不同时代的词汇习语，明代的、清代的、近代的、现当代的都有，体现出明显的时代的痕迹。这些有助于我们对靖江讲经的时代的断定。

从现有的靖江宝卷的文本看，靖江宝卷起源于明代。至少在明代中期就出现了。1990 年 8 月靖江马桥出土的明嘉靖间刘志真墓中，有一张《冥途路引》，是朱刘氏嘉靖十八年三月二十六日做会时发给的"随身执照"。[①] 这是民间宗教"查号合同"，做会时一式两份，一

---

① 吕森堂：《马桥明墓发掘纪略》，见江苏省靖江市委员会文史资料研究委员会编：《靖江文史资料》（第十四辑），1997 年，第 8—12 页。

份在会后烧掉，等于送上天宫，一份自己保存，是自己死后进入冥界的"随身执照"，这是当时明路会所做的"大乘会"的遗物。靖江宝卷中许多地方透露出明代讲经语言的信息。如《香山观世音宝卷》[1]里的监斩官名叫"忽必烈"，这自然不是元世祖的名字，而是蒙古人一般的姓氏称谓。讲经者只是随手拈来这个前代习用的人名，这种称呼是讲经者凭着自己的生活经验信手拈来的，有一些下意识的成分。也只有在明代会拿前代外族人作为一个反讽的对象。比如宝卷中屡屡出现的"十三省"，这就是典型的明代词汇。中国行省的划分，元代时除了京师附近地区直隶于中书省外，在河南、浙江、湖广、陕西、甘肃等处设十一行中书省，简称"十一行省"。明代改中书省为承宣布政使司，除南北两京直辖地区外，共有十三布政使司，而习惯上仍称行省，简称为省，这样，明代一般的叫法为"十三行省"或"十三省"。清代初年增为十八行省，后又增为二十二行省。许多宝卷都讲到进京考状元的事，都出现"皇上开南考""南北二京"的话，这些话语，是旧时讲经的遗留。只有在明代，有南京、北京并称皇都，南北同时举行会试。清代以后，称南京为江宁府，就不再有"南北二京"的说法了。

靖江讲经明显受明代罗教的影响。罗教是明代中期最大的民间宗教，在明代中期后，迅速在全国各地传播，尤其是通过漕运南下，在运河流域传播开来。漕帮水手传习罗教，自大运河南下，很快把罗教带入运河沿岸的靖江。靖江紧邻大运河，受其影响是必然的事，宝卷中也有相关的印证。《篆香庆寿开关》中有"传开三关通九窍，九窍又通运粮河。运粮河通漕溪水，漕溪水通祖家门"。虽然用的是民间道教里常见的以地名喻人身的说法，但以运粮河作比，却是首次。这也是讲经者生活经验的无意识流露。相传漕帮的三祖，都是罗教的信徒，

---

[1] 文中所引宝卷文字，均出自《中国靖江宝卷》，江苏文艺出版社 2007 年版。

在漕帮中，罗清就顺理成章地成为"罗老祖"了。①

《血湖宝卷》前面的偈语里有"开开罗老祖家门两扇，大乘经典涌上来"。《灶君宝卷》说："我佛下凡尘，五部六册经。生老病死苦，普度众凡人。"这些都可以说明罗教是靖江宝卷的来源。罗教的"五部六册"一直在靖江流传宣讲，民国期间靖江宝卷还有宣讲罗教"五部六册"的。靖江的做会讲经也有"大乘做会"与"小乘做会"之分，"大乘做"主要是照本宣讲"五部六册"宝卷，"小乘做"则比较活泼，讲仙佛菩萨成仙成圣的故事，有一定故事与情节，比较好懂，易为老百姓所接受。所以后来大乘做逐渐被通俗生动的有故事情节的小乘做取代，现在通行的都是小乘做。小乘做不仅圣卷讲菩萨成圣故事，晚间宣讲的草卷都是历史与小说故事，内容更丰富、更生动。所以，尽管起源于罗教，但靖江讲经宝卷的主题是劝善，通过因果报应故事引导人们行善积德，和明清的民间宗教帮会有很大的不同，而主要是一种民俗信仰和娱乐活动。

另外，明末以后，罗教南移的江南老官斋教对靖江的吃斋做会的风气也有很大的影响。罗教吃素念经之所，称为经堂，多为民房，间亦另立庵堂。老官斋源出罗教，其习念经卷及入教仪式多相近。老官斋习教次第分为十二步，凡入教之始，由小引入大引，再由大引进为四句，始入小乘，授以二十八字法，由四句进为传灯，发给教单，准许领寻常拜佛法事。由传灯进为号敕，准传大乘法。在靖江的做会，称斋主、善友，十分强调持斋吃素，有明显的老官斋教的痕迹。

从现有的宝卷看，讲明朝或明朝以前的故事很多（草卷里称"大明"故事的更多），而讲清朝故事的几乎没有（圣卷里没有，草卷里只有一部改编的"刘公案"）。这说明一个重要的问题，就是这些宝卷，至少在清代都有了，而且不晚于同治、光绪年间。光绪五

---

① 详见孔庆茂《靖江讲经宝卷源流考》一文，《民族艺术》2007 年第 3 期。

年（1879）编《靖江县志》卷二"营建志"《裁撤尼庵示》里，载靖江知县叶滋森光绪二年（1876）禀称："更有非僧非道之流，借名讲经，自称善卷，俚歌村语，杂凑成词。"在卷十九"掇谈"里又说，这种"非僧非道之流""煽动妇女进香"，"礼忏之词俚而俖"，雍正七年（1729）以后就大量出现了。由此可知在清朝中前期靖江讲经宝卷已经很盛行，引起官方的不满。讲经宝卷文本的形成应当更早于此。

清嘉道以前，忌讳犹多，写当朝时事尤属时忌。光绪以后，外忧内患日亟，朝廷文网渐弛，加以石印技术普及，始有刻印当朝实事的弹词小说或宝卷达到顶峰，但这些并没有在靖江的讲经宝卷里出现。可见靖江宝卷中的绝大多数作品，至迟在清代中期以前都有了。当然那些作品具体的产生年代，是无法确认的。

三、靖江宝卷传承谱系

靖江讲经艺人被称作"佛头"一词，出自明代，明末话本小说《型世言》第二十八回"先发符三日，然后斋天送表。每日颖如做个佛头，张秀才夫妇随在后边念佛，做晚功课"[①]。据此，"佛头"一词在明代已经出现，意即领头拜佛念佛的人。这一经房的摆设与靖江讲经的经堂极为相似。

由于文献资料的缺乏，明清时代讲经的具体传承情况已无考。现在只能依据"佛头"的回忆，对师徒传承源流追溯，可以上溯到清末同治、光绪年间。我们通过对现有的讲经"佛头"的多次调查座谈，从老年佛头拜师学艺，从师傅口耳相传的回忆，整理出这份传承谱系。我们普查中邀请了八九位年老的（80岁左右）的讲经佛头，做过多次

---

① 参见车锡伦《江苏靖江的做会与讲经》一文，《中国靖江宝卷》附录。

座谈，他们只能追溯到清光绪年间的五六位名师，其中靖江中部的闻国良，北部的陈吉富，东部的陈松堂，这三家讲经是大乘做，讲"五部六册"宝卷的。其他大多数是做小乘做的。

关于佛头的传承体系，从晚清到中华人民共和国成立前后，历来都是拜师学艺、师传徒承。拜师要请拜师酒，签订投师纸（合同），规定学徒时间，一般为二至三年，学徒期间与师傅外出讲经，经济收入全部归师傅，不外出时在师傅家帮做杂务，学徒期满，可以拿师傅的一半收入。佛头授徒以口传为主，即随师外出做会，坐于旁边观看听讲，师傅也传授部分简单的手抄本以供学习。由于做会的礼仪繁复，讲唱经卷全凭记忆，就这样辈辈相传。由于这种口承方式的限制，至多只能上溯四五代，再远就渺无可考了。

目前最早只能上溯到咸丰末年，这之前肯定还有很长的传承谱系，由于文献不足征，只好付诸阙如，有待于资料的进一步发现与考证。

四、调查结果分析

从调查结果看，在晚清至民国以前的讲经队伍中，大部分的佛头是私塾出身。虽然文化水平普遍并不是很高，但有较深厚的旧学基础，也就是对传统的四书五经较熟悉，在宝卷讲唱中能熟练运用许多经史传统的知识，以及当地民俗传说故事，这些在宝卷传承中积淀下来。而新中国成立以后特别是当前的讲经佛头，在讲经中加入了新的具有时代气息的词汇，使讲经能够一定程度上被年轻人接受。但他们文化水平不高，旧学的根基也普遍薄弱，而且大都是近几年才开始从师学艺的，其中相当多一部分人是下岗或退休人员，半路出家来从业的，年轻的学艺者寥寥无几，因此，他们的讲经多是因袭，缺乏创造性。虽然现在全市讲经佛头有120余人，年做会讲经在3000场以上，但多是为了经济利益，从整体上看，存在着队伍整体弱化的趋势、后继乏人的危机。需要培养新的人才，对讲经人才进行文化教育，提高他们的文化素养，使靖江的讲经宝卷这一珍贵的非物质文化遗产，得到有效的继承与发扬光大。

原载《艺术百家》2008年第4期

河北民间表演宝卷与仪式语境研究

尹虎彬

一、神庙、神祇、神社、仪式

河北为燕赵旧地，历史文化悠久。易州历史上佛教、道教比较发达，这些都对当地民间信仰产生了深远影响。明末清初这里受京畿文化影响，民间宗教寺庙星罗棋布。明代以来，河北定期市随着商品经济的发展逐渐活跃起来，易州则以洪崖山为中心形成了地方宗教文化中心，逐渐形成了后土崇拜的地方传统，它是古代国家正祀演变为民间祭祀的产物，其时间当为金元以后，特别是明末随着道教走向民间而形成的。明代以后正统的道教衰落并走向民间，这时，许多的国家正祀被民间加以改造，设立偶像和庙宇就日益兴盛了。明代中叶以后，民间宗教兴盛。地方化是民间信仰的现实选择，这是由民间信仰的功能决定的。功能就是需求。信仰的稳定性是民众共同参与的结果。河北民间宗教里的神明都是本地人，都有俚俗尽知的口头传说。

后土祭祀的仪式活动形成了一个信仰共同体，它以共同信奉后土为精神基础，以一年一度的后山庙会为纽带，以定期朝山进香为义务。在河北以洪崖山后土皇帝庙为中心的方圆数百里范围内，后土为民间崇拜的主神。后山庙自清代以来香火很盛，历史上经历过1938年抗战，1949年中华人民共和国成立，1958年"大跃进"，1966年"文革"，以及1984年的恢复等历史变迁。三月十五日后土庙会，其组织严密，仪式活动有统一指挥，是按照顺序进行的，是附近各县各乡民间会统联合组织的后土普祭活动。①

现在我们可以对后土崇拜做一个最简单的定义：它是一种膜拜仪式（Cult）。我在此进一步以膜拜仪式这一术语来特指民间的神灵与祭祀传统。膜拜仪式是一种含有仪式和神话成分的现场活动。对后土的祭奠在河北民间季节性的重复中处于中心地位，民间社会对神灵的祭奠具有循环的特性。与此相关，我将在以下的论述中说明本文的一个重要的理论假设：神灵与祭祀是民间叙事传统的原动力。在地方性层次上的后土神祇祭祀，它对宝卷、民间叙事传统的影响是很重要的。我们可以在较为广泛的社会历史背景下，通过后土崇拜的地方传统，来了解一个地方性的民间叙事文本的实现过程。②

后土崇拜仪式与仪式表演是由神社来承担的。在河北音乐会和佛事会等民间会统，他们拥有成套乐器和经卷，固定的演练场所，依托于村里寺庙做仪式活动。③当一村有数个会统之时，各个会有各自的外围组织和空间管辖范围。音乐会为神社，这个性质决定了它的职能范围，其中有相当部分与祭祀典礼仪式有关，音乐在其中起到沟通人神

---

① 曹本冶、薛艺兵：《河北易县、涞水的后土崇拜与民间乐社》，《中国音乐学》2000年第1期。
② 参见 Gregory Nagy, *Greek Mythology and Poetics*, Comell University Press, 1990, pp. 8-10. 作者认为膜拜仪式含有神话与仪式的意味，可以替代"宗教"这个术语。他认为印度的一些地方性的神话和史诗的叙事，是围绕当地的神灵崇拜与仪式活动而展开的。他由此类比古代希腊史诗传统也存在一个制度化的宗教祭奠节日——泛雅典娜节。荷马史诗在这样的地域性崇拜仪式中演唱，最终形成了它的国民国家意义上的传统。作者的具体结论并不重要，这里主要借鉴他的阐释学的模式。
③ 冀中音乐会，分布于河北定县、易县、涞水、定兴、徐水、新城、定县、雄县、清苑等数十个县市的村镇中。音乐工作者对冀中管乐的调查始于1930年前后（如刘天华），此后，1946年华北联大，1950年杨荫浏，1986年中国音乐研究所，1993年6月至1995年4月中国音乐研究所与英国人钟思第（Stephen Johnes），又陆续做过连续调查。详见乔建中：《民间鼓吹乐研究——首届中国民间鼓吹乐学术研讨会论文集》，山东友谊出版社1999年版，"开幕辞"。

的作用。礼制、礼祭、礼教带有宗教性、等级性和伦理意义。它的活动，诸如娱鬼、游庙、拜庙、丧事坐棚、求雨，都与祭祀相关。其社会职能是敬神礼佛祭天地，且为村民超度亡灵、净宅。民间乐社设立神堂，拥有神像、经卷、乐器，演奏音乐以娱神灵，逢年节举行踩街拜庙等仪式活动，所有这些都表明乐社的核心职能是为民间宗教信仰服务的。①

神社的血缘根基与传承模式适应了儒家式社会的特点。河北民间会统分布密集，有几代以上传人。它们之间具有共同的行为模式，组织制度，具有同宗村社的文化背景。②中国传统文化的血缘根基，决定了中国的宗教传承机制：既无另设宗教组织的必要，也就没有入教的手续以及教徒非教徒之分，宗法等级组织下的成员都是传统宗教的信徒。传统的礼教把祭礼当作教化的手段，强化宗法制度中的"敬天法祖"的价值取向。③民间信仰以这种血缘根基的宗法制度为基础，属于多神信仰；以天地崇拜为中心的自然崇拜，都将祖先崇拜作为核心内容。可以说，民间信仰借以表达的文本、神灵及其偶像、对偶像的膜拜，这些信仰的行为都与祖先崇拜直接关联；它的性质是关乎神圣世界的。在这种神圣崇拜的背后，它的动机却是实用的、世俗的、具体的，那就是敬祖追远。中国人对于天堂和地狱、三世轮回的信仰，不如对祖先诚笃，不如对后代更为用心。敬奉祖先、繁衍子孙，是为

---

① Stephen Jones, Xue Yibing, Music Associations of Hebei Province, China, *Ethnomusicology*, winter 1991. 正月初二音乐会和其他花会参加附近村落的串村活动。正月初八，音乐会举行后土奶奶开印仪式（inauguration of deity），地点在后土庙分庙前进行。正月十五为灯节，村中遍搭灯棚，音乐会带领游街。众人在这些灯棚前敬神上香，音乐会入棚演奏。空地上设有灯场，并树立一杆高高的天灯。二月十九在村里的观音庙前演奏，这一日为该神之圣诞。三月初一在后山大庙举行盛大的接驾仪式，三月十七日在后土圣诞日又送这些大驾上山。接送驾仪式尤其隆重。附近各村音乐会一起朝山进顶，敬奉后土神。四月初八为佛祖释迦牟尼圣诞日，在大寺前演奏。七月初一始各村音乐会到后山庙做为期三天的道场，住持道士参与。

② 张振涛：《民间乐师研究报告——冀中津笙管乐种研究之二》，乔建中、薛艺兵主编：《民间鼓吹乐研究——首届中国民间鼓吹乐学术研讨会论文集》，山东友谊出版社1999年版，第241—247页。

③ 金泽：《宗教人类学导论》，宗教文化出版社2002年版，第201页。

了自己也被后人奉为祖先。

二、宝卷：神圣文本

在一个活形态的民间传统之中，宝卷是如何被表演和传递的？针对这一问题，我们就要探讨与宝卷有关的民间组织，研究它们如何拥有并且利用宝卷，研究艺人的训练和演唱过程。从这样一个实际存在的过程中，我们感到宝卷不再仅仅是书写文本，不仅仅是供阅读的，而是用来表演的，它是表演的底本。活形态宝卷的消失就是从它的音乐的消失开始的。无人能唱的宝卷只能束之高阁。宝卷的生命是表演，真实的表演，这种表演的音乐形式当初是由宗教寺庙走入民间的，降格为民众仪式生活的一部分，为人们的信仰行为和传统的乡村生活服务。

民间会统后土祭祀活动直接促进了易县、涞水跨村落的宝卷传递。现在所见较早的后土宝卷是《承天效法后土皇帝道源度生宝卷》，为易州韩家庄善会刊刻。[①] 后山传说里讲道，满城县韩家庄有个韩十三娘，她是后山庙九龙殿的九天玄女之一。由此可见，该村刊刻宝卷与后土崇拜和祭祀应该有一定关系。韩家庄本后土卷与秘密宗教的传播有关。这一点可以从易县各村落曾经流传的其他宝卷里获得证据。

易县流井乡马头村后山庙，不仅有《后土宝卷》，还有不少秘密宗教宝卷。从这些黄天教经卷的流传，我们可以断定秘密宗教在后山一带的传播。涞水县高洛村明末清初建庙，康熙末乾隆初年高洛村已有神社，有香头，且有宝卷。所以，这一带康熙年间民间宗教活动很活跃。我们注意到一村之内数个会统之间的经卷传递现象：请经和馈赠。[②]

后土宝卷流布与后土祭祀有关。它的流布曾经与民间秘密宗教有

---

① 该宝卷收入张希舜、濮文起、宋军编：《宝卷初集》，山西人民出版社1994年版。
② 笔者采访过马头村韩国兴老人，他讲述土改时后山庙以及后土宝卷情况。采访时间：2001年9月21日，地点：马头村韩国兴家里。韩国兴，男，73岁，马头村老住户，其舅舅为后山道士，因此，他对后山很了解，也知道后山的历史，尤其是庙的历史。以上是他给笔者提供的一段讲述。

关。后山庙附近的民间佛事会和音乐会也藏有《后土宝卷》，它们大多数是 1990 年以后，为适应后山庙会或后土祭祀活动的恢复而重新抄录的。这一现象的意义在于，我们可以从中看到宝卷流布的大致情况，它是与民间会统的后土崇拜的仪式活动相关联的。只抄写半部宝卷的现象说明，这时的宝卷只是为了应付表演的需要，为后土祭祀活动中请神时使用。① 我注意到后土宝卷的流布是与后土庙的分布以及后土祭祀圈相互重合的。一部宝卷由本地向次级区域的传播，是由祭祀推动的，在那里一个大的节日每年都要在固定的一个寺庙里举行。河北后土宝卷的传递呈现出一种可见的流布过程。后土祭祀圈以洪崖山为中心点，它聚集了附近村落群体，又向四周扩散为统一的传统，即后土信仰的传统。宝卷演唱有仪式般的保护和拯救的功能。宝卷的演唱倾向于具有表演的背景，此背景的导向一是仪式的，二是娱乐的。这两者在表演背景中共存，仪式和娱乐互相并不排斥。可以概括地说，河北民间的后山老奶奶的叙事传统，其功能便直接地表现为仪式和神话的作用。

后土宝卷主题是无生老母信仰的余絮。传统的教派宝卷主题包括：传授经卷的教主的自传性陈述，对这些神谕经卷的自悟，列举教派名称及会众，创世、普渡、末世神话，禅定（内参），仪式，道德说教，地狱描绘，社会观念。

宝卷主题范围是介于俗信和经典佛教之间的中间地带。宝卷具有强烈的神话意识，讲述创世或诸神的故事，神明以梦的形式脱离神形变化为凡人。宝卷号召人们脱凡入圣。当然宝卷中渗透了道德伦理观

---

① 参见薛艺兵：《河北涞水、易县的〈后土宝卷〉》，《音乐艺术》2002 年第 2 期。作者在 20 世纪 90 年代起对河北民间音乐会展开调查，并首次对《后土宝卷》做了具有开拓性的研究。他对宝卷的音乐结构的论述，将会对今后的宝卷研究产生影响。如他指出，宝卷的"佛"调，其词格为"三、三、四"格式的十字句。各地宝卷的十字句佛调也没有统一的曲调。当地音乐会的"佛调"疑为"全真道十方丛林经韵"，是道教全真派统一的经韵音乐。民间宝卷中的许多曲牌则直接来源于元代小令和明清俗曲。仅就音乐会常用的几部宝卷中，可见一些曲牌为当时颇为流行之曲牌。如《泰山东岳十王宝卷》是南高洛音乐会曾经演唱之卷本，其曲牌与《后土宝卷》相似。

念，包括儒家之伦理，为中下层民众所信仰。①

　　早期的后土宝卷，它的主题是宣扬秘密宗教的，如无生老母、八卦教教义。河北易县涞水民间《后土宝卷》，其主题遗留了上述一些内容。明代的无为教把无生老母信仰具体化、定型化，塑造出无生老母这位最高女神的形象，出现了老母化为沿街乞讨的贫婆的形象。归圣主题讲老母丹霞洞修炼三十二载之后，真灵性升天界。后土老母化善门，苦海撑船，度化婴儿和姹女。化愚度贤主题讲述后土老母脱化一贫婆下凡，这一伪装及其自述身世的谎故事，在宝卷中已成为独立的叙事成分，它反复出现。伪装和谎故事为一特定主题，这也出现在希腊史诗之中。这些主题具有普遍性。

　　宝卷是在传统诗学的框架之内被编织出来的，造卷的人按照传统的范例进行编制，他的创造性表现在他能够在多大程度上最有效地利用传统给定的形式，向民众灌输教派思想或民间信仰。宝卷具备了一般宗教经卷的语言、篇章结构特点，利用了中国古典诗歌的艺术手段，同时也具有地方性、民间性和口头传统的叙事模式。

　　从文本的层面来说，宝卷和民间叙事文本，两者之间是互为文本的，两者存在着借用、传递、标准化、地方化的动态影响过程。对这个过程的认识必须借助于文化语境的认识来完成。地方性知识就是宝卷的语境，是我们田野工作中反复取证过程中获得的认识，包括小范围的观察，如仪式行为、民俗事象，包括神话、宗教、地方社会、信仰群体、仪式生活、口头传统。这些地方性的内部知识，无疑会拓展我们对宝卷文本的认识，即宝卷不仅是文字记录的、语言层面的篇章，也是心理的、行为的、仪式的传承文本。

　　我们从河北民间会统拥有的后土宝卷入手，首先研究宝卷的版

---

① Daniel L. Overmyer, *Precious Volumes: An Introduction to Chinese Sectarian Scriptures from the Sixteenth and Seventeenth Centuries*, Harvard University Press, 1999, p.180.

本，揭示它的文本来源，厘清文本的背景、演变和流布特征。从民间叙事学的角度，研究宝卷的主题和语篇结构。主题研究是为了在宝卷和民间口头叙事文本之间建立一个可以比较的共同层面。更进一步的探讨还在于，宝卷与口头叙事的互为文本的历史意义。这一意义的阐释仍然可以从主题学研究入手。主题分析可以解释一个特定传统内部历史演变的要素。文化传承包括文字的、图像的、口述的、仪式行为的诸多要素，互文性研究把这些要素综合起来，研究文本的传统意义。这一研究也是为理解宝卷与神话、信仰、仪式关系而服务的。

三、后土灵验的民间叙事

民间口头传统中的后土表明，该神曾经是自然神、文化英雄和祖先神。民间传说不曾改变自然崇拜和祖先崇拜神话。后土由古代神话里的神，进入正统道教神龛里，变为四御之一，被民间宗教收为老母神，再到民间信仰里的娘娘神，这一系列语义学上的转变，是中国民间宗教的独有现象。关于祖先和英雄的区别不同于英雄和神的区别，越往后推移，祖先与英雄的界限越模糊。

后土灵验的民间叙事是与后土膜拜仪式相关的口头叙事，它多以历史或现实的事件为背景，讲述后土老母灵验的故事，讲述者对神灵的取态上是严肃和神圣的，所叙述之事与当地社会生活有关，同时也表达一种传统的价值观念。[1]

---

[1] 参见田野资料集《后土地祇灵应故事》的"后记"：2001年年初，北京师范大学博士研究生尹虎彬到易县搜求《后土宝卷》。他是继英国学者钟思第先生，美国学者欧大年先生，中国艺术研究院音乐研究所薛艺兵先生，香港中文大学陈教授、曹教授（是否记错恳请谅解），第六位来洪崖山后土神庙考察的学者。由我陪他共同考察一些地方。他耐心地听取了我对洪崖山大地神庙的部分见解，更对洪崖山大地神庙流传现代灵验神话故事产生了浓厚兴趣。于是，在他的鼓动下，尹虎彬与河北十位长期生活在基层的民间文艺工作者，从2002年6月始，到2002年10月结束，历时5个月，进行了尝试性的辛苦搜求和整理。现在呈现的正是我们十人的田野作业。这部分资料本暂定名为《后土地祇灵应故事》，河北易县文化馆王公李，2003年2月15日。

它以传统神话为范例，是对传统母题的再利用；表达地方性的民间的观念意识；涉及实际发生的历史事件；以神灵干预的形式来维护现实社会秩序；它与宝卷文本有重合的主题范围，但是，它还包括宝卷一般不常表现的迷信或占验风水、巫术内容；它具有较强的神话和仪式的意味，这是它区别于一般传说的地方。地灵故事这个名称是民间的说法。但是，它不是那种虚构故事，它的特点是真实，带有现场性和膜拜仪式性，具有严肃的意义。总之，它在人们的信仰活动和行为方面划定了一个文化的空间。总之，地灵故事与后土膜拜互为表里。

神话是真实的演说，是一定社会确认其自身现实的一种方式，地灵故事是由神话形成的原则（膜拜仪式与叙事的结合）所控制的，其建构的砖头可以描绘为"主题"。创造这类传统故事的中心原则是主题。

地灵故事表现了当地民间的社会价值观念。以一定社会的方式肯定、证实其固有的现实。它与社会行为规范的密切性，表明它具有神话和仪式的功能。地灵故事的神话学范例起源于丰富的、复杂的、微妙潜隐的传统。何谓范例？范例乃一种对象，它是从类似的好多对象中抽取出来的，作为一种模式。地灵故事最为核心的观念，是求食、求子。这反映了儒家文明的血缘根基。

神话里的后土，退番兵，助英雄杀敌，具有国土、邦国守护神的军事职能。后土神在古代能分夷狄，近现代能抵御外来侵略，当代则促进民族团结和国家统一。因此，关于后土神慈悲灵验的传说归根到底是人的传说。而且上述传说时代感极强，具有现实性，当然，它所反映的核心意义、典型场景仍然继承了传统的类型化、模式化的表达方式。现代传说里的后土显然超越了民族和宗教信仰的界限。在西方人看来，文化与区域相连，各地的风俗和语言就标志着各种文化。传说反映出后土为大地之神，是国土之神，能护国佑民；同时它又超越族群、宗教、地方性文化的界限，从而普济四方。

陕西蒲城尧山圣母崇拜与河北后土崇拜，两者在类型上相互可以比较，属于同一个层面的文化现象，这主要指两者都处于该地方民间信仰中心，围绕主神而形成的跨村落的民间会统，有几个共同点：女神崇拜、庙宇、神社、膜拜仪式、祭祀圈、对神灵圣迹的演述。当然，两者也是有差别的。易县是近畿道教、秘密宗教、历史事件多发地带，外部冲击大，这构成了它的地方性色彩。从神灵崇拜故事来说，两地的叙事有许多共同的主题，这反映出民间造神的诗性智慧大体属于一个想象力范畴。①

神的身上有一种神圣的光芒，它能够折射出民众的诗性智慧。神是他们按照自己的想象造出来的，适合于社会变化的，协调人与自然、人与人关系的产物，这种神的故事就是农民的意识形态。

神话是一种特殊的演说。神话借助神灵的力量来解决人与自然的矛盾，解决生产生活的问题。地灵故事继承了神话的传统的范例，适应现实社会变化中的需要，有些部分是很古老的，如求子、祈雨、春祈秋报等，因为这些是最基本的需求。从禁忌的主题之中，我们看到迷惑、恐惧、威胁、危机，看到选择，看到习俗惯制。

尧山圣母信仰，以庙宇为依托，以祭祀和社火为主要内容，以神社为组织实体。关于尧山圣母传说，学者认为："当地人在讲述她的神迹和圣迹时带着敬畏之意，讲述一位一直生活在他们身边的神，是一种指向自己的历史和现实的眼光；更重要的是，这些传说故事伴随着他们对这位女神的崇拜活动，与他们所生存的这个干旱农耕社会息息相关。"② 尧山圣母传说，主要说女神的来历，村姑修炼成真，尧王爷的女儿，受皇封的夫人。她的灵验故事主要是显灵赐雨、救难、惩罚。我认为关于尧山圣母的叙事是神话，就像后土老母灵验故事也是神话

---

① 秦建明、〔法〕吕敏编：《尧山圣母与神社》，中华书局2002年版，第59—60页。
② 庞建春：《水利传说研究：以山陕旱作乡村社会水利传说为个案》，北京师范大学博士学位论文，2002年，第65页。

一样，他们都是与神灵膜拜互为表里的，都是真实的社会图景，讲述者的取态也是严肃的。这些叙事是农民的诗性智慧，民间的意识形态。

神话的英雄只有一个，那些不同民族的神话中的英雄尽管千姿百态，实际上乃是同一个英雄被不同的文化赋予千差万别的面貌而已。信仰传承的类型化是民间信仰得以延续并保持稳定性的条件。刘魁立先生论述民俗学的历史类型学时指出它的原因：群体性约束，历史记忆的深层积淀，历史和地理环境，传统为保持自己的延续性所形成的传承模式。中时段——社会时间，决定了文化的基本结构，短时段——个体时间与具体事件相关联。因此，地灵故事重复生产和变异，只表现在它所叙述的事件可能不同，但是，核心意义则是传统的。只要讲述这些神话的人们的基本需求没有改变，故事的核心观念就不会被弃之不用。①

四、民间叙事的神话范例

我在研究中注意到，在宝卷之外还有"洪崖山传说群"，它呈现出多层次的叙事类型，如上古神话、历史传说、地方风物传说、后山奶奶故事、道教、佛教传说等。在华北其他地方的刘秀传说里，救他的人有村姑，不与后土神、张生香、后山庙产生联系。因为这超出了祭祀圈范围。②后土老母灵验的叙事传说与后土信仰地域范围有关，它大于祭祀圈。后土祭祀圈的社会群落把村姑救驾改变为后土神救驾，因为他们与别的地方那位因救刘秀而死的村姑并无血缘的或地域的联系。反过来说，外地人不信仰后山奶奶，也就不会有后土救刘秀的故

---

① 刘魁立：《刘魁立民俗学论集》，上海文艺出版社1998年版，第97—98页。
② 1938年日本学者冈田谦提出祭祀圈概念："共同奉祀一主神的民众所居住之地。"见林美荣：《由祭祀圈到信仰圈——台湾民间社会的地域构成与发展》，张炎宪主编：《中国海洋发展史论文集》（第三辑），台湾"中央研究院三民主义研究所"，1998年，第97页。而信仰圈侧重信徒的结合。本文借用这两个概念来探讨传说问题，不想争论两者的关系问题。另外，汉学人类学还有市场圈理论，与此处提到的两个概念也有关联。

事。至少，救刘秀的是另外一个主人公。

刘秀传说具有流传时间久、分布地域广和趋同的特征，刘秀故事追述了封建国家的共同的历史，而其多种多样的地方标签表明，这些故事有着适应不同时代和地域性的能力。其核心是关于历史人物刘秀的口述传统，通过这些版本，我们可以发现讲述者，他们对具体的叙事材料的运用，这些材料与他们生活的地方有直接联系，如华北的村落、庙宇、水井是地方文化传统的最基本象征物。历史人物传说大于其人物的故事；它同时也是关于地方性的、农村和农民的故事。宝卷利用这些传说，把后山大庙说成是刘秀建立的。这些都表现为将信仰转化为现实权威的愿望。易州在辽、金、元一度为异族统治，后来的八国联军、反洋教、日本占领，都留下了痕迹。民间对皇帝的叙事还有"帝王还家"的模式。刘秀认后土皇帝为干娘，说明皇帝权力与神权的合一。后山奶奶又是定兴县辛告村王家的姑奶奶，这是血缘关系的虚拟。刘秀可以被视为皇权转化而来的神。后山一带民间传说却不曾改造过自然神和文化英雄，这说明，由皇帝改造过来的神与其他的神是有区别的。这说明他们除了自然神、宗教神和文化英雄以外，还需要一种能由皇权转化而来的、能保护平民最高权力的神。后土救驾，刘秀封神，这两个故事说了一件事：神权和皇权的统一。

董晓萍和美国学者欧达伟研究了宝卷与秧歌的互为文本的意义。两种文本的联系纽带是地方性的宗教朝拜仪式。宝卷在20世纪初被扫荡，但是，这种宗教信仰的表达采取了另外的方式即戏曲形式。这两种文本同时涉及了民间信仰传承的一些核心的观念，这些要素可以在叙事学的主题层面上被分析。比如，僧道度劫的叙事模式来源于一种信仰的核心观念，它可以用宝卷的形式来表达，也可以以戏曲的形式来表达。《杨二舍花化缘》《刘秀走国》都有这样的主题：主人公受难——佛道度劫——历劫生还。这是宝卷最为常见的主题。它的故事文本通常是：主人公外出，途中受难，神灵显现（老母奶奶、观音、真龙、僧道仙人等），主人公被营救（方式各异，如托梦指路、药丸、劝善化缘、造庙、诵经等），最后的归宿为大团圆、归圣、丰衣足食、入仕途、尽忠孝等。① 宝卷中的后土老母修行、刘秀走国、张斌求子这三个故事，基本上属于上述的模式。不仅如此，河北易县、涞水的口头传承的后土灵验叙事，刘秀走国传说，也同样采用了这样的叙事模式，传达同样的核心观念。信仰的传承本来是多种途径的，字传、口传、心理传承、行为传承。后土宝卷中后土老母演教度生的主题，直接来源于秘密宗教的无生老母神话，但是后来的民间宝卷里的后山奶奶被注入了民间观念。老母纺线、一口米饭救主、猛虎救驾、耕夫救驾等，这些主题来自于民间的口头传说。但是，不能否认，元代以来的戏曲，其中关于刘秀的主题也未尝没有影响宝卷的叙事。上述的核心观念与早期的后土作为文化英雄、大地之神的后土，已经相距很远了。

后土宝卷、后土灵验叙事、刘秀传说、河北洪崖山神话传说群，它们属于不同的民俗学题材样式，但是，它们互为文本，具有共享意义范围和共同的历史根源。它们都以地方性的民间叙事为文本特征，以后土崇拜为核心内容，以传统的神话为范例。

地方性的宝卷和民间叙事传统，它们是由本地的后土祭奠发展起来的。历史上国家正祀的后土被民间化，又被地方化，成为本地的村姑，由村姑变而为神。在民间的万神殿内，后土处于中心的位置，在宝卷或地灵故事中她通常要化为道婆来到凡间，神灵开始解决一些当地人的困难，这一媒介的效力和真实性吸引了广大的人群，后土神殿成为重要的仪式场所，信众在那里吟诵后土的颂歌。对于宝卷的实际表演而言，核心的信仰表现为讲述神的故事，把她作为一位神祇来召唤，她的力量便可以显现，以庇护共同体的人们。后土在宝卷里是汉

---

① 参见董晓萍、〔美〕欧达伟（R. David Arkush）：《乡村戏曲表演与中国现代民众》，北京师范大学出版社 2000 年版。

张姑,她在后山修炼四十年,她的死亡赋予其最终的力量:死亡就是坐化,真性离开凡体,这件事的作用在当地来说就是故事的"生发点"。它导致了神格化,导致了膜拜,导致了祭奠,最终导致了叙事,这种叙事在宝卷来说是伴随仪式而演唱的,以请神降临。

神灵与祭祀是民间叙事传统的原动力。以上这些话,强调了民间叙事文本的地方传统。我们还必须把文本作为文本来看待。现在,我们至少可以在较为广泛的社会历史背景下,了解一个地方性的民间叙事文本的实现过程。

五、结语

与上述所作的研究结论相比较,更为重要的是这样的研究所具有的学术意义。我之所以选择了地方性民间信仰传统这样的课题,之所以选择了自认为有效的研究方法,主要目的是希望在以下几个方面有所创新。以往人们对宝卷的探讨属于文本研究,具有历史学的旨趣,突出了宝卷的历史文献价值。[1] 按照 20 世纪民俗学的学科观点来看,

---

[1] 美国学者梅维恒(Victor H. Mair)指出,变文这一文学形式被简称为"转变",它是由口头的、看图讲故事的形式发展而来。与之相联系的是演讲宝卷和展示图画相联系,河北沧县的讲卷人都使用成套的图画,即"水陆",宣讲宝卷最早曾被作为水陆斋的一部分。今天仍然存活的河西表演的念卷活动之遗留,更是坚定了他的这种看法。(见〔美〕梅维恒:《绘画与表演——中国的看图讲故事和它的印度起源》,王邦维、荣新江、钱文忠译,北京燕山出版社 2000 年版。*Painting and Performance: Chinese Picture Recitation and It's Indian Genesis*, Honolulu: University of Hawaii Press, 1988)姜伯勤的《变文的南方源头与敦煌的唱导法匠》,从隋代三论宗大师吉藏的《中观论疏》卷一《因缘品》里找出"变文易体"一语,提出变文为经典的通俗化变易,其起源要早于唐代(姜伯勤:《变文的南方源头与敦煌的唱导法匠》,饶宗颐主编:《华学》(第 1 辑),中山大学出版社 1995 年版,第 149—163 页)。李小荣从华梵音乐艺术角度,研究变文曾经是配乐表演的一种口头艺术的课题,这继承了中国古代依礼作乐、依乐为诗的传统。同样,他探讨了变文与华梵音乐的关联。指出佛教音乐在中土之发展产生了佛曲,为变文表演者所利用。同时,本土音乐如汉之鼓吹、大曲、清曲、民间曲子,皆入变文之中,构成了变文作为讲唱文本的音乐要素(李小荣:《变文讲唱与华梵宗教艺术》,上海三联书店 2002 年版)。陆永峰的《敦煌变文研究》探讨了变文的体裁样式特点,尤其注意到了文本的表演层面之特征:入韵套语、叙事、套诗、表演与图画以及变文的口头文学特征问题。(陆永峰:《敦煌变文研究》,巴蜀书社 2000 年版)

这种研究多少忽略了该体裁样式的社会文化意义，文本背后的文化传统和现实关系被抹杀了。现代民俗学要求深入具体文化的现场，其田野工作带有学科发展所提出的新的理论假设，其根本目的是为了贯彻这一假设去获得经验性的可靠材料。

后土宝卷作为该论文的研究对象之一，它的研究价值是多方面的，最重要的一点，它是活形态的文本。河北易县洪崖山一带为宝卷叙事的自然地理和文化景观，这里的后土皇帝在当地叫后山奶奶，它仍然享有人间香火。在河北洪崖山周围参与后山朝顶活动的民间神社，它们是后土崇拜仪式的组织者，同时也是地方村落社会的社火仪式的承担者。宝卷是它们的神圣文本。这是祖先的遗产，它包括表演传统。民间口头传统，今天仍然继续产生着关于后土和后土崇拜的神话叙事，成为民间意识形态的一部分。

对研究者来说，我试图超越文本研究的局限，把宝卷的文本与民众的现实信仰、这种信仰的外在行为联系起来考察。把文本和它的表演、表演者、表演场合、社会生活和民间组织综合起来进行考察的企图，是出于这样一种动机，即文化是一个整体系统，而文本的功能只有通过这个系统的整体结构才能真正被认识。这样看来，宝卷研究就不仅是文本的阅读。一旦把民间组织、人们的信仰观念、行为规范、社会制度等因素联系起来研究宝卷时，我们就会看到，宝卷已经不是原来意义上的宝卷，它是社会文化系统中的文本，这使得我们对宝卷的认识必然会发生一系列的变化。当我们透过文本来探讨它的传统意义时，传统的意义大于文本，这时我们便不可能孤立地只研究某个文本。后土宝卷与其他民俗学文本，如刘秀走国、后土灵验的民间叙事、地方传说和古代神话，民间神社的仪式、仪式音乐，民间艺人，地方的神灵祭祀传统，这些因素共同构成了彼此依存的系统，只有在这个系统内各个文化要素才具有生命力。

六、后记

河北宝卷在民间仍然有乐社组织和演唱传统的遗留，这是田野作业的基础。本文尝试运用民俗学田野作业与文献学相结合的方法，尽量搜集并参考与论题相关的古籍、碑刻、县志，明清史料和研究文章，中国艺术研究院学者民间音乐会的调查报告和研究论文，地方学者关于易县后土崇拜的口头传承资料如神话、传说和故事的收集。

为撰写论文，我先后八次到河北易县、涞水洪崖山一带做了为期三个月的实地调查。田野工作是就河北民间后土信仰、仪式活动与口头传统叙事文学采集证据的过程，该专题调查采用定点、定时、定题目的调查，以事先拟订的理论假设为指导，注意了解洪崖山周围的历史遗留庙宇、碑文、地方历史记载以及口述历史、传说的相关资料。我通过该项调查发现这一带大小40多座佛教和道教的寺庙宫观的遗迹，部分残留碑刻20余通，其中非常重要的、与后土相关的残碑10通。该项调查最重要的部分是对涞水和易县至今仍然活跃的民间佛事会和音乐会的调查。这一部分工作属于人类学意义上的回访性质，因为，我所调查的对象即河北民间乐社，从1990年以来成为国内外民族音乐学者的调查基地，我是从民俗学角度进入这个基地的，先后采访了十几个村落的民间会统，了解他们的仪式活动和经卷表演情况。我对20多位民间艺人进行了访谈。

我先后八次进行的考察经过如下：2001年8月13日至29日赴涞水县南高洛、东明义、冀家沟、李家坟、匡山村，易县的流井、马头村、豹泉村、神石庄、南洛平村、孔村进行初步摸底考察。2001年9月12日至26日，11月28日至12月13日，2002年2月20日至27日，2002年4月17日至28日，2002年6月15日至25日，先后六次对易县、定兴县和涞水县的几个村落的音乐会进行重点调查，其中的重要收获是发现并抄录《后土宝卷》7种，总计10万余字的抄写文本，这些文本属于民间会统的表演的底本，是活态的宝卷。2002年6月30日至12月25日，专门立项搜集河北易县、定兴县和涞水县流传的后土奶奶灵验传说，搜集100则传说文本，其中精选并整理出典型性的文本45个。

以上材料属于研究者获得的第一手资料，包括田野访谈、宝卷文本的采集和抄录、口头传统叙事文本的采集和整理文本，当地的人文地理风貌以及历史遗留碑文、地方志史、民间口述历史和传说文本。全部调查资料是以录音、照片、抄本、口头叙事的记录文本的形式保存的。本文还运用了一些第二手材料，它们主要来自于华北地区的《中国民间文学三套集成》故事卷中的材料，并大量参阅了河北省所有民间故事集成县卷本，从中获得传说文本300余个。另外，需要特别强调的是，该项研究是以薛艺兵和英国学者钟思第等人的研究为基础的，没有他们的前期工作，这项研究是不可能进行的。同时，董晓萍教授亲自介绍相关学者、地方人士，事先征得他们的同意，我才开始自己的调查和研究。

原载《民族文学研究》2004年第3期

山西介休宝卷与陕北说书

孙鸿亮

一、前言

宝卷是一种在宗教（佛教和明清各民间教派）和民间信仰活动中，按照一定的仪轨演唱的说唱文本，演唱宝卷称作"宣卷"。据车锡伦先生研究，宝卷渊源于佛教俗讲，产生于宋元时期，它是佛教僧侣用忏法的形式讲经说法、悟俗化众的宗教宣传形式。明正德以后，各新兴民间教派均以宝卷的形式编写布道书，宣卷又成为这些民间教派教徒的宗教活动。明清时期，宣卷发展为广大民众参与的民间信仰、教化娱乐活动，在南北各地流传。[1]

宝卷和说书不属于一个系统，在表演形式上，宝卷通常由被称作"宣卷先生"（或者"佛头"）的人在法会道场和民间信仰活动中"照本宣扬"地念唱，而不是由盲说书人现场即兴说唱。然而，宝卷和说书也有互相吸收、融合的地方。

明末清初，统治者镇压民间教派、查抄经卷（包括宝卷），西北河西走廊、山西介休一带偏远地区成为民间教派宣卷活动的主要区域。

---

[1] 车锡伦：《中国宝卷研究》，广西师范大学出版社2009年版，第2页。

尽管目前缺乏直接材料，笔者认为，至今流传于陕西省北部延安、榆林及周边区域（内蒙古、甘肃部分地区）的陕北说书明显受到了民间教派宣卷风气的影响，并且出现了融合的趋势。不仅民间教派宝卷的信仰特征和教化模式为陕北说书所吸取，陕北农村"庙会书"（"会书"）和"口愿书"（"家书"）的演唱形态与宝卷十分相似，请神、参神、送神的仪式也受到宝卷的影响，演变成一种依附于民俗宗教信仰、在民俗宗教信仰活动场域中进行的民间说唱形式。同时，民间教派宝卷大量吸收俗文学传统故事，改编鼓词、弹词书目，而传统说唱文学作品被改编为宝卷后，凭借着信仰的力量，得到广泛传抄而流行，一些俗文学宝卷甚至流入说书人手中，成为他们使用的"底本"。笔者在采访中，也确实遇到陕北说书人持有宝卷的情形。这说明宝卷和陕北说书有密切关系，二者的源流是值得专题研究的。

二、宝卷演唱形态与陕北说书

陕北说书是流行于陕西省北部榆林、延安两地的一个民间说唱文学种类，由说书人怀抱三弦（或琵琶）独自坐场说唱或多人组合表演，主要演出场所是乡村庙会和窑洞院落，分别称作"会书"和"家书"。康熙十二年重修《延绥镇志》载："刘第说传奇，颇靡靡可听。闻江南有柳敬亭者，以此伎遨游王公间。刘第即不能及其万一，而韶音飞畅，殊有风情。无佛称尊，不即江南之敬亭乎？"[①] 可知，明末清初陕北说书已十分盛行。作为乡村庙会和民俗宗教信仰活动场域中的文艺表演，陕北说书具有和宝卷相同的演唱形态和仪式，承担了与宝卷完全相同的教化功能。下面，比较介休宝卷和陕北说书的演唱形态。

早期宝卷是在各种法会上演唱的，它的演唱形态具有仪式化的特

---

① （清）谭吉璁纂，刘汉腾校注：《延绥镇志校注》，三秦出版社2006年版，第563页。

征。除了法会开始和结束时繁杂的仪式外,宝卷受佛教忏法的影响,整个演唱过程也按照一定仪轨进行。演唱者不能即兴发挥,随便增减散说和唱词,因此,宝卷文本说、唱、诵的文辞都是格式化的,其主体部分的段落包括:

(1)白文(散说),具有音乐性和节奏感的押韵赋体。

(2)佛教传统歌赞,七言二句。

(3)流行的民间曲调,七言的唱词有上下句关系,也偶唱北曲的曲牌,如《金字经》《挂金锁》。

(4)句式和押韵为"四四(韵)五(韵)四四(韵)四四(韵)四五(韵)"的一段歌赞,其中第三句偶用"三三"句式。

(5)佛教传统的歌赞,五言四句。

其中,(3)是主体唱段,除个别唱段用民间流行的散曲小令《金字经》《挂金锁》外,都是七言诗赞体。

明代中后期,山西介休宝卷继承了早期宝卷的演唱结构,但文本形式有了较大变化。宝卷目录不再分"品",每个演唱段落保留了(1)白文[散说];(2)七言诗赞过渡;(3)七言或十言唱词,其他唱段在民间演唱和流传过程中都删略了。例如《酬恩宝卷》(明抄本,介休)中的一段:

(1)说起二十四孝中,有一个先古帝王大舜,至仁至孝,父娶晚母不贤,弟又傲兄,无机所耐,奔入历山,静处居住,少衣缺食,受其寒苦,昼夜烦恼,思想父母养育之恩,不得酬报,恨能不能,哭哭啼啼,孝心感动山神土地……

(2)大舜至孝父无慈,
　　晚娘狠毒害子嗣。
　　弟象傲兄无仁义,
　　赶在他乡奔山居。

(3) 往昔时目犍连孝顺父母，
 从至初行仔细知母之恩。
 母怀孕十个月提心吊胆，
 三百日离腹内才得身轻。
 养儿女倍辛苦有屈难诉，
 二女饥吃娘乳咂的心疼。
 ……①

这种文本形式和陕北说书相同，其中（1）和（3）相当于陕北说书的散说和唱词，（2）相当于由说转唱的过渡，类似于戏曲中的"叫板"。并且宝卷"中东"辙和"人辰"辙通押的特点也与陕北说书相同，难怪说书人要把宝卷当作"底本"来使用了。

宝卷故事开始先要宣"朝代帝王，贤人出州"，即交代故事发生的时代、地点，一般要具体到"某朝、某代（皇帝）、某州（府）、某县、某村"，以突出故事的"真实"性，这种做法与陕北说书开场的"表朝纲"绝无二致。例如，陕北说书《花柳记》开场：

（1）四句闲言撂后，书归正传。这段故事出在大宋年间，四帝仁宗在位，引出一段故事。说在河南卫魁府人氏，南街巷口有一家相公，姓李名叫李登云，娶妻孙氏夫人，夫妻同年等岁，所生一儿一女，儿叫金哥，女叫银姐，家寒受贫，没有过用。

（2）众明公恭坐安静，听我慢慢的道来。

（3）书中不表别处等，河南卫魁府出了事一宗。
 一位相公李登云，年方三十零二春。
 他妻名叫孙秀珍，十一岁童引过了门。

---

① 李豫、刘娟、尚丽新等：《山西介休宝卷说唱文学调查报告》，社会科学文献出版社2010年版。

寻茶讨饭供他看《五经》，到后来生下男女两条根……①

接下来，无论宝卷还是陕北说书，都将展开一个"有苦有甜""悲欢离合"的故事。故事正面主人公受到恶人陷害，遭受种种磨难。最后，贤人苦尽甘来，享受荣华富贵，恶人遭到报应，或者在贤人的感召下改恶向善。这种"大团圆"结局通常被演唱者反复交代，以突显教化劝诫之旨。这种信仰教化模式也是宝卷和陕北说书所共同具有的。

三、宝卷"开经""结经"仪式与陕北说书

明清教派宝卷主要在各种法会中宣唱，一是教团组织的法会，称作"道（坛）场"，规模较大，持续时间较长；一是应信众之请做的法会，俗称"做（斋）会"，以消灾祈福、追亡荐祖、请神还愿为主要目的，其开经仪式一般包括以下过程：

（1）"讽经咒"，讽诵《心经》《楞严咒》《十小咒》等。

（2）"安坛""奉请十方神圣现坐道场（临坛）"，俗称"请佛"。

（3）"举香赞"：上香，唱香赞。

（4）"三宝颂"：唱颂"佛法僧"三宝。

（5）"开经偈"，一般袭用佛教的"开经偈"："无上甚深微妙法，百千万劫难遭遇。我今见闻得授持，愿解如来真实意。"（各卷文字有异文）

（6）"提纲"：讲唱本卷的缘起、内容、功德。一般用散说，由"盖闻"领起，有的宝卷加唱词。

（7）"信礼常住三宝"。

（8）"开卷（经）偈"：一般用"××宝卷初展开"，进入文本的

---

① 曹伯植、孙鸿亮：《陕北说书传统曲目选编》，陕西人民出版社2010年版。

叙述。①

宣卷结束时的"结经"部分，通常有"回向""发愿"以及"送神"等仪式。

清代中后期至近代，民间宝卷宗教色彩淡化，仪式趋于简单化，宝卷前去掉了各种仪式的名称，只剩下简单的"请神""和佛""祝愿语"等部分。例如《佛说红灯宝卷》（清同治二年抄本）：

> 红灯宝卷，佛界来临，诸佛菩萨度众生，众呼三声。归命十方一切佛法僧，信礼三宝。
> 烈女宝卷才展开，诸佛菩萨降临来。
> 天龙八部生欢喜，保佑大众永无灾。
> 请听宝卷讲原因，出在明朝传古今。
> 大众听宣因果卷，善者荣长恶者亡。
> 听宣之人增福寿，念卷之人免灾殃。
> 搭佛之人也兴旺，混卷之人定降瘟。
> 你众休要来胡说，听表这部烈女传。
> 青云杳杳紫云现，正德皇帝坐金殿。
> 十二台官造鉴书，选出一部烈女传。②

有的宝卷抄本连开头的散说也去掉，只保留了"××宝卷才展开，诸佛菩萨降临来。天龙八部生欢喜，保佑大众永无灾"的固定格式。清代道光以后，山西介休一些新造宝卷已没有了任何仪式结构，直接从开场诗进入故事的说唱部分。例如《新刻烈女宝卷》（清道光三年刻本，介休）开篇：

---

① 车锡伦：《中国宝卷研究》，广西师范大学出版社2009年版，第149页。
② 李豫、刘娟、尚丽新等：《山西介休宝卷说唱文学调查报告》，社会科学文献出版社2010年版，第61页。

>   百鸟相呼唤春光，桃花映水巧艳妆。
>
>   犀牛欲配天台容，枉把苍生送九泉。
>
>   话说国朝道光年间，山西太原府榆次县城南有一地方，名叫双村，村内有个庄户，姓赵名天中……①

这里完全采用了章回小说和北方鼓词的开篇形式，已看不出任何仪式程序了。然而，在活形态的口头传承中，宣卷依然是民众祈福禳灾、请神还愿的民俗信仰活动，一般称作"做会"，分为"庙会"和"家会"，其形式与陕北说书"会书"和"家书"相对应，二者十分相似。

明清时期，陕北是民间教派传播的主要区域之一。明万历年间无为教教徒印宗编有《销释真空宝卷》，印宗俗名李元，陕西人，这部宝卷曾在陕甘地区流行。明末兴起的大乘圆顿教派，在清初时由陕西传入甘肃东部灵台、凉州府平番县（今永登县）及河洲等地。民国《横山县志》卷三"风俗志"载：

>   边塞佞佛积习成风，县境寺宇观庵所在林立，甚至三五村庄联合结社，延僧侣住持，各置香火田，为久崇拜计。民间丧葬，俗招僧设醮，诵经追荐忏悔，名作佛事……道家为九流之一，渊源最古。邑人信仰是教者有二，即道门、浑元也。道门似多神教，凡神皆礼敬，戒荤腥酒薤，戒女色财气，施放生，乐救济。入是教者咸以"善人"呼之，至有终身割爱，不与妻妾共室者。其总堂设于甘泉，教主命为真人；浑元教专奉如来，教旨与道门相同，惟民愿忏祷者则水陆设醮，持钵诵经祈福耳。②

---

① 李豫、刘娟、尚丽新等：《山西介休宝卷说唱文学调查报告》，社会科学文献出版社2010年版，第67页。
② 《横山县志》（影印本），台湾成文出版社1969年版，第281页。

这里提到的"道门教""浑元教"虽说是道教教派,从其教旨及信仰特征可以看出,它们其实是明代以来兴起的民间教派。从以上方志记载可以看出,陕北明清时期民间宗教信仰兴盛,各种法会、诵经活动频繁,并已融入民间百姓生活之中。

陕北农村庙会和村民家中举行的"还口愿"活动开始之前,先要请神,通常由说书人怀抱三弦,跪在神像和牌位前演唱。下面是笔者采录的一段请神唱词,从中可以看出与宝卷仪式的联系:

> 清净妙真香焚在金炉上,
> 香烟彤彤紫气放红光。
> 上通天宫悠悠无遮挡,
> 顷刻云雾满十方。
> 玉皇忙把敕令降,
> 祭主忙忙摆供养。
> 七珍八宝献在香桌上,
> 明茶净酒满十分奉上。
> 呐摩灵感灵应,免难消瘴,祥云盖十方,无量大天尊,急急如令。
> 小小金炉七寸高,青龙白虎绕周遭。
> 香烟起去龙摆尾,香烟罩定虎腾腰。
> 分开天门第一层,谨请一切众诸神。
> 分开天门第二层,时值官曹两边排。
> 分开天门第三层,二十八宿紧相跟……[1]

接着说书人奉请诸神,先请玉皇大帝、王母娘娘、太上老君、西方古佛、托塔天王,再请眼光菩萨、送子菩萨、九天圣母、观音菩萨,

---

[1] 曹伯植、孙鸿亮:《陕北说书传统曲目选编》,陕西人民出版社2010年版,第285页。

关帝圣君、二郎、黑虎灵官、四大天王、火帝真君、十殿阎王、五海龙王、牛王、马王、药王、财神、喜神、门神、山神、土神、水草大王……每请神一段，说书人唱"伏惟事主奠酒上香"，这与宝卷"举香赞"相当。

以上请神仪式只在庙会和"还口愿"活动开始前举行，每场书开场前还有参神仪式。参神内容与请神大致相同，将诸神一一参拜后，说书人演唱说书缘起及吉庆套语，一般由"这也不是初一的香十五的灯，这是……"领起，之后，用"四六八句我把神参动，说一个小段先敬神"，进入书帽和正本演唱。书场结束，再举行安神仪式。

庙会和"还口愿"活动结束，还要举行送神仪式。送神除了恭送诸神之外，也包含"回向""发愿"等内容。例如：

> 三弦一收住了音，千恩万谢送神灵。
> 全凭诸神显神通，如有不周担待定。
> 今日事主上香灯，恭恭敬敬送诸神。
> 玉帝率仙升灵霄，三清率仙登九重。
> 佛祖率领众菩萨，西天雷音回佛门。
> 今年敬神求太平，明年还请神照应。
> 敬神拜神心要诚，日日燃灯敬神明。
> 事主三叩九拜首，神仙佛家送启程。[①]

综合以上叙述，陕北说书包括以下仪式程序：

（1）请神：庙会活动之前，奉请诸神临坛，开始前有"诵经咒"唱词。

（2）参神：书场开场前参拜诸神，并有"香赞"、叙述缘起、功德

[①] 祁玉江：《陕北说书》，花城出版社2010年版，第271页。

的唱词，接着进入书帽、正本说唱。

（3）安神：书场结束时，暂将诸神安于庙坛。

（4）送神：庙会活动结束时，恭送诸神返回本位。唱词包含"回向""发愿"等内容。

其中，(1) 与宝卷"开经"仪式"诵经咒""请佛"相当；(2) 除了参拜诸神外，包含宝卷"提纲""开卷偈"的内容；(4) 则与宝卷"结经"仪式相对应。由此可见，陕北说书受到宝卷仪式的影响，并承担了与宝卷相同的民俗宗教信仰功能。

还值得注意的是，民国时期山西介休民间流传着这样的俗语："大户人家养戏班，中户人家弄坐唱，小户人家看宝卷，平头百姓听三弦。"[①] 所谓"三弦"，即指三弦书，由盲说书人演唱，形式与陕北说书相同，在民间敬神、还愿等信仰活动中演唱，同样有请神、供神、送神的仪式。关意宁博士经过考察，认为"陕北说书与临省山西境内流传的三弦书可能系属同源"[②]。这一看法是有道理的，盲人说书在古代文化传统中历史悠久，宋元已出现了"唱古今小说、平话以觅衣食"的男女瞽者，称作"陶真"。然而，盲人说书从简单的行乞辅助发展成为具有固定文本体制和仪式程序的民俗宗教活动形式，显然是与明清民间教派宣卷的影响分不开的。受经济条件限制，广大平民百姓无力请人宣卷，只能请盲人说书，目的依然是祈求保佑，敬神还愿。在说唱仪式方面，说书自然受到宣卷的启发和影响，甚至借鉴、模仿宝卷的仪式。因此，从共时形态来看，山西境内的三弦书和陕北说书都与宝卷有密切关系，二者可谓同源异流。

原载《安康学院学报》2013 年第 4 期

---

① 李豫、刘娟、尚丽新等：《山西介休宝卷说唱文学调查报告》，社会科学文献出版社 2010 年版，第 101 页。
② 关意宁：《在表演中创造——陕北说书音乐构成模式研究》，上海音乐学院出版社 2011 年版，第 24 页。

河西宝卷说唱结构嬗变的历史层次及其特征*

李贵生　王明博

说唱结合、散韵相间是说唱文学语言形式和结构形式上最突出的特点，它决定了说唱文学形式上的基本特征。河西宝卷是流传于甘肃河西走廊一带的民间口头说唱文学，其源头可追溯到敦煌变文。郑振铎先生在《中国俗文学史》一书中说："'变文'是'讲唱'的。讲的部分用散文；唱的部分用韵文。这样的文体，在中国是崭新的，未之前有的。故能够号召一时的听众……"[①] 宝卷与敦煌变文无论是说唱形式还是内容都有诸多相似之处，所以郑振铎先生认为宝卷是变文的嫡派子孙。[②] 据车锡伦先生的研究，宝卷产生于宋元时期，现存最早的宝卷是南宋理宗赵昀淳祐二年（1242）宗镜编述的《金刚科仪（宝卷）》。[③] 车先生指出："宝卷是继承佛教俗讲讲经说法的传统和佛教忏法演唱过程仪式化的特点而形成的一种新的说唱形式，是佛教徒在宗

---

* 国家社会科学基金项目（13BZW157）；甘肃省科技厅科技支撑计划项目（1304FKCG108）；兰州大学中央高校基本科研业务费专项资金项目（11LZUJBWZY085）。
① 郑振铎：《中国俗文学史》，商务印书馆2010年版，第163页。
② 郑振铎：《中国俗文学史》，商务印书馆2010年版，第521页。
③ 车锡伦：《中国宝卷的形成及其演唱形态》，《敦煌研究》2003年第2期。

教活动中按照严格的仪轨进行的说唱行动的记录文本。"[1] 宝卷和变文是处在两个不同时代的口头说唱文学,二者之间既有传承,又表现出各自不同的特点。就唱词的句式而言,敦煌变文以五七言为主,河西宝卷以十字句为主,七字句为辅;就说唱结构而言,河西宝卷与变文有很大的差异。变文的说唱结构只是简单的一段散说与一段唱词的结合,而河西宝卷的说唱结构远比敦煌变文要复杂,一段散说往往可以与五段或四段、三段、两段、一段唱词结合,形成六段式、五段式、四段式、三段式、两段式等五种说唱结构。从敦煌变文到河西宝卷,既体现了口头说唱文学的继承性,又体现了其创造性与变异性。

一、仪式化严格的说唱结构

河西宝卷中仪式化的、严格的说唱结构是六段式、五段式说唱结构。河西宝卷中六段式说唱结构出现在《敕封平天仙姑宝卷》和《护国佑民伏魔宝卷》这两个分"品"(或"分")的民间教派宝卷中。"品"或"分"是民间教派宝卷段落划分的专用术语,《敕封平天仙姑宝卷》共分十九"分":仙姑修心分第一,仙姑修板桥分第二,骊山老母度仙姑分第三,仙姑炼魔分第四,仙姑得道升仙分第五,……《护国佑民伏魔宝卷》原有二十四"品",现存前十二"品":伏魔宝卷品第一,三人和合万法皈一品第二,三官举本玉帝封神品第三,关老爷转凡成圣品第四,关老爷圣心喜悦品第五……车锡伦先生将宝卷的发展以清代康熙年间为界划分为两个时期,前期是宗教宝卷,后期是民间宝卷,前期宗教宝卷又以明中叶正德为界分为之前的佛教宝卷和之后的民间教派宝卷。[2] 宋元及明代的佛教宝卷受佛教忏法的影响,说唱

---

[1] 车锡伦:《中国宝卷研究》,广西师范大学出版社2009年版,第88—89页。
[2] 车锡伦:《中国宝卷研究》,广西师范大学出版社2009年版,第2—3页。

过程有一定的仪轨，形成了格式化的说唱结构，其结构一般是：

（1）散说

（2）七言二句诗赞

（3）主唱段（七字句）

（4）四言、五言长短句

（5）五言四句诗赞

民间教派宝卷继承佛教宝卷的说唱传统，但主唱段用十字句并在以上说唱结构的基础上增加了一段小曲唱词，其说唱结构如下：

（1）散说

（2）七言二句诗赞

（3）主唱段（十字句）

（4）四言、五言长短句

（5）五言四句诗赞

（6）小曲

河西宝卷现存的两个分"品"（或"分"）的民间教派宝卷的说唱结构与上面民间教派宝卷的说唱结构稍异，即"小曲"在"散说"的前面，如《敕封平天仙姑宝卷》"玉帝降敕予仙姑分第十七"的说唱结构：

（1）【谒金门】天不远，只在丹田一点。盈盈方寸无尘染，云散月花满、空际仙霞冉冉，仙乐呖呖婉转。步虚无际好宽展，大地任舒卷。

（2）话说仙姑娘娘，永镇北方，屡显圣威，掌世间男女之籍，护国救民，继嗣痊疴，功德无量。时有东华教主，掌持仙籍，奏予玉帝说："有一仙姑号'平天至圣，慈济冲和，洞妙元君'自受敕书后在合黎山为神，济生民忧苦之途，保国祚安和之福。上消天灾，下除毒害，剪邪助正，福善祸淫，应梦诸祥，随心演化，威光遍满于乾坤，慈泽善露于法界。如此功德，不可思议。伏望大帝降敕与她，永镇合黎，护国佑民。"玉帝闻言大喜，即令太白金星降敕于仙姑，永镇合黎，保安庶民……正是：

（3）玉帝敕镇合黎山，福庇西陲亿万年。

（4）有娘娘，正在那，殿前端坐；忽听得，半空中，接旨一声。即抬头，望云端，仔细观看；原来是，上方的，太白金星。手捧着，玉祖的，敕旨一道；前幢幡，后宝盖，玉女金童。……

（5）玉帝敕命，播告九天，永镇合黎山。保生度厄，护国安边。皈依莫尽，称赞难宣。千祈万叩，随愿保平安。

（6）平天称至圣，慈济号元君。

志心皈命礼，普渡救众生。①

民间教派宝卷的"品"（或"分"）标题在卷本中有两个位置：一是在散文前，二是在（5）和（6）之间②，即五言四句诗赞和小曲中间。河西宝卷中现存的两个分"品"（或"分"）的民间教派宝卷的说唱结构中的"小曲"为什么会出现在"散说"前面呢？是不是河西宝卷中《敕封平天仙姑宝卷》《护国佑民伏魔宝卷》"品"（或"分"）标题的位置最早是在五言四句诗赞和小曲之间，后来抄卷人因不懂这一规律而按照通常的规律将标题放在段首，于是误将标题前面的段落依次移到"小曲"后，就形成了今天《敕封平天仙姑宝卷》和《护国佑民伏魔宝卷》"小曲"在"散说"之前的说唱结构呢？我们查阅了清刻本《敕封平天仙姑宝卷》③和明刻本《护国佑民伏魔宝卷》④，通过对照，

---

① 程耀禄、韩起祥：《临泽宝卷》，甘肃省张掖市临泽县政协 2006 年编印，第 30—31 页。
② 车锡伦：《中国宝卷研究》，广西师范大学出版社 2009 年版，第 155 页。
③ 中国宗教历史文献集成编纂委员会编纂：《民间宝卷》第 13 册，黄山书社 2005 年版，第 522—558 页。
④ 中国宗教历史文献集成编纂委员会编纂：《民间宝卷》第 4 册，黄山书社 2005 年版，第 484—583 页。

发现收录于《临泽宝卷》的《敕封平天仙姑宝卷》《护国佑民伏魔宝卷》两个刊印本与相应的早期刻本内容基本相同（个别词语有出入），说唱结构完全一致，这充分说明了明清民间教派宝卷的六段式说唱结构有两种，一种是散说在前，"小曲"在末尾，如前所述；另一种是以《敕封平天仙姑宝卷》《护国佑民伏魔宝卷》为代表的"小曲"在散说前面的说唱结构：

（1）小曲

（2）散说

（3）七言二句诗赞

（4）主唱段十字佛

（5）四言、五言长短句

（6）五言四句诗赞

宝卷中唱词以十字句为主，这是与敦煌变文以五、七言为主不同的鲜明特征，宝卷中的十字句最早出现于民间教派宝卷，叶德均认为十字句这种唱词形式"始见于元杂剧中词话"，"它是明代词话、宝卷'攒十字'的始祖"。[①] 根据车锡伦的研究，"十言句式的唱词最早出现在元杂剧中，多在句尾，标为'词云'（或'诗云'），也出现在剧本的其他部分。"车先生的研究还表明十字句唱词形式在元末明初还没有固定下来，到了明武宗正德初罗梦鸿的《五部六册》民间教派宝卷中，开始大量使用十字句，这对民间词话中大量运用十字句也起了推波助澜的作用。[②]

河西宝卷中采用五段式说唱结构的宝卷，目前只有我们田野调查时收集到的《手巾宝卷》，这部宝卷由甘肃省武威市古浪县大靖镇村民安文荣老先生收藏，没有抄卷人姓名和抄卷时间等信息。这部宝卷

---

① 叶德均：《戏曲小说丛考》，中华书局2004年版，第662—663页。
② 车锡伦：《中国宝卷研究》，广西师范大学出版社2009年版，第158—159页。

的说唱结构跟上面六段式说唱结构相比,缺少"小曲"部分,下面是其中的一个说唱单元:

(1)却说李氏哭罢,心中自思,员外去了,倒也干净,王天禄学内去了,把这小女害了。李氏就将茴香女唤到面前。茴香问道:"母亲有何吩咐?"李氏说:"我把你这小贱人,刚才你送洗脸水来,我的一对金环银戒指将才放下,转眼就没有了,不是你小奴才,再有谁来?我看你无娘的冤家不难为你,反来偷我的东西。"茴香答道:"我不曾见你的金环银戒指,小女怎敢如此?"

(2)李氏听言心内恼,连骂奴才两三声。

(3)有李氏听的(得)说心中烦恼,骂几声小奴才大胆欺心。
卧房中有(又)无人踪迹来到,小奴才不是你再是何人?
这金环少不得就问你要,茴香女听的(得)说大失一敬(惊)。
告母亲休生气孩儿莫见,现如今打死我屈杀儿身。
李氏说我若是不打你身,你这贱嘴又硬不肯招成。

....
正打着王天禄由学来到,观见打茴香妹大失一敬(惊)。
急用手忙扯住姨娘李氏,双膝跪在埃尘两泪纷纷。
告母亲可怜见孤儿寡女,你打我众人们说你不贤。
劝不住遂庶(俯)在妹妹身上,叫母亲你打她我也心疼。
见打得妹妹身浑身青肿,似剪刀割我心泪如泉涌。
茴香女告母亲就将我打,打得我亲哥哥怎把书念。

(4)兄妹两个,痛苦伤心,暗想老母亲。若有娘在,怎打儿童。姨娘定计,害我孤身。父亲一去,也不见回程。

(5)李氏见儿哭,心中自评论。
  两个一齐打,免得我生嗔。

这部《手巾宝卷》的五段式说唱结构跟宋元及明代的佛教宝卷相同，只是主唱段不是七字句而是十字句，但是这一说唱结构不是直接对佛教宝卷的继承，而是由民间教派宝卷嬗变而来。《手巾宝卷》全称是《佛说王忠庆大失散手巾宝卷》，最早是明末的手抄本，属于民间故事宝卷，也分"品"，其说唱结构跟民间教派宝卷完全一样。今天河西宝卷手抄本《手巾宝卷》的说唱结构中没有了"小曲"，由此可以管窥河西宝卷说唱结构的嬗变情况。

宋元明佛教宝卷和民间教派宝卷说唱结构中"四言、五言长短句"唱词的句式是："四，四，五。四，四。四，四。四，五。"共九句，其中第三句和第九句为五言，其他均为四言。安文荣老先生收藏的《手巾宝卷》的说唱结构基本上是五段式的，但是大部分"四言、五言长短句"的句式已与"四，四，五。四，四。四，四。四，五"的格式不相符合，究其原因，主要是后世抄卷人不懂这一段唱词的句式特点，辗转传抄后，失去了本来面目。从安文荣老先生收藏的《手巾宝卷》来看，河西宝卷说唱结构的嬗变首先是唱词"小曲"部分的消失，接着是唱词"四言、五言长短句"部分的消亡。此后，河西宝卷的说唱结构演变为世俗化、简单化的四段式、三段式、两段式结构。

二、世俗化简化的说唱结构

康熙以后，清政府镇压民间教派，查禁其经卷，民间教派转入秘密活动，民间教派宝卷式微，民间故事宝卷开始盛行。到了清末，北方民间教派念卷开始衰落，农村识字先生开始念卷。民间故事宝卷的仪式不再像民间教派宝卷那样严格，宣卷主体也由教派领袖更替为普通民众，宝卷进一步世俗化。宝卷仪式简单化、世俗化导致了说唱结构的嬗变，段落不再分"品"或"分"，"小曲"被删减，紧接着四五言长短句也被删除，于是宝卷的说唱结构简化为：

（1）散说

（2）五七言诗赞

（3）主唱段十字句（偶尔也用七字句）

（4）五七言诗赞

这是河西宝卷的四段式说唱结构，它直接由民间教派宝卷的六段式说唱结构演变而来，这种变化表现在两个方面：首先是"小曲"和四五言长短句的消失；其次是"七言二句诗赞"与"五言四句诗赞"形式不再严格，或七言、或五言、或二句、或四句，形式灵活多变，成了散说与主唱段之间的过渡标志；最后是主唱段用七字句开始渐渐多起来。

其后，作为散说与主唱段之间过渡标志的五七言诗赞变得无足轻重，可有可无，于是河西宝卷的说唱结构进一步简化为三段式、两段式。三段式有两种类型，一种是：

（1）散说

（2）五七言诗赞

（3）主唱段十字句（偶尔也用七字句）

另一种是：

（1）散说

（2）主唱段十字句（偶尔也用七字句）

（3）五七言诗赞

三段式说唱结构以第一种为常见。

两段式说唱结构是：

（1）散说

（2）主唱段十字句或七字句

随着民间教派宝卷的衰落，民间故事宝卷的盛行，河西宝卷的说唱结构从仪式化严格的六段式简化为四段式、三段式、两段式，此后这一世俗化的简化形式就定格了。当河西宝卷的说唱结构发展为散说和七字句的结合时，又跟宝卷的远源敦煌变文的说唱结构不谋而合了，可是其间却经历了近千年的演变。如果我们忽略了发展演变的过程而只看发展的结果，就会轻易地得出河西宝卷是敦煌变文嫡派子孙的结论。

在现存的河西宝卷中，三段式说唱结构使用最多，其次是两段式，再其次是四段式。三段式说唱结构的常见形式是"散说＋七言二句诗赞＋十字句"，两段式说唱结构的基本形式是"散说＋十字句"，四段式说唱结构基本形式是"散说＋七言二句＋十字句＋七言二句"。就一部宝卷的说唱结构来看，有的河西宝卷同时使用四段式、三段式和两段式三种说唱结构，有的河西宝卷同时使用某两种说唱结构，只使用某一种说唱结构的河西宝卷是很少见的。就主唱段采用的句式来看，四段式、三段式说唱结构中主唱段以十字句为主，偶尔也有用七字句的，两段式说唱结构中的主唱段十字句和七字句开始并重，但仍然以十字句为主。从我们对河西宝卷念卷活动的调查看，作为韵文的五七言诗赞并不演唱，其性质只是一种过渡形式，因而显得无足轻重，可有可无。说唱结构的核心是散说段和主唱段，主唱段十字句或七字句演唱时听众要"和佛"，即和唱"阿弥陀佛"或"南无阿弥陀佛"，所以主唱段十字句、七字句又称"十字佛""七字佛"。

自从清末河西宝卷说唱结构简化以后至今，四段式、三段式和两段式说唱结构成了河西宝卷说唱结构的常态，河西宝卷的说唱结构一直遵循四段式、三段式或两段式的形式传抄、讲唱，新的宝卷的产生也自觉不自觉地以此为范式进行编撰。我们在田野调查中发现的新编宝卷《杜十娘怒沉百宝箱宝卷》的说唱结构就很能说明问题。

甘肃省张掖市山丹县霍城镇的普世秀老人于2006年（时年66岁）评《杜十娘怒沉百宝箱宝卷》，河西走廊念卷先生把根据某一故事编写宝卷称为评卷。《杜十娘怒沉百宝箱宝卷》是根据《警世通言》第三十二卷《杜十娘怒沉百宝箱》改编的，普世秀老人说2006年他住在张掖二中，闲来无事，看了《杜十娘怒沉百宝箱》后，深有感触，产生了将其改编为宝卷的想法，于是编写了《杜十娘怒沉百宝箱宝卷》。在这部新编的宝卷中，就同时运用了四段式、三段式、两段式说唱结构。

三、河西宝卷说唱结构的特征

我们对中国宗教历史文献集成《民间宝卷》所收录的350多部宝卷的说唱结构进行了考察，发现个别宗教宝卷采用早期佛教宝卷五段式说唱结构和民间教派宝卷六段式说唱结构，个别宗教宝卷已经表现出六段式说唱结构的演变，绝大多数宝卷的说唱结构采用两段式说唱结构，且主唱段以七字句为主，十字句使用极少。

个别宗教宝卷如民国刊本《金刚科仪宝卷》[①]的说唱结构是早期佛教宝卷"散说＋七言二句＋主唱段七字句＋四五言长短句＋五言四句"的五段式结构。个别宗教宝卷如清刻本《护国灵威降恩真君宝卷》[②]、清刻本《治国兴家增福财神宝卷》[③]、清刻本《福国镇宅灵应灶王宝卷》[④]的说唱结构是明代民间教派宝卷"散说＋七言二句＋主唱段十字句＋四五言长短句＋五言四句＋小曲"的六段式结构，不过，个别说唱结构中主唱段为七字句。清刻本《地藏王菩萨执掌幽冥宝卷》[⑤]的说唱结构是明代民间教派宝卷"小曲＋散说＋七言二句＋十字句＋四五言长

---

① 中国宗教历史文献集成编纂委员会编纂：《民间宝卷》第7册，黄山书社2005年版，第162—219页。
② 中国宗教历史文献集成编纂委员会编纂：《民间宝卷》第11册，黄山书社2005年版，第553页。
③ 中国宗教历史文献集成编纂委员会编纂：《民间宝卷》第12册，黄山书社2005年版，第383—481页。
④ 中国宗教历史文献集成编纂委员会编纂：《民间宝卷》第12册，黄山书社2005年版，第511—612页。
⑤ 中国宗教历史文献集成编纂委员会编纂：《民间宝卷》第10册，黄山书社2005年版，第501—595页。

短句＋五言四句"的六段式结构，跟河西宝卷现存的《敕封平天仙姑宝卷》和《护国佑民伏魔宝卷》的说唱结构相同。

个别宗教宝卷的说唱结构表现出早期宝卷六段式说唱结构的变异。如清刻本《销释印空实际宝卷》[①]中有的六段式说唱结构的主唱段采用七字句；清刻本《明宗孝义达本宝卷》[②]的第一"品"六段式说唱结构少了"小曲"；第二"品"不用六段式说唱结构；第三"品"六段式说唱结构少了"七言二句"和"小曲"，主唱段为七字句。明刻本《普明如来无为了义宝卷》[③]第一"分"六段式说唱结构演变为"散说＋七言四句＋十字句＋四五言长短句＋小曲"，"七言二句"变成了"七言四句"，少了"五言四句"；第二、第三"分"六段式说唱结构演变为"散说＋七言二句＋十字句＋四五言长短句＋小曲"少了"五言四句"；第四"分"六段式说唱结构演变为"散说＋五言四句＋七字句＋四五言长短句＋小曲"，"七言二句"变成了"五言四句"，少了"五言四句"。清刻本《太阳开天立极亿化诸佛归一宝卷》[④]每"品"的说唱结构也基本上是五段式——六段式说唱结构少了"五言四句"。

《民间宝卷》所收录的350多部宝卷中，处于六段式与两段式之间的四段式、三段式说唱结构非常少。可以举出的四段式说唱结构如旧抄本《琵琶宝卷》[⑤]第480至481页有一个说唱单元是"散说＋七言二句＋十字句＋七言二句"说唱结构，《佛说白罗衫宝卷》[⑥]第542至543

---

① 中国宗教历史文献集成编纂委员会编纂：《民间宝卷》第2册，黄山书社2005年版，第20—117页。
② 中国宗教历史文献集成编纂委员会编纂：《民间宝卷》第2册，黄山书社2005年版，第118—160页。
③ 中国宗教历史文献集成编纂委员会编纂：《民间宝卷》第2册，黄山书社2005年版，第334—450页。
④ 中国宗教历史文献集成编纂委员会编纂：《民间宝卷》第2册，黄山书社2005年版，第501—634页。
⑤ 中国宗教历史文献集成编纂委员会编纂：《民间宝卷》第19册，黄山书社2005年版，第468—500页。
⑥ 中国宗教历史文献集成编纂委员会编纂：《民间宝卷》第17册，黄山书社2005年版，第541—566页。

页有一个说唱单元是"散说＋七言二句＋十字句＋七言二句"说唱结构。三段式说唱结构比四段式稍多一点，清刻本《悉达太子宝卷》[①]全文使用"散说＋七言二句＋十字句"说唱结构，旧抄本《红罗宝卷》[②]第202页有一个说唱单元是"散说＋七言二句＋十字句"说唱结构，清刻本《潘公免灾宝卷》[③]第308至309页有一个说唱单元是"散说＋七言二句＋十字句"说唱结构，清刻本《花䴔宝卷》[④]第396至397页有一个说唱单元是"散说＋七言二句＋十字句"说唱结构。另外有两部宝卷使用了"散说＋十字句＋五七言诗赞"的三段式说唱结构：旧刻本《何仙姑宝卷》[⑤]第168至169页有一个说唱单元是"散说＋十字句＋五言四句"说唱结构，清刻本《七真天仙传》[⑥]共三十二回，每一回最后一个说唱单元是"散说＋十字句＋七言四句"说唱结构。

  总体上看来，中国宗教历史文献集成《民间宝卷》所收录的350多部宝卷所使用的四段式、三段式说唱结构极少，只是偶尔可见，绝大多数宝卷的说唱结构采用的是"散说＋七字句"的两段式说唱结构。据此，我们认为中国宝卷的说唱结构在由繁到简的演变过程中，在不同的地域演化结果不同，除河西走廊外的其他地域，宝卷的说唱结构一般简化为"散说＋七字句"的两段式说唱结构，而河西宝卷说唱结构嬗变后却形成了主唱段以十字句为主的四段式、三段式和两段式三

---

① 中国宗教历史文献集成编纂委员会编纂：《民间宝卷》第10册，黄山书社2005年版，第1—46页。
② 中国宗教历史文献集成编纂委员会编纂：《民间宝卷》第11册，黄山书社2005年版，第197—223页。
③ 中国宗教历史文献集成编纂委员会编纂：《民间宝卷》第15册，黄山书社2005年版，第281—318页。
④ 中国宗教历史文献集成编纂委员会编纂：《民间宝卷》第15册，黄山书社2005年版，第390—455页。
⑤ 中国宗教历史文献集成编纂委员会编纂：《民间宝卷》第12册，黄山书社2005年版，第160—200页。
⑥ 中国宗教历史文献集成编纂委员会编纂：《民间宝卷》第12册，黄山书社2005年版，第211—329页。

种说唱结构类型，一部河西宝卷可以同时兼用三种说唱结构或两种说唱结构（偶尔只用一种说唱结构），每一种说唱结构类型中，诗赞部分或七言、或五言，或二句、或四句，加之主唱段以十字句为主，间或又用七字句，这些说唱元素灵活自由地搭配，使河西宝卷的三种说唱结构类型内部又形成了多种或多变的形式，这体现了河西宝卷说唱结构不同于中国宗教历史文献集成《民间宝卷》的地域特征。

原载《社会科学战线》2015年第11期

论丝路河西宝卷的文化形态、文体特征与文化价值

程国君

近年来,"宝卷热"兴起,其标识就是《中国宝卷研究》的出版。这种取向促进了中国宝卷研究的调查、收集、校对、整理进程,也促进了宝卷研究由原初基本的版本考察向宝卷故事本体的深入研究。河西宝卷是中国宝卷的有机组成部分,对其近年来的研究,也由调查、收集、校对、整理等初步研究走向深入,并引起了学界,包括宝卷研究者的充分关注。

近年来的宝卷研究表明,在中国诸大区域的宝卷中,丝绸之路上的河西宝卷独具特色,也以其独特的地域文化特质和内在叙事构成,反映出中国宝卷的基本面相。第一,河西宝卷是中国宝卷里仍然"活着"的宝卷,它的诞生就与丝绸之路的河西走廊这个佛教文化的中转站密切相关。第二,河西宝卷的儒释道"三教"合一的文化形态,与其他宝卷一样,反映了中国文化形态存在的基本形态。宝卷的基本思想就是儒释道"三教"合一的思想。第三,河西宝卷以传播儒家贤孝思想为主,具有极强的教化功能,其实用功能主义特征非常明显。它的以贤孝为标识的伦理思想及其意识,它的男权主义思想,反映出其诞生时代的思想伦理认识水准与局限。第四,河西宝卷这种文体形式

具有鲜明的叙事性、叙事的程式化和文本构成形式的综合性等三大特征，尤其是民间宝卷，这些特征很明显，反映了一般宝卷具有的基本形式特征。

作为讲唱文学的脚本，河西宝卷文本形式构成复杂，还融合了古典话本叙事、韵文叙事、诗、词、曲、令、诸宫调和《哭五更》等演唱调式，是多样的民间文人创作艺术形式的综合性通俗文学文本。以河西宝卷为例来看中国宝卷，不仅能够看清中国宝卷思想文化形态的一些基本特质，而且还能够发现宝卷的独特文本构成机制，具有重要的文体学、文学史意义和艺术品类学的特殊价值。

一、河西宝卷：还"活着"的丝路文化

宝卷与敦煌变文一样，渊源于佛教的俗讲，产生于宋元时期。按照该领域一些学者的研究，这一民间艺术演唱形式在我国已经延续了800多年。[1]"丝绸之路"甘肃段的河西走廊流行河西宝卷，而且，有特色的河西宝卷流传至今也有400多年的历史。[2] 河西宝卷在丝绸之路的河西走廊遍布各地，流传甚广。近十多年来，一些民间文艺爱好者深入河西农村调查挖掘研究，目前河西各地政府、文化部门、高校、出版社都很重视，初步理清了河西宝卷的分布、保存及宣卷情况，整理出版了一大批宝卷，已经编印出版了《酒泉宝卷》（上、中、下册）、《张掖宝卷》（上、中、下册）、《永昌宝卷》（上、下册）、《山丹宝卷》（上、下册）、《临泽宝卷》、《凉州宝卷》与《河西宝卷真本校注研究》等数种近 240 部宝卷（有人收集了 700 部，除去重复外，约有 90—110 部宝卷）。这是宝卷研究史上的一个重要景观。

---

[1] 车锡伦：《中国宝卷研究·自序》，广西师范大学出版社 2009 年版，第 1 页。
[2] 河西张掖的《仙姑宝卷》产生于明万历（1573—1620）间，此可佐证。可参见《张掖仙姑的历史意义》，载《河西宝卷真本校注研究》，兰州大学出版社 1992 年版，第 348 页。

河西宝卷在丝绸之路重镇张掖地区保存颇多，收集也颇多，有据可查的有一百多种。这些宝卷内涵丰富，从内容上可以分为五类：一是反映社会生活的，有《烙碗计宝卷》《丁郎寻母宝卷》《继母狠宝卷》等。这类宝卷数量很多，质量也好，是最基本的一类。二是来自民间神话传说故事的，有《天仙配宝卷》《劈山救母宝卷》《张四姐大闹东京宝卷》《何仙姑宝卷》等。这类宝卷基本上是民间传说故事的改编，神话色彩很浓，听起来委婉有趣，感染力很强。三是来自历史人物传奇的，有《昭君和北番宝卷》《康熙私访山东宝卷》《包公宝卷》等。四是寓言和童话故事也不少，有《老鼠宝卷》《鹦哥宝卷》《义犬救主宝卷》等。五是记叙佛教活动的，有《唐王游地狱宝卷》《目连救母宝卷》《刘全进瓜宝卷》等。

在河西宝卷中，有一些现代创作的宝卷。它们反映了近现代以来的社会生活，极有社会学和史料学价值。像《救劫宝卷》，就反映1928年甘肃古浪大地震的灾难；《姊妹花宝卷》，反映辛亥革命后军阀混战下北方人民流离失所的悲惨生活；《沪城奇案宝卷》，则反映建国后上海公安破获国民党特务破坏的社会现实，是极有文学史和文体学启示价值的。古代文体形式，反映现代生活，这也是成功一例。同时，这些宝卷反映的民国故事尽管也没有能够得到重视，但它们很可能是宝卷中像那些"孤本"一样有价值的版本：从中我们会发现宝卷被现代民间发展运用的清晰轨迹，以及这种民间说唱艺术形式在现代的特殊演变轨迹。

河西宝卷于2006年被批准为国家级第一批非物质文化遗产。它在丝绸之路上的河西走廊分布面很广，涉及二十多个县市。如今，甘肃河西走廊地区的广大农村，宝卷之"宣卷"活动仍存在。每年春节前后及农闲时节，许多农村举行隆重的"宣卷"活动。这样的文化建设活动的存在极有价值意义。比如，金昌的永昌文化局还有计划地组织"念卷"等文化活动。宝卷的一些文化建构功能被充分地发挥了出来。事实上，河西宝卷，这种在新中国成立后的相当一段时间被当作封建迷信销毁的文化遗产，如今重新被当作独特的文化遗产并得到保护，本身就是丝绸之路——久远的飞天之道、驼铃之路的动听余响，又是如今的"绿色铁流"和"高铁"这个现代化国际化通道上的独特艺术奇葩。

而且，作为国家非物质文化遗产保护品种之一种，河西宝卷的叙事（念卷）尽管在如今有被影视和网络的各种叙事方式取代的倾向，但是它却仍然在中老年人那儿还有深深的情结。它已经作为一种文化心理积淀在他们心怀。如今丝绸之路甘肃段的河西走廊的边缘乡村还时有人在"念卷"——宝卷具有的叙事功能在河西走廊这个丝绸之路的核心区域仍然发挥着，尤其在乡村文化建设活动中。这种情形颇类其姊妹艺术"凉州贤孝"，它们在乡村庭院炕头存活，保留并传播着，如有机会去河西走廊，尤其是武威（古凉州）驻足，在驰名世界的"马踏飞燕"铜奔马雕像广场上，会看到宝卷念唱者和贤孝艺人闪现的身影。

丝绸之路文化丰富多样，包含我们熟悉的生动的阿凡提式的域外文化、敦煌佛教文化、汉唐以来儒释道合一的"三教"文化、西北各民族的藏、蒙、回文化，河西历史神话传说、边塞文学及一切民歌民谣、曲艺等多种形式。与丝绸之路河西走廊上产生的古代文学艺术中的大漠孤烟、边塞、阳关古道意象（文学）、《凉州词》、《霓裳羽衣曲》和凉州曲等古典精英文化相比[①]，河西宝卷这种边地俗文化艺术形式及其文本，绝对是丝绸之路文化的一个重要组成部分。其作为非物质文化遗产，能够在当代依旧存活，是极有生命力和象征性意义的。它不仅丰富了中国宝卷这一民间艺术的宝库，也给予当代文化发展、

---

① 《霓裳羽衣曲》的最初版本，据传由武威节度使杨敬述所献，唐玄宗润色而成，为唐时宫廷乐的代表。武威县志编撰委员会：《武威简史》，1983年。

文学文体和艺术品类学的鉴别以深刻的现实启迪。

二、佛教、河西文化与河西宝卷

河西宝卷是丝绸之路上的河西文化与佛教思想结合的直接衍生产物。"河西文化是产生'敦煌学'的基础，或者说'敦煌学'产生于河西文化，是在河西文化这个摇篮中诞生、成长和壮大的。河西文化与'敦煌学'是母子关系。"①"敦煌学"，一度是世界性的显学，世界性的宗教与艺术的奇葩，它的内涵博大精深，河西文化能够把它孕育出来，这是一个举世闻名的奇迹与文化事实。我认为，既然"河西文化与'敦煌学'是母子关系"，河西文化能够产生有世界性文化意义的"敦煌学"，在丝绸之路上的河西文化下产生河西宝卷和贤孝这类民间通俗文学艺术形式，也就是顺理成章的事——是河西文化孕育出了丝绸之路上的河西宝卷。

首先，丝绸之路上的河西走廊对于佛教传播到中国来，具有决定性作用。因为从鸠摩罗什（在武威有古凉州为其建造的罗什塔）到玄奘（在西安有与其相关的大雁塔）等佛教圣人在丝绸之路上的事迹，尤其是凉州城高高矗立的罗什塔、莫高窟及其从西到东坐落在河西走廊上的4座高达3米多的佛像就很能说明一切。丝绸之路上的河西走廊曾经是中西文化交流的中转站。佛教从丝绸之路上的河西走廊传来。"故自汉以降，交通不绝，而佛教自西向东，以大月氏、罽宾为转输之中心。"②其次，古丝绸之路上的河西走廊人——凉州人、张掖人、酒泉人，他们历来抄写佛教经卷，编写宝卷，并长久地"念卷"和"听

---

① 方步和、李伦良：《河西文化——敦煌学的摇篮》，中国文史出版社2004年版，第1页。
② 近年，有宝卷研究学者否认河西宝卷的"河西"性甚至本源性，质疑郑振铎等的"宝卷乃敦煌变文的嫡系子孙"的观点。我认为这是有违文化和文学可能产生自原始区域、落后甚至边缘区域的原则与观点的，故而有此论。

卷",受其熏陶,就把阐述世界、宇宙、人生之理的佛教思想大力张扬了,他们"抄卷""念卷"以积德行善,做善男信女,笃信佛教,这也使得以佛教思想作为灵魂的宝卷这一民间通俗文学及其说话艺术形式在这里深深根植、发展与繁荣了。第三,宝卷与变文如出一辙,皆通过佛法帮助听众从生死轮回中解脱。中文的这两种文学类型都源于敦煌,都与佛教有关[①],在河西文化形态中,佛教思想占有重要分量。作为与佛教有密切关系的河西宝卷,其思想灵魂就是佛教思想。佛教与宝卷本身,是有内在关联性的。河西宝卷无疑是其产物。

当然,河西文化,甚至丝绸之路文化并非单单就是佛教文化。丝绸之路文化漫长、丰富、复杂而独特。在汉时,河西走廊就设河西四郡。汉代,儒家文化是其主流,河西走廊当然盛行儒家文化。河西文化中儒家文化始终是其主流。传统庄老道术也在河西流传,更是毋庸置疑的。但这正好说明,佛教思想、传统文化的儒家思想及道家思想在河西是融合发展的,它们赋予了河西文化独特的思想内涵,而正是这种复杂独特的文化形态成就了河西宝卷:河西文化孕育了佛道儒三教融合思想的《仙姑宝卷》《香山宝卷》《救劫宝卷》等河西宝卷。河西宝卷的代表作《仙姑宝卷》的文本内涵也充分说明了这一事实:张掖合黎山道教仙姑神话、霍去病征服匈奴的历史及大量"丝路传说"等河西文化都被融合在《仙姑宝卷》中,这就是明证,是丝绸之路河西走廊神话、传说、历史及乡民放牧生活等河西文化的诸多元素孕育了河西宝卷。

进一步说,在政治、军事、经济等人类活动的一切领域中,文化的发展具有优先性。丝绸之路,不仅仅是一个商贸之路,最主要的,它还是一个文化之路。在这条文化之路上,佛教等西方文化与东方文化的互动融合的情致,赋予河西文化独特区域特质。河西地区流传的

---

① 〔美〕芮乐伟·韩森:《丝绸之路新史》,张湛译,北京联合出版公司2015年版,第239页。

宝卷，有与宗教内容有关的，有反映社会生活的，有来自民间传说、历史、人物传奇的，也有寓言和童话故事的，还有现代故事版的宝卷。它的曲目多，宝卷韵文融会了各种曲调，蕴藏着包括文学、哲学、历史、宗教、民俗、社会学、语言学、音韵学等多方面的内容，是丝绸之路乃至西北文化的活化石，甚至就是我们西北汉民族的史诗。因此，不是西部贫穷，文化相对落后，就产生不出宝卷这样复杂的说唱艺术，而是我们被西方和"海派"思维控制久了，对此没有关注和在意，而且，能够传承宝卷、娴熟表演、说唱的人罕见了，尤其是多种宝卷曲调，因没有乐谱文字记载，只有口头传唱，所以绝大多数已经失传，或已变调、走调，而随着"宣卷"人的逐渐逝去和"宣卷"活动的渐去渐远，河西宝卷面临消亡的危机，但这绝不能说明河西宝卷传自内地，就与敦煌佛教经变文、与丝路文化的组成部分河西文化没有关联，因为文化和文学可能产生自原始区域、边缘地带。这是文化乃至文学发生的一个基本现象，甚至是规律性的常识。

三、"三教"融合及其文化品格

如前所述，丝绸之路文化丰富多彩，内蕴深厚。河西宝卷当然不是其最主要的部分，但它却具有独特的地域文化特征和思想特征。因为河西走廊这个较早的佛教传播地赋予河西宝卷独特的文化特征：儒释道"三教"合一的文化形态，充分地反映在河西宝卷里，并由此呈现了中国文化形态存在的基本面相。其所传播的儒家贤孝思想，连同包含的男权主义思想，如果以现代理性重新审视，也给现代文化发展诸多启示。

首先，在河西宝卷里，"三教"（佛道儒）思想是作为真经、经典被看待的。河西宝卷的思想灵魂是中国传统文化基本形态的"三教"（佛道儒）思想。《达摩宝卷》卷末道："愚阅宝卷，仰体佛意，捐资镌板，刷印发送。用广佛之慈悲，启后圣之智慧，而后得书善信，敬之慎之，体之参之……如是，是圣佛仙之体用，然则三教之道，一以贯之，而三教之德，浑然一理。诗曰：德犹如毛，毛犹有伦。上天之载，无声无息，期望后贤详解。"大凡宝卷，"佛意"是其主脑。因果故事是常见模式。然而，在宝卷中，佛理、道规和儒家文化交相融合："三教之道，一以贯之，而三教之德，浑然一理""是圣佛仙之体用"。这构成宝卷的基本主题及其文化形态。因此，从这个角度来说，宝卷这种民间文学及其艺术文体还是了解中国文化形态存在方式的一种最佳民间文化艺术形式。因为尽管唐代王维、宋代苏轼以及大量的禅诗也反映出这种情形——儒释道"三教"融合的情景，但与宝卷比较，它们却是比较隐晦地存在着的，而河西宝卷却相当直接。儒释道"三教"思想紧密融合在一起。以儒释道思想为核心的中国传统文化是丝绸之路上河西宝卷的最主要思想渊源。

各类宝卷的最常见的"导语"及其主题内涵的惯用语充分印证了这一点："姊妹宝卷初展开，诸佛菩萨降临来，善男信女虔诚听，增福延寿并消灾。三教经文在世间，存心普度话长篇；人生行善无冤孽，死后能入九泉宵，可惜凡人看不破，千般刁诈像风颠；望君超出红尘外，免得后来受苦煎。"（《姊妹花宝卷》）"紫竹黄根班笋芽，道冠儒履十袈裟。红莲白藕绿荷叶，三教原来是一家。"（《达摩宝卷》）所以，"三教"思想为河西宝卷的灵魂。

了解了宝卷这种文体，便可以大体了解中国文化存在的一些基本形态。宝卷的重要思想特点是"三教"思想的文化融合。大量产生于明清时代的河西宝卷，情形大体如此。我们只要选择已经收集到的任何一部河西宝卷集，从其卷目就可以清晰看出其思想主题——佛道儒思想融合的大体端倪。如永昌宝卷（上—14）（下—18）的总目有31部，它们是《香山》《张四姐大闹东京》《天仙配》《仙姑》《劈山救母》《康熙唐王游地狱》《刘全进瓜》《昭君和番》《二度梅》《包爷三下阴曹》《吴彦能摆灯》《朱春登征西》《蜜蜂计》《金凤》《双玉杯》《烙碗记》《双喜》《丁郎寻父》《侯美英反朝》《紫荆》《鲁和平骂灶》《方四姐》《女中孝》《继母狠》《乌鸦》《救劫》《小老鼠告状》《红灯记》《闫小娃拉金笆》《鹦哥盗梨》《六月雪》。这些宝卷中，前6部《香山》《张四姐大闹东京》《天仙配》《仙姑》《劈山救母》《康熙唐王游地狱》里，佛教、道教思想是其灵魂；后25部里，儒家忠孝节义思想是其灵魂。宝卷这种民间艺术形式把"三教"经典作为真经、经卷，用"三教"的基本教义劝化世人，是中国传统文化存在形态的活化石。

《仙姑宝卷》是河西宝卷的典型，它的思想存在状态正是佛道儒"三教"合一存在的状态，相当清晰地揭示了宝卷"三教"融合的具体情境。实际上，该宝卷文本中的《仙姑设桥渡汉兵第四品》传达的"仙姑设桥渡汉兵，神功默佑显威灵"的细节，就充分地反映出这种情况。在这一宝卷里，汉儒战将是其书写的重要对象，儒家思想居于主要位置，然而，其中道教、佛教的思想却也并在。在本宝卷的后四品"仙姑救周秀才第八品"、"仙姑娘娘将送媳妇变狗第九品"、"仙姑救王志仁第十品"和"仙姑救单氏母子第十一品"中，儒家忠孝节义观念甚至成了主导思想：岳丈人为人不义，为钱财陷害女婿，终遭报应；儿媳不孝，虐待老人婆婆，变狗变禽；王志仁慈善仁义，拯救跳水母女，无疾而终，终得善果；单氏母女贞节，守贞守孝，被立牌坊赞扬。这里，儒家的思想与因果报应的佛教思想融合，展现出中国文化"三教"融合的生动场景。

佛教以劝善为主，道教以重玄之道为核心，儒家思想则以贤孝为道德核心，但"三教"的各自重心却在宝卷文本中每每互相渗透。佛道儒"三教"思想很融洽、融合。这一特点与趋向，在最早的宝卷《香山宝卷》中体现得最为充分。如《香山宝卷》中，黄龙真人与太白金星奉劝妙善，妙善回答的一段对白，就表现了妙善公主修行信佛修炼意志的坚定，以及她对佛法的深刻参悟与理解。这段文字表明，菩萨本人是个通透道家、儒家之理的菩萨，她张口就是四书五经、仁义道德，"三教"思想已经集于她一身。宝卷与佛教思想、道教思想和儒教文化已经三位一体。就是说，该宝卷奉劝信佛修炼、坚守道体、奉行儒家伦理道德的思想相当明确，这也是该宝卷的基本思想主题与内在思想构成。实际上这在河西宝卷里具有相当的普遍性，因为除了《救劫宝卷》《沪城奇案宝卷》和改编自明清小说的《武松杀嫂宝卷》等外，中国宝卷，尤其是河西宝卷100余种，无一例外都表达这种思想，无一例外地以这样的文化形态存在着。

多种文化交融发展，是文化发展的最佳形态，因为它为各自发展预留了空间。文化的多样性发展，是文化、文明充分发展的前提。独尊一种文化，保守单一，只能使一种文化逐渐僵化，失去它发展的活水源头。当我们以此现代文化确立的准则来推断的时候，我们会发现宝卷这种中国传统文化的民间艺术形式很符合这种存在形态的思想的发展。上面几个宝卷提供给我们生动的例证，它们中的一些经典宝卷，如《仙姑宝卷》《香山宝卷》《救劫宝卷》《昭君宝卷》《朱春登征西》《蜜蜂计》《金凤》《双玉杯》《烙碗记》《丁郎寻父》《侯美英反朝》《方四姐》《女中孝》《继母狠》《乌鸦》等，就充分地展示了中国文化的这种生动的活的存在形态特征——佛道儒"三教"融合而混合发展的鲜明文化特征。

宝卷的"三教"思想融合的特征，也使我们看到了中国文化的包容开放的特点。对此，钱穆的分析也许最有代表性。在他看来，佛法与孝道融合，这是中国文化的一个重要特征，也是保持其活力的根源。他说："佛教出家思想，多半侧重个人方面立论。中国传统家庭精神，早已是超个人的。所以佛教出世思想摇撼不动中国家庭的基本精神，而且父子相传，生命永久绵延，亦与佛家个体轮回的说法各走一边，不相融洽。这让我们正可以想象当时中国人的内心境界，一面对于外来佛法新教教义虽属饥渴追求，诚信探究；一面对于前代儒家旧礼教还是同样的诚恳爱护，笃信不渝……由此在中国史上，我们可以说，它既没有不可泯灭的民族界限，同时亦没有不想容忍的宗教战争。魏晋南北朝时期民族新分子之掺杂，只引起了中国社会秩序之新调整，宗教新信仰之传入，只扩大了中国思想领域之新疆界。在中国文化里，只见有'吸收、融合、扩大'，不见有'分裂、斗争与消灭'。"[①]实际上，这种文化存在的特征，在长期存在发展过程中，已经深深地影响了中国民间人格个性的形成。人格成分可以外儒内佛，外佛内道，道儒并存，从知识分子到民间个体，中国文化人格的这种形态已经普遍化了。宝卷的这种文化存在形态特征及其功能性结果，给我们深刻的现实启示。文化发展可以你中有我，我中有你，有了这种包容开放，中国文化才生生不息，源远流长。宝卷是展示了中国文化存在形态的一个活化石，很值得我们关注。

四、"因果故事"及其文体特征

宝卷是一种民间通俗艺术形式，也是一种文学及其通俗艺术文体形式。在明清世俗小说《金瓶梅》中，潘金莲、李瓶儿等人请人在家中演唱宝卷以消遣说明，这种艺术形式很早就存在。郑振铎《中国俗文学史》和《插图本中国文学史》、胡适《白话文学史》等文学史编著，就已经把它列入文体和文类的范畴。进一步说，宝卷由变文演变而来。对此，学界尽管有争议，但只要我们通晓这两种文体——敦煌变文和河西宝卷，将其变文的《伍子胥变》《秋胡变文》与宝卷的《仙姑宝卷》《苦节图宝卷》比对，对此结论便必然会信服。综合考察，宝卷这种文体有三个重要形式特征：一是文本结构形式的综合性。流传较久的古宝卷《仙姑宝卷》《达摩宝卷》《苦节图宝卷》和反映近现代

---

① 钱穆：《中国文化史导论》，商务印书馆1996年版，第152页。

生活的现代宝卷《救劫宝卷》《姊妹花宝卷》（上下部）、《沪城奇案宝卷》的六个具有代表性的河西宝卷和一部凉州贤孝曲（该书附录收集展示了这几个文本）的文本构成，就充分地显示了这一特征。二是叙事性。宝卷以因果故事为主，或者由这种故事转化而来，叙事特征很明显，因为除了《观音宝卷》《达摩宝卷》《湘子宝卷》等纯宗教宝卷外，民间大多数宝卷都演绎因果故事，叙事性是其首要特征。三是叙事的程式化，甚至存在千篇一律的格式化特征。换句话说，宝卷故事形式如同普罗普分析的"神奇故事"，大都有重复单调的故事构成形式。这对于中国的讲故事传统及其相关的叙事探索有深刻的影响，因而是我们不能小觑和疏忽的。

首先，作为一种讲唱文学及其脚本，宝卷的形式构成独特而复杂。比如上述的《达摩宝卷》等，就基本上包含了"导语"、话本式叙事方式、韵文式叙事、古典诗词曲令、诸宫调、五更调唱词、偈语、格言、顺口溜等诸多复杂形式。这些形式品类很复杂，有些也相当精彩。大体说来，它们包括以下几种形式：第一，如《达摩宝卷》"导语"就是一种形式："达摩宝卷初展开，诸佛菩萨下凡来。大众同心齐念佛，现在增福又消灾。"第二，《仙姑宝卷》话本式叙事是第二种形式："却说仙姑宝卷（当为仙姑故事，非仙姑宝卷出现时间。按方步和考证，仙姑宝卷出在明万历年间）出在汉世年间。仙姑自苦修板桥，越发为善，感动黎山老母，黎山老母说：'善哉，仙姑娘娘，原是东岳泰山青阳宫内仙女，起名仙姑，前去西方显化，普度众生。她今在彼岸之处修作，无人与她指点说破，我老母前去走（这）一回。'说罢，就在仙姑的跟前，变成一个白头老婆，望仙姑施法。黎山老母渡化，说我今细说，修行有五命。"第三，《沪城奇案宝卷》的韵文叙事方式是第三种形式："李金玲骑车子顺路前行，日头爷早落尽西山之中。市郊区没路灯一片漆黑，李金玲见天黑更加心惊。不一会来到了坟院当中，金玲女栽下车摔倒尘埃。胳肘子屁股蛋擦掉皮油，灰褂子涤卡裤沾满泥泞。李金玲顾不得身上疼痛，扶起了自行车急忙前行。她思谋骑车子继续赶路，快离开吓人的这些荒坟。岂不知自行车掉了链子，越是吓越出事不能前行。李金玲心里怕身上颤抖，坟场中走来了年轻后生。我也是刚下班寻路回家，来帮你装车链与你同行。我与你同住在一个城镇，要害怕我把你前送一程。那青年和金玲并肩而行，霎时间来到了市区中心。路灯下姑娘把青年细看，人英俊衣整洁气质不同。大眼睛洋鼻梁瓜子脸皮，新理得运动头香气喷喷。红润润嘴唇儿能擦出血，嫩生生肉皮儿比雪还白。穿一套咖啡色毛料衣服，新新的擦油鞋尼龙袜子。这小伙长相好衣服时兴，大姑娘李金玲一见倾心。"第四，《仙姑宝卷》等的诸宫调是第四种形式：该宝卷有［炉香赞］［驻云飞］［浪淘沙］［傍妆台］［清江引］等 12 个宫调。第五，《五更调》等唱调等形式是第五种形式。这些品类和形式在交代宝卷缘起、叙述故事、刻画人物形象和词牌接引方面都很恰当确切，精彩而得体。它们完整而有序地构成了这类宝卷的总体形式特征，制作是相当精心的。就是说，一部宝卷的构成元素，大体上由：构成开头的引诗，正文的韵、白故事（叙事），过渡的引诗和词牌，正文中的大量唱调（音乐），"品"、章一些宝卷的章节分类，偈言、谶诗、教义及其经典语录等形式构成。它们是僧侣和基层"读书郎"的创造，极有形式感，并且又包含诸多艺术及文体品类，充分地反映了宗教艺术和民间通俗艺术的叙事智慧，因此，就形式来看，在中国的所有文化、文学及其艺术形式中，宝卷是以其最通俗易懂的方式——以因果故事这样的生动的艺术形式最充分地展现了中国文化的儒释道"三教"融合的一种复杂的艺术形式。

宝卷叙事的这一特征，不同于传统的话本、小说，也不同于叙事诗，更不同于音乐、戏剧等过程性叙事艺术，相反，把它们进行了综合化处理，高度融合了它们之间的可用因素，从而形成了它的"这一个"的典型性形式特征。就是说，宝卷叙事的这种独特性在于，首先它吸收了传统小说、诗歌叙述与音乐、曲艺叙述三种叙述之长，以简单的加深性重复来完成一个因果故事的叙述。这种叙事特征既强调了因果故事的故事性特征，又强化了它的抒情性成分，二者相得益彰，成为一个极具感染力的民间通俗文学艺术形式。其次，从审美表现的角度讲，采用这种通俗民间艺术形式，既有文学神奇故事的娓娓动听，神奇迷离，又有抒情艺术诗歌、音乐曲艺等的重复性和一唱三叹的叙事效果。其中间穿插的《哭五更》等调的戏曲唱曲，又使这个特征更为突显。所以，当念卷者以这样看似复杂精致的方式来叙述一个关于贤孝的劝善故事时，由于它独特的审美与娱乐效果，听卷者会全身心投入故事的情境之中，与念卷者同唱，同吟，自动发出念卷过程程序的"接佛声"——"阿弥陀佛"来回应。其综合性特征相当明显。

其次，故事性。故事性是宝卷文体的第二个特征。如前所述，宝卷的构成元素很多，也很复杂，但故事是主体，其他元素都是为故事服务的。如《仙姑宝卷》，它的12个故事是其主体，其他元素都是为故事服务的，它们或说明故事寓意，或强化故事氛围，或讲述故事的背景，等等。现代的宝卷，像《沪城奇案宝卷》，除了故事主体的散韵交错部分，其他元素就基本没有了，基本成了一个纯粹性的叙事文本，跟现代小说故事已经大体接近。总体而言，一般宝卷大多包含十多个故事，大故事套小故事，故事层出不穷。一部宝卷就是一个故事群，所有这些故事皆由因果链构成。进一步说，宝卷故事是一种反映农耕时代及其文化的通俗文学及其演唱艺术形式，通常，它们的类型很多，有历史演义、公案故事、婚姻故事、抗暴故事、宝卷故事、民歌、寓言童话故事、笑话、幽默故事等多种。农民对于这类故事很喜欢。这些民间通俗文学及其演唱形式在近现代也很流行，尤其在河西走廊的基层乡村很流行。宝卷以故事的形态存在。

这一特征从宝卷本身的来源及其功能方面可以得到说明。从渊源上看，宝卷本身就是来自佛教故事，是一个因果故事，故事是其本体构成特征；从功能上来说，宝卷是用故事来教化大众的，其功能的发挥要靠故事性展现。人生来具有爱听故事的本性，所以那些教化者、宝卷编制者充分利用了人的这种本性及其效应：一部宝卷往往有多个故事，需要演唱者通宵达旦，甚至好几个晚上讲与念（念卷），听卷者就为听故事而来。

刘俐俐在《人类学大视野中的故事问题》中谈到了三个观点：第一种观点是"讲述和倾听（书写与阅读）故事是一种普遍的人类学现象。如果对超越学科之上的人类学意义的故事有更准确的理解和把握，或将开启人文科学研究新的空间"。第二种观点是"讲述和倾听故事是人类与生俱来的本能，不是因为需要人阅读，而是人需要故事，才有了故事和小说"。第三种观点是"读者约定俗成地确认小说、故事的虚构特性，由此保持了'明智的旁观者'身份和姿态，从而对于事物进行全面审慎的观察、判断乃至裁决的能力"。[1] 对于宝卷这种因果故事，我们完全可以按照此思路来理解。因为这种民间通俗艺术形式的叙事及其形式转化，乡民渴望倾听。想想现代电视剧、微电影出现及其普及的时代，不管是高级知识分子还是基层乡民及稚童到老年消遣者对他们的态度，就知道"人需要故事"基点上的河西宝卷的意义和价值了。

第三，宝卷叙事的程式化特征极其明显。宝卷多为因果故事，它是佛教僧侣和一些民间道人乡绅为传播"三教"思想和禳灾求福等多样化的功能而创造出来的一种民间文化普及形式。以"叙事美学"、普罗普"故事形态学"和利澳塔"民间叙事的语用学"原理作比照，宝卷这一古老民间艺术及其文学文体的叙事性、叙事的程式化特征极其明显。普罗普认为，所有神奇故事按其构成都是同一类型。其结构

---

[1] 刘俐俐：《人类学大视野中的故事问题》，《中国社会科学报》2013年5月20日。

功能性特征很明显。[①] 在此认识基础上，他把神奇故事的功能项分成了外出、禁止、破禁、刺探、获悉、设圈套、协同、加害、缺失、调停、惩罚、举行婚礼等 31 项。这些功能项按规律排列构成了一个个童话与神奇故事。普罗普研究了《天鹅》等 100 个神奇故事，从而为故事研究开拓了新途径。

宝卷的因果故事实际上颇类普罗普研究过的神奇俄罗斯故事。它的结构形态与相当程式化的童话等神奇故事有着惊人的相似。而且，由其因果报应的佛教内在思想作依据，由因而果，因果故事的形态结构特征更为明显。例如《忠孝宝卷》（又名《苗郎宝卷》等），写小姐柳迎春卖儿、割肉奉亲、身背公公逃难、寻夫以孝敬公婆的故事。这个故事的程式化编写的规程就相当明显。按普罗普的理论，此故事的结构形态应该是在初始情景（宝卷的初始情景一般是：员外之家，生活幸福，金银财广，骡马成群，主仆和谐）后，接着涉及主人公遇难、经受了考验、神助、获救、举行婚礼（夫妻会面，封为一品夫人），最后以大团圆的喜剧化情景结束。这与普罗普研究的民间神奇故事《天鹅》完全一致。

通常，宝卷故事由于都是悲情故事，所以大多从主人公受难写起，中间几经波折，孝心感动神灵，主人得到神助，然后女性丈夫或子女中状元夸官三日，享受荣华富贵。这里依据的是佛教善有善报、恶有恶报及轮回思想。所以，程式化特征及结构特征就更为明显。《忠孝宝卷》如此，河西宝卷中的《仙姑宝卷》《张四姐大闹东京宝卷》《侯美英宝卷》《牡丹宝卷》《葵花宝卷》等莫不如此。又如，神奇故事的结尾是举行婚礼等，宝卷故事结尾几乎是清一色的得到神助——中状元——做官而结束。这反映出中国传统文化的一些极其内在的本质，而这个特点在宝卷叙事上都体现得淋漓尽致。因此，宝卷故事在

[①] 〔俄〕普罗普：《故事形态学》，贾放译，中华书局 2006 年版，第 19—21 页。

这个意义上讲,也就是一个普罗普所说的神奇故事,尽管它的神奇主要还体现在神佛魔道的"呼风唤雨,撒豆成兵"、一根猴毛变万千猴娃以及神灵的神奇道术和魔幻超现实力量上。

五、宝卷文体:文化及其文体学价值

古代遗产是祖先经验的转化。20世纪最伟大的思想家之一的弗洛伊德曾经问道:"一代人为了将其心理状态传递给下一代,他们使用的方式和手段是什么呢?"① "原始人非常需要一个上帝来作为世界的创造者,作为部族的首领,也作为个人的保护者。这个上帝是那些部族死去的父亲的后盾。"② 弗洛伊德这样的现代思想家为我们认识传统文化遗产提供了深厚的文化资源和理论基础。因为从这个意义上来说,河西宝卷这一文化遗产及至今仍然"活着"的"非物质文化遗产"(至今河西走廊诸县市都确认有自己的文化传承人),显然是我们先辈经验的转化,需要我们继承下来。它所具有的宗教学、文化学、文体学、文本及叙事学的重大的价值与意义,需要我们在深入研究中梳理与挖掘。

如前所述,与丝绸之路河西走廊上产生的古代文学艺术中的大漠孤烟、边塞、阳关古道意象(文学)、《凉州词》、《霓裳羽衣曲》和凉州曲等古典精英文化相比,宝卷这种边地俗文化艺术形式及其文本,也绝对是丝绸之路文化的一个重要分支。作为中文的一种独特文学类型,它是包含浓厚独特的文化理念的。第一,宝卷作为因果故事,相当充分地彰显了佛教文化理念,它对于佛教世俗化、日常化起过极大的推动作用,这对于人类文化发展是一大贡献。第二,河西宝卷充分

---

① 〔奥〕弗洛伊德:《论宗教》,王献华、张敦福译,国际文化出版公司2007年版,第265页。
② 〔奥〕弗洛伊德:《论宗教》,王献华、张敦福译,国际文化出版公司2007年版,第292页。

张扬了佛教强调个体人生修行（包括妇女修行）、佛教的因果观、众生平等及其生命价值基础，并由此张扬人高于一切的文化理念。[①]第三，河西宝卷这一丝路文化的重要组成部分和侧面，它以民间和俗文学这一极其独特的形式彰显了长期以来被历史及其正统文化遮蔽了的丝绸之路文化的鲜活部分，使我们看到了丝路文化的另一种面相，因此，其文化意义不可抹杀。

同时，《仙姑宝卷》《观音宝卷》这类宝卷来自宗教和民间的文化形式，是充分地反映了中国文化形态及存在的形态特征的，比如中国文化儒释道"三教"融合存在的具体形态；它还包含着丰富的儒家贤孝文化、性别伦理观念，它们是中国文化的基本部分；而《救劫宝卷》《姊妹花宝卷》《沪城奇案宝卷》等现代宝卷，"近代生活"——近代的自然灾难、近代的社会灾难、现代中国的革命及人民公安与国民党特务的斗争故事，以及近代人放弃宗教走向革命等，都得到了集中反映。它们显然具有重要的社会学史料价值。

长期以来，宝卷是河西走廊民间及基层教化的主要工具之一。河西宝卷充分地宣扬了儒家的贤孝文化，道教的修身养性，佛教众生平等多种理念。河西宝卷宣扬的这种贤孝伦理、众生平等观念，是现代社会伦理建构的重要内容补充之一。换句话说，尽管现代文化的伦理观的基础是经济及个人独立与修养，但以拿来主义和去粗取精的态度看，宝卷的儒家贤孝里，道家的个性、人生姿态中，佛教的众生平等观念里，还是包含我们社会主义核心价值观的重要内涵，其对于我们现代文化建设是具有丰富的可资借鉴的思想内涵的。同时，河西宝卷

[①] 对此，维克多·埃尔有极为理性的分析。维克多·埃尔认为："至于文化概念的产生和演变所依据的原则，可以用自由概念和世界概念来概括。第一个原则——自由——包括政治和文化的关系；第二个原则反对一切文化封锁、文化沙文主义和文化自给自足的观念。从这个观念来看，'人和公民'的概念应该按照十八世纪的思想家们所赋予的含义来理解：人类成为公民之前只是人，但他通过教育和文化变成了完整的人，因此也超越了他的公民身份。"维克多·埃尔：《文化概念》，康新文、晓文译，上海人民出版社1988年版，第129页。

及其姊妹艺术"凉州贤孝"里宣扬的贤孝,又是儒家伦理的基本构建方式,它反映出来的伦理观念及其实现途径,对于现代福利社会的人际交流、养老等人类终极性问题的解决也具有深刻启示。因此,挖掘河西宝卷里这些思想资源,对于现代社会的教化、基层文化与社会伦理建构也具有重要的价值意义。

宝卷是一种民间通俗艺术形式,其脚本也是一种文学文体形式。但是,因为近现代的文学史书写,包括古代文学史和世界文学史书写,由于受到西方文体分类学影响,强调小说、诗歌、散文和戏剧等文体,以凸显文学"现代化"的痕迹,其结果就把丰富复杂的许多文体排斥到文学史之外了,这样一来,中国俗文学的其他丰富多样的文体,根本得不到重视。近些年来,宝卷这种文体及其艺术形式开始得到重视,但是,又大多是从文化遗产和宗教学诸端分析研究,没有将其当作文学、艺术文体看待,唯其如此,对于宝卷这种文体的本体性研究就被忽视了,甚至连宝卷这种文体,也成为一种文化遗产了,仅为少数人所知。因此,从叙事学、文体和文本学角度揭示出这种民间通俗艺术形式的一些构成法则和形态特征,既可以充分地了解宝卷这一中国敦煌俗文学艺术形式——"非物质文化遗产"的一些艺术形式特征,又可以对目前的文学史书写和现代文体分类学做出某种反拨。郑振铎在其《中国俗文学史》里曾经说过:"在敦煌所发现的许多重要的中国文书里,最主要的要算'变文'了。在'变文'没有发现之前,我们简直不知道:'平话'怎么会突然在宋代产生出来?'诸宫调'的来历是怎样的?盛行于明清二代的宝卷、弹词及鼓词,到底是近代的产物呢还是'古已有之'的?许多文学史上的重要问题都成为疑案而难以有确定的答案。但自从三十年前史坦因把敦煌宝库打开了而发现了变文一种文体之后,一切的疑问,我们才渐渐地可以得到解决了。我们才在古代文学与近代文学之间得到了一个连锁。我们才知道宋元话本和六朝小说及唐代传奇之间并没有什么因果关系。我们才明白许多千余年来支配着民间思想的宝卷、鼓词、弹词一类的读物,其来历原来是这样的。这个发现使我们对于中国文学史的探讨,面目为之一新。"①对于河西宝卷的整理研究,其意义也可以等量齐观。而且,由于宝卷这种因果故事大多从敦煌经变文演变而来,河西宝卷可能就是中国宝卷的滥觞,研究它可以解决中国宝卷研究中的许多问题,诸如宝卷渊源问题、宝卷的文化功能问题、宝卷的思想文化形态问题、宝卷与西部其他艺术品类的关系问题,等等。研究河西宝卷不仅具有重要的学术价值,而且具有重要的文学史意义和文体学价值。

原载《甘肃社会科学》2016 年第 2 期

---

① 郑振铎:《中国俗文学史》,商务印书馆 1938 年版,第 218 页。

神圣文本与行为 —— 西北宝卷抄卷传统[1]

刘永红

宝卷是民间"念卷"或"宣卷"宗教活动和民间信仰活动中一种集信仰、教化和娱乐为一体的民间讲唱文艺的说唱底本。宝卷产生于元末明初,已有七百多年的历史,是中国历史文化的珍贵典籍。据车锡伦《中国宝卷总目》统计,目前海内外公私藏元末明初以来的宝卷约一千五百多种,版本约五千余种。西北地区宝卷多手抄本,印刷本较为少见。这和江浙一带有所不同。[2] 在西北由于经济条件所限,印刷的宝卷很少,现存于民间的绝大多数宝卷为清末以后的手抄宝卷文本,数量约二百种。西北三地宝卷称谓有多种形式,河西宝卷一般以"宝卷"命名,岷州宝卷和青海宝卷一般以"经"命名。由于西北三地地理位置比较偏远,宝卷和宝卷念卷作为一种地域性的民间宗教和民俗文化反而保留得较为全面,宝卷和与宝卷念卷有关的宗教民俗活动

---

[1] 国家社会科学基金西部项目"青海宝卷研究"(项目编号:09XZJ011)前期成果。
[2] 清咸丰以后,受到严厉打击的民间教派以劝善为名义多集资整理、刻印宝卷,在江浙苏州、常州、杭州、上海等经济发达地区,一些经房和善书局如杭州玛瑙经房和慧空经房、上海的冀化堂善书局、常州的宝善堂和培本堂、南京的一得斋等,这些经房和善书局大都有民间教派的背景,经常翻版重印宝卷或借版印刷。这些宝卷的印行,多采用集资助刊、免费发放的流通方式。20世纪三四十年代后,这些地区宝卷印行衰落。参见车锡伦:《中国宝卷总目》,北京燕山出版社2000年版,第123页。

一直流传到今。宝卷抄卷成为这种宗教民俗活动传承的重要环节。

一、佛教世俗化与民间抄经传统

宝卷抄卷的传统，与佛教传入中国并在中国本土化、世俗化有关。佛教最初传入中国，当艰深的佛教义学在名僧与士大夫阶层流行之际，一些较为简单的善恶报应、因果轮回和功德思想等观念却深入民间、融入中国社会。这些观念与本土文化中神仙之术、黄老之道等中国本土文化因子结合。同时佛教本土化、世俗化与民间抄写经卷有密切的关系。

现存最早的《维摩诘经》写经题记为上海博物馆所藏支谦《维摩诘经》卷上王相高的题记，云："麟嘉五年六月九日王相高写竟，疏拙，见者莫笑也。"年代为北凉麟嘉五年（393）六月九日。这表明至少在北凉就出现平民百姓的写经活动。

隋朝建国之初，民间写经情况发生巨变。据《隋书·经籍志四》佛经类总序载：

> 开皇元年，高祖普诏天下，任听出家，仍令计口出钱，营造经像。而京师及并州、相州、洛州等诸大都邑之处，并官写一切经，置于寺内；而又别写，藏于秘阁。天下之人，从风而靡，竞相景慕，民间佛经，多于六经数十百倍。

由此可见，逮至隋代，民间抄经为一高潮，佛教影响渗入寻常百姓之家。有唐一代，官方佛经抄写活动规模庞大，所抄佛经质量精准，此种情况与当时唐政府的官方佛经抄写制度有着密切联系。除前文所提官方寺院及僧侣抄经外，唐朝为加强佛教经典的权威性，推动佛教经典的传播，还专设抄经机构，主要分布于秘书省、门下省、弘文馆左春坊司经局、崇文馆和集贤殿书院等。①

佛经抄写活动，官方与民间皆受一定的法令之限。初唐、盛唐时，民间抄写佛经均被视为非法。当时只允许官方机构及寺院僧人抄经。唐政府为此还颁布了一些法令，如开元二年（714）七月的玄宗《禁坊市铸佛写经诏》对此就有说明：

> 佛教者，在于清净，存乎利益。今两京城内，寺宇相望，凡欲归依，足申礼敬。下人浅近，不悟精微，睹菜希金，逐焰思水，浸以流荡，颇成蠹弊。如闻坊巷之内，开铺写经，公然铸佛。口食酒肉，手漫膻腥，尊敬之道既亏，慢狎之心斯起。百姓等或缘求福，因致饥寒，言念愚蒙，深用嗟悼。殊不知佛非在外，法本居心，近取诸身，道则不远。溺于积习，实藉申明。自今已后，禁坊市等不得辄更铸佛写经为业。须瞻仰尊容者，任就寺拜礼。须经典读诵者，勒于寺取读。如经本少，僧为写供。诸州寺观并准此。②

虽则如此，官方的限制并未能禁断民众的抄经活动，在远离文化中心的地区，平民写经成为风行的宗教活动之一。在民间抄经如火如荼，敦煌藏经洞的文献，虽与宗教有关的内容只是其中的一部分，但这一宝藏即是民间抄卷活动的成果。

宝卷本身是佛教世俗化的产物，佛教的民间抄写经卷传统自然不能不影响到宝卷的抄卷。早期的宝卷多为佛教宝卷，传承历史久远的佛教抄经传统直接影响了民间的宝卷抄卷。宋元以后的宝卷抄卷即是继承了佛教抄经传统而形成的一种信仰。现存最早的宝卷《目连救

---

① 陆庆夫、魏郭辉：《唐代官方佛经抄写制度述论》，《敦煌研究》2009年第3期。
② 董诰、阮元、徐松等：《全唐文》，中华书局1996年版，第109页。

母出离地狱生天宝卷》，传抄者脱脱氏为蒙古族姓，结合此卷抄绘、装帧金碧辉煌的形式，它可能是蒙古贵族之物。卷末说："若人写一本，留传后世，持诵过去，九祖照依目连，一子出家，九祖尽生（升）天。"[①]可见当时民众已经把宝卷的抄卷活动视为与宗教修持、诵读经书等主要宗教活动一样的修行行为。

二、宝卷抄卷题记、经费与仪式

20世纪30年代在宁夏发现的《销释真空宝卷》，是西北最早的宝卷抄本。据说它是同宋元的藏经同时发现，曾被误认为是宋元抄本。现经学者考证，是明万历年间罗教传入西北的一支的传人印宗从甘肃东部带到宁夏[②]，这说明在明中叶后宝卷抄写就已开始。甘青地区现存的宝卷，作者和改编者很少署名，极少数早期的宝卷也有署名之作。但是宣卷人和由捐资请人所写的宝卷的持有者对自己的宝卷十分珍视，一般多在卷末附载抄写的年、月及抄写者的名字，还有抄写缘由以及抄写所花费用等。这在清中叶宝卷到近几年民间所抄的新卷都是如此。

笔者在甘肃临潭刘旗所见光绪年间抄写的《南无地藏王菩萨救苦经全部》卷末题写：

光绪二十年岁次甲午全月朔八日抄写彩画功竣
发心善士 刘克一 书
一报天地盖载恩　二报日月照临恩
三报皇王水土恩　四报父母养育恩
五报佛祖传法恩　六报一切归佛门

[①] 原为郑振铎收藏，现藏于国家图书馆，仅存下册。
[②] 喻松青：《销释真空宝卷考辨》，《中国文化》1995年第11期。

神圣文本与行为——西北宝卷抄卷传统　343

七报善人多供敬　八报八方护持恩
九报九祖超三界　十报亡者早超生
十方三界一切佛　文殊菩萨观世音
诸众菩萨摩诃萨　摩诃般若波罗蜜
善
发心　刘陈氏暨合家虔敬
信
随资刘克泰助大十二佰七十五文

《南无地藏王菩萨救苦经全部》(即《目连宝卷》)的卷末先题写抄写者的姓名，再次加上一段《十报恩》，最后题写抄卷资助人和资助费用。资助人也是宝卷的持有人。这种题识形式是明清以来宝卷抄卷的传统形式。

青海民和《佛说大明六字真经》卷末题有：

前任平番县僧会司正王宣微
元门弟子包安庆沐手谨书

并题有"校正、无讹"字样。
《佛说大明六字真经》并题有写序的情况：

嘉庆岁次丙子黄钟月长至日
郡学生白复初敦甫代沐手
谨识①

---

① 此卷和后面提到《太上老母揹书经》为青海民和古鄯马有义所藏。

这部宝卷只题有写卷人的官职、姓名等情况，没有捐助人。这有可能是宝卷抄写者仅为自己抄写，或写卷供流通以积德行善。

岷州和青海现存较为古老的宝卷，主要是清中叶以后的手抄本，全部为楷书手抄，从抄写者的情况来看，抄写者多为当地文化程度较高的读书人。宝卷抄卷被民众认为是信仰的一部分，从清朝中叶到民国期间，这一地区会识字、会写字的文化人很少，民间一些文人，部分为地方官吏，或为官学学生，如"郡学生白复初敦甫代沐手；平番县僧会司正王宣微"，是儒家文化的继承者，也是国家精英文化的传承者，但受到当时当地这种浓厚的民间文化的影响，也投身到民间抄卷的宗教、民俗活动中，表现了对地方文化和民间文化的浓厚兴趣，很大程度上表现出对民间文化的认同。另外一些更多的抄写者，是当地一些没有功名的读书人，这些落魄文人，实际上熟知地方文化，因而有可能更多投入地进行这些工作。从文化分层的理论来看，从文化的角度把社会成员分层，就有点形而上的问题。实际上地方文人阶层也是民间"俗民"的一份子，从宝卷的抄写者身上，更多地体现了精英文化、官方文化与民间文化互动与融合。

青海另一部较早的宝卷是1989年初冬在青海民和麻地沟发现的《目连僧救母幽冥宝传》手抄本宝卷，共十卷，存八卷、佚二卷。《目连僧救母幽冥宝传》手抄本的上卷抄于光绪十六年，抄录者为建康郡善信、金声、王镛；下卷由范承贤抄录于1980年；全本由杨正荣刻印。另一抄本《目连宝卷》并不是宝卷，而是从宝卷转化而来的目连戏剧本。目连戏剧本从母体讲唱本脱胎后，和子体并存、共同流传。由于讲唱形式不受时间、场所等条件限制，所以讲唱活动能经常进行，而且流播范围还扩大到青海省东部广大农业区。手抄本用毛边纸书写，错讹较多。

据调查清末乃至民国时期的宝卷抄卷，在当地比较兴盛。20世纪50年代到80年代这三十年间，一些古老的宝卷被视为封建迷信而被焚毁，抄卷这种民间传统也就被禁断。1980年后，随着环境的宽松，民间信仰逐步由限制而开放，宝卷抄卷传统重新迅速恢复。一些古老的宝卷丧失殆尽，现存的大量文本都是20世纪80年代后民间抄写而成。宝卷的抄写基本上沿袭明清以来的宝卷抄写传统，但在不同的地区也呈现出不同的特点。

洮岷宝卷较为严格地传承了近代宝卷的形式。如岷县郎家沟《灵应泰山娘娘宝卷》卷末题有：

公元一九八一年十一月六日　工程完毕
主办人　周户英　郎万清　　写卷人　褚玉海　周作文　沐手敬书

笔者见到最近新抄的一本宝卷《观音菩萨宝卷》是岷县清水乡清水村张春平所持有，这部宝卷卷末写：

造卷功德人　张春平　二〇〇八年古季冬吉日造完
书卷人　十里乡曹家村曹宗明沐手敬书

这部宝卷用楷书书写而成，字体工整有力。经折本装帧，跟当地流传的清代宝卷没有什么区别。现在会写毛笔字的人越来越少，所以抄写一本宝卷花费也相当多。据张春平介绍，他这部《观音菩萨宝卷》抄写花费了近六百元，这笔钱在当地农村是一笔不小的开支。令他遗憾的是，他这部宝卷的"佛头"（宝卷前的折页画卷）没处理好，因为现在会画"佛头"的人越来越少，费用也越来越高，一部宝卷的"佛头"画下来和抄写一部宝卷的价格相当，在当时也要六百多元，这是他难以承担的，所以只好复印了别的宝卷的"佛头"装帧在宝卷前面，这使他很不满意，但也没有办法。

青海地区宝卷多用于民间"嘛呢经"经会的宗教活动中，"嘛呢经"的参与者多为中老年妇女，当地人称之为"嘛呢阿奶"。也有一些老年男性参加。当地的"嘛呢阿奶"多不识字，请人抄写宝卷，要求不高，多是请村里一些粗识文字的人来抄写。如青海民和古鄯《太上老母捎书经》题有：

> 2005年乙酉年七月六日至十五日、六月初一至初十日历时十天快速抄完
> 　　鄯城八十一高龄老人崔定基 敬写　　善士 马有义念诵

实在没人抄写，只好动员自己的儿孙抄写。一般抄写水平较好，被大家认同的文本还是用毛笔字来抄写。这样的文本近年较少。现在多是用钢笔抄写的宝卷，由于抄写者粗识文字，写的字错字、别字较多。虽然，"嘛呢阿奶"大多不识字，也不太计较，但在她们眼中，哪些宝卷抄得好，成为"好经""真经"，哪些抄得不行，还是区分得清楚。虽然，令人惊奇的是卷子的持有者"嘛呢奶奶"大多数并不识字，但这些宝卷文本对她们却非常重要。这些抄写的宝卷每次"嘛呢经"仪式中多被使用，在别人看来，文本对于这些"嘛呢奶奶"没什么用处，因为她们好多人就根本不识字。后来发现她们自有一套记忆的方法。用大量的符号，并且彼此之间各不相同，对她们来说这些用符号标记的宝卷文本，和其他会识读文字的人所用文本的功能相差无几，也起着帮助记忆的作用。

青海地区请人抄卷，一般要上门告知对方，登门拜访时需按当地礼节给抄卷人带一些点心、冰糖、水果等礼品，近几年也有给抄卷者一点钱作为辛苦费。但一般来说愿意给别人抄卷的人以抄卷作为积德修行的功德事，再者彼此都是有地缘或血缘关系的熟识的人，都有相同的信仰，因此，多数情况下乐意为别人抄卷，收钱的情况较为少见。

河西宝卷同样多为手抄本。部分宝卷为毛笔抄写，格式工整，

字体隽秀。这批宝卷故事大都很长,最短的五六千字,最长的甚至八九万字之多。据当地一些年龄较长的农民讲:过去抄卷一直是他们村里的一种习俗,即便不识字的农家也要请人抄上几本放在家中。在人们的传统观念里,抄卷是一种积功德、积善事的好事。抄得越多,功德越大,罪过越少。解放前他们这里抄卷、念卷的人很多。在明清时代至新中国成立之前,宝卷抄卷和念卷在河西极为盛行。特别是在武威、张掖、酒泉三地的二十多个县区都有流行的道场和说唱的场合,且越是交通不便、越是文化相对落后、越是穷乡僻壤,这种说唱文学传播得越为广泛。其传播方式一是口头流传,二是文字(或文本)传播,而口头传播又是最主要的。现在,随着经济的发展,诸多文化形式的出现,口头传播的方式已经消失,散存于民间的主要是文字(底本)传播。解放后抄卷、念卷一度被视为封建迷信,念卷和抄卷的人很少了。"文化大革命"期间破"四旧",村里不但完全没有了传抄、说唱活动,绝大多数人家的宝卷藏本也被烧毁,因此,现在民间所有的宝卷藏本非常稀少。今天二三十岁的年轻人基本没有听过,也更没有见过宝卷的样子。河西宝卷几乎到了失传的境地。现在,能够传承宝卷风格,娴熟表演说唱的人也罕见了。由于河西宝卷多为故事性文本,总体上娱乐性、文学性较强,抄卷也比较随意。河西宝卷很少见经折装帧的文本。过去多用毛笔字抄写,最近几年抄写比较随意,钢笔抄写的文本也较多。多以方册本线装。民间也多见打印或复印的宝卷文本。总体而言,河西宝卷的抄卷较为随意,以前宝卷的形制对20世纪80年代宝卷的抄写影响有限。

抄卷人在抄卷时都有一定的仪式。这是三个地区的共同特点。河西地区不论读卷还是抄卷,说唱者、抄写者开始前都要洗手、漱口,点上三炷香,向佛像或西方跪拜,念一段经文或默默祈祷一番,等待静心后,这才开始读卷或抄卷。抄卷时先要焚香、点灯、叩拜三界诸神、沐手、净身,个别抄卷人还要斋戒。抄卷时尽量避免别人打扰,要静下心来抄卷。岷县地区的抄卷人在抄卷时一般要连续进行，除了正常休息的时候，多是几天或十几天连续抄写，中间不间断。近几年抄卷的仪式不像以前那样严格，但一般的沐手、烧香等仪式还是传承了下来。

三、宝卷的评判与装帧

抄写宝卷需借用其他的文本作为底本，这种借用的文本岷州地区当地称之为"母经"，由"母经"作为蓝本书写的新宝卷当地称之为"子经"。一般认为年代越是古老、书写清晰、字体遒劲有力、端庄大方的"母经"越好。但由于清朝的一些手抄本比较难找，有些保管的不好，页面破损，个别字体认不清楚，难免写错。所以抄卷人在卷末有时也会注上"母经不清，难免出错，我佛赦罪"等字样，个别宝卷还题有一些谦虚字写得不好、错误多等语句。但民众对宝卷的新抄卷质量的判定多依"母经"的好坏，抄卷人毛笔字写得好坏以及是否出错、讹误等情况也是评判一部宝卷好坏的重要标准。一般情况下，宝卷是不允许抄错或讹误的。因为在当地民众眼里，宝卷与佛教、道教经典一样，同为宗教和信仰活动中的经典，但是在流传过程中，"母经"难免也会出现错误，所抄新本更是错误难免。明清流传下来的古老宝卷多用一些民间俗词、俗字，这成为研究方言和民间语文的好材料。

岷州地区的宝卷抄写一概用毛笔字正楷书写，书写完毕经折装或蝴蝶装，卷头要加上绘制的龙牌和三界十方神佛图（当地人称之为佛头）全部严格按照明清以来的宝卷形式装帧。在岷州地区，很少有电脑打印成的宝卷，复印的也很少，这种文本一般为非常喜爱宝卷却实在没有资金抄写的民众所为。用钢笔抄写的也不多见。这几种方式抄写复制的宝卷在当地不被认可，有时候还被斥责为"胡闹"。当地宝卷抄写保留了近代以来的宝卷抄写传统，宝卷持有者对古老宝卷的持有被认为是一件值得自豪的事，宝卷成为当地文化的一种宝贵资源和古老传统。

与此相反，青海地区的宝卷经折装或蝴蝶装的较为少见。一些较为古老的文本多为线装本。当代民间传抄的文本只是简单地装订起来，前几年大部分农村地区条件较差，抄写的宝卷多装一个硬纸的封面，有些简单地用包装牛皮纸或卷烟包装纸来做封面。有一部分直接抄写在小学生的作业本上。对于宝卷的拥有者"嘛呢阿奶"，只要能被正常使用，形式不太重要。这种情况实则是她们的无可奈何之举，抄写宝卷以毛笔字抄写为好，现在会写一手好字的人，特别是会写一手毛笔字的人很少，"嘛呢经"会的参与者多为中老年群体，精力和财力有限，清代以前印刷本、手抄本在近几十年已经很少见到，在这些因素影响下，宝卷抄本也较为粗糙。但在抄写过程中，还是尽量根据所据历史较长的宝卷为蓝本抄写，做到不出错，字迹工整，美观大方。宝卷素来被认为是"经"，如果错误太多，有违修持者信仰的初衷，对于抄写者来说有一定的心理压力，有些宝卷抄写者在卷尾加上这样一些话语：

> 黑字少来白字多，意不得来心记错。
> 观音菩萨你观点[①]，眼不看明心记错。
> 我口有错心有错，我浑身上下都是错。
> 观音菩萨你观点，我一身罪孽化为尘。

与嘛呢会宝卷抄写不同，河西宝卷宗教性较弱，娱乐性强，所以对宝卷中产生的错写误写的现象似乎比较宽容。抄写宝卷是普通老百姓参与的活动，只要识字的人，就会亲自来抄卷，这样一大批文化程

[①] 方言，看的意思。

度有限的老百姓抄的宝卷中，存在着通假字、错别字、自造字，以讹传讹是常有的事。如《天仙配宝卷》是在甘州流传很广的一部宝卷，主要人物叫董永，在甘州区流传的《天仙配宝卷》中，"董永"被错抄成"董文""董荣"。又如《包公错断颜查散宝卷》中的"颜查散"，有的则抄成"严查三"，有的抄成"闫查三"。《方四姐宝卷》中的"方四姐"，有的宝卷中抄成了"房四姐"，还有的宝卷中抄成了"樊四姐"等。同样内容的宝卷，在不同地方传抄的过程中，往往会加入当地的方言俚语，有时还会增加一些有当地特点的内容。就是同样内容、同样名称的宝卷，经过不同的地方民众的传抄，其语言风格、表述形式、表现手法等，都会呈现出地方特色。河西宝卷正是在这样的借抄、传抄过程中，一些抄卷人对宝卷又一次进行了改编、再创作，对一些错误的地方又进行了校正，使宝卷内容不断丰富，这样就产生了相同内容、不同版本的宝卷。

洮岷宝卷和河湟宝卷多用于宗教性的语境中讲唱，被视为宗教经典，抄写过程中依据的是较为古老的宝卷文本，要求不能出错。宝卷的编写情况很少见。这是这两个地区宝卷抄写传统的一个特色。恰恰与此相反，在河西宝卷中，改编宝卷的情况很常见。

四、宝卷的保存与流通

甘肃古岷州地区的宝卷抄写完备之后，宝卷用红色（朱红、大红、绛紫）的绸缎包裹宝卷。这一地区的宝卷都采用经折装帧，翻阅宝卷不能用手直接去翻阅，所以在经卷里要配上一根经签，用来翻阅宝卷。由于条件所限，经签多用竹片做成。有些古老的宝卷，也有用檀木或象牙做的经签。保存宝卷的办法，一是把抄写的宝卷放置到家附近的村庙里，供大家使用。作者在岷县清水乡清水村子孙殿里，见到保存的宝卷十一部。附近民众在各种活动中如需要宝卷，就来庙里

"请卷"，用完后准时送回庙里。送回时，要用红绸缎系一枚铜钱，绑在包扎宝卷的绸缎上。这是对所用宝卷所表达的心意。据当地民众说这个传统在宝卷开始流通时就有。有的宝卷抄写得好，有些宝卷抄写得差些，抄写得好的宝卷借用的人多，系的红绸带和铜钱就多。有些宝卷上系有十几条乃至几十条红绸带和铜钱。近几年有些宝卷借出去后，还回来时借用的人在宝卷里还加上几元钱，作为香钱布施给庙里，也用来代替红绸缎上的铜钱。村庙里的宝卷由看庙的"庙官"（一般是办事认真、信仰虔诚的老年人）管理，布施的钱财也由那些"庙官"管理以资村庙里的香火费用。这些村庙里的宝卷由信仰虔诚者出资抄写，送给村庙给大家使用，成为村庙的"公共文化资产"，这种行为在当地被视为积善修行的举动。

宝卷保存的第二种办法是由宝卷的所有人管理。一般斥资请人抄写宝卷，写完后用红绸缎包好，妥善保存。在初一、十五及清明、端午等节日时，取出来放置在家里的供桌上，烧香、点灯、叩拜，供奉起来。若有人来"请卷"或作为"母经"抄写，宝卷持有人也视为骄傲的事，乐于借予他人使用。

河湟宝卷的流通多在"嘛呢经"会内部进行。每一个地缘村落的"嘛呢经"组织有十几人或更多，这些组织成员互通有无，传抄宝卷。地缘村落的"嘛呢经"组织也互相借用宝卷抄卷或念卷。抄写宝卷者多为男性。一般出于共同的信仰，宝卷的持有人并不认为宝卷具有私密性，乐意转借他人。有些中老年人虽不参加"嘛呢经"组织，但出于对宝卷的爱好和信仰，也请人抄卷，作为一种文化的象征保存在家里。

个别家庭拥有清朝宝卷流传下来的宝卷。文物私下交易也很红火，这些家庭也认识到了这些有百年甚至更长时间的历史宝卷具有文物价值，所以轻易不会把这些宝卷给别人看。这无疑促进了当地民众对宝卷这种地方文化价值的认识，加强了对古老宝卷文本的保护，另一方面，也加大了调查的难度，增加了研究的困难。

手抄传播是宝卷传播并得以保存下来的最普遍的方式。在河西地区的广大农村，由于受佛教功德说的影响，人们就把抄、赠、藏宝卷当成了积功行德的自觉行动。农村群众普遍把手抄传播宝卷当成立言、立德、立品的标准，认为"家藏一宝卷，百事无禁忌"。有的人认为"家藏一部卷，平安又吉祥"。于是把家藏宝卷视为镇宅之宝，进行"避邪驱妖"。有些人家还把宝卷贡在上房里，当作神圣之物来对待。许多人将抄好的宝卷除了自己珍藏、保存外，也作为礼物赠送给亲朋好友。如果是不识字的人家要藏有宝卷，就会请有文化的人来抄宝卷，来实现"家藏一宝卷"的目的。宝卷传抄的另一种形式就是互借互换、竞相传抄。由于宝卷的种类很多，为了使自家藏有的宝卷数量最多，就得找到更多的宝卷来抄，要是想抄卷，就得向有卷的人去借，以"我有换我无""互惠互利""有借有还"为前提。河西当地认为宝卷抄卷可以来世修福，放在家里可以"镇妖辟邪"。借用宝卷抄写或念卷都要"请"。抄写的宝卷，持有人一般都妥善藏在家里。持卷人对自己的宝卷都很珍视。每当有人借用宝卷去抄写或念卷，出于传统的信仰，又不能不借，借出去有时难免会弄丢，所以在宝卷抄写完后，有些宝卷在卷末还要加上一些警示的话语，提示按时归还所借宝卷。如嘉峪关地区搜集到的宝卷《黄氏女卷》卷末题有：

卷是《黄氏卷》，有人请着念。
念完就送回，不可眯眯卷。
若是眯了卷，再请难上难。（眯，当地方言，迷失，私藏不还的意思）

20世纪80年代末90年代初，河西宝卷的搜集保存多由当地文化部门和一些学者进行。河西宝卷也通过研究者介绍为世人所知。河西宝卷被定为第一批国家非物质文化遗产，这几年民众大都知道宝卷是当地一项重要的文化资源,民众对宝卷的认识与前二十年大不相同,民众的保护意识普遍提高。

结 论

岷州地区的宝卷念卷多请村里会念卷的邻人或亲戚来念卷,或超度亡人,或去病禳灾;在临潭有专业的念卷群体;青海地区的宝卷念卷依附于当地"嘛呢经"会活动和组织;河西地区的宝卷表现为宗教性弱而娱乐性强的民俗文化。河西地区的宝卷念卷都没有专业的艺人或艺人班子。与西北宝卷相比,现存于江苏靖江、张家港等地区的宝卷,有专业的艺人参与,艺人经济收入较高,由于艺人在实际宗教活动中,彼此之间有竞争,艺人在"讲经做会"的活动中所用宝卷一般不示于他人,宝卷具有私密性的特征。而西北宝卷总体上呈现出开放性的特点。西北宝卷在流传过程中,民众能够互通有无,保守性不强,这促进了宝卷的流传。

受到佛教抄经传统的影响,宝卷抄卷是一种带有浓厚信仰因素的宗教与民俗文化活动。抄卷与念卷一样被当地民众视为与信仰有关的神圣性文本和行为。西北宝卷的抄卷活动是宝卷文化中重要的一个传承环节,宝卷的抄卷成为当地传承宝卷的一个重要文化传统。西北宝卷之所以成为全国范围内现存几个宝卷念卷的民俗与宗教活动之一,当地宝卷抄卷传统是其存活的重要原因之一。因此,宝卷抄卷的研究对于宝卷这种历史久远文化的传承和保护有着重要的意义。

原载《青海社会科学》2011 年第 4 期

甘肃宝卷念卷中的明清曲牌与民间小调

刘永红

宝卷是说唱结合的民间文艺形式,它既有"诗赞系"即说的成分,又有"乐赞系"即唱的成分。宝卷的唱的因素既可以重复散文的叙事,又可以描摹情景,展示人物的思想感情。因此,宝卷的音乐成分是宝卷的重要文化属性。明清时期的宝卷多吸收了当时一些南北大曲和民间俗曲。后期的宝卷逐渐吸收了地域性的民间小调,进入宝卷演唱。如"五更调""十二月调""十字调"等。甘肃宝卷念卷中传承了大量的明清曲牌,也吸纳了一些地方民间小调。

一、甘肃宝卷念唱中的明清曲牌

明清以来的宗教类宝卷念卷中有大量的小曲,这些小曲多来自于民间流行的各种曲牌。明沈德符(1578—1642)《万历野获编·时尚小令》中提道:"元人小令,行于燕赵,后浸淫日盛。自宣正至成弘后,中原又行《琐南枝》《傍妆台》《山坡羊》之属。……自此以后,又有《耍孩儿》《驻云飞》《醉太平》诸曲,……嘉、隆间(1522—1572)乃兴《闹五更》《寄生草》《罗江怨》《哭皇天》《干荷叶》《粉红莲》《桐城歌》《银绞丝》之属,自两淮以至江南,渐与词曲相远,……比年以来(约1623之前),又有《打枣杆》《桂枝儿》二曲。又《山坡羊》者,……今南北词曲俱有此名,但北方惟盛《爱数落山坡羊》,其曲自宣、大辽东三镇传来……"①

这些小曲都是民间宗教家吸收当时"不问南北,不问老幼良贱,人人习之,亦人人听之","举世传诵"的流行曲调,自然是为了加强宝卷的宣讲效果。车锡伦在研究中集得52种使用小曲的宝卷,它们使用的曲调共223种。他统计使用15和15次以上的曲调共29曲:《驻云飞》《耍孩儿》《金字经》《皂罗袍》《清江引》《傍妆台》《浪淘沙》《挂金锁》《黄莺儿》《桂枝香》《山坡羊》《驻马听》《寄生草》《棉搭絮》《上小楼》《步步娇》《叠落金钱》《画眉序》《侧郎儿》《锁南枝》《折桂令》《红绡鞋》《柳摇金》《五更调》《哭五更》《闹五更》《五更禅》《五更》《喜乐五更》;使用5到14次的曲调共23曲(略);使用1至4次的176种(略)(其中仅出现一次的曲调近百种)。这些曲调中,近半数见于南北曲,有些是见于文献记载的小曲,另外还有一些可能是宝卷编写者改编民间曲调而新定调名的小曲。②

洮岷地区的宝卷多为宗教宝卷,比较古老,宝卷念卷以唱为主,念白为辅,唱念交替,唱词以七字句和十字句为多,也有按一定词牌和格律写成的词式。宝卷乐曲十分丰富,主要运用的曲调有《皂罗袍》《清江引》《银纽丝》《浪淘沙》《挂金锁》《两头慢》《太平年》《红罗怨》《朝天子》《寄生草》《一封书》《达摩令》《道情调》《耍孩儿》《五更调》《打莲花曲》等。其中《挂金锁》和《打莲花曲》最为流行。曲调有明清以来的南北大曲,也有当时的时兴小调。除了这些曲调外,宝卷在当地流传中,又吸收当地的民歌,如《绣荷包》《尕老汉》《孟姜女哭长城》《十个葫芦》《南海行船》《十道黑》《小采茶》《山丹花》

---

① 转引自杨荫浏:《中国古代音乐史稿》(下册),人民音乐出版社1981年版,第756页。
② 车锡伦:《信仰·教化·娱乐:中国宝卷研究及其他》,台湾学生书局2002年版,第114页。

《五更天》《林英哭湘子》《拐棍歌》《金簪花》《十二月调》等。[①] 洮岷宝卷中最为通用的是《挂金锁》和《打莲花》(《莲花落》)。这两种曲调可谓妇孺皆知。《挂金锁》用于七字唱词,《打莲花》用于十字唱词,它们都是五声征调式,二乐单句段体。其结构简单,句式对称,是方整型曲调。《挂金锁》的重复句和《打莲花》的引申句是领唱后的和腔搭音部分,和腔搭音并不重复原词,而是以佛号代之。

《挂金锁》唱段如《五更进佛堂》:

(领)一更一点上佛堂呀,想起生身我的娘呀。
(合)——南无阿弥叭咪吽呀。南无阿弥叭咪吽呀。南无阿弥叭咪吽呀。

《打莲花》唱段如《十炷香》:

(领)一炷香烧给你那玉皇大(合)帝呀弥也陀佛,
(领)二炷香烧给那圣母娘(合)娘呀喇嘛佛阿弥陀佛。

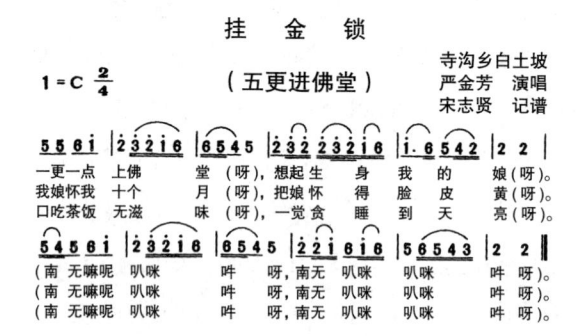

挂　金　锁

（五更进佛堂）

1=C 2/4

寺沟乡白土坡
严金芳　演唱
宋志贤　记谱

5 5 6 i | 2 3 2 i 6 | 6 5 4 5 | 2 3 2 3 2 i 6 | i. 6 5 4 2 | 2 2 |
一更一点　上佛　　堂（呀），想起生　身　我　的　娘（呀）。
我娘怀我　十个　　月（呀），把娘怀　得　脸　皮　黄（呀）。
口吃茶饭　无滋　　味（呀），一觉贪　睡　到　天　亮（呀）。

5 4 5 6 i | 2 3 2 i 6 | 6 5 4 5 | 2 2 i 6 | 5 6 5 4 3 | 2 2 |
（南　无嘛呢　叭咪　　吽　呀,南无　叭咪　叭咪　　吽　呀)。
（南　无嘛呢　叭咪　　吽　呀,南无　叭咪　叭咪　　吽　呀)。
（南　无嘛呢　叭咪　　吽　呀,南无　叭咪　叭咪　　吽　呀)。

从体式来看,它们同属于小调体裁。曲调结构比较规整,大多数为

[①] 宋志贤:《岷县民间歌曲》"前言",香港天马图书有限公司2002年版。

二乐句或四乐句单段句体，后一个乐句多有重复。调式也以五声或七声宫、徵、商、羽为普遍，角调式没有出现。旋律优美低沉，节奏平稳，速度徐缓，长于吟咏。唱句以十字句、七字句为主，兼有大量字数不等的长短句。由于《宝卷》和《佛词》都属于篇幅较长的说唱文学，所以唱念交替、散韵结合，加上丰富的乐曲，听者唱者都不觉得单调和枯燥。

与此相似，河西宝卷中音乐性也很强。河西宝卷许多古老的曲牌已经流失。王文仁、柴森林在河西地区挖掘、整理到的曲名去其重复还有：《小上楼》《浪淘沙》《金字经》《黄莺儿》《驻云飞》《傍妆台》《哭五更》《清江引》《罗江怨》《皂罗袍》《耍孩儿》《一剪梅》《锁南枝》《棉搭絮》《画眉序》《驻马听》《谒金门》《一江风》《前腔》《红莲儿》《叠落金钱》《山坡羊》《侧郎儿》《折桂林》《花音十字符》《七字符》《鹦哥赋》《莲花落》《十字符》《哭音调》《五哥放羊》《吹字调》《腊斗字调》《十字调》《诉五更》《七字调》《尼姑下山》《五字佛》《七字佛》《十字佛》《七字赋》《十字赋》《唱道情》《西江月》《颇麻缠》《采茶词儿》《平音七字符》《花音七字符》《苦音七字符》《达摩佛》《平音十字符》《花音十字符》《叫调》《喜调》《五更转》《十二时》《十二月》《一枝梅》《上小楼》《鹧鸪天》《朝天子》《满庭芳》《一封书》《红绣鞋》《红罗怨》《粉碟儿》《挂金锁》《四朝元》《柳摇金》《雁儿落》《步步娇》《青天歌》《后庭花》《刮地风》《金子经》《五供养》《楚江天》《十不问》《莲花乐》《落金钱》《白莲词》《杨柳青》《龙虎斗》《太平年》《小寡妇》《十道河》《阿弥陀佛》《五更绵搭絮》《五更黄莺儿》，共计89个。[①]

河西宝卷音乐的曲式结构较简单，大都是上下句式的单曲体式。有些古老的词调（曲牌），如《傍妆台》《雁儿落》《画眉序》《山坡

[①] 王文仁、柴森林：《河西宝卷的分类、结构及基本曲调的初步考察》，《星海音乐学报》2009年第1期。

羊》等，被现代念卷人多已遗忘而失传，故又逐渐吸收增加了新的曲牌。如当地的民歌小调《哭五更》《刮地风》《张良卖布》《李彦贵卖水》等民间小曲，也慢慢地被择纳其内。但也有个别古老曲牌流传了下来，如甘州宝卷中的《哭五更》《浪淘沙》《清江月》等。现在，甘州宝卷中《哭五更》仍然作为主打曲牌，在多数的宝卷中使用，也是最能表达悲痛感情的曲牌。宝卷的唱法灵活多样，同样字数的韵文，也会有不同的唱法，如在甘州区流传比较广的《贫和尚出家宝卷》，是目前见到的字数最少的宝卷，只有3000多字，用到《浪淘沙》《清江月》等多个曲牌。在念唱宝卷时，有时也会加入一些民间小调，以增加吸引力，活跃气氛，如《方四姐宝卷》中的几个段落就用甘州小调《小寡妇上坟》来念唱。如《贫和尚出家宝卷》的结尾处，用到了甘州小调《十报恩》。有的宝卷还会加上甘州本地的劳动号子，以增加念卷人与听众的互动性，渲染气氛。如《丁郎寻父宝卷》中，有一部分是丁郎在领夯时诉说自己的身世，用的就是甘州人民非常熟悉的劳动号子《打庄墙》，领唱有力，接唱宏亮，富有气势，将打庄墙的场景展现了出来，使念卷现场如同打夯现场。[1]

二、叙事宝卷中的民间小调

（一）五更调

"五更调"也叫"哭五更"。"五更调"曲调舒缓，最能抒发主人公内心的哀愁。在宝卷叙事中，每当主人公命运突生变故，走投无路，在情节发生急剧转变时，就会唱一段"五更调"，或抒发内心的哀愁，或表达刻骨的思念，或对命运的诅咒。这在叙事类宝卷中非常常见。

《仙姑宝卷》中单氏青春守寡，又被伯伯所欺，被讹三十两银子，

---

[1] 宋丽娟、宋进林、唐国增：《民间文化瑰宝——甘州宝卷》，《丝绸之路》2009年第20期。

孤儿寡母，家中事无人做主，"只落得终日悲酸，昼夜嚎啕啼哭"：

哭五更

一更里，好伤情，寡妇独坐冷清清。丈夫丢我半途程，家中事难理论。我的天呀！寡妇家难理论。

二更里，好凄惶，叫声儿夫在何方？丢下妻儿无主张，家无主好难当。我的天呀！这个家好难当。

三更里，泪纷纷，望着孩儿好心疼。孤儿寡母靠何人？儿年幼不中用。我的天呀！你几时才中用。

四更里，好孤凄，孤儿寡母被人欺。有谁与我来分辩，吞着声忍着气。我的天呀！一肚子冤屈情。

五更里，好伤心，儿父你在好威风。丢下妻儿短精神，事事儿不如人。我的天呀！丢下我不如人。

"五更调"的音乐节奏舒缓而悲苦。

哭　五　更

[鸳鸯宝卷]

$1=C\ \frac{2}{4}$ （稍慢）

| 5 5 | 6543 | 2125 2 | 5 5 | 6543 | 2125 2 | 52 5 | 56 6 |
五　更里来　天渐　明，金　鸡报晓　不住　声。我的老母

| 66 5 | 54 | 12 2 | 1 76 | 5 - | 1·2 | 5 54 | 21 2 | 12 |
在家中，盼望孩儿早回程。我的

| 1·6 5 | 12 2 | 1 76 | 5 - | 1·2 | 5 54 | 21 2 | 12 |
娘　呀，孩儿不　能　回家　中（啊）我的

| 1·6 5 |
娘　呀。

"五更调"的基本结构是共为五段，一更为一段，六言一句，七言四句，在七言倒数第二句加上感叹句"我的×呀……！"（多用"我的

天呀！"）第一句六言在演唱时可以加上衬词"来"，变成七言，这种形式在宝卷中最为常见。为了便于更充分地表达感情，也可以转换成七言七句、七言十句或多句。只不过感叹句"我的×呀……！"不能减省。如在《牡丹宝卷》中，张传蜂吃喝嫖赌，妻子石桂英为给婆婆买肉吃，孝敬婆婆，脱下棉衣让张传蜂去当铺当掉，却叫小偷偷取了当棉衣的钱，回到家里还蛮不讲理。"桂英只好把气压在心里，身穿单衣布衫，越思越想越伤心，不由得放声大哭起来，一直哭到五更"：

哭五更

一更里来好伤心，越思越想越伤心。别看堂堂一男子，大事小事做不成。叫我以后怎么办，有气不敢对人言。我的天呀！有气不敢对人言。

二更里来好凄凉，怀抱娇儿使人愁。母子凄苦嚎啕哭，饥寒交迫身打战。思着前来想着后，男子全无营生干。我的天呀！男子全无营生干。

三更里来泪纷纷，丈夫闲坐在家中。挑葱买蒜谁笑话，半点事情他不做。胡游乱逛溜大街，好吃懒做当狯狲。我的天呀！好吃懒做当狯狲。

四更里来眼朦胧，老天保佑儿成人。长大以后成了事，又管家来又帮亲，孩儿常在心中挂，快快成人把家掌。我的天呀！快快成人把家掌。

五更里来天渐明，母子身上如冰冷。我的心里好酸疼，有他无他一样行。望着娇儿他不差，一心养他长成人。我的天呀！一心养他长成人。

（二）莲花落

"莲花落"的曲调在宝卷叙事中出现的场景和"五更调"比较相

似，多出现在主人公面临困境、走投无路的情节中。特别是主人公在沿街乞讨时的情节中多唱"莲花落"。"莲花落"多见于洮岷宝卷和河西宝卷中，如在河西宝卷《丁郎寻父》中就多次有"莲花落"出现：

莲　花　落

1=C 2/4

［丁郎寻父］

i 6 i i ｜ 7 6 i ｜ 5 56 5 ｜ 65 4 5 ｜ 7 7 6767 ｜ 5 7 7 6 ｜
仲举忍寒　又挨饿，一心来打　连花落。檀板 惊动　满街 人，

5 56 5 ｜ 65 4 5 ｜ 7 7 7 5 ｜ 1 1 67 6 ｜ 55 6 5 ｜ 6 5 5 ｜
爷爷奶奶　你细 听，一寸光阴　一寸金，寸金难买 寸光阴。

"莲花落"的音乐特征和"五更调"相似，曲调舒缓、悲伤，为宝卷叙事中常见的"苦曲"。

（三）十二月调

"十二月调"和"十二时调"是宝卷常见的叙事音乐程式。这种形式按照一天十二个时辰的顺序或一年十二个月的顺序，来组织故事叙事，来抒发主人公的各种感情。《诗经》中《豳风·七月》是现存最早的一首按月咏唱的民间长篇诗歌。不过它还不够完整，月份之间的错落较多。从严格意义上讲，它还没有形成后来"十二月"歌辞那样较为固定的形式，还不能说是"十二月"联章体歌辞。到了六朝乐府民歌《月节折杨柳歌》的出现，这种"十二月"歌调形式才逐渐固定。它分题为"正月歌、二月歌、三月歌……十二月歌"，又因阴阳历的相差而置"闰月歌"，共有13首。折杨柳歌，在汉魏以来就很盛行，后来还演衍成各种歌调。唐代时，表达征夫怨、相思苦题材的"十二月"歌辞比较普遍。唐代时"十二月"歌辞，是按照12个月的顺序连续歌唱的联章体裁，每月一首；有增加闰月一首的，便有13首。在唐朝变文中，这种民歌体更是被大量地运用。十二月调在唐变文中主

要以十二时调表现出来，这是当时这种民歌的一个特点。十二时调与五更调的结构极为相似。现存敦煌文献中有《太子十二时》（P.2734）、《禅门十二时》（S.427）、《圣教十二时》（S.5567），《大正大藏经》卷四十七也有《十二时歌》：

> 夜半子，愚夫说相似，鸡鸣丑，痴人捧龟首，平旦寅，晓何人；日出卯，韩情枯骨咬；食时辰，历历明机是误真，隅中巳，去来南北子，日南午，认向途中苦；日佚（左边日字），夏分逢说寒气；哺时申，张三李四会言真，日入酉，恒机何得守，黄昏戌，看见时光谁受屈，人定亥，直得分明沉苦海。①

一般的结构是三、三、四言为一节，大体为七言。有时会发生变化，出现五言和七言互相交替的情况，如上面的一首禅家说道为内容"十二月调"的便是。这种按月咏唱的联章体歌辞由来已久，比"五更转""十二时"歌调要早。"十二时"是指以我国古老的十二地支记时法，将一天分为十二时段而分别作成十二章歌辞的民间曲调。还有"十恩德"歌调，是把父母养育之恩分成 10 个阶段来歌唱的一种民间曲调，由 10 章组成。这是那个时期比较流行的劝孝歌辞，后来民间还演化成"十杯酒""十杯茶"等歌调。以上这些俚曲小调歌辞，显然是一种民间流行的曲辞，与至今尚流行于民间的"叹五更""绣荷包""织手巾""四季相思"之类的民歌颇相似。其共同的特点是：以曲见胜，通俗易记，比喻生动，而思想感情往往低沉。在民间音乐中，"十二时"调仍可见到，如在洮岷宝卷中，就有"十二时"。

在宝卷中，多有以十二月的生活描述为形式的十二月调。但与五更调不同的是，五更调较为短小，因此常用于抒情的场景下，特别是

---

① 高慎涛、杨遇青：《中国佛教文学》，陕西人民出版社 2009 年版，第 243 页。

有凄苦和悲伤的氛围;而十二月调则是以一年十二月的时间顺序来表现主人公勤劳的生活,篇幅较长,因而专注于对生活的再现,十二月调侧重于叙事,或叙事抒情兼有。

宝卷中的十二月调多为描述主人公的生产与社会生活。但用这个民间小调来描写典型场景的情况也较为常见。这与中国古代文学中情随景生、情景交融的传统手法也不无关系。如《绣罗红宝卷》:

> 正月里,过新年,花灯万盏;绣花亭,百花开,供奉神像。
> 二月里,再绣上,春花开放;迎春花,阵阵香,十分鲜艳。
> 三月里,再绣上,桃花开放;那桃花,满园香,处处更新。
> 四月里,再绣上,杏花开放;一支杏,出墙来,十里皆香。
> ……
> 十一月,三九天,冬季到来;绣冬青,开满山,好似粉状。
> 腊月里,再绣上,梅花开放;雪里梅,雪里开,迎雪傲霜。

这一段主要描写杨海棠在阴间,一年四季十二个月辛劳地绣罗红的情节。与《方四娘宝卷》全篇以十二个月谋篇构局不同,这一段描述篇幅相对简短,但二者的作用是一样的:突出生活的场景与描述主人公内心的情愫。在宝卷叙事中,十二月调主要用来描述主人公一年的生活,也就是说,十二月调的出现,在音乐和叙事是一种程式,即开始描摹以一年为周期的生活。这种叙事传统和程式结构对念卷人来说,完全谙熟于心,对于听众来说,符合长久以来所形成的审美习惯和心理期待。

(四)十字歌

这种宗教气息浓厚的形式,在后期的宝卷中,完全照搬了民间音乐的模式,内容则更多的是民间伦理道德的演绎。如《救劫宝卷》中,陈氏教育女儿"女儿啊,你以后做人,要听为娘的教导,为你爹争气"。女儿噙着泪,点头听娘的话。

  一学针工二绣活,三学茶饭四品行。五学礼貌招待客,六学人前莫张狂。
  七学剪裁缝补强,八学待人要周详。九学受苦李三娘,十学历代女贤良。

又如《双喜宝卷》卷末"十劝人心":

一劝人,在世上,安分守己;坏良心,到时候,定遭报应。
二劝人,见识广,心存善良;不要做,亏心事,莫行短见。
三劝人,在世上,莫要眼浅;贪钱财,害性命,神催鬼缠。
四劝人,在世上,尊敬老人;人生在,天地间,忠孝为先。
五劝人,且莫做,害人之事;坑害人,必没有,好的下场。
六劝人,有成见,面对面讲;且莫要,放暗箭,背后伤人。
七劝人,做高官,明镜高悬;切莫要,受贿赂,冤枉好人。
八劝人,交朋友,交心为重;且莫要,背良心,害友伤情。
九劝人,且不要,说东道西;说闲话,惹是非,家门不顺。
十劝人,对父母,赡养到老;不能够,重言语,顶撞与人。

三、宗教宝卷中的民间小调

(一)五更调

  "五更调"有多种形式,是宝卷中最常见的音乐叙事程式,但其源自唐五代变文与俗讲等民间佛教讲唱,宝卷则继承了这一传统。在宗教宝卷中,"五更调"更为常见,其结构和上述叙事宝卷中的"五更调"相似。

（二）十二月调

十二月调的运用并不局限于叙事和抒情。在一些宗教仪式中，就直接用一段十二月调的词文来完成仪式。这在洮岷宝卷中较为多见：

小 采 茶

堡子乡郭家堡
陈克俭 演唱
宋志贤 记谱

正月采茶茶发芽，老母下凡到中华（呀），
二月采茶茶叶长，净手焚香到佛唐（呀）。
菩提北岸埋名姓，渡醒男女找根芽（呀），
对天发下宏誓愿，意马拴牢很久长（呀），
南无嘛呢叭咪吽 南无嘛呢叭咪吽呀
南无嘛呢叭咪吽 南无嘛呢叭咪吽呀

三月采茶茶叶青，大地男女早回心，三灾八难催得紧，急紧加功拜世尊。

四月采茶茶叶圆，三皈五戒要紧严，朝茶上供诚礼拜，时时刻刻锁心猿。

五月采茶茶叶稀，五气朝元透须弥，三味紧定明性礼，六门紧闭念阿弥。

六月采茶热难当，双林树下歇阴凉，无影山前团圆会，婴儿姹女配成双。

七月采茶秋风凉，手扳茶树细思量，百年以后终有死，末后一着谁承当。

八月采茶茶叶红，无生老母泪纷纷，更望失乡儿和女，屡次捎书不回程。

九月采茶九重阳，九宫八卦定阴阳，拴牢意马开九窍，昆仑顶上放光芒。

十月采茶茶叶黄，十字街前拜法王，百年以后人难晓，遇着收圆回故乡。

十一月采茶雪花飞，头顶须弥炼金丹，炼得金丹成贵宝，功圆果满赴瑶池。

十二月采茶大归家，诸佛诸祖赴龙华，阿弥陀佛时时念，朝见天真赴龙华。

（合）南无嘛呢叭咪吽，南无嘛呢叭咪吽。

"十二月调"经常从宝卷中脱离出来，被用在宗教仪式中，单独颂唱。比较明显的一个事实是在早期的佛教宝卷中，卷末都有这种形式的仪式文。不过这种仪式文只借用十二月调的格式，而内容不再表现生活场景或抒情，而是完成宝卷结束时的"回向"。如河湟宝卷念卷仪式中多有"十二报恩"，也称"十二愿"：

一报上，上天恩，日月照临。
二报上，下地恩，万物齐生。
三报上，菩萨恩，慈悲之心。
四报上，皇王恩，水土之恩。
五报上，地母恩，五谷养人。
六报上，祖师恩，大道传明。
七报上，护法恩，护定吾身。
八报上，三教恩，万法归宗。
九报上，圣人恩，礼义传明。
十报上，山王恩，虎狼不侵。
十一报，灶君恩，善恶分明。

十二报，过往恩，上奏天庭。

（三）十字歌

十字歌在宗教宝卷中多用来劝化人心，教导做人的道理。早期的宝卷卷末都有类似于变文"回向"的结构，这种结构与宝卷念卷结束时的仪式有关。这与前面提到的"十二愿"功能完全一样，只不过借用的民间小调的曲调不同而已。下面是《南无地藏王菩萨救苦经》结尾的"十报恩"：

> 一报天地盖载恩　二报日月照临恩
> 三报皇王水土恩　四报父母养育恩
> 五报佛祖传法恩　六报一切归佛门
> 七报善人多供敬　八报八方护持恩
> 九报九祖超三界　十报亡者早超生
> 十方三界一切佛　文殊菩萨观世音
> 诸众菩萨摩诃萨　摩诃般若波罗蜜

实际上，在民间宝卷念卷中，特别是比较短小的嘛呢经或"佛词"中，多以民间小调命名，如《十报恩》《十二愿》《五更进佛堂》《五更叹》《十二把扇子》《十渡船》《十二月歌》《十二花名》等。宝卷程式化的音乐并不局限于这些小调。这些内容短小的宝卷（实际上是某个宝卷的一部分）由于与民间小调结合在一起，易学易记，深受民众喜爱。

由于宝卷的音乐性非常强，宝卷的念卷中有大量的明清传承下来的曲牌和地域性的民间小调。宝卷之所以深受民众的喜爱，在八百多年的历史长河中流传至今，与这些民众熟识并喜爱的音乐有密切的关系。在程式化的特点上来看，表现在两个方面：一是这些民间小调的歌词与结构呈现出明显的程式化倾向。词语与句子的重复运用，结构彼此较为相似，内容基本雷同，这一切成为宝卷念卷人记忆宝卷、传承宝卷必备的"知识"。念卷人凭借这些程式，就能较好地掌握宝卷的内容，并在宝卷念卷中，借用口头传统并根据听众当下情景反映来扩大或缩小宝卷的篇幅，同时，这些程式也成为创造另一口头文本的根据。二是这些民间小调的音乐在叙事中，是最为重要的情景因素，可以与听众在最大程度上互动，引起听众与宝卷内容的共鸣，并自始至终保持与念卷人的互动。俗话说："见了啥人说啥话，到了啥山唱啥歌。"不同的音乐表达了不同人不同的情感，宝卷内容中的典型场景需要典型的音乐来表达，如在宝卷念卷中主人公一落难，"五更调"就唱起来，悲剧的气氛就得到极度渲染，听众就感同身受，深深地融入那一刻的情景之中。实际上，民间小调如《哭五更》《刮地风》《张良卖布》《李彦贵卖水》等在宝卷中，都在固定的内容中，在固定的叙事情景下，在固定的感情表达中，固定地、重复地出现。因此，如果从活态的宝卷念卷情景中来透视，程式化的音乐是宝卷生命力——念卷、创编、传承的最重要的因素，也是宝卷这一口头传统最为明显的特点。

原载《青海师范大学民族师范学院学报》2014 年第 2 期

经坊与宗教文献的流刊

——兼论玛瑙经房、慧空经房

刘正平

经坊,也称作经房、经铺,在印刷史上属于书坊的一种,专门从事宗教文献及其相关典籍的写刻、印行。经坊源始于唐代,兴盛于明清时期,在现代印刷技术兴起后,依然存在了相当长的时期。在存世宗教文献的牌记里,有大量关于"杭州众安桥杨家经坊""杭州玛瑙寺明台经房""杭州昭庆寺慧空经房""姑苏陈子衡经坊"等经坊的名目。在中国宗教文献史上,经坊对佛道文献、民间宝卷的收集、写刻、传播起到了至关重要的作用,因而值得关注与研究。

从雕版印刷史角度考察,书坊出于盈利目的而形成,需要具备雕版印刷技术相当成熟且普遍应用的先决条件,但经坊的产生则是在雕版印刷技术发明之前。研究表明,经坊出现在唐代,有明确史料记载和实物留存的是在吐蕃统治敦煌后期该地区出现的抄经坊。唐代的经房一般是官办机构,主要以抄经为主业,由书手、装潢手、校对、详阅、主管、监造等数十人组成,专业抄写佛经,这些人被通称为"经生"。雕版印刷技术的发明,对唐代佛经的传播尚未起到决定性的影响,写经和刻印佛经的情况并存,我们既能看到唐懿宗咸通九年(868)刊本《金刚经》,甚至唐玄宗时期刻经,也能看到大量的敦煌佛经写卷，还有关于那著名的吴彩鸾写经和抄写韵书的种种记载。唐代民间，以写经谋生的"经生"普遍存在，开铺写经的经铺也较普遍。唐玄宗曾颁布《禁坊市铸佛写经诏》，其中提到"经铺"：

> 如闻坊巷之内，开铺写经，公然铸佛。口食酒肉，手漫膻腥，尊敬之道既亏，慢狎之心斯起。……自今已后，禁坊市等不得辄更铸佛写经为业。须瞻仰尊容者，任就寺拜礼。须经典读诵者，勒于寺取读。如经本少，僧为写供。诸州寺观并准此。①

这则诏令颁布于唐玄宗开元二年（714），可见唐代长安城坊巷之内，的确存在着依托经铺写经的谋生者。诏令禁止统治区域内的民间"铸佛写经"，将其限定在寺院，并指定由僧人负责写经。这一禁令抑制了民间经坊的发展，表明唐代尚不具备民办经坊问世的政策环境，这也是直至北宋时期书坊、经坊发展规模较小的直接原因。但这则诏令将写经，特别是佛经提供者限定在寺院，则对后世经坊的发展产生了一定的指导意义，其规范效应比较明显，大大提高了佛教经典传播的权威性。

北宋太祖开宝年间（968—975），敕令雕造大藏经，即中国出版史和大藏经史上著名的《开宝藏》。《开宝藏》的经版雕刻于益州，太宗太平兴国八年（983），敕令将汴京的译经院改为传法院，又在传法院西偏建造了印经院，入藏《开宝藏》经版，开始印经活动。②"传法院"和"印经院"的机构设置变革，以及《开宝藏》的雕印，表明中国佛教文献由输入传播模式转变为印造输出传播模式，自此开始，大藏经陆续输出传播到日、朝等国。神宗熙宁四年（1071），印经院藏《开宝藏》经版赐予显圣寺圣寿禅院印造，开始由寺院管理。管理模式

---

① （清）董诰等：《全唐文》卷26，中华书局1983年版，第300页。
② 《佛祖统纪》卷43《法运通塞志》"太平兴国八年"条，《大正藏》第49册。

的转变,开创了寺院组织刊版大藏经的局面,如神宗元丰三年(1080)至徽宗政和二年(1112),由福州东禅院雕印的《崇宁藏》,被认为是中国第一部私版大藏经①。《崇宁藏》的监雕组织机构被称为"东禅经院",其性质不同于印造《开宝藏》的官方机构印经院,实质上是由寺院组织的有官方背景的经坊。其后,徽宗政和二年(1112)至南宋高宗绍兴二十一年(1151),由福州开元寺雕造了《毗卢藏》,设立了"开元经局"这样的经坊组织机构。南宋雕造的《思溪藏》《碛砂藏》,也分别由湖州圆觉禅院(后升格为资福寺)和平江府陈湖(苏州)碛砂延圣院主持并组织。此外,北宋徽宗政和年间(1111—1117)雕造的《政和万寿道藏》,则由福州闽县报恩光孝观予以镂版。自《开宝藏》以后,大型佛藏、道藏的雕印转为寺、观董理其事,雕印组织机构由官方转为寺院。同时,寺院也担负起了零本佛经的刊印功能,如北宋太宗淳化、真宗咸平年间(990—1003)杭州龙兴寺刻《华严经》、仁宗景祐年间(1034—1038)大中祥符寺刻《大般涅槃经》、徽宗政和六年(1116)法昌院刻《佛说观世音经》等。②

明代经坊最发达的地区是北京、南京、苏州和杭州。张秀民《中国印刷史》论述了明代南京的印经铺,如宣德年间(1426—1435)的聚宝门姜家来宾楼、万历年间(1573—1619)的不法印经铺等,这是典型的经坊。杭州一地,有分布在市井里巷的著名经坊如众安桥杨家经坊。除了零星的佛经刊行,杨家经坊还接受寺院或者政府的委托,进行佛经的刻印,现存《碛砂藏》中,就有杨家经坊本。明人胡应麟在《少室山房笔丛》里说:

> 凡武林书肆,多在镇海楼之外及涌金门之内,及弼教坊、清

---

① 李富华、何梅:《汉文佛教大藏经研究》,宗教文化出版社2003年版,第161—164页。
② 张秀民:《中国印刷史》,浙江古籍出版社2006年版,第49—50页。

河坊，皆四达衢也。省试则间徙于贡院前，花朝后数日则徙于天竺，大士诞辰也。上巳后月余则徙于岳坟，游人渐众也。梵书多鬻于昭庆寺，书贾皆僧也。自余委巷之中，奇书秘简往往遇之，然不常有也。①

这段材料描述了明代杭州书肆遍布的盛况。这里的书肆实际上就是图书销售的书市，并非固定场所，经常随着热点事件和时间搬迁转移，并非我们所说的"书坊"或者"经坊"。胡应麟说"梵书多鬻于昭庆寺，书贾皆僧也"，但昭庆寺一地不是简单的佛教经籍鬻售市场，昭庆寺所属的慧空经房的存在才使这里成为一个书市。慧空经房是兼具图书刻印和销售的真正经坊。寺院设置印书铺，在明代是一常见现象，如金陵大报恩寺在《永乐南藏》版成之后，就通过接受"版头钱"的方式出售佛经，并向外地来南京请经的僧人提供住宿。此外，北京的隆福寺、西城太平仓护国寺等，均设有经铺。②明朝杭州一些著名佛教寺院，如昭庆寺、玛瑙寺、报先寺等，都开办了专门印经的经坊，玛瑙经房和昭庆寺经房是其中的佼佼者。这两个经坊刻印了大量佛教文献、民间宝卷和世俗文献"书贾皆僧也"，说明慧空经房的经营者和管理者都是相关寺院的僧人。在存世文献中，比较常见"杭州玛瑙寺明台经房""苏州玛瑙经房""杭州昭庆寺慧空经房""姑苏陈子衡经坊"等名目。其中，玛瑙经房是一个横跨地域、历时悠久、刊布宗教文献较广的经坊，现有古籍中出自玛瑙经房者并不少见。慧空经房与之并驾齐驱，难分轩轾。玛瑙经房及慧空经房与江浙地区宗教文献的刊印、流通关系密切，它们占据了半壁江山。

清代是中国民间宗教风起云涌的时代，教派纷呈，在江南地区有

---

① （明）胡应麟：《少室山房笔丛》卷四甲部，上海书店出版社2009年版，第42页。
② 张秀民：《中国印刷史》，浙江古籍出版社2006年版，第248—255页。

多种教门组织,特别是江南无为教、黄天教、长生教等,于是经坊便成为非常重要的民间宗教宝卷的刻印流通机构。清初史家戴名世云:"天下各种书版,皆刊刻于江宁、苏州,次则杭州。四方书贾,皆集于江宁,往时书坊甚多,书贾亦有饶裕者。"① 现在所知道的由玛瑙经房刊印的宝卷有《众善宝卷》《明宗孝义达本宝卷》《天缘结经注解》《大圣弥勒化度宝卷》《弥勒佛说地藏十王宝卷》《护国佑民伏魔宝卷》等;由昭庆寺慧空经坊刊印的宝卷有《纯阳祖师说三世因果宝卷》《结经分句略解》《如如老祖化度众生指往西方宝卷》等。这是从现存宝卷中检出的由寺院经坊刊行的部分民间宗教宝卷,其实际情形当更加丰富。

由佛教寺院刊行民间宗教宝卷,是明清以降宝卷流通的一个重要渠道,其中的运作机制值得思考。为什么佛教寺院经营的经坊会允许民间宗教宝卷的刊行?玛瑙经房和慧空经房,今日已难觅踪迹,重建后的玛瑙寺、昭庆寺面目全非。留存下来的文献如《昭庆寺志》对此没有相关记载,玛瑙寺志则久已无存,所以史料相当匮乏,要真正考察清楚其中的来龙去脉,颇为困难。民间宗教处理宝卷文献的通常手段是秘密传播和伪造形制与内容。前者易于为人理解,特别是在宗教管制严苛的时期,但后者的情况则要复杂得多。明万历四十六年(1618),无为教徒试图将己教经典《五部六册》混入佛教大藏经,结果案发被查禁。② 早在元朝时,白云宗的信徒们就组织刊刻《普宁藏》,这也是一次动机可疑的大藏经雕凿活动,因为出资刊印大藏经可以得到朝野上下、道俗两界的广泛支持,雕凿过程中,对篇目进行一定的

---

① (清)戴名世著,王树民等编校:《戴名世遗文集》,中华书局2002年版,第122页。
② 万历四十六年(1618)四月,南京礼部颁布《毁无为教告示》:"南京礼部为毁邪教,以正风俗事。照得无为教惑世诬民,原系大明律所禁,屡经部科奏准严杜。岂有邪术安高、董净源、王庸安等妄称道人,私骗民财,刊刻《五部六册》等经九百六十六块,夤缘混入大藏。其言皆俚俗不经,能诱无知良民,听从煽惑,因而潜结为非,败俗伤化,莫此为甚。先该祠祭司说堂封榜,此风稍息。近复有窥伺,希图刷印广行者甚矣,人心之难化也。除将各版度令掌印僧官当堂查毁外,合行出示晓谕。"(明)沈㴶:《南宫署牍》卷四,国家图书馆藏。

增减，趁机混入教门经典很难被察觉。此外，为了消除紧张情绪和降低关注度，宝卷常在卷首刻印"护道榜文"的形式，歌颂吹捧当世皇帝，赢得支持，甚至直接伪装成佛教经典，在宗教政策宽松时期，这对民间宗教宝卷的传播起到了推波助澜的作用。所以，一般民众很难判别从寺院经坊流布出来的宝卷之性质，如果经坊以营利为目的的话，这种情况就更加普遍了。

经坊刊印流通经籍的方式，主要有雕印流通和代印寄售两种。雕印流通系由经房出资佣工直接刊印，并负责经籍的销售流通，兼具出版与销售两种功能角色，这是最为常见的方式。经房代印寄售，则不负责经籍的雕版，只负责印刷销售，或者由对方直接雕印完成，寄放在经房，代为销售。如清同治辛未年（1871）刻本释普明撰《牧牛图颂》《净修指要》合刊，牌记右上印"同治辛未孟春重刊"，左上印"浙省孝和堂藏板"，左下印"杭省玛瑙寺明台经房印造流通，现在大街弼教坊"。[1]再如民国八年（1919）刻本释墨庵撰《楞严经易知录》十卷，卷首牌记云"乙丑二月，函由宁波又新街三宝经房购得"，卷末刻"民国八年，岁在己未，仲冬之吉，七塔寺释僧峻敬募，板存七塔寺"[2]，均是代印的典型例子。光绪十七年（1891）刻本《温大天君收瘟降福宝忏》一卷，卷末刻"版存海宁长安镇敬一坛，寄售杭城玛瑙经房"，则是寄售的典型例子。笔者收藏有一部江南无为教的《问答宝卷》，卷末署"丽水启明代印"。"丽水启明"应该是浙江"丽水启明印刷所"，民国十五年（1926）该印刷所还铅印了一部《丽水县志》。这是现代印刷技术兴起后，民间宗教文献印刷流通的一个典型事例。

那么，本文所提到的玛瑙经房到底在何处？其刊印佛道二教文献的时间跨度很长，从明清一直延续到民国时期，如明万历二年

---

[1] 彭漾：《明清以降江浙经坊研究》，杭州师范大学硕士学位论文，2013年，第60页，附录。
[2] 方广锠：《中国宗教历史文献集成·藏外佛经》第13册，黄山书社2005年版，第409、681页。

(1574),杭州玛瑙寺释通晓就刻有《五大部直音集韵》。①玛瑙寺的名称在各种文献里的记载也不一致,没有统一的定名,一般全称是"玛瑙寺明台经房",又称"杭州玛瑙寺大字经房",也简称作"杭城玛瑙经房"等。玛瑙经房由玛瑙寺创设,这是没有疑问的。根据现今流传下来的佛教和民间宗教文献中的牌记等,玛瑙经房最早诞生于浙江杭州玛瑙寺。玛瑙寺原名玛瑙宝胜院,由五代吴越国第三代国王钱弘佐创建于后晋开运三年(946),原址在西湖孤山的玛瑙坡,因故得名。北宋英宗治平二年(1065)改名为玛瑙宝胜寺,南宋高宗绍兴二十二年(1152)迁至今天北山路上的葛岭路,后来经过多次天灾人祸,屡毁屡建,直到演变成今天的玛瑙寺。所以,玛瑙经房创设之处在今北山路,即玛瑙寺所在地。在现存佛教和宝卷文献中,常有"玛瑙寺前经房"的牌记文字,如北京图书馆出版社古籍影印室辑《明清以来公藏书目汇刊》中,有清代释仪润著《百丈丛林清规证义记》九卷,乃"西湖玛瑙寺前经房刊本"②。这就表明,玛瑙经房设立在寺院外,并不在寺院之内。玛瑙经房后来迁址到弼教坊。宋李昌龄著、清黄正元注、清毛金兰补《太上感应篇图说》八册,清同治十二年(1873)刻印,题"浙省西湖玛瑙经房印造流通现住杭城弼教坊东首",由此可见,在同治十二年(1873)时,玛瑙经房已经迁到了弼教坊。清光绪十三年(1887)刊《慈悲至德十大深恩宝忏》,题"版存杭州大街弼教坊石库门内玛瑙经房印造",进一步明确玛瑙经房在弼教坊石库门内。弼教坊现为区片名,在杭州市平海路东端与中山中路交接处南侧一带,宋代属于睦亲坊,明代是按察使署所在,署前广阔,设两块牌坊,一曰"明刑",一曰"弼教",弼教坊之名由此而来。玛瑙经房的另一个名称是"玛瑙寺明台经房",其取名当与此地为明代按察使

---

① 张秀民:《中国印刷史》,浙江古籍出版社2006年版,第258页。
② 北京图书馆出版社古籍影印室:《明清以来公藏书目汇刊》第40册,北京图书馆出版社2008年版,第119页。

署旧址有关。清光绪二年（1876），杭州玛瑙明台经房刊本《雪山宝卷》，题"往大街弼教坊便是"，即是明证。而目前见到的署名"明台经房"的佛教和民间宗教文献，有明确纪年的最早的为释普明撰《牧牛图颂》《净修指要》合刊，清同治十年（1871）刻本，左下印"杭省玛瑙寺明台经房印造流通，现在大街弼教坊"。这表明，清同治十年（1871），玛瑙经房已经迁往弼教坊。至于迁至弼教坊的原因，应该与玛瑙寺的位置地势有关。玛瑙寺位于北山路，前临西湖，地势促狭，而清代经坊雕版印刷发展快速，面对迅速发展扩张的业务，仅凭玛瑙寺前的区域，是无法容纳玛瑙经房这样的著名经坊的。

需要考察的一个重要问题是，清末民国，江苏苏州也出现了一个"玛瑙经房"，而且同样刊印了数量不菲的佛教文献和民间宝卷。苏州的这个玛瑙经房，又称"苏城玛瑙经房""苏城护龙街玛瑙经房""苏城元妙观前玛瑙经房"，专营佛经、善书及私塾蒙训课本。如清光绪十五年（1889），苏州玛瑙经房刊行钱谦益述《大佛顶首楞严经疏解蒙钞》60卷。① 再如清宣统元年（1909）刊印的《目连宝卷》，与杭州玛瑙经房经营内容一致。这个经坊的经营性质跟杭州玛瑙经房高度相似，名称也近似，致使笔者产生了兴趣，猜测两者之间有关联，苏州玛瑙经房或许是杭州玛瑙经房的分支，至少也是受到杭州玛瑙经房影响的产物。经坊在异地开业设立分部的情况，在明代就已经出现了，如建阳书商叶贵在南京三山街设立"金陵建阳叶氏近山书舍"，又称"金陵三山街建阳近山叶贵"。② 可惜资料非常匮乏，我们很难找到两者之间有直接关联的证据。但是，杭州和苏州同时出现两个玛瑙经房的情况并非个例，杭州还有一处"广记书局"，与上海的广记书局同名，两者经营的业务也相同，所以存在关联是有可能的。③ 据研

---

① 《江苏省志·出版志》，江苏人民出版社1996年版，第596页。
② 张秀民：《中国印刷史》，浙江古籍出版社2006年版，第270页。
③ 李世瑜：《宝卷综录》，中华书局1961年版，第11、18页。

究，苏州玛瑙经坊店主为吴钧伯，光绪年间（1875—1908），其父于姑苏观前街口开办此坊，后迁至景德路雍熙寺弄对面，20世纪60年代初停业。① 苏州玛瑙经房在民国元年（1912），有一张开具给史学家孙乐君的发票，发票信息显示，这家经房位于"圆妙观西察院巷口"，圆妙观就是著名的玄妙观，位于"道前街三十七号"，护龙街与观前街或道前街相连。由此可以确定，苏州玛瑙经房的准确位置是在护龙街和观前街交汇处，观西为察院场。新中国建立后，苏州玛瑙经房的经版散置在苏州药草庵，保存状况不佳，1955年被运往南京金陵刻经处保管，共计版片3760块。"文革"爆发后的1966年9月，金陵刻经处经版几遭焚毁。②

慧空经房属于昭庆寺，有关慧空经房的直接材料非常匮乏，致使我们很难勾勒出经房的盛况。成书于清乾隆二十九年（1764）的《大昭庆律寺志》，卷首有《昭庆律寺图》一幅，豁然有"经房"一处建筑，显然就是著名的昭庆寺经房。从寺图上看，经房位于昭庆寺东南首，昭庆寺山门和万善桥左首，前临西湖，水路交通便利。昭庆经房并没有建在寺院内，而是在寺院外。这是因为，经房是对外经营的，而且慧空经房自明代以来一直是重要的集市，四方香客及商贾通过水路和陆路，云集于此进行交易。明张岱在《陶庵梦忆》中描写了这一盛况："昭庆寺两廊故无日不市者，三代八朝之骨董，蛮夷闽貊之珍异，皆集焉。……凡胭脂簪珥、牙尺剪刀，以至经典木鱼、伢儿嬉具之类，无不集。"③ 自然而然，如同前文胡应麟所言，昭庆寺也成了贩卖佛书的中心。之所以如此，除了昭庆寺是香客往来的枢纽，也与慧空经房的存在直接相关。

---

① 岳俊杰：《苏州文化手册》，上海人民出版社1993年版，第414页。徐平轩：《金陵刻经处》，《江苏文史资料选辑》第10辑，江苏人民出版社1982年版，第217页。
② 罗琤：《金陵刻经处研究》，上海社会科学院出版社2010年版，第235、238页。
③ （明）张岱：《陶庵梦忆》卷7，上海古籍出版社1982年版，第61页。

以玛瑙经房和慧空经房为代表的杭州经坊业的发达，得益于一个关键因素：杭州造纸业的发达和土纸商品交易的繁荣。据杭州工商史料记载，辛亥革命以前，杭州的土纸行业已具规模，特别是运河穿城而过的今拱墅区，不仅成为土纸运销的集散地，而且纸张交易形式灵活，有专业纸行"代售"，货款年结或半年结，纸行借此收取佣金。[①]这和前文胡应麟在《少室山房笔丛》里提到的"武林书肆"发展的盛况相互映照，共同构成了一幅杭州历史上图书、纸张发售流通的繁荣图景，这是经坊发展的必不可少的环节。

　　明清时期，江浙地区出现的这些经坊，是当时宗教文献刊印和流通的主要渠道，对促进民间社会宗教的传播起到了关键的作用。清末民国时期，传统出版业受到现代印刷技术的冲击，但以玛瑙经房和昭庆寺经房为代表的传统经房依然采取版刻的方式刊印经籍，对民间宗教的传播与发展做出了贡献。

原载《杭州师范大学学报》（社会科学版）2017年第5期

[①] 倪昌龄、魏轩民等：《杭州历史上的土纸行业》，《杭州文史资料》第9辑《杭州工商史料选》，浙江人民出版社1988年版，第191—195页。

牛津大学藏中国宝卷述略

崔蕴华

2013年7月至2014年7月,笔者在英国访学期间到牛津大学博德利图书馆(Bodleian Library)查阅汉籍资料,发现该馆藏有大量中国古籍,其中有宝卷近30种。这些宝卷藏于博德利图书馆特藏部(索书号sinica)。就内容看,多为传统宗教类宝卷,如《香山宝卷》《立愿宝卷》《鹦哥宝卷》《灶君宝卷》《因果宝卷》等。据笔者考察,除牛津大学博德利图书馆外,伦敦大学亚非学院(School of Oriental and African Studies)图书馆亦藏有宝卷,只是亚非学院所藏宝卷大多为清代晚期以来的刻本,内容以才子佳人传奇故事为主,宗教色彩并不浓厚。如《八宝双鸳钗宝卷》《白蛇宝卷》《双珠凤宝卷》《珍珠塔宝卷》《还金镯宝卷》《再生缘宝卷》《红楼镜宝卷》等。总体而言,牛津大学所藏宝卷在版本价值、文本丰富性等方面更为突出。因此,笔者不揣冒昧,对牛津大学所藏宝卷进行初步爬梳整理,以期将海外民间说唱珍本纳入学术研究的视野之中。

一

宝卷是明清以来流行于民间的一种说唱文艺样式。与弹词、木鱼书等说唱形式相比,宝卷带有更加浓厚的宗教色彩与仪式功能。"宝卷是一种十分古老的、在宗教和民间信仰活动中按照一定的仪轨演唱的说唱文本。这也使宝卷具有双重的特质。"[1] 目前，学者主要针对国内所藏的宝卷文献进行整理与研究，而对海外尤其英国收藏的文献则较少涉及。

这批宝卷何时进入博德利图书馆？笔者尚难确定，不过笔者发现，这批宝卷很多藏本的结尾处都有一个圆形印章，题"Piet van der Loon 1920-2002"。Piet van der Loon 即著名汉学家龙彼得（1920—2002）。龙彼得教授曾担任"欧洲科学基金会"道藏研究计划指导委员会主席，出版有《宋代丛书中的道教书籍：评论和索引》等宗教研究著作。此外，他还擅长戏曲尤其南戏的研究，曾广泛搜集欧洲、东南亚等地中国民间戏曲资料。龙彼得自1972年至1988年任第七任牛津大学汉学教授。这批书应是在此期间进入牛津大学图书馆的。藏本卷首多有一个红色印章，上刻有"七略轩藏书记"。"七略轩"主人未详何人，有待进一步考证。书后又多有"中国书店"售卖标签。因此，可以大致推测：这些藏本较早时为七略轩主人所有，后经中国书店辗转到汉学家龙彼得处，最终进入牛津大学博德利图书馆特藏部。

牛津大学图书馆在分类中将这批宝卷定为28种，不过笔者仔细查勘后发现，有两种不属于严格意义上的宝卷，即《玉历志宝钞》《玉历钞传警世》。它们没有完整地讲述一个故事，而是将"太上感应篇"等收纳入册，配以图像，直接告诫因果轮回善恶。据此，这两种文献当属于明清时期常见的民间日用劝诫类书。当然，其劝诫功用与宝卷颇为相近，对于理解宝卷在民间的流传及其生成语境有一定的帮助。

下面将牛津藏本的题名、书坊、刊刻等信息与《中国宝卷总目》[2]（以下简称《总目》）版本对比情况列表如下：

---

[1] 车锡伦：《中国宝卷研究》，广西师范大学出版社2009年版，第1页。
[2] 目前有关宝卷书目的著作主要有：傅惜华：《宝卷总录》，巴黎大学北京汉学研究所1951年版；胡士莹：《弹词宝卷书目》，上海古典文学出版社1957年版；李世瑜：《宝卷综录》，中华书局1961年版；车锡伦：《中国宝卷总目》，北京燕山出版社2000年版。该书共收录宝卷1550余种、版本5000余种之多，将中国大陆和台湾等地所藏宝卷悉数收入，是目前收录宝卷版本最多、最完整的学术著作。

表 1　版本对比

封面题名	时间	书坊	刻本/抄本	《总目》收录相同版本	备注
《刘香女宝卷》	同治九年（1870）	上海翼化堂善书局	刻本	《总目》第153页	仅存下卷
《何仙姑宝卷》	光绪三十年（1904）	苏州玛瑙经房	刻本	《总目》第80页	
《金牛宝卷》	1950年		抄本	无	抄写者：边德荣
《丝绦宝卷》	清代		抄本	无	
《庞公宝卷》	1936年	福建政和云林阁	刻本	《总目》第201页	有光绪乙未云山风月主人序及民国华荣序
《潘公免灾宝卷》	咸丰八年（1858）	厦门文德堂	刻本	无	有咸丰四年"虞山同人谨志"
《孟姜宝卷》	民国初年	粤东文魁阁	刻本	无	"云山风月主人编辑、琅琊松堂氏评订"
《因果宝卷》	光绪元年（1874）	杭州慧空经房	刻本	有	有咸丰辛亥红那居士序
《消灾延寿阎王卷》	光绪二十三年（1897）	苏州玛瑙经房	刻本	有	
《刘香宝卷》	同治十一年（1872）	羊城学院前合成斋	刻本	无	
《韩仙宝卷》	光绪三十一年（1905）	粤东河南□□□	刻本	无	尾题"同治十一年八月十五日黔南文昌宫内甘霖书馆"
《目连三世宝卷》	光绪二十年（1894）	□□□	刻本	无	
《目连三世宝卷》	1956年	泰京宝文印务局/泰京善德佛堂	刻本	无	

续表

封面题名	时间	书坊	刻本/抄本	《总目》收录相同版本	备注
《立愿宝卷》	光绪七年（1881）	不详	刻本	《总目》第198页	有同治十年紫琳氏赵定邦序
《灶君宝卷》	光绪十年（1884）	常州培本堂善书坊	刻本	《总目》第358页	有光绪十年守然子跋
《轮回宝传》	光绪六年（1880）	省世堂	刻本	无	结尾题"终南山敬录于甘霖馆"
《白侍郎宝卷》	1959年	暹京宝文印务局	刻本	无	全书为朱字。泰国版
《何仙姑宝卷》	光绪三十二年（1906）	粤东河南中和堂	刻本	无	
《鹦哥宝卷》	光绪七年（1881）	镇江宝善堂	刻本	《总目》第346页	有江山老人题词。残本
《香山宝卷》	光绪十二年（1886）	锡山大文堂	刻本	《总目》第308页	有序。结尾题"宋天竺普明禅师编集、清梅院后学净宏简行□"。同治版翻印
《雪山宝卷》	1957年	暹京复阳善堂	刻本	无	泰国版
《雪山宝卷》	20世纪50年代	暹京宝文印务局	刻本	无	泰国版
《梁皇宝卷》	1967年	暹京宝文印务局	刻本	无	泰国版
《五祖黄梅宝卷》	20世纪50年代	暹京宝文印务局	刻本	无	泰国版
《延寿宝卷》	20世纪50年代	暹京宝文印务局	刻本	无	泰国版
《刘香宝卷》	1978年	万有善书出版社	刻本	无	台北

从上表可知，牛津大学博德利图书馆宝卷藏本共计26种，可分

为刻本与抄本两类。抄本两种（《金牛宝卷》《丝绦宝卷》），其余 24 种为坊间刻本。刻本中有 7 种宝卷刊刻于东南亚泰国等地，包括《雪山宝卷》两种、《白侍郎宝卷》、《目连三世宝卷》等。其余为国内苏州、广州、常州、杭州等地刊印。从藏本所标注的日期看，多为清代中后期刻印，其中同治刻本两种、咸丰刻本一种、光绪刻本 11 种、民国刻写本 11 种、年代不详一种。

对比牛津藏书与《中国宝卷总目》，发现其中有 17 种版本没有被《总目》收录。其中包括抄本两种、泰国刻本 7 种、其他刻本 8 种。

二

牛津所藏 26 种宝卷，不乏珍本与孤本，因此具有独特的版本价值。具体而言，这些宝卷主要包括以下三方面的价值：

（一）序跋体现的宝卷刊印与传播情况

一些宝卷卷首有"序"，透露出时人士子对宝卷的看法。如《立愿宝卷》卷首有同治十年（1871）湖州人士赵定邦的序言，其中提到：

> 近来劝善之书几近汗牛充栋。然土饭尘羹，阅者生厌。甚者又只知烧香礼忏念佛持斋为修行要务，而于改过迁善、日用行习之地反多忽不加意。其不至流于邪说污民不止。无惑乎善无由劝而弊转滋也。友人自吴门来，携有立愿宝卷一书。寓庄论于愚俗，得惩戒之真源，专为愚夫愚妇痛下针砭，而其中辨别隐微、剖析邪正实与儒书相表里。深之足为尔室箴铭、浅之可以沿街弹唱。谓非救世之婆心、警众之木铎欤？

序言作者对当时流行的劝善书及其流弊不满，申明《立愿宝卷》

的背景及其在劝善功能上的优越之处。此处涉及民间宝卷与正统儒家经籍的微妙关系。民间宝卷宣扬庶民意识、仙佛道法，本属"小传统"范畴。儒家经籍与正统意识相连，彰显经世济民的现世意味，属于"大传统"，两者的指归并不一致。但是宝卷的惩恶扬善、"辨别隐微"在某种程度上与儒家的价值追求又是相近的。所以，序言中认为，宝卷与儒书互为表里，颇有警世之功用。

从口头到书写，从抄写到刊刻是传统文艺的典型传播过程。在很多序言中，序者仔细地介绍了宝卷是如何逐渐走入刊印系统的。如《灶君宝卷》结尾处守然子所做之跋：

> 灶君为一家之主、司命之神，灵应卓著。他书皆详言之，兹不赘述。前有灶君宝卷传世，皆系抄本。余于甲申夏日偶至孔君处，获见此书上半部，是劝人立愿改过迁善，下半部是劝人念佛返本还原。原文简而意显而微，泂消劫之宝筏、度世之金针也。惜无刊本，且字句多鱼鲁讹错，篇章亦残缺模糊。余因劝孔君出资刊刻以广其传，并为之校正蠹订以付手民。自夏徂冬半载而告成。

上述引文谈到，《灶君宝卷》本来只有抄本，守然子劝说友人出资将该书刊刻出版。《因果宝卷》序言中也提到，红那居士游至四川，应当地诸生要求为该书付梓写序。

（二）珍贵的抄本与刻本价值

每一个抄本都有独特的抄写风格，包含着丰富的人文信息。牛津藏本共有两个抄本，均未收入《总目》，是海外宝卷中的孤本。其中《金牛宝卷》乃1950年抄本，抄写者为"边德荣"。文中多次出现抄写者的信息，如"边德荣抄""边德荣写""无为居士边德荣敬抄谨藏"。查民国时期陕西有人名叫边德荣，但他于1936年便已去世，因此不会是本书的抄写者。虽然目前资料中尚无有关此人的记载，但可以推测出的是，边德荣抄写此书不仅仅是个人的行为，而是宝卷自明清以来常见的民间生存状态。民间人士或者捐资刊刻宝卷，或者以己之力抄写宝卷作为"无量功德"，从而达到消灾度劫、自我修为的目的。此书中多次出现的"边德荣抄"字样正说明抄写人以抄写为修行的强烈意识。

另一抄本是《丝绦宝卷》。与《金牛宝卷》抄本比较，《丝绦宝卷》没有封面，残缺较多，亦无抄写者名字及时间，不过从抄写风格推断应为晚清抄本。

除开以上两个抄本外，还有一些刻本在《总目》中没有收录，包括以下7种：

（1）《潘公免灾宝卷》。封面左上题"潘公免灾宝卷"，中间刻有"此书勿为妇女夹针线花样、勿与儿童戏弄"等字样。右上题"咸丰戊午重刊"，左下题"厦门文德堂藏版"。卷首题"潘公免灾救难宝卷"。四周双栏，白口，双鱼尾。版心题"潘公宝卷"，下记页数。每半页9行，每行20字。全书结尾处有评语并题"咸丰四年岁在甲寅浴佛日虞山同人谨志"，并附有大量赠刊人姓名。

（2）《孟姜宝卷》。封面中间大字题"绣像孟姜宝卷"，右上"甲寅仲春岭南广霞氏谨录"，左下"粤东荣华街文魁阁承印"。有图二幅，分别是"万里侯喜良"及"孟姜仙女"。卷首题"孟姜仙女宝卷"，下题"云山风月主人编辑，琊松堂氏评订"。四周单栏，白口，单鱼尾。版心上题"孟姜仙女宝卷"，下为页数。每半页9行，每行21字。

（3）《刘香宝卷》。封面朱字题"刘香宝卷"，右上"同治十一年重刊"，左下"板藏羊城学院前合成斋"。有刘香绣像一幅。卷首题"太华山紫金镇两世修行刘香宝卷全集"。四周双栏，白口，单鱼尾，版心题"刘香宝卷"，下题页数。每半页11行，每行23字。

（4）《韩仙宝传》。封面中间题"韩仙宝传"，右上"光绪乙巳年春月重镌"，左下"粤东河南□□□藏板"。有序文，尾题"大清同治十一年八月十五日降于黔南文昌宫内甘霖书馆"。有图4幅。四周双栏，白口，单鱼尾，版心上题"韩仙宝传"，下记页数。每半页9行，每行26字。

（5）《目连三世宝卷》。封面中间大字题"目连三世宝卷"，右上"光绪甲午年冬月重镌"，左下"藏板"。四周单栏，白口单鱼尾，版心题"目连宝卷"，中为卷名，下记页数。每半页9行，每行22字。

（6）《轮回宝传》。封面中间题"轮回宝传"，右上"光绪庚辰年重镌"，左下"板在省世堂"。卷首题"新刻轮回宝传全书"。四周单栏。白口，单鱼尾，版心题"轮回宝传"，下记页数。每半页9行，每行24字。全书尾题"新刻轮回传全部终南山敬录于甘霖馆"。

（7）《何仙姑宝卷》。封面中间大字题"何仙姑宝卷"，右上"光绪丙午年重刊"，左下"粤东河南中和堂藏板"。有图一幅，题"吕祖度何祖图像"。四周单栏，白口，单鱼尾，版心题"何仙姑宝卷"，中记卷名，下记页数。每半页9行，每行21字。分上下卷。

上述7种宝卷版本均未收入《总目》。这些珍稀宝卷大多刊印于南方，主要是厦门、广东地区。《潘公免灾宝卷》咸丰年间重版于厦门文德堂。厦门文德堂是清代福建地区著名的民间书坊，曾刊刻不少俗曲、歌仔册等。《孟姜》等四种宝卷刊印于广东书坊。这些书坊包括"文魁阁""合成斋""中和堂"。《韩仙宝卷》书坊残缺"粤东河南□□□藏板"，但《何仙姑宝卷》题"粤东河南中和堂藏板"，因此其残缺处很可能便是"中和堂"三字。

值得一提的是《轮回宝卷》。《总目》共收录《轮回宝卷》6种版本，刊印时间分别在光绪二十六年（1900）、光绪二十九年（1903）、光绪三十四年（1908）、宣统元年（1909）、民国三年（1914）、民国十五年（1926），而牛津大学版本则为光绪庚辰年即1880年版。因此，牛津版是目前所见最早的《轮回宝卷》，十分珍贵。

牛津宝卷中的《香山宝卷》比较独特。该本为光绪十二年（1886）锡山大文堂藏版。本为刻本，但夹杂不少手写情形。如封面刻字残缺，左上角"香山宝卷"4字为手写，右下角手书"吕璋记"。《香山宝卷》讲述观音菩萨成佛的故事，该故事在民间流传甚广，在广东木鱼书便有多种香山故事流传。宝卷中的香山故事自然源远流长，版本繁多。此版本的特点是在刻本诗句旁边经常加以手写的注释、纠错或评语，很有收藏意味。因该本中有"吕璋"印章及朱批，因此笔者将此版本暂且称作"吕氏改本"。如上卷将"杀牛宰马谢三光"中"杀牛宰马"改成"焚香拈烛"；"皇帝有敕宣皇后，再令去劝女儿心"旁以朱体字将"女儿"改成"公主"。此外，在刊刻不清之处以手写补抄完成，如下卷中"正是快活不肯受情愿做囚人。世间最好的无过夫妇之情，共枕连衾，爱重如山。恩深似海，你心何见"，其中楷体字为手写。牛津版《香山宝卷》对于研究香山类宝卷的版本类型、历史演变等都有一定的价值。

（三）东南亚版本及其价值

牛津藏本中最具特色的是20世纪海外刊刻的宝卷版本，这些刊本均来自泰国。版本情况如下：

（1）《雪山宝卷》。粉色封面，左上角题"雪山宝卷"。白口，双鱼尾，版心上题"雪山宝卷"，中为页数，下分两行题"宝文印务局印泰京天外天街"。每半页11行，每行28字。

（2）《雪山宝卷》。黄封朱字，左题"雪山宝卷"，旁小字"罗浮山朝元洞版"，右"佛历二千五百年岁次丁酉仲夏""暹京复阳善堂重印"，下题"吞府承印"。四周单栏，白口，版心上题"雪山宝卷"，下为页数。每半页9行，每行22字。书后有捐资人名单。

（3）《白侍郎宝卷》。白封朱字，中书"白侍郎宝卷"，右上"己亥年重印",左下"曼谷软桥巷内新哒叻善德佛堂敬印"。卷首题"浙江绍兴府余姚县修行白侍郎宝卷全集"。上下双栏,白口,双鱼尾。版心上题"白侍郎宝卷",中写页数,下分两行题"宝文印务局印泰京天外天街"。

(4)《目连三世宝卷》。黄封,中题"目连三世宝卷",封内题"丙申年秋季重镌""看熟送他人,功德无量"。四周单栏,白口,双鱼尾。版心上题"目连三世宝卷",中为卷名、页数,下题"宝文印务局印泰京天外天街"。每半页11行,每行27字。

此外,《梁皇宝卷》《五祖黄梅宝卷》《延寿宝卷》均为泰国版,20世纪50年代刻本,均出自"泰京宝文印务局"。

"泰京"即泰国首都曼谷。"天外天街"乃曼谷唐人街的中心地段,附近是潮州戏演出之地。这些宝卷是华人印社所刊刻的通俗文艺作品,且数量不少,由此可见宝卷在东南亚华人中的影响。《白侍郎宝卷》全书均为朱字,白纸红字,这样的版本样式在民间唱本中较为罕见。这些海外版本得以让我们窥见传统唱本在海外尤其是东南亚地区的流传、刊刻与生存状况,具有珍贵的史料价值与文献价值。

三

宝卷代表了民间的生命信仰与祈愿情感。"近代中国民间多神信仰,其实质不重义理思想。可以说是一种功利取向之信仰,对神祇自是倾心仰赖。……惟多神信仰之存在,有使心生绝望者恢复信心,勇气再增,对于农人商人均有益处,虽非神佑,实藉信仰之力。故多神信仰,能够维系健康社会于长久。"[①] 牛津所藏宝卷中,4个故事(雪山、刘香、何仙姑、目连)均为多个版本:其中刘香故事3个版本,

---

① 王尔敏:《时代庶民文化生活》,岳麓书社2002年版,第18页。

雪山、何仙姑、目连故事分别为两个版本。这些版本主体文字完全相同，只是出版地点、时间不同，所以这批宝卷实际包括21种故事。

牛津宝卷就内容看多讲述人物凡间遭难、最终证成金身的过程，将庄严缜密的宗教义理讲述成通俗感人的世俗情感剧，使得普通民众可以在叙述中感悟佛法、浸润仙道。从具体的叙述内容而言，可以分为以下三类：

一是佛仙人物历经磨难、身涌莲花的宗教叙述。包括《雪山宝卷》《香山宝卷》《何仙姑宝卷》《韩仙宝卷》《目连三世宝卷》《灶君宝卷》等。《雪山宝卷》讲述佛祖释迦牟尼出家成佛的曲折经历；《香山宝卷》讲述观音菩萨出家证成的故事。其情节、叙述模式大略相同，即主人公出身皇族，身世显赫，但自幼便对繁华富贵毫无兴趣，偏爱持斋修行，在父母多次阻挠甚至面临杀身之祸时，依然坚守佛法，终成佛教领袖。

除佛教故事外，还有不少掺杂道教传说的宝卷。在八仙成道的文本中，吕洞宾度何仙姑的故事最为精彩。《何仙姑宝卷》一开场，吕洞宾下界寻找灵根之人，在苏州一家生药铺遇到老板的女儿何仙姑，这场度人的宗教情节十分有趣：

那吕祖师……又叫："姑娘，这是人家四味药的比方，还有人身中，也有四味药，你可知道？"这姑娘回道，有听我道来。

眼耳鼻舌家和散，筋骨皮肤顺气汤。

慈悲忍耐消毒饮，心无烦恼化气方。

那吕祖师听说，十分欢喜，心中暗赞，好个聪明智慧女子。又叫："姑娘，何为眼耳鼻舌家和散？"这姑娘回道："眼耳鼻舌，是人一身之根本。外念不净，人身难保；内念不净，难用妙理功夫。须要外念扫除，内念守一，把六门紧闭，六根清净，六尘不染，六欲推开，六贼牢拴，拨转心华，运动妙用，方可免得轮回生死之苦，才是家和散也。"
六门紧闭是真常，四相扫除见西方。
见性高超三界外，升入云宫伴法王。

枯燥的宗教义理、烦琐的宗教仪式幻化成妙趣横生的男女对话，似民歌赛唱般鲜活，让百姓在轻松娱乐的氛围中得到佛理的熏陶。

二是庶民百姓持斋修行、心向佛道的证成故事。包括《刘香宝卷》《白侍郎宝卷》《潘公宝卷》《庞公宝卷》《立愿宝卷》等。此类故事主人公乃是芸芸众生中的一员，因此比起仙佛名人更具有亲和性。《白侍郎宝卷》便是典型的度生宝卷。潘家公子一心向佛，却"执相修行"，后在佛祖启示下，变成鸟身人首的乌巢禅师，终日在树上讲经。他不断向年轻有为、官居一品的白侍郎讲经，白氏却不为所动。最终白侍郎在一场噩梦之后终于醒悟，与他的四位夫人共修，得证菩提。《轮回宝卷》呈现出宝卷常见的世俗叙述模式。张氏夫妻中年无嗣，不断行善，终于感动上苍，诞下一女名张秀英。秀英从小颇具慧根，潜心向佛，嫁与刘京为妻后多次劝夫向善修行：

张氏女上前来从头细说，叫夫君你在上听说原因。
想人生在世间空来空去，臭皮囊假装做伶俐聪明。
．．．．．．．．．．．．．
南无阿弥陀佛
一柱信香炉内焚，供养灵山佛世尊。
燃灯释迦弥勒佛，恒河沙数众圣神。

此处十言诗句与七言诗句交替，乃是宝卷中最常见的韵文形式之一。十言诗句民间称为"攒十字"，以三、三、四音节组成十字韵句，在民间各种说唱艺术中频繁使用。十字句不仅比传统的七字句多出三字，更重要的是，它以四字音节结尾，延宕了诗歌的音节，具有较强的说白效果与通俗性。一般的七言诗则以三言音节结尾，较多吟诵性与诗意性。两种音节相互陪衬、长短更迭，点染出宝卷独特的宣诵性民间美学风范。

刘京不听秀英劝阻，生活无度，遂至堕入血河地狱。地狱中的情形惨烈不堪：

> 不觉行程来得快，血河就在面前存。
> 只见桥高有数丈，看见河中受罪人。
> 赤身裸体在河内，血河水涨涌千层。
> 两边水响如雷吼，波翻浪涌惊骇人。
> 刘京一见心胆颤，不由两眼泪纷纷。

在宝卷类唱本中，多有人物死后游历地狱的凄厉描绘。地狱中血河翻涌、鬼怪频现。如此长篇渲染足以震撼世人耳目。因此，刘京在胆战心惊之余幡然悔悟，与妻子一同修道，转世成人。

以上两类故事是牛津藏本的主要叙述类型。此外，这批宝卷中还有少数藏本宗教色彩较少，而是以世俗故事为主体、配以宗教包装的说唱叙述。包括《孟姜宝卷》《丝缘宝卷》。孟姜女故事在民间各种戏曲、俗曲中都有流传。在宝卷中，千里寻夫、哭倒长城等主体情节没有大的变化，只是在开头与结尾增加了些许宗教因子。仙姬宫七姑仙与斗鸡宫芒童仙官见下界杀气冲天，两人商议下界救民，遂下界化为孟姜女与万喜良。孟姜女哭城后两人重返仙界。

《丝缘宝卷》与宗教故事几乎毫无关联，主要讲述民间"丝缘党"的传奇故事。作为宝卷也仅仅是在开端与结尾添加些宗教话语而已。如去掉这些框架性话语，整个故事与弹词、鼓词等民间说唱文学并无二致。该唱本讲述淮扬地区丝缘党成员结义济贫，被奸人陷害，清官为之昭雪。出狱后兄弟们齐心协力，为国杀敌，最终封为大将，功德圆满。确切地说，此书更接近说唱鼓词作品。不仅随处点缀着淮扬方言，更有大量民间小曲相映成趣。有些甚至几近艳曲：

起来哉，秋天明月桂花香，私情美女暗心伤。听得风吹紫竹嗖嗖响，又听铁马响叮当。窗外寒虫声不绝，我与哥哥分手好惨伤。想哥哥面貌世无双，面圆鼻正口耳方。前日搭你敢子一头风流事，为何满身骨瘦面皮黄？哥哥今日来走到，放大胆量进奴房。

书中还有关于扬州艺人进城、守城卫兵要求她们演唱"打连厢"的描写。有关扬州艺人的演唱及描写既偏离了故事主体情节，更与宗教无关。然而这些"逸出"的情节却颇具历史与文化意味。透过这些情节，可以看到清代中后期宝卷与民间各种艺术形式相互渗透、彼此融汇的情形，在这里世俗生命的情欲纠葛与丝绦党派的江湖风云交织，笼罩在宗教劝诫的仪式化框架之中，彰显出宝卷作为民间叙述文本的丰赡多元。

原载《北京社会科学》2015 年第 4 期

中日宝卷研究历史状况及启迪

陈安梅　董国炎

近年来宝卷研究越来越受重视，宝卷整理和研究工作进入了新阶段。2013—2014 年，中国社科院宗教所马西沙研究员主持的《中华珍本宝卷》第一、二辑由社会科学文献出版社出版；2014 年，扬州大学文学院车锡伦教授主持的《中国民间宝卷文献集成·江苏无锡卷》由商务印书馆出版。这两部大型丛书形成双峰并峙局面，反映了当前中国宝卷研究的格局，如何合理整合研究资源以进一步提高宝卷研究水平也成为值得重视的问题，为此有必要回顾中国宝卷研究的历史，并比较域外相关研究状况。日本研究宝卷的学者和成果都不少，很值得关注和比较。2013 年下半年和 2014 年上半年，笔者作为访问学者赴日本，了解宝卷在日本的收藏和研究情况，尽管受限于个人水平和考察时间，但是仍然颇有收获。日本的研究情况与中国国内的研究局面存在差异，比较个中异同、寻求启迪无疑是有益的。对此在与董国炎教授进行讨论后，我们撰写了此文，以就教于方家。

一、中国宝卷研究的进程和两类课题

（一）中国宝卷研究进程简述

从隋唐时期佛教说唱文体发展而来的宝卷在中国虽然存在已久，

但长期流传于社会下层,直到明代中晚期才有大量刊本出现,由于其传播过程具有一定的神秘性,加之部分宝卷文体俚俗不经,因此明清时代没有受到学术界重视。真正意义上的中国宝卷研究兴起于"五四"之后,五四运动具有一种文化转型意义,它宣扬庶民精神,以平民文学对抗士大夫文学;倡导白话文,肯定俗文学,以之对抗古奥的正统文学和文字。在此背景下俗文学和民间文学受到高度肯定,宝卷的俗文学价值得到高度认可。20世纪20—30年代,宝卷研究的代表人物是顾颉刚、郑振铎等人,其中顾颉刚、向达等人虽是史学大师,但是研究课题却集中于俗文学领域。到了20世纪40年代,李世瑜等人从宗教学角度展开宝卷研究,但是受战乱动荡和一贯道问题的影响,立足于宗教学角度的宝卷研究进展缓慢。"文革"之后,俗文学和宗教学领域的宝卷研究发展很快,有很多重要收获,历史学领域的秘密宗教史课题也推进了宝卷研究。但总体而言,各学科往往各行其是,缺少有效的沟通和交叉研究,存在一些分歧和误会,研究课题和研究队伍有待整合,研究水平有待进一步提高。

(二)中国宝卷研究的两类课题

1. 俗文学研究课题

"五四"时期顾颉刚等学者致力于民间故事和歌谣的搜集研究,顾颉刚1924年起在《歌谣周刊》分期刊载《孟姜仙女宝卷》。这部宝卷是民国乙卯年(1915)岭南永裕谦刊本。[①] 这两个刊行时间既反映出顾颉刚为学之勤奋,竟能够利用岭南地区刊行不久的宝卷资料;同时也说明这类宝卷于20世纪初期在民间社会仍有很强的生命活力。1928年,郑振铎在《小说月报》发表《佛曲叙录》,系统介绍了自己

---

① 车锡伦:《中国宝卷研究》,广西师范大学出版社2009年版,第618—619页。

收藏的明末清初宝卷 38 种。① 这篇文章集中研究了一系列宝卷作品，可以说是开辟了一个新的研究领域。重视俗文学或民间文学，从文学角度对以往不受重视的作品包括宝卷展开深入研究，形成学术界一股新风，胡适、刘复、李家瑞、傅惜华、向达、赵景深、钟敬文、陈汝衡、娄子匡等多人均有继承推动之功。这一研究领域成为多所大学文学院系的一种学科传统，持续辗转，薪火相传至今。

从文学角度展开的宝卷研究包括渊源研究、比较研究、作品分析等细类。宝卷在现实生活中葆有持续的生命活力，至今在无锡、靖江、绍兴等很多地方都有演出，一些地区的宝卷，如甘肃河西宝卷，历史悠久而且种类多，除了抑恶扬善、激劝教化之作，还有不少民间娱乐故事。宝卷大量使用民间曲调，常见的有《莲花落》《打更调》《浪淘沙》《哭五更》等 20 多种。曲调的使用很灵活，常随内容的变化而不断转化，能使听众长时间观赏而兴致勃勃。在现实社会生活中，有的家庭遇有儿女不孝、媳妇不贤、人丁不和，会用"念宝卷"的方式开展教育，于是民间有"家藏一宝卷，百事无禁忌"之说。正是这种持久弥新的民间活力和艺术感染力，使当代宝卷研究具有了现实意义和价值。在宝卷的研究方向和研究方法层面，则形成大同小异的研究传统。目前无论将宝卷归类为俗文学、民间文学，还是说唱文学、曲艺学等类目，名称固然不易统一，但都可以纳入文学艺术研究范畴。在国家学科分类中，基本属于同一类。即便是民俗学领域的宝卷研究，既然侧重文艺，仍然可以纳入文学类别。

2. 民间宗教学研究课题

从俗文学或民间文学角度研究宝卷与"五四"时代的文化思潮相关，而当时人们对宗教学角度的宝卷研究可能还缺乏兴趣。一般而言，

---

① 1928 年郑振铎先生在《小说月报》第 17 卷号外上发表《佛曲叙录》，并对其所藏清末民初 38 种宝卷（另有变文 6 种），逐一叙录，注明年代、版本和作者等。后收录于其《中国文学论集》（开明书店 1947 年版）、《中国文学研究》（作家出版社 1957 年版）。

研究者选择研究课题，常与个人知识积累及时代文化背景有关。17世纪以后，西方学者尤其是传教士群体陆续来到中国，受西方宗教历史的影响，西方学者容易关注宗教迫害和教派分野，他们对中国宗教的研究也体现出这种特点。其代表性的成果当属荷兰汉学家格鲁特的研究，他在1892—1910年完成的《中国宗教大系》六卷、1903—1904年完成的《中国宗教受难史》二卷，对中国宗教兴衰及民间教派问题有系统考察。尤其是他在1903年写成的《中国的教派宗教与宗教迫害》中，对龙华教、先天教及其仪式活动的研究都很有开创性。西方人对宗教迫害及教派问题很敏感，然而中国人却不同。在中国教权远不能与皇权相比，而且朝廷虽然多次灭佛排道，延续时间却都不长。因而格鲁特有关中国教派和宗教受难研究，在中国远不如在西方的影响大。"五四"新文化运动弘扬通俗文学、民间文学，而民间秘密宗教研究则相对寂寞。直到20世纪30年代，随着历史学、敦煌学的发展，相关研究才有进展。1934年，向达在《文学》第2卷第6号上发表《明清之际宝卷文学与白莲教》，这篇文章是从文学角度展开，不过作为史学大师，向达为70多种宝卷编目，敏锐抓住了白莲教与宝卷的特殊关系，这有可能把研究的注意力引向宝卷与民间宗教的关系，但由于向达主要研究方向不在这一领域，其研究未能继续展开。

对民间秘密宗教展开广泛研究，以及对宝卷与民间宗教的关系进行深入探讨的中国学者，当以李世瑜为代表。李世瑜先后就读于辅仁大学社会学系和人类学研究院，受过欧洲导师有关田野调查的训练。20世纪40年代，李世瑜以田野调查方法研究民间秘密宗教，对华北地区一贯道、皈一道、黄天道、一心天道龙华会、在理教，等等民间教派展开调查研究，并于1948年出版《现在华北秘密宗教》（此书在20世纪90年代的重印本，均改"现在"为"现代"）。这部著作包含丰富的田野调查材料和文献材料，特别是有关一贯道的资料很多。不过随即李世瑜遇到一个特殊麻烦，即主要研究对象一贯道被取缔。1950年，当时中国最大的民间教派一贯道被人民政府作为反动会道门取缔。1953年，该教派在台湾地区也被取缔。为此李世瑜调整了研究角度，将主要精力集中在清代道光以前的宝卷文献。1957年，他在《文学遗产》第4辑发表的《宝卷新研——兼与郑振铎先生商榷》一文中，提出道光以前的宝卷基本性质是民间秘密宗教的经卷。1961年，李世瑜又在中华书局出版《宝卷综录》，编目570多种，包含了大量教派宝卷，引起海内外重视。新时期以来，民间秘密宗教研究升温，教派宝卷研究成果很多。1999年，李世瑜主编的《民间秘密结社与宗教丛书》出版；2005年，中国社科院和天津社科院联合编纂的大型丛书《中国宗教历史文献集成》出版，濮文起主编了其中的第五编《民间宝卷》。此外台湾学者王见川、林万传主编的《明清民间宗教经卷文献》初编，1999年由台湾新文丰出版公司出版；2006年，王见川、车锡伦等人又编撰了《明清民间宗教经卷文献》续编，其中包含大量宝卷。这些都是大型基础文献，其他专著性质的著作也出现不少，反映出教派宝卷研究有了长足进展。

二、日本的宝卷收藏与研究路径

（一）宝卷在日本的收藏

日本自唐代就重视收藏中国文献，其中包含很多通俗作品，如《大唐三藏取经诗话》《全相平话五种》以及"三言二拍"等，这些通俗小说文本在中国失传，近代以来从日本回传中国，对中国文学研究很有意义。日本学者如盐古温等对中国小说史的研究起步早，且成果可观。然而宝卷在日本的收藏与研究，却是很不相同的状况。中国宝卷在日本获得重视和收藏，基本上是20世纪的事情。明清时期宝卷流传日本不多，很少见到收藏记载。大概是宝卷通常流传于社会下层，有些宝卷仅仅流传于本教派范围内，以往不容易受到域外重视，是故

20 世纪以前的日本学界对中国宝卷不够了解，缺乏搜求动力。

进入 20 世纪以后，中国宝卷在日本获得重视和收藏，其间存在两种不同的动机。一种出于实用目的，想通过宝卷来了解中国社会和民间宗教。明治维新以后日本军国主义推进占领中国的计划，日本政府诸多部门派人来华搜集经济交通、人口民族、文化习俗等情报。宝卷因涉及民间文化和秘密宗教而被搜集。1939 年，日本政府设立的"国家调查机构"东亚研究所就搜集了一些中国宝卷，这些宝卷现今主要收藏在日本国会图书馆及京都大学人文科学研究所等机构。其中，国会图书馆所藏晚清宝卷 44 种，卷内可见"东亚研究所藏书之印"。总体来看，这类宝卷数量不太多，搜集和研究之间也有脱节。造成这种情况的原因，当是由宝卷的性质所决定的。当时日本很多来华谍报人员怀有明确的政治、军事或经济目的，他们在绘制地图、调查矿产等方面细致准确。然而宝卷是一种通俗艺术形式，很多宝卷的刊刻时代很模糊，若缺少足够的文化素养，则难以理解这些作品，更遑论深入研究。另外，大量宝卷讲述宗教故事，充满劝善色彩并且重复说唱，大概也不能引起搜集者的重视。

另一种收藏和研究中国宝卷的行为则出于日本学者个人的学术追求。这些学者主要是文部省系统或者各种学术基金会派出的来华留学访问人员，他们大都有较好的学术基础，不少人是大学教师身份，能够沉潜于学术研究之中。2002 年 4 月，中华书局出版的《仓石武四郎中国留学记》记载了仓石武四郎 1928—1930 年留学北平期间与好友吉川幸次郎等人在多所大学紧张听课之余，还用大量的时间看书、购书、校书的留学生活。当时像他们一样潜心学术的留学生还有大渊慧真、吉冈义丰等多人，后两人在搜求和研究宝卷方面都取得很大成绩。此外，还有一种转型学者，他们来华时多是作为实业部门职员之类，但由于对宝卷等学术问题感兴趣，在华期间以大量精力读书和搜购书籍，不断深入研究对象，撰写文章，最终转型成为专门文化学者。基于个人兴趣的研究取得的成就往往很可观，并且有独创性，因此这类转型学者也是搜求和研究宝卷不可忽视的学术力量。

（二）日本的宝卷研究路径

1. 文学研究路径

日本学者研究宝卷，在学术渊源上首先是受到顾颉刚、郑振铎等中国学者的影响。当时顾颉刚、郑振铎等人从文学角度对宝卷价值的发掘和肯定，很快就引起日本学者的重视。尤其是郑振铎对宝卷的研究，对日本学者的影响极大。日本东方文化研究所的高仓正三在其《苏州日记》中就明确说："据郑振铎先生的《佛曲叙录》记载，宝卷内含相当有趣的故事，以后我要尽情搜集。"[①] 日本最负盛名的宝卷研究专家泽田瑞穗在《增补宝卷研究》一书中研究了郑振铎所列38种宝卷中的25种，并且他也在该书序言中说："受郑振铎先生研究的影响，我才志于宝卷的搜集和研究。"[②] 而早在1938年10月，井上红梅在东京改造社刊行的《中华万花镜》[③] 中，就曾对《佛曲叙录》中的《香山宝卷》《梁山伯宝卷》《白蛇宝卷》《孟姜女宝卷》《何仙姑宝卷》进一步展开深入的分析研究。

仓田淳之助收藏的宝卷达到90多种，主要是在上海和苏州地区搜集的，这些宝卷也主要是在江阴和上海刊行的，而这种集中收藏同一个地区的宝卷，也形成了一种特色。1953年，仓田淳之助发表《吴语研究书目解说》[④] 一文，他从京都大学人文科学研究所收藏的80余种宝卷和自己收藏的宝卷中，选取可以作为方言研究的材料进行研究。这篇方言研究文章令人耳目一新，显示了宝卷在诸多学科领域的价值。可以说，从文学、语言角度研究宝卷的日本学者，很多人是直接或间

---

① 〔日〕高仓正三：《苏州日记》，弘文堂书房，1943年，第250页。
② 〔日〕泽田瑞穗：《增补宝卷研究》，国书刊行会，1975年，第5页。
③ 〔日〕井上红梅：《中华万花镜》，うみうし社，1993年，第316—327页。
④ 〔日〕仓田淳之助：《吴语研究书目解说》，《神户外大论丛》1953年第3、4期。

接受到郑振铎一派的影响，有的日本学者更是沿着郑振铎已开辟的研究路径前行。

日本现代学界以宝卷为对象展开多方面的文学研究，包括人物形象、故事类型、母题演变研究，等等。如太田辰夫通过《销释真空宝卷》这类早期宝卷中的相关记载，探讨早期《西游记》故事风貌；砂山稔对《刘文英宝卷》与成化说唱词话中的《张文贵传》进行比较，认为两者都属于说唱文学中的包拯故事，二者的思想倾向和宗教特点值得比较分析；山本范子研究河西宝卷《张四姐大闹东京》，分析其故事梗概、说唱系统、文学特征等，展现了相当全面的文学研究方法；三桥佳奈子将河西宝卷《开宗宝卷》与成化词话《开宗义富贵孝义传》进行了有深度的比较研究。[①] 此外，早稻田大学中国古籍文化研究所于2003年成立"说唱文学研究班"，开展对中国说唱文学的深入研究，其中与宝卷相关的研究成果不少。如研究班对《乌金宝卷》《梅花戒宝卷》《抢生死牌宝卷》等长期缺乏研究的作品做了很全面的工作，包括基本的文献整理和注释、对文献来源和演变的分析以及对作品内容的研究，等等。宝卷数量众多，内容丰富，整理研究这些作品，对研究者来说无疑是难得的全面锻炼，客观上为日本的宝卷研究培养了学术队伍。

2. 宗教学研究路径

日本宝卷研究的另一种路径属于宗教学研究，这主要是出于对中国民间宗教的关注。日本学者注意到中国民间宗教与宝卷的关系，因而努力搜求相关宝卷，其中大渊慧真具有代表性。20世纪30年代，大渊在中国搜集道教和民间宗教资料，教派宝卷成为他的重要搜集目标。他搜集的宝卷中，仅明代及清初刊行的就有10种，其中《销释普

---

① 〔日〕太田辰夫：《〈销释真空宝卷〉所见〈西游记〉故事——元本西游记考》，《神户外大论丛》1965年第7期；〔日〕砂山稔：《刘文英宝卷考：附SOAS图书馆所藏宝卷目录》，《自由女神》（Artes Liberales）1996年第58期；〔日〕山本范子：《粗鲁仙女张四姐——以河西宝卷〈张四姐大闹东京〉为中心》，《中国学志》2004年第19期；〔日〕三桥佳奈子：《明成化说唱词话〈开宗义富贵孝义传〉和河西宝卷〈开宗宝卷〉》，《和汉语文研究》2012年第11期。

贤菩萨度华亭宝卷》《护国灵感隆恩真君宝卷》《金阙化身玄天上帝宝卷》《大梵先天斗母圆明宝卷》《东岳天齐仁圣大帝宝卷》5种都是珍贵孤本，在民间宗教研究领域有重要价值。其子大渊忍尔承父业亦从事民间宗教研究，并且增加了对宝卷的收藏。他所收藏的康熙十四年赵从德刊刻的罗清《破邪显证钥匙卷》《巍巍不动泰山深根结果宝卷》也都很珍贵。

日本学者有关民间宗教与宝卷关系的研究成果，二战后陆续问世，其中著名者如吉冈义丰的《宗教宝卷在近代中国的传播》《销释金刚科仪的成立——初期宝卷研究》《近代中国宝卷流宗教的展开》《乾隆版〈香山宝卷〉》，冢本善隆的《宝卷与近代中国宗教》《有关罗教的形成与流传》等。① 这些文章既有宏观视野，也有大量切实论证。此外，也有文章直接以教派宝卷为研究中心，如大部理惠的《中国明清时期民间宗教结社的教义考察：以黄天道的宝卷为中心》。② 总体来看，这个方向的研究有不同年龄段的学者积极参与，后继力量可观。

3. 综合研究倾向

日本的宝卷研究可以分为文学研究与宗教研究两条路径，但若从研究观念考察，则很多人具有综合研究倾向。冢本善隆在《宝卷与近代中国宗教》一文中说："我注意到宝卷在近代中国俗文学中，带有强烈的宗教传道书的倾向。宝卷不仅仅是近代中国民间文学的资料，更为研究近代庶民宗教提供了丰富的珍贵资料。"③ 这说明冢本已经认识到宝卷具有两方面的价值，不过冢本善隆本人投入主要精力而且颇

---

① 〔日〕吉冈义丰：《宗教宝卷在近代中国的传播》，《宗教文化》1950年第7期；《销释金刚科仪的成立——初期宝卷研究》，《龙谷史坛》1966年第56、57期；《乾隆版〈香山宝卷〉》，见《道教研究》，边境社1989年版，第115—195页；〔日〕冢本善隆：《宝卷与近代中国宗教》，《佛教文化研究》1951年第6期；《有关罗教的形成与流传》，《东方学报》1949年第17期。
② 〔日〕大部理惠：《中国明清时期民间宗教结社的教义考察：以黄天道的宝卷为中心》，《言语地域文化研究》1996年第3期。
③ 〔日〕冢本善隆：《宝卷与近代中国宗教》，《佛教文化研究》1951年第6期。

有建树的是秘密宗教研究这一方向。限于个人精力，很多学者可能主要从事某一学科方向的研究，但从观念来看，他们对其他方向并无轻视，并且一些人在主要研究方向之外，也写过其他方向的研究文章。不过，只有少数学者由于长期沉潜于宝卷研究，积累丰富，能够兼顾宝卷两方面的价值，卓有成效地进行综合研究，这类学者当以泽田瑞穗为代表。

泽田瑞穗从20世纪30年代就开始搜集和研究宝卷，他搜集的宝卷达到139种[①]，而且类型丰富，民间故事宝卷、劝善宝卷以及教派宝卷数量都不少，其中包括珍贵的早期教派罗教的经典宝卷《五部六册》。在掌握大量材料的基础上，泽田瑞穗对宝卷进行了多方面综合研究，从20世纪40年代到70年代泽田发表多篇高质量研究文章，内容广泛。1939年，泽田瑞穗发表了《中国佛教讲唱文学的生成》一文[②]，此后直到20世纪70年代，他一直未间断这一方向的研究，对于宝卷与佛教俗讲、民间说话的关系，对《金瓶梅》小说中所见说唱宝卷等问题，他都做了认真研究。与此同时，他对教派宝卷也是长期进行研究。在此期间他还做过宝卷文献校注工作，其所著《校注〈破邪详辩〉》是对清人《破邪详辩》一书的全面整理，除了标点、翻译和注释工作，他还根据李世瑜寄赠抄本，补充了《又续破邪详辩》二卷。这类古籍整理工作实际难度不小，正是这种扎实认真、长期关注的研究态度，使泽田瑞穗取得了丰硕的成果。1963年他出版了体系周密的著作《宝卷之研究》，在此基础上，1975年他又做了进一步完善，再次由国书刊行会出版了《增补宝卷研究》，这是宝卷研究领域的重要著作。此书由宝卷序说、宝卷提要和宝卷丛考三个部分构成，从中可以看出泽田瑞穗宝卷研究的综合性特点。

[①] 泽田瑞穗在《增补宝卷研究》序例中对自己的收藏有如此解释：卷一至卷五139种（如果按照同种异版计算，有191部宝卷）。

[②] 〔日〕泽田瑞穗：《中国佛教讲唱文学的生成》，《智山学报》1939年第13、14期。

第一部分宝卷序说,包括宝卷的名称、宝卷的系统、宝卷变迁、宝卷种别、宝卷的结构和词章、古宝卷、新宝卷、宝卷和宗教、宝卷的文学性、宝卷的普及、宣卷等十一个章节。在泽田瑞穗这里,宝卷的文学性和宗教性并无矛盾,在分析文学性的同时也挖掘宗教价值,从而使研究深化、系统化。泽田宝卷研究的思想体系,主要体现在这一部分。

第二部分宝卷提要,所做的是提供基础支持的文献考据工作,考察的文献有泽田本人及仓田淳之助、吉冈义丰、洼德忠、大渊忍尔和京都大学人文科学研究所等收藏的宝卷208种,其中既有代表性教派宝卷26种,包括8种海外孤本,也有大量民间信仰和娱乐宝卷。泽田对每部宝卷的基本内容、刊行或抄写及收藏情况都做了说明,这种文献工作为他的学术体系打下了坚实基础。

第三部分宝卷丛考,收录作者本人的重要论文。论文内容广泛,既有对具体作品的考论,也有对宏观问题的思索。诸多的论述,如宝卷与唐宋说话关系、明代中叶小说所引宝卷、罗祖教及其衍变,等等,都是专题研究,有文学价值的肯定,也有宗教学价值的挖掘。这使全书的研究观点和体系更为全面。泽田瑞穗对宝卷的研究在相关学术领域影响很大,而其无畛域之限的综合研究方法更值得重视。

三、中日宝卷研究格局差异与启迪

中国的宝卷研究深受政治文化影响,"五四"之后俗文学角度的研究首先得到发展,而宗教学角度的研究起步稍晚一些,随后受到一贯道问题的影响,教派宝卷研究存在某种禁区,一定程度上影响了教派宝卷研究的全面开展及研究深度。而在日本的宝卷研究中,俗文学角度的宝卷研究与教派宝卷研究能够齐头发展,并且存在对宝卷多方面价值进行综合研究的倾向,其优秀学者的综合研究成果斐然。

不过，20世纪80年代以后，中国的宝卷研究也开始步入全面发展阶段。其中宗教学角度的宝卷研究取得了较快发展，相关成果较多。有些研究课题的规模和开放程度是以往未曾有过的。例如，2000年由当代中国出版社出版的山东大学路遥教授所著《山东民间秘密教门》一书，对山东民间秘密宗教问题进行了广泛而深入的研究。此书对于中国民间宗教研究来说很重要，因为罗教始祖罗清是山东人，一贯道等很多教派都发源于山东。这项研究在1990年被定为山东省重点规划项目，路遥及其助手用将近10年时间开展田野调查，范围涉及山东及河北部分地区共70多个县，可能是20世纪规模最大的一次民间秘密教派田野调查。书中第九章系统研究了一贯道问题，研究观念和研究方法都很开放。除此之外，有关民间秘密宗教与教派宝卷研究的著作和论文还出现不少，《明清民间宗教经卷文献》《中华珍本宝卷》等大型资料汇编也陆续完成并出版，这些无不显示出宗教学领域宝卷研究的发展。

俗文学角度的宝卷研究同样取得进展，尤其是进入新世纪后，宝卷的文学地位得到了充分肯定。2004年，姜昆、倪钟之主编并由人民文学出版社出版的《中国曲艺通史》将明清两代宝卷辟为两节，分别论述其特点和文学价值。2005年，傅璇琮、蒋寅主编并由辽宁人民出版社出版的《中国古代文学通论》以专章研究明清两代俗文学，对宝卷亦有充分重视。在俗文学研究全面丰收的格局下，宝卷研究的成果引人注目。2013年，长期从事宝卷研究的车锡伦以《中国宝卷研究》等成果获得教育部一等奖；2014年，车锡伦主编的区别于教派宝卷的民间宝卷系列《中国民间宝卷文献集成》也开始陆续出版。早在2000年，四川大学中国俗文化研究所被批准为教育部人文社科重点研究基地，该所学术带头人项楚长于敦煌俗文学的研究，变文就是其中的一项，而宝卷如郑振铎所说，正是承接变文而来。"俗文化研究"这一提法具有融合不同学科的意味，它包括了俗文学、俗信仰等方面的研究，作为民间通俗作品的宝卷，自然也成为重要研究对象，就此而言，中国的宝卷研究也有某种程度的综合研究倾向。

但就当前的宝卷研究格局来看，俗文学与宗教学两大领域的宝卷研究基本可以说是各自为战，缺乏有效的交叉渗透、沟通合作，这客观上限制了宝卷研究中优势互补与整合发展。由此造成信息流通不畅，研究者站在各自的角度分析研判问题，不但影响研究质量，甚至会产生一些分歧隔膜。如车锡伦在《〈中国民间宝卷文献集成〉总序》中，就对李世瑜所提出的宝卷的宗教思想史价值高于文学价值之说，表示不能认同；对其提出的宝卷认定标准、时限划分标准也都有异议。此外，车锡伦对濮文起将"民间说唱技艺"性质的宝卷编入《中国宗教历史文献集成》也不能赞同。[①] 车锡伦先生的这些意见，实际被看作是不能让步的原则性问题。任何学术研究领域都可能存在分歧，但如果缺少交流合作，分歧甚至可能发展为一种潜在壁垒。

反观日本的宝卷研究，尽管也可以分为文学研究与宗教研究两条路径，但是这种区分主要是由个人研究的实际状况造成，事实上他们并不强调两条路径的区分，其所在学科一般被称作中国学、汉学或者东方学。这种域外学术研究的文化整体观念，往往可以促进对学科畛域的超越，具有更加开阔的视野。李福清等俄罗斯学者在研究中国宝卷时，也都没有局限于文学的或者是宗教学的研究角度，欧美学者的情况也类似。这可以说是一种具有普遍性的现象，中国学者在研究日本问题、俄罗斯问题或欧美问题时，学术视野同样很开阔，研究领域也很广泛。相应的研究机构通常并不称为"日本文学研究所"或者"日本历史研究所"，而是称为"日本研究所"，以及"俄罗斯研究所"等，甚至不加"文化"二字作为限定。文化距离带来研究视野的开阔，

---

① 车锡伦：《〈中国民间宝卷文献集成〉总序》，见钱铁民主编：《中国民间宝卷文献集成·江苏无锡卷》，商务印书馆2014年版，第5—49页。

这是一种有趣现象，也具有启迪意义。

　　从方法论层面来看，学科交叉、学科渗透、跨学科研究在当前是受到提倡和鼓励的。在人才培养方面则有通才教育的主张与此相呼应。然而实际跨学科研究却不容易，客观上存在体制性阻碍。中国各大学与社科院的系所设置，自20世纪50年代初开始采用苏联模式，已历经半个多世纪。文学、历史学、宗教学、艺术学隶属于不同院系或研究所，在每个院系所、每个一级学科之下，还有若干研究室、若干二级学科，它们一般都分别有自己的内部体系，不容易跨界交叉。能否展开跨学科综合研究，似乎主要在于研究者自身的学养和努力，但是实际上综合研究并不容易做到。原因在于，它首先要求研究者能够沉潜于学术，历经长期的学术积累，同时还要有广阔的学术视野和开放的研究观念。而目前的科研管理机制，包括对学者个人逐年登记管理的办法，却要求研究者在较短时间内拿出成果。研究者职称申报、课题申报以及成果发表与评奖，都要在不同学科体系内或者不同的评审系统内逐级申报和审批。有些刊物是专业性的，这也在一定程度上增大了跨学科研究稿件发表的难度。这些因素可能限制跨学科研究的开展。怎样摆脱不同学科各行其是的研究局面，全面推进学术研究发展，已经成为亟待解决的问题。目前已经有不少理论思考，也提出不少解决对策。怎样在观念上和管理体制上迎头赶上，提高相应的适应性，是需要努力探索的方向。

原载《四川大学学报》（哲学社会科学版）2016年第2期

近 70 年来中国宝卷研究回顾[①]

王明博　李贵生

中国宝卷的研究始于 20 世纪 20 年代，首创者是顾颉刚和郑振铎，顾颉刚将宝卷推荐给学术界，郑振铎将宝卷纳入俗文学的研究范畴，其后傅惜华、向达、李世瑜等学者对宝卷研究也有涉猎。

新中国成立后近 70 年是中国宝卷研究从初步探索走向深入的时期。改革开放前的 30 年，中国宝卷的研究仍处于初创阶段，20 世纪 50—60 年代初，在宝卷编目方面取得了可喜的成果。1951 年傅惜华的《宝卷总录》收录宝卷 349 种，1957 年胡士莹的《弹词宝卷书目》收录宝卷 200 余种，1961 年李世瑜的《宝卷综录》收录宝卷 577 种。

改革开放后，中国宝卷的研究走向繁荣，学者倍增，成果丰硕，研究领域主要在文学、宗教学等方面，研究的对象主要是民间宝卷，其次是宗教宝卷，研究成果主要体现在五个方面：宝卷的渊源、产生、分类和发展，宝卷的信仰、娱乐和教化功能，宝卷的仪式和演唱形态，中国宝卷的编目与整理刊印，中国宝卷的地域性。民间宝卷研究方面，车锡伦是领军人物，《中国宝卷总目》《中国宝卷研究》《中国民间宝卷

[①] 国家社会科学基金项目（13BZW157）；国家社会科学重大招标项目（17ZDA266）；甘肃省社会科学规划项目（YB135）；兰州大学中央高校基本科研业务费专项资金项目（11LZUJBWZY085）。

文献集成·江苏无锡卷》是车先生宝卷研究的重要成果。致力于宗教宝卷研究的学者有马西沙、濮文起等,他们借宝卷探求民间宗教的发展历史及其教规、教义,《中华珍本宝卷》《民间宝卷》等是他们宝卷搜集整理的重要成果。

一、宝卷的渊源、产生、分类和发展研究

70年来,研究者关注宝卷的渊源、产生、分类和发展的研究。

关于宝卷的渊源,不少研究者坚守郑振铎"宝卷是变文嫡系子孙""谈经等的别名"的观点。车锡伦等学者在日本学者泽田瑞穗研究的基础上,以更为详尽的资料证明中国宝卷源于佛教的俗讲,直接脱胎于宋元时期佛教的忏法、科仪。《中国宝卷的渊源》一文通过考证认定宝卷渊源于佛教的俗讲,宝卷跟俗讲一样是佛教僧侣悟俗化众的说唱形式,且在民间的法会道场按照一定的宗教仪轨演唱,并进一步指出宋代佛教悟俗化众的活动孕育了宝卷,同时也否定了"宝卷即谈经等的别名"[①]的观点。《形成期之宝卷与佛教之忏法、俗讲和"变文"》中进一步分析了产生于宋元时期的3部佛教宝卷《目连救母出离地狱生天宝卷》《金刚科仪》《佛门西游慈悲宝卷道场》,认为从这3种宝卷的题材看,早期宝卷同唐五代佛教俗讲的"讲经"和"说因缘"相同,说明宝卷继承了俗讲"讲经说法"的传统,但宝卷演唱形式和文本形式与唐五代佛教俗讲有很大的不同。宋元时期净土宗的忏法《三时系念》不仅开始时的仪式与《金刚科仪》等宝卷相似,演唱过程、文本形式也与《金刚科仪》等宝卷极其相似,每个演唱段落都由五段形式不同的散说、歌赞构成。由此可见,"宋元时期产生的佛教宝卷接受了忏法仪式化的演唱形式",从仪式和文本形式、演唱形态看,宝

---

① 车锡伦:《中国宝卷的渊源》,《敦煌研究》2001年第2期。

卷源于宋元佛教忏法。①

关于宝卷形成的时期,《民间秘密宗教与宝卷》②一文认为宝卷产生于明正德时期。《最早一部宝卷的研究》③考证了新发现的《佛说杨氏鬼绣红罗化仙哥宝卷》,认为这本宝卷形成于金崇庆元年(1212),这一观点在《中华珍本宝卷》"前言"中再次重申。《中国最早的宝卷》④认为"宣光三年"(即明洪武五年,1372)的抄本《目连救母出离地狱生天宝卷》年代可靠,中国宝卷产生于元代。《佛教与中国宝卷(上)》⑤一文中进一步提出宝卷形成于南宋时期,因为《目连救母出离地狱生天宝卷》与南宋的《销释金刚科仪》演唱形态相同。"关于宝卷形成的时间,如果以'宝卷'之名的出现为准,则依据《目连救母出离地狱生天宝卷》题识的时间,可推论宝卷形成于元代。但是这部宝卷同产生于南宋的《销释金刚科仪》演唱形态相同,因此也可以说宝卷这种演唱形式形成于南宋时期。"⑥

关于宝卷的分类,曾友志分为佛道故事、伦理教化故事、法律公安故事和爱情故事。⑦《中国宝卷研究》将宝卷的发展和宝卷的内容、题材相结合对宝卷进行了分类,首先对宝卷的历史发展做了分期:以清康熙年间为界,分两个时期,前期是"宗教宝卷",后期主要为"民间宝卷";宗教宝卷又可分为两个阶段,明中叶正德前是佛教世俗化宝卷,正德后是民间教派宝卷。⑧根据宝卷的发展,将其分为宗教宝卷和民间宝卷;根据宝卷的内容、题材,将其分为文学宝卷和非文

---

① 车锡伦:《形成期之宝卷与佛教之忏法、俗讲和"变文"》,《民族文学研究》2011年第1期。
② 该文是1991年李世瑜专门为"首届全国宝卷子弟书学术研讨会"撰写的论文,后因种种原因未发表。
③ 马西沙:《最早一部宝卷的研究》,《世界宗教研究》1986年第2期。
④ 车锡伦:《中国最早的宝卷》,《中国文哲研究通讯》1996年第6卷第3期。
⑤ 车锡伦:《佛教与中国宝卷(上)》,《圆光佛学学报》1999年第4期。
⑥ 车锡伦:《中国宝卷的形成及其演唱形态》,《敦煌研究》2003年第2期。
⑦ 曾友志:《宝卷故事之研究》,中国文化大学硕士学位论文,1999年。
⑧ 车锡伦:《中国宝卷研究》,广西师范大学出版社2009年版,第2—4页。

学宝卷。车先生进而又将文学宝卷分为神道故事宝卷、妇女修行故事宝卷、民间传说故事宝卷、俗文学传统故事宝卷、时事故事宝卷。①

二、宝卷的信仰、娱乐和教化功能研究

从宗教学角度研究中国宝卷的学者主要是马西沙、濮文起等。《宝卷与道教》一文论述了明初到清代数百年间民间教派宝卷的发展及其反映的教派教义、道教炼养思想等内容。

至少到了明初，宝卷已经开始为民间宗教利用，明代中末期，是民间宗教兴盛的时期，也是宝卷大量撰写刊行的时期，作为民间宗教教义的宝卷亦有二三百种。而禅宗和道教内丹派影响的新型民间宗教大批涌现，成为那一时代民间宗教的特点。据明末清初刊行的《古佛天真考证龙华宝经》记载，就出现了老子教、涅槃教、无为教、黄天教、弘阳教等18支大的教派。几乎所有有实力的民间教派都以宝卷为名，撰写刊刻自己的经书。现在能见到的明刊本民间宗教宝卷不下百部，多为大字折装本，印制精美，"经皮卷套，锦缎装饰"，与正统佛经无异。②

明代民间宗教诸教派能刊刻印行大量精美的宝卷，与其庞大的实力分不开。明清数百年间，曾经专营宝卷刊刻的书行、书铺不下130余家。清代，专制统治更加酷烈，在当局眼中，宝卷成为"妖书""邪说"的同义语。即便在清代高压统治之下，历朝仍有书局私刻宝卷。私刻私卖宝卷的现象贯穿着整个清代的历史。道光年以后，内忧外患加剧，当局已无暇顾及如火如荼的民间宗教活动，宝卷刊印流传更如野火春风，一发不可收拾。③

---

① 车锡伦：《中国宝卷研究》，广西师范大学出版社2009年版，第5—16页。
② 马西沙：《宝卷与道教》，《北京联合大学学报》（人文社会科学版）2013年第1期。
③ 马西沙：《宝卷与道教》，《北京联合大学学报》（人文社会科学版）2013年第1期。

宝卷包含的思想极为庞杂，兼杂儒、释、道等传统文化，又有历代积淀的各类民间宗教的思想资料，乃至民间神话、风俗、礼仪、道德规范等内容。就道教而言，影响也是多方面的，道教的哲学、炼养、斋醮、神话传说都深深渗透到多种宝卷之中，其中道教的内丹术及斋醮仪范对宝卷的影响最大。明初《佛说皇极结果宝卷》是现存最早的民间宗教经卷，至少在明代初叶，内丹道已开始影响民间宗教的教义。黄天道外崇佛而内修道，其《普明如来无为了义宝卷》修炼内丹的修行内容在道教中亦可找出根据。早期道教便主张服气、保精，炼养精气神。由服气，逐渐导引出服太阳、太阴、中和之气，以增寿考。①

至少到了明代，以道教为内容的宝卷大量出现，其中修身养性、修炼内丹的卷子比比皆是，如《太上老子清净科仪》《元始天尊说真武修行苦行宝卷》《护国威灵西王母宝卷》《护国佑民伏魔宝卷》《福国镇宅灵应灶王宝卷》《承天效法后土皇帝道源度生宝卷》《大道无相圆明结果十报恩宝卷》。至于道教神仙信仰宝卷类书，更多不胜计。这些宝卷的出现与宋元时代道教内丹道大兴，并成为道教信仰的根基不无关系。②

《中国民间宗教史》引证分析明清宝卷200部左右，"厘清了前人未解的多种谜团，还原了一部两千年的民间宗教史"③。

《〈如意宝卷〉解析——清代天地门教经卷的重要发现》等系列论文通过宝卷研究了天地门教的创立者、组织传承、教义思想、道场仪式、法术等。该文认为《如意宝卷》是目前发现的第一部以"宝卷"冠名的天地门教经卷，它完整地记录了天地门教创立者董四海的宗教生涯，并系统地阐述了天地门教的教义思想。④《〈天地宝卷〉探赜——

---

① 马西沙：《宝卷与道教》，《北京联合大学学报》（人文社会科学版）2013年第1期。
② 马西沙：《〈中华珍本宝卷〉前言》，《世界宗教研究》2013年第2期。
③ 马西沙：《〈中华珍本宝卷〉前言》，《世界宗教研究》2013年第2期。
④ 濮文起：《〈如意宝卷〉解析——清代天地门教经卷的重要发现》，《文史哲》2006年第1期。

清代天地门教经卷的又一重要发现》一文认为《天地宝卷》为进一步搞清天地门教的组织传承、教义思想和道场仪式提供了弥足珍贵的史料。①《〈圣意叩首之数〉钩玄——清代天地门教经卷的又一重要发现》一文认为《圣意叩首之数》记载了天地门教"派功叩首"的内中理数、组织传承、内丹修炼术以及驱邪咒语、避灾剑诀等法术。②

宗教宝卷在宣扬教义、教规的同时也满足了民众的宗教信仰，充分发挥了宝卷的信仰功能。此外，学者们还研究了宝卷的教化和娱乐功能。

"宝卷的宣讲者对宝卷的劝善功能有着清醒而强烈的认定。差不多每一部宝卷，无论是佛教的，还是民间教派的，或世俗的，都会在卷中劝人行善修道，宣扬其教化主题。这已经成为绝大部分宝卷的常态与习惯。"③宝卷之所以能够发挥巨大的教化作用，是因为通过流动的宣卷艺人，宝卷能到达朝廷教化较难触及的田野乡村，而且，宝卷是在刑罚的强制措施之外通过感情、心灵的影响力来教导世俗弃恶从善，做社会的善民、顺民。而宝卷在民间普遍受欢迎的原因除了故事情节、艺人表演外，还因为其所演之事、所叙之语贴近老百姓的生活，比起文士之文更容易被百姓理解、接受。④

民间宝卷尽管没有明显的宗教归属，但宣讲仍结合民间的信仰活动进行，它们承袭了宗教宝卷时期宣卷的某些仪式，宣卷时请神佛到场，如靖江的讲经做会还穿插禳灾祈福仪式，河西走廊的念卷也要点香拜佛，表现了"善有善报"的信仰文化特征。⑤宝卷的教化作用可

---

① 濮文起：《〈天地宝卷〉探颐——清代天地门教经卷的又一重要发现》，《贵州大学学报》（社会科学版）》2008年第6期。
② 濮文起：《〈圣意叩首之数〉钩玄——清代天地门教经卷的又一重要发现》，《世界宗教研究》2009年第3期。
③ 陆永峰：《论宝卷的劝善功能》，《世界宗教研究》2011年第3期。
④ 陆永峰：《论宝卷的劝善功能》，《世界宗教研究》2011年第3期。
⑤ 车锡伦：《中国宝卷研究》，广西师范大学出版社2009年版，第16—17页。

以概括为"劝善",其所阐述的善行包括敬天地、尊神佛、尚礼仪、守国法、孝敬父母、家庭和睦、敬重邻里、救济贫困、广行善事,它们是封建社会平民世代相传并遵守的道德行为标准,在宝卷中通过善恶果报和宿命论来实现,形成了宝卷的信仰教化模式。[①]民间宝卷的娱乐功能跟信仰和教化相结合,"宝卷同一般民间说唱文艺不同,它首先是满足群众的信仰情怀,使他们在感情上得到慰藉,由'动人'而'娱人'"[②]。

三、宝卷的仪式和演唱形态研究

关于宝卷的仪式,《中国宝卷研究》中已有论述,后来《吴方言区宝卷研究》又进行了较为详细的阐述,说明宝卷袭取了佛教科仪的宣讲仪式,具有浓烈的宗教信仰色彩。《吴方言区宝卷研究》将《大乘金刚宝卷》与《销释金刚科仪》的宣讲仪式进行了比较,说明早期宝卷在仪式上多与佛教科仪相同,有力地论证了早期宝卷与佛教科仪的渊源性。为了充分说明问题,特将《销释金刚科仪》和《大乘金刚宝卷》的仪式分别摘引如下。

《销释金刚科仪》的仪式:

散叙赞佛——奉请十方贤圣现坐道场——信礼常住三宝——阐述听受《金刚经》的功德——先举香赞,宣讲法会缘起(大意言人生短暂、无常,修佛为根本,先散叙后韵文吟唱,中间还宣念佛号)——请经:念"金刚经启请""净口业真言""安土地真言""普供养真言";再奉请八金刚、四菩萨护佑道场——唱诵"发愿文""云何梵"——唱诵"开经偈"——开释经题——正讲(按照《金刚经》

[①] 车锡伦:《中国宝卷研究》,广西师范大学出版社2009年版,第20—21页。
[②] 车锡伦:《中国宝卷研究》,广西师范大学出版社2009年版,第23页。

三十二分，引录原经，散韵相间，予以科释）——释经完毕（先以两段同格式的散韵相间的文字继续宣扬佛理，中间唱诵《般若无尽藏真言》）——诵《心经》——随意回向（散韵相间）——诵"结经发愿文"——诵回向偈，散场。①

《大乘金刚宝卷》的仪式：散叙赞佛——奉请诸佛菩萨现坐道场——信礼常住三宝——阐述听受《大乘金刚宝卷》的妙用——奉请八金刚、四菩萨，一切神佛降临道场——代大众发愿——请经：念"金刚经启请""净口业真言""安土地真言""虚空藏菩萨普供养真言"；再奉请八金刚、四菩萨护佑道场——唱诵"发愿文""云何梵"——唱诵"开经偈"——正讲（按照《金刚经》三十二分，引录原经，散韵相间，宣讲佛理）——结经（"结经"部分原卷已残缺）。②

二者相比，大同小异，甚至仪式中念的真言都是一致的。

关于民间教派宣卷和宝卷的"开卷""结经"仪式问题。"开卷"仪式：（1）讽经咒。有的宝卷作"讽《心经》"。（2）安坛、奉请十方神圣现坐道场（临坛）。（3）举香赞：上香，唱香赞。（4）三宝颂。（5）开经偈。一般袭用佛教的开经偈：无上甚深微妙法，百千万劫难遭遇。我今见闻得授持，愿解如来真实意。（6）提纲。讲唱本卷的缘起、内容、功德。一般用散说，由"盖闻"引起。（7）信礼常住三。（8）开卷（经）偈。一般用"××宝卷初展开"偈，进入宝卷本文的叙述。"结经"仪式：先说唱"宝卷圆满"；另有"回向""发愿""忏悔""送神"仪式。总之，教派宝卷仪式的主体形式，继承了前期佛教宝卷的传统。③

关于形成期的佛教宝卷和民间教派宝卷的演唱形态问题，车锡伦考察了产生于宋元时期的《金刚科仪（宝卷）》《目连救母出离地狱

---

① 陆永峰、车锡伦：《吴方言区宝卷研究》，社会科学文献出版社2012年版，第16页。
② 陆永峰、车锡伦：《吴方言区宝卷研究》，社会科学文献出版社2012年版，第18页。
③ 车锡伦：《中国宝卷研究》，广西师范大学出版社2009年版，第147—150页。

生天宝卷》《佛门西游慈悲宝卷道场》的演唱段落,指出宝卷文本说、唱、诵的文辞均是格式化的,除了《金刚科仪》的转读经文外,演唱段落都包括五部分:(1)白文,是散说,是押韵的赋体。(2)佛教传统的歌赞,七言二句。(3)流行的民间曲调,七言的唱词有上下句的关系,也偶唱北曲曲牌,和佛。(4)句式和押韵为"四四(韵)五(韵)四四(韵)四四(韵)四五(韵)"的一段歌赞,其中第三句偶用"三三"句式。(5)佛教传统的歌赞,五言四句。[①]

关于民间教派宝卷的演唱形态,车先生认为继承了前期佛教宝卷的结构形式,但又有所发展,在每一个演唱段落末尾加唱小曲,并将每个演唱段定为一"品"("分"),编入"品"("分")标题,其演唱形态具体如下:(1)散说,不像宋元佛教宝卷那样使用赋体的韵文,而用接近于口语的叙述。(2)七言二句歌赞,亦可用四言、六言。(3)主唱段,除用七言唱段外,大量使用源于说唱词话的十字句唱段。(4)格律严整的长短句歌赞,句式和押韵为"四四(韵)五(韵)四四(韵)四四(韵)四五(韵)"的一段歌赞,个别宝卷中形式有变异。(5)五言四句歌赞,亦可用四言、六言。(6)小曲。[②] 车先生关于宝卷仪式与演唱形态的研究,对于阅读宝卷文本大有裨益,同时为学者研究民间宝卷的仪式与演唱形态的演变奠定了基础。

四、中国宝卷的编目与整理刊印

近70年,投入全部精力研究宝卷的学者是车锡伦先生,他在中国宝卷研究方面取得了举世瞩目的成就。车锡伦先生历时15年编成《中国宝卷总目》,著录中国国内和海外公私收藏宝卷1585种,涉及版

---

① 车锡伦:《中国宝卷研究》,广西师范大学出版社2009年版,第83页。
② 车锡伦:《中国宝卷研究》,广西师范大学出版社2009年版,第151—153页。

本 5000 余种、宝卷异名 1100 个,比傅惜华的《宝卷总录》(1951)、胡士莹的《弹词宝卷书目》(1957)和李世瑜的《宝卷综录》(1961)三目约多 3 倍。[1] 马西沙先生评价《中国宝卷总目》为"目前用力最勤、收集最为翔实的宝卷目录""为中外学术界提供了一部实用的工具书"。[2] 车先生在《中国宝卷研究》第五编"宝卷漫录"收录了 20 多个宝卷,并分别介绍了这些宝卷的收藏、版本、作者、流通、内容等信息,为研究者提供了方便。此外,车先生还以论文形式进行宝卷漫录,如《〈佛说王忠庆大失散手巾宝卷〉漫录》《〈泰山天仙圣母灵应宝卷〉漫录》《读清末蒋玉真编〈醒心宝卷〉——兼谈"宣讲"(圣谕、善书)与"宣卷"(宝卷)》《明代西大乘教的〈灵应泰山娘娘宝卷〉》《清代民间宗教的两种宝卷》《新发现的清初南无教〈泰山圣母苦海宝卷〉》《中国宝卷漫录四种》等。

20 世纪 90 年代以来,中国宝卷的整理出版取得了巨大的成就。张希舜等主编《宝卷初集》40 册[3],收录宝卷 153 部。王见川、林万传主编的《明清民间宗教经卷文献》[4],收录明清民间经卷 207 部,其中大部分为宝卷。中国宗教历史文献集成编纂委员会编纂的《民间宝卷》[5],收录 357 部宝卷。王见川、车锡伦、宋军、李世伟、范纯武编《明清民间宗教经卷文献(续编)》[6],收录明清民间经卷 204 部,其中大部分为宝卷。车锡伦《中国民间宝卷文献集成·江苏无锡卷》共 15 册[7],收录宝卷 134 部、小卷偈文 35 个。马西沙《中华珍本宝卷》"是继敦煌文书、中华大藏经、中华道藏之后,最重要的宗教典籍整理。它从

---

[1] 周绍良:《中国宝卷总目·序》,车锡伦:《中国宝卷总目》,北京燕山出版社 2009 年版,第 1 页。
[2] 马西沙:《中华珍本宝卷》,社会科学文献出版社 2012 年版,前言,第 15 页。
[3] 张希舜等主编:《宝卷初集》,山西人民出版社 1994 年版。
[4] 王见川、林万传主编:《明清民间宗教经卷文献》,台湾新文丰出版公司 1999 年版。
[5] 周燮藩、濮文起:《民间宝卷》,黄山书社 2005 年版。
[6] 王见川等:《明清民间宗教经卷文献》,台湾新文丰出版公司 2006 年版。
[7] 车锡伦:《中国民间宝卷文献集成·江苏无锡卷》,商务印书馆 2014 年版。

1500余种宝卷中，搜集了一二百部珍稀的元明清宝卷，内中孤本达数十部。《中华珍本宝卷》中多数宝卷未曾面世，更未曾出版。它不但具有宗教的经典性，而且具有古代绘画、书法、版刻的艺术性"。[1]《中华珍本宝卷》3辑30册，"内中明代、清初折本占五分之四篇幅，皆为善本，其中孤本在数十种"。[2] 其中第二辑中"未见著录或见著录之孤本达半数。而余皆善本，其精妙、厚重似又在第一辑之上"。[3] 每辑10册，第一辑收录36部宝卷[4]，第二辑收录58部宝卷，第三辑收录44部宝卷，共计138部宝卷。"第三辑延续了第一辑、第二辑的高水准。其中明代折本宝卷过半，明、清两代孤本达30部。而孤本中珍品、令人叹为观止者不在少数。"[5]《中华珍本宝卷》的特点是或年代久远，或研究价值高，或属于海内外孤本，或图文并茂，或品相好，或内容极其丰富。《中华珍本宝卷》的出版倾注了马西沙先生收集、整理、研究宝卷30年的心血，这部"有着深邃而灿烂思想文化底蕴的大型古籍文库"的面世，必将推动中国宝卷研究更趋繁荣，取得更大成果。

五、中国宝卷的地域性研究

中国宝卷的地域性研究方面，研究最深入、成果最丰硕的首推吴方言区宝卷，其次是河西宝卷，山西宝卷和青海宝卷也有一定的研究成果。

（一）吴方言区宝卷研究

南方的民间宝卷主要流传于江苏南部、上海、浙江北部的吴方言

---

[1] 马西沙：《〈中华珍本宝卷〉前言》，《世界宗教研究》2013年第2期。
[2] 马西沙：《〈中华珍本宝卷〉前言》第1辑，社会科学文献出版社2012年版，第18页。
[3] 马西沙：《〈中华珍本宝卷〉前言》第2辑，社会科学文献出版社2014年版，第19页。
[4] 马西沙：《中华珍本宝卷》第1辑，社会科学文献出版社2012年版。
[5] 马西沙：《中华珍本宝卷》第3辑，社会科学文献出版社2015年版，前言，第20—21页。

区。车锡伦对吴方言区的宝卷进行了深入的田野调查，发表了一系列学术论文，相关的研究成果后来收入他的专著《中国宝卷研究》中。青年学者陆永峰对吴方言区的宝卷也有较系统的研究，他和车锡伦合著的《吴方言区宝卷研究》《靖江宝卷研究》集中反映了他们的研究成果。《吴方言区宝卷研究》对吴方言区宝卷的名称、类别、历史发展、分布状况、宝卷文本的形制、宝卷与佛教的关系以及宝卷的信仰、劝善、娱乐功能等进行了详细的分析考察。吴方言区宝卷主要分布在以上海话、苏州话为代表的太湖片，包括江苏境内使用吴方言的 21 个县市、上海市及其所属各县以及浙江境内的杭州、嘉兴、湖州、宁波、绍兴诸市。[①] 江浙吴方言区各地的民间宣卷和宝卷流传影响最大的是以苏州为中心的太湖流域的"苏州宣卷"和浙江宁波、绍兴的"四明宣卷"。[②] 江苏苏州吴江市同里镇的"同里宣卷"是苏州宣卷的重要一支，跟苏州其他地区的宣卷一样也经历了从"木鱼宣卷"向"丝弦宣卷"的发展过程。同里宣卷有 4 个流派，它们分别是许派、徐派、吴派和褚派。[③] 江苏苏州张家港市的宣卷活动在整个苏州地区自具特色，该地称宣卷为讲经，主要在各种"善会"和"社会"（大家佛会）上演唱。"善会"主要为民众祈福禳灾，菩萨生日也做善会，讲经先生还做荐度亡灵的法会；"社会"为村落民众集体所做。讲经的宝卷分两种：一种是"神卷"，讲神的故事；一种是"凡卷"，为民间故事宝卷。荐度亡灵法会的仪式有请佛、拜十王、游地狱、破血湖、念疏头、开天门、献羹饭、解结散花、送佛等。[④]

江苏靖江宝卷的研究很深入而且成果颇丰，《靖江宝卷研究》是其典型成果，靖江宝卷分圣卷（正卷）、草卷（小卷）和仪式卷三类。

[①] 陆永峰、车锡伦：《吴方言区宝卷研究》，社会科学文献出版社 2012 年版，第 87—88 页。
[②] 陆永峰、车锡伦：《吴方言区宝卷研究》，社会科学文献出版社 2012 年版，第 143 页。
[③] 陆永峰、车锡伦：《吴方言区宝卷研究》，社会科学文献出版社 2012 年版，第 150—153 页。
[④] 陆永峰、车锡伦：《吴方言区宝卷研究》，社会科学文献出版社 2012 年版，第 159—168 页。

圣卷主要讲神佛的凡间身世和其得道成仙的故事，是靖江宝卷中历史最悠久、宣讲最多、最为庄重、最富特色的一种，已知圣卷有20多种，典型者如《三茅宝卷》《大圣宝卷》《梓潼宝卷》《观音宝卷》《地藏宝卷》《东厨宝卷》《月宫宝卷》《土地宝卷》8种圣卷。草卷讲述历史传说、民间故事，属于后起的民间宝卷范畴，数量众多，如《独角麒麟豹》《文武香球》《白鹤图》《牙痕记》《罗通扫北》《香莲帕》6部草卷。仪式卷主要用于做会，书中介绍了《李清卷》《九殿卖药》《梅乐张姐》等4个仪式卷。①《靖江宝卷研究》第五章专章论述了"靖江宝卷的宣演"：江苏泰州靖江市的宣卷自成系统，最具地方特色，当地人称"做会讲经"，由佛头按照系统而严格的程式宣讲，有强烈的宗教信仰色彩。靖江宝卷做会讲经的艺人称为"佛头"，有些佛头世代家传，但大多师徒传授。靖江讲经与做会相交融，程式上也与做会密不可分。讲经做会日夜进行，有两个或两个以上佛头轮流讲经，讲经有固定的格式，佛头念唱"叫头"（或称"起卷偈"）、念诵"神谕"、讲唱"三友四恩"、讲唱正卷（先唱"开卷偈"）、结束（有时有"大叙团圆"结束语）。靖江讲经有伴奏乐器佛尺、木鱼、铃鱼，要和佛，有时也有"插花"以发噱，活跃气氛。②

靖江讲经与其他地方的宣卷有一个很大的区别，那就是宣卷是照本宣科，靖江讲经则是口头宣讲，没有固定的现成书面文本，这就使得靖江宝卷的宣演更多地体现出口头文学的特征。靖江宝卷除了个别当代人的书面创作外，绝大部分是口头创作的记录本。③

吴方言区宝卷研究在其所反映的民俗方面也取得了较大的成果。黄靖的《宝卷民俗》④考察了靖江宝卷所反映的物质生产民俗、物质生

---

① 陆永峰、车锡伦：《靖江宝卷研究》，社会科学文献出版社2008年版，第43—119页。
② 陆永峰、车锡伦：《靖江宝卷研究》，社会科学文献出版社2008年版，第120—134页。
③ 陆永峰、车锡伦：《靖江宝卷研究》，社会科学文献出版社2008年版，第135页。
④ 黄靖：《宝卷民俗》，古吴轩出版社2013年版。

活民俗、社会组织民俗、江湖民俗、人生礼仪、信仰民俗、民俗语言等，生动地揭示了宝卷的民俗特征。黄先生提出了宝卷民俗研究的四个价值，即强化民俗记忆、追溯民俗源流、探求民俗变异和重建民俗文化。

吴方言区宝卷的整理刊印成果显著。尤红主编的《中国靖江宝卷》[1]根据录音或抄本搜集整理靖江地区流传的讲经宝卷54种，其中圣卷25种、草卷18种、科仪卷11种。

《中国河阳宝卷集》[2]，收录163部宝卷，其中道佛叙事40部，民间传说故事本96部，道佛经义仪式本27部。此外，还收录河阳宝卷曲谱24种。《中国沙上宝卷集》上下册[3]，收录宝卷102部，宝卷曲谱6个，其中"沙上宝卷收藏与分布情况"列出宝卷389部。本书约有三分之二的宝卷《中国河阳宝卷》未见收录，有15部宝卷《中国宝卷总目》（2009年）未见收录。

（二）河西宝卷研究

国内对河西宝卷的研究始于20世纪80年代，研究河西宝卷的先驱要数段平、方步和二位先生。之后，特别是2006年河西宝卷被国务院列为第一批非物质文化遗产名录后，河西宝卷受到学界的高度关注，"不论从文本上还是表演上，河西宝卷都是北方宝卷中保存最完备的"。[4]河西宝卷的研究主要表现在渊源、说唱结构、音乐特征、编目和整理刊印上。

河西宝卷的渊源研究。关于河西宝卷的渊源，不少地方文化研究

---

[1] 尤红：《中国靖江宝卷》，江苏文艺出版社2007年版。
[2] 中共张家港市委宣传部、张家港市文学艺术界联合会、张家港市文化广播电视管理局：《中国河阳宝卷集》，上海文艺出版社2007年版。
[3] 中共张家港市委宣传部、中共张家港市锦丰镇委员会、张家港市文学艺术节联合会编：《中国沙上宝卷集》，上海文艺出版社2011年版。
[4] 尚丽新、车锡伦：《北方民间宝卷研究》，商务印书馆2015年版，第157页。

者和一些学者仍然坚守郑振铎"敦煌变文的嫡系子孙""谈经的别名"的观点。谢生保从文体、音乐、讲唱形式、宗教思想等方面对变文和宝卷进行了比较,旨在印证"宝卷是变文的嫡系子孙"的结论。① 段平也说宝卷是变文的嫡系后代②;方步和认为河西宝卷是活着的敦煌俗文学。③ 一些研究者将河西宝卷的研究纳入中国宝卷研究的大背景下,认同车锡伦河西宝卷与内地宝卷同源同流的观点,认为"河西宝卷是流行于甘肃河西走廊一带的宝卷,是中国宝卷的一个地域分支"。④

河西宝卷的说唱结构研究。李贵生、王明博根据车锡伦关于中国宝卷的仪式与演唱形态的论述深入分析了河西宝卷的演唱形态及其演变。他们将散说与唱词相结合构成的一个演唱单元称为"说唱结构",河西宝卷的一个"说唱结构"单元最多由六个段落构成,最少由两个段落构成,这在《河西宝卷说唱结构嬗变的历史层次及其特征》一文中有详细的论述:河西人根据当地仙姑娘娘的传说自编的《仙姑宝卷》承袭了教派宝卷的六段式说唱结构,但是"小曲"在"散说"前。其后,河西宝卷的说唱结构在民间教派宝卷演唱形态的基础上进行演变,首先是"小曲"的消亡,其次是"四五言长短句"(格律严整的长短句歌赞)的消失。这样就形成了散说、歌赞、主唱段、歌赞构成的四段式说唱结构。在此基础上,省减歌赞,就形成了河西宝卷的三段式说唱结构,两段歌赞都省减则为两段式说唱结构。"河西宝卷以十字句为主唱段的四段式、三段式说唱结构是中国宝卷说唱结构嬗变后在河西走廊形成的独具地域特色的说唱结构类型。"⑤

---

① 谢生保:《河西宝卷与敦煌变文的比较》,《敦煌研究》1987 年第 4 期。
② 段平:《河西宝卷的调查研究》,兰州大学出版社 1992 年版,第 51 页。
③ 方步和:《河西宝卷真本校注研究》,兰州大学出版社 1992 年版,第 1 页。
④ 李贵生:《从敦煌变文到河西宝卷——河西宝卷的渊源与发展》,《青海民族大学学报》2015 年第 1 期。
⑤ 李贵生、王明博:《河西宝卷说唱结构嬗变的历史层次及其特征》,《社会科学战线》2015 年第 11 期。

河西宝卷的音乐研究。王文仁从1994年开始调查河西宝卷的曲牌，至2009年，共收集到曲名60个，曲子50首。[①] 至2010年，他搜集到曲牌共计147个，其中39个在河西宝卷中已永远地消亡了，有108个至今还在流传。河西宝卷的曲牌特点是运用古曲牌、以韵文句子的字数定牌名、牌名带有宗教色彩、以唱腔定牌名、运用民歌小调的曲牌名、以历史人物名为牌名。河西宝卷曲牌曲调的调式特点表现为：一是以五声音阶为基础的七声、五声调式占据重要地位，二是徵、宫、商三音在构成调式中具有核心作用，三是角调式"无曲问津"。这些特点与西北汉族民间音乐调式类别的总体特征相比较，只是宫调式的运用多于商调式，其他基本相一致，说明河西宝卷曲牌曲调的构成中对宫调式更感兴趣。[②] 此外，吴玉堂在王文仁研究的基础上搜集到河西宝卷的曲牌84个。[③]

河西宝卷的搜集、整理、刊印。迄今为止，河西宝卷的刊印本近20种：段平的《河西宝卷选》（1988年）、《河西宝卷选》（1992年）、《河西宝卷续选》（1994年），方步和的《河西宝卷真本校注研究》（1992年），何登焕的《永昌宝卷》上下册（2003年）、《凉州宝卷·民歌》（《西凉文学》2003年3—4合刊），程耀禄、韩起祥的《临泽宝卷》（2006年），王奎、赵旭峰的《凉州宝卷（一）》（2007年），张旭的《山丹宝卷》上下册（2007年），徐永成、崔德斌的《金张掖民间宝卷》1—3（2007年），徐永成、王立泰、崔德斌的《金张掖民间宝卷》4—5（2009年），宋进林、唐国增的《甘州宝卷》（2008年），李中锋、王学斌的《民乐宝卷精选》上下册（2009年），王学斌的《河西宝卷集粹》上下卷（2010年），何国宁、李爱文、单

[①] 王文仁、柴森林：《河西宝卷的分类、结构及基本曲调的初步考察》，《星海音乐学院学报》2009年第1期。
[②] 王文仁：《河西宝卷的曲牌曲调特点》，《人民音乐》2012年第9期。
[③] 吴玉堂：《河西宝卷的调查研究》，西北师范大学硕士学位论文，2010年。

永生的《酒泉宝卷》第4—5辑（2011年），何国宁、李爱文、单永生的《酒泉宝卷》第1—3辑（2012年），王吉孝的《宝卷》9册（2013年），赵旭峰的《凉州宝卷》（2014年）等。

河西宝卷目编撰方面的成果有王文仁的《河西宝卷总目调查》、朱瑜章的《河西宝卷存目辑考》，车锡伦的《中国宝卷研究》附录中也有河西宝卷目。

段平附在兰州大学出版社出版的《河西宝卷选》①和台湾新文丰出版公司出版的《河西宝卷选》书后的河西宝卷编目，共列河西宝卷卷目108种。王学斌先生在《河西宝卷集粹》下册的附录《待整理付梓的卷目》共列河西宝卷56部。②宋进林、唐国增在《甘州宝卷》中列出张掖市甘州区流传的宝卷目99部。③《甘肃河西地区流传抄本民间宝卷目》共列河西宝卷卷目155种。④王文仁《河西宝卷总目调查》一文，称调查搜集的河西宝卷361部，凡150多种。⑤吴玉堂的硕士论文《河西宝卷的调查研究》列出河西宝卷176种⑥，申娟的硕士论文《酒泉宝卷的调查研究》列出河西宝卷133种，版本265种。⑦

朱瑜章先生遵循"眼见为实，耳听为虚"的原则给河西宝卷做了两个编目，即"已经公开印行的汇辑刊本卷目"和"非刊本编目"。朱先生对《金张掖民间宝卷》全5卷、《酒泉宝卷》全5辑、《河西宝卷集萃》《甘州宝卷》《山丹宝卷》《民乐宝卷精选》《临泽宝卷》《永昌宝卷》《凉州宝卷》《河西宝卷真本校注研究》《河西宝卷选》《河西宝卷续选》等正式出版的河西宝卷汇辑刊本进行统计，所收卷目共计

---

① 段平：《河西宝卷选》，兰州大学出版社1988年版。
② 王学斌：《河西宝卷集粹》下，中国人民大学出版社2010年版。
③ 宋进林、唐国增：《甘州宝卷》，中国书画出版社2009年版。
④ 车锡伦：《中国宝卷研究》，广西师范大学出版社2009年版，第260—267页。
⑤ 王文仁：《河西宝卷总目调查》，《丝绸之路》2010年第12期。
⑥ 吴玉堂：《河西宝卷的调查研究》，西北师范大学硕士学位论文，2010年，第116页。
⑦ 申娟：《酒泉宝卷的调查研究》，兰州大学硕士学位论文，2011年，第2页。

361 部，去除其中重复收录和同卷异名的 251 部，实有 110 种。朱先生又对车锡伦、段平、王学斌、王文仁、宋进林 5 位学者所作的河西宝卷编目进行了统计，5 个河西宝卷编目共列未刊卷目 189 部，去除其中重复收录和同卷异名的 89 部，实有 100 种，河西宝卷存目合计 210 种。① 朱先生的河西宝卷编目较为全面、信实，但是也有疏漏之处。比如王吉孝 2013 年编印的《宝卷》9 册共收录 81 部河西宝卷，朱先生没有关注到。再如，甘州代氏收藏宝卷近 80 部，其中约一半是民间很少流传的宗教宝卷，朱先生的编目也未涉猎。

（三）山西介休宝卷研究

山西大学李豫教授和"山西介休张兰地区宝卷文学调查报告"课题组成员从 20 世纪 90 年代开始主要在张兰文物市场和太原南宫文物市场进行介休宝卷的搜集，前后共搜集到介休宝卷 48 部，加上张颔先生提供的宝卷，去其重复共 64 种。②《山西介休宝卷说唱文学调查报告》考察了介休宝卷的形式结构。明前期山西宝卷以《新刻佛说沉香太子开山救母宝卷》为代表，内容以"分"划分，正文形式结构没有规范的程序，呈现一种随意性。俗曲曲牌往往联合出现，长篇七字句韵文与十字句韵文交替出现。明中后期至明末山西宝卷以《阐仝孝义明理酬恩宝卷》为代表，正文基本上是一段散文、一段七字句韵文（或十字句韵文）相间，交替进行。清代前期山西宝卷以《金阙化身玄元上帝宝卷》为代表，宣唱之前有较为完整的程式，24 品，每一品的形式结构相同，包括散文叙事、五言二句、七字句唱词、固定曲牌（即四五言长短句）、五言四句、曲牌曲词等六部分。清代中后期至民国时期的山西宝卷以《佛说红灯宝卷》等为代表，正文前的仪式结构

---

① 朱瑜章：《河西宝卷存目辑考》，《文史哲》2015 年第 4 期。
② 李豫等：《山西介休宝卷说唱文学调查报告》，社会科学文献出版社 2010 年版，第 34—35 页。

简化，正文形式结构是散文与十字句交替出现，循环往复。

《山西介休宝卷说唱文学调查报告》为《鹤归楼宝卷》等 16 部宝卷写了内容提要，附录中较为详细地介绍了山西永济首阳山新近发现的 6 部清嘉庆至民国的《道情宝卷》——《白马宝卷》《三渡杨氏宝卷》《阎君宝卷》《佛说四德三元仁义宝卷》《善恶报宝卷》《佛说阴功宝卷》，同时介绍了根据清代山西叩阍大案编写的《赵二姑宝卷》（又名《新刻烈女宝卷》）。

车锡伦《中国宝卷研究》收录"山西流传民间宝卷目"70 部[①]，尚丽新在此基础上剔除了明显不是来自介休的宝卷，增补了新近经眼的一些介休宝卷，共得 74 种，收录于《北方民间宝卷研究》。[②]

关于永济宝卷，目前共发现 29 部，另列出存目 10 部。[③] 杨永兵对山西河东地区永济道情班社中尚存的《杨氏宝卷》《阎君宝卷》《白马卷》《送子卷》《药王卷》《牧羊卷》《祭祖卷》等卷本进行了文本、音乐等方面的研究，认为格式较为规范的是《白马卷》，每分均由白文、诗、十言、要篾（即四五言长短句）、诗五部分组成，其他各卷本有的还有曲牌。河东宝卷念唱时有乐器伴奏，唱腔以十字句和七字句为主，间用曲牌体，每段唱腔的演唱程式一般为"起佛""平唱""起波""落尾"。河东宝卷的伴奏乐器以渔鼓简板、四胡、笛子、三才板为主，也常加入本地域流行乐器，如板胡、二胡等，一般跟腔伴奏。[④]

（四）青海宝卷研究

青海宝卷指青海东部农业地区的民和、乐都、互助、湟源和湟中

[①] 车锡伦：《中国宝卷研究》，广西师范大学出版社 2009 年版，第 257—259 页。
[②] 尚丽新、车锡伦：《北方民间宝卷研究》，商务印书馆 2015 年版，第 117—123 页。
[③] 杨永兵：《山西永济道情宝卷文本研究初探》，《中国音乐》（季刊）2012 年第 3 期。
[④] 杨永兵：《山西河东地区宝卷及音乐研究》，《天津音乐学院学报》2012 年第 2 期。

等县传播的宝卷,它以河湟地区的宗教群体"嘛呢会"为载体。[①]青海宝卷受藏传佛教的影响,和佛时念嘛呢六字真言。[②]青海宝卷中取材于传统民间故事、传说和明清以来的戏曲曲艺的宝卷如《方四娘宝卷》《黄氏女宝卷》等称作"闲经",以闲暇时娱乐为主要功能,兼有教化功能,类似于靖江宝卷中的草卷;一些宗教性强的宝卷,或在嘛呢会内的宗教实践、修行中演唱以完成宗教修持,或在民众的民俗宗教生活中满足民众宗教需求以度亡、祈求平安,这些宝卷称为"真经",类似于靖江宝卷"讲经做会"中的圣卷。"真经"还可以分为民间教派宝卷和小卷两种。[③]

青海宝卷的内容有赞颂仙佛出家修行的、歌唱民间传说人物的、反映民众日常生活的,其中有关孝道、善行的内容占绝大多数。[④]刘永红的《青海宝卷研究》对青海宝卷中近20种故事宝卷和宗教宝卷进行了个案分析。尚丽新在刘永红研究青海宝卷的论文基础上,总结出了青海宝卷的几个特点:青海宝卷与民间教派有着更为密切的关系;青海宝卷与当地民间宗教信仰活动"会"紧密结合,仪式性强,有强烈的宗教色彩;青海宝卷有"大经""真经"和"闲经"之分;青海念卷的参加者多为中老年妇女;青海宝卷至今仍保存了最古老的宝卷抄写方式。[⑤]

尚丽新对南北民间宝卷进行了比较,二者的差异主要表现在五个方面:文本形式不同,北方宝卷的形式是教派宝卷繁杂形式的简化,南方宝卷看不出教派宝卷形式的影响,受弹词等民间文艺的影响更大;表演形式不同,北方宝卷总体艺术水平不高,仅仅停留在简单的说唱水平上,南方宝卷吸收了弹词、滩簧的表演技术,发展成了成熟的曲

[①] 刘永红:《青海宝卷研究》,中国社会科学出版社2013年版,第2页。
[②] 刘永红:《青海一部古老的宝卷〈黄氏女卷〉》,《西北民族大学学报》2012年第4期。
[③] 刘永红:《青海宝卷研究》,中国社会科学出版社2013年版,第57—58页。
[④] 刘永红:《青海宝卷研究》,中国社会科学出版社2013年版,第59页。
[⑤] 尚丽新、车锡伦:《北方民间宝卷研究》,商务印书馆2015年版,第180—182页。

艺；题材来源多不相同，北方宝卷多改编自鼓词，南方宝卷多改编自弹词；归宿不同，南方宝卷沿着娱乐化、艺术化的道路发展成为成熟的曲艺，完成了商业化转变，北方宝卷始终未发展成成熟的曲艺，没有走商业化的道路；文本的艺术水平艺术风格不同，南方民间宝卷的艺术水平总体上要高于北方宝卷。①

20世纪80年代以后，日本学者对中国宝卷的调查、整理与研究也取得了一定的进展，其成果在《日本研究中国宝卷的进程与启迪》②一文中有较详细的介绍，兹不赘述。

六、存在的问题与研究展望

中国宝卷研究从20世纪20年代的开创到当下的成就，经历了一个筚路蓝缕、曲折发展的艰辛历程。尤其是2006年以来宝卷"非遗"的申报，政府力量的介入使宝卷的整理、保护和研究持续升温，宝卷研究成为显学。但从学术研究的层面讲，宝卷研究仍未达到一个成熟的阶段。

首先，宝卷的产生和发展时代久远，历史文献极少，大多文献以卷目存在，具有学术研究的文本难以获见，散落民间的宝卷存量不在少数。宝卷研究还处于文本整理和基础研究阶段。学术关注点在宝卷渊源、分类、发展阶段的特征及演唱形态诸方面。有的尚无定论，有的涉入不深。宝卷的信仰研究、音乐研究，与其他俗文学的关系研究，虽有涉入，但学者较少，总体学术水平并没有超越车锡伦先生《中国宝卷研究》的高度。

其次，宝卷文献的学术整理仍是亟待解决的重要问题。宝卷"非

---

① 尚丽新、车锡伦：《北方民间宝卷研究》，商务印书馆2015年版，第186—187页。
② 陈安梅、董国炎：《日本研究中国宝卷的进程与启迪》，《图书馆杂志》2016年第9期。

遗"的申报，政府重在整理文本，但各级政府受区域限制和地方利益，只顾求全求快，再加之专业力量投入少，致使宝卷的收集整理中没有统一的文献标准，对文本也缺少甄别，同卷异名、异卷同名等现象大量存在。1998 年，车锡伦先生在《中国宝卷文献的几个问题》中强调："宝卷文献的整理、出版，是一项严肃的科学性极强的工作。鉴于宝卷的文献特征及其研究价值，笔者认为应以精选善本，汇编影印为宜。"[①]因此，不同区域宝卷文献搜集整理的系统化、学术化、数字化是宝卷研究深入的前提。

再次，宝卷并非单纯的民间文学，它是集民间信仰、教化、民俗与娱乐为一体的活态说唱样式，今后中国宝卷的文本研究应将重点转移到民间教派宝卷上来，从信仰的角度研究中国宝卷产生的动因及其传播深广的原因，探索民间社会的世界观、价值观，探讨民间教派宝卷中三教融合的机制等问题。

近 70 年来，中国民间宝卷研究大都基于宝卷的内部研究，而宝卷的外部研究（宝卷跨学科的关系研究）涉入较少，空间巨大。诸如宝卷与语言、宝卷与民俗、宝卷与宗教、宝卷与伦理等方面。通过语言学、宗教学、民俗学、人类学、传播学等的跨学科研究将是宝卷研究的主要路径和学术增长点。

宝卷文献历史久远、存量体大、范围较广、内容庞杂、涉猎面广，是敦煌文献之后的另一重要的文献资源。展望未来，宝卷学也将是继敦煌学之后的另一个跨学科的国际显学。

原载《社会科学战线》2019 年第 3 期

[①] 车锡伦：《中国宝卷文献的几个问题》，《文献》1998 年第 1 期。

多元化解读：21 世纪宝卷学研究新态势

罗海燕

产生于宋元时期的宝卷，与宗教和民间信仰密切相关，是一种具有信仰、教化与娱乐功能的说唱文本，在中国流布广泛，影响深远。清代嘉道年间黄育楩所撰《破邪详辩》[①]最早对宝卷展开研究。自 20 世纪 20 年代起，宝卷开始进入现代学术研究的视野，并初步确立了独立的宝卷学。回顾这百年，宝卷研究既有高潮也有低谷，成绩巨大但也存有明显不足。进入 21 世纪以来，众学者从不同角度对宝卷进行观照，形成宝卷学研究多元化解读的新态势。

引论：20 世纪宝卷学研究回顾

清代嘉道年间黄育楩出于禁绝民间秘密教门的目的，撰刻《破邪详辩》三卷及《续刻破邪详辩》一卷、《又续破邪详辩》一卷、《三续破邪详辩》一卷，以提要目录形式著录了明清之间秘密教门的诸多经卷，为后人保存了珍贵的研究资料，并且相对系统地阐述了其宝卷观。从现存文献来看，黄育楩可谓最早开展了对宝卷的专门研究。而宝

---

① （清）黄育楩撰，〔日〕浮田瑞穗校注：《校注破邪详辩》，道教刊行会 1972 年版。

真正进入现代学术研究视界，则是在 20 世纪初期。顾颉刚、郑振铎等先生大力开拓在前，李世瑜、车锡伦诸学者奋力呼应在后，一起推动着宝卷研究不断向前发展。回顾这一百年的宝卷学研究，其主要成绩有三，简而论之：

其一，确立一门新的学科——宝卷学。百年来，人们对宝卷的名称、学科属性、渊源、形成与发展、分类、功能、价值意义以及研究方法都有了广泛而深刻的认识。在此基础上，20 世纪 90 年代李世瑜先生明确提出了"宝卷学"一词。[①] 后受其影响，濮文起发表《宝卷学发凡》(《天津社会科学》1999 年第 2 期) 一文，可谓宣布了宝卷学的成立。研究者开始有意识以宝卷学为本位，将其作为一个独立的学科展开整体上的研究。这种自觉体现在三个方面：一是不断地建构宝卷学的理论，郑振铎、李世瑜等人论述可谓代表；二是不断回顾、反省之前的宝卷研究，指出其学术趋势，并针对所存在的问题提出对策，如谢忠岳《宝卷漫谈》(《图书馆工作与研究》1989 年第 4 期)、车锡伦《现代中国宝卷研究的开拓者》(《固原师专学报》1997 年第 4 期) 等；三是坚持立足于宝卷学本位并广泛吸取、借鉴其他学科有效的理论或方法，如车锡伦《明清民间宗教与甘肃的念卷和宝卷》(《敦煌研究》1999 年第 4 期) 等。

其二，文献的大量搜集与整理。百年来，研究者非常重视宝卷文献的搜集与整理，并做了多方面的工作，成就巨大，保障了相关研究的开展。在著录与编目方面，继傅惜华第一部宝卷综合目录《宝卷总录》(巴黎大学北京汉学研究所 1951 年版) 后，李世瑜《宝卷综录》(中华书局 1960 年版) 所著录宝卷数量远超前人，成为此后涉及宝卷研究者必备的工具书。相对零散的发掘与整理则有车锡伦《宝卷叙录》

[①] 濮文起：《宝卷学发凡》，《天津社会科学》1999 年第 2 期；濮注称："'宝卷学'一词，首先由著名民间秘密宗教研究专家李世瑜教授于 90 年代初提出。"

系列论文（分别发表于《东南文化》1985年第1期、《扬州大学学报》1987年第3期及1988年第1期等）。在考辨与汇编方面，有车锡伦《〈破邪详辩〉所载明清民间宗教宝卷的存佚》（《世界宗教研究》1996年第3期）以及张希舜等主编《宝卷初集》（山西人民出版社1994年版）凡40册186部。

其三，实现研究视角由文学到民间宗教的历史性转变。郑振铎最初将宝卷作为俗文学作品纳入中国文学史研究的范畴，并给予极高评价。其影响巨大，之后，许多学者多将宝卷作为俗文学作品纳入所著有关中国文学的史论著作中。但是随着宝卷文献的发现与整理，有学者发现文学并不能涵盖宝卷的全部内涵。李世瑜首先对郑氏说法提出质疑，其《宝卷新研——兼与郑振铎先生商榷》[1]认为宝卷是为流传于民间的各种秘密宗教服务的，强调了宝卷与民间宗教的密切关系。他主张将宝卷研究归入民间宗教研究的体系中。这一认识具有里程碑意义，进一步扩展了宝卷研究的空间，使得结合民间宗教来考察宝卷成为新的研究潮流。

一、新世纪以来宝卷研究视角的多元化

新世纪以来宝卷研究呈现两大特点：一是论著发表数量大幅增加。据中国知网（CNKI）数量统计，有关宝卷论著，自1981—1999年约20年间共发表论文约90篇，而自2000—2012年12年间发表论文即达200余篇；二是研究视角更加趋于多元化。或是分别从文学艺术、曲艺音乐、民俗学、民间宗教、女性主义、人类学、历史学等角度，或是从综合角度加以观照，呈现出多元化态势。

---

[1] 李世瑜：《宝卷新研——兼与郑振铎先生商榷》，《文学遗产》1957年第4期。

（一）文学艺术视角

将宝卷视作文学艺术（包括俗文学、民间文学、曲艺文学、说唱文学及宗教文学等），而加以研究肇始于郑振铎，这曾经是宝卷文本研究的主流，近十年来依然在延续。代表如李豫《〈赵二姑宝卷〉与清代山西叩阍大案》（《山西档案》2003年第3期）、雷逢春《〈白鹦哥吊孝〉创作管窥》（《青海师范大学民族师范学院学报》2009年第1期）、李武莲《凉州宝卷渊源及其艺术特色》（《丝绸之路》2009年第10期）、王文仁《河西宝卷的内容分类及结构特点》（《歌海》2010年第4期）、申娟《酒泉宝卷艺术价值初探》（《广播歌选》2010年第9期）、张灵与孙逊《小说"入冥"母题在宝卷中的承续与蜕变》（《上海师范大学学报》2012年第2期）等。其中，张灵《宝卷对小说的改编及其民间文学特征的彰显》（《文学评论》2012年第2期）更为典型。论文从具体的宝卷作品出发，探讨宝卷改编小说的方式方法，并从民间说唱技艺的运用和民间教化观的植入两个方面，分析宝卷改编过程中，在艺术和思想层面所彰显的民间文学特征。

（二）民间信仰与宗教视角

宝卷中记载了民间信仰及宗教的历史、教义、传承、仪式、修持方法等。结合民间信仰与宗教，对宝卷进行研究，是继文学视角之后的一大潮流。近十年来公开发表的论著有闵丽《罗教五部经卷的基本教理探析》（《宗教学研究》2001年第2期）、韩秉方《清代弘阳教研究》（社会科学文献出版社2002年版）及《观世音信仰与妙善的传说——兼及我国最早一部宝卷〈香山宝卷〉的诞生》（《世界宗教研究》2004年第2期）、吴光正《何仙姑宝卷的宗教内涵》（《宗教学研究》2004年第1期）、周凯燕《〈太郡宝卷〉和五通神信仰的变迁》（《常熟理工学院学报》2009年第3期）、刘正平《〈问答宝卷〉解析——江南无为教觉性正宗派的传世经卷》（《世界宗教研究》2008

年第 4 期)、王欢硕士学位论文《中国民间的财神信仰与财神宝卷研究》(扬州大学,2010 年)、欧阳小玲《民间宗教宝卷与政治斗争》(《云南档案》2012 年第 11 期)、杨永兵《山西永济道情宝卷文本研究初探》(《中国音乐》2012 年第 3 期)等。代表如陆永峰《论宝卷的劝善功能》(《世界宗教研究》2011 年第 3 期)主要从宝卷的民间宗教属性出发,着重探讨作为民间道德教科书的宝卷对民众的劝化作用。

(三)音乐学视角

就音乐学角度而言,宝卷既属于宗教音乐,又属于仪式音乐与说唱音乐。从 20 世纪 50 年代开始,人们就对宝卷中音乐形态给予关注。进入 21 世纪,宝卷音乐形态的研究,成为一大亮点。如有薛艺兵《河北易县、涞水的〈后土宝卷〉》(《音乐艺术》2000 年第 2 期)、王文仁与柴森林《河西宝卷的分类、结构及基本曲调的初步考察》(《星海音乐学院学报》2009 年第 1 期)、傅暮蓉硕士学位论文《论宝卷及其演变》(中央音乐学院,2004 年)、钱铁民《江苏无锡宣卷仪式音乐研究》(上海音乐学院出版社 2005 年版)、宋博媛硕士学位论文《燕赵多慷慨,笙管奏华章——高洛"音乐会"、"南乐会"的调查研究》(河北大学,2006 年)、程海艳《宝卷音乐美学思想探微——以〈临泽宝卷〉为例》(《音乐天地》2007 年第 2 期)、郇芳硕士学位论文《河西宝卷音乐历史形态与现状》(西北师范大学,2009 年)、杨永兵《山西河东〈杨氏宝卷〉音乐初探》(《黄河之声》2009 年第 12 期)、史琳《论江南宣卷的音乐文化渊源》(《常熟理工学院学报》2010 年第 3 期)、张伯瑜《云南蒙自地区洞经经牌"五支半"分析》(《云南艺术学院学报》2012 年第 4 期)、王文仁《河西宝卷的曲牌曲调特点》(《人民音乐》2012 年第 9 期)、杨永兵《山西河东地区宝卷及音乐研究》(《天津音乐学院学报》2012 年第 2 期)等。其中,代表如柳旭辉《娱乐的仪式——河西宝卷念唱活动的意义阐释》(《中国音乐学》

2012年第2期）从民间宝卷的来历、宝卷演唱活动的历史演变、念卷人与听卷人的职能融合与身份转变、宝卷音乐的流变过程等方面，分析和阐释了具仪式与娱乐功能的民间音乐活动的历史成因和文化意义。

（四）女性主义视角

随着女性主义思潮的兴起，许多学者开始关注宝卷中的女性，包括女人与女性神，此类研究方兴未艾。如有濮文起《女性价值的张扬——明清时期民间宗教中的妇女》（《理论与现代化》2006年第5期）、许允贞《父权世界中的女性宗教》（《河南教育学院学报》2009年第1期）、丘慧莹《民间想象的西王母——以世俗宝卷中的王母为例》（《河南教育学院学报》2010年第1期），其他如李豫《山西介休宝卷说唱文学调查报告》（社会科学文献出版社2010年版）探讨晋商研究中的家眷问题，就晋商家眷文化群体和尼庵文化群体之产生互动的原因及其目的进行分析，论文对明清晋商妇女方面的研究有着积极影响。而刘永红《二元对立与狂欢——河西宝卷中的女性人类学解读》（《青海师范大学民族师范学院学报》2011年第1期）则主要对河西宝卷中二元对立的人物形象和狂欢性特点做了解构。研究表明，河西宝卷通过二元对立和狂欢性这两种结构方式，张扬了女性对自我价值与自由的追求，这是对以儒家文化为中心的精英文化的颠覆与反叛。

（五）跨学科视角

跨学科研究在今天越来越被人们所接受，而宝卷自身内容丰富，涉及了众多学科。在这种学术背景下，将宝卷与其他学科进行比较、交叉的研究开始兴起，并取得了不菲的成绩。如车锡伦《宝卷中的俗曲及其与聊斋俚曲的比较》（《蒲松龄研究》2001年第1期）、郭淑云《敦煌〈百鸟名〉〈全相莺哥行孝义传〉与〈鹦哥宝卷〉的互文本性初探》（《敦煌研究》2002年第5期）、李丽丹《源同形异说差别：汉川善书与宝卷之比较》(《湖北民族学院学报》2006年第6期)、陈泳超《故事演述与宝卷叙事——以陆瑞英演述的故事与当地宝卷为例》(《苏州大学学报》2011年第2期)、吴清《敦煌〈五更转〉与河西宝卷〈哭五更〉之关系研究》(《青海民族大学学报》2011年第2期)、庆振轩《图文并茂，借图述事——河西宝卷与敦煌变文渊源探论之一》(《敦煌学辑刊》2011年第3期)等。

此外，中国传统小说体现着古人丰富的民间信仰与宗教思想，有的文本甚至直接提到宝卷，许多学者于是以小说为切入点展开宝卷研究。就《金瓶梅词话》而言，有杨子华《〈金瓶梅〉所描写的佛教文艺——宣卷》(《郧阳师范高等专科学校学报》2006年第2期)、董再琴《〈金瓶梅词话〉中尼姑宣卷活动本事来源地考索》(《北京化工大学学报》2008年第4期)。对于《西游记》有陈宏《〈二郎宝卷〉与小说〈西游记〉关系考》(《甘肃社会科学》2004年第2期)、胡小伟《从〈至元辨伪录〉到〈西游记〉》(《河南大学学报》2004年第1期)与《藏传密宗与〈西游记〉》(《淮阴师院学报》2005年第4期)、苗怀明《两套西游故事的扭结》(2006年《西游记》文化国际学术研讨会《〈西游记〉研究学术论文集》)、万晴川《〈西游记〉与民间秘密宗教宝卷》(同上)、《西游故事在明清秘密宗教中的解读》(《淮阴师院学报》2006年第3期)、蔡铁鹰《论宋元以来民间宗教对〈西游记〉的影响》(《民族文学研究》2008年第2期)等。孙小霞硕士学位论文《酒泉宝卷与话本小说的文体共性初探》(兰州大学，2010年)则讨论了酒泉宝卷与话本小说的关系。赛瑞琪硕士学位论文《文学叙事在民间信仰语境中的生成、变异与展演形态——以芦墟刘王庙会为个案》(复旦大学，2009年)主要通过对芦墟刘王庙会的民俗学田野考察，将与之相关的文学叙事进行展演的情境分析和静态的文本解剖，探讨民间神灵信仰与文学叙事关系。

二、以宝卷学为本位的研究

宝卷属于历史存在，学者通过整理、研究，试图对其加以把握，这就逐渐形成了宝卷学。20世纪宝卷学研究一大贡献就是确立了具有独立性的宝卷学。之前，很多人做了大量的属于宝卷学体系的工作，但他们不一定是出于自觉的宝卷学研究。随着研究的深入，有学者开始有意识以宝卷学为本位，将其作为一个独立的学科展开整体研究。如有车锡伦《中国宝卷研究的世纪回顾》（《东南大学学报》2001年第3期）、李豫《元代的宝卷》（《殷都学刊》2002年第4期）、濮文起《民间宗教经卷的搜集、整理与研究》（《贵州大学学报》2011年第1期）及《宝卷研究的历史价值与现代启示》（《中国文化研究》2000年第4期）、翟建红《对河西宝卷中民间精神的认识》（《河西学院学报》2008年第4期）、李正中与罗海燕《中国宝卷研究概说》[1]、罗海燕《论宝卷学研究的三个维度：宗教·文学·音乐——以古月斋藏〈鹦儿宝卷〉为例》（《北京化工大学学报》2011年第4期）、伊维德与霍建瑜《宝卷的英文研究综述》（《山西大学学报》2012年第6期）等。

其中用力最勤、成就最大的当属车锡伦，近十年来，他先后发表、出版《中国宝卷研究》（广西师范大学出版社2009年版）等多部论著。而他与陆永峰合著《靖江宝卷研究》（社会科学文献出版社2008年版）一书是对靖江宝卷的口头演唱和"文本"、靖江宝卷的形成和发展、靖江宝卷"小卷"的出现、靖江的"做会讲经"与常熟的"做会讲经"的比较及其与明清民间教派的关系等问题所做的长期深入探讨结果。尽管此书尚有一些遗憾，但仍为我们提供了一个宝卷学意义上的研究典范。首先是一种执着的学术精神。大陆宝卷研究的环境并不乐观，车先生《靖江宝卷研究·后记》[2]中曾自叙其中甘苦，但是

---

[1] 李正中：《无奈的记忆——李正中回忆录》，兰台出版社2012年版，第95页。
[2] 陆永峰、车锡伦：《靖江宝卷研究》，社会科学文献出版社2008年版，第431页。

他并未放弃，而数十年如一日，坚持对靖江宝卷进行调查与研究。其次是为我们提供了一种宝卷研究的基本原则，即文献整理与田野调查相结合，历史记载与现存形态相发明，积极吸收其他学科的理论，以宝卷学为本位，展开广泛而深入的研究。第三是展示了一种有效的宝卷研究方法——结合前人研究，通过田野调查广泛搜集资料，详尽叙录，然后分析其文化背景、历史渊源、形成过程，并划分类别，然后展开文本研究与宣演仪式研究，分析其信仰、教化与娱乐功能，揭示出存在的社会历史价值。[①]

结　语

宝卷本身就是历史、文化、宗教、曲艺的资料宝库，其内容广泛，涉及行业店铺、园中花卉、医药知识、装束服饰、农业灾害、礼俗仪仗、三餐食谱、儒典知识、巫术信仰、周边国度等。同时，其形式多样，包括诗歌、民谣、故事、传说、谚语、谜语等多种文体。许多学者采用多元化视角进行观照，做出了令人瞩目的成绩。其积极意义在于：一是进一步开拓了宝卷研究的空间，使其内容更加丰富，为不同的解读提供了无限可能；二是不断借鉴其他学科的理论与研究方法，使得宝卷学越来越体系化与科学化。因此，应继续推进这方面的研究，在更广阔的视野中，对宝卷进行多元化观照。但是值得警惕的是，多元化的解读应立足于宝卷学学科本身，否则过度依赖西方理论或其他学科理论，或简单将宝卷作为其他学科结论的例证，将会使宝卷学研究被边缘化以及附属化。

原载《理论界》2013 年第 8 期

[①] 李正中：《无奈的记忆——李正中回忆录》，兰台出版社 2012 年版，第 95 页。

附　录

一、论著、文献资料目录

1924 年

罗振玉：《敦煌零拾》，上虞罗氏铅印本。

顾颉刚：《孟姜仙女宝卷》，《歌谣周刊》69。

1927 年

郑振铎：《佛曲叙录》，《小说月报》号外 27；后收入 1947 年开明书店出版的《中国文学研究》，又收入 1957 年作家出版社出版的《中国文学研究》。

1931 年

胡适：《〈销释真空宝卷〉跋》，《国立北平图书馆馆刊》05—03。

1932 年

胡行之：《宝卷与弹词》，《中国文学史讲话》，光华书局。

1933 年

魏建猷：《跋黄育楩〈破邪详辩〉》，《燕京大学图书馆报》44。

俞平伯：《驳〈跋销释真空宝卷〉》，上海《文学创刊号》。

1934 年

向达：《明清之际之宝卷文学与白莲教》，《文学》02—06；后收入 1957 年生活·读书·新知三联书店出版的其著《唐代长安与西域文明》。

1935 年

杜颖陶：《牡丹亭与〈天仙圣母源流泰山宝卷〉》，《剧学月刊》04。

1936 年

陈志良：《宝卷提要》，《大晚报》"火炬通俗文学"周刊第 35 期，11 月 25 日；第 37 期，12 月 9 日；第 40 期，12 月 30 日。

1937 年

佟晶心：《探论宝卷在俗文学上的地位》，《歌谣》2—37。

吴晓铃：《关于影戏与宝卷及滦州影戏的名称》，《歌谣》2—40。

1946 年

恽楚材：《宝卷续录》，《大晚报》"通俗文学"周刊第 9 期，10 月 29 日；第 10 期，11 月 5 日；第 12 期，11 月 19 日；第 13 期，11 月 26 日。

1951 年

傅惜华：《宝卷总录》，巴黎大学北京汉学研究所。

1955 年

路工：《孟姜女万里寻夫集》，上海出版公司。

杜颖陶：《董永沉香集》，上海出版公司。

傅惜华：《白蛇传集》，上海出版公司。

1957 年

胡士莹：《弹词宝卷书目》，古典文学出版社。

李世瑜：《宝卷新研》，《文学遗产增刊》04。

张颔：《山西民间流传的"宝卷"抄书》，《火花》03。

1958 年

关德栋：《宝卷漫录》，《曲艺论集》，中华书局上海编辑所。

1959 年

李世瑜：《江浙诸省的宝卷》，《文学遗产增刊》07。

1961 年

李世瑜：《宝卷综录》，中华书局。

1981 年

蔡国梁：《宝卷在〈金瓶梅〉中》，《河北大学学报（哲学社会科学版）》01。

1983 年

周绍良：《无为教经三种》，《文献》04。

1984 年

胡士莹：《弹词宝卷书目（增订）》，上海中华书局。

范长华：《浅谈明代中晚年至清末宝卷与宝卷中孟姜传说的递变》，《台中师范学院学报》09。

陈伯君：《论宝卷雷峰塔的悲剧思想》，《民间文艺集刊》06。

冯佐哲：《日本有关宝卷的研究和庋藏》，《清史研究通讯》04。

〔日〕相田洋撰，冯佐哲、范作申译：《有关日本国会图书馆所藏的宝卷》，《世界宗教资料》03。

刘荫柏：《"西游记"与元明清宝卷》，《文献》04。

1985 年

车锡伦：《宝卷叙录》，《东南文化》06。

喻松青：《新发现的〈佛说利生了义宝卷〉》，《大公报》8 月 22 日。

段平：《论"宝卷"的宗教色彩和艺术特征》，《兰州大学学报》03。

1986 年

马西沙：《最早一部宝卷的研究》，《世界宗教研究》01。

韩秉方：《罗教"五部六册"宝卷的思想研究》，《世界宗教研究》04。

车锡伦：《〈金山宝卷〉和白蛇传故事研究中的几个问题》，《民间文艺集刊》09。

陈毓罴：《新发现的两种"西游宝卷"考释》，《中国文化》06。

萧欣桥：《关于胡士莹先生的〈弹词宝卷书目〉》，《文学遗产》04。

金天麟、唐碧：《浙江嘉善的宣卷和赞神歌》，《曲苑》05。

金天麟：《调查嘉善县宣卷的报告》，《民间文学论坛》03。

1987 年

谢生保：《河西宝卷与敦煌变文的比较》，《敦煌研究》04。

车锡伦：《宝卷叙录》（二），《扬州大学学报（人文社会科学版）》03。

刘荫柏：《〈西游记〉与元明宝卷》，《文献》04。

郑志明：《灶君宝卷的灶神信仰》，《民俗曲艺》48。

1988 年

段平：《河西宝卷选》，兰州大学出版社。

周绍良：《民间宗教经卷四种》，《文献》04。

车锡伦：《宝卷叙录》（三），《扬州大学学报（人文社会科学版）》01。

高启安：《〈四姐宝卷〉与〈方四娘〉》，《青海社会科学》01。

1989 年

谢忠岳：《宝卷漫谈》，《图书馆工作与研究》04。

1990 年

周绍良：《记明代新兴宗教的几本宝卷》，《中国文化》02。

杨振良：《孟姜仙女宝卷所反映的民间故事背景》，台湾《汉学研究》08。

车锡伦：《〈金瓶梅词话〉中的宣卷——兼谈〈金瓶梅词话〉的成书过程》，《明清小说研究》01。

马光星：《略论〈方四姐宝卷〉》，《青海民族学院学报》02。

车锡伦：《吴语区宣卷概说》，《扬州大学学报（人文社会科学版）》04。

谢忠岳：《天津图书馆馆藏善本宝卷叙录》，《世界宗教研究》03。

1991 年

西北师范大学古籍整理研究所：《酒泉宝卷》（上编），甘肃人民出版社。

段宝林等：《俗文学的活化石：靖江宝卷》，台湾《汉声》32。

赵广军：《〈救劫宝卷〉的历史意义》，《河西学院学报》01。

1992 年

郭仪、谭禅雪等：《酒泉宝卷（上编）》，兰州大学出版社。

方步和：《河西宝卷真本（校注研究）》，兰州大学出版社。

段平：《河西宝卷选》，台湾新文丰出版公司。

段平：《河西宝卷选续编》，台湾新文丰出版公司。

段平：《河西宝卷的调查研究》，兰州大学出版社。

桑毓喜：《苏州宣卷考略》，《艺术百家》03。

李鼎霞、杨宝玉：《北京大学图书馆馆藏宝卷简目》，《文史资料》02。

程有庆、林萱：《北京图书馆馆藏宝卷目录》，《文史资料》03。

1993 年

喻松青：《〈法船经〉研究》，《河北大学学报》03。

车锡伦：《明代西大乘教的〈灵应泰山娘娘宝卷〉》，《扬州师院学报（人文社会科学版）》04。

方梅：《江浙宝卷中的神鬼信仰体系及其内涵浅探》，《东南文化》03。

1994 年

喻松青：《民间秘密宗教经卷研究》，台北联经出版事业股份有限公司。

濮文起、宋军：《宝卷·初集》（40 册），山西人民出版社。

林立人：《五部六册经卷》，台湾正一善书出版社。

马西沙：《宝卷与道教的炼养思想》，《世界宗教研究》03。

乔凤歧：《苏州宣卷和它的仪式歌》，《中国民间文化》03。

段宝林等：《活着的宝卷》，《汉声》03。

谢忠岳：《谈谈宝卷研究》，《上海高校图书情报学刊》03。

1995 年

王见川：《〈五部六册〉刊刻略表》，台湾《民间宗教》01，南天书局。

喻松青：《〈销释真空宝卷〉考辨》，《中国文化》01。

车锡伦：《清代民间宗教的两种宝卷》，《兰州学刊》04。

车锡伦：《新发现的江浙民间抄本〈古今宝卷汇编〉》，《艺术百家》03。

王见川：《世界宗教博物馆搜藏的善书、宝卷与民间宗教文献》，台湾《民间宗教》01，南天书局。

1996 年

高国藩：《论民间宗教宝卷》，《固原师专学报》02。

车锡伦：《〈破邪详辩〉所载明清民间宗教宝卷的存佚》，《世界宗教研究》03。

周绍良：《略论明万历年间为九莲菩萨编造的两部经》，台湾《民间宗教》02，南天书局。

连立昌：《〈九莲经〉考》，台湾《民间宗教》02，南天书局。

濮文起：《〈家谱宝卷〉表微》，《世界宗教研究》03。

陈毓罴：《新发现的两种"西游宝卷"考释》，《中国文化》13。

1997 年

车锡伦：《中国宝卷文献的几个问题》，《岱宗学刊》01。

谢忠岳：《现存中华宝卷的收藏分布和研究》，《图书馆工作与研究》03。

〔日〕泽田瑞穗撰，车锡伦、佟金铭译：《宝卷的系统和变迁》，《曲艺讲坛》03。

车锡伦：《现代中国宝卷研究的开拓者》，《固原师专学报》04。

周绍良：《记弘阳教一批经籍》，《传统文化与现代文化》04。

伏连俊：《河西宝卷》，《文史知识》06。

虞文良：《河阳宝卷调查报告》，《民俗曲艺》110，台湾施合郑民俗基金会出版。

车锡伦：《江浙吴方言区的宣卷和宝卷》，《民俗曲艺》（台北）03。

1998 年

车锡伦：《中国宝卷总目》，台湾"中央研究院"中国文哲研究所筹备处。

车锡伦：《中国宝卷漫录四种》，《文献》02。

谢忠岳：《宝卷考录两种》，《图书馆工作与研究》02。

谭禅雪：《河西宝卷概述》，《曲艺讲坛》04。

方步和：《河西宝卷的调查》，《曲艺讲坛》04。

李世瑜：《民间秘密宗教与宝卷》，《曲艺讲坛》05。

张振中：《白莲教宝卷的变迁》，《华夏文化》02。

濮文起：《〈定劫宝卷〉管窥》，《世界宗教研究》01。

1999 年

王见川、林万传：《明清民间宗教经卷文献》12 册，台湾新文丰出版公司。

濮文起：《宝卷学发凡》，《天津社会科学》02。

车锡伦：《明清民间宗教与甘肃的念卷和宝卷》，《敦煌研究》04。

陈俊峰：《有关东大乘教的重要发现》，《世界宗教研究》01。

车锡伦：《〈结经〉探源》，《扬州大学学报（人文社会科学版）》03。

虞卓娅：《〈雷峰塔〉传奇与〈雷峰宝卷〉》，《浙江海洋学院学报（人文科学版）》04。

2000 年

车锡伦：《中国宝卷的渊源》，《扬州大学学报（人文社会科学版）》05。

濮文起：《宝卷研究的历史价值与现代启示》，《中国文化研究》冬之卷。

董晓萍：《华北说唱经卷研究》，《北京师范大学学报（人文社会科学版）》06。

车锡伦：《宝卷中的俗曲及其与聊斋俚曲的比较》，《蒲松龄研究》01。

2001 年

闵丽：《罗教五部经卷的基本教理探析》，《宗教学研究》02。

郭仪：《珍贵的"河西宝卷"》，《丝绸之路》11。

褚历：《西安鼓乐中的民间宗教仪式歌曲——念词》，《民族音乐研究》03。

党宝海：《山西隰县千佛庵的明清佛典与宝卷》，《文献》02。

2002 年

车锡伦：《信仰、教、娱乐——中国宝卷研究及其他》，台北学生书局。

李豫：《元代的宝卷》，《殷都学刊》04。

郭淑云：《敦煌〈百鸟名〉〈全相莺哥行孝义传〉与〈鹦哥宝卷〉的互文本性初探》，《敦煌研究》05。

车锡伦：《明清民间教派宝卷中的小曲》，《汉学研究》01。

王昊：《〈中国宝卷总目〉补遗》，《文献》04。

2003 年

车锡伦：《中国宝卷的形成及其演唱形态》，《敦煌研究》02。

马西沙：《宝卷与道教》，《北京联合大学学报》01。

陈汝衡：《明代的宝卷及宣卷》，《台湾宗教研究通讯》05，台湾兰台出版社。

宋军：《新发现黄天道宝卷经眼录》，《台湾宗教研究通讯》06，台湾兰台出版社。

车锡伦:《明清民间教派宝卷中的小曲》,《汉学研究》(台北) 20—1。

李世瑜:《〈三教应劫总观通书〉初探》,《台湾宗教研究通讯》 06,台湾兰台出版社。

车锡伦:《清及近现代吴方言区民间宣卷和宝卷概况》,《温州师范学院学报(哲学社会科学版)》03。

李豫、李雪梅:《〈赵二姑宝卷〉与清代山西叩阍大案》,《山西档案》03。

车锡伦:《山西介休"念卷"和宝卷》,《民俗研究》04。

2004 年

韩秉方:《观世音信仰与妙善的传说——兼及我国最早一部宝卷〈香山宝卷〉的诞生》,《世界宗教研究》02。

濮文起:《〈弥勒尊经〉蠡测——兼与马西沙教授商榷》,《中华文化论坛》04。

尹虎彬:《河北民间表演宝卷与仪式语境研究》,《民族文学研究》03。

吴光正:《〈何仙姑宝卷〉的宗教内涵》,《宗教学研究》01。

陈宏:《〈二郎宝卷〉与〈西游记〉关系考》,《甘肃社会科学》02。

2005 年

濮文起:《民间宝卷》(20 册),黄山书社。

车锡伦:《明代的佛教宝卷》,《民俗研究》01。

李国庆:《新见明末还源教全套宝卷〈五部六册〉叙录——附〈三教圣像泥金手绘图册〉》,《世界宗教研究》04。

徐宏图:《〈南雁圣传仙姑宝卷〉的发现及其面貌》,《中国文哲研究通讯》06。

2006 年

王见川、车锡伦、宋军、李世伟、范纯武:《明清民间宗教经卷文献（续编）》12 册，台湾新文丰出版公司。

〔韩〕李浩栽、梁景之：《明末清初民间宗教的民族观析论——以〈冬明历〉为例》，《民族研究》03。

濮文起：《〈如意宝卷〉解析——清代天地门教经卷的重要发现》，《文史哲》01。

李丽丹：《源同形异说差别：汉川善书与宝卷之比较》，《湖北民族学院学报（哲学社会科学版）》06。

杨子华：《〈金瓶梅〉所描写的佛教文艺——宣卷》，《郧阳师范高等专科学校学报》02。

程海艳：《宝卷音乐美学思想探微——以〈临泽宝卷〉为例》，《安徽文学》12。

罗金莲：《抢救〈目连宝卷〉剧迫在眉睫》，《中国土族》03。

2007 年

李世瑜：《宝卷论集》，台湾兰台出版社。

车锡伦：《中国宝卷研究论集》，台湾学海出版社。

徐永成：《金张掖民间宝卷》，甘肃文化出版社。

尤红：《中国靖江宝卷》，江苏文艺出版社。

梁一波：《中国·河阳宝卷集》，上海文艺出版社。

张旭主编：《山丹宝卷》，甘肃文化出版社。

车锡伦：《最早以"宝卷"命名的宝卷——谈〈目连救母出离地狱生天宝卷〉》，《宁夏师范学院学报》02。

车锡伦：《明末、清及近现代北方的民间念卷和宝卷》，《文化遗产》01。

刘守华：《从宝卷到善书——湖北汉川善书的特质与魅力》，《文化遗产》01。

孔庆茂：《靖江讲经宝卷源流考》，《民族艺术》03。

陶思炎：《靖江宝卷的文化价值与保护方略》，《民族艺术》03。

段宝林：《靖江讲经宝卷的传承与保护研究》，《民族艺术》03。

高小康：《靖江宝卷与非物质文化遗产的空间转换》，《民族艺术》03。

廖明君：《靖江宝卷与非物质文化遗产保护》，《民族艺术》03。

王廷信：《靖江宝卷的非物质文化遗产价值——以〈三茅宝卷〉为例》，《民族艺术》03。

濮文起：《〈三教应劫总观通书〉再探——兼与李世瑜先生商榷》，《求索》04。

侯冲、杨净麟：《〈达摩宝传〉与清末民初民间宗教派别——以其对"祖师西来意"的理解为中心》，《宗教学研究》01。

车锡伦：《〈佛说王忠庆大失散手巾宝卷〉漫录》，《韶关学院学报》01。

万晴川：《以明清民间宗教宝卷考察〈西游记〉的版本演变》，《中国文学研究》01。

程海艳：《宝卷音乐美学思想探微——以〈临泽宝卷〉为例》，《音乐天地》02。

韩秉方：《〈香山宝卷〉与中国俗文学之研究》，《北京科技大学学报（社会科学版）》03。

车锡伦：《江苏"苏州宣卷"和"同里宣卷"》，《民间文化论坛》02。

万晴川、曹丽娜：《宣卷与进香：明清妇女生活剪影——以小说为考查对象》，《中国典籍与文化》03。

2008 年

陆永峰、车锡伦：《靖江宝卷研究》，社会科学文献出版社。

张爱民：《河西宝卷——我国民间曲艺艺术瑰宝》，《甘肃社会科学》02。

翟建红：《河西宝卷的解读与民间精神的认识——以宣扬孝道为中心的宝卷文本研究》，《齐齐哈尔师范高等专科学校学报》05。

翟建红：《对河西宝卷中民间精神的认识》，《河西学院学报》04。

金波：《独具魅力的河西宝卷》，《科技风》12。

车锡伦：《对江苏靖江做会讲经和宝卷的调查与研究——〈靖江宝卷研究〉后记》，《河南教育学院学报（哲学社会科学版）》04。

孔庆茂、吴根元、姚富培：《靖江讲经宝卷传承谱系调查》，《艺术百家》04。

车锡伦：《江苏常熟地区的"做会讲经"和宝卷简目》，《河南教育学院学报（哲学社会科学版）》06。

李烈初：《兰溪欣见万历版罗教宝卷全帙》，《收藏界》02。

孔庆茂：《新发现明末长生教宝卷考》，《学海》05。

刘正平：《〈问答宝卷〉解析——江南无为教觉性正宗派的传世经卷》，《世界宗教研究》04。

濮文起、莫振良：《〈董祖立道根源（支排记）〉解读——一部记载清代天地门教组织源流的经卷》，《浙江社会科学》09。

濮文起：《〈天地宝卷〉探颐——清代天地门教经卷的又一重要发现》，《贵州大学学报（社会科学版）》06。

董再琴、李豫：《〈金瓶梅词话〉中尼姑宣卷活动本事来源地考索》，《北京化工大学学报（社会科学版）》04。

2009 年

车锡伦：《中国宝卷研究》，广西师范大学出版社。

宋进林、唐国增：《甘州宝卷》，中国书画出版社。

吴玉堂：《从宝卷的特征看其渊源》，《湖南医科大学学报（社会科学版）》02。

王文仁、柴森林：《河西宝卷的分类、结构及基本曲调的初步考察》，《星海音乐学院学报》01。

吴光林：《河西宝卷的思想内容及其特点》，《北方作家》05。

李武莲：《凉州宝卷渊源及其艺术特色》，《丝绸之路》10。

宋丽娟、宋进林、唐国增：《民间文化魂宝——甘州宝卷》，《丝绸之路》20。

孔庆茂：《论非物质文化遗产的文本保护——以靖江宝卷为例》，《寻根》06。

车锡伦：《江苏常熟地区的"做会讲经"和宝卷简目》，《河南教育学院学报（哲学社会科学版）》06。

车锡伦：《新发现的清初南无教〈泰山圣母苦海宝卷〉》，《河南教育学院学报（哲学社会科学版）》01。

濮文起：《〈杓峪问答〉探析——清代天地门教经卷的又一重要发现》，《南开学报》02。

濮文起：《〈圣意叩首之数〉钩玄——清代天地门教经卷的又一重要发现》，《世界宗教研究》03。

周凯燕：《〈太郡宝卷〉和五通神信仰的变迁》，《常熟理工学院学报》03。

杨永兵：《山西河东〈杨氏宝卷〉音乐初探》，《黄河之声》12。

2010年

王学斌：《河西宝卷集萃》，中国人民大学出版社。

李豫等：《山西介休宝卷说唱文学调查报告》，社会科学文献出版社。

史琳：《苏州胜浦宣卷》，古吴轩出版社。

王文仁：《河西宝卷的内容分类及结构特点》，《歌海》04。

马月亮：《浅谈河西宝卷的音韵学价值》，《文教资料》18。

郇芳：《河西宝卷研究回顾》，《档案》01。

李巍：《山西非物质文化遗产调查方法论思想浅谈——以〈山西介休宝卷说唱文学调查报告〉为例》，《沧桑》10。

关瑾华：《粤板宝卷与粤地善书坊初探》，《图书馆论坛》06。

张培锋：《〈西游记〉与罗教》，《文学与文化》02。

车锡伦：《读清末蒋玉真编〈醒心宝卷〉——兼谈"宣讲"（圣谕、善书）与"宣卷"（宝卷）》，《文学遗产》02。

丘慧莹：《民间想象的西王母——以世俗宝卷中的王母为例》，《河南教育学院学报（哲学社会科学版）》01。

刘海峰：《民间俗文学〈香山宝卷〉研究》，《黑龙江科技信息》24。

〔日〕武内房司著，刘叶华译：《中国民众宗教的传播及其在越南的本土化——汉喃研究院所藏诸经卷简介》，《清史研究》01。

2011年

中共张家港市委宣传部、中共张家港市锦丰镇委员会、张家港市文学艺术节联合会编：《中国沙上宝卷集》，上海文艺出版社。

黄靖：《宝卷笔记》，江苏人民出版社。

车锡伦：《形成期之宝卷与佛教之忏法、俗讲和"变文"》，《民族文学研究》01。

陆永峰：《论宝卷的劝善功能》，《世界宗教研究》03。

刘永红：《神圣文本与行为——西北宝卷抄卷传统》，《青海社会科学》04。

刘永红：《二元对立与狂欢——河西宝卷中的女性人类学解读》，《青海师范大学民族师范学院学报》01。

吴清：《敦煌〈五更转〉与河西宝卷〈哭五更〉之关系研究》，《青海民族大学学报（社会科学版）》02。

王文仁、石芳：《河西宝卷学科属性之辩》，《黄钟（中国·武汉音乐学院学报）》01。

王文仁：《河西宝卷的传承方式探析》，《人民音乐》09。

庆振轩：《图文并茂，借图述事——河西宝卷与敦煌变文渊源探论之一》，《敦煌学辑刊》03。

车锡伦：《"非遗"民间宝卷的范围和宝卷的"秘本"发掘出版等问题——影印〈常州宝卷〉序》，《河南教育学院学报（哲学社会科学版)》01。

车锡伦：《清末民国间常州地区刊印的宝卷》，《民俗研究》04。

马韵斐：《靖江做会讲经仪式中观念之解读——以一次梓潼宝卷仪式为例》，《艺术百家》01。

丘慧莹：《江南的牛郎织女宝卷研究》，《阅江学刊》01。

陈泳超：《故事演述与宝卷叙事——以陆瑞英演述的故事与当地宝卷为例》，《苏州大学学报（哲学社会科学版）》02。

陆永峰：《论宝卷中的民间冥府信仰》，《民族文学研究》04。

刘永红：《明清宗教宝卷中的西王母形象与信仰》，《青海社会科学》05。

于红：《明清时期晋商妇女的精神家园——评〈山西介休宝卷说唱文学调查报告〉》，《晋图学刊》03。

欧阳小玲、钟东：《中国主要宝卷目录概述》，《图书馆界》06。

濮文起：《民间宗教经卷的搜集、整理与研究》，《贵州大学学报》01。

2012 年

庆振轩：《河西宝卷与敦煌文学研究》，人民出版社。

陆永峰、车锡伦：《吴方言区宝卷研究》，社会科学文献出版社。

马西沙：《中华珍本宝卷》第 1 辑 10 册，社会科学文献出版社。

陆永峰：《民间宝卷的抄写》，《民俗研究》04。

张灵、孙逊：《宝卷印本形制流变考述》，《中华文史论丛》02。

李永平：《神授天书与代圣立言：宝卷来源的人类学解读——以〈香山宝卷〉为中心的考察》，《民俗研究》06。

刘永红：《青海一部古老的宝卷〈黄氏女宝卷〉》，《西北民族大学学报（哲学社会科学版）》04。

王文仁：《河西宝卷的曲牌曲调特点》，《人民音乐》09。

柳旭辉：《娱乐的仪式——河西宝卷念唱活动的意义阐释》，《中国音乐学》02。

刘梅花：《凉州宝卷》，《中国土族》02。

杨永兵：《山西永济道情宝卷渊源初探》，《大舞台》11。

杨永兵：《山西河东地区宝卷及音乐研究》，《天津音乐学院学报》02。

杨永兵：《山西永济道情宝卷文本研究初探》，《中国音乐》03。

于红、李豫：《山西运城道情宝卷中的江南商人行商题材卷子——〈佛说四德三元仁义宝卷〉》，《晋中学院学报》01。

张灵：《宝卷对小说的改编及其民间文学特征的彰显》，《文学评论》02。

张灵、孙逊：《小说"入冥"母题在宝卷中的承续与蜕变》，《上海师范大学学报（哲学社会科学版）》02。

靳梓培：《浅析〈紫荆宝卷〉中的民间精神》，《重庆科技学院学报（社会科学版）》11。

伊维德、霍建瑜：《宝卷的英文研究综述》，《山西大学学报（哲学社会科学版）》06。

李希：《于都县宝卷讲唱调查报告》，《戏剧之家》01。

2013 年

刘永红：《西北宝卷研究》，民族出版社。

刘永红：《青海宝卷研究》，中国社会科学出版社。

黄靖：《宝卷民俗》，古吴轩出版社。

霍建瑜：《美国哈佛大学哈佛燕京图书馆藏宝卷汇刊》7 册，广西师范大学出版社。

史琳、段玉香、袁媛：《基于俗文学与音乐学的宝卷学研究》，《郑州大学学报》02。

陈富元、刘永红：《宝卷叙事中的启悟与度脱——基于文学人类学的分析》，《青海师范大学学报（哲学社会科学版）》02。

韩洪波、陈安梅：《长生、苦空与忠孝——宝卷命名路径及民族文化视野》，《保定学院学报》02。

张灵、孙逊：《从宝卷对小说的改编看民间多神信仰的历史生成》，《明清小说研究》02。

陆永峰：《论宝卷中的创世说》，《民族文学研究》03。

柳红波、王晓晶：《河西宝卷特征及时代价值探微》，《黑龙江史志》09。

张馨心：《河西宝卷与河西讲唱文学关系——以〈方四姐宝卷〉为例》，《敦煌学辑刊》01。

孙鸿亮：《山西介休宝卷与陕北说书》，《安康学院学报》04。

张萍：《明清时期秘密教门的妇女观——对〈血湖宝卷〉的释读》，《甘肃理论学刊》05。

李志鸿：《新见罗祖教〈五部六册〉宝卷及宣卷仪式》，《世界宗教研究》03。

尚丽新：《〈黄氏女宝卷〉中的地狱巡游与民间地狱文化》，《古典文学知识》06。

李云峰、温晓燕：《〈长城宝卷〉探析》，《滁州职业技术学院学报》01。

欧阳小玲、钟东：《我国宝卷整理工作研究》，《河南图书馆学刊》02。

罗海燕：《多元化解读：21世纪宝卷学研究新态势》，《理论界》08。

2014 年

马西沙：《中华珍本宝卷》第 2 辑 10 册，社会科学文献出版社。

车锡伦、钱铁民：《中国民间宝卷文献集成·江苏无锡卷》，商务印书馆。

冯锦文：《中国宝卷生态化保护与传承交流研讨会论文集》，河海大学出版社。

李正中：《善书宝卷研究丛书》，台湾博客思出版社。

钟小安：《绍兴宣卷研究》，中国社会科学出版社。

宋运娜、王明政：《敦煌变文与凉州宝卷探微》，《丝绸之路》06。

冯艳军：《凉州宝卷探微》，《佳木斯职业学院学报》08。

马春芳：《敦煌变文与河西宝卷中的王昭君故事研究》，《时代文学》12。

丁一清：《西北宝卷与明清小说传播》，《哈尔滨师范大学社会科学学报》05。

刘永红：《甘肃宝卷念卷中的明清曲牌与民间小调》，《青海师范大学民族师范学院学报》02。

尚丽新、周帆：《北方宝卷宣卷人探析》，《文化遗产》02。

滕华英：《〈中国靖江宝卷〉中"官"字俗语的民间政治文化分析》，《民俗研究》01。

杨海宾：《吴江传统民间音乐的传承现状探析——以汾湖宝卷、坛丘乐人班为例》，《艺术教育》10。

李萍：《"佛法的腔调"——论无锡宣卷音声的仪式性特征及信仰核心》，《中国音乐》02。

钟小安：《论绍兴宣卷的保护传承》，《学理论》12。

侯冲：《宝卷新研——以罗祖〈五部六册〉征引四部宝卷为中心》，上海师范大学哲学学院敦煌研究所：《上海师范大学60周年校庆——经典、仪式与民间信仰国际学术研讨会论文集》。

李志鸿：《赣南闽西罗祖教抄本宝卷探析》，《世界宗教文化》06。

卞良君：《清代道情、宝卷中韩愈形象的演变及其历史文化价值》，《中州学刊》02。

张灵：《"西游"宝卷的取材特点及原因探析》，《学术界》04。

毛守仁：《〈空王宝卷〉与晋中的空王佛》，《名作欣赏》19。

刘永红：《田野调查新见宝卷概述》，《青藏高原论坛》03。

2015 年

马西沙：《中华珍本宝卷》第 3 辑 10 册，社会科学文献出版社。

尚丽新、车锡伦：《北方民间宝卷研究》，商务印书馆。

黄靖：《善化人生·靖江民间讲经》，凤凰出版社。

李贵生：《从敦煌变文到河西宝卷——河西宝卷的渊源与发展》，《青海民族大学学报（社会科学版）》01。

李贵生、王明博：《河西宝卷说唱结构嬗变的历史层次及其特征》，《社会科学战线》11。

王文仁：《河西宝卷曲牌与敦煌曲子词同名词牌的比较》，《人民音乐》08。

程瑶：《河西民间宗教宝卷的叙事体制》，《宗教学研究》02。

程瑶：《河西民间宗教宝卷方俗语词的文化蕴藉》，《汉语学报》02。

鲍玥如、敖运梅：《河西宝卷中传统人物形象的颠覆及其演变》，《文艺评论》02。

李贵生、王明博：《河西宝卷说唱结构嬗变的历史层次及其特征》，《社会科学战线》11。

朱瑜章：《河西宝卷存目辑考》，《文史哲》04。

李言统、刘永红：《宝卷与青海嘛呢经流变的关系》，《青海社会科学》04。

马丽皓：《酒泉宝卷音乐价值浅析》，《戏剧之家》07。

尚丽新、袁野：《山西永济宝卷与河东道情》，《文化遗产》04。

王定勇：《宝卷与道情关系论略》，《文化遗产》04。

李萍：《无锡宣卷与宝卷之共生关系探析》，《中国音乐》01。

钟小安、钟雯：《绍兴宣卷的思想内容与文本结构》，《绍兴文理学院学报（哲学社会科学）》04。

孙跃、杨旺生：《民间信仰的社会服务功能——以靖江宝卷中儒释道三教为例》，《绵阳师范学院学报》07。

侯冲：《早期宝卷并非白莲教经卷——以〈五部六册〉征引宝卷为中心的考察》，《清史研究》01。

张经洪：《〈明宗孝义达本宝卷〉解析——释大宁的宗教伦理观与宋明理学之互摄》，《兰州文理学院学报（社会科学版）》03。

王见川：《民间宗教经卷的年代及真伪问题——以〈九莲经〉、〈三煞截鬼经〉为例》，《清史研究》01。

隋爱国：《〈佛说皇极结果宝卷〉考论》，《世界宗教文化》02。

崔云胜：《〈仙姑宝卷〉的版本及其相关问题研究》，《河西学院学报》03。

袁野：《〈花名宝卷〉初探》，《现代语文（学术综合版）》10。

张国良：《宝卷俗字札记》，《古汉语研究》02。

王定勇、唐碧：《中国宝卷研究的纵深化、多元化和国际化发展——中国宝卷国际研讨会暨中国俗文学学会2014年会综述》，《民间文化论坛》01。

吴瑞卿：《抄本宝卷的目录提要研究》，《河南图书馆学刊》11。

陈景熙：《先天道坤道的宗教生涯与宝卷的感化作用——以新加坡坤道许慈惠为案例》，《宗教学研究》03。

崔蕴华：《牛津大学藏中国宝卷述略》，《北京社会科学》04。

2016 年

黄靖：《解读靖江宝卷》，江苏人民出版社。

李永平：《禳灾与记忆：宝卷的社会功能研究》，中国社会科学出版社。

孙跃：《活着的传统：中国靖江做会讲经研究》，南京大学出版社。

车锡伦：《什么是宝卷——中国宝卷的历史发展和在"非遗"中的定位》，《民族艺术》03。

宝诺娅、车锡伦：《继承与开拓——"什么是宝卷"问答、评议与讨论》，《民族艺术》03。

程国君：《论丝路河西宝卷的文化形态、文体特征与文化价值》，《甘肃社会科学》02。

程瑶：《河西民间宗教宝卷的叙事体制》，《宗教学研究》02。

李亚棋：《玄奘"五不翻"原则对河西宝卷中民俗文化词外宣翻译的启示》，《郑州航空工业管理学院学报（社会科学版）》02。

李亚棋：《河西宝卷的保护与传承》，《温州大学学报（社会科学版）》06。

哈建军：《河西宝卷中生存智慧和民间生态的建构与传播》，《宁夏师范学院学报》01。

哈建军：《民间生态智慧的传承与"非遗"的价值新估——兼论河西宝卷的当代文化价值》，《广西民族研究》03。

哈建军、张有道、李奕婷：《河西宝卷对走廊文化的注解及其当代价值》，《社科纵横》12。

李亚棋：《民间俗文学——河西宝卷之译介》，《内蒙古电大学刊》05。

商文娇：《民间信仰的流变和文化融合——以河湟宝卷与嘛呢经为例》，《青海社会科学》05。

李亚棋：《外宣视角下河西宝卷民俗文化词翻译研究》，《钦州学院学报》03。

隋爱国：《学术视野中的崭新"说唱"——简评〈北方民间宝卷研究〉》，《博览群书》04。

董晓萍：《从宝卷研究民间信仰——尹虎彬〈河北后土宝卷与地崇拜〉序》，《民间文化论坛》01。

张雪娇、张露、刘凤娇：《山西永济道情艺人宣唱宝卷研究》，《现代语文（学术综合版）》04。

车锡伦、吴瑞卿：《苏州地区一个宣卷家族抄传的宝卷——傅惜华先生旧藏〈陆增魁氏藏宝卷〉》，《民间文化论坛》04。

刘晓蓉：《湘西保靖宝卷抄本的研究价值》，《铜仁学院学报》03。

高孝书：《罗教经书明朝刻本：见证历史变迁与文化交流的碰撞》，《档案时空》05。

车锡伦：《〈泰山天仙圣母灵应宝卷〉漫录》，《民间文化论坛》01。

韩洪波、叶飞：《郑州大学图书馆藏刻本〈三茅宝卷〉叙录》，《中北大学学报（社会科学版）》02。

韩洪波：《稀见民间宝卷〈和合宝卷〉考述》，《兰台世界》23。

钱姿妤、车瑞：《〈小董永卖身宝卷〉研究》，《襄阳职业技术学院学报》02。

温晶晶：《〈宣讲拾遗〉与劝世文宝卷》，《现代语文（学术综合版）》11。

苗怀明：《宝卷文献研究述略》，《中国古代小说戏剧研究》12。

韩洪波：《〈中国宝卷总目〉补遗十则》，《兰台世界》08。

陈泳超：《朱炳国先生新收民国时期洛社宝卷考述》，《文化遗产》01。

《南京图书馆藏珍贵宝卷掠影》，江苏省图书馆学会、南京图书馆：《新世纪图书馆》02、03、04、05、06、07、08、09、10、11、12。

陈安梅、董国炎：《中日宝卷研究历史状况及启迪》，《四川大学学报（哲学社会科学版）》02。

渠亚楠：《21世纪以来中国宝卷研究综述》，《吉林化工学院学报》02。

2017年

段宝林：《宝卷的立体性与宗教美》，《常熟理工学院学报》11。

敏春芳、程瑶：《河西宝卷方俗口语词的文化蕴涵——以民间宗教类宝卷为例》,《世界宗教研究》02。

张有道、哈建军:《家园文化调适与河西宝卷的当代文化价值》,《兰州文理学院学报(社会科学版)》01。

刘永红:《洮岷宝卷念卷群体多元化特征研究》,《齐齐哈尔大学学报(哲学社会科学版)》02。

刘晓蓉、张建强:《论宝卷对孝道文化的弘扬——基于湘西宝卷的田野调查》,《怀化学院学报》10。

刘梦爽、王定勇:《变文、宝卷中王昭君故事之比较》,《常熟理工学院学报》05。

韩焕忠:《民间信仰的"三教合一"特征——以〈重刻辟邪归正消灾延寿立愿宝卷〉为中心的考察》,《湖南行政学院学报》02。

车锡伦:《读宝卷笔记(三题)》,《常熟理工学院学报》05。

蔡迎春、黄黎明:《〈众喜宝卷〉版本考论》,《图书馆杂志》07。

陈泳超:《〈太姥宝卷〉的文本构成及其仪式指涉——兼谈吴地神灵宝卷的历史渊源》,《民族文学研究》02。

黄沚青、林雅:《清抄本〈银娘宝卷〉语言研究》,《现代语文(语言研究版)》03。

张钦:《两种〈丁郎寻父宝卷〉传播变异规律研究》,《绥化学院学报》06。

曾莉莎、车瑞:《〈沉香宝卷〉研究》,《襄阳职业技术学院学报》09。

白若思:《当代常熟〈香山宝卷〉的讲唱和相关仪式》,《常熟理工学院学报》05。

薛蓓:《常熟宝卷〈长生卷〉俗字例释》,《常熟理工学院学报(哲学社会科学)》05。

王晶波:《从敦煌本〈佛说孝顺子修行成佛经〉到〈金牛宝卷〉》,《敦煌学辑刊》03。

2018年

李萍：《无锡宣卷仪式音声研究》，中国社会科学出版社。

张灵：《"八仙"故事的民间化重构——基于宝卷的研究视角》，《上海师范大学学报（哲学社会科学版）》02。

李永平：《"大闹"与"伏魔"：〈张四姐大闹东京宝卷〉的禳灾结构》，《民俗研究》03。

王晶波、韩红：《"牛犊娶亲"故事的佛教源流及其演变》，《甘肃社会科学》01。

李蔚：《"螳螂娶亲"故事概述与文本对比》，《汉字文化》06。

李贵生：《敦煌变文与河西宝卷说唱结构的形成及其演变机制》，《民族文学研究》06。

王俊桥：《敦煌变文与酒泉宝卷王昭君故事比较研究》，《天水师范学院学报》01。

霍掖红：《河西宝卷的传承方式与时代价值》，《艺术科技》12。

姬慧：《河西宝卷方俗词语义考二则》，《渭南师范学院学报》15。

闫典芝：《河西宝卷文献综述》，《北方音乐》11。

张曦萍：《河西宝卷与〈一千零一夜〉的思想脉络研究》，《文学教育（上）》11。

章永平：《论河西宝卷的旅游开发》，《度假旅游》08。

刘永红：《论洮岷宝卷的文本现状、形制与传承》，《青海师范大学学报（哲学社会科学版）》03。

王金甫、黄靖：《凉州小宝卷初探》，《常熟理工学院学报（哲学社会科学）》06。

刘永红：《凉州小宝卷的内容、形式与渊源》，《青海师范大学民族师范学院学报》01。

尚丽新：《二十七种永济宝卷叙录》，《常熟理工学院学报（哲学社会科学）》04。

陈泳超：《关于〈二郎宝卷〉造经时间的辨正及相关问题》，《常熟理工学院学报（哲学社会科学）》06。

李志鸿：《后土信仰与中国民间信仰》，《世界宗教文化》03。

马兰：《家宅"六神"信仰流变考》，《廊坊师范学院学报（社会科学版）》03。

陈泳超：《靖江〈大圣宝卷〉的信仰与文学渊源》，《中山大学学报（社会科学版）》03。

薛润梅：《论〈金瓶梅〉中的宣卷书写》，《太原师范学院学报（社会科学版）》04。

凌亦巧、胡蕴文、徐渊洁：《孟姜女故事的地域差异——以〈歌谣周刊〉中〈孟姜女哭长城〉和〈孟姜仙女宝卷〉为例》，《文教资料》27。

刘晓蓉、张建强：《武陵山区宝卷结构类型研究——以保靖县宝卷田野调查为基础》，《铜仁学院学报》04。

刘祎如：《戏曲、小说和世俗宝卷对莲花落的文化选择及文学书写》，《齐齐哈尔大学学报（哲学社会科学版）》10。

韩洪波：《洛阳图书馆藏宝卷版本叙录》，《常熟理工学院学报（哲学社会科学）》04。

韩洪波：《河南省图书馆藏宝卷版本叙考——以〈中国宝卷总目〉为参照》，《商丘师范学院学报》10。

韩洪波：《古汴遗珍——开封图书馆藏宝卷版本述略》，《天中学刊》05。

刘彦彦：《牛津大学博德利图书馆珍藏宝卷考述》，《文献》06。

李亚棋：《中国民间文学的世界之路——河西宝卷的对外译介》，《语言与翻译》02。

2019 年

张天佑、任积泉主编：《丝路稀见刻本宝卷集成》10 册，天津古籍出版社。

李亚棋、管瑞庭：《河西宝卷对外传播研究》，《文学教育（上）》04。

刘亚新：《〈孟姜女宝卷〉中的民间宗教思想》，《韶关学院学报》01。

陆冉：《〈血湖宝卷〉的禳灾功能探究》，《绥化学院学报》06。

李永平、郝丹：《〈沉香宝卷〉的故事增值与结构承续》，《文化遗产》03。

车瑞：《西游戏·西游记·西游宝卷——"刘全进瓜"故事研究》，《戏剧之家》14。

韩洪波：《河南说唱传统与宝卷的产生及流传》，《河南教育学院学报（哲学社会科学版）》03。

崔常俊：《清官、神道、活阎罗：民间宝卷中包公形象的文化解读》，《平顶山学院学报》01。

钱佳楠、王定勇：《苏南宝卷与民俗之关系》，《常熟理工学院学报（哲学社会科学）》01。

丘慧莹：《吴地流通的狸猫换太子故事宝卷研究》，《常熟理工学院学报（哲学社会科学）》01。

刘晓蓉、陈湘红：《湘西保靖县宝卷方言俗语词举隅》，《怀化学院学报》03。

王明博、李贵生：《近70年来中国宝卷研究回顾》，《社会科学战线》03。

韩洪波：《〈西虹市首富〉与〈财神宝卷〉的对照分析》，《齐齐哈尔大学学报（哲学社会科学版）》06。

王明博：《车锡伦"甘肃河西地区流传抄本民间宝卷目"补正》，《民族文学研究》05。

魏娜：《从宝卷文本中看儒家思想下的民间教化观念》，《襄阳职业技术学院学报》03。

钱秀琴：《河西走廊民间口头说唱文学的多神信仰体系——以河西宝卷与凉州贤孝为例》，《甘肃广播电视大学学报》04。

张玉云：《解读宝卷薪火相传——凉州宝卷调查研究》，《课程教育研究》30。

胡胜：《民俗话语中"西游"故事的衍变——以常熟地区"唐僧出身"宝卷为例》，《渤海大学学报》05。

史琳：《太仓双凤宣卷及其曲调研究》，《美与时代》06。

沈梅丽、黄景春：《五路财神宝卷的文本系统及财富观念》，《民俗研究》05。

车瑞：《西游戏·西游记·西游宝卷——"刘全进瓜"故事研究》，《戏剧之家》第14期。

张潇予、李永平：《延寿宝卷的功能探究——〈以男延寿宝卷〉为例》，《陕西理工大学学报（社会科学版）》04。

金倩：《伊维德英译〈香山宝卷〉中民间神祇之策略——基于数据统计和实例分析的考察》，《陇东学院学报》03。

黄亚欣、陈勤建：《原住民生活相的展演：基于同里宣卷存续的思考》，《西北民族研究》03。

丘慧莹：《阅读的宝卷：上海惜阴书局印行的宝卷研究》，《阅江学刊》04。

二、博士、硕士学位论文目录

（一）博士论文

2010年

张祎琛：《清代善书的刊刻与传播》，复旦大学，导师：邹振环。

2012 年

张灵：《民间宝卷与中国古代小说》，上海师范大学，导师：孙逊。

李萍：《无锡宣卷仪式音声研究——宣卷之仪式性重访》，上海音乐学院，导师：曹本冶。

2013 年

赵毓龙：《西游故事跨文本研究》，上海师范大学，导师：孙逊。

孙跃：《靖江做会讲经研究》，华中师范大学，导师：罗福惠。

（二）硕士论文

2004 年

傅暮蓉：《论宝卷及其演变》，中央音乐学院，导师：伊鸿书。

2009 年

郁芳：《河西宝卷音乐历史形态与现状》，西北师范大学，导师：杨满年。

2010 年

吴玉堂：《河西宝卷的调查与研究》，西北师范大学，导师：张君仁。

孙小霞：《酒泉宝卷与话本小说的文体共性初探》，兰州大学，导师：胡颖。

王欢：《中国民间的财神信仰与财神宝卷研究》，扬州大学，导师：车锡伦。

2011 年

赵国鑫：《〈五部六册〉的宗教思想及其历史影响》，山西大学，导师：宁俊伟。

李凤英：《探论河西宝卷中的儿童文学及儿童形象》，兰州大学，导师：庆振轩。

马月亮：《河西宝卷的音韵研究》，南京师范大学，导师：徐朝东。

申娟：《酒泉宝卷的调查研究》，兰州大学，导师：李天义。

2012 年

段珺珺：《〈黄氏女宝卷〉研究》，山西大学，导师：尚丽新。

冯春霞：《江苏靖江讲经"佛头"及其音乐》，南京航空航天大学，导师：薛艺兵。

谭琳：《同源而异派——"西游"故事宝卷与〈西游记〉比较研究》，湖北大学，导师：宋克夫。

2013 年

李芙蓉：《孟姜女故事宝卷研究》，山西大学，导师：尚丽新。

刘志华：《〈白马宝卷〉研究》，山西大学，导师：尚丽新。

彭漾：《明清以降江浙经坊研究》，杭州师范大学，导师：刘正平。

2014 年

欧阳予倩：《明代宝卷研究》，南京大学，导师：赵益。

周兴婧：《永昌"宝卷"的三重历史与文化抉择》，厦门大学，导师：王义彬。

2015 年

赵晓璐：《张掖地区宝卷传承研究——以甘州区花寨乡为例》，西北师范大学，导师：元旦。

张鹏：《〈罗教法事文书〉（拟）的文献学研究》，上海师范大学，导师：侯冲。

2016 年

张经洪：《江南无为教宝卷研究》，杭州师范大学，导师：刘正平。

罗兵：《"西游"宝卷研究》，辽宁大学，导师：胡胜。

戴明月：《吴语区宝卷的土地信仰》，扬州大学，导师：王定勇。

2017 年

魏培娜：《清代民间宝卷词汇例释》，闽南师范大学，导师：杨继光。

陈地阔：《靖江宝卷之草卷故事研究》，陕西师范大学，导师：刘军华。

温晶晶：《劝世文宝卷研究》，山西大学，导师：尚丽新。

李梦：《永济宝卷研究》，山西大学，导师：尚丽新。

汪亚洲：《从口传文学看明清底层社会知识传播和文化记忆——以宝卷为主要研究对象》，苏州大学，导师：罗时进。

2018 年

段小宁：《表演视域下的河西宝卷研究》，兰州大学，导师：刘文江。

2019 年

陈佳利：《观音类宝卷研究》，上海师范大学，导师：夏广兴。

陈焱：《游冥类宝卷俗语词研究》，兰州大学，导师：王晶波。

王淑静：《河西宝卷故事类型研究》，内蒙古大学，导师：冯文开。

刘祎如：《世俗宝卷中的民间歌谣研究》，上海师范大学，导师：张灵。

后 记

宝卷是文化文本，其研究涉及文献学、民间文学、历史学、宗教学、民俗学、社会学、人类学、图像学、音乐学等学科。因为涉及学科较多，所以宝卷研究的难度也较大。近年，笔者对已有研究成果进行了梳理，认为目前国内对宝卷的研究大致分为以下几个方面。

对宝卷版本文献源流的考证研究。这方面主要涉及相关文献调查编目，国内以车锡伦、刘永红、李永平等学者为代表。刘永红教授发现在甘肃东部地区还有活态宝卷念卷遗存，这一地区宝卷念卷和浓厚的藏族文化结合在一起，形成了一种以信仰与教化为文化特征的当地群体性民间信仰活动——嘛呢经念唱。

宝卷故事本事考证研究。本研究主要考证故事本事的来龙去脉和发展演变。这方面的研究以陈泳超、陆永峰、台湾彰化师范大学丘慧莹等学者为代表。

宝卷宣卷（讲经、念卷）仪式的调查研究。这方面主要是配合国家非物质文化遗产保护工作展开，由全国各地文化部门的人员完成。比如，河西宝卷研究方面的赵旭峰，靖江、常熟宝卷方面的黄靖、邹养鹤、余鼎君等。

宝卷的文化文本研究。这方面主要是围绕着宝卷图像、音乐、做会仪式和民俗活动进行的研究。对宝卷文本形成过程的观察和调查研究，作为活态的文化文本，宝卷文本生产传播和变异过程，对完善中国的口头诗学理论有着重要的参考价值。对宝卷的社会功能、宝卷文本与民俗仪式的关系等研究，学者侯冲、李永平、白若思、孙晓苏等用力较多。

在民间宗教教派宝卷的研究方面，马西沙、濮文起、林国平、李志鸿、刘正平等学者成绩显著。

宝卷与各种文学类型之间的改编关系研究，也就是宝卷的互文性研究，包括宝卷与不同民族语言文学之间的改编和迁移关系，主要有陈泳超、尚丽新、孙鸿亮、张灵等学者。

笔者想通过编选论文集的形式，对目前宝卷研究做一个概括。正巧，陕西师范大学人文社会科学高等研究院濮文起先生也有类似想法。于是，濮文起先生从发表的几百篇文章中选出 30 篇，并附上了研究成果的目录。考虑到研究的多样性，我对部分篇目做了调整。希望该论集能对推进中国宝卷研究尽绵薄之力。

人文社会科学高等研究院李继凯院长给论文集的出版予以大力支持。博士生秦崇文为论文集做了具体的整理工作。在此一并深表谢忱！

宝卷研究"道阻且长"。论集编选，限于水平，难免疏漏，感谢作者们对编选工作的理解和支持！

李永平

2019 年秋